MW01675034

Paul Jos. Šafařík

Geschichte des serbischen Schriftthums

SALZWASSER
VERLAG

Paul Jos. Šafařík

Geschichte des serbischen Schriftthums

Unveränderter Nachdruck der Originalausgabe von 1865.

1. Auflage 2022 | ISBN: 978-3-37501-131-4

Verlag: Salzwasser Verlag GmbH, Zeilweg 44, 60439 Frankfurt, Deutschland
Vertretungsberechtigt: E. Roepke, Zeilweg 44, 60439 Frankfurt, Deutschland
Druck: Books on Demand GmbH, In de Tarpen 42, 22848 Norderstedt, Deutschland

PAUL JOS. ŠAFAŘÍK'S

GESCHICHTE

DES

SERBISCHEN SCHRIFTTHUMS.

AUS DESSEN HANDSCHRIFTLICHEM NACHLASSE

HERAUSGEGEBEN

VON

JOSEF JIREČEK.

PRAG, 1865.

Vorwort.

Für serbische Geschichte, Sprache und Literatur hatte Šafařík eine besondere Vorliebe, die wohl durch seinen vieljährigen Aufenthalt (1819—1833) in der Mitte des damals geistig rührigsten Theiles der Serben angeregt und genährt wurde. Neusatz in der Nähe des Patriarchen-Sitzes und der bedeutendsten serbischen Klöster bot ihm reichlich Gelegenheit, sich mit den literarischen Schätzen der dortigen Bibliotheken und Archive vertraut zu machen und dieselben zum Frommen der Wissenschaft so auszunützen, wie es bei dem damaligen Stande der Slavistik kaum ein zweiter vermocht hätte.

Nicht minder trug dazu der lebendige Verkehr mit Männern bei, die von innigem Interesse für die Ueberreste altserbischer Kultur durchglüht waren. Wie sie aus dem Umgange mit Šafařík selbst eine Fülle von Belehrung über das geistige Leben ihrer Altvorderen schöpften, eben so erleichterten sie dem jungen, feurigen Gelehrten durch ihre Kenntniss der Eigenheiten ihres Volkes das Eindringen in das Wesen desselben. Šafařík wusste die Vortheile dieses Wechselverkehres wohl zu schätzen. Das Verständniss der gegenwärtigen Zustände eines Volkes war nach seiner oft geäusserten Ansicht der sicherste Weg, um zum richtigen Verständnisse der alten Literatur-Denkmähler desselben zu gelangen. Wer sich mit altslavischer Sprache und altslavischem Schriftthum befassen wollte, dem rieth Šafařík immer, sich vor allem mit der Sprache des slavischen Volkes, wie es um uns her leibt und lebt, vertraut zu machen, seine Sitten und Gebräuche kennen zu lernen, und erst so ausgerüstet zum Studium des Alterthums zu schreiten.

Von den Männern, welche in dem zweiten und dritten Decennium unseres Jahrhundertes unter den österreichischen Serben eine hervorragende Stellung einnahmen und mit Šafařík in freundschaftlichen Beziehungen standen, müssen wir den Erzbischof St. v. Stratimirović, den Archimandriten von Šišatovac und dann Bischof von Karlstadt Lukian Mušicki, den genialen Autodidakten Vuk Stephanović Karadžić, den Somborer Pfarrer, dann Mönch zu Krušedol, Bischof von Ofen und jetzt von Báč Platon Athanacković, den Neusatzer Professor Georg Magarašević, den jetzt im Ruhestande lebenden Oberlandesgerichtsrath Johann Hadžić (Miloš Svetić) nennen.

Unter so günstigen Umständen gelang es Šafařík für das serbische Alterthum nach allen Richtungen hin eine überaus reiche Ausbeute zu Stande zu bringen.

Wir erwähnen nur seiner kostbaren Behelfe für die Geographie und Geschichte der altserbischen Länder; der Sammlung von Facsimilien altserbischer Urkunden und von Abdrücken monumentaler Inschriften, dann von Handschrift-Fragmenten, welche den wichtigsten Theil seiner Behelfe für slavische Paläographie bildet; der bedeutenden, zwei starke Fascikel in Quarto umfassenden Zusammentragung von Abschriften altserbischer Urkunden; der Copien alter Codices, darunter jene der drei wichtigsten Handschriften des Rodoslov von Erzbischof Daniel (S. 237), des Leben der h. Symeon und Sava von Dometian (S. 230); ferner einer in ihrer Art einzigen Sammlung altserbischer Kirchenbücher; *) endlich einer nicht unbeträchtlichen Sammlung altserbischer Handschriften, welche theilweise aus dem Nachlasse des G. Magaraśević in Śafařík's Besitz gelangt sind, darunter insbesondere die älteste Abschrift des Gesetzbuches Stephan Dušan's aus dem Ende des 14. und mehrere Copien desselben aus späteren Jahrhunderten, eine Pergamenthandschrift der Annalen des Georgios Hamartolos vom J. 1389, mehrere Texte serbischer Chroniken, eine Abschrift des Typikon des h. Sava, kirchliche Collectaneen-Bände, Kirchenbücher und Nomokanons.

Alles das bildet einen Theil von Śafařík's literarischem Nachlasse, welcher, vom böhmischen Landtage erworben, nunmehr zu Prag im Museum des Königreiches Böhmen verwahrt wird.

Aber Śafařík war nicht bloss ein emsiger Sammler; er wusste und strebte das Gesammelte zum Gemeingute der Gelehrtenwelt zu machen. Leider fand er nicht genug Musse, um es in dem Masse zu thun, wie diess sein zusammengetragenes Material möglich und erwünschlich gemacht hatte.

Wir wollen nur eine bibliographische Uibersicht dessen liefern, was er in dieser Beziehung geschrieben und veröffentlicht hat.

Hier begegnen wir, abgesehen von seiner „Geschichte der slavischen Sprache und Literatur nach allen Mundarten (Ofen 1826. 8°.)," wo er S. 191—222 zum ersten Male der serbischen Literatur, so weit sie da-

*) Darunter der Oktoich 1494, Psalter 1495, beides Cetinjer, Služebnik 1519, 1527, 1554, 1570, Psalter 1527, 1529, 1546, 1569, 1638, Molitvoslov 1527, 1539, 1547, 1560, 1570, Oktoich 1537, Minej 1538, Triod postnyj 1561, Časoslov 1566 sämmtlich Venezianer, Evangelium 1537 Rujaner, Molitvoslov 1531, 1580 Goraždjer, Psalter 1544, 1557, Molitvoslov 1545, Evangelium 1552 Belgrader, Evangelium 1562 Mèrkšina-Cèrkvaer Drucke.

mals bekannt war, eine übersichtliche Darstellung widmet, zwei wichtigen Abhandlungen, nämlich einer „Uebersicht der slovenischen Kirchenbücher, welche vom Ende des XV. bis zum Anfange des XVII. Jahrhunderts in Venedig, Serbien, Walachien und Siebenbürgen im Druck erschienen sind“, dann einer „Uebersicht der vorzüglichsten schriftlichen Denkmähler älterer Zeit bei den Serben und anderen Südslaven.“ Beide sind in dem Anzeigeblatt der Wiener Jahrbücher der Literatur und zwar in den Jahrgängen 1829 (N. XLIII. S. 1—34) und 1831 (N. LIII. S. 1—58) abgedruckt.

Daran reihen sich die im J. 1833 veröffentlichten „Serbischen Lesekörner oder historisch-kritische Beleuchtung der serbischen Mundart. Ein Beitrag zur slavischen Sprachkunde“ (Pest, Hartleben, 8°. 135 S.), ein Werk, welches ungeachtet des bedeutenden Fortschrittes, welchen die slavische Wissenschaft seither gemacht hat, noch heutzutage seinen vollen Werth bewahrt.

Später finden wir von Šafařík einen Aufsatz über die altslavischen, namentlich cyrillischen Buchdruckereien in den südslavischen Gebieten (O staroslovanských, jmenovitě cyrillských tiskárnách v jihoslovanských zemích etc.) im Časopis českého Museum 1842, dessen deutsche Uebersetzung im Serapeum zu lesen ist.

Mit dem ersten Fünfzigerjahre ging Šafařík an die Herausgabe alter Denkmähler der südslavischen Literatur, nachdem er ehevor in Nachahmung der in den ältesten Handschriften üblichen Buchstaben-, und namentlich der in Cèrnagorer Inkunabeln vorkommenden schönen Typen-Formen die cyrillische Schrift hatte zurecht legen lassen. Die nach Šafařík's Angaben geschnittenen Typen haben für altslavische cyrillische Drucke jetzt schon eine nahezu allgemeine Anwendung erlangt. Sie dienten zuerst zum Drucke des „vorläufigen“ Theiles (díl předchozí) der „Památky dřevního písemnictví Jihoslovanův: Изборъ юго-славянскихъ достопамятностіи (Prag 1851, Haase), eines Sammelbandes, welcher nebst einer körnigen Vorrede über die Art und Weise, wie bei der Publikation altslavischer Denkmähler mit cyrillischer Schrift nach verständigen Grundsätzen vorzugehen ist, das Leben der h. Konstantin (Cyrill) und Method, des h. Symeon in zweifacher Aufzeichnung von seinen beiden Söhnen, dem serbischen Könige Stephan dem Erstgekrönten und dem h. Sava (Sabbas), Erzbischof der Serben, dann eine Auswahl von serbischen Urkunden aus dem zwölften bis vierzehnten Jahrhunderte, den Text des Gesetzbuches Carj Stephan Dušan's, endlich eine Zusammenstellung kurzer serbischer Annalen enthält.

Der „vorläufige“ Theil blieb indess ohne Nachfolge. Theils Krankheit, theils anderweitige Beschäftigung hinderten Šafařík seine ursprüngliche Absicht durchzuführen, wornach die weiteren Bände den Rodoslov des Erzbischofs Daniel, das Leben der h. Symeon und Sava von Dometian, das Typikon des h. Sava, Urkunden u. dgl. zu umfassen gehabt hätten.

Aber auch der neueren Literatur der Serben wendete Šafařík nicht bloss ein lebhaftes Interesse, sondern thätige Mitwirkung zu.

Bei dem eigenthümlichen Zustande des Unterrichtswesens unter den Serben war es zur Zeit, in welche sein Verweilen unter den Serben fällt, nicht möglich, durch die Schule das Serbische schriftlich handhaben zu lernen. Von der untersten Elementarklasse angefangen wurde der Unterricht, soweit er slavisch war, nicht mit Benützung der Volkssprache, sondern an dem Leitfaden kirchenslavischer Bücher ertheilt. Vom Bukvar (Fibel) und Katechismus bis zur systematischen Grammatik war alles in der Sprache der Kirchenbücher abgefasst, welche sich zu der volksthümlichen Mundart etwa wie das Latein zum Italienischen verhält. Dem Verständnisse des Volkes wurde sie noch mehr entfremdet seit der Zeit, wo man unter den Serben die alten, serbisirt altslavischen Kirchenbücher aufgebend, nicht nur die russische Recension der letzteren, sondern auch im Allgemeinen die russisirte Form des Kirchenslavischen als Schrift- und höhere Verkehrsprache angenommen hatte.

Die durch Dositej Obradović inaugurirte und von Vuk Stephanović Karadžić consequent durchgeführte Anwendung der Volksmundart in der Literatur war damals weit entfernt auf den Schulunterricht einigen Einfluss zu üben.

Erst dem Ministerium Thun war es vorbehalten, das Kirchenslavische, ohne Abbruch für die gottesdienstlichen Bedürfnisse, in den Schulen durch den serbischen Volksdialekt thatsächlich und mit Erfolg zu ersetzen.

Bei so einem Sachverhalte waren die Männer, denen das Aufblühen der serbischen Literatur und dadurch die Förderung der Volksbildung am Herzen lag, in dieser Richtung nur auf jene Mittel angewiesen, welche die damals von einem beschränkten Leserkreis erhaltene Literatur selbst bot.

Es handelte sich vorerst darum, jüngere Kräfte zu ernsterer literarischen Produktion zugleich anzuregen und in wohlthätiger Weise zu leiten.

Zu diesem Zwecke wurde im Jahre 1825 durch das Zusammenwirken von Mušicki, Magarašević und Šafařík eine periodische Schrift unter dem Titel „Sèrbski lětopis“ begründet, welche in ununterbrochener Folge noch jetzt erscheint.

Doch mit der Zeitschrift allein wäre nicht gedient gewesen. Die Bedürfnisse des serbischen lesenden Publikums waren damals noch so gering, dass sich selbst dieses, wenn gleich in bescheidenen Dimensionen angelegte Unternehmen kaum hätte aufrecht erhalten können. Noch schlimmer stand es mit der Herausgabe selbstständiger Werke in serbischer Sprache. Zur Ehre der serbischen Schriftsteller der damaligen Zeit muss bezeugt werden, dass von ihnen nicht wenig geleistet wurde; allein ihre Werke blieben, wenn sie nicht darnach angethan waren, die Spekulation anzulocken, in der Regel ungedruckt.

Es musste daran gedacht werden, der Literatur in irgend welcher Weise einen von äusseren Wechselfällen unabhängigen Rückhalt zu schaffen.

Hadžić's Gedanke war es nun, durch die Bildung eines Vereins Mittel zur Herausgabe serbischer Bücher herbeizuschaffen. Abermals erblicken wir Mušicki, Magaraševič und Šafařík in Gemeinschaft mit Hadžić den fruchtbaren Gedanken berathen und zu einem festen Plan ausbilden, so dass die Idee im Jahre 1826 bereits ins Werk gesetzt werden konnte.

So entstand die serbische Bienenmutter — Matica Sèrbska — ein Institut, das bald unter den Böhmen, Lausitzer Serben, Kroaten, später auch unter den Mährern, Ruthenen, Slovaken und Slovenen erfolgreiche Nachahmung fand.

Als Šafařík (1833) von Neusatz nach Prag übersiedelte, brachten es die Umstände wohl mit sich, dass seine direkte Betheiligung an den Fortschritten der serbischen Literatur der Theilnahme eines entfernten Beobachters Platz machte.

Seine Vorliebe für die Interessen der südslavischen, und insbesondere serbischen Literatur und Wissenschaft begleitete ihn jedoch bis an das Ende seines Lebens, wie es die oben erwähnte vielfache Beschäftigung mit altserbischen Denkmählern am besten bekundet.

Unter den Werken, welche sich in seinem Nachlasse

relativ vollendet vorfanden, nimmt die Geschichte der südslavischen Literatur, und darunter jene der serbischen den ersten Platz ein.

Es ist dieses Werk um so werthvoller, als die Serben, wenn wir von Joh. Subbotić's verdienstlichen Publikationen *) absehen, soweit uns bekannt ist, bisher kein Werk besitzen, welches über die Gesammtentwickelung ihres Schriftthums eine so vollständige und systematische Auskunft geben könnte. Leider hat Šafařík, ungeachtet einzelner späteren Zusätze, auch die serbische Literaturgeschichte nicht weiter als bis zum Jahre 1830 fortgeführt.

Als Quellen, deren er sich, abgesehen von sehr ausgedehnten eigenen Studien und durch mündlichen Verkehr vermittelten Erfahrungen, bediente, führt Šafařík folgende an:

З. Орфелинъ Славено-сербскій магазинъ, т. е. собраніе различныхъ сочиненій и преводовъ. Ч. 1. У Венеціи 1768. 8⁰. (Am Ende stehen Anzeigen einiger neuerschienen serbischen Bücher.)

Ст. Новаковичь Новине сербске. У Бечу 1792—1794. (In dem 1. Blatte befindet sich eine Uebersicht der damaligen serbischen Bücher.)

Das Verzeichniss der Schul- und anderer Bücher, welche in der kön. Universitäts-Buchdruckerei zu Ofen verlegt worden sind, wurde zuerst im Jahre 1796 ausgegeben (in welchem Jahrgange auch noch einige bei Kurtzböck und mehrere bei Novaković in Wien gedruckte Bücher stehen) und erschien seitdem fast jährlich neuaufgelegt, im J. 1829 in Fol., im J. 1830 in 8⁰.

J. Dobrovský Slavin. Prag. 1808. 8⁰.

Eb. Slovanka. Prag 1814—1815. 8⁰. 2 Bde. (In beiden gleichinhaltigen Werken stehen Recensionen und Anzeigen mehrerer serb. Bücher.)

Eb. Institutiones linguae slavicae dialecti veteris. Vindob. 1822. 8⁰. (Die Einleitung enthält sehr schätzbare Notizen über alte slavoserbische Handschriften und Drucke.)

П. Соларичь поминакъ книжескій о славено-сербскомъ въ Млеткахъ печатанію. Въ Млеткахъ 1810. 8⁰.

Д. Давидовичь Новине србске. У Бечу отъ 1813 до конца 1821 год. 4⁰. (Die Zeitung enthält auch Bücheranzeigen und Recensionen.)

---

*) „Einige Grundzüge aus der Geschichte der serbischen Literatur" (Wien 1850 Wenedikt 8⁰. 56 S.), dann Цвѣтникъ србске словесности (Wien 1853, Schulbücherverlag 8⁰. I. Bd. 571, II. Bd. 582 S.), eine Chrestomathie, welche für den serbischen Sprach- und Literatur-Unterricht an Obergymnasien bestimmt ist.

В. Сопиковъ Опытъ россійской Библіографіи. Санктъ-Петербургъ 1813 до 1821. 8°. 5 Bde. (Enthält auch einige serbische Werke.)

Л. Бойчъ Памятникъ мужемъ у славено-сербскомъ книжеству славнымъ. (У Бечу) 1815. 8°.

J. Čaplovič Slavonien und zum Theil Croatien. Pest 1819. 8°. 2 Bde. (Bd. II. S. 265—297 Nachrichten über die Schriftsteller und die Literatur der Serben.)

M. P. Katanchich Prolusio in literaturam aevi medii. Budae 1820. Ms. Bei der k. Landesuniversität in Pest.

Сербскій лѣтописъ, наставлѣнъ Г. Магарашевичемъ (1825—1829) и М. Светичемъ (1830). У Будиму 1825—1830. 8°. (Enthält mehrfache literarhistorische Notizen.)

К. Калайдовичъ Іоаннъ Ексархъ Болгарскій. Москва. 1824. Fol.

Тог. Описаніе славяно-россійскихъ рукописей въ библ. Графа Толстова. СПб. 1825 8°. (Beide Werke enthalten sehr schätzbare Notizen über alte slovenoserbische Handschriften.)

П. Кеппенъ Библіографическіе листы 1825 года. СПб. 1826. 4°. (Enthält auch einige Notizen über serbische Handschriften und Bücher.)

Тог. Роспись первопечатнымъ словенскымъ книгамъ, eigentlich N. 1, 6, 11, 16 und 21 jener obigen Библ. листы, mit Supplementen N. 26 und 39.

В. Ст. Караџић Даница, забавник за год. 1826. У Бечу 1826. 12°. (S. 1—40 befindet sich die Beschreibung einiger Klöster Serbiens und der in denselben befindlichen Handschriften und Bücher.)

П. Беричъ Славено-србска библіографіа по азбучному реду списатела, im Лѣтописъ срб. 1829 Heft 1. S. 107—122. (Sehr dürftig und unbefriedigend.)

L. Mušicki serbische Bibliographie. Hs. (Umfasst die serbischen Druckerzeugnisse seit 1741 bis ungefähr 1820 ziemlich vollständig; allein der Vf., voll hoher Entwürfe, konnte sich nicht entschliessen, mit dieser kleinen Gabe den Freunden und dem Publikum ein Opfer zu bringen.)

O. v. Pirch's Reise in Serbien im Spätherbst 1829. Berlin 1830. 8°. 2 Bdchen. (Im 2. Bdch. befindet sich eine Uebersicht der serbischen Literatur, die leider voll Fehler und Unrichtigkeiten aller Art ist.)

Den der neueren Zeit angehörigen Theil hat Šafařík übrigens auch in einem kurzen Abrisse (Přehled literatury illyrských Slovanův po l. 1833) in der böhmischen Museumszeitschrift, Jahrg. 1833, veröffentlicht.

Mit dem vorliegenden Bande ist das über die Literatur der Südslaven in Šafařík's Nachlasse vorhandene Material erschöpft.

Zur Vervollständigung geht noch eine Darstellung des

Schriftthums der Bulgaren ab. Auch diese hat Šafařík, jedoch in böhmischer Sprache, vollendet. Sie sollte die Einleitung zu einer von ihm beabsichtigten Sammlung bulgarischer (altslovenischer) Urkunden und Musterstücke bilden, deren Herausgabe, so Gott will, vielleicht durch eine andere Hand vermittelt werden dürfte.

Wien, 13. April 1865.

J. J.

V.

Serbische Literatur.

Vorbemerkungen.

Die Literaturgeschichte der Serben sollte, um vollständig zu sein, die literarischen Produkte aller Zweige dieses Stammes nämlich der eigentlichen Serben und Bosnier, der Dalmatiner, ferner der Gränz-Kroaten und Slawonier, gleichmässig umfassen; denn alle diese Volkszweige sprechen im Grunde nur eine, wiewohl nach Gegenden verschiedentlich geartete Mundart, und ihre Literatur bildet der Sprache und hiemit dem Wesen nach ein grosses zusammenhängendes Ganze. Indessen brachte eine politische und religiöse Trennung dieser Zweige frühzeitig auch eine Spaltung im Schriftwesen und in der Literatur hervor. Die Bewohner des ehemaligen serbischen Königreiches, dem griechischen Ritus zugethan, bedienten sich im Schreiben des cyrillischen Alphabets, und lange Zeit auch der altslawischen Kirchensprache, an deren Stelle erst seit etwa einem Jahrhunderte die gemeine Landesmundart in der Profanliteratur getreten ist; die Dalmatiner, Chorwaten und Slawonier, der Mehrzahl nach der römisch-katholischen Kirche zugethan und in stärkerem Verbande mit dem Occidente, nahmen das lateinische Alphabet an, und erhoben sehr frühzeitig (um 1161) und seit dem XV. Jahrhunderte mit bleibendem Erfolge ihre gemeine Landesmundart zur Schriftsprache, doch leider isolirt, ohne Einverständniss und Zusammenhang, und daher in verschiedenen Zeiten und Provinzen nach verschiedenen Schreibsystemen, anders in Dalmatien und wieder anders in Slawonien. Nur ein Theil der Serben lateinischen Ritus, die Glagoliten, behielt die mehr oder minder durch die gemeine Landesmundart getrübte altslawische Kirchensprache bei der Liturgie fort, vertauschte aber das alte cyrillische Alphabet mit einem, jenem nachgebildeten neuern, und nannte letzteres synonymisch Azbuka glagolska, glagolica, statt Azbuka slovenska (d. i. glagol statt slovo). Auch nachdem die Serben beiderlei Ritus in verschiedenen Provinzen in friedlicher Gemeinschaft neben und mit einander leben, besteht die schroffe literarische Trennung fort: die griechischen Serben kennen die Schriftprodukte ihrer Brüder mit lateinischer Schrift, und die lateinischen Serben die mit cyrillischer Schrift nicht. Dieses Umstandes wegen und der vollständigeren Erschöpfung und leichteren Uebersicht wegen wollen wir uns hier auf die Geschichte der Literatur der Serben griechischen Ritus beschränken, und nur ausnahmsweise hie und da einen Blick auf cyrillische Schrifterzeugnisse der römisch-katholischen oder der Protestanten werfen. Bei einer andern Gelegenheit wollen wir uns auf eben diese Weise der Literaturgeschichte der katholischen Serben ausschliesslich widmen. Durch dieses Verfahren wollen wir der ohnehin bekannten genetischen Einheit des serbischen Stammes und seiner Sprache nicht im mindesten Eintrag thun. Die Geschichte der bulgarischen Sprache, die einen besondern Dialekt bildet, bleibt unserem Vorhaben ganz fremd; doch wollen wir unten einige bulgarische Handschriften, als bis jetzt unbekannt, ausnahmsweise namhaft machen.

Erster Abschnitt.

Politische Begebenheiten.

Ueberblick der politischen Geschichte Serbiens.

1. Bevor wir zu der Schilderung der geistigen Kultur der Serben und der Aufzählung ihrer literarischen Produkte schreiten, scheint es zweckmässig, die politischen Schicksale und Begebenheiten des Volkes in einem kurzen Ueberblicke sich zu vergegenwärtigen. Ungeachtet die alten Bewohner der später von den Serben und Chorwaten bevölkerten Länder, nämlich die Illyrier, meiner Meinung nach, Stamm- und Sprachverwadte der

nachmaligen Slawen waren, wie ich dies an einem andern Orte ausführlich darzuthun suchte: so steht doch die Geschichte dieses nun längst verschwundenen Volkes in keinem nothwendigen Zusammenhange mit der Literaturgeschichte der Serben, und kann hier füglich übergangen werden. Die serbische Geschichte beginnt erst mit dem Anfange des VII. Jahrhunderts und ist in ihrer ersten Periode, bis auf Nemanja I., voll Lücken, Unsicherheiten und Widersprüche. Da es unser Zweck nicht sein kann, durch neue Forschungen diese ältere serbische Geschichte aus ihrem chaotischen Zustande herauszureissen, was ohnehin ohne bis jetzt unentdeckte neue Quellen kaum jemals vollständig gelingen wird und am allerwenigsten an diesem Orte versucht werden kann, so begnügen wir uns hier einige Hauptthatsachen aus der politischen Geschichte dieses Stammes nach den gangbaren Ansichten der bisherigen Historiker, so weit es der Zweck dieses Buches erheischt, zur bequemen Uebersicht zusammenzustellen.

2. Der Kaiser Konstantin Porphyrogeneta erzählt uns über die Einwanderung der Chorwaten und Serben nach Illyrikum ganz bestimmte Thatsachen, aber leider sehr verworren und unzuverlässig. Nach ihm, wanderten die Chorwaten und Serben um das J. 638 ff. nach Chr. aus dem nördlichen Chorwatien und Serbien nach Illyrikum ein. Damals wurde ganz Mösien, Thracien, Macedonien, die Gegenden an der mittleren Donau, Pannonien und Karantanien bereits seit einigen Jahrhunderten entweder ausschliesslich oder dem grössten Theile nach von slawischen Völkerschaften bewohnt, welche zwar nach Geschlechtern und Gegenden besondere Namen, als Sjeverani, Dregoviči, Sagudati, Bodr'ci, Milenci, Jezerci, Kučani, Braničevci u. s. w., führten, im allgemeinen aber von griechischen, lateinischen, armenischen und arabischen Schriftstellern einstimmig mit dem Stammnamen Slowene belegt wurden, zum Unterschiede von andern Stämmen derselben Abkunft und Sprache, namentlich dem Stamme der Serben, Lechen u. s. w. Die Wohnsitze dieses slowenischen Stammes bildeten die Figur eines Winkels, dessen Spitze in der Mündung der Donau war, die Schenkel aber einerseits bis nach

Thessalonichi und weiter hinab, andererseits bis nach Istrien und Carnuntum hinauf reichten. Mitten zwischen ihnen waren die Ueberreste der thrakischen, epirotischen und illyrischen Völker eingeklemmt. Die Slawen an der mittlern Donau, im heutigen Ungarn, waren damals von den Obren (Awaren, richtiger Abaren), einer furchtbaren Horde fahrender Krieger und Eroberer, unterjocht. Da geschah es denn unter der Regierung des Ks. Heraklius um das J. 636 (nach Pejačević, denn 449, welches man aus einer andern Stelle des Konstantinus herausbringt, ist durchaus unstatthaft; damals waren noch keine Abaren an der Donau, und der Kaiser spricht weiter unten von dem Einfalle der Abaren und der Einwanderung der Chorwaten so, als wenn beide unter Heraklius, beide gleich nach einander erfolgt wären), dass die Dalmatiner, welche die Gränzwache an der Donau versahen, einen Einfall in das den Abaren untergebene benachbarte Slawenland wagten, und eine Menge Menschen als Gefangene wegschleppten, während die Abaren auf einem Kriegszuge abwesend waren. Dies veranlasste die Abaren und die Slawen sich auf Salona zu werfen, und nach und nach fast ganz Dalmatien zu besetzen. Um das J. 638 verliessen fünf chorwatische Knezen, die Brüder Klukas, Lobelos, Kosentzis, Muchlo und Chrowatos, und zwei Fürstinen, die Schwestern Tuga und Buga, ihre alte Heimath, das nördliche Chrowatien oder Belo-Chrowatien, welches über Bagivaria (Bajuvaria, Baiern), und nach einer andern Stelle über Turkien (d. i. Magyarenland) hinaus, gegen Frankien oder Sachsen zu lag, an dreissig Tagreisen weit vom Schwarzen Meere entfernt war, und zu Konstantins Zeit mit den Türken (Magyaren) Bündnisse und Freundschaft pflog, nach einer andern Stelle aber den beständigen Einfällen der Franken, Türken (Magyaren) und Petschenegen ausgesetzt, ja sogar dem fränkischen oder sächsischen König Otto tributär war. Sie kamen mit ihren Völkern nach Dalmatien, bekriegten hier einige Jahre lang die Abaren, überwanden sie vollends und begaben sich mit dem neueroberten Lande unter den Schutz des Ks. Heraklius. Ein Theil der Chorwaten besetzte Illyrikum (ein sehr vager, unbestimmter Ausdruck!) und

Pannonien (d. i. Pannonia Savia oder das Land zwischen der Save und Drave), und stiftete hier ein unabhängiges Fürstenthum. Kurz nach dieser Begebenheit verliess auch ein serbischer Knez mit seinem Volke seine alte Heimath, welche jenseits des Landes der Türken (Magyaren) lag, von den Einwohnern selbst Boiki genannt wurde, an Frankenland und Belochrowatien gränzte, und in welchem der Fluss Visla oder Dyčica strömte. Er wandte sich an den Ks. Heraklius um Schutz, erhielt zuerst eine Gegend um Thessalonichi (wohl das heutige Serbica am Fl. Haliakmon in Makedonien) zum Wohnsitze, verliess sie aber bald darauf (doch mögen Einzelne in der Kolonie Serbica zurückgeblieben sein), zog über Belgrad und die Donau in seine Heimath zurück und kehrte erst dann um, als ihm der Kaiser durch den Präfekten von Belgrad den grössten Theil von Dalmatien, nämlich das nachmalige Serbien, Zachlumien, Dioklea, Terbunien sammt Kanale (Konavlje) und Paganien oder Narenta (Neretva) zum Wohnplatze anwies. Dies sind Konstantins des Porphyrogeneta Nachrichten von der Chorwaten und Serben Abkunft und Einwanderung nach Illyrikum. Wenn man auch über die innern Schwierigkeiten, mit denen die so bestimmt erzählten Thatsachen gedrückt werden, hinwegsehen wollte, so muss man doch Konstantins irrige Ansicht von der alten Heimath der illyrischen Chorwaten und Serben aus ihm selbst berichtigen, um nicht das Ganze für eine Fabel erklären zu müssen. Offenbar sind in seinen geographischen Angaben widersprechende Bestimmungen, die nicht zusammen bestehen können. Die Chorwaten im böhmischen Riesengebirge und die Serben in der Lausitz konnten nicht Bundesgenossen und Nachbarn der Ungern sein, und nicht beständig von Ungern und Petschenegen geplündert werden, und die Einwohner von Böhmen und der Lausitz waren zu Konstantins Zeit (949) nicht mehr Heiden, wie er dies doch von den Einwohnern von Belochorwatien und Beloserbien ausdrücklich und zu wiederholtenmalen behauptet. Konstantin ist ein sehr mittelmässiger, beschränkter Geograph, ein fleissiger, aber höchst unkritischer Historiker, und ein höchst unwissender pedantischer Etymolog. Wahres und Falsches bei ihm zu scheiden ist Aufgabe der Kritik. Erzählt er nicht oft dieselbe Thatsache über die Chorwaten und Serben zweimal und dreimal mit immer abweichenden, oft sich widersprechenden Umständen? Sagt er nicht in eben demselben Kapitel, wo er von der Einwanderung der Chorwaten und Serben spricht, Diokletian hätte die Stadt Dioklea erbaut und nach sich benannt, während doch letztere lange vor Diokletian bestand, von Plinius und Ptolemäus genannt wird, und diesem Kaiser das Dasein gab? — Es gab zu Konstantins Zeit ein doppeltes Chorwatien und ein doppeltes Serbien im Norden der Donau: ein westliches im böhmischen Riesengebirge und der Lausitz, und ein östliches im Karpatengebirge und im nachmaligen Rothrussland. Beide Doppelländer waren damals, und gewiss auch schon im J. 638, durch die Wohnsitze der Čechen und Lechen getrennt; aber von dieser Trennung weiss Konstantin nichts, er vermengt vielmehr beide Länder und verbindet sie zu einem einzigen zusammenhängenden grossen Chorwatien und Serbien. Die böhmischen Chorwaten nennt Alfred um das J. 900 „Horithi“, eine Urkunde Heinrichs von dem J. 1086 „Ghrovati“, und die Ortschaft Chorvatice im Norden Böhmens spricht noch heutzutage für das ehemalige Dasein derselben in jenen Gegenden: die karpatischen Chorwaten nennt Nestor bei den Jahren 859 und 862 Хръвате, Хровате, Хравате und Хорвате бѣлии, Konstantin Porphyrogeneta führt sie bei einer andern Gelegenheit (de Adm. Imp. c. 13.) als unmittelbare Nachbarn der Türken (Magyaren) an, seine Worte sind: *πρὸς τὸ βορειότερον μέρος οἱ Πατζινακῖται, οἱ δὲ Χρωβάτοι πρὸς τὰ ὄρη τοῖς Τούρκοις παράκεινται*“, ad Boream Patzinacitae, Chrovati vero in montibus juxta Turcas habitant; und sie werden hier noch im J. 885 von Oleg und im J. 993 von Vladimir dem Grossen bekriegt, worauf dann ihr Name aus der Geschichte verschwindet, wiewohl der Name des Landes „Horby“ noch heute im Munde der ungarischen Ruthenen fortlebt. Die westlichen oder deutschen Serben kommen fast bei allen deutschen Annalisten des VII.—IX. Jahrh. unter den Namen „Surbi, Surbii, Suurbi, Suirbi, Surui, Sorabi etc.“ und ihr Land „Surpe, Suirbia, Zribia etc.“ vor; auch Nestor führt sie in diesen Gegenden als

Сербн, Срьбн an; die östlichen in Rothrussland kennt Konstantin Porphyrogeneta selbst in der Nachbarschaft der Drevljani, Dr'goviči und Kriviči, als Zinspflichtige der Russen, und nennt sie Serbii (Σέρβιοι, de Adm. Imp. c. 9.), und in einem alten geographischen Aufsatze in einer münchner Handschrift heissen sie Zerviani (Serbjani). — Dass die illyrischen Chorwaten und Serben nicht, wie es der Stoppler Konstantin dafürzuhalten oder wenigstens in seiner verworrenen Darstellung anzugeben scheint, aus dem westlichen Chorwatien und Serbien, d. i. aus Böhmen und der Lausitz, sondern unmittelbar aus dem östlichen Karpatenlande, dem heutigen ungarischen und galizischen Ruthenien, ausgegangen sind, davon bin ich, nach wiederholter Prüfung aller Gründe und Gegengründe, und nach sorgfältiger Vergleichung aller alten geographischen Eigennamen, besonders Flussnamen, im Süden und Norden der Donau, auf das vollständigste überzeugt. Hiezu stimmen auch die Gründe, die uns die Sprachforschung an die Hand gibt. Das Serbische in der Lausitz und das Serbische im Süden der Donau, die jetzt auf den entgegengesetzten Endpunkten der zwei slawischen Dialekten-Reihen stehen, konnte auch im J. 638 nicht eine Mundart sein und nicht einem Volke angehören. Dies war zugleich die Meinung des gründlichsten und besonnensten Kenners der slawischen Sprache und Geschichte. „Es folgt aus allem unwidersprechlich," sagte Dobrowský, „dass die Serben über der Donau nicht von den nördlichen Serben in der Lausitz abstammen können, sondern als zur ersten Klasse gehörend und näher mit den Russen verwandt ein ganz eigener Stamm sind, der, da er noch diesseits der Donau war, nicht in der Lausitz wohnen konnte, sondern ehe er sich hob, um ein neues Land zu beziehen, näher bei den Russen gesucht werden muss." Die ursprüngliche, alte Heimath der Serben waren demnach die östlichen Karpaten und Rothrussland; derjenige Theil der Serben, der in den Karpaten sass, erhielt den Localnamen Хрьбати, Хрьвати, Horbati, Horvati, von den Gebirgen Хрьбн, jetzt Horby, und behielt ihn auch nach der Auswanderung. Chorwaten und Serben waren zur Zeit ihrer Einwanderung nach Illyrikum genetisch nur ein Stamm, wiewohl er verschiedenen Fürsten gehorchte, verschiedene Gegenden bewohnte und verschiedene Localnamen führte. Es ist demnach gar nicht unrichtig, wenn z. B. Skylitzes beim J. 1070 sagt: „Serborum gens, quos etiam Chrobatos vocant“, welchen Satz Zonaras in umgekehrter Form also wiedergibt: „Gens Chrobatorum, quos nonnulli Serbos vocant.“ Es ist dies bloss ein tropisches Spiel mit dem Genus Serbe und der Species Chorwat. Die Namengemeinschaft der westlichen Chorwaten und Serben (in Böhmen und der Lausitz) und der südlichen datirt sich aus der entferntesten Urzeit, und deutet auf gemeinschaftliche Abstammung aller serbisch-slawischen Zweige von einigen Urstämmen, wofern man nicht lieber annehmen will, dass beide Namen auch hier Localnamen sind, und dass die Bewohner der lausitzer Sumpfniederungen eben deshalb Serben, die Bewohner des Riesengebirges hingegen Chorwaten hiessen. Letztere Ansicht stimmt mit meiner Erklärung der Namen Srb Wasseranwohner und Chorwat Bergbewohner sehr gut überein.

[Vgl. Dobrowský über Serben unb Chrowaten in Engel's Gesch. v. Serb. S. 153—161, im Ganzen, mutatis mutandis, noch immer das Beste über diesen Gegenstand, wogegen des fleissigen und sonst verdienstvollen, aber in der ältern Geographie und slawischen Sprache höchst unwissenden, dabei von fixen und verkehrten Ideen strotzenden Engel erbärmliche Vor- und Nachbemerkungen sehr lächerlich abstechen. Vgl. auch meine „Abkunft der Slawen“ S. 92 ff., 136 ff.]

3) So verworren des Konstantin Porphyrogeneta Nachrichten über die alte Heimath seiner Chorwaten und Serben sind, so unendlich schätzbar ist seine Beschreibung der neuern Wohnsitze dieser Einwanderer in Illyrikum. Hier dürfen wir schon eine grössere Bekanntschaft mit der Lage der Länder bei demselben voraussetzen, und seine Nachrichten stimmen mit andern spätern Angaben und mit der Natur der Sache aufs vollkommenste überein. Es ist unerlässlich, die damaligen Wohnsitze der Chorwaten und Serben und ihre Vertheilung in den neuen Ländern aufs genaueste kennen zu lernen, um eine klare Einsicht in die spätere Geschichte dieser Völker und in das Ver-

hältniss ihrer Sprache zu den benachbarten slawischen Mundarten zu gewinnen. — Das Land der **Cherwaten** erstreckte sich, nach Konstantin, von dem Flusse Cetinja neben dem Adriatischen Meere bis an die Gränze von Istrien, und von da weiter bis an die Stadt Albunon hinauf; durch den Fluss Cetinja, die Župa Imota (das heutige Imoski) und die Stadt Chljevno gränzte es im Süden an Serbien. Die eilf Župen, in welche es eingetheilt war, waren folgende: **Chleviana** *Χλεβίανα*, altserbisch Chljevno, jetzt Livno, Stadt und Gegend in der Hercegovina. **Tzentzina** *Τζέντζηνα*, das Gebiet am Cetinja Flusse. **Imota** *Ἤμοτα*, noch heutzutage Imota genannt (nach Farlati, Lucius und Kučić), mit einem gleichnamigen See und mit dem Hauptorte Imotski oder Imoski (nämlich Imotski grad). **Pleva** *Πλέβα*, altserbisch Pljeva, jetzt Pliva, Nebenfluss der Vrbas mit gleichnamigem Orte. **Pesenta** *Πεσέντα*, meiner Meinung nach die Gegend um das Gebirge Vezenta im Norden von Jajac („Primiše te gore uz Vezentu, Uz Vezentu visoko planinu, Od Jajca i niko nevidjeo" und weiter „Pa silazi dolje niz Vezentu, Ode pravo Jajcu bijelome" Срб̈ске песме III. 158), dem Namen nach mit dem nahe belegenen alten Basante der Tabula Peutingeriana identisch; Lucius und Farlati halten die in den Akten des Concilium zu Spalato vom J. 1185 vorkommende Parochie Pset des Bisthums Knin für Pesenta. **Parathalassia** *Παραθαλασσία*, serbisch Primorje, nicht das jetzt sogenannte Primorje zwischen der Cetinja und Narenta mit der Stadt Makarska, denn dieses bewohnten die Pagani, sondern ein anderes nördlicheres, zwischen der Cetinja und Kerka. **Brebera** *Βρεβέρα*, jetzt Bribir, Schloss an der Bribrištica, zwischen dem Flusse Kerka und dem See Karin. **Nona** *Νόνα*, jetzt Nin, Inselstadt an der Meerenge. **Tnina** *Τνήνα*, d. i. Knin, im Binnenlande an der Kerka. **Sidraga** *Σίδραγα*, die Gegend um Biograd (jetzt missbräuchlich Zara vecchia genannt), noch später in zwei Diplomen vom J. 1059 bei Lucius und in den Akten des Concilium zu Spalato 1185 genannt, „Belgrad cum tota Sidraga". **Nina** *Νίνα*, nach Farlati die Gegend an beiden Seiten des Flusses Zermanja, mit der Stadt Bjelina in dem Landstrich Bukovica. **Kribasa** *Κρίβασα*, die spätere Grafschaft·

Krbava oder Karbava („Corbavia"), jetzt der nordöstliche Theil des Gränzregimentes Lika mit dem Bergschlosse Udbina. **Litza** *Λίτζα*, die spätere Grafschaft und das jetzige Gränzregiment Lika. **Gutzika** *Γουτζηκά*, jetzt das Gefilde Gacko mit den Flüsschen Gacka und Gaštica, die sich bei Otočac vereinigen. Die Städte der Chorwaten waren folgende: **Nona** *Νόνα*, jetzt Nin. **Belogradon** *Βελόγραδον*, ehemals Bjelgrad, jetzt Biograd am Meere, von den Italienern irrig Zara vecchia genannt. **Belitzin** *Βελίτζειν*, nach Lucius und Farlati Bjelina in dem Landstrich Bukovica; ich halte es für das alte Bjelaj, jetzt Bilaj in Bosnien. **Skordona** *Σκόρδονα*, jetzt Skradin. **Chlevena** *Χλεβένα*, altserbisch Chljevno, jetzt Livno in der Hercegovina, die Hauptstadt der obigen Župa Chleviana. **Stolpon** *Στόλπον*, bei Ptolemaeus „civitas Stlupi" in Liburnien, die Hauptstadt der dalmatischen Stulpini des Plinius, nach Reichard Sluin, vielleicht aber eher einst ein Ort am Berge Stup. **Tenin** *Τενήν*, heutzutage Knin. **Kori** *Κόρι*, jetzt Karin am gleichnamigen See. **Klavoka** *Κλαβώκα*, jetzt Glamoč in Bosnien im Norden von Livno. Alle hier genannten Župen und Städte fallen, wie man sieht, südlich vom heutigen Senj (Zeng) und Otočac. — Dies war das eigentliche, ursprüngliche, alte, wahre Kroatien: seine Gränzen sind im Süden durch den heutigen Cetinja Fluss und die Städte Imoski und Livno, im Osten durch den Fluss Vrbas oder die Städte Jajac und Banjaluka, im Norden durch die Save und die Kulpa, im Westen durch das Adriatische Meer abgeschlossen. Die Residenzen der alten chorwatischen Könige waren Belgrad am Adriatischen Meere und Bihač an der Una. Die Sprache der Einwohner dieser Gegenden, der genetischen (radicalen) Chorwaten, hat sich, so weit ihre Geschichte zurückreicht, von der Sprache der Serben nie so weit unterschieden, dass man sie einen eigenen selbstständigen Dialekt nennen könnte. Von diesen Chorwaten sonderte sich einige Zeit nach ihrer Ankunft eine Schaar, wahrscheinlich kriegslustiger Abenteurer ab, zog nach Illyrikum und Pannonien zu den schon lange hier ansässigen, einem andern Stamme angehörigen Slowenen und gründete hier ein unabhängiges Fürstenthum. „At a Chrovatis", sagt Konstantin, „qui in Dalmatiam venerant, pars quaedam secessit, et Illyricum atque Pannoniam occupavit; habebantque etiam ipsi principem supremum, qui ad Chrovatiae tantum principem amicitiae ergo legationem mittebat." Diese Erweiterungen der chorwatischen Besitzungen sind lediglich im östlichen Theile des jetzigen Militärkroatien, ferner in dem grössten Theile von Slawonien, in der sogenannten Pannonia Savia, zu suchen. Es scheinen dies eben diejenigen Chorwaten gewesen zu sein, von welchen Konstantin erzählt, dass sie eine Zeit lang unter der Botmässigkeit der Franken standen. Wirklich gehorchten die eben genannten Länder lange den Franken, und ein Theil derselben hiess noch lange darauf Francochorion, so wie das sirmische Gebirge noch heute Fruškagora = Frankenberg heisst. Für diese Ansicht, welche Kèrčelić mit nichtigen Gründen bekämpft, geben Cedrenus und Zonaras ein treffliches Zeugniss, welche erzählen, dass Ks. Basilius im J. 1019 nächst Bulgarien auch das angränzende Chorwatien erobert habe, wiewohl Sirmium lange widerstanden: „Subacta Bulgaria Imperatori se dedidit etiam contermina Chorbatorum gens et ejus principes fratres duo...; solus adhuc imperium detrectabat Sermo, Sirmii dominus, Nestongi frater." Auf das heutige Provinzialchorwatien wurde der Name Chorwaten erst etwa vor dreihundert Jahren übertragen; es hiess bis dahin immer Slawonien. Die Bewohner desselben sind ursprünglich Slowenen, nicht Kroaten, doch mit einem eigenthümlichen Dialekt. Wahrscheinlich besetzten die Chorwaten gleich nach ihrer Ankunft auch einige Inseln des Adriatischen Meeres, wiewohl dies Konstantin ausdrücklich nicht sagt.

Das von den Serben eingenommene Land erhielt gleich anfangs mehrere specielle Namen; es hiess insbesondere Pagania oder Neretva, Zachlumia, Terbunia und Konavlje (Canale), Dioklea, Serbia und Bosna. Die **Pagani** wohnten an der adriatischen Küste zwischen den Flüssen Cetinja und Neretva, in drei Župen vertheilt, davon zwei, Raztok und Mokro, am Meere, und eine, Dlmno, im Binnenlande lag. **Rastotza** *Ραστώτζα* hatte den Namen von dem heutigen kleinen See Raztok, südlich von Makarska, unweit von Zaostrog. **Mokron** *Μοκρόν* ist die Gegend um die heutige Stadt Makarska, die serbisch eigentlich Mokro hiess. **Dalen** *Δαλέν* endlich ist das altserbische Dlmên, Dlmno, jetzt Duvno in der Hercegovina, das alte berühmte Delminium oder Dalminium, nach welchem das ganze Land und Volk benannt wurde. An Städten macht Konstantin folgende namhaft: **Mokron** *Μοκρόν*, d. i. Makarska. **Verullia** *Βερούλλια*, jetzt Vrulja, mitten zwischen Omiš und Makarska am Meere. **Ostrok** *Ὄστρωκ*, jetzt Zaostrog, südlich von Makarska, in einiger Ferne von der Küste; verschieden davon ist das jetzige Ostrog bei Nikšitj. **Labinetza** *Λαβίνετζα*, Labinec, wie noch jetzt mehrere Ortschaften in andern slawischen Ländern heissen, von noch unbestimmter Lage; Fortis hielt die Ruinen von Gradac oberhalb der Mündung der Narenta dafür. Ausserdem besassen die Pagani folgende Inseln: **Kurkura (Kurkra, Kiker)** *Κούρκουρα (Κούρκρα, Κίκερ)*, jetzt Curzola, Korčula, **Meleta** *Μέλετα*, jetzt Meleda, Mlit, **Bartzo** *Βάρτζω* (Bratzis *Βράτζης*), jetzt Brazza, Brač und **Pharos** (Phara) *Φάρος (Φάρα)*, jetzt Lesina, Hvar. — Zachlumia erstreckte sich südlich am Meere von der Narenta bis nach Ragusa hinab, und von da tief in das innere Bergland hinein. Diese Landschaft trug den Namen von dem Gebirge **Chlumos** *Χλοῦμος*, heutzutage Hum. Der Fluss **Bona** *Βόνα* durchströmte sie; es ist die heutige Buna, die etwas südlich von Mostar in die Narenta mündet. Sieben Städte der Zachlumier nennt uns Konstantin. **Stagnon** *Στάγνον*, jetzt Ston, italienisch Stagno, auf einer Landenge. **Mokriskik** *Μοκρίσκικ*, nach der Analogie von Dobriskik serbisch wohl Mokr'sk Мокрьскъ, noch unbekannt. **Josli** *Ἰοσλή*, jetzt Oslje, östlich von Ston in der Hercegovina; sonst kommt das Wort in der Form Ošlje und Ozlje als Ortsname in andern Gegenden vor. **Galumainik** *Γαλουμαήνικ*, serbisch wohl Glumnik oder Glumnica, noch unentdeckt, wenn es nicht das verdorbene Salum unserer Charten südlich von Nevesinje ist; Glumnica kommt weiter von da in Bosnien vor. **Dobriskik** *Δοβρίσκικ*, ehedem Dabrsk, jetzt Dabar, auf den Charten irrig Dobar, denn es stammt entweder von Дьбрь serbisch дабарь Thal c o n v a l l i s, oder von дабаръ Biber c a s t o r. **Chlum** *Χλοῦμ*, am Gebirge Hum, dem jetzigen Namen nach unbekannt, denn das von Kačić erwähnte Hum, jetzt Podhum, Podum bei Livno ist davon verschieden. **Bona** *Βόνα* am Flusse Buna, ebenfalls noch unausgemittelt, in der Gegend von Blagaj. — Terbunia und Kanale, serbisch Trebinje und Konavlje (letzteres von unterirdischen Wasserleitungen so genannt, nicht vom serbischen кола currus, wie Konstantin faselt), lag zwischen Ragusa und Cattaro, und dehnte sich von der Küste aus ins Innere bis an den Fluss Morača. Dieser Landstrich zählte sechs vorzügliche Städte. **Terbunia** *Τερβουνία*, jetzt Trebinje. **Ormos** *Ὅρμος*, von den Chronisten des XII. Jahrh. Urmo genannt, wahrscheinlich das spätere Rama am gleichnamigen Flusse. **Risena** *Ῥίσενα*, heutzutage Risno. **Lukavete** *Λουκάβετε*, heutzutage Luka im Binnenlande bei Tuhelj. **Zetlivi** *Ζετλήβη*, d. i. Zeta, jetzt Name eines Flusses und einer Gegend. — Dioklea begriff in sich den Landstrich an beiden Seiten des Flusses Morača. In demselben lagen folgende Städte: **Gradetai** *Γραδέταϊ*, heutzutage Gradić oberhalb Skadar. **Nougrade** *Νουγράδε*, d. i. Novgrad, noch unbestimmt, wenn es nicht Gradac in der Nahija Lješanska ist. **Lonto** *Λόντο* (insgemein *τὸ Λοντοδόκλα*, aber es ist getrennt zu lesen *τὸ Λόντο, τὸ Λόκλα)*, jetzt Linda, auf älteren Charten Lunta und Luncza nordwestlich von Skadar. **Dokla** *Δόκλα*, jetzt Duklja in Ruinen, am Einflusse der Zeta in die Morača. — Serbien in der engsten Bedeutung lag im Nordosten der jetzt genannten Landschaften, an beiden Seiten der Flüsse Bosna und Drina, und erstreckte sich bis an den Ibar und die Morava, welche Flüsse es von Bulgarien schieden. Die Städte der Serben waren folgende: **Destinikon** *Δεστινίκον*, an einer andern Stelle **Destinika** *Δεστινίκα*, die älteste Residenz serbischer Fürsten, ist nicht Trstenik, sondern vielmehr Desnica (t ist griechische Einschaltung), welches als „castrum Thysnitza“ noch in einem Diplome Kg. Sigmunds vom J. 1426 genannt wird, jetzt unbekannt, aber in der Drina-Gegend zu suchen, wo Dörfer Desić, Desna vorkommen. **Tzernabuskei** *Τζερναβουσκεή*, d. i. Crnabuča, aber von noch unbekannter Lage; in Serbien kommen einige Ortschaften Bučje, in Bosnien Bjelabuča im Norden von Travnik vor. **Megyretus** *Μεγυρέτους*, das heutige Medjureč in der Nahija Jagodinska. **Dresneik** *Δρεσνεήκ*, das heutige Drežnik in der Nahija

Užička; sonst kommt in alten Diplomen auch der Ortsname Dr'snik vor. **Lesnik** *Λεσνήκ*, jetzt Lješnica am Flusse Jadar. **Salenes** *Σαληνές*, jetzt Solina, türkisch Tuzla, von **tuz** Salz, Doppelstadt am Flusse Jala in Bosnien. **Rasa** *Ράσα*, bis auf die türkische Eroberung stets Rasa genannt, jetzt Novipazar am Flusse Raška. Als eine besondere Landschaft in Serbien zeichnet Konstantin die Gegend Bosna *χωρίον Βόσωνα* aus. Sie hatte zwei namhafte Städte. **Katera** *Κάτερα*, jetzt Kotorsko am Flusse Bosna. **Desnik** *Δεσνήκ*, noch spät im Mittelalter unter dem Namen Desna vorkommend, heutzutage nach Kačić Dešan, auf Charten türkisirt Težeju. Die Gränzen des alten Serbenlandes waren demnach im Süden der Fluss Boljana mit der Stadt Skadar, im Westen die Stadt Rasa oder das heutige Novipazar an der Raška (von Konstantin ausdrücklich als Gränzstadt gegen die Bulgaren erwähnt; Priština, Niš, Kučevo, Braničevo wurden erst im XII. Jahrhundert den Griechen, an welche sie von den Bulgaren kamen, entrissen), von da an die Flüsse Ibar und Morava, im Norden die Donau und die Save, im Westen der Gebirgsrücken, welcher die Flussgebiete der Bosna und des Vrbas scheidet, endlich von da weiter die Gebirge zwischen den Quellen des Vrbas und der Mündung der Cetinja. Wiewohl Konstantin nur die Wohnsitze der Serben seiner Zeit schildert, so können wir doch mit ziemlicher Sicherheit annehmen, dass dieselben schon gleich nach der Einwanderung so vertheilt waren, weil er sonst wahrscheinlich ihre spätere Erweiterung, wie bei den Chorwaten, erwähnt haben würde. Was demnach über diese ursprünglichen Gränzen hinaus liegt und jetzt Serbien heisst oder während der Blüthe des Reiches so genannt wurde, sind spätere Erwerbungen, welche die Geschichte zu erzählen hat. Wollte diese über den ganzen Stamm vollständig sein, so müsste sie auch die Chorwaten, nämlich die genetischen alten Chorwaten, mitumfassen. Da jedoch im Lande der Chorwaten die cyrillische Schrift und Literatur keine bleibende Früchte trug, so beschränkt sich unser historischer Ueberblick diesmal bloss auf das Land der Serben.

4. Tiefe Nacht deckt die ältesten Schicksale des serbischen Volkes. Nur einzelne abgerissene Thatsachen und Namen von Fürsten aus den fünf ersten Jahrhunderten nennen uns die Byzantiner; noch weniger Ausbeute an verlässlichen Daten bieten die occidentalischen Schriftsteller dar; die einheimischen dürftigen Annalen fangen erst mit dem XII. Jahrhd. an. So wie in Chorwatien die einzelnen Županen unter zwei bis drei von einander unabhängigen Grossžupanen, die anfänglich den Titel Bane führten, und von denen sich einer schon im IX. Jahrh. zum Könige aufschwang, vereint waren; eben so war es mit den verschiedenen Theilen Serbiens der Fall. Der Grossžupan von Serbien, der in Desnica (Destinika des Konstantin) residirte, war anfangs das Oberhaupt aller andern serbischen Župane, mit Ausnahme der in wilder Freiheit lebenden Paganer; nach der Zerrüttung des Landes durch die Bulgaren schwang sich der Grossžupan von Dioklea mächtig empor, erlangte bald königliches Ansehen und Titel, und erhielt die Insignien dazu vom Papste; bis Nemanja, der Sprössling einer Županenfamilie aus Dioklea und Schöpfer einer neuen Dynastie, ein mächtiges unabhängiges Grossžupanat in Rasa gründete und in kurzer Zeit ganz Serbien mit bleibendem Erfolge unter seine Botmässigkeit brachte, selbst Bosnien nicht ausgenommen, dessen Verband mit dem Reiche jedoch wieder später lockerer ward.

Dies vorausbemerkt, wollen wir nun die früheste Geschichte des Landes, vorzüglich nach den Angaben der Byzantiner, überblicken. Auf den aus Beloserbien gekommenen Fürsten, sagt Konstantin, folgte zuerst der Sohn, dann der Enkel und so fort alle andern Nachkommen, bis nach vielen Jahren (um d. J. 800) **Vyšeslav**, nach diesem **Radoslav**, nach diesem **Proslgoj**, und endlich nach diesem **Vlastimir** (um d. J. 870) auf dem Stuhl sass. In dieser Zwischenzeit hatten sich die Serben von der byzantinischen Hoheit frei gemacht. Vlastimir, geschreckt durch die Saracenen, welche die dalmatische Küste beunruhigten, begab sich unter den Schutz des Ks. Basilius (um d. J. 870), und besiegte nach dreijährigem blutigen Kriege den bulgarischen

Herrscher Presiam. Seine Tochter verheirathete er an Krajna, Sohn des trebinjer Župans Bela, und erklärte den Schwiegersohn für einen unabhängigen Fürsten. Auf Krajna folgte Hvalimir, und auf diesen Cucimir (880—940). Vlastimir's drei Söhne **Muntimir**, **Strojimir** und **Gojnik** theilten das Reich unter sich (um 880), schlugen den Einfall des Bulgaren Michael Boris zurück, wurden aber unter sich uneins, und Muntimir vertrieb seine zwei Brüder (um 886). Auch er hinterliess drei Söhne. **Pribislav**, **Bran** und **Stephan**; der älteste ward Grossžupan. Allein **Peter**, Gojnik's Sohn, drang mit Chorwaten nach Serbien ein, bemächtigte sich des Fürstenstuhles, liess Bran blenden und tödtete den Prätendenten Klonimir, Strojimir's Sohn. Er regierte nun friedlich über 20 Jahre; endlich, von den Bulgaren durch Verrath gefangen, starb er im Kerker (nach 917). Der von den Bulgaren bestellte Grossžupan **Paul**, Bran's Sohn, strebte gar bald nach Unabhängigkeit, wurde überwunden und musste die Regierung an **Zacharias**, Pribislav's Sohn, abtreten (920). Aber auch dieser wurde den Bulgaren untreu und neigte sich zu den Byzantinern; weshalb der Bulgare Symeon in Serbien einfiel, den Fürsten in die Flucht schlug, die Bojaren und das Volk theils niedermetzelte, theils in die Gebirge schleppte, und beinahe ganz Serbien in eine Wüste verwandelte (924). **Česlav**, Klonimir's Sohn, wurde des Landes Wiederhersteller (934). Er fand Mittel, aus der bulgarischen Gefangenschaft zu entfliehen, sammelte die Zerstreuten, rief die Flüchtlinge zurück und erstarkte bald unter dem Schutze des Ks. Konstantin, dem er dafür treu und ergeben blieb. Nun folgt in der serbischen Geschichte eine Lücke von siebzig bis achtzig Jahren (934—1015). Etwa um d. J. 1015 regierte **Vladimir**, ein tapferer und tugendhafter Fürst, den der bulgarische Kg. Joann Vladislav am 22. Mai 1016 zu Prespa verrätherischer Weise ermorden liess. **Joann Vladislav** bemächtigte sich Serbiens, starb aber schon zwei Jahre darauf auf einem Kriegszuge wider die Griechen. Mit Bulgarien fiel auch Serbien unter die Herrschaft der griechischen Kaiser, und wurde durch griechische Statthalter verwaltet. Um das Jahr 1040 stand **Stephan Vojislav** auf, vertrieb den Statthalter Theophilus Eroticus und schlug die herandringenden Griechen einigemal aufs Haupt (1043). Sein Sohn und Nachfolger **Michael** (1050—1080) lebte anfänglich in Frieden mit den Byzantinern, aber bald in noch grösserem Verkehr und Verband mit dem Occidente, nahm den Titel eines Königs (rex) an, und erbat sich dazu die Insignien vom Papste (1078). Er eroberte Durazzo (Drač) 1079 und soll dreissig Jahre lang regiert haben. Sein Sohn **Konstantin Bodin** (1080) bezwang die Župane von Bosnien und Rasa, und liess auf Anstiften seiner Gemahlin Jakvinta alle seine Verwandte ermorden. In den J. 1089—1105 führte Vlkan, Župan von Rasa, blutige Kriege mit den Byzantinern. Die Reihenfolge der Grosszupane ist abermals verworren; die Byzantiner schweigen, die dalmatischen Chronisten sind unzuverlässig. Um das Jahr 1122 bestieg **Uroš**, genannt **Bela Uroš**, Župan von Rasien, ein naher Verwandte Vlkan's, den Fürstenstuhl. Dieser Uroš ist der angebliche Stammvater der Nemanischen Familie. Seine Gemahlin Anna soll eine fränkische (d. i. deutsche) Prinzessin gewesen sein. Er hinterliess zwei Söhne: **Čedomil**, bei den Griechen **Bakchinos** genannt, der ihm in der Regierung folgte (1136), und **Tjechomil**, ferner zwei Töchter, Helena, mit Kg. Bela von Ungarn, und eine ungenannte, mit dem Bojaren Beluš vermählt. Čedomil wurde im Kampfe mit Manuel Komnenus (1151) überwunden, gefangen und hart gedemüthigt. Seine nächsten Nachfolger waren sein Schwager **Beluš** und des letztern Bruder **Pribislav** (1159—1162), welche beide aber bald dem **Tjechomil**, Uroš's Söhne, insgemein Tješa genannt, weichen mussten. Tješa wurde wegen seiner Hinneigung zu den Ungarn von Ks. Manuel Komnenus abgesetzt, und anstatt seiner **Stephan Nemanja**, angeblich sein jüngster Sohn, zur Fürstenwürde erhoben (1162—1165).

5. Mit **Stephan Nemanja** beginnt eine glänzendere Periode Serbiens; doch ist sowohl seine, als auch seiner nächsten Nachfolger Regierungszeit noch immer nicht geschichtlich hell genug. Nach den Angaben seines Sohnes und Biographen Sava, wurde derselbe im J. 1114 zu Ribnica im Gebiete Zeta geboren, betrat als Fürst von Rasa den Grossžupanstuhl 1159, regierte 36 Jahre lang, ward zuletzt Mönch unter dem Namen Symeon in

Studenica den 25. März 1195 und in Batoped auf Athos den 2. Novb. 1197, und starb den 13. Febr. 1200 im Kloster Chilandar auf Athos. Nach Beschwichtigung seiner widerspenstigen Brüder (?) unterwarf sich dieser kriegerische und unternehmende Fürst Bosnien und schlug den Muth der rebellischen Župane auf immer nieder. Zweimal zog er wider die Griechen ins Feld und machte zweimal mit ihnen Frieden. Nach Manuels Tod entriss er denselben Petrnik, Štip, Zemljan, Velbužd, Prizren, Niš und andere feste Städte. Um das J. 1184 belagerte er Ragusa vergeblich und schloss dann mit dieser Stadt einen Vergleich. Im J. 1189 empfing er den im Kreuzzug nach Palästina begriffenen Ks. Friedrich Barbarossa, den er schon früher durch Gesandte in Eger begrüsst hatte, in Niš auf das zuvorkommendste, und hatte mit ihm wichtige politische Verhandlungen. Im J. 1192 eroberte er Skoplje, schloss darauf mit dem Ks. Isaak Angelus Komnenus Frieden, und erhielt dessen Nichte Eudoxia für seinen Sohn Stephan zur Frau. Er vertilgte die Häretiker im Lande und übergab die Regierung seinem Sohne **Stephan** (1195). Dieser ward anfangs von seinem jüngern Bruder Vlk, dem er die Gebiete Zeta und Chulm abtrat, und der nun mit Hilfe des Papstes und des Kgs. von Ungarn, denen er anhing, nach Alleinherrschaft und der Königskrone trachtete, hart bedrängt; aber der jüngste Bruder Sava, der Mönch und darauf erster Erzbischof des Landes geworden war, versöhnte beide und krönte Stephan zum König 1222, mit einer vom Papste geweihten und von Bischof Method aus Rom gebrachten Krone. Daher der Beiname Prvovjenčani, der Erstgekrönte, nämlich in der neuen Dynastie, denn die Diokleer waren schon früher Könige. Nachdem Stephan seine erste Gemahlin verstossen, heirathete er Anna, Enkelin des venezianer Dogen Heinrich Dandolo. Kurz vor seinem Tode wurde er Mönch unter dem Namen Symon und starb angeblich 1224. Sein Sohn **Radoslav** soll den Bulgaren und Griechen einige Landstriche und den Ungarn ganz Sirmien weggenommen haben, was indess sehr zweifelhaft ist. Von Natur schwach verlor er den Verstand, und musste die Regierung seinem Bruder **Vladislav** abtreten, angeblich 1230.

Vladislav befestigte seine Herrschaft in den von den Griechen erworbenen Landstrichen und demüthigte den Fürsten von Durazzo, Johann Angelus. Mit Ragusa schloss er eine vortheilhafte Offensiv- und Defensiv-Allianz. Er liess durch Deutsche den Bergbau betreiben, hob den Wohlstand des Landes ansehnlich und führte einen bis dahin ungewöhnlichen Luxus ein. Er starb kinderlos, angeblich im J. 1237. Sein Bruder und Nachfolger **Stephan Uroš**, zubenannt der **grosse König**, hatte viel von den Mongolen zu leiden, welche 1241 Bosnien, Serbien und Bulgarien mit Raub und Verwüstung heimsuchten. Im J. 1255 besetzte er Kičevo und Prilep, zwei Landstriche in Macedonien, und schlug die Griechen aus dem Felde. Im J. 1261 wohnte er zu Wien dem Friedensschlusse zwischen Kg. Bela IV. und Ottokar von Böhmen bei, und vermählte darauf seinen Sohn Dragutin mit Katharina, Bela's Enkelin, wobei er diesem die baldige Abtretung des Thrones von Serbien und Pomorien versprochen haben soll. Für den zweiten Sohn Milutin warb er um die Tochter des Ks. Michael Paläologus, Anna; allein die Unterhandlungen zerschlugen sich (um 1269). **Dragutin**, voll Misstrauen gegen den Vater und jüngern Bruder Milutin, und ungeduldig ob der Zögerung des Vaters ihm die versprochene Krone abzutreten, vertrieb diesen mit Gewalt vom Throne und liess ihn vor Gram und Kummer auf der Flucht sterben (1272). Geängstigt von Gewissensbissen trat er indess schon 1275 die Regierung von Serbien seinem Bruder **Milutin** ab und begnügte sich, wiewohl nicht ohne vorübergehende Anfälle von Herrschsucht, mit Sirmien (st. 1317). Die königliche Mutter Helena, eine fränkische Prinzessin, erwarb sich durch Wohlthun und Frömmigkeit unvergängliches Andenken im Lande. Milutin eroberte aufs neue Skoplje, dann Zljetovo und Pijanac (1279). Konstantin Porphyrogeneta (?) vermochte ihm nicht zu widerstehen; Michael Paläolog rüstete ein Heer von Griechen, Franken und Tataren wider ihn aus, starb aber vor der Ausführung des Unternehmens. Andronik II. stellte den tapfern Feldherrn Glavaš dem Milutin entgegen; dessen ungeachtet nahm dieser Strumica, Sjer und Christopol den Griechen weg (1285). Im J. 1286 brachte er auch Bosnien an sich. Im J. 1292 verglich er sich mit dem kriegerischen Fürsten von Vidin Šišman, und erlangte auch von dem Tatarenchan Nogaj den Frieden. Nicht so glücklich waren Milutin's häusliche Verhältnisse. Von vier Gemahlinen hatte er drei verstossen; bloss Simonis, eine griechische Prinzessin, überlebte ihn. Seinen Sohn und einzigen männlichen Erben Stephan liess er aus Misstrauen zuerst blenden und dann (1307) nach Konstantinopel abführen. Doch ward der Unglückliche der Sehkraft nicht ganz beraubt und erhielt später das Augenlicht wieder. Die Bemühungen des römischen Stuhls, Milutin für die occidentalische Kirche zu gewinnen, scheiterten zu wiederholtenmalen. Um das J. 1314 stand er dem Ks. Andronikus II. wider die Türken bei, und die Serben verübten unter ihrem Feldherrn Grebostrek in Kleinasien Heldenthaten. In demselben Jahre machte er sich die Ragusaner tributpflichtig. Nach des Bruders Dragutin Tode bemächtigte er sich des Erblandes desselben, rief den verstossenen Sohn Stephan zurück und übergab ihm Dioklea. Im J. 1319 überzogen ihn die Ungarn und Sicilianer mit Krieg, in welchem er sich zwar in Epirus tapfer hielt, aber Mačva und Bosnien verlor. Die Unruhen in Ungarn lähmten Karl Roberts weitere Unternehmungen, und Milutin starb im Frieden 1321. Seine Wohlthätigkeit gegen Geistliche und Kirche erwarb ihm den Beinamen des **heiligen Königs** (Sveti kralj). Sein Sohn **Stephan** hatte lange mit äussern und innern Feinden zu thun. Konstantin, angeblich ein natürlicher Sohn Milutin's, und Vladislav, Sohn Dragutin's, mussten mit Gewalt der Waffen unterworfen werden. Im J. 1326 besiegte er im Bunde mit dem Vlachen den ungarischen König Karl Robert. Im J. 1330 den 16. Juli schlug er die Bulgaren am Bache Kamenča unweit Velbužd aufs Haupt. In diesem Treffen, welches dem Könige der Bulgaren Michael das Leben kostete, zeichnete sich Dušan, Stephan's Sohn, besonders aus. Neda, Stephan's Schwester, Michaels verstossene Gattin, ward in Bulgarien als Königin eingesetzt. Im J. 1331 wurden die Städte Veles, Prosjek, Štip, Črješte und Dobrun, sämmtlich in Macedonien, den Griechen entrissen. Aber um das J. 1334 empörte sich der herrschsüchtige, von den Bojaren misleitete Dušan, belagerte den Vater zuerst in Nerodimlje, nahm ihn darauf in Petrič gefangen und liess ihn endlich im Schlosse Zvečan aufs grausamste erwürgen (1336). Dieser König führt von dem von ihm erbauten berühmten Kloster Dečani in der Geschichte den Beinaman **Dečanski**. **Stephan Dušan,** von seinen Thaten der Gewaltige (Silni) genannt, führte nicht weniger als dreizehn Feldzüge wider die Griechen aus. Im J. 1337 nahm er Strumica, unterwarf sich ganz Macedonien und Albanien bis nach Thessaonichi, Kostur und Janina, bedrohte Byzanz und schloss dann mit dem in Thessalonichi eingeschlossenen Ks. Andronikus Frieden (1340). Hierauf theilte er seinen Staat in acht Statthalterschaften ein und ahmte auch in andern Dingen die Einrichtungen des byzantinischen Kaiserreichs nach. Bei dem Kriege zwischen den Anhängern der Kaiserin Anna und dem Gegenkaiser Kantakuzen nahm er zuerst Partei für den letztern, empfing ihn auf das gastfreundlichste in Morava (1342) und gab ihm Hilfstruppen; doch gar zu bald löste sich dies Bündniss auf, Kantakuzen rief die Türken zu Hilfe, und Dušan setzte seinen alten Plan, sich das byzantinische Reich zu unterwerfen, fort. Er eroberte Sjer, das alte Pherae (1346), mit den noch übrigen griechischen Städten Macedoniens, und liess sich nun feierlich zum Carj (Kaiser, Imperator) von Serbien und Romanien, seinen Sohn Uroš zum König (kralj, rex), den Landeserzbischof aber zum Patriarchen proclamiren und weihen. Hiedurch zog er sich aber den Bann der Byzantiner zu. Im J. 1349 liess er auf einem Reichstage die alten und neuen Gesetze des Landes revidiren und in ein Buch zusammentragen. Auch wider Ungarn wendete er seine Waffen mit Glück, machte sich Bosnien von neuem unterthänig, und durchzog siegreich Dalmatien. Im Jahre 1356 rüstete er sich zu einem neuen Feldzug gegen die Griechen, dessen Zweck war, Konstantinopel zu erobern, sich die byzantinische Kaiserkrone aufzusetzen, den griechischen Patriarchen Kallistus wegen des Bannes zu züchtigen und die Türken aus Europa zu vertreiben. Mitten unter solchen Vorbereitungen und Entwürfen ereilte ihn der Tod zu Deabolis in Albanien am

18. Dec. 1356. Sein Sohn, der neunzehnjährige **Uroš**, ward nun Carj. Von Natur schwach an Geist und Willen wurde er bald von den übermächtigen, nach Unabhängigkeit strebenden und sich nun gegenseitig mit Krieg überziehenden Statthaltern unterjocht, und endlich, als er von seinem, zum Kralj erhobenen Bedränger Vukašin nach Ragusa entfliehen wollte, von diesem eigenhändig mit der Keule unweit Nerodiml erschlagen (1367). **Vukašin** bestieg nun den Thron, kämpfte anfangs glücklich mit den Türken, verlor aber zuletzt die entscheidende Schlacht am Tänarus und mit ihr das Leben (1371). Das grosse serbische Reich des Stephan Dušan fing nun an rasch zu zerfallen. **Lazar**, Statthalter von Sirmien und Mačva, ein Verwandte des alten Fürstenhauses, ergriff jetzt mit kräftiger Hand die Zügel der Regierung in dem grössten Theile Serbiens, während sich Tvàrdko zum Könige von Bosnien erhob. Er liess sich im Jahre 1376 förmlich zum Kaiser krönen, führte jedoch aus Bescheidenheit, wie dies seine Urkunden bezeugen, nur den Titel Fürst (knez). Eifrig bemüht, seinen Staat durch Herstellung der Ordnung im Innern, so wie durch Erweiterung der Gränzen zu befestigen, konnte er der andringenden Uebermacht der Türken nicht widerstehen. Schon hatte sich Sultan Murad den Bulgarenfürsten Šišman unterworfen und wandte sich nun nach Serbien. Von aller Hilfe verlassen erkaufte Lazar diesmal unter schmählichen Bedingungen den Frieden (1386). Er wollte Zeit gewinnen, um den gegen die Türken beabsichtigten Völkerbund fester zu knüpfen. Doch nun war alles vergeblich. Am 15. Juni 1389 kam es zwischen den Türken und Serben auf der Ebene Kosovo zu einer Schlacht, welche sowohl Murat als Lazar das Leben, Serbien aber die Freiheit und Selbstständigkeit kostete. Fortan gab es keine Carjen von Serbien mehr. Unter dem Titel Despoten sehen wir die Fürsten des Landes noch ein Jahrhundert lang bald unter ungarischem Schutze, bald in türkischer Verbindung, ihr Heil suchen.

6. **Milica**, Lazar's Witwe, erhielt von Bajesid für sich und ihren ältesten Sohn **Stephan** das Land, auf welches der Verräther in der kosover Schlacht Vuk Branković vergeblich rechnete,

doch nur gegen Auslieferung ihrer ältesten Tochter Mileva an den Sultan, so wie gegen Tribut und Kriegspflichtigkeit. In dem Streite zwischen Musa und Suleiman I. entschied Stephan die Schlacht für den letztern (1403), ward aber dafür mit Undank belohnt. Die Türken unterstützten den Prätendenten Georg Branković, wurden indessen diesmal von den vereinten Serben und Ungarn geschlagen. Stephan erhielt vom griechischen Kaiser die Despotenwürde, und liess sich nun krönen. Kurz darauf starb Milica als Nonne (1406). Sein Bruder Vuk und Georg Branković bedrängten ihn aufs neue, und er musste mit ihnen das Land theilen. Unter Mohamed I. und Murad II. genoss Stephan Ruhe und regierte sein Volk mild und weise. Er starb 1427 kinderlos. **Georg Branković** bestieg den Herrscherstuhl als sechzigjähriger Mann. Während der dreissig Jahre seiner Regierung ward Serbien mehr als je der Schauplatz verheerender Kriege. Im J. 1430 schloss er mit Murad II. Frieden, trat ihm einen Theil Serbiens und Bosniens ab und verpflichtete sich zum Tribut. Bald darauf überliess er dem Könige von Ungarn die wichtige Gränzfestung Belgrad gegen ansehnliche Güter und Schlösser, um sich einen Zufluchtsort in Ungarn zu sichern. Sogleich schickte Murad Truppen ins Land, welche mehrere Städte zerstörten, und Georg musste seine Tochter Mara und seine zwei ältesten Söhne Gregor und Stephan an den Sultan ausliefern. Dennoch brach Murad selbst aufs neue ein (1437), und Georg musste nach Ungarn fliehen. Novobrdo und Smederevo fielen, nur Belgrad hielt sich noch immer. Der Sultan liess nun seine Wuth an den Söhnen Georgs aus; sie wurden geblendet und nach Asien abgeführt. Georg begab sich nach Antivari und von da nach Ragusa, wo ihm seine Schätze und sein Archiv abgenommen wurden. Johann Hunyad und Georg Skanderbeg drängten indess die Türken zurück, und Georg erhielt sein Land wieder (1444). In den darauf folgenden Kriegen zwischen den Türken und Ungarn spielte Georg eine sehr zweideutige Rolle (1448). Nach dem Falle Konstantinopels (1453) wendete sich Mohamed II. gegen Serbien; doch entsetzten die Ungarn Belgrad und schlugen die Türken bis Sofia zurück (1456).

Dessen ungeachtet neigte sich Georg fortan auf die Seite dieser letztern. Er starb nach einem Gefecht mit dem ungarischen Magnaten Michael Szilágyi am 24. Dec. 1457, im 91. Jahre seines Lebens. Auf dem Sterbebette verordnete er, dass seine Gemahlin, die griechische Prinzessin Irene, mit dem Rathe ihrer drei Söhne in Serbien herrschen sollte. Allein **Lazar**, der jüngste unter denselben, tödtete seine Mutter durch Gift und verjagte die Brüder. Georg floh nach Konstantinopel, wo er Mönch ward; Stephan nach Ungarn. Lazar konnte sich indess des so erworbenen Besitzes nicht lange erfreuen, er starb 1458, kaum fünf Wochen nach seinem Vater. Seine Witwe, **Helena** Paläologa, schenkte das Land dem Papste, um durch diesen die Hilfe der katholischen Mächte zu erlangen; das hiedurch empörte griechischgläubige Volk ging dem anrückenden Sultan entgegen und erbat sich seinen Schutz. Dennoch verheerte dieser das Land auf das entsetzlichste, brannte die Kirchen und Klöster nieder und schleppte 200.000 Menschen in Gefangenschaft (1459). So ward Serbien eine türkische Provinz! — Ein halbes Jahrhundert lang dauerte der serbische Despotentitel und damit der Anspruch auf das serbische Land in Ungarn noch fort. Als **Stephan**, der oben erwähnte zweite Sohn Georgs, in dies Königreich floh, ward er von den Seinigen feierlich zum Despoten ausgerufen; aber die Versuche, welche er von Ungarn und Sirmien aus zur Wiedererlangung wirklicher Herrschaft in Serbien machte, waren vergeblich. Flüchtig irrte er nun umher, heirathete in Albanien die tugendhafte Angelina und starb endlich in Italien (um 1481). Unterdessen aber hatten sich ausser den Serben, welche ihm nach Ungarn gefolgt waren, noch viele Tausende Ausgewanderter in Sirmien und Südungarn angesiedelt, und erfreuten sich des besondern Schutzes des Kgs. Mathias Corvinus. Im J. 1471 erwählten sie sich in dem Sohne Gregors und Enkel Georgs, **Vuk**, wegen seiner Kühnheit und Tapferkeit der **Drache** (Zmaj) zubenannt, einen neuen Despoten. Ihm ward vom Könige eine Residenz in Sirmien angewiesen, von wo aus er keine Gelegenheit versäumte, den Türken zu schaden. Nach seinem Tode ward den serbischen Kolonisten noch einmal die

Ehre eines eigenen Despoten. Von den mit ihrer Mutter Angelina zuerst nach Siebenbürgen und hierauf nach Sirmien zurückgekehrten Söhnen Stephans war nämlich der ältere Georg unter dem Namen Maxim Mönch und zuletzt Erzbischof geworden; der jüngere hingegen, **Johann**, war der letzte wirkliche Despot der Serben. Sein Leben, mehr den Werken der Frömmigkeit, als dem Kriege zugewendet, bietet nichts Denkwürdiges dar. Nach seinem Tode (1503) führte seine Gemahlin **Helene**, aus dem Geschlechte Jakšić, noch achtzehn Jahre lang den Titel Despotin (1521). In den folgenden Jahrhunderten ward diese Würde noch einigemal von diesem und jenem serbischen Edelmanne in Anspruch genommen, allein ohne dass die Regierung sie anerkannte. Nach der gänzlichen Unterjochung des Landes durch die Türken erfolgten wiederhohlte zahlreiche Auswanderungen der Serben nach Ungarn, Slavonien und Kroatien. So machte noch unter dem Kg. Mathias Corvinus der Commandant von Temesvár, insgemein Knez Pavo (Paul) genannt, im J. 1481 einen Streifzug gegen die Türken in Serbien; das Resultat mehrerer glücklicher Gefechte war, dass man bei 50.000 serbische Kolonisten herüberbrachte, aus denen der König mehrere Fahnen Soldaten bildete. Aber nach der unglücklichen Schlacht bei Mohács (1526) fiel selbst ein grosser Theil Ungarns, und hiemit auch die daselbst angesiedelten Serben, in die Gewalt der Türken. Als endlich unter Leopold I. die türkische Uebermacht gebrochen wurde, schien auch für Serbien eine bessere Zukunft aufzugehen. Im J. 1689 gingen einige Tausend Serben unter der Anführung des Despoten Georg Branković zur kaiserlichen Armee über. Im folgenden Jahre (1691) kam der serbische Patriarch Arsenius Černojević mit etwa 36.000 serbischen Familien herüber, welche sich in Sirmien, in Slawonien, bei Ofen und in S. Andrä niederliessen. Bald bewirkten Eugens Heldenthaten, dass Oesterreich im Frieden zu Požarevac (1718) den grössten Theil von dem ehemaligen alten Serbien erhielt; aber im Frieden zu Belgrad (1739) ging derselbe wiederum an die Türken verloren. Die serbischen Ansiedler im Königreiche Ungarn und dessen Nachbarländern wurden nun endlich ganz den übrigen ungarischen Reichsbürgern einverleibt und machen bis diese Stunde einen geachteten Bestandtheil derselben aus. Viele serbische Namen glänzen in der Geschichte der Kriege des Hauses Oesterreich, aber diesen Gegenstand weiter zu verfolgen gehört nicht zum Zwecke dieser gedrängten Uebersicht.— Ein Theil des unter der türkischen Herrschaft gebliebenen Serbiens zog in den ersten Jahren unseres Jahrhunderts durch einen allgemeinen Volksaufstand die Blicke ganz Europas auf sich. Männer von hohem Muthe und überwiegendem Geiste, den gewaltigen Georg Petrović, insgemein Crni oder Kara-Djordje genannt, an der Spitze, leiteten ihn lange glücklich, bis sie der Uebermacht erliegend und fremder Beihilfe entbehrend, die blutig errungenen Vortheile sich wieder gewaltsam entrissen sahen, und die ganze Grausamkeit des Siegers erfahren mussten. Der zwischen den Russen und Türken zu Bukurest am 19. Mai 1812 geschlossene Friedenstractat, in welchem auch die Verhältnisse der Serben zur Pforte festgesetzt wurden, schien zwar anfangs für die Nation wenig fruchtbringend zu sein; indess hatte er später um so wichtigere und wohlthätigere Folgen. Eines der überbliebenen Häupter, Miloš Obrenović, stellte sich an die Spitze des hartbedrängten Volkes und vertheidigte muthvoll dessen Gerechtsame so lange, bis auch das Schicksal Serbiens zuerst durch die freilich unvollzogene Akermaner Convention (6. Oct. 1826), und zuletzt durch den definitiven adrianopoler Friedensvertrag zwischen Russland und der Pforte am 14. Sept. 1829 entschieden, und dessen künftiges Verhältniss zu der Pforte bleibend geregelt wurde. Fürst Miloš wurde in Folge dieser Anordnungen von der serbischen Nation zu ihrem erblichen Landesherrn unter der Hoheit der Pforte gewählt und vom Sultan in dieser Würde feierlichst bestätigt (1830). Es ist Hoffnung vorhanden, dass Serbien einer bessern und glücklicheren Zukunft entgegengeht.

7. **Bosnien** nennt Konstantin Porphyrogeneta als ein abgesondertes Gebiet im Lande Serbien, doch unter der Botmässigkeit des serbischen Grossžupans. In diesem Verhältnisse mag es bis auf Bela Uroš verharret haben, der dasselbe an Ladislav,

den Sohn seiner Tochter Helena und des ungarischen Königs Bela II., abtrat. Es wurde als Herzogthum unter ungarische Oberherrschaft gestellt, und die Könige von Ungarn nannten sich von da an auch Könige von Rama, wie Südbosnien von dem Flusse Rama hiess. Im J. 1153 ward **Boris**, Koloman's Sohn, Herzog von Bosnien; allein schon 1169 unterwarf sich dasselbe Nemanja und liess es durch Bane verwalten, von denen **Kulin** um das J. 1180—1204 genannt wird. Unter diesem Ban griff die Patarerische Ketzerei in Bosnien mächtig um sich. Kurz vor seinem Tode scheint Kulin sich dem Könige von Ungarn unterworfen zu haben. Sein Sohn **Nicolaus** (Nikoslav?) folgte auf ihn. Im J. 1235 erhielt, bei einer neuen Ländertheilung, der ungarische Prinz **Koloman** das Herzogthum Bosnien. Zu seiner Zeit machte sich der bosnische Bojar Zibislav (?) berühmt. Nach der mongolischen Verheerung und Koloman's Tode (1243—1247) ist **Ninoslav** (nach andern Nikoslav, ungewiss ob der obige) Ban von Bosnien und führt Kriege mit Ungarn. Darauf wird des mačver Ban Sohn, **Bela**, von dem Könige von Ungarn zum Ban von Bosnien bestellt, aber 1272 vom Grafen Heinrich von Güssing erstochen. Sein und des ungarischen Königs General war **Stephan Kotroman**, angeblich ein Deutscher, der Vrhbosna erbaut haben soll. Dieser schwang sich 1272 zum Ban von Bosnien empor, begünstigte die Patarener und fing an Ragusa zu bekriegen. Im J. 1280 ward zwar die ungarische Königin **Elisabeth** zur Herzogin von Mačva und Bosnien erklärt; allein sowohl ihr, als des Prinzen **Ladislaus** Ansehen blieb wirkungslos, und im J. 1286 brachte **Milutin** Bosnien an sich. Diesem entriss es der Graf Mladin von Brebir 1318, und Kg. Karl Robert I. setzte **Stephan Kotromanović** 1322 zum Ban ein, unter welchem Ks. Stephan Dušan den grössten Theil von Bosnien, bis auf die Hauptstadt Travnik, sich unterwarf (1349). Auf ihn folgte seines Bruders Vladislav Sohn **Tvàrdko** 1357, zuerst als Ban, bis er sich 1376 zu Mileševa vom Abte des dortigen Klosters zum König krönen liess. Er führt in lateinischen Diplomen (serbische von ihm sind unbekannt) den Titel: Rassiae, Bosniae Maritimaeque rex. Bald darauf brachte er auch Chulm unter seine

Botmässigkeit, und machte sogar auf das ungarische Dalmatien, wiewohl vergeblich, Versuche. Im Herbste 1388 brach Sigmund mit einem Heere in Bosnien ein und zwang Stephan Tvàrdko zur Erneuerung des Vasalleneides. An der kosover Schlacht (15. Juni 1389) nahm Tvàrdko keinen Antheil, vielmehr verglich er sich gleich darauf mit Bajesid, und erhielt von diesem sogar türkische Hilfsvölker zu seiner gegen Dalmatien und König Sigmund bestimmten Armee. Kurz nach Eroberung des grössten Theiles von Dalmatien starb er 1391, und hinterliess einen unehelichen Sohn Tvàrdko. Sein Nachfolger ward nun, durch Anhang im Volke und beim Adel, **Dabiša**, der natürliche Sohn Miroslav's, eines Bruders von Tvàrdko. Von den Türken mit Krieg bedroht, stellte er sich als Vasall unter den Schutz des Königs Sigmund, und regierte ruhig bis 1396. Gleich nach seinem Tode traten drei Kronprätendenten auf: der uneheliche Prinz **Tvàrdko**, unter Bajesid's Schutz; der Bojar **Ostoja Christić**, aus dem Geschlechte Jablonović, vom Adel und dem ungarischen Kronprätendenten Ladislaus von Neapel angetrieben; und **Hrvoja**, Herzog von Spalato, als der vom König Sigmund bestellte Ban Bosniens. Das durch treulose Arglist dieser gegen sich und ihre Beschützer meineidigen Fürsten denkwürdige bosnische Triumvirat endigte mit der völligen Unterwerfung Ostoja's und Gefangennehmung Tvàrdko's II. durch Kg. Sigmund (1408). Indess dauerten Treue und Ruhe abermal nicht lange. Hrvoja unterwarf sich freiwillig als Vasall dem Sultan Mohamed I., rief die Türken nach Bosnien 1415, schlug Sigmunds ungarische Armee und rächte sich aufs unmenschlichste an dem gefangenen Feldherrn Paul Csupor. Indess genoss er die Früchte seines Sieges nicht: die Türken besetzten Bosnien als Herren, ein Sandschak wurde über dasselbe gestellt, und Hrvoja, nach Cattaro flüchtig, starb aus Gram 1415. Zwar gelang es Sigmund diesmal noch die Türken aus Bosnien zu vertreiben: Ostoja, der sich im Süden behauptet hatte, theilte die Regierung mit dem wiedereingesetzten Tvàrdko, und später auch noch mit **Stephan Jablonović**. Alle drei waren Theil-Könige von Bosnien. Stephan Jablonović starb unverehelicht 1423, Ostoja Christić im J. 1435 mit Hinterlassung eines unehelichen Sohnes Thomas. Tvàrdko's letzte Regierungsperiode (1423—1443) zeichnete sich durch gerechte und milde Landesverwaltung aus; indess war dies der letzte Abendschein der untergehenden Sonne des Landes; schon 1439 bedrängte Murad Bosnien und machte sich den König tributär. **Thomas Christić**, Tvàrdko's Nachfolger, wusste sich unter den schwierigsten Umständen vom J. 1443—1460 auf dem bosnischen Throne zu behaupten. Seine Gemahlin Katharina, deren Grab in Rom eine lateinisch-slavische Inschrift ziert, war die Tochter **Stephan Kosača's**. Letzterer nahm 1435 die Landschaft Chulm eigenmächtig in Besitz, erklärte sich für einen unabhängigen Fürsten, und wurde 1440 vom Ks. Friedrich III. mit dem Titel eines Herzogs vom Lande des h. Sava beehrt. Seit der Zeit heisst Zachulmien und Südbosnien Hercegovina. Thomas Christić wurde auf Anstiften seines herrschsüchtigen unehelichen Sohnes **Stephan Tomašević** 1459 strangulirt. Letzterer brach 1463 förmlich mit den Türken und verlor darüber Land und Leben. Mohamed II. liess ihn nach einigen lebendig schinden, nach andern enthaupten. Nach dem Falle von Bosnien konnte sich Hercegovina nicht lange halten. Im J. 1466 starb Stephan Kosarić und vermachte das Land seinen zwei Söhnen **Vladislav** und **Vladko** dergestalt, dass jener den obern, dieser den untern Theil besitzen sollte. Die Türken konnten 1466—1467 das Land nicht erobern, sondern begnügten sich mit einem Tribute der beiden Brüder; aber schon 1483 vollendete Bajesid's Feldherr Hesso die Eroberung der Hercegovina. Mathias Corvinus jagte noch einmal die Türken aus Bosnien heraus und verwandelte das Land zuerst in ein ungarisches Banat, hierauf 1473 in ein Königreich; allein unter Ferdinand I. (1528) ging Bosnien für Ungarn ganz verloren, und die spätern Versuche zur Wiedereroberung desselben im XVII. und XVIII. Jahrh. sind alle gescheitert.

8. Während Serbien, Bosnien und Hercegovina der türkischen Herrschaft gehorchten, und die Hälfte der Bosnier sogar zum Mohamedanismus überging, behaupteten die **Montenegriner** noch immer einen gewissen Freiheitssinn, der nie ganz von den Türken unterdrückt werden konnte, und von Zeit zu Zeit in

wilde Flammen ausbrach. Bis auf Skanderbeg's Tod (1467) konnten die Türken, trotz ihrer grössten Anstrengungen, in Montenegro nicht eindringen. Seitdem sahen zwar die Türken auch Montenegro als einen Theil ihres albanesischen Gebietes an; aber das befand sich in fortwährender Insurrection wider sie. Im J. 1492 errichtete der Vojevode von Zeta Georg Crnojević sogar eine Buchdruckerei für slavische Kirchenbücher zu Cetinje in Montenegro. Auch um das J. 1604 war, nach der Relation des Marino Bolizza, eines Edelmannes von Cattaro, ihr Verhältniss zu der Pforte fast noch immer das alte. Sie waren damals in fünf Geschlechter abgetheilt; ein jedes von diesen hatte sein Oberhaupt. Das eingeborne Oberhaupt aller dieser führten den Titel eines Spahi, und war von Konstantinopel aus mit besonderen Rechten versehen. Schon erhob sich neben demselben die Macht des Metropoliten. Nur wenig gehorchten sie den Türken. Im J. 1604 schlugen sie den Sandschak von Skadar, Alibej, der mit bedeutender Mannschaft gegen sie ausgezogen war. Im Anfange des XVIII. Jahrh. suchte sie Peter der Grosse in sein Interesse zu ziehen und sich ihrer wider die Türken zu bedienen; sie erklärten sich 1702 für unabhängig. Im J. 1767 trat ein Abenteurer, Steffano Piccolo, unter ihnen auf, der sich für den russischen Kaiser Peter III. ausgab und einen Aufstand anstiftete, der nur nach grossem Blutvergiessen gedämpft werden konnte. Im J. 1795 versuchte der hinterlistige und grausame Ali Pascha von Janina auch die Montenegriner unter seine Botmässigkeit zu bringen: aber der 22. Sept. desselben Jahres entschied die Freiheit des Landes. Die Türken wurden von den Montenegrinern aufs Haupt geschlagen. Montenegro stellte sich unter den Schutz Russlands, verlangte von der Pforte als unabhängig anerkannt zu werden und behauptete in fortwährender Insurrection bis jetzt wenigstens faktisch seine Unabhängigkeit. In der letzten Zeitperiode hatte sich der Metropolit Peter Petrović um sein Volk bleibende Verdienste erworben. Er starb im Spätherbst 1830 in sehr hohem Alter, und die oberste Gewalt überging auf seinen Neffen. Die Regierung bestand bis jetzt gewöhnlich aus einem eingebornen Statthalter, aus dem Geschlechte der Radović, und dem Metropoliten.

Zweiter Abschnitt.

Leben und Kultur.

Fragmentarische Bemerkungen über Staat, Kirche, Volksleben.

1. Wenn schon die Geschichte der politischen Begebenheiten Serbiens aus Mangel an bewährten, chronologisch-fortlaufenden, vollständigen Quellen von dem Historiker bei näherem Besehen voll unausfüllbarer Lücken, unauflöslicher Widersprüche und nicht zu beseitigender Unsicherheiten befunden wird; so ist dies bei der Geschichte des Ganges des innern Volkslebens der Serben, der Entwickelung des Staates, der Verfassung, der Kirche, der Nationalsitten und Kultur noch in höherem Maasse der Fall. Die serbische Geschichte ist von dieser Seite ganz verwahrlost: sie gewährt deshalb dem Forscher nicht den hohen geistigen Genuss, welchen Volksgeschichten, von ihrer psychologischen Seite aufgefasst, gewöhnlich bieten, und welchen auch die Geschichte des verworfensten und gräuelvollsten Hofes und Volkes des ganzen Mittelalters, des byzantinischen, in so hohem Grade bereitet, eben weil derselben so reiche gleichzeitige Quellen fliessen. Was wir über das innere Volksleben der Serben erfahren, besteht in zufälligen, abgerissenen Aussagen oder Andeutungen halb oder gar nicht unterrichteter, oft übel wollender Ausländer; einheimische spätere Scribenten sind entweder Legendenschreiber oder theologische Panegyristen. Wir müssen jedoch den Versuch wagen, die wenigen zerstreuten Lichtpunkte, oft wahre Irrlichter, zu vereinigen, die in diese tiefe Nacht hinein einigen Schein werfen können, und das Weitere, die Feststellung des Urtheiles und der Ansicht, dem denkenden Leser selbst überlassen. Es ist unmöglich hiebei nach bestimmten chronologischen Perioden zu verfahren; für unsern Zweck reicht es hin, das gesammte Volksleben nach zwei grossen Zeiträumen aufzufassen, dem Zeitraume der politischen Selbst-

ständigkeit und dem der Unterjochung, Sklaverei und Knechtschaft unter osmanischer Herrschaft.

2. Die Gränze des, nach Konstantin Porphyrogeneta, unter dem Ks. Heraklius durch die Serben eingenommenen und besetzten Landes haben wir bereits oben genau angezeigt. Die vielen Župen, in welche dieses Land getheilt war, scheinen, nach urslavischer Sitte, in Zeiten des Friedens nur in einem sehr lockeren Verbande mit einander, unter einem Grosžupan, gestanden zu haben; in Zeiten der Gefahr und des Krieges vereinte die Noth mehrere derselben oder alle zur gemeinsamen Nothwehr. Die Würde des Grosžupans war erblich und führte allmählich regierende Dynastien herbei: zuerst im eigentlichen Serbien zu Desnica, dann in Dioklea zu Skadar, endlich und am erfolgreichsten zu Rasa. Bis auf die Gründung dieser letztern Dynastie, der Nemaniden zu Rasa, scheinen die Kriege der Serben dem Lande, wo nicht gerade Unglück und Verlust, doch keinen Zuwachs gebracht zu haben. Der härteste Stoss kam von den Bulgaren: Symeon verheerte 924 ganz Serbien dergestalt, dass es lange nur einem düstern, unbewohnten Lande glich. Aber nachdem Stephan Nemanja den Scepter der diokleer Könige von Skadar an sein Haus brachte, wuchs die politische Macht des durch Eroberungen erweiterten Serbiens unter augenblicklichen Stillständen und vorübergehenden Unfällen dergestalt, dass sie schon zweihundert Jahre darauf, unter Stephan Dušan, ihren Kulminationspunkt erreichte, Serbien ein Kaiserthum ward und auf dem Punkte stand, mit Byzanz, wie einst Rom mit Karthago, den Kampf auf Leben und Tod einzugehen. Aber so schnell es sich hob, so schnell fiel es auch: es kam ein Mächtigerer von Osten, der beide, den Gewaltigen und Schwachen, verschlang. Das serbische Reich in seiner höchsten Blüthe, unter Stephan Dušan, begriff in sich, ausser dem eigentlichen, im Norden an die Save und die Donau (mit Einschluss Sirmiens) gränzenden, im Osten bis an den Timok erweiterten Serbien, und ausser Bosnien auch Macedonien (mit Ausnahme von Thessaloniehi), Albanien, Thessalien und Epirus. — Die Ursachen, warum dieses Reich gerade in demselben Momente, wo es am

mächtigsten zu sein schien, zerfiel, ängstlich zu untersuchen und weitläufig auseinander zu setzen, scheint mir überflüssig. Nationen und Staaten leben, wie Individuen, nach unwandelbaren Naturgesetzen, bald länger, bald kürzer; beider Leben, ein Produkt von tausend Einflüssen und Ursachen, ist im Grunde ein Geheimniss — und wer es glaubt errathen zu haben, wird bald gewahr, dass er sich getäuscht hat. Die serbische Nation hat sich in ihrem alten Reiche und Staate ausgelebt, so gut als sie sich hat ausleben wollen und können. Wenn wir die noch so mangelhafte Geschichte prüfend durchgehen, so werden wir bald einsehen, dass alles natürlich zuging, und dass nichts ohne unmittelbaren Eingriff der Allmacht anders werden konnte, als es geworden ist. Wenn dabei unser Verstand immer auf Unterscheidung von Ursache und Wirkung dringt, und unser Herz mit seinen Wünschen und Verwünschungen dazwischen tritt, so ist dies gerade nicht zu tadeln, führt uns aber in der wahren Kenntniss, genau genommen, keinen Schritt weiter. Dies vorausbemerkt, vernehmen wir nun die Meinungen der geachtetsten und namhaftesten Geschichtsforscher über diesen Gegenstand. J. Ch. Engel meint, dass die Ursache, warum in slawischen Staaten weit mehr Thronveränderungen durch Absetzungen, Mord und Unruhen, als in andern Staaten des kultivirten Europa erfolgten, nicht sowohl in einem eigenen Charakter slawischer Völker, als vielmehr in der bei rohen Völkern so sehr eingewurzelten Bojarenverfassung, ferner in dem Mangel an bestimmten, von der Nation angenommenen Gesetzen über die Thronfolge, und besonders an dem in allen Erbmonarchien eingeführten Majoratsrechte des königlichen Stammes zu suchen sei. Er weist insbesondere auf die Fehler hin, die Dušan in seiner Regierung durch die ewigen Kriege mit den Griechen und dadurch veranlasste Einnistung der Türken in Europa, durch zu vielen Glanz, durch Angewöhnung seiner Bojaren an Herrsch- und Titelsucht, durch Vertheilung seines Reichs unter einzelne mächtige Statthalter und durch schlechte Erziehung seines Sohnes begangen habe. Hierauf schildert er, nach Gebhardi, die verschiedenen serbischen Stände ungefähr folgendermassen. Die serbische Nation bestand aus drei Arten von Leuten, deren Verhältniss nicht eben nach den weisesten Regeln festgesetzt war. Die Geistlichkeit erhielt von den Laien eine fast königliche Verehrung, theilte den Regenten, die sie beschützten und bereicherten, die Würde von Heiligen nach dem Tode, trotz des ärgerlichsten Lebens, aus, ward insgeheim von den Laien beneidet, suchte ihre Gewalt auszudehnen, rief, wenn sie daran gehindert ward, einzelne Fremde oder gar die ausländischen Oberhäupter ihrer Kirche zu Hilfe, und befriedigte nach dem damaligen Zeitgeiste ihren Trieb zur Verfolgung. In Dalmatien machten die lateinischen Christen die mächtigere Partei aus, und ihre Erzbischöfe und Bischöfe arbeiteten unablässig an der Unterdrückung des griechischen Lehrbegriffs, sowohl durch Predigten der Dominikaner, Minoriten und anderer Missionarien, als vorzüglich durch Verwicklung der serbischen Staatsgeschäfte mit denen der abendländischen katholischen Fürsten. Eine wichtige Stütze der Geistlichkeit, fährt der genannte Geschichtsschreiber fort, war der gemeine Mann. Einfalt und Roheit war der Hauptzug seines Charakters; in der Religion selbst war er so wenig unterrichtet, dass er die Hauptsache derselben in Ceremonien und nicht in die Moral setzte. Zu Räubereien, zu Ausschweifungen in der Trunkenheit, zu Schlägereien war er sehr geneigt. Einen Bürgerstand gab es, nach Engel, in Serbien nicht, ausser in den dalmatischen Städten. Wir werden unten sehen, dass diese Behauptung nicht richtig ist. Der serbische Adel besass seine Ländereien ganz auf dem Fusse des Feudalrechts, d. h. mit der Verbindlichkeit, in den Krieg auf eigene Kosten mit einer den Besitzungen angemessenen Zahl Leute zu ziehen. Der Krieg und die Jagd waren ihr Element; im Frieden mussten sie von wechselseitigen Befehdungen, vom Plündern der Kaufleute, von Misshandlungen ihrer Unterthanen und Verführung des weiblichen Geschlechts durch strenge Pönalgesetze abgehalten werden. Aus dem Adel gingen die Bojaren hervor. Der Regent musste viel Kopf und persönliches Ansehen haben, um diese in Ordnung zu erhalten. Durch diese mächtigen, ränkevollen, ungetreuen Menschen ward aus der serbischen Monarchie eine

Oligarchie, die den Keim ihrer Zerstörung, bei der blühendsten Aussenseite, im Innern mit sich führte. Bei einer andern Verfassung, bei einer besser consolidirten Monarchie hätte Serbien, meint Engel, ein mächtiges, kultivirtes, blühendes Land werden können. Dass dieses Reich zu Grunde gegangen, dies dürfen, fügt Engel zum Troste hinzu, die heutigen serbischen Mitbürger in Ungarn eben nicht sehr bedauern. Sie haben daselbst für ihren Verlust reichlichen Ersatz gefunden. Höher hinauf sucht die Ursachen des Verfalles des Serbenreiches Ranke. Da es den Slaven überhaupt und den Serben insbesondere, sagt er, nicht gelang, das orientalische Kaiserthum zu überwältigen, so konnten sie eine Verjüngung der alten Volksstämme dieses Reiches nicht in der Weise vollbringen, wie ihrerseits die Germanen im Westen; sie konnten sich nicht so völlig ausleben, noch ihre Natur im Staate geltend machen. Aus den im Kampfe begriffenen Elementen konnte sich nicht so gut eine höhere Einheit erheben. Dazu kam nun, dass in eben dem Jahre, in welchem Dušan starb, die osmanischen Türken zuerst in Europa festen Fuss fassten. Der schwache, von seinen Bojaren unterjochte Uroš war nicht berufen, Murad gegenüber zu handeln. Nur drei und dreissig Jahre nach Dušan's Tode war mit der kosover Schlacht serbische Freiheit und Selbstständigkeit verloren. Man stritt wohl noch einmal und zweimal, doch fast mit dem Gefühle, dass man unterliegen würde, wie man denn unterlag. So war die serbische Nation, statt ein eigenes dauerhaftes Reich zu gründen, bestimmt, das türkische erheben zu helfen. Andere Historiker messen die ganze Schuld des Unterganges dem Zufalle oder dem Tode Dušan's bei. Dagegen meinen wiederum andere; Serbien hätte durch Unterwerfung unter die kirchliche Oberherrschaft des Papstes, durch Annahme des katholischen Lehrbegriffs, durch festen Verband mit dem ungarischen Reiche, d. h. in dem Verhältnisse eines Vasallen zum Lehnfürsten, hinlängliche Kräfte und Mittel gewonnen, um den Türken siegreich zu wiederstehen. — Doch genug, um einzusehen, wie beschränkt unsere Urtheile und wie wandelbar unsere Wünsche sind, wenn wir Völkerschicksale nach Erfolgen und äussern Ergebnissen, mit dem von heutigen Erfahrungen und Ansichten hergenommenen Maasstabe würdigen wollen. Wir begnügen uns, einige historische Daten über den Zustand des serbischen Volkes in Bezug auf inneres Leben und Bildung hier zusammenzustellen.

3. Einfach, dabei unstät und wandelbar, wie alles im jugendlichen Leben aufblühender, auf der ersten Stufe der gesellschaftlichen Civilisation stehender Völker, war in der Urzeit die Regierungsform des serbischen Staates. Ein Fürst, sagt Konstantin, der sich mit seinem Volke von seinem Bruder in Gross-Serbien trennte, führte die Serben zuerst nach Macedonien, dann nach Illyrikum. Sein Name und Titel bleiben uns unbekannt; dürfen wir aus späteren Zeiten auf frühere zurückschliessen, so mag er wohl den Titel eines Gross-Župans, великий жупанъ, geführt haben, dem mehrere Župane untergeordnet waren. Principes, ut ajunt, sagt derselbe Konstantin, hae gentes (Chrovati et Serbi) non habent, praeter Zupanos senes, quomodo etiam reliqui Sclavorum populi. De A. I. c. 30. Der Ausdruck „senes“ erinnert zu sehr an das von jeher in Dalmatien und Serbien übliche Starješina, Oberhaupt, eigentlich der Alte. Das Wort кнезъ, eins mit dem gothischen Kuniggs, bei andern Slawen so sehr beliebt, bei den Serben hingegen weniger bedeutend als Župan (der regierende Stephan I. führte vor der Krönung den Titel великий жупанъ, während sein jüngerer Bruder Vlkan bloss вел. кнезъ hiess), scheint erst mit den cyrillischen Büchern zu den Serben gekommen zu sein, und erst seit dem XIV. Jahrh. fing es an allmälich die alternden Wörter Župan und Bojar zu verdrängen. Das Wort Ban hingegen war ursprünglich den Chorwaten, die es von den Awaren übernahmen, eigenthümlich; doch kommt es in der spätern Zeit auch in Bezug auf Bosnien, Mačva und andere Provinzen in lateinischen Diplomen bosnischer und ungarischer Könige häufig vor. Nach Konstantin gab es von Anfang her einen serbischen Gross-Župan, dem die übrigen Župane gehorchten: er sagt z. B. „Terbuniae principes semper Serbiae principi parebant“. Der ursprüngliche Sitz des Gross-Župans war Desnica, Destinika des Konstan-

tins, in der Drina-Gegend. In den übrigen Gegenden Serbiens treffen wir die erste Meldung unabhängiger Župane nur in spätern Zeiten an; z. B. Michael von Zachulmien um 917, Boris von Bosnien um 1154. Nur der Seeräuberstaat der heidnischen Narentaner wusste sich unabhängig vom Gross-Župan zu erhalten, bis ihn die Veneter und Dalmater verschlangen. Nach dem Verfalle der Dynastie zu Desnica erhob sich der Župan von Dioklea, in der Residenz Skadar, zuerst zum Gross-Župan, und bald darauf zum König. Das Beispiel mehrerer christlicher Fürsten des X.—XI. Jahrh., und insbesondere jenes des Bans von Kroatien, der schon um das J. 990 die Königswürde annahm und den Bantitel seinen Vasallen liess, nachahmend, scheinen auch die Fürsten von Skadar den Titel König für sich in Anspruch genommen und den des Gross-Župans ihren Vasallen überlassen zu haben. Der Gross-Župan heisst bei den Griechen gewöhnlich princeps, archon, zuweilen, wie bei Cinnamus, auch ἀρχιζουπάνος, oder, wie auf Stephans I. Sigill, μεγαλοζουπάνος, und nur bei Nicetas Choniates σεβάρχης; in den ältesten einheimischen Quellen habe ich nie einen andern Ausdruck dafür gefunden, als великий жупань. Die Titulatur bei den Byzantinern war: Ad Archontem Chrovatiae, Serbiorum, Zachlumorum, Canali, Trabunorum, Diocleae, Moraviae sic scribitur: Mandatum a philochristis Despotis ad illum, Archontem illius provinciae. Ad hos bulla aurea est bisoldia. Const. de Cerim. aul. Byz. L. II. c. 28. (Dieses Werk kann wohl nicht aus Konstantins Zeit sein und gehört wahrscheinlich, wie Reiske dafür hält, ins XI. Jahrh.; auch die Form Trabunorum statt Terbuniatarum spricht dafür). Michael ist der erste uns bekannte Fürst der Serben, der den Titel eines Königs führte, und im J. 1078 als „Rex Sclavorum" ausdrücklich genannt wird. Bestätigung dieses Titels und Insignien dazu scheint er sich von Rom aus geholt zu haben. Als er sich, erzählen die Annalen, vor der Macht der Normänner zu fürchten hatte, welche wider die Byzantiner zu Felde zogen, ward er von den Ragusanern berathen, sich zu begeben unter den Schutz des h. Stuhls nach dem Beispiele des gleichzeitigen Königs von Kroatien Zvonimir. So sehr auch

Michael dem griechischen Ritus zugethan war, so liess er sich dennoch bereden, und schickte nach Rom Gesandte, durch welche er sich um die Ertheilung königlicher Insignien für sich und der erzbischöflichen Würde für den Bischof von Ragusa bewarb. Papst Gregor VII. scheint endlich beides bewilligt zu haben; denn Michael sowohl als sein Sohn Bodin liessen sich eine vom Papste geschenkte Fahne vortragen. Die Dynastie der Diokleer wurde durch den Gross-Župan von Rasa, Nemanja, gestürzt im J. 1159 ff. Dieser begnügte sich zwar mit dem Grossžupanstitel; aber schon sein Sohn Stephan trug ein Verlangen nach der Königskrone. Zu einer Zeit, wo Konstantinopel in den Händen der Lateiner war, und im Occidente die Sanction des Papstes bei der Annahme des Königstitels als nothwendig erachtet wurde, liess er sich durch Vermittlung seines Bruders, des Erzbischofs Sava, und durch den Gesandten Bischof Method von Rom aus Krone und Insignien bringen im J. 1222. Dometijan, der Biograph des h. Sava, bemerkt dabei ausdrücklich, dass Stephan sein Königthum als Fortsetzung des alten Königthums von Dioklea angesehen wissen wollte. Die Krönung verrichtete der Erzbischof Sava. Der Titel war: „Стефанъ, по божией милости вѣнчани краль все срьбские землие, диоклитние и трабуние и далмацие и захльмие.“ (Inschrift zu Žiča.) Die Macht der Nemanischen Dynastie stieg von Jahrzehent zu Jahrzehent, und damit auch die Titelsucht. Bald genügte den serbischen Regenten das Wort краль nicht mehr; der Titel царь (zusammengezogen aus цѣсарь, Caesar, und in der altslawischen Sprache für das griechische βασιλεύς, oder für rex und imperator zugleich gebraucht), den bulgarische und byzantinische Fürsten führten, gefiel ihnen besser. Schon die griechische Kaiserin Irene, von Herrschsucht und Hass gegen ihren Gemahl getrieben, schickte dem Könige Milutin, ihrem Eidame, unter andern die kaiserliche Krone, die ihr Mann Andronikus sonst trug, indem sie ihren Wunsch dahin äusserte, dass Milutin sich zum Kaiser (царь) erklären möchte. Die lang genährten Wünsche brachte endlich Milutin's Enkel, Dušan, zur Ausführung. Nachdem er, von Herrschgierde ergriffen und von mächtigen

Bojaren angetrieben, den Vater entthront und ganz Macedonien und Albanien, mit Ausnahme von Thessalonichi, erobert hatte, versammelte er seine Geistlichkeit und Bojaren nach Skopje, liess zuerst den serbischen Erzbischof Ioannikij II. zum Patriarchen weihen und sich dann durch denselben zum Kaiser der Serben, Romanier u. s. w. krönen. In einem Originaldiplom vom J. 1348 nennt er sich: Стефань царь вьсѣмь срьблемь и грькомь и западной странѣ, рекуже алаваніи и поморию и всему дису (δύσις Occident, hier Epirus u. s. w.). Der Papst titulirte ihn noch 1347 nur Magnificus princeps Stephanus rex Rassiae illustris. Auf Münzen mit lateinischer Inschrift hiess er anfangs Rasciae et B. T. (Bosniae, Triballiae oder Trabuniae) rex, dann aber: Stephanus Imperator. Seinem Sohne Uroš legte er noch bei Lebzeiten die Würde eines Kralj bei. Nach der Sitte des byzantinischen Hofes errichtete er auch neue Hofämter: er hatte seinen Despoten, Caesar, Logotheten, Oberstkämmerer, Oberstmundschenk, Oberststallmeister, Oberstgarderobenmeister u. s. w. Auch einen Ritterorden des hl. Stephans soll er nach occidentalischem Gebrauch gestiftet haben, mit welchem mehrere serbische Grosse und Gesandten von Ragusa beehrt wurden. Die Existenz dieses Ordens beruht indess bloss auf dem Zeugnisse der Ausländer Luccari, Freschot, Dufresne, Orbini. Nach dem Erlöschen des Nemanischen Stammes gelangte Lazar an die Spitze des zerfallenen Staates. Er liess sich 1376 zum Carj krönen, führte aber, nach Originaldiplomen und Sigillen, nur den Titel: „Кнезь Лазарь господинь вьсой срьбской и поморской земли“. Sonst wird er im Contexte, selbst in diesen Diplomen, auch Carj genannt. Sein Sohn Stephan ward 1403 zu Konstantinopel vom Ks. Manuel Paläologus mit dem Titel, dem Scepter und der Krone eines Despoten beehrt. Auch Georg liess sich 1434 zum Despoten krönen mit einer Krone, die ihm Georg Philantropin vom Ks. Joannes Palaeologus gebracht hatte. Es gab demnach mehrfache Kronen in Serbien und man weiss nicht, wo sie alle hingekommen. Nach einiger Geschichtsschreiber Meinung war es die Krone Serbiens, die in der Folge dem Fürsten Bocskay von der Pforte übersandt worden; Murad soll, als Eidam Georgs von Serbien, nachdem er diesen Despoten überwunden, diese Krone geraubt haben. Sie ist jetzt in der k. k. Schatzkammer in Wien aufgestellt. Die letzten Despoten und Vojevoden der Serben in Ungarn führten noch einige Zeit, bald anerkannt, bald eigenmächtig, diese Titel, doch ohne alle ihnen anklebende Herrschergewalt. Auf welche Zeiten sich die bei Codinus (schrieb um 1453) aufbewahrte Titulatur serbischer Grossfürsten beziehe (Stiller II. 382), ist unbestimmt. — Das Nemanische Wappen bestand aus einem weissen zweiköpfigen goldgekrönten Adler im rothen Felde, der in den Klauen zwei Lilien hält. Die Lilien sollen, nach Engel's Vermuthung, unter der Regierung Stephan Uroš I. dazugekommen sein von seiner Gemahlin Helene, aus dem Geschlechte Courtenai. Als Stephan Dušan sich zum Carj oder Kaiser der Serben erklärte, gab man vielleicht dem doppelten Adler die Weltkugel in eine und das Scepter in die andere Klaune. So wenigstens sieht das Siegel des Fürsten Lazar um 1380 (?) aus. Viel wahrscheinlicher ist es jedoch, dass dieses Wappen ein Produkt neuerer Zeit ist. — Stephan Nemanja und seine nächsten Nachfolger residirten zu Rasa, hzt. Novipazar; nach der Erweiterung der Gränzen wurde bald Priština, bald Prizren, bald Skopje, bald eine andere Stadt zur Residenz gewählt. Später wohnten die Despoten in Smederevo und zuletzt in Kupinovo an der Save.

4. Die Nation der Serben bestand aus dem Klerus, dem Adel, den Bürgern und Kaufleuten, und den Bauern. Die hohe Bedeutung und Macht des Klerus entwickelte sich erst nach der Gründung der Hierarchie durch Sava: wir werden darauf unten zurückkommen. Die Verhältnisse des Adels zu dem Landesfürsten fordern zu ernsten Betrachtungen auf. Konstantin Porphyrogeneta sagt: Principes hae gentes (Chrovati et Serbi) non habent, praeter Zupanos senes. Sieht man bloss auf die Bedeutung des Wortes Župa, so scheinen Župane die den Gauen oder Distrikten vorgesetzten Edelleute, also Gaugrafen, gewesen zu sein. Der durch Macht und Ansehen über alle andern hervorragende hiess, wie bereits oben bemerkt worden, Grossžupan, великий жупанъ,

dessen Gewalt über die übrigen anfangs sehr eingeschränkt und unsicher erscheint. Nicht minder unbestimmt ist in den ältesten Zeiten das Verhältniss der eigentlichen Župane zu dem übrigen Adel. Bestimmtere Abstufungen unter den Namen Боларь, властелинъ und властеличищь treten erst später, im XII.—XIII. Jahrh., deutlicher hervor. Diejenigen Župane, welche Hofämter verwalteten und zum Rathe des Fürsten gehörten, wurden, wie es scheint, nach bulgarischer Sitte, Болари, zuweilen jedoch auch echtslawisch велмужие genannt. In den Diplomen kroatischer Fürsten und Könige kommen sie sehr frühzeitig (seit 892) unter verschiedenen Specialbenennungen vor, in denen eine Nachahmung fränkischer Einrichtungen nicht zu verkennen ist, als: Jupanus Camerarius oder Postelnik, Cavallarius, Pincernarius, Palatinus, Curialis comes oder Dvornik, Capellanus ducalis später Regalis Curiae, Armiger, Scutobajulus oder Štitonoša, Judex Curiae, Mensae praefectus oder Ubrusar, Boum praefectus oder Volar (?), Senator oder Dad, Ded usw. Als Nemanja die Regierung seinem Sohne Stephan übergab (1195), versammelte er, nach dem Ausdrucke seines Sohnes Sava, вьсе избраниие си боларе малые и великые. Der Biograph Nemanja's Domentian nennt bei einer andern Gelegenheit die versammelten Magnaten des Stephan Nemanja: Вьсе власти великые и малые, десетникы, и петидесетникы, и сьтьникы, и тисуштникы. Von diesen kommen die S'tniken auch in Diplomen chorwatischer Könige und bei Presbyter Diokleas vor. An ihre Stelle sollen, nach Lucius, später die Knezen (Comites) getreten sein. Das Wort Ban übernahmen die Serben von den Kroaten; ich fand es indess in keinem cyrillischen Sprachdenkmal der Serben, nur in lateinischen Diplomen werden Bane von Bosnien, Mačva usw. genannt. Sie mögen mit den ehemaligen Grossžupanen ursprünglich gleichen Rang gehabt haben. In Denkmalen aus Dušan's Zeit werden genannt: Воіеводе (Feldherrn), властеле стѣгоноше (wörtlich „Fahnenträger“ von стѣгъ Fahne), кнезове, прѣмикирие (primicerii), владалци, прѣстайници, челници, краищници, кефалие usw. Auch kommen die Ausdrücke властеле велики und властеле мали oder властеличици vor, und der grosse und kleine Adel erscheint in den Dušanischen Gesetzen schon scharf von einander geschieden. Uebrigens führten die obersten Reichsdignitarien unter Dušan meist griechische Titel selbst in serbischen Urkunden. Die Nachäffung des byzantinischen Hofstaats in Verleihung von Hofwürden unter Stephan Dušan geht auch aus den vielen Breven hervor, welche Papst Innocentius VI. in Angelegenheiten der Union 1354 nach Serbien erliess. Es befinden sich darunter, ausser dem Sendschreiben an Dušan, seine Gemahlin Helena, seinen Sohn Kg. Uroš, den Patriarchen Joannikij, und alle Erzbischöfe und Bischöfe Serbiens insgesammt, auch Breven an den „Oliverium Despotam Serviae, Praebulum Caesarem Serviae, Georgium magnum Logothetam, Gaycum similiter magnum Logothetam, Decanum Sebastocratorem Serviae, Guilbam de Cattara Comitem Camerarium Serviae, Palmanium Theutonicum Capitaneum gentis armigerae, et universos Principes, Comites, Barones et viros Nobiles Serviae". Der Despot Georg Branković hatte unter andern auch mehrere edle Ragusaner an seinem Hofe unter den Titeln: Čeonik (Челникъ), Postelnik (Camerarius), Dvornik (Curialis oder Comes curiae) usw. Nach Art des serbischen königl. Hofes war auch der spätere bosnische eingerichtet. Aus den in serbischer und lateinischer Sprache erlassenen Diplomen bosnischer Könige aus dem XIV.—XV. Jahrh. lernen wir unter andern die Hof- und Landämter kennen, die damals im Königreiche bestanden. Man vergleiche z. B. das Diplom des Kgs. Stephan Tomašević vom 3. Juni 1459 bei Pejačević Histor. Serv. p. 408 und Engel III. 418—419. Dahingegen kenne ich das Wort Katunar nur aus Paul Vitezović, der es durch Vicežupan erklärt, was mir indess sehr verdächtig ist. (Katun bedeutet im Serbischen eine Sennhütte.) — Die Macht der Župane und Boljare, oder des hohen Adels, stieg mit der des Landesoberhauptes: sie waren, genau genommen, die wahren Triebfedern alles politischen Lebens der Nation. In ihren Händen lag das Schicksal des Fürsten und des Volkes. Die allgemeinen Angelegenheiten des Landes wurden auf Reichstagen, die Сьборь hiessen, von Fürsten gemeinschaftlich mit den Magnaten verhandelt. Es gab auch Versammlungen einzelner Župen zu besondern, untergeordneten Zwecken. Schon um das J. 924 unterhandelte der bulgarische Carj Symeon mit den serbischen Županen wegen des Fürsten von Serbien, lockte sie in die Falle und nahm alle gefangen. Die Nemaniden erscheinen in den einheimischen Quellen oftmals nur als Vollstrecker von Beschlüssen der Bojaren. Dušan der Gewaltige ward durch sie zuerst Vatermörder, dann Kaiser: sie banden ihn durch das 1349 und 1354 neuabgefasste Gesetzbuch fast eben so sehr, als er dieselben; sie siegten allüberall durch ihn, um für sich neue Statthalterschaften, neue Königreiche zu schaffen. Wie weit sie die Usurpation ihrer Macht trieben, zeigte sich am schauderhaftesten unter Uroš. — Sie bildeten einen förmlichen Staatsrath. Als Kantakuzen 1342 mit Dušan zu Priština unterhandelte, bestand dieser Staatsrath aus 24 Bojaren („accertitis quatuor et viginti totius provinciae potentissimis proceribus" sagt Kantakuzen). Damals und auch später noch übte die Königin Helena einen grossen Einfluss auf die Beschlüsse des Staatsraths aus („uxore et dynastis consultantibus"). Kantakuzen, selbst Augenzeuge, kannte die Wichtigkeit dieser Vasallen; er spendete ihnen nicht weniger Dank, als dem Fürsten selbst. „Imperator non ei solum, sed et uxori principibusque multas se gratias agere testatus est." Ein Beispiel der vom Carjen gegen die Bojaren beobachteten Anstandsregeln wird unten vorkommen. Ueber die Regierung des gutmüthigen, aber schwachen Stephan, Lazar's Sohn (1405 ff.), berichtet uns sein Biograph Konstantin folgendes: Stephan wählte sich seine Diener, diese umgaben ihn im innersten Gemach, mit ihnen berathschlagte er sich über das Wohl seines Reiches; er redete mit ihnen über das Befehlen und Gehorchen, und gelobte vor ihnen, dass er den guten und gerechten Herrschern nachfolgen und die Beispiele der schlechten vermeiden wollte, welche letztere nur den Weg des Verderbens einschlügen. Die zweite Ordnung oder Klasse seiner Staatsdiener, gleichsam die Sekretäre im Nebenzimmer, empfingen seine Befehle von denen im Kabinet. Die dritte Klasse stand im äussersten Vorzimmer und wurde von jenen im Mittelzimmar ausgeschickt, die Befehle zu vollziehen.

Schon Engel weist den Geschichtschreiber Raić zurecht, der in dieser Anordnung eine Art englischer Konstitution erblicken wollte. Mit dem Verfalle des serbischen Reiches sank auch das Ansehen der Bojaren, mit der türkischen Unterjochung hörte es ganz auf. Wenn man einer Stelle bei Anna Comnena trauen dürfte, so hätten die Župane schon in den ältesten Zeiten Ehrenkleider als Auszeichnung getragen. Denn als der Gross-Župan Vlkan mit Ks. Alexius I. Comnenus 1094 in Lipljan um Frieden unterhandeln wollte, brachte er seine Župane mit, die durch ein besonderes Ehrenkleid von den andern unterschieden waren („secum ducens tum cognatos suos, tum praecipuos magnatum et magistratuum gentis, quos certo insigni honorariae vestis discretos a ceteris Zupanos vocare solent" — im Griech. nur: *καὶ ἐκκρίτους τῶν Ζουπάνων*). Eines Perlengewands (svita biserna velika) und goldenen Gürtels der Vlasteline erwähnen die Dušanischen Gesetze. Die Abbildungen serbischer Könige und Bojaren in mehreren alten Kirchen Serbiens, namentlich zu Žiča, würden uns über das Costume derselben näher belehren, wenn sie kopirt wären. Auch Johann Exarch von Bulgarien mahlt uns mit kurzen Worten in seinem Buche Šestodnev das Bild eines slavischen Fürsten in Glanzgewande. Die Titulatur des griechischen Metropoliten an den serbischen Župan gibt Codinus folgendermassen an: „Nobilissime, illustrissime et dux peritissime, magne Zupane, in S. Spiritu jucundissime fili nostrae humilitatis, domine N., gratiam, pacem et aliud omne bonum a domino probitati tuae precamur". Dieser einst so mächtige und reiche Adel verschwand nach der türkischen Invasion wie zersprengte Seifenblasen: ein Theil wanderte nach und nach aus (Namen und zum Theil Genealogien dieser Auswanderer findet man, nebst andern interessanten Nachrichten, in Kačić's Razgovor ugodni naroda slovinskoga, Ven. 1759. 4°., ferner in Čevapović's Catalogus observ. min. Provinciae S. Joan. a Capistrano. Budae 1823. 8°. p. 266 ff.), die bei weitem grössere Hälfte blieb zurück und wurde entweder Raja (Sklave) oder mohamedanisch; nur wenige retteten mit dem Glauben den Schatten einer Freiheit und das Besitzthum. In Bosnien besonders, der Heimath des ältesten und mächtigsten serbischen Adels, ging derselbe, wenn nicht insgesammt, doch grossentheils zum Islam über. Das fürstliche Geschlecht schloss sich nicht aus: das Testament der letzten Königin Katharina beruht darauf, dass ihre Kinder Sigmund und Katharina mohamedanisch und hiemit sie zu beerben unfähig geworden. Dies mag, sagt Ranke, auch daher kommen, weil die Streitigkeiten zwischen römischen, griechischen und patarenischen Lehrsätzen, die das Land entzweiten, die rechte Festsetzung eines herrschenden Dogmas verhindert hatten. Jedoch es geschah nicht auf einmal. Jahrhunderte lang ging der Uebertritt fort und fort, und umfasste endlich den grösseren Theil der Nation. Die Bosnier haben sich den Islam, der sie der Dienstbarkeit überhob und zum Range ihrer Besieger aufnahm, mit voller Ergebenheit angeeignet; sie haben oft die, wie sie meinen, abgöttische christliche Lehre fanatisch bekämpft; die ihrige halten sie für den reinsten Glauben. Dabei aber haben sie ihre Sprache nicht verändert; von Tausend redet kaum einer türkisch: sie haben ihrer alten Herkunft nicht vergessen; noch immer blühen, wie zu christlichen Zeiten, die Branković, Vidaić, Ljubović, Sokolović u. a. In demjenigen Theile Bosniens, welcher Hercegovina genannt wird, hat sich ein Theil der alten Magnaten unter dem Namen Vojvoden, obwohl er christlich blieb, durch Privilegien, Berate, gesichert und in seinen Rechten erhalten. So die Karadžić in Drobnjaci, Zimović in Gacko und and. Unter deren Schutz, so viel als möglich entfernt von den Türken, sogar mit Waffen versehen, wohnt das Volk und weidet sein Vieh in den Gebirgen. Fast auf eine ähnliche Weise, wie Hercegovina, wurde der östliche Strich des neuen Vasallenfürstenthums Serbien, genannt Krajna und Ključ, bis zum J. 1807 regiert; dieses von wechselnden, durch die Pforte bestellten, jenes von erblichen Knezen alten Stammes, den Karapandžić. Die letzteren genossen ein fürstliches Ansehen und das Recht, keinen Spahi noch die Ansiedlung eines Türken in ihrem Gebiete zu dulden. Nicht viel anders besassen eine Zeit lang die Rašković die Landschaft Starivlah bis zum J. 1690. In dem neuen serbischen, unter die Verwaltung des Miloš Obrenović gestellten Fürstenthum gibt es jetzt keinen Adel.

5. Als die Chorwaten und Serben ihre Wohnsitze im Illyrikum aufschlugen, fanden sie ein Land voll Städte mit freien, aus der alten Römerzeit stammenden Bürgerfamilien vor. Viele dalmatische Seestädte erhielten sich einige Zeit lang unabhängig; die meisten fielen nach und nach unter die Botmässigkeit slawischer Fürsten. Aber sie erhielten sich auch dann im Besitze ihrer bürgerlichen Freiheit. Dass es ausser diesen dalmatischen Städten, deren Verfassung man bei Engel und andern beschrieben findet, von altersher auch andere im Binnenlande mit bevorrechteten Einwohnern, also mit Bürgern, gegeben habe, leidet keinen Zweifel. Die Wörter grad feste Stadt und trg Marktflecken kommen im Gegensatz des selo, zasel'k, župa und katun ausserst häufig vor. In den Dušanischen Gesetzen wurden die Privilegien und Freiheiten, welche die griechischen und andern Städte im serbischen Reiche vermöge besonderer Chrysobullen besassen, denselben ausdrücklich und auf das feierlichste bestätigt. Dabei bleibt uns jedoch das eigentliche wahre Verhältniss dieser Städte zum Staate fast gänzlich unbekannt. Sie waren der Sitz des Handels und der Gewerbe. Ein Gesetz befreit sie von Einquartirungen (priselica), d. i. von der Verpflegung reisender Bojaren, Edelleute, Beamten, Richter und ihres Trosses. Den Haupthandel des Landes mögen wohl die Bürger dalmatischer Seestädte in Händen gehabt haben. Sie hatten Niederlagen im innern Lande, und sowohl sie, als auch auswärtige Kaufleute, reisten im Lande herum, um ihre Waaren feilzubieten und inländische Handelsartikel einzukaufen. Durch die strengsten Gesetze ward für ihre Sicherheit gesorgt. Nicht viel mehr Bestimmtes wissen wir über den Bauernstand. Die serbischen Bauern waren doppelter Art, freie, die Себръ, und nach der Art des herrschaftlichen Grundbesitzes меропхъ (неропхъ), und Leibeigene, die človjek, ljudin hiessen. Ausserdem gab es noch Sklaven, otrok, rab, und um Geld dienendes herumstreichendes Gesindel, tučak. Das Land, welches freie Leute, gleichviel ob Edelleute oder Bauern, erblich besassen, hiess baština (patrimo-

nium von bašta Vater); jenes hingegen, welches einem andern als Grundherrn angehörte, und von dem Bauer bloss gegen bestimmte Leistungen und Abgaben bearbeitet wurde, hiess bald pronja (Allodialgrund) oder meropšina (neropšina), wenn es dem Landesfürsten oder einem Edelmanne, bald metochia, wenn es den Kirchen und Klöstern zugehörte. Indess bedürfen alle diese Wörter und ihre Bedeutungen noch einer sorgfältigen Prüfung, Vergleichung und Erläuterung, die ihnen nur von einem sprach- und sachkundigen Rechtsgelehrten zu Theil werden kann. Es ist dabei unerlässlich, die Bruchstücke der alten Rechtsgesetze der Russen, Litauer, Polen, Čechen und Serben als Theile eines Ganzen zu betrachten und gegen einander zu halten, um ihre Dunkelheiten aufzuhellen. — Die gesammte Bevölkerung Serbiens war nach ihren Wohnsitzen in feste Städte (grad), Dörfer (selo), Weiler (zasel'k) und Sennereien (katun) vertheilt. Das offene, von Dörfern besetzte Land hiess Župa im Gegensatz zur festen Stadt, die man Grad nannte. Ursprünglich waren die Župen grosse offene Landstriche mit einem Grad als Centralort, von dem die Župa den Namen erhielt. Die ungarischen Gespannschaften waren ehemals slawische Župen mit einem Župan, hzt. Ober-Gespan, ungr. Fö-Ispán. Später stieg die Zahl der Župen im serbischen Reiche fast ins ungeheure, und es fand wohl auch der Missbrauch statt, dass jeder Edelmann, der zwei oder drei Dörfer neben einander besass, sein Erbgut eine Župa nannte. Mit dem Fortgange der Zeit und Aenderung der Verhältnisse schwankte und änderte sich auch die Bedeutung dieser und ähnlicher Namen. Jetzt sind in Serbien die Wörter knežina, ferner grad, varoš, selo usw. im Schwange; die alten Einrichtungen sind längst vergessen. In Dušan's Gesetzen werden auch Gränzherrn (kraištnici) genannt, ungewiss, ob als angestellte Gränzaufseher, oder nur dort wohnende Grundherrn.

6. Schon in den ältesten Zeiten bildeten die slawischen Völkerschaften zahlreiche kleine, geschlossene und geordnete Gesellschaften mit vorwaltendem demokratischen Element, die nicht ohne bestimmte, gleichviel ob mündlich oder schriftlich

fortgepflanzte Gesetze bestehen konnten. Prokopius spricht von eigenen Gesetzen der Slawen; Konstantin Porphyrogeneta macht sogar das noch heute allgemein gebräuchliche Wort законъ namhaft. Die ältesten Gesetze der Serben sind uns indess nirgends aufgezeichnet worden. Aus dem Zeitalter des Stephan Dušan hat sich aber ein sogenannter Zakonnik, eine Sammlung älterer und neuerer serbischen Rechtsgesetze, veranstaltet auf zwei verschiedenen] Reichstagen, 1349 und 1354, wiewohl in späteren Abschriften und zum Theil stark interpolirt, zum grossen Glück für ältere serbische Staats- und Rechtsgeschichte, so wie für slawische Sprachforschung, erhalten. Man würde sehr irren, wenn man diese Gesetzsammlung als einen vollständigen Codex des gesammten alten serbischen Rechts ansehen wollte. Es ist ein Stückwerk, ein Aggregat, ein Versuch, nichts weiter. Ausser diesem Zakonnik bestanden schon ältere Rechtsgesetze und Rechtsgewohnheiten im Lande, die durch denselben nicht aufgehoben, vielmehr zum Theil bestätigt wurden. Ein Paragraph befiehlt z. B. bei Gränzstreitigkeiten nach der, durch des Königs Milutin Gesetz vorgeschriebenen Ordnung zu verfahren. Geistliche Angelegenheiten wurden nach dem in der griechischen Kirche gebräuchlichen Nomocanon geschlichtet, der in Serbien sehr früh eingeführt wurde. Indess finde ich die erste Erwähnung eines solchen wahrscheinlich slawischen Nomocanons nicht früher als in dem Typicon des h. Sava vom J. 1210—1215. Auch in der Inschrift zu Žiča kommen kanonische Bestimmungen, vorzüglich in Bezug auf die Ehe, vor. In den vorhandenen Abschriften serbischer Nomocanone befinden sich gewöhnlich als Beilagen, ausser den Gesetzen Dušan's, auch Bruchstücke und Auszüge aus Justinians Codex repetitae praelectionis. Dass die Gesetze Dušan's zum Theil aus einzelnen Verordnungen der Könige und Carje entstanden sind, beweisen die in denselben vorkommenden Widersprüche, und besonders die Eingangsworte so vieler Paragraphe: „Повелѣние царско“ zur Genüge. In dieser Eingangsformel und dem darauf folgenden Edikt haben wir zugleich das Beispiel des damaligen lakonischen Kurialstyls der Serben. Wir wollen nun, statt alles weitern Raisonnements, einen getreuen Auszug aus diesem Dušan'schen Codex liefern, freilich oft eben so änigmatisch und dunkel, wie es die Quelle selbst ist. Gleich der Anfang ist charakteristisch; er belehrt uns über die damaligen gesetzgebenden Gewalten. „Dieses Rechtsgesetzbuch (законникъ) ist aufgestellt in unserer rechtgläubigen Versammlung, mit dem hochgeheiligten Patriarchen Kyr Joannikij und allen Archijerejen und Kirchenbeamten, kleinen und grossen, und durch mich, den frommen Carj Stephan, und durch alle Edelleute (vlasteli) meines Kaiserreichs, durch die kleinen und grossen". Nun der Inhalt der Gesetze selbst. — „Die Heirath soll nicht ohne priesterliche Einsegnung geschehen. In geistlichen Sachen unterliegt jedermann der Kirchengewalt. Hohepriester (Prälaten) sollen die Christen nicht verfluchen, sondern die unverbesserlichen bloss ausschliessen. Lateiner sollen durch Protopopen der Städte bekehrt werden. Wer sich nicht bekehrt, wird nach Kirchengesetz gestraft. Häretiker, die Christinnen heirathen, müssen sich taufen lassen, oder sie werden geschieden und verbannt. Die Zurückgebliebenen und ihre Hehler werden gebrandmarkt. Zauberer werden gestraft nach Kirchenrecht. Für Zauberer, welche Todte ausgraben und verbrennen, zahlt das Dorf Strafgeld. Beichtväter sollen in allen Kirchensprengeln sein. Geistliche Sachen darf kein Laie richten. Hohepriester sollen nicht um Geld eingesetzt werden, sonst werden sowohl sie, als auch ihre Einsetzer abgesetzt. Bauern auf Kirchengütern leisten nur der Kirche Frohndienste. Die Kirchen sind von Abgaben und Frohnen an den Grundherrn frei: sie unterliegen nur dem Carj, dem Patriarchen und dem Logotheten. Jede Kirche soll nach Anordnung der Stifter die Armen pflegen, widrigenfalls werden die Metropoliten, Bischöfe und Igumene abgesetzt. Die Wahl der Igumene muss streng sein: tadellose Igumene sind unabsetzbar, nur sollen sie in Klöstern wohnen und auf 1000 Häuser Klostergut wenigstens 50 Mönche erhalten. Mönche und Nonnen dürfen ebenfalls nicht ausserhalb des Klosters (d. i. mit und unter Weltlichen) leben. Mönchsgewand abzulegen ist streng verboten. Der Edelmann darf Mönche nur gerichtlich belangen, nicht gewaltthätig in Haft nehmen. Wer einen Christen einem Nichtchristen verkauft, dem soll Hand und Zunge abgehauen werden. Priester, die eigene Erbgründe besitzen, sind abgabenfrei; andere erhalten vom Kirchengute drei Morgen Landes; nehmen sie jedoch mehr an, so müssen sie von dem Ueberschusse der Kirche Abgaben zahlen. Kirchengutsverwalter sollen die Bauern nicht drücken und verjagen. Leute auf Kirchengründen dürfen nur von Priestern gerichtet werden. Hohepriester sollen nie weltlichen Beamten, sondern immer nur Mönche aussenden an die Pfarrer, um Kirchengebühren zu erheben; auch dürfen sie ihre Pferde und Füllen künftig nicht durch die Pfarrer und Dörfer verpflegen lassen. — Serben und Griechen, die vermöge älterer Schenkbriefe Erbgründe besitzen, behalten diese nach wie vor. Verleihungen des Carj werden gleich den Schenkungen früherer Könige rechtsgiltig sein. Verfälschte Schenkbriefe sind ungiltig. Verdächtige carjische Verschreibungen und Briefschaften müssen die Richter unmittelbar dem Carj vorlegen. Der Edelmann kann sein Eigenthum verschenken oder verkaufen. Erbgründe vererben sich, bei Mangel direkter Erben, bis auf das dritte Geschwisterkind (do tretijago bratučeda). Edelleute sind nur zum Kriegsdienst verpflichtet und sonst von allen carjischen Abgaben frei. Erbgründe darf weder der Kaiser, noch der Kralj, noch die Carin mit Gewalt an sich reissen oder kaufen. Leibeigene sind ewiglich an den Erbgrund gebunden: doch dürfen Herr, Frau und Sohn ihre Leibeigenen freilassen. Adeligen, die auf ihren Erbgründen Kirchen haben, steht die freie Wahl des Pfarrers zu; nur sollen Grundherrn ohne Vorwissen des Bischofs den Pfarrer nicht fortschicken. Hat der Pfarrer Erbgründe, so darf man ihn gar nicht entlassen. Nach dem Tode des Grundherrn fallen sein bestes Pferd und seine Waffen dem Carj, das grosse Perlengewand und der goldene Gürtel aber dem Sohne oder der Tochter zu. Wenn ein Magnat einen kleinen Edelmann beschimpft, so zahlt er 100 Perpern; ist das Umgekehrte der Fall, so zahlt dieser dasselbe und wird am Kopfe und im Gesicht abgesengt (da se osmudit). Edelleute (oder Befehlshaber?) an der Gränze müssen einbrechende Räuberhorden abwehren oder den Schaden bezahlen. Wer seinen Sohn oder Bruder in Hofdienst gibt und für seine Treue bürgt, der muss für Untreue desselben die Strafe erleiden. Für Untreue und jede Missethat haftet der Bruder für den Bruder, der Vater für den Sohn und die Kinder für den Vater, so lange sie ungetheilt sind. Für Gewaltthat an einer Adeligen werden dem Adeligen Hände und Nase abgehauen, der Bauer wird gehenkt. Für Gewaltthat des Bauern an seines Gleichen werden demselben Hände und Nase abgehauen. Der Edelmann darf nur vor Mittag zu Gericht geladen werden, und nach der Rückkunft vom Kriegszug hat er drei Wochen Frist zum Erscheinen. Magnaten werden mittelst eines Gerichtsschreibens, Edelleute mittelst Vorweisung des Siegels vorgeladen. Der Geklagte muss einen Bürgen stellen. Erscheint der Kläger nicht am Termin vor Gericht, so wird der Beklagte freigesprochen. Der Bruder kann den Bruder immer und überall vertreten. Jedermann darf auch einen Anwalt (pristav) statt sich stellen. Wenn ein Magnat, der (auf Reisen) Quartierfreiheit (priselica) geniesst, den Landleuten Schaden zufügt, so wird er abgesetzt. Wird nach dem Tode des Edelmanns sein Dorf verwüstet, so bezahlt den Schaden die ganze Umgegend. Einen Armen soll überall der Gerichtsanwalt vertheidigen. Arme Waisen sind, gleich den Priestern, von Abgaben befreit. — Benachbarte Dörfer dürfen gemeinschaftliche Hut und Weide haben, nicht aber benachbarte Župen. Schaden durch Abweiden schätzen und richten Geschworne (dušnici). Für Treibjagd ist bei Wlachen und Albanesen 100, bei andern 50 Perpern Streifgeld; davon die Hälfte dem Kaiser und die Hälfte dem Grundherrn. Gränzstreitigkeiten zwischen Dörfern werden nach dem Gesetze des h. Königs (Milutin) geschlichtet. Hat jemand besondere Urkunden, so zeige er sie vor. Jedes Dorf stellt die Hälfte der Zeugen. Jeder Bauer darf mit dem Carj, der Carin, der Kirche und den Edelleuten Rechtsstreit führen, und es soll ihm Gerechtigkeit werden. Führt ein Bauer mit seinem Herrn einen Rechtsstreit, so soll ihm der Richter für des Herrn Bezahlung Bürge sein. Bauern, die auf fremden Erbgründen sitzen, dürfen diese weder als Mitgift verschreiben, noch verkaufen, noch verschenken. Wer keine eigene Erbgründe hat, darf von grundherrlichen nicht einmal der Kirche etwas vermachen; thut er es, so gilt es nicht. Leibeigene (sebri) dürfen nicht Versammlungen (sbor) halten. Den Uebertretern werden die Ohren abgeschnitten und die Augenbraunen weggesengt. Abgetheilte Familienglieder leisten Frohnen und Abgaben besonders. Das Familien-Oberhaupt haftet in allem für seine Leute. Leibeigene und Bauern leisten Abgaben nach Maassgabe der Gründe, auf denen sie sitzen. Der Bauer (meropch oder neropch) ist verpflichtet dem Grundherrn wöchentlich zwei Tage zu arbeiten, jährlich den carjischen Perper zu entrichten, einen Tag Heu zu mähen und einen Tag im Weingarten oder anderswo zu arbeiten. In allem übrigen ist der Bauer frei, und jede Bedrückung desselben wird vom Carj auf das strengste bestraft. Leibeigene werden durch ihren Grundherrn gerichtet; aber wegen Verbrechen wider den Carj, ferner wegen Diebstahls, Raubes, Todschlags und gewaltthätiger Wegnahme (прѣемь) stehen sie unter (carjischen) Gerichten. Der Gerichtsdiener darf Frauen in Abwesenheit ihrer Männer weder vorladen, noch sonst exequiren. Verbrechen Leute der Magnaten etwas, so wird der Freibauer (?) durch Geschworne von seines Gleichen gerichtet; der Leibeigene (sebr) soll in heisses Wasser im Kessel greifen (da chvati u kot'l). Wer sich durch diese Ordalie rechtfertigt, ist frei von Gericht. Für Verwünschungen und Zauberworte zahlt der Edelmann 100 Perpern, der Bauer 12 Perpern und wird geschlagen. Beschimpft jemand einen Priester, so zahlt er 100 Perpern. Reisst jemand einem freien Manne den Bart aus, so werden ihm beide Hände abgehauen: zwischen Sebern ist dafür die Strafe von 6 Perpern. Für den Todtschlag des Bauern zahlt der Edelmann 1000 Perpern, für den des Edelmanns der Bauer dasselbe und es werden ihm die Hände abgehauen. Für den Todtschlag eines Geistlichen wird der Thäter aufgehenkt. Verwandtenmörder werden verbrannt. Brandleger muss das Dorf und die Umgegend ausliefern oder Strafe zahlen. Wer den Gerichtsanwalt (Gerichtsexecutor, pristav) verunglimpft, verliert sein Besitzthum. Die Richter, die im Lande herumreisen, sollen sich aller Erpressungen enthalten. Verunglimpft den Richter ein Edelmann oder ein Dorf, so verliert jener sein Besitzthum, und dieses wird geplündert (confiscirt). Reichsbeamte, die sich Erpressungen und Plünderungen erlauben, werden mit Schadenersatz, Absetzung und selbst mit dem Tode bestraft. — Dem Gerichtsanwalt gebühren von einem Grund oder Weingarten oder Dorf oder Mühle drei Perpern, von einer Župa von jedem Dorfe ein Perper usw. Erkennt jemand Gestohlenes, so schreite man zur Umfrage (svod). Befindet er sich im Walde oder am Felde, so gehe er damit vor die nächste Dorfobrigkeit und diese weiter vor Gericht; für das Unterlassen wird das Dorf gestraft. Berge und Waldungen sind zwischen dem Carj, den Kirchen und Edelleuten vertheilt. Wo einmal ein Wlache oder Albanese aufgenommen ist, da soll ihm niemand nachweiden dürfen. — Eingekerkerte Sklaven (suž'n) und gefangene Miethdiener (tucak), die sich aus der Haft an den Hof des Carj oder des Patriarchen flüchten, sollen frei sein. Ueberläufer aus der Fremde dürfen, wenn sie ein Schreiben des Carj vorweisen, im Lande frei wohnen. Gefundenes muss angezeigt werden, sonst wird es als Diebstahl und Raub bestraft. Kriegsbeute muss vor den Carj und die Heerführer gebracht werden. Wer einen fremden Menschen (Leibeigenen) ins Ausland entführt, muss ihn siebenfach ersetzen; im Inlande darf niemand einen fremden Menschen ohne ein Schreiben des Carj oder des Gerichts aufnehmen. Kaufleute dürfen frei im Lande herumreisen; weder der Reichsbeamte, noch der Edelmann darf ihnen etwas abpressen, bei 500 bis 1000 Perpern Strafe. Kauf und Verkauf soll und muss ganz frei sein. Die Sachsen, die bei den Marktflecken Wälder ausgehauen und sich angesiedelt haben, sollen in ihren bisherigen Sitzen verbleiben; aber künftig sollen keine dergleichen Ansiedlungen mehr statt finden. Die griechischen Städte, welche mit Chrysobullen und Propagmen vom Carj versehen sind, sollen in ihren Gerechtsamen unangefochten bleiben. Auf gleiche Weise sollen die den carischen Städten (градовомъ царскимъ) verliehenen Privilegien unantastbar sein. Alle Städte bleiben künftig von Einquartirungen (Nachtlagerleisten, priselica) frei. Reisende Reichsbeamte und Magnaten sollen Pferde und Gepäck dem Gastwirth (stanjanin) in Pflege und Verwahrung geben. Alles auf dem Stadtgebiet Geraubte und Geplünderte ersetzt die Umgegend. Bei Festungsbau oder bei dem Bau des Palastes des Carj müssen Stadt und Land (grad i župa) helfen. — Die Vojevoden oder Heerführer bilden das oberste Kriegsgericht. Der Kriegsmann darf nur von ihnen gerichtet werden, und ist ihnen, wie dem Carj selbst, unbedingten Gehorsam schuldig. Kirchen im Kriege niederzureissen ist bei Todesstrafe verboten. Fremde Gesandte sollen allenthalben ehrerbietig aufgenommen, verpflegt und von Dorf zu Dorf befördert werden. Von Schenkbriefen des Carj gebühren dem Logotheten 30 Perpern für jedes Dorf, und dem Diak oder Schreiber 6 Perpern. — Strassenräuber und Diebe dürfen sich im Lande nicht aufhalten. Für den Einbruch auswärtiger Räuber haftet der Gränzgrundherr oder Gränzbefehlshaber (?), und muss den Schaden siebenfach ersetzen. Dörfer, die Räuber und Diebe hehlen, werden geplündert (confiscirt). Magnaten, Edelleute, Landbeamte verlieren deshalb Besitzthum, Amt und Leben. Wer Gestohlenes hehlt, bezahlt es siebenfach. Gibt jemand einen Räuber oder Dieb an, so muss auf der Stelle die strengste Untersuchung vorgenommen werden. In Ermanglung eines Beweises reinige sich der Verdächtige durch glühendes Eisen, welches er aus dem Feuer heben und auf den Altar hinstellen muss. Falschmünzer werden verbrannt. — Die Geschwornengerichte (porota) sollen fortbestehen, wie sie durch das Gesetz des h. Königs (Milutin) errichtet worden sind: das grosse Geschwornengericht aus 24, das mittlere aus 12, das kleine aus 6 Geschwornen (porotci). Den Magnaten sind Magnaten, den Edelleuten Edelleute und den Bauern ihres Gleichen Geschwornenrichter. Das Geschwornengericht versammelt sich in der Kirche und wird allemal vom Priester beeidigt. Drei Verbrechen: Untreue gegen Fürst und Land, Blutschuld und Todtschlag eines Edelmannes richtet der Carj selbst". — So weit das alte Gesetz. Alles, was über der alten Serben Gerichtswesen, Processordnung, Advokatenwesen usw. gesagt werden könnte, muss einzig und allein aus diesem Dušan'schen Rechtsgesetzbuche geschöpft werden und kann hier deshalb füglich übergangen werden.

7. Der serbische Edelmann war vermöge seines Standes ein Kriegsmann: die Bojaren und Vlastelen mussten sich auf das

Aufgebot des Fürsten zum Kriegszuge mit einer verhältnissmässigen, auf eigene Kosten geworbenen Mannschaft unter die Fahnen stellen. Wahrscheinlich leisteten auch die freien Städte ein Contigent an Soldaten oder am Gelde. Dass diese Soldaten nicht lauter Edelleute, sondern oft ein aus allen Enden zusammengelaufenes Gesindel, oft aber auch fremde, massenweise in Dienst und Sold genommene ordentliche Truppen waren, leuchtet von selbst ein und wird durch die Geschichte bestätigt. Reiterei und Fussvolk hatten die Serben von altersher; doch scheint letzteres in einem von Natur gebirgigen Lande, besonders in alten Zeiten, vorzugsweise in Gebrauch gewesen zu sein. Gebirgskrieg war das Element der Serben. Sie dienten auch im Auslande. Als im J. 1168 Andronikus Kontostephanus, der Byzantiner Feldherr, sich mit dem ungarischen Heerführer Dionysius messen wollte, befanden sich bei der byzantinischen Armee einige serbische Truppen mit länglichen Schilden und Spiessen. Um das J. 1184 soll Nemanja mit einer Flotille, 20.000 Reitern (?) und 30.000 Mann Fussvolk, Ragusa angegriffen haben, doch, weil er die Belagerungskunst nicht verstand, vergeblich. Kg. Milutin hatte auch Ausländer, namentlich Türken und Tataren unter dem Anführer Melekil in seinem Heere. Nach dem Tode dieses Königs entstand viel Unordnung und Meuterei unter seinen ausländischen Truppen. Nicht nur plünderten sie das Land und dessen Einwohner, sondern ein Regiment zankte sich auch mit dem andern, und eine Rotte jagte der andern ihre Beute ab. Stephan Dečanski hatte im Kriege wider Kg. Michael von Bulgarien italienische, durch Ragusaner angeworbene Truppen, nach den Byzantiern in der entscheidenden Schlacht (16. Juli 1330) 1000 keltische Söldner. Dušan hatte sogar deutsche Söldner in seinem Heere. Unter seinen Befehlshabern wird, wie schon oben bemerkt wurde, in einem päpstlichen Breve „Palmannius Theutonicus, Capitaneus gentis armigerae" ausdrücklich genannt. Ein Ereigniss ist für die damaligen Verhältnisse zu charakteristisch, als dass wir es hier übergehen könnten. Als Dušan seinen Leuten bei Strafe der Augenstechung verbot, den katholischen Gottesdienst des eben damals (1355) an seinem Hofe anwesenden päpstlichen Gesandten, Petrus von Pacta, zu besuchen, fanden sich dennoch 300 deutsche, wahrscheinlich unter dem Kommando des eben genannten Palmann stehende Söldner bei demselben ein. „Erant“, heisst es in der Mezerischen Legende von Bischof Petrus von Pacta, „multi ibi nobiles Theutonici et alii stipendarii ipsius regis...... erant autem ad missam trecenti Theutonici, aliis christianorum nationibus exceptis“. Als sie von Dušan desshalb vorgefordert wurden, antworteten sie: Man müsse Gott mehr gehorchen, als den Menschen. Diese Beharrlichkeit entwaffnete den Carj. — Es scheint, dass schon in den ältesten Zeiten der Krieg nicht auf barbarische Weise, sondern nach gewissen Kriegsgesetzen in Bezug auf die Gefangenen, Wehrlosen, Kirchen usw. geführt wurde. Nicephorus Gregoras bemerkt zum J. 1271: „Institutum hoc a majoribus constanter ad posteros propagatum servatumque fuit, non modo a Romanis et Thessalis, sed Illyriis etiam et Triballis et Bulgaris, propter religionis communionem spolia tantum auferenda, homines vero nec ad servitutem rapiendos, nec extra aciem occidendos esse“. Hiemit stimmt freilich die Rede des Ks. Andronikus im Senat bei der Verheirathung der Simonis an Milutin gar nicht überein. „Verum eo a se pretio“, sagt der Kaiser zur Entschuldigung der politischen Heirath, „redemtam captivitatem subditorum imperii, qui misere servitum abducebantur, provinciarum Romanae ditionis statum, quae incursionibus desolabantur, annonam denique ac victum subjectae sibi plebis, irreparabilibus latronum rapacissimorum depraedationibus spoliari antea solitae.“ — Tapferkeit war und ist noch jetzt eine der Haupttugenden der serbischen Nation, und Mangel an Tapferkeit war gewiss nicht Schuld daran, dass ihr Reich fiel. Schon Wilhelm Tyrius sagt von ihnen: „Hi magistratus habent, quos Suppanos vocant, et domino imperatori aliquando serviunt, aliquando de montibus et silvis egrediuntur, omnemque circa se regionem, ut sunt audaces et bellicosi viri, depopulantur“. Die serbische Geschichte bietet gar viele Beispiele ausgezeichneten Heldenmuths und persönlicher Tapferkeit dar. Bekannt ist des Grossžupans Bakchinus oder Čedomil verzweifelter Zweikampf mit dem Ks. Manuel Kommenus im J. 1151, in welchem freilich der Riese Goliath seinen David fand und unterlag. „Virum fortitudine praecellentem et procero admodum corpore" nennt Cinnamus, „virum heroica statura et lacertosum" Nicetas den Grosszupan. Bakchinus trug eine eiserne Rüstung. Auch Stephan Dušan der Gewaltige wird von der Geschichte und Sage als ein Riese an Gestalt und Stärke geschildert. Marko Kraljević, Vukašin's Sohn, lebt, das Bild gigantischer Körperstärke, als Held von Abenteuern und Schlachten, noch ebenfalls in der Sage und im Volkslied. Miloš Obilić's tollkühnes Wagestück (1389) zeugt von grosser Tapferkeit der Seele: hätte er sie doch besser angewendet! Der 89jährige serbische Ulysses, Georg Branković, kämpfte (1457) mit Szilágyi auf Leben und Tod, und verlor dabei zwei Finger. Der Despot Vuk zeichnete sich durch Kühnheit und Tapferkeit dergestalt aus, dass er den Beinamen Zmaj (Drache) erhielt. Knez Pavel, ein serbischer Bojar unter Vuk (1468), wird von Bonfin der Ajax unter den ungarischen Reichsbaronen genannt. Er bewegte eine Mühle mit eigner Kraft, hob ein Fass Wein mit einer Hand auf und trug einen bewaffneten Mann, indem er sein Kleid mit den Zähnen anfasste. Gewöhnlich gürtete er zwei Schwerter um und wüthete mit beiden, indem er eines in jeder Hand führte, in der Schlacht herum. An Heldenmuth und Tapferkeit kam ihm sein Zeitgenosse, Demeter Jakšić, gleich, übertraf ihn aber an Grausamkeit. Sehr viele glänzende Thaten der Tapferkeit und rühmlicher Aufopferung für Freiheit, Glauben und Vaterland besingt Kačić in seinem Razgovor naroda slovinskoga, und Milutinović in seiner Serbianka. Die Namen derer, die sich in den letzten Jahrhunderten unter Oesterreichs Fahnen unverwelkliche Lorbeeren erworben haben, werden ebenfalls in der Geschichte fortleben.

8. Ackerbau, Viehzucht und Handel waren schon in alten Zeiten die Hauptbeschäftigungen der Serben. Die Behauptung einiger ausländischer Chronisten, welche wohl nur einzelne Theile Serbiens näher gekannt haben mochten, dass den alten Serben der Ackerbau gänzlich unbekannt war, ist offenbar unrichtig. Aus den ältesten serbischen Diplomen, aus Dušan's Gesetzbuche

und aus andern einheimischen Denkmälern, in welchen allen von Ackerbau und Ackersleuten häufig die Rede ist, geht das Gegentheil zur Genüge hervor. Wohl mögen einzelne Gegenden den Ackerbau vernachlässigt und bloss Viehzucht getrieben haben, zu welcher auch jetzt noch, wie ehemals, das berg- und weidenreiche Land vorzugsweise einladet. Der Sitz des Handels waren die Küstenstädte Dalmatiens; doch fand auch eine Verbindung mit der macedonischen Küste frühzeitig statt. Kaufleute aus Ragusa, Thessalonichi u. a. Städten Dalmatiens und Macedoniens durchzogen mit ihren Waaren das ganze innere Land und hatten überall ihre Niederlagen und Faktoreien. — An Vieh, Weizen, Honig und Wachs, ferner an Wein und Obst war das Land von jeher überreich. Der natürliche Reichthum des üppigen Landes wurde durch Erzgruben und Bergwerke, und wie es scheint, auch durch Salzquellen bedeutend erhöht. Der Bergbau scheint in Serbien uralt zu sein (vgl. unten). Man hatte Gold- und Silberminen, auch baute man auf Kupfer, Blei und Eisen. Von allen diesen ist jetzt keine Spur mehr vorhanden. Die einzelnen Handelsartikel, die in der alten Zeit namhaft gemacht werden, sind, unter den ausländischen Scharlach, unter den inländischen Vieh, Weizen und Meth. Die meisten Nachrichten über den Handel in Serbien finden wir bei den ragusanischen Schriftstellern. Schon im J. 1185 schloss Nemanja einen Vergleich mit Ragusa, worin auch freier Handel und Verkehr den Ragusanern in seinen Ländern und den Serben in Ragusa stipulirt ward. Um das J. 1382 lieferten die Ragusaner Salz nach Castelnuovo, Drakovica u. a. serb. Distrikten. Die älteste ragusan. Handelsfaktorei war Dubrovnička, unweit des jetz. Sarajevo in Bosnien, um das J. 1169 angelegt: im XV—XVI. Jahrh. blüthen dergleichen in Sarajevo, Novipazar, Novobrdo, Belgrad, Prokupje u. s. w. Es wurden ausgeführt aus Serbien und Bosnien Gold, Silber, Rauchwerk, Wachs u. a. Waaren von grossem Werth. Als die Republik in Canale die katholische Religion mit Ausschliessung der griechischen einführte (1421), liess der Despot Stephan alle ragus. Handelsleute in Serbien gefangen und ihre Güter in Beschlag nehmen. Durch ragusanische Abgeordnete und 30.000 Dukaten

Lösegeld besänftigt, nahm er jedoch die scharfen Maassregeln bald zurück. Um das J. 1490 legten die Ragusaner Tuchwebereien an und führten grobe Wolle dazu aus Serbien und Bosnien aus. Eben so wenig wissen wir, worin die producirende Industrie bestanden habe. Bei so vielen Städten im Binnenlande und an den Küsten, bei dem lebhaften und ununterbrochenen Verkehr sowohl mit dem Oriente, als auch mit dem Occidente, besonders Italien, konnte es den Serben an Handwerkern und Künstlern nicht fehlen. Der Goldarbeiter und Baumeister wird unten Erwähnung geschehen. Worin die Einkünfte der Regierung bestanden, ist schwer im Einzelnen anzugeben. Die Hauptstellen darüber sind ein Diplom Dušan's, ferner das Gesetzbuch Zakonnik. Im Diplome vom J. 1348 heisst es, der Carj befreie die dem Kl. Chlilandar geschenkten Dörfer von allen Frohnen und Abgaben: „метохие села освободи царство ми оть вьсѣхь работь царства ми, да имь нѣ градозиданіа, ни цаконства по градовѣхь, ни сѣнокоше, ни винограда, ни жетве, ни приселице, ни коніа, ни пса, ни коего поданка, просте рещи оть вьсѣхь работь малихь и великіихь царства ми“. Ferner: „и що юсть быль доходькь царства ми оть сель црьковныихь соке, и този даде царство ми црькви хиландарскыие“. Diese сокіа wird auch in einer Abschrift des Zakonnik und in Lazar's Diplome 1381 genannt; ob sie mit dem an einem andern Orte vorkommenden Perper carski eins sei, weiss ich nicht, doch ist es nur sehr wahrscheinlich. Der Perper carski scheint die Hauptrubrik der Einkünfte der Regierung ausgemacht zu haben. Ausserdem besassen die Fürsten auch ansehnliche Krondomänen. Auch die Einkünfte aus den Silberbergwerken, deren beiläufig in Dušan's und Lazar's Diplomen 1348 und 1381 erwähnt wird, müssen sehr beträchtlich gewesen sein. Die Reichthümer des Carj Lazar, so wie des Despoten Georg Branković sind beinahe zum Sprichwort geworden. Als der Despot Georg seine Tochter Mara dem Sultan Murad zuschickte, gab er ihr unermessliche Schätze und goldgestickte Kleider mit („thesauros immenses et vestes auro intextas“ sagt Laonicus). Im J. 1440 flüchtete er nach Ragusa und legte hier, nach dem Geschichtsschreiber Branković, viele Edelsteine und 500.000 Dukaten zur besseren Aufbewahrung in dem öffentlichen Schatze nieder. Der Patriarch Arsenius Černojević schätzte den Werth des hinterlegten Vermögens auf zehn Millionen Gulden. Die gemeine Meinung ist, dass Georg aus Ragusa nichts mitgenommen habe, als was er zur Reise bedurfte. Nichts desto weniger heisst er auch nach der Zeit „dives pecuniae" und gab Johann Hunyady Geld her, um Truppen wider die Türken zu werben. Es ist deshalb wahrscheinlich, dass ihm seine Schätze, wie die ragusanischen Schriftsteller erzählen, 1444 nach Smederevo zurückgeschickt wurden.

9. Gebräuche, Sitten und Bildung des serbischen Volkes von Jahrhundert zu Jahrhundert schildern zu wollen, würde vergebliche Mühe sein. Hiezu fehlen uns fast alle Daten. Wir beschränken uns, mit Rücksicht auf die zwei verschiedenen Zeiträume, der Selbstständigkeit und der Unterjochung der Nation, einige zufällig erhaltene Andeutungen anzuführen. Dürfte man einigen ausländischen alten Chronisten und neuern Schriftstellern, die jenen nachsprechen, unbedingt Glauben beimessen, so müsste man dafür halten, die serbische Nation sei vom Anbeginn bis zum Falle des Reiches im Zustande gänzlicher, fast thierischer Rohheit, Verwilderung und Barbarei geblieben, und der Hof insbesondere sei das Bild von Armuth und Schmutz, und jeder feinern Gesittung civilisirter Völker fremd gewesen. Gegen so übertriebene, einseitige Behauptungen mögen wohl auch bei dem der serbischen Geschichte minder Kundigen bedeutende Zweifel aufsteigen. Die Chorwaten und Serben waren, als sie sich in Illyrikum niederliessen, weder Wilde noch Nomaden: sie bewohnten auch in ihrer alten Heimath Städte und Dörfer, trieben Ackerbau, Viehzucht und Handel, waren Freunde sanfterer Künste des Friedens, leidenschaftliche Liebhaber der Musik, des Tanzes, des Gesanges, der Volkspoesie. Sie trafen in Illyrikum ein Land voll Städte und alterthümlicher Erinnerungen noch aus der grossen Römerzeit an, und wurden sehr bald nach ihrer Ankunft christianisirt. Ihr Land lag in der Mitte zwischen Alt- und Neu-Rom, und war dem Westen und Osten und seiner damaligen Kultur gleich zugänglich. Die Stimme des

Evangeliums, vereinigt mit den Einwirkungen byzantinischer und italischer Nachbarschaft, musste in Serbien von jeher auf die Gestaltung der Nationalkultur vortheilhaft wirken und eine eigene Civilisation des serbischen Volkes hervorbringen. Nur das, was dem Zeitalter selbst fehlte, die Weckung, Läuterung und Veredlung der sittlichen Kraft des Menschen, durch Bildung der Vernunft, des Willens und des Herzens, darf man bei den alten Serben nicht suchen. Ihr politisch selbständiges Leben fällt in das Zeitalter des unbedingten Kirchenglaubens, der das Sittengesetz geläuterter Vernunft als entbehrlich erachtete und nicht aufkommen liess. Aus dem völligen Mangel der reinsten und reichhaltigsten Quelle des Nationallebens lässt sich wohl der frühe Verfall des Reiches am besten begreifen und erklären. Die gänzliche Vernachlässigung dieser innern Seite des Menschenlebens schloss jedoch nicht jede andere feinere Gesittung, nicht jeden eigenthümlichen preiswürdigen Brauch, nicht jede Kunst der Civilisation aus. — Der serbische Hof stand frühzeitig durch Heirathen und Völkerbündnisse in freundschaftlichen Verbindungen mit den byzantischen, bulgarischen, ungarischen und sogar mit den deutschen Fürsten. Wir finden mehrere auswärtige Prinzessinnen am serbischen, serbische am ausländischen Hofe. Schon Bela Uroš (1120—1130) soll, nach den einheimischen Annalen, eine fränkische Prinzessin Anna zur Frau gehabt haben. Da manche den Ausdruck des Chronisten рода франьчьска, d. i. fränkischen Geschlechts, nicht verstanden und Anna für eine Französin hielten, so wurden sie dadurch veranlasst, die Angabe der Annalen ganz zu verwerfen. Hiebei drängt sich von selbst die etwas sonderbare Frage auf: in welcher Sprache sich wohl die serbischen Fürsten und Prinzen mit den ausländischen Prinzessinnen unterhalten haben? Die Sprachkenntnisse der serbischen Župane scheinen damals nicht sehr ausgedehnt gewesen zu sein. Nach dem Ausdrucke des Cinnamus, dass der gefangene Grossžupan Bakchinus dem Ks. Manuel die Menge der Feinde durch Hinweisen auf das Haupthaar angedeutet habe, möchte man fast glauben, dass der damalige Fürst der Serben der griechischen Sprache ganz unkundig war. („Captus barbarus", sagt Cinnamus, „benevolentiam simulabat; capillis autem capitis sui ostentis ingentem innuebat illi occursuram multitudinem.“) Von den nachfolgenden Fürsten wissen wir mit Bestimmtheit das Gegentheil. Der Grosszupan Djesa verachtete die Freundschaft der gesunkenen Byzantier und schickte (vor 1162) Legaten nach Deutschland, um sich von da eine Frau zu holen. („Spreso Romanorum imperio legationem miserat ad Alemannos, ut inde sibi uxorem accerseret.“ Cinnamus.) Wenn Pejačević hinzufügt, dass sich wahrscheinlich damals Nemanja, den er irrig für Djesa's Sohn hielt, aus Deutschland den Titel „Comes Imperii“ geholt habe, so verfiel er in einen grossen Irrthum: Nemanja war nicht Djesa's Sohn, und schon seit 1159 Grosszupan. Nemanja knüpfte erst später Verbindungen mit dem deutschen Reiche an. Als Ks. Friedrich I. im J. 1188 einen grossen Kreuzzug nach Palästina vorbereitete, sandte Nemanja serbische Abgeordnete nach Deutschland, die bei der Reichsversammlung am Weihnachtstage zu Eger erschienen, und bot dem Kaiser unter Freudenbezeugung über die Hoffnung, denselben sehen und sprechen zu können, nicht nur den freien Durchzug durch Serbien, sondern auch seine beste Stadt zur Rast an. Diese Botschaft erregte ein vergnügtes Staunen. Ungeachtet seit hundert Jahren mehrere Pilgrime nach dem Orient durch Serbien gegangen waren, so kannte man dennoch dieses Land kaum dem Namen nach, glaubte, dass es zwischen Russland und Ungarn liege. („Severia terra inter Rutheniam et Ungariam posita“ sagt Gottfridt von Cölln), und zeichnete in die Jahrbücher ein, dass die entferntesten Völker durch den Ruhm des Kaisers in Ehrfurcht gesetzt worden wären. Und Nemanja hielt redlich, was er versprochen. Die Stellen der Chronisten darüber sind in Bezug auf unseren Zweck von besonderer Wichtigkeit. Gottfridt von Cölln schreibt von dem Empfange des Kaisers durch Nemanja zu Niš: „Princeps dictus Serf..... cum summo gaudio imperatorem excepit, datis ei nonnullis donis.“ Dietpolt, Bischof von Passau: „In civitate Nissea magnus Comes Serviae cum magno apparatu honeste excepit, et multa cum eo pertractans honesta ei donaria dedit, sicut et ipse magna ab eo accepit. Similiter omnes principes a praedicto Comite vino, medone et animalibus multum honorati fuerunt." — Codex MS. monast. Salmansveilensis: „Neemann et Chrazimirus, magni Comites de Servigia et Rassia, cum tertio fratre Mechilavo... gratanter egrediebantur obviam peregrinis, et maxime Imperatoris adventum, prout decebat, cum ingenti pompa et apparatu magnifico salutantes, hunc honorant, hunc benignis stipant obsequiis. Singulis etiam principum boves, oves, vinum, frumentum et hordeum dividentes munifice, et mercatum omnibus ministrantes omnimodum Imperatori obsequium... offerebant". Auf gleiche Weise lobt der Reisebeschreiber Ansbertus der serbischen Fürsten Gastfreundschaft und Leutseligkeit („amici nostri comites magni de Servia"), und schreibt überall die Ueberfälle, denen die Kreuzfahrer unterwegs ausgesetzt waren, den Griechen und ihren Miethlingen, nicht den eingebornen Serben und Bulgaren, oder gar ihren Regenten zu. Bei diesem Glanze und dieser Milde des Vaters fällt die rohe Handlungsweise des Sohnes um so mehr auf. Stephan I. verfiel mit seiner Frau Eudoxia (?), Alexius Komnenus III. Tochter, in Uneinigkeit. Er warf derselben allzugrosse Geilheit, sie aber ihm Trunkenheit und Besuche von Kebsweibern vor. Der Zwist endete damit, dass er sie, unter Beschuldigung des Ehebruchs, halb nackend, in einem kurzen, kaum die Hüften bedeckenden Röckchen, wegjagte und, wohin sie wollte, gehen liess. Sein Bruder Vlkan nahm sich ihrer an und schickte sie zu ihrem Vater nach Byzanz. Doch man vergesse nicht, dass dies Byzantier erzählen. Uroš des Grossen Frau, Helena, war nach serbischen Annalen fränkischer Abkunft. Engel hielt sie abermal für eine Französin und sagt nach seiner Gewohnheit: „Die Rohheit des serbischen Hofs lässt sich nicht wohl mit dem französischen Ursprung der Helena reimen". Wenn wir bloss die Byzantiner hören wollten, so müsste Engel freilich Recht haben. Als der Ks. Michael Paläologus seine Tochter Anna dem Fürsten Milutin, zweiten Sohne Uroš des Grossen, zur Frau geben wollte, wurden (1271) von Macedonien aus zwei Kundschafter, Veccus und Kudumenus, an den serbischen Hof abgeschickt: „explorarent ad liquidum, quodnam id esset hominum genus, quae ibi forma vitae cultusque, quae ratio consuetudinis civilis, quis ordo publicae rei, ac jus ususque principatus?“ Der Erfolg war, nach Pachymeres: „adeo nihil ibi ad ministerium commodum, ad pompam exquisite ornatum, aut omnino vel mediocri dignum magistratu reperueunt, ut ipsum illorum instrumentum Stephanus Uresis admiraretur, et viso tabernaculo, praesertim autem familia obsequioque eunuchorum, quasi obstupescens inopinatissima re, quaereret: quid haec tandem essent, et quem usum haberent? quum vero audisset, partem esse illam praemissam satellitii ac supellectilis reginae adventantis, indolescenti similis exclamaret: heu heu, quae et quorsum ista? nos harum deliciarum usum non habemus! et haec loquens simul nurum (Katharina, eine ungarische Prinzessin) ostenderet, paupertino sordidam vestitu ac lanificio intentam, unaque manu eam indicans subjiceret: eu tali nos cultu nurus consuevimus habere! Porro in cetero circa cralem apparatu nihil nisi vulgare, obsoletum ac plane plebejum apparebat. Nulla victus mundities; e venatu illauto ac tumultu sane venatorio, nulla specie aut ordine ministerii, nulla mensarum elegantia, raptim cibi vorabantur.“ Dem nach Art aller damaligen occidentalischen Fürsten einfach kräftigen, geraden und derben Uroš mochte zwar der orientalische elende, lügenhafte Flitterstaat und Komödiantenprunk der Byzantiner spassig genug und sogar lächerlich vorgekommen sein; aber wir müssen nicht vergessen, dass hier der unverschämte Lügner Pachymeres, der giftigste Feind und Verleumder der Slawen, spricht, und dass es von Seite der Serben eigentlich planmässig darauf angelegt war, die zudringlichen Brautanträger abzuweisen. Letzteres geht aus dem Verfolg der Unterhandlungen hervor, worauf wir unten zurückkommen werden. Als Andronikus der Aeltere seine einzige Tochter Simonis dem Kg. Milutin zur Gemahlin gab (1299), entschuldigte er sich im Staatsrath, besonders gegen den Feuer und Zorn sprühenden Patriarchen, durch Politik, durch den Drang der Umstände. Pachymeres legt ihm dabei folgende Worte in Mund: „filiolam avelli mihi passus sum e gremio, projicique in manus insociabilis barbari, nihil in cultu ac moribus humanum, nihil in ipso principatu magnopere splendidum habentis." Wir erfahren aber dadurch nicht, was der Kaiser eigentlich gesprochen hat, sondern nur, wie Pachymeres an seiner Stelle im Conseil (dem er beiwohnte) gesprochen haben würde. Eine neue Legation nach Serbien (1326), an deren Spitze der Chronist Nicephorus Gregoras selbst stand, schliesst uns noch einmal das Innere des Milutin'schen Hofes auf. Auch dieser Griechling klagt über Schmutz und Barbarei: „Triballorum princeps", sagt er, „ad Caesarissam socrum suam advenit (in oppidum Scopi), ut insigni calamitate affectam comitaretur. Quae omnia exiguo tempore confecit, ut ipse putabat, pulchre, sed revera multum infra dignitatem. Verum, ut proverbio dicitur, simiae simiarum, formicae formicarum more res suas administrant. Quodsi aquilarum et leonum ritu haud possunt, id in earum potestate situm non est, quae naturam abjectam ab initio sortitae, et ingenio bene ac rite eas moderaturo destitutae adoleverant. Quare sapiens ille fuit, qui primus animo concepit et lingua expressit, sive is Thales Milesius fuerit, sive Plato Aristonis filius, seu potius uterque, ita ut alter ab altero acceperit: beatum esse sese, qui non Barbarus, sed Graecus natus esset. Nam et mihi aliquid haud dissimile ipsa experientia edocto in mentem venit." Nicht-Grieche und Barbar galt nämlich bei den Byzantinern fortwährend als einerlei. Allein dieser Königaffe schlug mit seinen Ameisen, den Serben, die byzantischen Adler und Löwen mehr als einmal, und entriss ihnen eine Landschaft nach der andern, baute Paläste, Klöster, Hospitäler in Serbien, Chilandar, Konstantinopel, errichtete Bibliotheken, gab seinem Lande neue Gesetze und Gerichte, und verschmähte die ihm angetragene Kaiserkrone. Nur gegen den Vorwurf ausschweifenden Lebens in der Jugend suchen ihn neuere serbische Geschichtschreiber vergeblich zu vertheidigen. In diesem Punkte stimmen alle von einander unabhängigen Quellen überein. Die Einzelheiten sind zu empörend, als dass ich sie hier niederschreiben könnte. Was für einen üblen Einfluss die zügellosen Sitten des Milutin'schen Hofes auf die Sitten der Unterthanen hatten, ersieht man aus einem päpstlichen Breve vom J. 1303 an den Erzbischof Martin von Antivari: „ad audientiam nostram pervenit, quod in Albavia, Polato, Cunavia, Duratio, Cattaro, Dulcinio, Suacio, Scodro, Drivasto, Antibaro et quibusdam aliis locis, sub dominio Andronici Imperatoris Graecorum ac Orosii regis Serviae et fratris ejus Stephani (Dragutin) nec non charissimae in Christo filiae Elenae, matris eorum reginae Serviae... si Simoniaca labes interveniat vel laicalis potentia, beneficium ecclesiasticum datur petentibus indistincte... laici insuper uxorati suis uxoribus viventibus de facto super inducunt alias, et eis temere praesumunt se nefario connubio commiscere; alii in prohibitis consanguinitatis et affinitatum gradibus illicite matrimonia contrahunt; alii nunc incendiorum et diffractionum dispendia, nunc direptionum et invasionum diversos et sacrilegos ausus... committere praesumunt etc." Dass in Serbien im XIII—XIV. Jahrh. vage Heirath herrschende Sitte war, geht unter andern auch aus Dometian Fol. 307 und aus Stephan Dušan's Gesetzen (gleich im Eingange) klar hervor. Eine Makel im Charakter Milutin's bleibt auch die an seinem Sohne Stephan anbefohlene Gräuelthat der Augenblendung. Dass ein so sündiges Jugendleben mit einem überfrommen Alter endigte, gibt auch Engel gern zu. Unter Stephan Dušan erreichte der serbische Hof den Gipfelpunkt der politischen Macht, des äussern Glanzes, aber auch des moralischen Verderbnisses, welches immer greller hervortrat. Schon der Weg, auf welchem Dušan zum Throne gelangte, der ihm ohnehin nicht entgangen wäre, und den er später unbefleckt bestiegen hätte, sein Bund mit ruchlosen, gottvergessenen Bojaren, und der daraus hervorgegangene entsetzliche Mord seines Vaters, des edlen, doppelt unglücklichen Stephan Dečanski, deutet hinreichend an, dass alle Verhältnisse aus ihren Fugen gewichen waren, der Kern des Nationallebens vergiftet war, und das Staatsgebäude bald zusammenstürzen musste. Anfangs schien alles vortrefflich zu gehen. Hab- und herrschsüchtige Bojaren machten den jungen, feurigen, kraftvollen Dušan zuerst zum Könige, hierauf zum Kaiser, um durch ihn für sich zuerst Statthalterschaften, hierauf wo möglich, Königreiche zu erobern. Komisch ist es, was Raić und nach ihm Engel von der Vorbereitung Dušan's zur Krönung erzählen, dass derselbe nämlich über seinen fürstlichen Kleidern einen langen, schmalen, sogenannten Orar, wie ihn die Diakone anzulegen pflegen, umgehangen habe. Von dieser Albernheit wissen die Quellen nichts. Seine Erhebung und Krönung zum Kaiser, so wie die Einrichtung des Bojarenraths, haben wir schon oben erwähnt. Kantakuzen's Besuche des Carj zu Priština 1342 verdanken wir schätzbare Nachrichten über den damaligen serbischen Hof, und es ist ein wahres Vergnügen, endlich einmal einen unparteiischen aufgeklärten Mann, den hochherzigen Imperator selbst, über die Lage der Dinge vernehmen zu können. Kantakuzen fand die Pracht und den Anstand, mit denen er vom Kralj Stephan aufgenommen wurde, vollkommen den gegenseitigen Verhältnissen angemessen, und kann beide nicht genug rühmen: „Imperator a crale et regina, adventu ejus laetantibus sibique gratulantibus, quanto maximo potuit honore ac studio suscipitur et summa veneratione colitur. In omnibus enim crales illum sibi praeponebat, et ut praestantiori primas cedebat. Nam et in accubatione epulari ornatiorem et altiorem ei sellam dabat, et in incessu aliisque singulis eum sibi anteferebat". Das Folgende wirft auf das Verhältniss Dušan's zu seinen Bojaren helles Licht: „Inveterarat apud Triballos consuetudo, ut si quis nobilium ac potentium longo intervallo temporis ad principem veniret, ante primam salutationem ambo ab equis descenderent, et primum quidem inferior principis pectus, post ejusdem os sive labra deoscularetur; altero congressu minor non descenderet amplius, sed et ipse in equo dominum salutaret. Mos cum ipso quidem rursus servabatur; Triballos autem morem Romanum erga imperatorem tenere volebat, et quoties eum convenirent, omnes ab equis descendere et pedibus accedere et sic ejus genu osculari: quodque mirabilius est, si quando una equitarent, oporteretque e Triballis quempiam nobiliorem accedere, crales quidem pro recepto more faciens, ab equo ad salutationem illius descendebat, imperator autem de equo accedentem salutabat". Dies sind freilich nur Formen, aber hinter den Formen steckt ja immer das Wesen der Dinge. Bei diesem und dem Folgenden erinnere man sich, dass Kantakuzen, so edelsinnig er sonst war, die Kaiserwürde bloss usurpirte und landesflüchtig um Hilfe bettelte. „Quoties porro regiam cralis ingrederetur, (et ingrediebatur paene quotidie: non enim manere in tentorio illum sinebat, quavis etiam jucunda occupatione illius collocutionem jucundiorem ducens) extra portam adolescentulos honoratiores ei jubebat obviam ire, in atrio autem seniores, et qui honoribus fungebantur; ipse post atrium in aditu domus se obvium ferens salutabat, aut etiam ad locum, ubi ab equo descenderet, procedebat. Non minus eum cralena honorabat, enixe contendens, ne quid a marito vinceretur. Atque haec tam diu fiebant, quam diu apud eos imperator commorabatur". Die ersten Wochen der Konferenzen wurden meist nur „compotando et amice propinando" zugebracht. Bei allem dem kann Nicephorus Gregoras nicht unterlassen, nach der Weise gemeiner Griechlinge auch diesmal über den Crales wacker zu schimpfen: „Reponit crales imperatoris exercitui pabula et coenationes et diversoria, et quaecunque ad victum necessaria sunt: parce tamen et sordide et suo more". Der Ruf von Dušan's Macht und Ruhm war damals durch ganz Europa verbreitet. Er warb 1350 durch seinen Protovestiarius (Oberstgarderobenmeister) bei dem Könige Johann von Frankreich um eine Prinzessin für seinen Sohn Uroš, erhielt aber, als ein Nichtkatholischer, eine abschlägige Antwort. Wenn wir von diesem Machtglanz des Vaters zu dem Schimpf und Spott des Sohnes, unter welchem dieser lebte, und zu dem schmählichen Tod, der den Unglücklichen und Schwachen ereilte, übergehen, so müssen wir uns wohl zu ernsten Betrachtungen über die Vergänglichkeit irdischer Grösse aufgefordert fühlen. Statt alles weitern Räsonnements stellen wir vorerst ein nacktes Factum hin. Zwei Reichsstatthalter (wahrscheinlich Vukašin und Lazar) hatten Streit mit einander. „Hos quum Rassiae rex diu in concordiam adducere conatus nihil proficeret, ira percitus facessere et se bello invicem insectari jussit. Ex quo quum alter viribus potentior in aemulum signa infesta circumferret, alter bello impar, Danubii accola, Hungaricas copias excivit, quibus adversarium profligavit". Was darauf erfolgen musste, kann jedermann errathen.

„Mox etiam Ludovicus rex Hungariae... trajectu Danubii potitus, Rassiam, qua parte in aequam planitiem patet, victoriis percurrit, in montana nemorumque recessus fugiente Serviorum rege". Bald kam es mit dem guten Carj Uroš so weit, dass er von einem seiner Statthalter zum andern reiste und sich vom ihm aus Gnade füttern lies. Sein Ende ist bekannt. Von da an nimmt die serbische Geschichte die widerlichste Gestalt an: wir haben es mit einem physisch und moralisch ausgelebten, mürben, zerrütteten und in völliger Auflösung begriffenen Staats- und Volkskörper zu thun. Nach dem Tode Uroš's war der Hof serbischer Fürsten und Bojaren der Sitz der niedrigsten Ränke und des schändlichsten Verraths. Einzelne bessere Männer, wie der fromme und tapfere Lazar und sein gelehrter Sohn Stephan, konnten den Strom nicht aufhalten. Letzteren scheint das allgemeine Unglück des Vaterlandes vom Heroismus und andern fürstlichen Tugenden abgewendet und zum frömmelnden Ueberglauben und stillem Mönchsleben umgestimmt zu haben. Er war schwach genug zu meinen, sein und seiner Nation Heil von einem fremden Volke empfangen zu können. Im J. 1424 kam er nach Ofen, betrug sich als Vasall und übergab dem Kg. Sigismund an Geschenken 20 goldene und seidene Tücher, 10 übergoldete Bekken, 10 türkische Kolben, 2 türkische Schwerter mit silbernen und vergoldeten Gehängen und Beschlägen, und 10 heidnische Decken. Sein Hof glich mehr dem eines frommen Hohenpriesters als dem eines Fürsten. Unerschöpflich waren seine Wohlthaten gegen die Geistlichkeit und die Armen. Des Nachts und des Tags ging er auf den Gassen einher, und theilte Kleider und Geld an die Armen aus. Einst forderte ihm ein Armer trotzig sein Geld ab; Stephan sagte ihm: Da nimm ein Goldstück, du Dieb und Räuber. Aber dieser antwortete: Nicht ich bin ein Dieb, sondern du, denn du suchst durch irdische Herrschaft das himmlische Königthum, durch weltliche Güter das ewige Wohl zu erstehlen und an dich zu reissen. Er gab Fremden, Kranken und Aussätzigen zu essen; schickte den durch besondere Andacht und Kasteiungen sich auszeichnenden Mönchen alle Bedürfnisse; entfernte von seinem Hofe alle Spiele, Pauken und Musiken, indem sich diese nur für die Zeit des Krieges schickten. Die wegen Untreue und Dienstvergehungen ihres Amtes entsetzten jagte er nicht von ihrer Heimat und ihrem Erbtheil, weil auch Gott befohlen habe, einen Verbrecher nicht mit zwei Strafen zu belegen. Er hatte Mitleiden mit den Verbrechern. Alle, die ihn umgaben, lebten freundschaftlich an seinem Hofe beisammen, kein Geheul, kein Schelten, kein Spott, keine Beschimpfung ward unter ihnen gehört. Er bewahrte seine Augen von lüsternen Blicken und seinen Leib von aller Unzucht. Kurz, seine Sitten, als eines Fürsten auf dem Herrscherstuhl, waren von der Art, dass man sie sogar an einem Mönch bewundert hätte. Doch man vergesse nicht, dass diese Schilderung aus dem auf Befehl der Kirchenversammlung durch den Mönch Konstantin den Philosophen niedergeschriebenen Elogium entnommen ist. Gerade auf diese Weise schildern der Erzbischof Daniel und seine Fortsetzer die Sitten der Könige Dragutin, Milutin und Stephan Dušan, die doch, wie wir wissen, eine ganz andere Lebensweise zu führen gewohnt waren. Bei allem dem ist das Hinneigen zum Mönchthum bei den Fürsten aus dem Nemanjischen, Lazar'schen und Branković'schen Hause ein stark hervorstechender, psychologisch wichtiger Zug, den wir indess hier nicht weiter untersuchen wollen. Die Geschichte lehrt uns, dass mehr als die Hälfte der Fürsten und Fürstinnen aus diesen drei Regentenfamilien entweder von Jugend auf, oder geraume Zeit vor dem Tode, oder wenigstens in den letzten Augenblicken des Lebens sich in den Mönchsstand begab, und keine höhere Idee kannte, als die im Geruche der Heiligkeit (nach einem oft sehr unheiligen Leben) zu sterben. Eben so wenig, als Stephans mönchischfrommes Leben und Verwandlung des Hofstaats in ein Kloster konnten des serbischen Ulysses, Georg Branković, schlauer Verstand, alterthümliche Tapferkeit und unermessliche Schätze den zerfallenden Staat retten. Es war zu spät. Georg war nur noch dem Namen nach Despot, in der That aber schon ein Knecht. Als er im J. 1436 dem Sultan Murad seine Tochter Mara auslieferte, stattete er sie an Kleidern und Hausgeräth fürstlich aus. „Thesauros immensos", sagt Laonicus, „et vestes auro intextas apportabat.“ Dabei war die Anrede der serbischen Gesandten an den Sultan folgende: „Mein Herr, der Despot schickt dir seine Tochter zur Dienerin, wie es schon vorher (Lazar's Tochter Mileva war Bajesid's Frau) gebräuchlich zwischen dem türkischen und serbischen Hofe gewesen; auch schickt er dir Tribut an Geld.“ Die entsetzlichen Gräuel, welche nach Georgs Tode von seinem Sohne an Mutter und Brüdern verübt wurden, sind bekannt. So wenig man bei den Fürsten Hochgefühl und Herrschertalente sah, so wenig fand man bei den Bojaren und dem sonstigen Adel Begeisterung für Freiheit und Vaterland, Treue gegen Fürsten, Muth und Ausdauer in der Noth. Die Entartung war allgemein. Einzelne bosnische Könige und Fürsten waren, wo möglich noch treu- und ruchloser als ihre serbischen Brüder. Die Türken wussten die Umstände vortrefflich zu benützen: sie thaten alles, um die inneren Unruhen zu nähren. Serbische Bojaren gingen haufenweise zu ihnen über, liessen sich beschneiden und erhielten Kommando in Asien und Europa. So ward die serbische Nation in ihrem innersten Lebenskern vergiftet, schauderhaft entsittlicht und bestimmt, statt ein eigenes Reich fest zu begründen, vielmehr das des Todfeindes der Christenheit und der europäischen Civilisation, des Türken, erheben zu helfen.

10. Die Aussagen der Ausländer über die Kultur des Landes und die Sitten des Volkes der Serben im XI—XV. Jahrh. erfüllen uns mit Schauder und Abscheu. Zum Glück sieht man ihnen die einseitig grelle Uebertreibung und die gänzliche Unbekanntschaft ihrer Urheber mit dem wahren Nationalcharakter der Serben bald an. Nun wir wollen sie hören. Zuerst führen uns die Kreuzfahrer nach Dalmatien. Raimundus de Agiles beschreibt bei Gelegenheit des Zuges derselben über Dalmatien (Trebinien und Dioklea) um das J. 1090 Land und Volk folgendermassen: „Sclavonia (d. i. Slawenland, Dalmatien) est tellus deserta et invia et montuosa, ubi nec feras nec volucres per tres hebdomadas vidimus. Incolae regionis adeo rudes et agrestes sunt, ut nec commercium nobis, nec ducatum praebere voluerint, sed fugientes de vicis et castellis suis, debiles anus,

pauperes et infirmos... qui a longo prae infirmitate sequebantur exercitum, ut pecora trucidabant.... Quadraginta enim ferme dies in Sclavonia eramus, in quibus tantam spissitudinem nebularum passi sumus, ut palpare et per motum removere eas a nobis aliquatenus possemus.... Ob illam, reor, causam voluit deus exercitum suum transire per Sclavoniam, ut agrestes homines, qui Deum ignorabant, cognita virtute et patientia militum ejus, aut aliquando a feritate resipiscant, aut inexcusabiles Dei judicio adducantur." (Also noch Heiden? Unglaublich!).. „Tandem apud Scodram ad Regem Sclavorum (Vlkan?) pervenimus, ac cum eo comes S. Aegidii frequenter fraternitatem confirmavit... sed et hic Sclavi de more solito furentes nostros interficiunt, et, quae poterant, ab inermibus surripiunt"... Mit denselben Farben malt Vilhelmus Tyrius (1188) Land und Volk. „Est Dalmatia... populo ferocissimo et rapinis assuetissimo inhabitata, montibus et silvis, magnis quoque fluminibus, pascuis etiam longe lateque diffusis occupata penitus, ita ut raram habeat agrorum culturam, locorum incolis in gregibus et armentis omnem vivendi habentibus fiduciam, exceptis paucis, qui in oris maritimis habitant, qui ab aliis et moribus et lingua dissimiles latinum habent idioma, reliquis sclavonico sermone utentibus et habitu barbarorum." Auch er erwähnt des Sclavorum regis zu Skodra und klagt abermals über die ferocitas gentis. An einer andern Stelle schildert er die Serben also: „Est populus incultus, absque disciplina, montium et silvarum habitator, agriculturae ignarus, gregibus et armentis copiosis, lacte, caseo, butyro, carnibus, melle et cera uberius abundantes." Das nun darauf folgende über den Namen ist um so wichtiger, als es uns zu der Vermuthung veranlasst, dass Wilhelm seine grelle Charakteristik zum Theil auf die Bedeutung des Namens Servi (statt Serbi) gebaut habe: „Si quidem vetustae traditiones habent, populum hunc omnem ex deportatis et deputatis exilio, qui in partibus illis ad secanda marmora et effodienda metalla damnati fuerunt, originem habuisse". Ein solches Gelichter meinte nun Wilhelm nicht grässlich genung schildern zu können. Aber vielleicht sind die seeräuberischen wilden Narentaner an allen diesen Klageliedern schuld? Wir wollen sehen, was wir über das Volk im Binnenlande von diesen Pilgrimen und ihren Chronisten erfahren? Bei Gelegenheit des Kreuzzuges des Herzogs von Sachsen, Heinrich des Löwen, durch Ostserbien im J. 1172 beschreibt uns Arnold die Serben folgendermassen: „Servi, filii Belial, sine jugo Dei, illecebris carnis et gulae dediti, et secundum nomen suum immunditiis omnibus servientes, et juxta locorum qualitatem bellualiter vivendo, bestiis etiam agrestiores". Dies lautet freilich nicht tröstlich: aber Arnold hat durch seine Worte am besten dafür gesorgt, dass ihnen kein Verständiger unbedingt Glauben beimessen wird. Uns bleibt nur ein Wunsch übrig: hätte uns doch irgend ein serbischer Mönch aus dieser Zeit eine Sittenschilderung des reisenden Kreuzfahrergesindels zurückgelassen!— Milder beurtheilt Ansbert achtzehn Jahre später Fürst und Volk. Freilich beherrschte damals schon Nemanja das Moravathal, und die frühere Anarchie hatte ein Ende. Gleichwohl scheint auch noch hundert Jahre später des Pachymeres Bericht über die an der griechischen Gesandtschaft (um 1269) sogar in der Nähe der serbischen Residenz verübten Diebereien auf Anarchie hinzudeuten. Der den griechischen Gesandten vom Kg. Uroš nach Lipljan entgegengeschickte Staatsbote Georg wurde nämlich selbst unterwegs von seinen Landsleuten angefallen und ausgeplündert. „Huic ex insidiis latrocinio illatum damnum et ante nostri audierant, et ipso referente cognorunt certius. Atque ut primo rei auditu cohorruerant, ita facti accepta confirmatione moestissime senserunt, quo locorum malorumque devenissent. Quid enim non jure metuerent in tantae barbariae licentia; aut quomodo sperarent parcituros exteros ac temperaturos avidas manus a gaza peregrina eos, qui ne a popularibus quidem suis, iisdemque illustri magistratu conspicuis, obstinerent injurias extremas." Was befürchtet wurde, dies geschah auch. „Talia deliberantibus et adhuc sententiae incertis supervenit quidpiam, quo suspicione in metum et exspectationem verterentur certam grave quiddam et exitiale patiendi, si porro pergerent. Siquidem incolae regionis per turmas accedentes recedentesque, ubi comminus aspexerant minime familiari vultu, ac sic speciem praebentes euntium praeoccupatum insidiis locum, unde noctu erumpentes impetum facerent in peregrinos, quorum iter explorassent, et quam multum praedae traherent, praesenti conspectu observassent, formidinem nostris admoverunt, quae cito in dolorem transiit. Nam non ita multo post nocturni grassatores clam appulsi pede suspenso summa cura strepitus vitandi, equos nostrorum abduxerunt et cum iis quam longissime fugerunt. Romani sub auroram furto agnito quaerunt auctores facti, de obviis percontantes, ecquid horum nossent? sed vanum scilicet studium erat indicii testimoniique corrogandi a consciis furum in suos ipsorum populares sociosque, quorum rapacitatem haud paulo imitaturi libentius, quam accusaturi viderentur. Itaque prudens consilium fuit, rem istam non nimium urgere, ne ista ipsa instantia irritata gens barbara, belluinam feritatem humana celans specie, pejus aliquid funestiusque designaret. Tamen ne quid intentatum relinquerent, magistratus locorum adierunt, rogantes, ut equos sibi restitui curarent, sine quibus institutum ad regem ipsorum iter perficere nequirent. Verum ab his nihil aliud impetrari potuit, nisi ut equos ipsis regionis ejus, nulla parte cum amissis comparabiles, offerent." Wenn man auch nur mit oberflächlicher Kenntniss der damaligen Verhältnisse des serbischen Hofes den ganzen Verlauf der Sache ruhig erwägt, so wird man sich bald überzeugen, dass es von Seite der Serben, und zwar entweder von der Partei des Erbfürsten Dragutin allein, oder auch von der des alten Königs selbst, recht eigentlich darauf angelegt war, der Griechen (sie verlangten die Thronfolge Milutin's für ihre Prinzessin, mit Ausschliessung des Dragutin) auf eine gute Art los zu werden und die angefangenen Heirathsunterhandlungen abzubrechen. Den Empfang der zum Auskundschaften ausgeschickten Vorboten am Hofe berührten wir schon oben. — Die Schilderung, die uns Nicephorus Gregoras in dem Berichte über seine Gesandtschaft nach Serbien 1325 von Land und Volk entwirft, ist fast romantisch-schauerlich. Es ist am besten ihn selbst zu hören. Der Zug ging über den Fluss Strymon längs dem Flüsschen Strumenštica nach dem Bergschloss Strumica und von da nach Skopje. Als man über den Fluss Strymon kam, verspätete man sich in der Nacht in einem dichten Walde. Gregoras malt mit lebhaften Farben die Todesangst vor Räubern, die seine Seele peinigte, während sein Gefolge Lieder sang, und fährt dann fort: „Dum in his sumus, subito viri quidam ex illis rupibus et cavernis exsurgunt, nigris induti vestibus e lanis et velleribus, quae pecudibus detraxerant ii, quibus opus fuerat: diabolica plane spectra (*ἄντικρος δαιμόνια φάσματα*). Sed iidem non gravi armatura instructi, imo omnino leves et expediti erant. Ac plerique arma ad comminus pugnandum apta in manibus habebant, nempe hastas et secures. Quidam et tela missilia gestabant. Ac principio quidem fieri non poterat, quin nobis et intempesta nocte et ignotis in locis terrorem incuterent, praesertim quum nostra lingua haud uterentur. Illius enim loci incolae plerique Mysorum coloni sunt, finitimae nationis, et communi cum nostris popularibus victu utuntur. Deinde recepimus animos et ad nos rediimus. Nam sua lingua nos comiter et scilariter salutabant, nec quicquam infestum et latrocinii simile prae se ferebant: sive quod pauci et rari, nobis, qui multi eramus, oppugnandis futuros se impares arbitrabantur, sive Deus non sivit, quod potius reor, ab altera autem opinione longissime absum. Quum enim ibi habitarent, et in iis praecipitiis insidias collocare consuessent, et silvae densitate velut inexpugnabili propugnaculo defenderentur, obscura nocte nobiscum, qui peregrini essemus, ut videntes cum coecis pugnassent. Sed tamen quum eos simili modo resalutassemus, erant enim nonnulli e nostris sermonis eorum non plane rudes, cur ibi degerent, hanc causam paucis afferebant: se custodes esse viarum, ad propulsandos eos, qui finitimos agros clam latrocinando infestare vellent." Bald darauf ward das Dorf erreicht. Wenn viele Griechen damaliger Zeiten diesem Gregoras am Muth glichen, so darf es uns fürwahr nicht wundern, dass die alten Türken für die Griechen kein passenderes Schimpfwort fanden, als das noch heutzutage übliche: „du Hase!" Gleich darauf spottet Gregoras über den slawischen Gesang und nennt die Serben Affen und Ameisen, die Griechen hingegen Adler und Löwen! — Es würde uns zu weit führen, wenn wir diese Mosaik fortsetzen oder uns in abstrakte Betrachtungen über der spätern Serben Sitten und Gebräuche, wie sie sich zum Theil, wiewohl immer sehr problematisch, aus Dušan's Gesetzbuche und andern Denkmälern errathen lassen; im Ganzen ist uns das wahre, innere Volksleben der alten Serben völlig unbekannt. Dürften wir von späteren Zeiten auf frühere schliessen, so war dieses innere Leben, bei den herrlichsten Naturanlagen des Volkes, einer üppigen beweglichen Phantasie, innigem, tiefen Gefühl, Hang zu religiösem Ueberglauben, warmer Liebe zur Nationalität, feurigem Muthe und heldenartiger Tapferkeit, aber auch ungemessener Raubsucht, Neigung zum Trunke und Betrug, und gänzlichem Mangel sitlich erstarkten Gemeinsinnes, schon damals eben so psychologisch reichhaltig und bedeutsam, als es noch heutzutage ist. Viele alte Lebensformen mögen zwar nach der Unterjochung durch die Türken gänzlich untergegangen, viele entartet auf uns gekommen sein; aber unläugbar ist es, dass sich bei der natürlichen Abneigung der Unterdrückten gegen ihre rohen Bezwinger und bei der durch die Landesverfassung herbeigeführten Trennung beider Bevölkerungen noch gar viele alte eigenthümliche Gebräuche und Sitten unter dem gemeinen Volke bis auf den heutigen Tag rein und unverfälscht erhalten haben. Ein auffallendes Beispiel davon gibt uns die Wasserprobe (vgl. Vuk's Lexicon u. d. W. мазија) und die gemeinsame Verpflichtung des Dorfes zu dem Blutgeld. — Niemand wird eine Schilderung der nationalen Sitten und Gebräuche der heutigen Serben an diesem Orte erwarten. Wer sich über diesen Gegenstand näher unterrichten will, findet leicht Hilfsmittel dazu in neueren Büchern. Sehr vieles hieher Gehörige findet man in Vuk Steph. Karadžić's serbischem Wörterbuche vom J. 1818. Man lese z. B. über alte und neue religiöse Vorstellungen und Gebräuche die Artikel: бадньакъ, богоявльеніе, божић, варица, васкрсеніе, даћа, додоле, дружичало, ђурђевъ дан, завѣтовати се, задушбина, задушнице, иванъ данъ, едномѣсечићи, коледа, краљице, крстно име. лазарице, материце, молитва, молити се, намастиръ, побратимъ, полажайник u. s. w., über Aberglauben: благовѣст, видовит, вила, вѣштица, врзино коло, вукодлак und вампиръ, вукоедина, гологуз, јаштерица, клати, куга, кукавица, ласа, милати се, стухаћ u. s. w., über Volksgebräuche, Trachten: господар, господин, добѣглица, женидба, закрстити, златое, зубун, колачи, коло, кум, мазия, моба, папіяти, отмица, печеница, село, старѣшина, тарпош, тужити u. s. w., über Spiele und Vergnügungen: бањати се, клис, купа, прстенъ u. s. w., über Volkswitz in Erzählungen, Märchen, Räthseln und Sprichwörtern: бабини укови, болећи, варенье, водичар, врагаћур, дембел, деригуша, дечани, дуљьаш, дваволак, затроношити, злогук, исписна, ягньиво, ютроклекъ, кикошь, куснути, клинчорба, корњача, метиль, минути, млатишума, обил, пасуль, пириватра, пуштеница, причешало, цариград, челац, четвртин u. s. w. Hieher gehören ferner folgende Schriften: **M. A. Relkovich** Satir ili divi csovik. Dresden, 1761. 8°. und öft. — **J. v. Csaplovics** Slavonien und Kroatien. Pest, 1819. 8°. 2 Bde. — **W. Steph. Karadžić** Народне србске приповѣдке. Wien, 1821. 12°. — Ebend. Даница, забавник за год. 1827. Wien, 1826. 12°.—**W. Gerhard** Wila, serb. Volkslieder und Heldenmährchen. Leipzig, 1828. 8°. 2 Bde. — **L. Ranke** die serb. Revolution. Hamburg, 1829. 8°. In letzterem Werke ist das ganze erste Kapitel: Lage der Dinge in Serbien vor den Bewegungen, nationale Sinnesweise und Poesie, hieher zu rechnen.

11. Wir haben an einem andern Orte bemerkt, dass die Bekehrung der Chorwaten und Serben, nach der Erzählung des Konstantinus Porphyrogeneta, sehr früh, und zwar einmal von Rom aus durch lateinische Missionäre, später aber, als ein Theil der Nation noch immer im Heidenthum verharrte, von Konstantinopel aus durch griechische, oder wie wir dafür halten, slawische, vom Ks. Basilius abgesendete Priester, welche zugleich die seit 855 in Bulgarien in Gang gebrachte slawische Liturgie in Serbien einführten, bewerkstelligt wurde. Als der durch seine Folgen so wichtige Zwist zwischen dem römischen und griechischen Patriarchalstuhl ausbrach, wurde auch in Bezug auf die Zulassung slawischer Liturgie in Dalmatien und den angränzenden Ländern sehr bald ein nachhaltiger Streit angelegt. Schon auf der ersten dalmatischen Nationalsynode zu Spalato

im J. 925 wurde festgesetzt: „Ut nullus Episcopus nostrae provinciae audeat in quolibet gradu slavinica lingua promovere... nec in sua ecclesia sinat eum missas facere etc.“ (Vgl. Farlati Illyr. sacrum III. 97.) Noch stärker sprach sich die zweite dalmatische Nationalsynode zu Spalato im J. 1059 aus. Hier wurde der slawische Gottesdienst auf das strengste verboten, und Method mit dem Namen eines Häretikers belegt. Die Verfolgung, welche von da an über Methods slawische Kirchensprache erging, scheint nach Mikóczy's und Dobrowský's, so wie anderer Sprach- und Geschichtsforscher Dafürhalten, die bedrängten dalmatischen Priester zw. 1220—1224 veranlasst zu haben, an die Stelle des verrufenen cyrillischen Alphabets ein neugeschmiedetes und dem h. Hieronymus untergeschobenes (das sogenannte glagolitische) zu setzen, um wenigstens die slawische Sprache für die Liturgie zu retten. Der römische Ritus, der sich in dem grössten Theile Dalmatiens festsetzte, konnte indess im innern Lande, in dem eigentlichen Serbien nie das Uebergewicht erlangen. Es fehlte nicht an Versuchen von Seiten der Päpste, die Serben für die römische Kirche zu gewinnen, und einzelne Fürsten liessen eine augenblickliche Hinneigung zum occidentalischen Ritus durchblicken, die indess im Ganzen von keinem dauernden Erfolge begleitet war. Der Papst setzte um das J. 1044, wahrscheinlich im Einverständniss mit Stephan Vojislav, Fürsten von Serbien, dem griechischen Erzbischof zu Achrida einen katholischen zu Antivari entgegen, und unterordnete demselben die Bischöfe und Kirchen von Zachulmien, Serbien, Trebunien, Cattaro, Dulcigno, Drivasto, Polata und Skodra. Später ging dies Erzbisthum ein und an seine Stelle ward eins zu Ragusa um 1121 begründet. Doch gelang es auch dem ragusanischen Erzbischof nicht, die Kirchen zu Dulcigno, Cattaro und Antivari unter sich zu bringen. Stephan Nemanja war zu eifrig orientalisch gesinnt, als dass er dies hätte zugeben sollen. Vergebens donnerte der Papst in Bullen und Breven 1158 und 1167; vergebens drohte er mit dem Kirchenbann. Die päpstliche Curie machte hierauf um das J. 1179 einen neuen Versuch, einen Erzbischof zu Antivari zu bestellen; als dieser aber von Stephan Nemanja nicht anerkannt wurde, setzte sie wieder den Erzbischof von Ragusa in die Rechte des von Antivari ein um das J. 1188. Schon Vlkan, Nemanja's zweiter Sohn, neigte sich auf die Seite der Occidentalen, um sich mit ihrer Hilfe wider seinen Bruder Stephan I. zu behaupten. Er fing an sich Rex Dalmatiae et Diocleae zu schreiben. In den Jahren 1198—1199 finden wir päpstliche Gesandte bei ihm, die eine Synode zu Antivari abhielten. Vlkan verdrängte wirklich seinen Bruder Stephan. Indess dauerte sein Sieg nicht lange. Sava versöhnte beide Brüder, und Vlkan begnügte sich mit Chulm und der Hercegovina (?). Um das Jahr 1200 scheint auch Stephan I. mit dem Papste unterhandelt zu haben. Er bat sich päpstliche Gesandte und Verleihung des königlichen Titels aus. Im Herzen, sagt Engel, dachte er anders; denn er blieb sammt seiner Nation in der Stimmung für den orientalischen Glauben. Als er des venetianischen Dogen Heinrich Dandulus Enkelin, Anna, heirathete, neigte er sich wieder zur katholischen Religion und negociirte mit dem Papste wegen der Krone. Diese erhielt er, nach Dometijan, durch den serbischen Bischof Method im J. 1221, aber von einer Annahme des römischen Glaubensbekenntnisses ist bei Dometijan keine Sylbe zu lesen. Indess wurde in Bosnien frühzeitig ein katholisches Bisthum errichtet, welches aber seit Kulin gar oft von den Patarenern, einer besonders in Bosnien bis ins XV. Jahrh. herab sehr mächtigen Sekte, eingenommen wurde. Diese Bischöfe wohnten bis zum Untergange des bosnischen Reiches (1463) zu Kreševo, und nur 1435—1437 hatte einer temporell den Sitz zu Diakovar in Slawonien. Dann blieb das Bisthum hundert Jahre und darüber unbesetzt, ausgenommen die Jahre, wo die ungarische Macht in Bosnien eindrang. Seit 1573 bestellte der Papst wieder Bischöfe, meist aus dem Minoriten-Orden. Im J. 1739 entfloh der damalige Bischof nach Diakovar; daselbst residirt jetzt der katholische Bischof, der sich von Bosnien betitelt. Ueber den Zustand der katholischen Kirche in Bosnien enthält Occhievia (Epitome vetust. prov. Bosnensis, Ancona 1776. 4°.) brauchbare Nachrichten. Im J. 1288 wollte Papst Nikolaus IV.

den Kg. Milutin bekehren. Seine Versuche scheinen anfangs nicht ganz erfolglos gewesen zu sein. Wirklich nennt im J. 1299 der konstantinopolitaner Patriarch in seiner im vollen Staatsrath gehaltenen Rede den Kg. Milutin einen Dynasten „ritus a graeco peregrini“ (Engel III. 242). Allein dieser lockere Verband mit Rom war von keiner Dauer. Ebenso fruchtlos liefen die späteren Vereinigungsversuche unter Stephan Dečanski 1305 und 1325 ab. Durch alles dieses scheint die Bruderliebe unter den zwei sonst nahe verwandten religiöskirchlichen Parteien eher ab- als zugenommen zu haben. In einer im November 1309 zu Pressburg gehaltenen Synode wurde festgesetzt, dass kein Katholischer seine Tochter geben solle einem „haeretico Patareno, Gazano (?), Schismatico, maxime Ruthenis, Bulgaris, Rasciis, Lithuanis; nam sicut didicimus ab experto, viri ab unitate fidei catholicae separati uxores suas, quatumvis catholicas, instigante diabolo ad infidelitatis errorem trahunt“. Gleich die ersten Paragraphe des Dušan'schen Gesetzes sind gegen die Lateiner gerichtet. Es war in den Ländereien (erzählt Engel), die Dušan dem Ban Stephan von Bosnien abgenommen hatte, die katholische Geistlichkeit von der orientalischen nicht am besten behandelt worden (1350). Die katholischen Prioren der Klöster und die Pfarrer wurden auf Befehl der serbischen Bischöfe und Aebte vertrieben, die Katholischgläubigen zur neuen Taufe und Firmung gezwungen, Gold und Silber aus allen katholischen Kirchen im Lande Zeta weggenommen, und alle die Unthaten verübt, welche, nach der Geschichte, religiöse Intoleranz und gewaltsame Bekehrungssucht von jeher mit sich gebracht haben. Es entspannen sich darüber weitläufige Unterhandlungen mit dem Papste, und neue Unionsversuche in den J. 1354 und 1355, wo der Papst dringende Breven nicht nur an die Glieder der regierenden Familie, sondern auch an die meisten Reichswürdenträger erliess, doch ohne Erfolg. Das basler Concilium trug 1431 den Ragusanern auf, den Herzog von Chulm Sandal Hranić, den Despoten von Serbien Georg Branković, den Herrn von Trebunien Radoslav Pavlović und den König von Bosnien Tvàrdko zur Abschwörung der orientalischen und patarenischen Religionsmeinungen und zur Beschickung des Conciliums zu bewegen; allein die Ragusaner verzweifelten selbst an dem Gelingen der Aufgabe, und thaten nichts. Der Despot Georg wies die ihm unter einladenden Bedingungen von Ungarn aus angetragene Union fortwährend standhaft von sich. So blieb also der serbische Stamm dem Ritus nach zwischen dem Orient und Occident getheilt. Der Stamm der Nemanjiden, dessen ursprüngliches Vaterland, nach den dunklen Andeutungen der serbischen Annalen, Rasa gewesen sein soll, war dem griechisch-slawischen Ritus eifrig zugethan, und hatte eine besondere Vorliebe für Klöster und Mönchthum. Als Nemanja im 30. Jahre seines Alters aus Zachulmien in seine Vaterstadt Rasa zurückkam, wurde er vom dortigen Bischof Leontius in der Kirche der Apostel Petri und Pauli getauft. Eben daselbst wurde er später (1195) vom Bischof Kallinikus zum Mönche geschoren. Dass er zweimal getauft worden, ist durch das Zeugniss seines Sohnes, des Erzbischofs Sava, ausser Zweifel gesetzt; ungewiss bleibt die Art und Weise, so wie die Ursache dieser zweimaligen Taufe. Den Anstand, den Raić und andere wider die Erzählung aus dem Grunde machen, weil es vor dem h. Sava noch kein Bisthum in Serbien gegeben habe, ist nichtig und verräth grosse Unwissenheit in der ältern serbischen Kirchengeschichte. Sava gründete ja ein serbisches Erzbisthum und fügte zu den alten Bisthümern nur einige neue hinzu. Engel hielt die späte Taufe für Gewohnheit alter Zeiten; Julinac meinte, Nemanja sei zuerst von Lateinern, und Pejačević, er sei von den Patarenern getauft worden. Pejačević's Meinung halte ich aus vielen Gründen für die wahrscheinlichste. Sava und Dometijan rühmen Nemanja nach, dass er die Ketzer in seinem Lande vertilgt habe. Die meisten Historiker verstehen unter diesen Ketzern die sogenannte Katharer, einen fortgepflanzten Zweig der Manichäer, über welche Engel (III. S. 206—207) nachzulesen ist. Es ist jedoch möglich, dass man auf den Namen Katharer bloss durch den Anklang des Namens der bosnischen Ketzer, Patarer, Patarenen, von dem Fl. Tara, an welchem sie wohnten, und der präp. pa geführt worden sei. — Nemanja errichtete 1159—1195 mehrere neue Klöster und Kirchen, namentlich das Kloster des h. Nikolaus zu Toplica, der h. Jungfrau Maria ebenfalls im Distrikte Toplica, des h. Georg in Rasa, hzt. Djurdjevi stupovi bei Novipazar, und zur Mariä-Himmelfahrt in Studenica. Gemeinschaftlich mit seinem Sohne Sava erbaute er Chilandar 1197—1198. Auch soll er, den Annalen zufolge, ein Hospital zu Luka gegründet, steinerne Brücken gebaut und die Hexen aus dem Lande gejagt haben. Nicht minder eifrig-thätig bewiesen sich die Brüder Nemanja's bei der Gründung neuer Kirchen und Klöster. Im Frühling des Jahres 1221 begab sich Sava nach Nicäa zum Ks. Theodor Laskaris und dem Patriarchen Germanus, und brachte die Einrichtung eines selbstständigen serbischen Erzbisthums, dem alle Metropolen und Bisthümer des serbischen Reiches unterworfen wurden, zu Stande. Dometijan erzählt den Hergang der Sache, wie und und warum die Selbstständigkeit des Erzbisthums verlangt und errungen wurde, ausführlich. Der serbische Erzbischof sollte *αὐτοκέφαλος* (самодрьжавнь) sein, durch serbische Metropoliten und Bischöfe geweiht werden; nur sollte man den griechischen Patriarchen bei der Liturgie zuerst nennen: поименовати вь прьвнихъ". In dieser durch die damaligen Zeitumstände, besonders durch die Besetzung Konstantinopels durch die Lateiner und Entfernung des griechischen Patriarchats nach Nicäa, gebotenen Einrichtung lag schon der Keim zum nachmaligen, von Ks. Dušan (1346) proklamirten Patriarchate, dem sich die byzantiner Patriarchen, nachdem sie ihren alten Sitz in Konstantinopel aufs neue eingenommen und sich von früheren Bedrängnissen erholt hatten, so sehr widersetzten. Sava, nun selbst Erzbischof von Serbien, richtete, nach den Annalen, zwölf Landesbisthümer ein (nach andern nur acht), nämlich zu Ston in Zachulmien, zu Zeta, in Dabri, Budiml, Rasa, Chvostna, Prizren, Gračanica, Toplica, Braničevo, Bjelgrad und Moravica. Er selbst nahm seinen Sitz zu Žiča. Von diesem Zeitpunkt an datirt sich das hohe Ansehen und der überwiegende Einfluss der Geistlichkeit in Serbien auf die Angelegenheiten des Landes. So lange Sava lebte, hatte es fast das Ansehen, als wäre der serbische Staat, gleich dem ehemaligen jüdischen, ein theokratischer; nach seinem Tode hing zwar der Einfluss des Klerus auf die Regierung meist von der Persönlichkeit der Hohenpriester ab, und es scheint, als habe er eher ab- als zugenommen. Dennoch finden wir auch in der spätern Zeit, z. B. unter Milutin, Hegumene und Bischöfe bei den wichtigsten Reichsangelegenheiten, als Thronfolge, Gesandtschaften u. s. w., in einem hohen Grade thätig. Der Einfluss der Geistlichkeit auf das gemeine Volk war unbezweifelt von den nachhaltigsten, wiewohl leider nicht immer von den wohlthätigsten Folgen. Die durch reichliche Dotirungen alter und durch Errichtung neuer Kirchen und Klöster bethätigte Fürsorge der Nachfolger Nemanja's für Kirche und Priesterthum wird von den serbischen Annalisten, besonders vom Erzbischof Daniel, aufs wärmste gepriesen. Die Dotirung und die Pracht des Baues einiger derselben, namentlich der Kl. Chilandar, Studenica, Žiča, Dečani, Mileševa, Ravanica u. s. w., erregt Bewunderung. Die Türken selbst pflegen, wie man erzählt, bei dem Anblicke der Ruinen dieser Klöster auszurufen: „man sieht es diesen Ruinen an, dass die Serben einst ihre Carjen hatten!" Serbien war in der That ein mit Klöstern und Kirchen übersäetes Land. Unter den Nachfolgern Nemanja's baueten, um nur einige der merkwürdigsten Klöster zu nennen, Vladislav das Kl. Mileševa um 1232, Uroš der Grosse das Kl. Sopotjani zw. 1242—1275, Milutin (1275—1321) richtete 15 Landesbisthümer und 14 mit Hegumenen versehene Hauptklöster ein, Stephan Dečanski eiferte in kirchlichen Stiftungen seinen Vorfahren nach, Lazar erbaute Ravanica 1381, sein Sohn Stephan das Kl. Resava 1407 u. s. w. Die meisten dieser Klöster gingen nach der türkischen Invasion zu Grunde; einige bestehen im verarmten Zustande noch fort, bei deren Aufzählung wir uns nicht aufhalten können. Die Klöster haben ausser ihrer religiösen Bedeutung in der serbischen Geschichte auch eine nationale und eine literarische. In letzterer Hinsicht sind sie für uns besonders interessant, indem in ihnen die von den bulgarischen und pannonischen Slowenen überkommene altslawische Kirchensprache, die in den ältesten Zeiten in Serbien nicht nur beim Kultus, sondern auch bei andern öffentlichen Verhandlungen die Stelle der

Landesmundart vertrat, die nachhaltigste und liebreichste Pflege fand. So oft von der Gründung und Dotirung der Klöster in alten serbischen Chroniken und Diplomen die Rede ist, so oft wird dabei auch der Bücher erwähnt. Als Milutin in Konstantinopel das grosse serbische Hospital errichtete, versah er es unter andern, nach dem Erzbischof Daniel, auch mit kostbaren Büchern aller Art. Dass Daniel nicht gelogen, und dass diese Bücher nicht blosse Gebetbücher waren, sehen wir aus einem merkwürdigen Beispiel, aus dem unschätzbaren Kodex des Dioskorides in der k. Hofbibliothek in Wien (einer der ältesten vorhandenen Handschriften, aus dem Anfange des VI. Jahrh.), der aus diesem serbischen Hospital stammt. — Die Erhebung des unabhängigen serbischen Erzbisthums zu einem Patriarchate durch Dušan (1346), nach dem Beispiele des bulgarischen, veranlasste einen Streit mit dem konstantinopolitaner Stuhle, in Folge dessen der Bann über die ganze serbische Nation verhängt ward. Lazar unterhandelte 1375 mit dem byzantinischen Ks. Joannes Paläologus und mit dem Patriarchen Theophanes, und setzte endlich durch, dass die Synode anerkannte, die Serben sollten nicht nur ihren besondern und unabhängigen Erzbischof haben, sondern dieser Erzbischof sollte auch den Titel Patriarch, mit allen anklebenden Vorzügen, wie die übrigen Patriarchen, führen. Man würde indess sehr irren, wenn man glauben möchte, es habe sich in dem Streite unter Dušan bloss um die Anerkennung der Selbstständigkeit des serbischen Erzbisthums gehandelt. Die Sache war vielmehr eine ganz andere. Der neue serbische Patriarch wollte seine kirchliche Gewalt auch über Macedonien, Albanien, Thessalien und Epirus, Länder, die Dušan erworben hatte, ausüben und fing damit an, die den slawischen Gemeinden in Macedonien zu Priestern aufgedrungenen sprachunkundigen Griechen zu entlassen und durch eingeborne Bulgaren und Serben zu ersetzen. So etwas musste freilich den griechischen Patriarchen in Harnisch jagen. — Von dem h. Sava an bis auf Daniel residirten die serbischen Erzbischöfe im Kl. Žiča. Allein schon Joannikij II., der erste Patriarch von Serbien, nahm seinen Sitz zu Ipek (Peć), und seine Nachfolger residirten daselbst bis auf

Arsenius Cèrnojević, der 1690 mit 37.000 serbischen Familien nach Oesterreich, und insbesondere nach Ungarn, Slawonien u. s. w. zog. Dieser Uebergang gab der karlowicer Metropole, deren Erzbischof selbstständiges Oberhaupt der griechisch-nichtunirten Kirche in Oesterreich ist (*αὐτοκέφαλος*), ihren Ursprung; während die serbische Hierarchie in der Türkei von da an beinahe gänzlich in Verfall gerieth, und griechischen Pächtern preisgegeben wurde. Wie wenig letztere geeignet waren, für das Wohl der serbischen Kirche zu sorgen, kann man aus V. St. Karadžić's Nachrichten darüber in s. Danica 1827. 12°. S. 113—118 am besten lernen.

12. Unter den mechanischen und schönen Künsten, welche in Serbien zur Ausübung kamen, gehört wohl die Baukunst obenan. Die dalmatischen Seestädte mögen den Serben sowohl die ersten, als auch die tüchtigsten Baukünstler geliefert haben. Auf Betrieb der Fürsten aus dem Nemanjischen Stamme erhoben sich allenthalben in Serbien Kirchen, Klöster und Paläste, die uns von den Chronisten auch von Seiten des Baues als Wunderwerke gepriesen werden. Als Stephan Dečanski im J. 1327 mit dem Erzbischof Daniel den ersten Grundstein zum neuen Himmelfahrtskloster in Dečani legte, war der Baumeister, Frat Vita (?), dazu aus Cattaro berufen, und die Kirche ward nach 8 Jahren 1335, ein Jahr vor Stephans Tode, fertig. Von dieser Kirche sagt ein Annalist: „црьковь мраморіемь и величьствомь и изваяніями различныхь видовъ и стукамныхь, іаже недовлѣеть нѣто къ повѣданію, взорже црькве всѣхь видовъ и очи зрещихь труждаеть оть зѣлные свѣтлости мрамора, іакоже нѣкая звѣзда дьница изъ оутра сиающии.“ Aus dem Namen Frat Vit muss man schliessen, dass der Baumeister ein Mönch war. Auch die vom Kg. Milutin 1314 in Studenica erbaute, nun verödete Kirche hat unter mehreren andern Inschriften auch die folgende: „създаже се си храмъ сь потрѣжденіемь архімандріта протосигтела игѹмена іоанна“; dennoch möchte ich den Ausdruck сь потрѣжденіемь hier nicht auf die Baukunst selbst deuten, wiewohl es gewiss ist, dass den Mönchen jener Zeitperiode Künste dieser Art nicht fremd waren. Von

der Kirche, die Dušan in dem Orte Bistrica bei Prizren baute, sagt derselbe Annalist (wahrscheinlich der Erzbischof Maxim): „добротою и хꙋдожьствомь прѣвьсходить Дечанскꙑ црьковь кромѣ мрамора и величьствомь лꙋчьша Дечанскаа. тѣмже и глаголють жителие страны тое, іако Призрѣнске црькве патос, и Дечанскаа црькви и Пексказ припрать, и Банско злато, и Ресавско писаніе необрѣтаеть се нигдеже.“ Die Malerei wurde als eine zur Verschönerung der Kirchen gehörige Kunst, vorzüglich nach dem in der griechischen Kirche wiederhergestellten Bilderdienst, ausschliesslich von Mönchen mit grossem Eifer getrieben. Schon der Erzbischof Method, der Apostel der Slawen, war als Mönch ein berühmter Maler. Später war der heilige Berg ein wahre Pflanzschule solcher Kloster- und Kirchenmaler. Die Malerei der verfallenen erzbischöflichen Kirche zu Žiča in Serbien wird von Augenzeugen ausserordentlich gerühmt. Da in diesen und ähnlichen Kirchen und Klöstern auch serbische fürstliche Personen mit ihrem Gefolge häufig abgebildet vorkommen, so wäre eine getreue Kopirung dieser Ueberreste der altserbischen Malerkunst schon der Nationaltracht wegen sehr wünschenswerth. — Um über jene Künste der alten Serben, deren Darstellungsmittel flüchtige Töne und Bewegungen sind, urtheilen zu können, dazu müssten wir freilich ganz andere Materialien haben, als wir wirklich besitzen. Musik, Gesang und Tanz sind den Slawen angeboren: der alte Serbe kann sie unmöglich weniger geliebt und geübt haben, als der neuere. Doch mag alles auf der niedrigen Stufe natürlicher Entwickelung, ohne alle Kunstvollendung, geblieben sein. Den Kirchengesang überkamen die Serben von den Griechen zugleich mit der Liturgie. Wie ungerecht Reisende in ihren Berichten über fremder Völker Leben und Bildung oft zu sein pflegen, müssen wir noch einmal an dem Beispiele Gregoras lernen. Er kam auf seiner Reise nach Serbien 1326 nach Strumica: „Ibi sacrum pascha moleste quidem et praeter veterem nostram consuetudinem, sed tamen celebravimus. Ibi enim omnis doctrina, rhythmi et sacrae hymnodiae musica pro nugis habentur; quippe quum oppidani barbara fere lingua utantur, et iis sint moribus, qui aratrum et ligonem imprimis deceant. Neque enim eum sonum edebant, qui etsi semibarbarus, tamen modulatus foret, et aliquis ipse quoque esse censeretur, ut semilydius, et, si fas dicere, semiphrygius; sed belluinum plane et montanum sonabant, quo ritu nomades ipsi canerent, gregibus suis praeeuntes ad juga et silvas.“ Um dieses Urtheil vollkommen würdigen zu können, muss man bedenken, dass die Kirchenmelodien der Griechen und Serben, gleichwie ihre Kirchenhymnen, ganz dieselben sind. Die Gesangnoten über dem Texte in slawischen Irmologien aus dem XI—XV. Jahrh. und in andern Gesangbüchern sind gerade dieselben, die auch in gleichzeitigen griechischen und armenischen Handschriften vorkommen. Die Schmähung kann also bloss das Organ und die Ausführung, nicht die Melodien selbst, treffen. Dass aber die griechische Kehle canorer wäre als die slawische, kann wohl nur ein Grieche mit Gregoras dafürhalten. Das Weitere betrifft Musik und Tanz. „Ibi quum toto die consisteremus, partim solemnitatis reverentia, partim acquiescendi et recreandi animi causa, e moenibus tamquam e nubibus in subjectam vallem prospectantes, tum alia, quae in festivitatibus fieri solent, tum choreas virorum, adolescentum et puerorum (puellarum, wollte Gregoras als Mönch nicht sagen) spectabamus.“ Uebrigens verdient noch bemerkt zu werden, dass in diesem Reisebericht auch der nationalen Heldengesänge und Mährchen Erwähnung geschieht, welche des Gregoras aus Griechen und Slawen bestehende Begleiter auf dem Wege durch Wald und Gebüsch sangen: „vociferabantur et tragicis cantibus celebrabant laudes veterum heroum, quorum famam solam audivimus, res autem gestas non vidimus.“ Ueber die herrliche Naturpoesie der Serben nach Kopitar, Vater, Bowring, Ranke u. a. hier etwas zu sagen, wäre überflüssig; die genannten Quellen sind jedermann zugänglich.— Marmorbrüche und Bergwerke scheinen in Serbien seit den urältesten Zeiten betrieben worden zu sein. Auf beides deutet Vilhelmus Tyrius hin, indem er die Serben für Abkömmlinge jener Deportirten und Verbannten hält, „qui in partibus illis ad secanda marmora et effodienda metalla damnati fuerunt“. Raić erzählt von Kg. Vladislav (1230—1237) ein merkwürdiges Factum, das er aber mit keinem Quellenzeugniss belegt. Um die unterirdischen Schätze seines Landes zu benutzen, sagt er, schickte er nach Deutschland und liess von da aus bergverständige Leute kommen. Auf diesem Wege gelangte Vladislav zu grossen Reichthümern. Wahr ist es, bemerkt dazu Engel, dass auch in Ungarn die meisten deutschen Kolonien in bergbauenden Oertern um die Mitte des XIII. Jahrh. eingeführt wurden; ich vermuthe aber doch, dass die ersten Bergbauer in Serbien aus Bosnien herkommen mochten, woher sie bei den Patarenerverfolgungen vertrieben worden waren. In Bosnien werden Bergwerke allerdings sehr frühzeitig erwähnt. Der patarenische Ban Kulin erlaubte um das J. 1169 den Ragusanern, namentlich zwei Brüdern aus Ragusa, die seine Bergwerke gepachtet hatten, zwischen Olovo und dem Berge Jagodin, unweit des heutigen Bosnaseraj, eine Handelsfaktorei anzulegen, welche sich bald zu einer kleinen Handelsstadt emporhob und den Namen Dubrovnička erhielt. Am berühmtesten waren die Silberbergwerke von Novobrdo: sie bildeten die Hauptquelle der landesfürstlichen Einnahmen. In Dušan's Diplome 1348 geschieht ihrer Erwähnung: er liess dem Kloster Chilandar für den Zehent von Thieren jährlich eine bestimmte Summe Silber aus Novobrdo zahlen. Orbini schreibt dem Lazar einen grossen Schatz zu, den er durch emsigen Bau serbischer Erzgruben erworben haben soll. Die Ragusaner pachteten von dem Despoten Georg Branković (nach 1433) die einträglichen Gold- und Silberbergwerke von Novobrdo, Janovo und Kratovo um jährliche 200.000 Dukaten. Dass diese Bergwerke dem Georg so viel eintrugen, berichtet der Reisende Bertrandon de la Brochière vom J. 1433. Allein viel mehr als diese Summe wussten die Ragusaner aus diesen Bergwerken zu ziehen. Als Mohamed 1455 Novobrdo einnahm, schonte er zum Theil der Bevölkerung wegen der Bergwerke: „partem quandam hominum in mancipiorum conditionem transferens, reliquos ibi habitare passus est, maxime propter metalli opus, cujus imprimis istius regionis incolae periti censentur. Nec contemnendus regi reditus est ex metallis, quae sunt juxta istam urbem.“ Chalkokondylas ap. Stritter II. p. 378. — Wo die ersten serbischen Münzen, deren älteste angeblich bis auf Muntimir hinauf reichen sollen, geprägt wurden, bleibt unausgemacht. Stephan I. führte in seinem Sigill eine griechische Inschrift: *ΣΦΡΑΓ. ΟΤΕΦΑΝΟΥ ΜΕΓΑΛΟΥ ΖΟΥΠΑΝΟΥ ΤΟΥ ΝΕΜΑΝΙΑ.* Hieraus schliesst man, das dieses Siegel zu Byzanz gestochen worden sei, zu einer Zeit, wo er noch mit den Byzantinern in Harmonie war, d. i. vor der Verstossung seiner Frau Eudoxia. Von diesem Stephan holt Zanetti den Ursprung des serbischen Münzwesens her. Venetianische Künstler folgten nach ihm der Enkelin des Dandulus nach Serbien und fingen dort an ganz im venetianischen Geschmack Münzen zu prägen. Eine solche Münze beschreibt Zanetti also: Stephanus stans a dextris (alii oscitantia artificum, alii rectius Graecorum more hoc factum affirmant) cum corona, tunica et pallio gemmis distinctis (quale in monetis Henr. Danduli de a. 1191 occurrit) crucem longam et ut ajunt duplicem (quam in numis Constantini Caesaris anno 641 primum aspicias) tenet. S. Stephanus (Serviae patronus) stans a sinistris cum tunica et pallio et codicem Evangeliorum laeva sustinente ad pectus. Inter crucem et regem R e x scriptum est. Ad calcem crucis N. (Nemanias) et O. (forte R., Rasciae). In aversa vero Jesus Christus tunica et pallio amictus in cathedra gemmis exornata, cod. Evangeliorum genibus innixo. Domini caput ambit nimbus, in quo crux quadrata, in area litera R." Von einer andern Münze sagt er: „Alter numus nomine Stephani insignis, demtis cruce et corona, apprime superiori simillimus. Pro cruce vexillum, pro corona crines concinne in nodum retortos aeque ac in Venetis vides. Sed cui potius Stephano e tribus, qui primum excepere?" Diese Münzen haben lateinische Inschriften. Uns sind die ersten serbischen Münzen mit slawischer Inschrift von Vladislav, Stephans Sohne, bekannt. Eine Münze von Stephan Uroš beschreibt Muratori: „Imago viri Sancti, porrigentis vexillum regi, cum inscriptione **Urosius Rex.**— S. Stephan., in parte postica effigies Redemtoris cum literis graecis IC XC." Aus dem Zeitalter Milutin's haben wir eine Nachricht vom serbischen Münzwesen, welche eben nicht zum Vortheile desselben spricht. Die Veneter zerfielen nämlich mit diesem König (1282) und verboten die serbischen mit venetianischem Stempel, aber mit geringerem Schrott und Korn geprägten Münzen (denarios regis Raxiae contrafactos nostris Venetis), mit alleiniger Ausnahme von Ragusa, wo dieses Verbot wegen des täglichen Verkehrs nicht ausführbar war. Zanetti führt auch von Stephan Dušan eine Münze an mit der Umschrift: „Rascie et B. T. Rex", wo derselbe mit einem Scepter, und eine andere mit der Umschrift: „Stephanus Imperator", wo er mit einem Reichsapfel auf dem Thron sitzt. Diese Münzen wurden in Cattaro geprägt. Aus Dušan's Gesetzbuche sehen wir, dass den Goldschmieden, welche zugleich Geld prägten, gewisse Städte des Reichs zum Aufenthalt angewiesen waren, ausserhalb derer sie nicht wohnen durften. Spätere Münzen haben wir vom Despot Georg mit serbischer Inschrift. Wegen des darauf vorkommenden Wortes: Смедерево, was nur die Residenz des Fürsten und wahrscheinlich auch den Münzort andeutet, hielten sie einige irrig für Denkmünzen auf die Erbauung der Festung Smederevo im J. 1432. Die Serben nannten, alten Handschriften zufolge, das Geld динаре, hzt. новце (von νομος, numus), den Goldschmied златарь; als besondere Sorten von Münzen kommen vor: златица (Dukate), перперь крьстатый, перперь венетичьскый, бѣлица, динарь u. s. w. — Andere mechanische Künste mögen den Serben älterer Zeiten nicht ganz unbekannt gewesen sein. Die russischen Chroniken erzählen ein merkwürdiges, hieher gehöriges Factum: „Im J. 1404 verfertigte ein Mönch vom Berge Athos, ein geborner Serbe, Namens Lazarus, die erste Schlaguhr in Moskau, welche auf dem grossfürstlichen Schlosse hinter der Kirche zu Mariä Verkündigung aufgestellt ward, und mehr als 150 Rubel oder ungefähr 30 Pfund Silber kostete. Das Volk staunte dieses Kunstwerk gleich einem Wunder an, und der Annalist bedient sich des Ausdruckes, es habe dasselbe die Stunden angezeigt mittelst Hammerschlags auf die Glocke: „человѣковидно, самозвонно и страннолѣпно." Auf diese Weise wurden in den älteren Zeiten in Serbien die meisten Künste durch Mönche ausgeübt, und Serbien lieferte damals auch nach Russland namhafte Gelehrte und Künstler.

Im XVI. Jahrh. errichteten Mönche Buchdruckereien in Serbien, und einige, wie Mardarius u. a., verfertigten selbst die dazu nöthigen Typen.

13. Es sei uns erlaubt, diese flüchtigen Bemerkungen mit einer Charakteristik der Serben zu schliessen, die von einem gebildeten Serben, H. Dem. Davidović entworfen, und aus dessen Zabavnik (Wien 1821. S. 19—21) entlehnt ist. „Die Serben", sagt er, „sind in physischer Hinsicht entweder mittlerer Statur oder gross; Zwerge sieht man unter ihnen nicht. Ihre Gesichtszüge sind schön und ausdrucksvoll; das Klima des Landes, welches sie seit 630—640 bewohnen, wirkte auf dieselben wohlthätig und so entscheidend ein, dass man einen Serben allenthalben, auch in der Fremde, leicht von andern Slawen unterscheiden kann. Im allgemeinen sind sie braun; ihr Haupthaar ist schön und weich. Ihr Körper ist wohlgebaut und stark; die Brust breit und gesund. Ihre Zunge ist dermassen gelöst, dass man selten einen finden wird, der stottern oder lispeln möchte. In der Regel zeugen sie eine grössere Zahl Kinder. Sie sind herzhaft, feurig, gäh. In religiös-moralischer Hinsicht sind die Serben fromm, bereit für den Glauben zu leiden und zu sterben. Gegen den Nächsten sind sie sehr gastfrei; gegen sich selbst oft karg, fahrlässig. Züchtig dermassen, dass die Bauernweiber mit unbedecktem Kopfe nie vor ihren Männern, geschweige vor Fremden, erscheinen. Ungereizt sind sie sanft und gutmüthig; gereizt sind sie stürmisch und rachsüchtig. Ihre Kinder und Verwandte werden von ihnen sterblich geliebt und im Herzen getragen. Das Alter wird hoch geehrt. In geistiger Hinsicht haben die Serben, so wie die übrigen Slawen, viel Phantasie, natürlichen Verstand und Scharfsinn; die gemeinen und unstudirten Leute urtheilen über manche Gegenstände oft richtiger, als dies unter gleichen Umständen bei andern Völkern der Fall ist. Besonders ist ihnen ein treues Gedächtniss eigen. Glänzend sind die übrigen Geistesgaben; aber selten wird einem die Gelegenheit zu Theil, sie gehörig zu bilden und zu nutzen. Edlere Künste sind ihnen noch fremd. Poesie und Tonkunst sind noch in ihrer kindlichen Wiege, in der Hütte des Bergbewohners; künstlerisch

gebildete Maler, Bildhauer, Musiker und Dichter findet man kaum zwei, drei; der wahren Gelehrten sind gleich wenige. In politischer Hinsicht sind die Serben Ackersleute, Krieger, Handwerker, Kaufleute, Adelige und Geistliche. Die Krieger sind tapfer und ihrem rechtmässigen Landesherrn treu ergeben. Die serbischen Kaufleute sind im allgemeinen nicht reich, wenn es auch einige gibt, die wohlhabend sind; im Sparen und in der mühseligen Betriebsamkeit stehen sie jedoch den Kaufleuten anderer Nationen nicht nach. Der Adel nimmt, wie überall, die Sitten der Herrschenden leicht und anschmiegend an. Der Geistlichkeit sind in den österreichischen Staaten eigene Bildungsanstalten gewidmet. Demnach sind die Serben auch in politischer Hinsicht nützliche Glieder des Staates". Eine kritische Analyse dieser kurzen, im ganzen genug treffenden, im einzelnen verschiedene abweichende Meinungen zulassenden Charakteristik wird kein Sachverständiger an diesem Orte erwarten.

Dritter Abschnitt.

Sprache und Literatur.

Vorbemerkungen.

Die Geschichte der serbischen Sprache und Literatur ist eng an die Geschichte der slawischen Liturgie und Kirchensprache gekettet. Nicht nur verdankt die slawische Kirchensprache einen grossen Theil ihrer Ausbildung, Erweiterung und Bereicherung den Serben; nicht nur blieb sie Jahrhunderte lang die Literalmundart der südlich der Donau im alten Illyrikum und Mösien wohnenden Slawen und ganz vorzüglich der Serben griechischen Ritus: sondern sie ist auch noch heutzutage die alleinige Sprache der Liturgie und einem grossen Theile nach Bestandtheil und Ingredienz auch der profanen Schriftstellerei bei allen Serben desselben Ritus sowohl in der Türkei als auch in Ungarn, und wird, wenn sich auch die neue Vulgarliteralsprache fixiren und selbstständig ausbilden sollte, doch nie ohne wesentlichen Nachtheil der Nationalliteratur von den gelehrten Leitern und Pflegern derselben ignorirt werden können. Dazu kommt, dass mehrere neuere Gelehrte die heutige serbische Mundart für die gerade Descendentin der altslawischen Kirchensprache erklärten und die Meinung aufstellten, Method und seine Gehilfen hätten sich bei der Uebertragung der liturgischen Bücher der damals (um 855—885) in Serbien gangbaren Sprache bedient, eine Meinung, die um so mehr unsere ganze Aufmerksamkeit in Anspruch nehmen und der strengsten Prüfung unterworfen werden muss, als sie auch bei vielen Serben Eingang gefunden hat, und nicht ohne Einfluss auf die Gestaltung der neuern Schriftsprache unter denselben blieb. Bevor wir demnach zu der Betrachtung der Schicksale der serbischen Mundart im Einzelnen und des Ganges der Nationalliteratur übergehen, ist es nothwendig, einen Blick auf die Entstehung der slawischen Liturgie und heiligen Kirchenmundart, ihre Ausbildung, ihren Fortgang, ihre Verwandtschaft oder Identität mit der alten und heutigen serbischen Mundart und ihr Verhältniss zu den übrigen Slawen zu werfen. Dies führt uns nothwendig zuerst auf die Geschichte der Bekehrung der heidnischen Slawen zum Christenthum, dann auf Cyrill und Method.

Bekehrung der Südslawen; Cyrill und Method; slawische Liturgie.

1. Zu der Zeit, als die Wanderungen der Slawen, im Anfange des VII. Jahrh., aufhörten, als südlich der Donau die Bulgaren, etwas weiter gegen Westen hinauf die Serben und Kroaten und diesen zunächst die Slowenen in Karantanien, nördlich derselben aber die Čechen, Moraver und Slovaken, und jenseits der Karpaten die windischen, lechischen und russischen Stämme per immensa spatia ihre festen Wohnsitze bereits eingenommen hatten, waren Konstantinopel im Osten und Rom im Westen die Licht- und Leitsterne des gesammten europäischen Christenthums. Von diesen doppelten Endpunkten — gleichsam zwei Polen (bekanntlich ist jedes Sein durch die Polarität der

Primärkräfte bedingt) — der neuen christlichen Kirche kam auch das göttliche Wort des Heils, und in seinem Gefolge die mildere, christliche Kultur auf doppeltem Wege zu den Slawen: von Rom über Aquilea und Salzburg zu den nordwestlichen Slawen, den Slowenen, Čechen und Polen; von Konstantinopel zu den südöstlichen, den Bulgaren, Serben und Russen. Wie das erstere zugegangen, dies zu erzählen, ist hier der Ort nicht; wir wenden uns zu den konstantinopolitaner Bekehrern.

2. Das erste Christwerden und die allmälige Totalbekehrung der Südslawen ist, so wie ihr erstes Vordringen in Mösien, Thracien und Illyrikum, in ein geheimnissvolles Dunkel gehüllt. Gewiss ist, dass slawische Scharen bereits gegen Ende des III. Jahrh. als Vorboten grösserer Wanderungen in Thracien und Macedonien erschienen; gewiss ist, dass im V—VI. Jahrh. bereits ein Theil dieser Provinzen von Slawen besetzt und bewohnt war; und wahrscheinlich wird es durch verschiedene Umstände, dass schon um diese Zeit ein Theil dieser Ankömmlinge der bewältigenden Allmacht des Christenthums gewichen sei und sich zu demselben bekannt habe. Denn Thatsache ist es, dass sich bei dem byzantinischen Hofe und Heere von jeher eine Menge Slawen aus Thracien, Macedonien, Peloponnesus u. a. griechischen Provinzen befanden und die höchsten Civil- und Kirchenämter bekleideten. Dass Ks. Justinian I. (527—565) ein geborner Slawe war, ist bereits vielfältig und genügend erwiesen worden (der Name scheint Uebersetzung oder Anpassung des slawischen правда, byzantisch *Οὐπράουδα*, zu sein, sein Vater hiess Istok oder Sabatius, истокъ serb. sol oriens, und Sabatius vielleicht im Zusammenhang mit dem phrygischen *Σαβάζιος* und dem Mitras u. s. w.) Im J. 554 waren die Slawen Dabragastos (Dobrogost) und Usigardos (Vsegrd) Befehlshaber im römischen Heere. Aber auch Ks. Basilius (867—886), im J. 813 in der Nachbarschaft von Thessalonichi geboren, war ein Slawe, wie Hamza, ein arabischer Schriftsteller aus Ispahan zu Anfang des X. Jahrh. ausdrücklich berichtet, und Kopitar neulich (in den Wien. Jahrb. d. Lit. Bd. 46 S. 83) durch neue Gründe bewiesen hat. Zu Anfang des X. Jahrh. waren des Ks. Alexander

(911—912) ersten Lieblinge zwei Slawen Gabrielopulus und Vasilica (Basilius), deren letztern er sogar zu seinem Nachfolger bestimmt hat. Im VIII. Jahrh. stand ein Slawe, Namens Nikita, als Patriarch von Konstantinopel der morgenländischen Kirche vor. Wie ist es nun denkbar, dass ein Kaiser aus slawischem Geblüt, Justinian I., von dem die Kirchengeschichte zeugt, dass er die Reste des Heidenthums in seinem Reiche zerstörte, ja dass er selbst den in Persien lebenden Christen seinen Schutz angedeihen liess, dass dieser Kaiser seiner Landsleute und Stammgenossen, der schon früher in Thracien und Macedonien und vorzüglich 540 im Illyrikum eingewanderten Slawen, vergessen und sie in Heidenthum schmachten gelassen hätte? Wie ist es ferner denkbar, dass die Slawen, bei der damaligen Kirchenverfassung, bei den herrschenden Lebensansichten (wo ein heidnischer Slawenfürst bei einem christlichen Slawenkönig zu Gaste nicht am Tische mit diesem sitzen durfte, sondern auf der Erde sitzen musste), zu so hohen Würden, als das Kaiserthum und Patriarchat ist, hätte gelangen können, auch angenommen, dass sie sich für ihre Personen gräcisirt oder nach dem Ausdrucke jener Zeiten romanisirt haben, wenn nicht schon um diese Zeit die dortigen Slawen mittelst des Christenthums mit den Griechen in ein näheres Brüderverhältniss getreten wären? Man muss vielmehr zugeben, dass die über die Donau in Mösien, Macedonien bis Thessalien und Epirus im V—VI. Jahrh. einbrechenden Haufen, von Natur zur Milde gestimmt, nach kriegerischer nun friedliche Berührung mit dem damals noch mächtigen Griechenreiche suchend, kurz nach ihrer Niederlassung daselbst bekehrt wurden. Dafür gibt ein vollgiltiges Zeugniss auch dasjenige ab, was wir aus der Geschichte von den Verfolgungen wissen, welche der bulgarische Fürst Mortagon 815—830 über seine slawischen Unterthanen des Christenthums wegen verhängte, weil sich von ihnen aus und durch sie der christliche Glaube bereits bis unter seine Bojaren und seinen bulgarischen Hofstaat hinauf zu verbreiten anfing. Die untergebenen Slawen in Bulgarien, Thracien, Macedonien waren also schon Christen und nur die **herrschenden Bulgaren** (Stammverwandte der Türken) noch Heiden, bis auch diese Method bekehrte und ihren Fürsten Boris 861 taufte. Mit dem Christenthum wurde aber auch der Gottesdienst in slawischer Sprache bei denselben eingeführt, um so mehr, als die griechische Kirche ihre Neubekehrten der Nationalsprache beim Kultus nicht zu berauben pflegte. Man liturgirte seit dem V. Jahrh. in und um Byzanz herum griechisch, armenisch, iberisch, syrisch, gothisch, bessisch u. s. w.; warum hätte man nicht slawisch schreiben, singen und beten können? Nur wurde anfangs, nach dem Zeugnisse des Mönches Chrabr, das Slawische höchst unbehilflicherweise ganz mit griechischen Buchstaben geschrieben (etwa wie unlängst Leake das Bulgarische und Albanesische schrieb), aus eben denselben Ursachen, aus welchen in denjenigen slawischen Ländern, die von Italien aus bekehrt waren, das Slawische mit lateinischen Buchstaben geschrieben ward. Dies währte so lange, bis enlich der unsterbliche Erfinder der slawischen Schrift und Begründer der kirchlichen Literatur, Konstantin, später Cyrillus genannt, um das J. 852, ohne Zweifel nach vorausgegangenen längeren Sprachstudien, das Alphabet der Natur der slawischen Sprache noch mehr anpasste, indem er es mit einigen neuen Buchstaben vermehrte, und eine bis zur Bewunderung consequente organische Orthographie festsetzte.

3. Doch dem sei wie es wolle, die Geschichte, diese geheimnisvolle, oft nur zu sehr verschwiegene Verkündigerin verschollener Zeiten, verbreitet einen dichten Nebel über die Kultur dieser ältesten slawischen Metanasten in Thracien und Macedonien, und bricht nicht eher ihr tiefes Schweigen, als bis die grossen slawischen Apostel, Cyrill und Method, durch ihr heiliges, ausgebreitetes Bekehrungswerk die bulgarischen, pannonischen und mittelbar auch die serbischen Slawen erleuchteten. Gegen Ende des VI. und zu Anfange des VII. Jahrh. wurden Mösien und Illyrikum aufs neue von Slawenstämmen überschwemmt und vollends besetzt. Diese zu bekehren bemühten sich Rom und Konstantinopel. Gleich nach ihrer Ankunft in

Illyrikum (638) schickte der Ks. Heraklius, dem Konstantinus Porphyrogeneta zufolge, zum Papste nach Rom und bat um Lehrer und Täufer für die Chorwaten und Serben: und eine Anzahl Priester (darunter Johannes von Ravenna?) wurden abgesendet, um sie zu bekehren und zu taufen. Diess geschah um das Jahr 640 unter dem kroatischen Fürsten Porga. Aber ein Theil der Kroaten, von den Franken unterjocht, wurde erst um das J. 832 unter dem Fürsten Porinus durch neue römische Missionäre im Christenthume vollends befestigt. Zur Zeit des chorwatischen Fürsten Terpimir (zw. 830—840) kam ein gewisser Martius aus dem Frankenlande zwischen Chorwatien und Venetien („e Francia quae inter Chorvatiam et Venetiam media est", das ist nach Engel aus dem fränkischen Pannonien) nach dem Chorwatenlande und predigte hier das Evangelium. Gleichwohl dauerte das Heidenthum im innern Lande noch fort, bis Ks. Basilius Macedo, angegangen von den Serben, ihnen um das J. 867 von Konstantinopel aus, wahrscheinlich slawische oder doch des Slawischen kundige Priester zuschickte, welche unter ihnen das Christenthum neuerdings verbreiteten und bleibend befestigten. Dass diese Priester Slawen waren und die slawische Liturgie in Serbien einführten, scheint aus der Natur der Sache und aus alten Verhältnissen zu folgen, indem damals die slawische Liturgie in Thracien und Macedonien schon in Gang war, und die widerspenstigen Serben durch sprachkundige und verwandte Slawen am erfolgreichsten im Christenthume unterwiesen werden konnten. Wie sehr der Kaiser, selbst ein geborner Slawe, den Serben schmeichelte, sieht man auch daraus, dass er ihnen erlaubte, sich selbst Fürsten aus ihrer Mitte zu wählen und aus dem Geschlechte, welches sie am meisten liebten. Höchst wahrscheinlich kam also die slawische Liturgie um diese Zeit nach Serbien, Chorwatien und Dalmatien; wir finden sie hier im X. Jahrh. schon vor im Kampfe mit der ältern lateinischen. — Da Cyrills und Methods Bekehrungswerk und Liturgie die Angel der ältern slawischen Kirchen- und Literaturgeschichte ist, so ist es nöthig, die darüber vorhandenen Berichte der Geschichte näher kennen zu lernen.

4. Cyrills und Methods Lebensgeschichte ist bis jetzt ein Labyrinth von Sagen gewesen, und ist es zum Theil noch. Aus Schlözer's früherer und Dobrowský's neuester Zusammenstellung und Prüfung aller Daten ergeben sich folgende Resultate. — Die Gebrüder Konstantin und Method waren in Thessalonichi und zwar aus einem adeligen, angeblich griechischen, aber möglicher ja wahrscheinlicherweise slawischen Geschlechte geboren. Ersterer ward wegen seiner Geistesfähigkeit und Gelehrsamkeit Philosoph genannt, was damals einen Schriftgelehrten überhaupt bedeutete. Beide Brüder erwarben sich ausgebreitete Sprachkenntnisse; beide lernten zu Hause (Thessalonichi, hzt. Salonichi, die Hauptstadt Macedoniens, wimmelte damals von Slawen, und hatte mit den nahen Bulgaren viel Verkehr; vgl. Stritter Mem. II. 577) slawisch nach dem dort üblichen macedoslawischen Dialekte. Bei reiferem Alter wurde Konstantin von seinen Eltern in die Kaiserstadt geführt, wo er Priester ward, während sein Bruder Method schon früher in den Mönchsorden getreten war. Nun wird Konstantin Missionär und bekehrt zuerst die Chazaren am Cherson. Nach seiner Zurückkunft arbeitete er mit seinem Bruder Method gemeinschaftlich an der Bekehrung der Bulgaren, wo letzterer den bulgarischen Kg. Boris 861 mittelst eines Bildes bekehrt haben soll. Um sich bei den Slawen mehr Eingang zu verschaffen, richtete Konstantin, wahrscheinlich zu Konstantinopel, schon um das J. 852, nach dem Mönch Chrabr im J. 855, das slawische Alphabet ein und übersetzte das Evangelium und die nothwendigsten Kirchenbücher. Mittlerweile schickte der mährische Fürst Rastislav (nach andern drei slawische Fürsten Rastislav, Svatopluk und Kocjel) zwischen 861—863 seine Gesandten an Ks. Michael nach Konstantinopel und bat sich von da Religionsbekehrer aus. Die Einführung des slawischen Gottesdienstes erregte nämlich auch bei andern, schon früher getauften Slawen den Wunsch, solche Lehrer zu erhalten. Nun gingen Konstantin und Method 863 nach Mähren, wurden hier mit Freuden aufgenommen, blieben vier und ein halbes Jahr daselbst, predigten und richteten den Gottesdienst in slawischer Sprache ein; sie wurden zwar 867 vom Papste Nikolaus nach

Rom beschieden, aber nach Uebergabe der Reliquien des h. Klemens, beide vom Papst Hadrian 868 zu Bischöfen geweiht; worauf Konstantin, nach Ablehnung des für ihn bestimmten Bisthums, sich in ein Kloster begab, den Namen Cyrill annahm und schon in demselben Jahre starb, Method aber nach Mähren und Pannonien zurückkehrte.

5. Als Landbischof (episcopus regionarius) von Mähren und Pannonien hatte Method keinen bestimmten Sitz und begab sich daher, um den mährischen Unruhen unter Rastislav und Svatopluk auszuweichen, nachdem er zuvor Gorazd, einen Bulgaren, in Mähren zum Bischof eingesetzt hatte, zum pannonischen Fürsten (Chocil) Kocjel nach Mosburg, jetzt Salavár am Plattensee. Allein hier gerieht er durch die Einsetzung der slawischen Liturgie in äusserst verdriessliche Händel. Die pannonischen Slawen, schon früher von Aquileja und Salzburg aus bekehrt, gehörten jetzt zum salzburger Erzbisthum, obgleich die Päpste ihr altes Recht auf Pannonien, als einen Theil ihres Patriarchats, zu behaupten suchten. Method wurde von den verdrängten salzburger Priestern der Irrlehre angeklagt und vom Papst Johann VIII. nach Rom beschieden 879. Er ward zwar, nach Rechtfertigung seiner Lehre, von der Anklage freigesprochen und beim slawischen Gottesdienst belassen; aber zugleich wurde Wiching, von Geburt ein Deutscher, zum Bischof von Neitra, welches damals im Gebiete Svatopluk's lag, geweiht. Ungeachtet einer schriftlichen Empfehlung des Papstes Johann VIII. ist der von ihm bestätigte Erzbischof von Mähren nicht so gut aufgenommen worden, als er billig erwarten konnte. Svatopluk kettete sich bald an den Deutschen Wiching an, und beide wahren bemüht, Method durch allerlei Kränkungen zu verdrängen. Zuerst wurde Gorazd vertrieben. Vergeblich wandte sich Method mit einem Briefe an den Papst 880; er war gezwungen 881 selbst eine neue, dritte Reise nach Rom zu unternehmen, von welcher Zeit an seiner in der Geschichte nicht mehr gedacht wird. Er starb 885 und ward in der Hauptlandeskirche von Mähren begraben. Er verwaltete sein Erzbisthum 17 Jahre lang und betrieb sein Lehramt in Mähren und Pannonien

22 Jahre. Noch vor seiner zweiten Reise nach Rom hat er in Mähren den böhmischen Fürsten Bořivoj, der den Svatopluk besuchte, bekehrt und getauft.

6. Cyrill und Method verdanken die Südslawen die Einrichtung der slawischen Liturgie. Die Frage, was eigentlich Cyrill, was Method, was endlich beide übersetzt haben, ist jetzt schwer genügend zu beantworten. Cyrill fand vor und berichtigte oder übersetzte aufs neue bloss eine Auswahl aus den Evangelien und dem Apostel, d. i. die Lectionen durch das ganze Jahr. Ein solches Evangelienbuch ist das Ostromirische vom J. 1056 in Russland. Hierauf mögen beide Brüder alle vier Evangelien, die Apostelgeschichte, die Briefe, den Psalter, die Messe (griechische Liturgie des h. Basilius und h. Chrysostomus) sowohl selbst, als auch mit Beihilfe anderer schriftgelehrten Priester übersetzt haben. Die ganze Bibel, wie einige Schriftsteller und Legenden behaupten, sollen, nach Dobrowský, weder Cyrill und Method, noch ihre Gehilfen übersetzt haben, da ja die meisten Bücher des alten Testaments und die Apocalypse in ihrer jetzigen Gestalt viel später in Serbien, Bulgarien und Russland übersetzt worden sind, und das ganze Corpus bibliorum erst 1499 zu Stande kam. Allein die Aussagen der Alten von der Uebersetzung der alten Bibel durch Method sind zu bestimmt, als dass man sie verwerfen könnte. Wahrscheinlich gingen jedoch die ursprünglichen Handschriften des alten Testaments in Pannonien auf immer verloren, und man übersetzte die alttestamentlichen Bücher später aufs neue.

7. Die fernern Schicksale der altslawischen Kirchensprache und Liturgie gehören nicht hieher. Den ersten empfindlichen Stoss erlitt sie in Mähren und Karantanien. Kaum eingeführt, musste sie hier vor Wiching und andern Gegnern landesflüchtig werden. Ein zweiter, gleich harter Schlag traf sie in Dalmatien; hier wurde, nach mehreren früheren Versuchen (seit 925 ff.), endlich um 1060 Method für einen Ketzer und seine Schrift und Sprache für gothisch erklärt, und der slawische Gottesdienst nur hie und da mittelst des neuerfundenen, dem h. Hieronymus zugeschriebenen, vom Papste Innocenz IV. 1248 genehmigten, glagolitischen

Alphabet gerettet. In Böhmen, das seine Bekehrung theilweise deutschen Priestern verdankt, scheint Cyrills Liturgie und Kirchensprache nie allgemein eingeführt worden zu sein. Zwar baute der h. Prokop 1030 den slawischen Mönchen das Kloster Sázava; aber sie wurden schon vom Herzog Spitihněv II. 1055, und nach baldiger Zurückberufung unter Vratislav II. 1061, vom Herzog Břetislav II. (1093—1100) abermals vertrieben. Das 1347 vom Ks. Karl IV. gestiftete Kloster Emaus zu Prag ward mit Glagoliten aus Kroatien besetzt. Schon gegen Ende des IX. Jahrh. bauten, nach Naruszewicz und Swięcki, die slawischen aus Mähren vertriebenen Mönche griechischen Ritus in Krakau ein Kloster zum h. Kreuz, und erhielten sich daselbst bis nach Dlugosz's Zeit (st. 1480). Dahingegen pflanzte sich Cyrills Liturgie und Literalsprache bei den südlichen Slawen in Bulgarien, Serbien, Bosnien, einem Theile von Kroatien und Slawonien, ferner bei denen in der Moldau und Walachei, und seit Vladimir's Taufe (890) im ganzen russischen Reiche, Ostgalizien u. s. w., bis auf den heutigen Tag fort. So ward, nach dem unerforschlichen Rathschlusse der Vorsehung, das Anschicken der gigantischen Nation der Slawen, bei gleicher Religion, gleicher Schriftsprache, und — unter Svatopluk's mächtigem Walten — bei einem Oberhaupte ein Ganzes zu werden, durch unvorgesehene, unabwendbare Stürme zerstört und vereitelt! Zwar wurde das Gebiet friedlich gesinnter Slawen schon im VI—VII. Jahrh. durch die Einbrüche wilder Avaren gewaltig mitgenommen; zwar war es ein grosses Unglück des Slawenvolks, dass gerade in der entscheidenden Epoche in seinem Lande die Sprengel lateinischer und griechischer Geistlichkeit zusammen trafen, und durch die Spaltung der Kirche brüderliche Stämme feindlich gegen einander gestimmt wurden: aber schon waren jene Unholden durch slawische Tapferkeit beschwichtigt, und noch waren diese Wunden durch die Länge der Zeit heilbar, als plötzlich gegen das IX. Jahrh. die neuesten und gefährlichsten Nachwanderer, die Reiterhorden der Magyaren, erschienen, sich gerade mitten einschoben und vollends im slawischen Herrlande einnisteten! Dadurch wurde die Macht slawischer Völker aus ihrem natürlichen Gewichte geworfen und auf immer gebrochen.

8. Die Frage, in welchem Verhältniss die altslawische Kirchensprache zu den übrigen slawischen Mundarten stehe, ob in dem der Mutter oder in dem der Schwester, und im letztern Falle, welchem von den jetzt lebenden Stämmen sie als Erbgut angehöre, und wie sie demnach diesem ihren wahren Verhältniss gemäss benannt werden müsse, ist von jeher verschiedentlich beantwortet und erst in neuerer Zeit zur Entscheidung gebracht worden. Ein grosser Theil der slawischen Sprachforscher erklärte sie für die Urmutter aller slawischen Mundarten, die im Verfolge der Zeit aus ihr enstanden sein und sich allmälig von ihr so weit entfernt haben sollen, als wir es heute finden. Andere behaupten dagegen, die übrigen Mundarten seien nicht aus ihr, sondern neben ihr, aus einer unbekannten slawischen Ursprache entsprossen, und wollen sie nur für die verblichene, unkenntlich gewordene Mutter irgend einer der jetzigen Mundarten gelten lassen. Aber in der Bestimmung dieser Mundart, welche die gerade Descendentin der altslawischen Kirchensprache wäre, herrscht wiederum die grösste Meinungsverschiedenheit. Ohne ins Einzelne einzugehen, wollen wir die Meinungen der vorzüglichsten Gelehrten hierüber kurz anführen.

9. Joh. Petr Kohl, wahrscheinlich durch die Benennung ruthenisch irregeführt, hielt die altslawische Kirchensprache für eins mit der heutigen russischen, indem er sich auf Döderlein berief, der es aus dem Munde eines hohen Russen vernommen haben will, dass der Kyjovsche Dialekt in der Ukraine und dem Stücke Landes gegen Morgen nach Moskau hin sonderlich mit der alten Büchersprache übereinstimme. Im Gegentheil stimmt der gelehrte Metropolit von Kyjov, Evgenij, für die mährische Mundart. Wollte man, sagt er, auch annehmen, dass in der Gegend von Thessalonichi bereits im VII. Jahrh. serbische Städte existirt haben, wornach Konstantin und Method von Jugend auf in Thessalonichi den serbischen Dialekt erlernt hätten: so mussten sie doch nach ihrer Ankunft in Mähren die hiesige Mundart, schon wegen des damaligen geringen Unterschiedes

der slawischen Dialekte erlernt und zu ihrer Schriftsprache gewählt, nicht aber umgekehrt erst den Mährern durch Unterricht die serbische Sprache beigebracht haben. Auch Kalajdovič pflichtet in einem Aufsatze über die altslawische Kirchensprache dieser Meinung bei. Allein da der Anfang der Uebersetzung in Konstantinopel und Bulgarien gemacht wurde, so konnten die Brüder-Apostel nicht im mährischen Dialekte schreiben, ja sogar auch nach ihrer Ankunft in (Pannonien) Mähren nicht, weil ihnen dieser Dialekt nicht geläufig war. Noch weniger darf man die in und um Thessalonichi gangbare slawische Mundart, etwa wegen der Nähe des Städtchens Serbica, die serbische nennen.— Kopitar leitet in seiner Recension der altslawischen Grammatik des Dobrowský daraus, dass die Sprache der ältesten slawischen Metanasten in Süden der Donau, der Slovencen am südlichen und westlichen Abhange der norischen und julischen Alpen, längs der Flüsse Save, Drave, Mur, Rab, zwischen der Kulpa und der Donau, dem eigentlichen Kirchensprengel Methods, der hier an dreissig Jahre in dem Weingarten des Herrn gearbeitet haben soll, noch jetzt der kirchenslawischen näher sei als die bulgarische oder serbische, dass ferner den damaligen Sitzen der Südslawen und allen Chroniken und Legenden zufolge, Cyrill und Method das Serbenland mit keinem Fusse berührten, sondern nur durch das Land der Bulgaren reisten, dass endlich auch Germanismen, wie oltar, krst, krstiti, crkv, pop, mnich, post, goneznu, stol, Rim, ocet, upovati, penez, plastyr, plug, entscheidend für Karantanien sprechen, den Schluss ab, dass dieses Karantanien die wahre Heimath der altslawischen Kirchensprache sei. Dieser Ansicht trat Jac. Grimm in s. Vorr. zur Vuk's serbischen Grammatik bei.

10. Cyrills und Methods thessalonische Abkunft und früherer Aufenthalt in Bulgarien schien von jeher für die Bulgaren zu sprechen. Schon Lucius und Schönleben wiesen auf die Umgebungen von Thessalonichi als die Heimath der alten Kirchensprache hin. Chr. v. Jordan meint (Orig. Slav. IV. 126), Cyrill habe sich vielleicht des bulgarischen Dialekts, den er in Konstantinopel erlernte, bedient, und setzt hinzu, die Mährer hätten

diesen Dialekt hinlänglich verstehen können, wenn ihre gemeine Sprechart auch verschieden war. Dies schien auch Schlözern wahrscheinlich zu sein; Cyrill hätte die erste Bibelübersetzung für Bulgaren und Mährer gemacht, also hätte das Biblisch-Altslawische noch im IX. Jahrh. in Bulgarien und Mähren (im letzterem wohl nicht) die allgemeine Volkssprache gewesen sein müssen. Ganz entschieden erklärt Solarić die altslawische Kirchensprache für die altserbische. Sie ist, sagt er, zu allererst durch die h. Schrift in dem Herzen der illyrischen Halbinsel, wo später die serbischen Königreiche geblüht haben, bekannt geworden. Um dieses Vorzugs willen, wenn es gleich wahr ist, dass sie damals nicht nur den Serben, sondern auch den auf der ganzen Halbinsel vom Meerbusen von Thessaloniçhi und dem Pontus Euxinus bis zum Adriatischen Meere wohnenden Slawen verständlich und gemein war, soll diese Sprache die serbische heissen, mit noch grösserem Rechte aber auch darum, weil uns unsere Ohren und Augen lehren, das die jetzige serbische Landesmundart unmittelbar aus ihr entsprossen, und ihr näher, ähnlicher und verwandter ist als alle anderen. — Abbé Dobrowský, der die Meinungen seiner Vorgänger sorgfältig prüfte und die Natur der slawischen Mundarten genauer, als irgend ein slawischer Philolog vor ihm, erforscht hat, erklärte bereits 1808 seine Meinung dahin, die altslawische Kirchensprache sei nicht die Mutter, sondern die Schwester der übrigen Mundarten, sie sei nie Redesprache der Russen und Mährer gewesen, sondern erst mit den Kirchenbüchern zu ihnen gekommen, sie sei aber im IX. Jahrh. an dem rechten Ufer der Donau von Belgrad gegen Osten bis zum Schwarzen Meere, gegen Süden von der Donau bis zu der Stadt Thessalonichi, von Belgrad gegen Westen bis ans Adriatische Meer gesprochen worden, wo Cyrill sein Slawisch wahrscheinlich von Jugend auf gelernt haben möge. Im gleichen Sinne wiederholte Dobrowský (Cyrill und Method 1823), er habe sich bei der Bearbeitung der slawischen Grammatik und durch fleissige Vergleichung der neuen Auflagen mit den ältesten Handschriften immer mehr überzeugt, dass Cyrills Sprache der alte, noch unvermischte serbisch-bulgarischmacedonische Dialekt sei, und müsse bei dieser Ueberzeugung beharren. In Uebereinstimmung hiemit schrieb dieser gründliche Gelehrte in s. mährischen Legende von Cyrill und Method (Prag 1826. 8°. S. 53. 92): „Im J. 855 vermehrte Konstantin, der Philosoph, sonst Cyrill, das griechische Alphabet mit einigen Zügen und richtete es für die slawonische Sprache ein, wahrscheinlich zu Konstantinopel, und fing an, die Evangelien, den Psalter aus dem Griechischen ins Slawonische zu übersetzen." Und weiter: „Konstantin und Method brachten nach Mähren, von Rastislav berufen, nicht nur die ins Slawonische übersetzten Evangelien mit, sondern sie mussten auch schon mit dem Liturgiarion (Služebnik) und dem Časoslov (Horologium) versehen sein. In diesem Sinne spricht auch der Biograph des bulgarischen Klemens: Sie erfanden die slowenischem Buchstaben, übersetzten die von Gott eingegebenen Schriften aus der griechischen in die bulgarische Sprache und beeiferten sich die göttlichen Aussprüche ihren fähigen Schülern mitzutheilen. Wenn nun nach dem Zeugnisse des bulgarischen Mönches Chrabr in seiner Schrift von den slawonischen Buchstaben Konstantin der Philosoph das Alphabet im J. 855 (wo nicht vielleicht schon vor der chazarischen Mission, doch gewiss einige Jahre vor der Reise nach Mähren) erfunden und die ersten Uebersetzungen unternommen, so geschah dies zum Behufe der Slawen, die zwischen Konstantinopel und Thessalonichi wohnten und die Bulgaren berührten, von wo aus sich die slawonische Liturgie und Literatur allmälich weiter, endlich bis an die Donau und über die Donau verbreitete. Daher ist der im Nestor Cap. X. eingeschobene Bericht, nach welchem der Ursprung der slawonischen Literatur nach Mähren versetzt wird, ganz und gar nicht richtig. Und es ist allerdings zu billigen, dass die neue russische Legende hierin von diesem Bericht abweicht und dafür annimmt, Konstantin habe vor der Sendung nach Mähren das slawonische Alphabet zu Konstantinopel erfunden und mit solchem die griechischen Bücher zu übersetzen angefangen." Hieraus ist klar, dass Dobrowský die Sprache der ersten Uebersetzung der Evangelien für die altbulgarische hielt, und früher nur deshalb serbisch-bulgarisch nannte, weil er sich die Gränzscheide des bulgarischen und serbischen Dialekts nicht klar genug vorstellte. Das Volk nämlich in Macedonien und Thracien hiess um 855 bei allen gleichzeigen Schriftstellern Slowenen, nicht Serben, und bildete bereits im IX. Jahrh., wie heutzutage, einen besonderen, von dem serbischen verschiedenen Stamm. An die Stelle der Benennung der Slowenen trat später die der Bulgaren; der Name der Beherrscher ging auf die Beherrschten über, gerade wie im Norden der Name der Russen auf die Nordslawen. Die Sprache der heutigen Bulgaren, d. i. der nun so genannten Slawen in Mösien, Thracien und Macedonien bildet, einige Varietäten abgerechnet, im Grunde nur eine Mundart; folglich kann man mit Zuversicht schliessen, dass auch um das J. 855 die Sprechart der Slowenen in Macedonien und Thracien, in der Gegend von Thessalonichi und Konstantinopel, wo Cyrill sein Slawisch gelernt haben mochte, mit der Sprechart der Slowenen in Mösien im Grunde nur einen einzigen Dialekt, den slowenischen, ausmachte. — Hr. Vostokov, ks. Bibliothekar in St. Petersburg, einer der gründlichsten Kenner der altslawischen Kirchensprache, erklärt ebenfalls diese Sprache für die altbulgarische. (Vgl. P. Köppen's Собрание словенскихъ паматниковъ, СПБ. 1827. Fol. S. 27.) — Auch ich habe mich durch sorgfältige Prüfung aller historischen und linguistischen Gründe bewogen gefunden, der von Dobrowský und Vostokov aufgestellten Meinung beizupflichten, ohne im mindesten einer andern selbstständig begründeten Ansicht zu nahe treten zu wollen. Nur halte ich dafür, dass das Werk der Uebersetzung später (seit 863) in Mähren und Pannonien durch Cyrill, Method und ihre bulgarischen, in der slawischen Schrift schon gehörig unterrichteten Gehilfen bis 885 fortgesetzt worden ist; denn die Uebersetzung der ganzen Bibel und so zahlreicher und voluminöser Bücher, als die griechischen Kirchenbücher sind, erforderte wohl eine Reihe von Jahren. Dass in Mähren und Pannonien die Uebersetzer einige Rücksicht auf die in diesen Ländern herrschende Mundart nahmen, ist sehr wahrscheinlich. Dies konnten sie um so mehr ohne Anstand thun, als die Sprache der damaligen bulgarischen, pannonischen und karantanischen Slowenen, oder der heutigen Bulgaren, Slowaken und Slowencen, damals wohl nur Varietäten einer Mundart bildete. Denn alle diese drei Völker waren ursprünglich nur Zweige eines einzigen Stammes, der sich erst im V. Jahrh. getrennt haben mag. (Vgl. meine Abhandlung über die Abk. der Slawen S. 205 ff.)

Reihenfolge der Schriftsteller, Mäcene, Schreiber und Drucker.

1. Der heilige **Sava**, der jüngste Sohn des Grossžupans Nemanja, der Gründer der serbischen Nationalhierarchie, wie sein Vater der Gründer der ehemaligen politischen Unabhängigkeit und Blüthe des serbischen Nationalreichs war, ist zugleich der erste Serbe, von dem einige Schriften in slawischer Sprache, theils in Originalien, theils in Abschriften, vorhanden sind. Sein Schüler Dometijan verfasste um das J. 1264 eine ausführliche Biographie dieses ausgezeichneten Mannes, die aber nach Art der damaligen Legenden bloss Erbauung bezweckt und leider ohne alle chronologischen Daten ist. Diese letzteren können daher nicht mit Gewissheit angegeben werden, und ich muss mich begnügen, das, was ich in dieser Hinsicht durch vielfache Untersuchungen als das Wahrscheinlichste ermittelt habe, hier zur künftigen Bewahrheitung niederzulegen, um doch einige historische Anhaltspunkte zu haben. Dass sein Vater Nemanja im J. 1114 in dem Orte Rybnica im Gebiete Zeta, einem Theile des ehemaligen Königreichs Dioklea, geboren wurde, im J. 1159 den Fürstenstuhl von Rasa (dem heutigen Novipazar) bestieg, sich bald darauf zum Grossžupan von dem grössten Theile Serbiens aufschwang, nach einer thatenreichen Regierung und nach der Abtretung derselben an seinen Sohn Stephan im J. 1195 den 25. März die Residenz Rasa mit

dem Kloster Studenica und dieses letztere darauf am 8. Oktb.— 2. Novemb. 1197 mit dem Kloster Batopedion auf dem heil. Athosberge vertauschte, woselbst er unter dem Namen Symeon in dem von ihm und seinem Sohne Sava erbauten Kloster Chilandar fortan lebte und am 13. Febr. 1200 starb, und von wo sein Körper durch seinen Sohn Sava im J. 1208 am 19. Febr. nach Studenica in Serbien gebracht wurde, diess alles ist historisch gewiss; denn der heil. Sava gibt diese Daten in dem von ihm verfassten Leben seines Vaters selbst an. Sava wurde, meinem Calcul zufolge, im J. 1169 geboren, und erhielt den Namen Rastko. Er war der jüngste Sohn seiner Eltern, welche damals, nach Dometijan, schon in einem so hohen Alter standen, dass seine Geburt als ein Wunder angesehen wurde. Frühzeitig entwickelte sich bei ihm eine grosse Neigung zum Bücherlesen und zu einem frommen beschaulichen Leben, weshalb er auch den Umgang mit Mönchen sorgfältig suchte. In seinem 17. Jahre, also im J. 1186, entfernte er sich unter dem Vorwande einer Jagd mit seinen Vertrauten, worunter auch Mönche vom Berge Athos waren, aus dem väterlichen Hause und reiste geradeswegs nach dem russischen Kloster des heil. Panteleimon (роусискый монастирь) auf dem heil. Berge. Alle Bemühungen seiner Eltern, ihn zur Rückkehr zu bewegen, waren vergeblich; er wurde Mönch und nahm den Namen Sava (Sabbas) an. Bald darauf begab er sich mit Einwilligung seiner Vorsteher in das Kloster Batopedion. Hier lebte er nun bis zur Ankunft seines Vaters Symeon im J. 1197. Nicht lange darauf fassten beide den Entschluss ein nationalserbisches Reichskloster auf dem heil. Berge zu gründen und zu erbauen. Um die Schwierigkeiten, die ihrem Vorhaben von den griechischen Klostervorstehern des Berges Athos in den Weg gelegt wurden, zu beseitigen, reiste Sava mit den Aufträgen seines Vaters nach Konstantinopel zum Kaiser Alexius III. Angelus Komnenus und setzte das Vorhaben glücklich durch. So wurde 1197—1199 nicht nur das wunderschöne und weltberühmte Kloster Chilandar erbaut, sondern auch gegen 12 Filialklöster nach und nach mit demselben verbunden, und ausserdem mehrere Einsiedeleien eingerichtet. Sava selbst fasste das Typicon für eine solche Einsiedelei ab, welches noch im Original vom J. 1199 auf Athos vorhanden ist. Der damalige Regent von Serbien, Grosszupan Stephan, dotirte das Kloster aufs anständigste. Von nun an lebte Sava als Hieromonach, später mit der Würde eines Archimandriten beehrt, fortwährend in Chilandar. Im J. 1208 führte er, auf Verlangen seines Bruders Stephan und des gesammten serbischen Volkes den Körper seines Vaters, des heil. Symeon, nach dem Kloster Studenica in Serbien ab, wo er am 19. Febr. mit demselben anlangte. Auf wiederholtes dringliches Bitten seines Bruders ward er Hegumen dieses Klosters 1208 bis ungefähr 1215. Aus dieser Periode seines Lebens haben wir von ihm die Biographie seines Vaters und ein ausführliches Typicon für das Kl. Studenica. Nach mehrjähriger Klosterverwaltung begab er sich abermals nach Chilandar zurück. In Folge wiederholter Unterhandlungen mit seinem Bruder Stephan setzte nun Sava sein grosses Vorhaben, in Serbien ein Erzbisthum zu gründen, ins Werk. In Konstantinopel herrschten damals (1204—1261) Lateiner. Sava reiste nach Nicäa in Asien zum griechischen Kaiser Theodor Laskaris I., und ward hier im J. 1221 von dem griechischen Patriarchen Germanus feierlichst zum Erzbischof vor Serbien geweiht. In Erwägung der Trennung des Landes Serbien von Kleinasien durch die Lateiner und der Schwierigkeit der Verbindungen wurde das serbische Erzbisthum vom Kaiser und Patriarchen als selbstständig (*αὐτοκέφαλος*) anerkannt, auf welchen Grund gestützt Dušan später die gänzliche Unabhängigkeit der serbischen Kirche dekretirte, weshalb er aber von den inzwischen wieder zur Macht gelangten Griechen in Konstantinopel, welche die frühere Concession reuen mochte, hart angefeindet wurde. Auf der Rückreise hielt sich der Erzbischof Sava einige Zeit in Chilandar und Thessalonichi auf, um sich in seiner neuen Würde mit allen zur Verwaltung der Kirche nöthigen Büchern zu versorgen (и книгы многы прѣписа законьние и ѡ исправленїи вѣрѣ, ихже требоваше сьборнаа емоу црькви). Angelangt in Serbien, nahm er seinen Sitz anfangs in dem Kloster Studenica, darauf bleibend im Kl. Žiča, und seine Hauptsorge war nun auf die Einrichtung der serbischen Hierarchie gerichtet. Die alten Landesbisthümer wurden regulirt, neue errichtet und mehrere Hauptklöster reich dotirt und mit Hegumenen versehen. Mittlerweile wurden die, durch den serbischen Bischof Method schon seit längerer Zeit mit dem römischen Papste Honorius III. wegen der Uebertragung der vom Papste verliehenen Königswürde der alten, von Nemanja gestürzten Dynastie von Dioklea auf die neuere Herrscherlinie in Rasa gepflogenen Unterhandlungen glücklich zu Ende geführt. Method brachte im J. 1222 eine Krone von Rom nach Serbien, und der Erzbischof Sava krönte mit derselben seinen Bruder Stephan zum Könige im J. 1222. Auf gleiche Weise krönte er nach dem Tode Stephans dessen älteren Sohn Radoslav zum Könige, unternahm aber bald darauf eine Reise nach Jerusalem und andern Orten Palästinas, verweilte sowohl daselbst, als auch in Chilandar einige Zeit, kehrte nach Žiča zurück, und krönte noch zuletzt Vladislav, den jüngeren Sohn Stephans, zum Könige von Serbien. Das Todesjahr des Königs Stephan, die Regierungsjahre der Könige Radoslav und Vladislav sind nicht mit Gewissheit auszumitteln: die gewöhnlichen Angaben sind grundlos. Gewiss ist nach Dometijan nur so viel, dass Sava 14 Jahre lang dem serbischen Erzbisthume vorstand. Im J. 1234 legte er die Verwaltung des Erzbisthums in die Hände Arsenius I., des zweiten Erzbischofs von Serbien, und unternahm bald darauf seine zweite Reise nach Palästina, Aegypten, Syrien u. s. w., woselbst er, nach einigen Andeutungen bei Dometijan, wenigstens einige Jahre verweilt zu haben scheint. Als er dann über Konstantinopel und Bulgarien die Rückreise in sein Vaterland antrat, ereilte ihn in der damaligen bulgarischen Hauptstadt Trnovo der Tod. Dies geschah, nach meiner Berechnung, am 14. Jan. 1237 *), wohl nicht früher, wo nicht einige Jahre später. Vladislav und Arsenius holten seine Gebeine in Pomp von Trnovo ab und setzten sie im serbischen Kloster Mileševa bei. Von

*) Ljetopis 1827. I.

Sava's Begräbnisse an diesem Orte erhielt das alte Rama oder das spätere Hercegovina den lateinischen Namen Ducatus S. Sabbae. Im J. 1595 liess ein türkischer Pascha den als wunderthätig verehrten Körper des Heiligen nach Belgrad bringen und verbrennen. — Sava hatte von Natur einen sehr schwachen, gebrechlichen Körper: die beispiellosen Entbehrungen und Strapatzen aller Art, denen er sich als Mönch unterzog, untergruben seine Gesundheit dergestalt, dass er (nach Dometijan) sehr oft kränkelte. Seine Verdienste um die geistige Kultur seiner Landsleute müssen zeitgemäss aufgefasst und unparteiisch gewürdiget werden. Dem slawischen Literaturfreund ist er als Gründer der serbischen Kirchenliteratur und als erster bis jetzt bekannt gewordener serbischer Schriftsteller griechischen Ritus (der Presbyter zu Dioklea war vielleicht Lateiner, und sein serbisches Original ist noch nicht über allen Zweifel erhoben) doppelt ehrwürdig. Nach Dometijan verfasste er unter andern auf Befehl der Synode von Athos den Kanon zu Ehren seines Vaters, des h. Symeon, der aber jetzt unbekannt ist. Wie sein Charakter und Leben, eben so ist sein Styl einfach und schmucklos, zuweilen sehr rauh; stellenweise im Leben des h. Symeon durch kindliche Einfalt und Natürlichkeit wahrhaft rührend, im grösseren Typikon hingegen ungefügig, abgebrochen, dunkel, woran jedoch zum Theil die Abschreiber schuld sein mögen. Der Dialekt ist nicht rein altslawisch, sondern stark mit Serbismen untermischt, die nicht alle auf die Schuld der Abschreiber kommen können, da es Sprachformen sind, die sich nur in den serbischen Handschriften des XIII., nicht aber in den späteren, vorfinden.

2. **Method**, im J. 1200, in welchem Jahre Symeon Nemanja starb, Vorsteher des Kl. Chilandar, später einer der Bischöfe Serbiens, wird sowohl in dem Leben des h. Symeon vom Erzbischof Sava, als auch im Leben des h. Sava vom Hieromonachen Dometijan, als einer der gelehrtesten Männer seiner Zeit und der Vertraute des h. Sava genannt. Seiner Gesandtschaft nach Rom zum Papste Honorius III. ist schon oben gedacht worden.

Obwohl jetzt keine Schriften von ihm bekannt sind, so ist es doch nicht wahrscheinlich, dass er nichts geschrieben haben sollte, und die künftigen serbischen Alterthumsforscher mögen mit Bedacht auf die Entdeckung der Schriften dieses Method ihr Augenmerk richten. — Wer mag wohl des Kgs. Stephan theologischen Aufsatz an den bulgarischen Erzbischof Demetrios Chomatenus concipirt haben?

3. **Dometijan** oder **Domentijan** (beide aus dem lateinischen Domitianus entstandene Formen kommen in serbischen Handschriften vor), Hieromonach im Kl. Chilandar und im J. 1263 Beichtvater des Klosters, ist uns nicht nur als Verfasser einer ausführlichen Lebensgeschichte des h. Symeon und Sava, sondern auch sonst als ein sehr eifriger Bücherfreund und Beschützer der Gelehrten auf das rühmlichste bekannt. Um sich über den letzteren Umstand zu belehren, möge man die doppelte Schlussrede, die der Schreiber Theodor seinem auf Dometijans Veranstalten abgeschriebenen Hexaemeron beifügte, und die Hr. Kalajdovič in s. Joann Exarch Bolgarskij. Mosk. 1824. S. 164—165 abdrucken liess, nachlesen. Dometijan war ein Schüler des heil. Sava und schrieb im J. 1264 (doch hat nur die Biographie des h. Symeon dieses Datum, und es ist ungewiss, welche von beiden zuerst verfasst wurde, da in den Handschriften bald die eine, bald die andere vorangesetzt wird) die Biographien der zwei serbischen Nationalheiligen in eben der Einsiedelei (sichastarija, aus dem griechischen *ησιχαστήριον*), welche einst der Lieblingsaufenthalt des h. Sava war. Seine leider nur in sehr jungen Kopien bis jetzt bekannt gewordenen Schriften sind ein unvergängliches Denkmal seines religiös-milden Sinnes, seiner theologischen Belesenheit, seines geläuterten Geschmacks und ganz besonders einer Sprachfülle, die oft in Verwunderung versetzt. Dometijan bereiste, wie sein Vorbild Sava, Palästina und andere Länder des Orients.

4. **Theodor**, der Grammatiker, wie er sich selbst nennt, d. i. Schreiber, Schriftkenner, von Geburt wahrscheinlich ein Serbe,

wurde von dem Hieromonachen Dometijan im J. 1263 als Bücherabschreiber im Kl. Chilandar verwendet, musste aber als Eunuch (dies scheint das Wort спанъ zu bedeuten) harte Verfolgungen des Proten des heil. Berges erdulden, und konnte sein Hexaemeron 1263 auf dem chilandar'schen Klostergut nur mit Mühe unter dem Schutze des Hieromonachen Dometijan und im Verborgenen beendigen. Wenn man auch nur mittelmässige Kenntnisse im Altslawischen besitzt, so muss man beim Lesen der von Kalajdovič mitgetheilten Bruchstücke bald wahrnehmen, dass bei Theodor, ungeachtet er sich einen Grammatiker nannte, oft der Wille zu schreiben besser war, als die Kraft oder das Vermögen dazu. Unmöglich kann er sein altes Original buchstäblich und wörtlich treu kopirt haben. (Kalajdovič Joann Exarch S. 138—166.) Doch muss man nicht übersehen, dass Hr. Kalajdovič die altslawischen und serbischen Wörter, besonders die unter Titeln stehenden abbreviirten, oft nach der in Russland gangbaren neuen Mode las, und hiedurch eine Menge Russismen in den abgedruckten Text des Hexaemeron einschwärzte.

5. **Damian**, Hieromonach zu Žrjelo im Distrikte Pek, Abschreiber eines pergamentenen Apostols unter dem Erzbischof Nikodim im J. 1324.

6. **Daniel**, als Erzbischof der zweite dieses Namens, in der Reihe der serbischen Erzbischöfe der eilfte und letzte (denn sein Nachfolger Joannikij nahm den Titel eines Patriarchen an), stammte aus einer wohlhabenden adeligen Familie in Serbien. Fast wider den Willen seiner Eltern, die aus ihm lieber einen tüchtigen Bojaren oder Krieger, als einen Mönch, gebildet hätten, ging er in die Schule und lernte alles, was damals, nach der Sitte der Zeit, in Serbien zu erlernen war. Im blühenden Jünglingsalter war er Page beim Kg. Stephan Uroš (Milutin). Als dieser König einst die Klöster des Landes bereiste und nach Sopotjani kam, entfernte sich Daniel heimlich von seinem Gefolge und ging in das Kloster Končul am Ibar, wo er Mönch ward. Der damalige Erzbischof von Serbien, Eustathij II.

(1291—1308), berief den jungen Monachen zu sich und weihte ihn zum Presbyter. Nachdem er anderthalb Jahre an dem Hofe des Erzbischofs verlebt hatte, wurde er vom Könige, Erzbischof und der Versammlung zum Hegumen von Chilandar ernannt. Während der Verwaltung dieses Klosters trafen ihn harte Leiden: wilde Völker, Franken, Türken, Jassen und Tataren, Mogovaren und Katalanen („Fruzi, Turki, Jasi že i Tatari, Mogovari že i Katalani") hausten damals an der Küste von Byzanz bis Thessalonichi, und bedrängten auch Chilandar fasst volle drei Jahre lang. Mit grässlichen Farben schildert Daniels Biograph die zahllosen Drangsale, die das Kloster von diesen gemischten Heerhaufen zu erdulden hatte. Nach ihrem Abzuge übergab Daniel das Kloster einigen seiner Vertrauten, sehr mächtigen und tapfern Männern, zum Schutze, er selbst aber zog mit Hab und Gut zum Könige Stephan Uroš nach Skopje. Nach kurzem Verweilen bei demselben beschliesst er nach Chilandar zurückzukehren, muss aber unterwegs einen kühnen Räuberanfall bestehen, den er tapfer besiegt. Er findet Chilandar abermals von Feinden umlagert, und mit Mühe schleicht er sich mitten durch die Belagerer ins Kloster hinein. Neue unerhörte Drangsale erfolgen, und nur durch ein Wunder entgeht Daniel der Lebensgefahr und das Kloster dem gänzlichen Untergange. Noch volle drei Jahre und drei Monate hausen die Gottlosen in der Nähe des h. Berges; darauf berennen sie Thessalonichi und Berrhöa, werden aber aufs Haupt geschlagen. Nun zog ein Theil derselben, nämlich die Franken und Römer, genannt Katalaner, und die Mogovaren („Fruzi i Rimljane zovomii Katalani i Mogovari") übers Meer nach Hause; Melehil trat mit seinem Volke in die Dienste des Königs Stephan Uroš, wurde untreu und hingerichtet; Chalil wandte sich mit den übrigen nach Walachien (d. i. Grosswlachien am Pindus) und Livadien. Nach gelegtem Sturme wählte Daniel die friedliche Einsiedelei des h. Sava in Kareja zu seinem Aufenthaltsorte; Nikodim, sein Schüler, und möglicherweise auch Biograph, wurde Hegumen von Chilandar. Kurz darauf (zw. 1310—1314) bekriegt der ältere Bruder, Kg. Stephan Sremski (Dragutin), den jüngern Stephan Uroš (Milutin), in der Absicht, demselben das Reich zu entreissen und es seinem eigenen Sohne Urošica zu geben. Der geschreckte Stephan Uroš legte seine Schätze im Kloster Banska nieder, und berief den alten treuen Daniel zum Hüter derselben, den er zugleich zum Bischof von Banska ernannte (um 1313). Nach wiederhergestelltem Frieden ging Daniel nach Chilandar zurück, um dort nach seiner Weise als gemeiner Mönch zu privatisiren. Als er von da eine Reise nach Jerusalem unternehmen wollte, wurde er vom Könige nach Serbien zurückberufen und dem Erzbischof Sava III. (1309—1316) zur Seite gegeben. Obgleich ihm der König bei seiner Berufung das Erzbisthum versprochen hatte, wurde dasselbe dennoch nach dem Tode Sava's nicht ihm, sondern Nikodim zu Theil, und er musste sich einstweilen mit dem Bisthum Chl'm begnügen. Kurz darauf finden wir ihn wiederum in Chilandar (1317—1325), von wo aus er den alten Stephan Uroš mit seinem halbgeblendeten und verbannten Sohne Stephan (Dečanski) versöhnte (um das J. 1318). Milutin starb 1321, und kaum war Stephan Dečanski König geworden, als er sich Daniels aufs kräftigste annahm. Im J. 1325 am Tage der Kreuzerhöhung wurde Daniel Erzbischof von Serbien. Von da an beschäftigte er sich sein ganzes übriges Leben hindurch mit Erbauung und reichlicher Ausstattung von Klöstern und Kirchen, und sein Biograph ist unerschöpflich im Lobpreisen seiner diesfälligen Thaten. Er verwaltete sein Amt bis zum 19. December 1338, an welchem Tage er starb.

7. **Stephan Rubčić**, erdichteter Wappenherold des Kaisers Stephan Dušan (1336—1356). — Von einem ganz unbekannten **Stanislaus Rupcich** finde ich unbestimmt angeführt: Vita del Imperadore Stephano Nemagnich.

8. **Kyprian**, Metropolit von Kyjev und ganz Russland, von Geburt ein Serbe, wurde am 2. Decb. 1376 (nach dem Patericon des Sylvester Kossov aber erst 1378) vom konstantinopolitanischen Patriarchen Nil geweiht, kam in demselben Jahre nach Russland, wo Alexius, Metropolit von Moskau, noch lebte,

und wurde erst nach dem Tode des letztern 1380 von dem Grossfürsten Demetrius Ivanovič aus Kyjev nach Moskau berufen. Nach 2, oder wie andere wollen, nach 5 Jahren zog er gewisser Misshelligkeiten wegen wieder nach Kyjev, kehrte jedoch schon 1390 nach Moskau zurück und blieb daselbst bis zu seinem Tode, der den 16. Sept. 1406 erfolgte. Er war der erste Wiederhersteller der in Folge der tatarischen Invasion sehr gesunkenen Aufklärung in Russland. Nicht nur brachte er eine Menge alter slawischer Handschriften aus seinem Vaterlande nach Russland mit, sondern übersetzte oder verfasste auch selbst mehrere Werke. Ausser den sogenannten Stufenbüchern (Stepennyja knigi) haben sich von ihm mehrere Sendschreiben an Priester erhalten. Auch eine neue Uebersetzung des griechischen Nomocanon soll er verfertigt haben. (Evgenij Slovar I. 320—329). Eines von ihm eigenhändig abgeschriebenen Služebnik erwähnen Kalajdovič und Köppen: Spisok rusk. pamjatn. S. 28. Anm.

9. **Stephan**, Lazars Sohn, Fürst von Serbien (1389; starb am 19. Juni 1427), wird in den serbischen Annalen nicht nur seiner Frömmigkeit, sondern auch seiner Gelehrsamkeit wegen sehr gerühmt. Eine Handschrift meldet von ihm ausdrücklich, dass er sehr viele Bücher aus dem Griechischen ins Slawische übersetzt habe. Seine Biographie hat, nach einer andern Stelle, der Mönch Konstantin mit dem Beinamen Philosoph auf Befehl der Synode ausführlich beschrieben. Mir gelang jedoch bis jetzt nicht, weder diese Biographie, noch irgend ein Werk vom Fürsten Stephan ausfindig zu machen.

10. **Grigorije Camblak** (in russischen Schriften auch Samblak, Zamblak, Simblak, Zimblak genannt), Metropolit von Kyjev, stammte nach den russischen Annalisten aus Bulgarien, und war, ehe er nach Kyjev kam, Hegumen des Kl. Pandokrator in der Moldau und des Kl. Dečani in Serbien. Mit ihm setzte sich die schon früher wegen der tatarischen Invasion und später wegen der Unterwerfung von Rothrussland und Kyjev unter die Litauer begonnene folgenreiche Spaltung der russischen Me-

tropolie in die von Moskau und Kyjev fest. Seine Biographie ist aus Mangel an gleichzeitigen beglaubigten Quellen und wegen der Parteilichkeit der spätern Berichterstatter, auch nach Evgenij's Darstellung, noch immer theils dunkel, theils vielen Zweifeln unterworfen. Wie und wann er nach Russland gekommen, wird nirgends gesagt. Auf Veranstalten des litauischen Grossfürsten Witowt wurde er auf einer Synode in Novgrodek 1414 von den südrussischen Bischöfen zum Metropoliten von Kyjev gewählt, und als ihm der Kaiser und Patriarch von Konstantinopel die Weihe versagten, von den genannten Bischöfen am 15. Novb. 1416 geweiht. Im J. 1418 soll er eine Reise nach Konstanz unternommen haben, angeblich um den Papst von dem Irrthume der katholischen Religion zu überführen! Andere russische Schriftsteller hingegen meinten, er sei in Unterhandlungen wegen der Union dahingereist. In dem folgenden Jahre 1419 starb er. Die russischen Chroniken geben ihm das Zeugniss, „dass er ein frommer und sehr gelehrter, von Jugend auf in jeglicher Art von Bücherweisheit wohlunterrichteter Mann gewesen sei, der viele Werke verfasst und hinterlassen habe.“ In der moskauer Patriarchalbibliothek liegen noch bis zur heutigen Stunde 27 Stück von seinen Erbauungs- und Lobreden, die er bei Gelegenheit verschiedener Kirchenfeste ausgearbeitet hatte. Hierunter gehört auch die Trauerrede über den 1406 verstorbenen russischen Metropoliten Kyprian. Der heil. Dimitrij von Rostov bezeugt ferner in seinem Kataloge der kyjevschen Metropoliten, dass er auch eine Lebensbeschreibung der heil. Paraskeva von Trnovo verfasst und die Gedächtnissfeier derselben in der kyjevschen Metropolie auf den 14. Oktb. festgesetzt und verordnet habe. In der Bibliothek des volokolamskischen Josephi Klosters ist dem von Euthymius, Patriarchen von Trnovo, verfassten Leben der genannten Heiligen eine Rede des Gregorius Camblak von der Uebertragung ihres Körpers aus Serbien beigefügt. Eben daselbst befindet sich auch eine Biographie des Kgs. Stephan Dečanski von demselben. Seine übrigen Schriften sind entweder verloren gegangen oder unbekannt geblieben. (Evgenij's Slovar I. 97—103.)

11. **Epaktit Anton Raphail**, lebte im J. 1420 „unter dem Patriarchen von Dalmatien Nikon" und ist bloss als Verfasser einer geschmacklosen Lobrede auf Knez Lazar bekannt. (Differt Raphael monachus in monast. Castamoniti mort. 1527. Montf. Bibl. Coisl. 128.)

12. **David**, Hieromonach, schrieb die auf Befehl des Fürsten Gerog Branković unter dem Vorsitze des braničever Metropoliten Sabatius revidirte Ljestvica des Johannes Klimakos im J. 1434 ab.

13. **Radosav** (serbischer Idiotismus statt Radoslav), als Schreiber eines Kodex der Apokalypse und des Evangelium Johannis unter dem bosnischen König Thomas (1443—1460) genannt.

14. **Konstantin**, mit dem Beinamen Philosoph, d. i. Gelehrter, Schriftkundiger, verfasste im Auftrage der serbischen Synode um die Mitte des XV. Jahrh. die Lebensgeschichte des Fürsten Stephan Lazarević.

15. **Damian**, Diakon, schrieb zu Koporinja auf Befehl des Erzbischofs von Zeta, Joseph, im J. 1453 des Matthäus Vlastares Pravilnik nebst einigen historischen Beilagen ab.

16. **Pachomij**, Logothet, Hieromonach, von Geburt ein Serbe, kam zur Zeit des Erzbischofs Jonas von Novgorod, d. i. ungefähr 1460 vom heil. Berge Athos nach Russland. Auf Befehl dieses Erzbischofs schrieb er viele Kanonen und Leben russischer Heiligen, deren nähere Angabe bei Evgenij zu finden ist. Wann und wo er gestorben ist, ist unbekannt. (Evgenij's Slovar II. 154—155.)

17. Die heil. **Angelina**, Gemahlin des serbischen Fürsten (oder Königs, nach einem Diplome) Stephan (Stephan Thomas, im genannten Diplome), zweiten Sohnes des Fürsten Georg

Branković, und Tochter des Georg Aranita Topia Golem, Schwiegervaters des Georg Skanderbeg's, Herrn von Durazzo und Valona. Ihr von Murat geblendeter und von seinem eigenen jüngern Bruder Lazar vertriebener Gemahl liess sich anfangs in Sirmien nieder, und ward von den Seinigen als Despot von Serbien anerkannt und ausgerufen; allein bald sah er sich, aus Furcht vor den Türken, genöthigt über Dalmatien nach Albanien zu fliehen, wo er (1461?) Angelina heirathete. Später ging er nach Italien (um das J. 1467) und starb daselbst im 56. Jahre seines Lebens (um das J. 1481). Angelina kehrte nun mit ihren zwei Söhnen, Georg (nachher als Mönch Maxim) und Johann, zuerst nach Siebenbürgen und im J. 1485 von da nach Sirmien zurück. Hier zeichnete sie sich durch Frömmigkeit und Wohlthätigkeit dergestalt aus, dass ihr von den Serben die ehrenvolle Benennung „Mutter Angelina“ bleibend beigelegt worden ist. Ihr Todesjahr ist unbekannt. Einer Handschrift zufolge soll sie ihren Sohn Maxim, der im J. 1516 starb, um einige Tage überlebt haben. Ihr Körper ruhte mit denen ihres Gemahls und ihrer Söhne im Kl. Krušedol bis zum J. 1716, in welchem die Türken das Kloster plünderten und die Körper der Heiligen zerstörten. Angelina war nicht nur eine fromme, sondern auch eine schriftkundige und belesene Frau. Mehrere alte Handschriften in den sirmischen Klöstern rühren aus ihrer Sammlung her, und sind zum Theil mit eigenhändigen Notaten von ihr versehen. Sie verlebte ihre letzten Jahre im Mönchsstande.

18. Der heil. **Maxim**, als Laie **Georg** genannt, des Fürsten Stephan und der eben angeführten Angelina Sohn, führte einige Zeit gemeinschaftlich mit seinem Bruder Johann und seiner Mutter den Titel eines Despoten von Serbien, entsagte indess bald der Welt, wählte den Mönchsstand (nach einigen schon im J. 1486, in welchem er Krušedol gegründet haben soll), und wurde von dem Metropoliten von Sophia, Levita, zum Bischof geweiht. Bald nach dem Tode seines Bruders Johann, als er sich wegen der öftern Einfälle der Türken nicht mehr sicher glaubte, verliess er die Residenz Kupinnik in Sirmien und begab

sich im J. 1503 nach der Walachei. Hier wurde er vom Fürsten Radul sehr gut aufgenommen, und nach dem Tode des walachischen Metropoliten zum Erzbischof ausgerufen. Unter dem nachfolgenden Fürsten Michna verliess er seinen erzbischöflichen Stuhl und nahm seinen Sitz im Kl. Krušedol in Sirmien; allein Nagoj oder Nagul Bassaraba berief ihn abermals nach der Walachei zurück. Maxim gründete in der Walachei und im Gebiete von Krajova zwei Klöster, eines zu Ardschisch nach dem Muster der serbischen Lavra Studenica, das andere zu Dindal auf einem Berge nach dem Muster gewöhnlicher serbischer Klöster. Die Sehnsucht nach seinen Landsleuten in Sirmien liess ihn nicht fortwährend in der Walachei bleiben; er weihte daselbst einen andern Metropoliten aus, kehrte nach Sirmien zurück und vergrösserte das Kloster Krušedol an Gebäuden, Einkünften und der Zahl der Mönche. In Krušedol starb er den 18. Jänner 1516. Dass seine Lebensgeschichte in Krušedol in einem Legendenbuche (Otečnik) aufbewahrt werde, wie Engel (III. 454) sagt, fand ich nicht bestätigt. Mehrere Handschriften in Krušedol und Karlovic rühren aus seiner Sammlung her, und die kurzen Annalen in der Hs. sind höchst wahrscheinlich von ihm selbst redigirt oder mit Zusätzen vermehrt.

19. **Georg Cèrnojević**, Vojevode von Zeta, veranstaltete die Herausgabe des Oktoichs zu Cetinje im J. 1493—1494 in Fol., des Psalters ebend. 1495. 4°., und wahrscheinlich auch des mit denselben Typen erschienenen Molitvenik in 4°., dessen Druckjahr noch unbekannt ist.

20. **Makarije**, Hieromonach, druckte zuerst zu Cetinje den eben genannten Oktoich und Psalter, und wahrscheinlich auch den noch näher zu bestimmenden Molitvenik, hierauf in Ugrowlachien das Evangelium 1512 in Fol., wenn anders die Vermuthung richtig ist, dass der im letzteren Buche genannte Makarije mit dem obigen eine und dieselbe Person ist.

21. **Damian** der Grammatiker, d. i. Schriftgelehrter, wird

als der Schreiber eines moldauischen Kodex von Matthäi Vlastares Pravilnik vom J. 1495 in einer Nachschrift von späterer Hand genannt.

22. **Hans Biegner**, Župan von Kronstadt, liess ein Evangelium o. O. und J. in Fol., wahrscheinlich in Siebenbürgen um das J. 1500 auflegen.

23. **Johann Bassaraba**, bei Engel Nagul Bessaraba, Vojevode von Walachien (8. Febr. 1512—1521), bestritt die Kosten des Ugrowlachischen Evangeliums 1512, Fol. Die Geschichte rühmt ihn als einen friedfertigen und besonders gegen die Geistlichkeit wohlthätigen Fürsten. Er war mit der Tochter des serbischen Despoten Lazar Georgiević, Milica, vermählt, und unter ihm wurde Maxim zum zweitenmal als Erzbischof von der Walachei eingesetzt. (Engel I. 197—200.)

24. **Pankratij**, Hieromonach, schrieb ein Prachtexemplar der vier Evangelien auf Befehl des Erzbischofs Maxim im Kloster Krušedol 1514.

25. **Isaija**, Hieromonach, von Geburt ein Serbe, kam aus dem Kloster der 40 Märtyrer vom heil. Berge Athos (?) nach Russland im J. 1517, reiste 1519 nach Athos zurück und brachte von da eine Menge Handschriften nach Russland. Namentlich brachte er eine Abschrift des Lebens des heil. Sabas von Dometijan, ferner die von ihm selbst verfertigte Uebersezzung des Werkes des Dionysius Areopagita von der Kirchenhierarchie, die er auf Geheiss des serbischen Metropoliten Theodosius 1471 unternommen haben soll. Evgenij stellt in der neuen Ausgabe seines literarhistorischen Lexikons diesen Schriftsteller ans Ende des XIV. und in den Anfang des XV. Jahrh. (1371. 1417. 1419), wodurch indess der Zweifel über die wahre Lebenszeit desselben nicht gehoben ist. (Evgenij's Slovar I. 211.)

26. **Božidar Vuković** von **Djurić**, Vojevode, gebürtig aus Podgorica, oder nach einer andern Angabe aus Goraždje, hielt sich aus Furcht vor den Türken, ungefähr seit dem J. 1519 in Venedig auf und liess hier auf seine Kosten mehrere Kirchenbücher für die Serben drucken. Er verdient im hohen Grade den Namen eines serbischen Mäcens älterer Zeiten. Einige der auf seine Kosten in Venedig zu wiederholtenmalen und in vielfältiger Gestalt neugegossenen Typen kamen nach Serbien und wurden hier, namentlich zu Goraždje, zum Drucke serbischer Kirchenbücher verwendet. Ks. Karl V. beehrte ihn mit dem römischen Reichsadel und einem Wappen. Er starb in Venedig im J. 1540, und sein Körper wurde seinem bei Lebzeiten geäusserten Wunsche gemäss von da nach der Heimath abgeführt und in der Kirche Gorica am Skodrer See begraben.

27. **Pachomije**, Hieromonach, einer der Gehilfen Brožidar's bei der Herausgabe serbischer Kirchenbücher in der frühern Periode 1519—1520. Namentlich besorgte er den Služebnik Vened. 1519. 4°. und Psalter eb. 1520. 4°.

28. **Georgije Ljubavić** aus Goraždje und sein Bruder Hieromonach **Theodor** leiteten den Druck eines Služebnik in Venedig 1527. 4°. Georg starb während der Arbeit plötzlich am 2. März 1527.

29. **Radoje**, Diakon, druckte in Verbindung mit dem ebengenannten Hieromonachen **Theodor** einen Molitvenik zu Goraždje 1531. 4°.

30. **Theodosije**, Priester, und **Gennadije**, milešever Parekklesiarch, geboren zu Prijepolje, gaben auf Kosten des Božidar Vuković einen Oktoich zu Venedig 1537. Fol. heraus.

31. **Mojsej**, Hierodiakon aus dem Kl. Dečani, gebürtig aus Budiml unweit des Kl. Šudikova, von dem eine Paschalie vom J. 1535 schon in dem venediger Oktoich 1537. Fol. steht, lie-

ferte mit Božidar'schen Typen einen Minej oder Sbornik zu Venedig 1538. Fol.

32. **Maxim**, Hieromonach im Kl. Krušedol, nennt sich als Schreiber eines Otečnik vom J. 1540.

33. **Daniel**, Hegumen des Kl. Mileševa, liess im demselben den Psalter 1544. 4°. und 1557 4°., und den Molitvenik 1545. 4°. auflegen.

34. **Mardarije**, Hieromonach, geboren aus dem Drinagebiete, druckte mit dem Hieromonachen **Theodor** den Psalter zu Mileševa 1544. 4°., und später (wenn es eine und dieselbe Person ist) das Evangelium zu Belgrad 1552 und Mèrkšina cerkva 1562. Fol., liess auch am letzten Orte das Pentikostarion 1566. Fol. durch den Priester **Živko** und Diakon **Radul** auflegen.

35. **Damian**, Diakon, und **Milan** aus Obna in Cernozagorien, waren die Gehilfen und Drucker des milešever Hegumens Daniil bei der Herausgabe des Molitvenik 1545. 4°.

36. **Vincenz Vuković**, des Vojevoden Božidars Sohn, setzte des Vaters Bemühungen um den Druck serbischer Kirchenbücher in Venedig mit rühmlichem Eifer fort, und liess zwischen den Jahren 1546—1561 auf eigene Kosten nicht nur einige ältere Bücher neu auflegen, sondern veranstaltete auch ganz neue Ausgaben mehrerer gangbarer Kirchenbücher. Sein Todesjahr ist unbekannt.

37. **Stephan** von Skodra, nach Caraman ein Mönch, war Mitherausgeber und Drucker bei Vincenz Vuković, und druckte später mit Hilfe des Italieners Camillo Zanetti das Ostertriodion in Skodra 1563. Fol.

38. **Johann Mirče**, im J. 1546 vom Sultan zum Vojevoden der Walachei bestellt, benahm sich besonders gegen die Bojaren so grausam, dass er zuerst von dem gestürzten Fürsten

Radul angegriffen und beinahe aus dem Lande gejagt (1552) und, als er neue Kräfte sammelte, von der Pforte förmlich abgesetzt wurde (1554). Vier Jahre später wurde er aufs neue in seine Fürstenwürde eingesetzt (1558), die er dann noch 1 Jahr und 8 Monate lang unter empörenden Grausamkeiten bekleidete. Er starb am 25. Sept. 1559. Der Apostol ist, da er mit seinem Namen geziert ist, wahrscheinlich in der ersten Periode seiner Regierung (1546—1554) gedruckt worden.

39. **Radiša Dmitrović**, ein serbischer Knez, veranstaltete auf seine Kosten den Druck des Evangeliums zu Belgrad 1552. Fol., ist aber während der Unternehmung gestorben. **Trojan Gundulić** aus Ragusa liess das begonnene Werk in seinem eigenen Hause (zu Belgrad?) beendigen.

40. **Bartolomej Georgiević**, von Geburt entweder ein Serbe oder ein Slawonier, lebte 1544—1558 und wurde sowohl durch seine türkische Gefangenschaft, als auch durch seine Disputationen mit den Türken über die Wahrheit des christlichen Glaubens, und durch die Schilderung ihrer Sitten und Gebräuche zu seiner Zeit sehr berühmt. — Er machte eine Reise nach Jerusalem und war 13 Jahre lang in der türkischen Gefangenschaft. Horanyi II. 25.

41. **Živko**, Priester, und **Radul**, Diakon, leisteten dem Hieromonachen Mardarije bei dem Auflegen des Pentikostarion in Mèrkšina cerkva 1566. Fol. als Drucker Dienste.

42. **Jakob** aus Kamena reka, einem Orte am Fusse des Berges Osogovac, unweit der Stadt Kolašin in Osthercegovien, druckte mit den nach Vincenz Vuković in Venedig vorgefundenen Typen das Horologium (oder eigentlich Molitvoslov) 1556. 8°.

43. **Hieronym Zagurović** aus Cattaro, richtete 1569 in Venedig eine neue cyrillische Druckerei ein, um, wie er sagt, nach dem Beispiele seiner Voreltern des Vojevoden Cèrnojević und

des Herrn Božidar die Kirche mit Büchern zu versehen. Er gibt vor, die Cèrnojević'schen Typen in Venedig aufgefunden zu haben, in der That aber liess er ganz neue, jenen nur etwas ähnliche giessen. In seinen Händen ist der cyrillische Bücherdruck zu einer merkantilischen Spekulation geworden. Er liess 1569—1570 ff. ältere Bücher mit Beibehaltung des Formats, der Seiten-, Zeilen- und Jahrzahl geschickt nachdrucken und machte dadurch die Bestimmung des Alters mehrerer derselben für den späteren Bibliographen sehr schwierig und unsicher.

44. **Jakob Krajkov**, gebürtig aus Sophia, Zagurović's Gehilfe, verschieden von Jakob aus Kamena reka. Sein Name steht ausdrücklich im Psalter Ven. 1569. 4°. und im Molitvenik ebend. 1570. 4°.

45. **Johann Alexander**, Vojevode der Walachei (1568; st. den 15. Juni 1577), und sein Sohn und Nachfolger in der Fürstenwürde **Johann Michnje** (1577—1583) liessen auf ihre Kosten einen Psalter in Ugrowlachien 1577. Fol. auflegen, und wahrscheinlich förderte letzterer auch den Druck der übrigen von Koresi herausgegebenen Kirchenbücher.

46. **Koresi**, Diakon, druckte in Ugrowlachien den Psalter 1577. Fol., die Evangelien 1579. Fol. und wahrscheinlich auch das Triodion, hierauf in Siebenbürgen zu Szász-Sebes das Festtagsmenäum 1580. Fol. Ich weiss nicht, ob der Ausdruck: **коресимьнялія** in den Evangelien eine Person Koresi Manojlo, oder zweie: Koresi und Manojlo, bedeutet.

47. **Gennadije**, Metropolit von Siebenbürgen, schrieb eine Nachrede zu dem obengenannten Menäum 1580. Fol.

48. **Nikanor**, Hieromonach des Kl. Remeta, schrieb das jüngere Prachtevangelium im Kl. Krušedol 1579. Fol. ab.

49. **Jean Matej Bessaraba**, Vojevode der Walachei (1633; st.: den 8. April 1654), über dessen Leben Engel (S. 289—298)

nachgelesen werden kann, liess in seiner fürstlichen Druckerei zu Dl'gopolje (Kimpolung) in Walachien einen Molitvennik 1635. 4°. auflegen.

50. **Timotej Alexandrović**, wahrscheinlich ein Russe, druckte den ebengenannten Molitvoslov in Dl'gopolje 1635. 4°.

51. **Paisije**, Patriarch von Serbien um das J. 1642, Lobredner des Kaisers Dušan und seines Sohnes Uroš.

52. **Gavrilo Trojičanin**, Hieromonach des Kl. Trojica in Serbien, Abschreiber eines Psalters mit verschiedenen Beilagen, 1646.

53. **Helena**, des oben angeführten Vojevoden der Walachei, Joann Matej Bessaraba, Gemahlin, liess auf eigene Kosten ein Ostertriodion in Tergovišt 1649. Fol. auflegen.

54. **Joann**, genannt **Svetogorac** (Athonita, vom hl. Berge Athos), aus dem Kl. Gomionica unweit Kamengrad in Bosnien, arbeitete mit dem Drucker **Prokop** an der Herausgabe des ebengenannten Triodion 1649.

55. **Samuil Bakačić**, Hieromonach des Kl. Chilandar und Bewohner einer Einsiedelei im Gebiete desselben, lebte 1688.

56. **Pachomij**, Hieromonach, angeblich des Kl. Rakovac in Sirmien (denn der Name ist radirt), lebte 1700.

57. **Georg Branković**, der bekannte letzte Pseudodespot und Geschichtsschreiber der Serben, soll nach seiner eigenen, freilich unerweisbaren und bei unparteiischer Prüfung höchst verdächtigen Angabe, ein Sprössling der alten Brankoviće gewesen sein, und von Lazar, einem angeblichen, von der Geschichte nicht gekannten Sohne Gregor Branković's abstammen. Er ward geboren zu Janopol im J. 1645, nach Horanyi (N. M. I. 769) zu Belgrad im J. 1640. Früh verwaist, ward er von seinem Bruder Sava, Erzbischof von Siebenbürgen, auferzogen

und zu öffentlichen Geschäften verwendet. Im J. 1663 reiste er mit siebenbürgischen Gesandten nach Konstantinopel und unterhandelte zu Adrianopol mit dem kais. österreichischen Residenten Christof von Kindsberg. Hier in Adrianopel geschah es nun, dass ihn am 28. Septb. 1663 der Erzbischof von Ipek, Maxim, in der Kirche eigenmächtig zum Despoten von Serbien ausrief und weihte. In den folgenden Jahren hielt er sich abermals bei seinem Bruder auf, und als dieser 1668 nach Russland reiste, um Subsidien zur Wiedererbauung seiner Kirche und Residenz zusammenzubringen, begleitete er ihn dahin. Nach der Rückkunft wurde Georg abermals als siebenbürgischer Abgeordneter an den türkischen Hof geschickt; auch hatte er das Geschäft der Abmarkung der Herrschaft Janopol von Siebenbürgen, einverständlich mit dem Kapidschi Pascha Ibrahim, zu besorgen, wofür ihm Apaffi ein Gut zu Alvinc schenkte. Allein bald darauf ward nicht nur Erzbischof Sava, sondern auch Georg Branković von Apaffi, angeblich auf Anstiften des Superintendenten und aus Religionshass, höchst wahrscheinlich aber aus politischen Ursachen, verfolgt. Letzterer wandte sich daher zuerst nach der Walachei und liess sich in Klagen beim Sultan und in Korrespondenzen mit den Missvergnügten ein. Im J. 1681 den 15. Septb. schloss er zu Konstantinopol einen Freundschaftsbund mit Ladislaus Csáki. Csáki reiste darauf nach Wien und kam mit Branković beim Bojaren Scherban in der Walachei zusammen. Im J. 1683 den 7. Juni ward Georg Branković von Ks. Leopold I. in den Freiherrnstand und 1668 den 20. Septb. in den Grafenstand erhoben und mit dem ungarischen Indigenat beschenkt. Allein in dem damaligen türkischen Kriege warf das kaiserliche Ministerium einen schweren Argwohn auf ihn, und er wurde, als er mit seinen Anhängern im Oktb. 1689 ins Lager des Markgrafen von Baden bei Kladovo kam, auf Befehl dieses kommandirenden Generalen arretirt und als Staatsgefangener zuerst nach Wien, dann nach Eger in Böhmen abgeführt. Die Verdächtigkeit seines genealogischen Stammbaumes und die eigenmächtige Annahme des Despotentitels galten als Mitursachen seiner Verhaftung, deren wahrer Grund übrigens bei dem mehr als zweideutigen Charakter des Mannes in einer so kritischen Zeit nicht schwer zu errathen ist. Er starb den 19. Septb. 1711 (nach Horanyi am 2. Mai 1705) auf der Festung Eger, und sein Körper wurde 1743 nach dem Kloster Krušedol in Sirmien gebracht. In Eger schrieb er seine Geschichte von Serbien. (Raić IV. 93—172. Engel I. 284. III. 475—486. Horanyi Nova Mem. I. 768—777.)

58. **Maxim**, Hieromonach im Kl. Rakovac in Sirmien, brachte auf Veranstaltung seines Vorstehers Theophanes die Kanonen der serbischen Nationalheiligen in ein Buch zusammen.

Katholische Serben, die mit cyrillischen Buchstaben schrieben.

59. **Raphael Levaković** (in der ersten Hälfte des XVII. Jahrh.), nannte sich selbst überall einen Kroaten, wurde zu Rom als Minorit Reformator der heil. Bücher in illyrischer Sprache, begab sich als Commissarius terrae sanctae mit geheimen Aufträgen des päpstlichen Hofes nach Agram in Kroatien, wurde von Kg. Ferdinand zum Titularbischof von Smederevo erhoben und mit Pension versehen und zuletzt, nach erfüllter Sendung, vom Papste zum Erzbischof von Ankyra ernannt. Er schrieb vieles in lateinischer Sprache, arbeitete jedoch auch in der glagolitischen Literatur.

60. **Stephan Matijević** Solinjanin (1600—1630) d. i. aus Solina, hzt. Tuzla in Bosnien oder aus Solin = Salona gebürtig, Franciskaner der Provinz Bosna Argentina, versah die Stelle eines Kapellans in Sarajevo sechs Jahre lang, und arbeitete mehr als 18 Jahre hindurch als Priester in verschiedenen Gegenden Bosniens, während welcher Zeit er einen Ispovjedaonik zusammenschrieb.

61. **Matie Divković** (1689—1616), gebürtig aus Jelašci,

Franciskaner der Provinz Bosna Argentina, lebte geraume Zeit als Kapellan in Sarajevo, hierauf in Krešovo und Olovo, und verfasste hier mehrere Werke religiösen Inhalts.

62. **Mavro Orbini** Dubrovčanin (st. 1614), gebürtig aus Ragusa, Abt der Kongregation zu Melita (Mlit), eine Zeit lang Abt des Benediktiner-Kl. Sanct-Mariä zu Bács in Ungarn, der bekannte Historiker der Slawen, dessen Regno degli Slavi, Pesaro 1601. Fol. vom Erzbischof Theophan Prokopovič (?) ins Russische übersetzt wurde: Историографія початія имене, славы и разширенія народа словенскаго, Спб. 1722. 4°. Er stand als Gelehrter bei seinen Zeitgenossen in grosser Achtung. Vgl. Appendini Notizie critiche Bd. II. S. 12—14. (Illyr. Lit. S. 23.)

63. **Bartholomaeus Ginami** von Venedig, der sich selbst als „Barto Markov syn" nennt, druckte im J. 1638 einen Psalter in seiner Vaterstadt; ob auch andere cyrillische Bücher, ist unbekannt.

64. **Paul Posilović** (1647) aus Glamoč in Bosnien, Franciskaner der Provinz Bosna Argentina, zuletzt seit 1642 bis ungefähr 1664 Bischof von Skradin in Dalmatien, war ein fleissiger bosnischer Schriftsteller. Mehreres über ihn in Farlati's Illyricum sacrum Vol. IV. p. 28—29. (Illyr. L. S. 34.)

65. **Andreas Zmajević** (in der zweiten Hälfte des XVII. Jahr.), geboren zu Perasto, erzogen im Collegio der Propaganda, Erzbischof von Antivari und Dioklea, Primas von Serbien, schrieb in vulgär-illyrischer und lateinischer Sprache, ersteres mit cyrillischen Buchstaben, „Annales ecclesiasticos", vom Anfange der Welt bis auf seine Zeiten. Sie sind in der Bibliothek der Propaganda aufbewahrt worden. Engel III. 467. (Ill. L. S. 35.)

66. **Jurko Križanić** (1655—1675), gebürtig aus Bosnien aus der Gegend von Dubica, Ozlje und Ribnik, zwischen den Flüssen Kupa und Vuna (im sog. Türkisch-Kroatien), römisch-katholischer Priester, verlebte seine Jugendjahre in der Heimat,

gerieth dann, man weiss nicht wann und wie, nach Russland, lebte hier geraume Zeit und trieb mehr als zwanzig Jahre hindurch das Studium der slawischen Sprache mit Eifer. Endlich traf ihn, man weiss nicht warum, das harte Loos der Verbannung nach Sibirien, wohin er zugleich mit dem Hypodiakon Theodor verwiesen ward. In Sibirien beendigte er seine serbische Grammatik. Er lebte daselbst noch im J. 1675, und zwar in Tobolsk, wie man aus einer andern Handschrift desselben ersieht. Seine weiteren Schicksale und sein Todesjahr sind unbekannt. Seine handschriftliche serbische Grammatik, in Tobolsk in Sibirien im J. 1665 geschrieben, ist schon in dieser Hinsicht eine wundersame Erscheinung, und verdient auch ihres Gehalts wegen volle Beachtung. Ueber ihn vergleiche Kalajdović Joann Exarch S. 120—123. (Ill. L. S. 38.)

67. **Stipan Jajčanin** (1708) aus Jajce in Bosnien, Franciskaner der Provinz Bosna Argentina, lebte als Priester der römisch-kathol. Bosnier abwechselnd an verschiedenen Oertern dieser Provinz und suchte den vernachlässigten Druck cyrillischer Bücher für katholische Bosnier vom neuen zu beleben.

68. **Christofor (Kàrst) Pejkić** (1715—1725), gebürtig aus Čiprovac (Чипровацъ) in Bulgarien, Missionarius apostolicus, Canonicus Quinque-ecclesiensis et Abbas S. Georgii de Csanàd, als Verfasser des Buches Зарцало истине bekannt, schrieb mehreres in lateinischer Sprache: **Mahometanus** dogmatice et catechetice in lege Christi, Alcorano suffragante, instructus, Tyrnaviae 1717. 4°., Speculum veritatis (aus dem Illyrischen ins Lateinische von dem Vf. selbst übersetzt), Venetiis 1725. 8°. u. s. w. Horanyi nennt ihn irrig „Croata". III. 61. (Ill. L. S. 52.)

Protestantische Schriftsteller, die serbisch schrieben.

Der cyrillische Bücherdruck in Tübingen vom J. 1561 bis 1563 verdient hier um so mehr einer Erwähnung, als er, bei der grossen Seltenheit dieser Druckwerke, den meisten serbischen Gelehrten kaum dem Namen nach bekannt sein dürfte. Gerade um die Mitte des XVI. Jahrhunderts, im Jahre 1550, bildete sich in Deutschland, unter dem Schutze des Herzogs von Würtemberg, Christoph, auf Veranstalten und Kosten des Peter Paul Vergerius, ehemals Bischof von Capo d' Istria, des Baron Johann Ungnad und der Stände von Krain mit Begünstigung Kgs. Maximilian, der Stände von Krain und mehrerer deutscher Fürsten und Reichsstände, eine Anstalt aus, deren vorzüglichste Glieder waren: **Primus Truber**, ein Krainer (geb. 1508, st. 1586), **Georg Dalmatin**, ebenfalls ein Krainer, **Anton Dalmata** und **Stephan Consul**, Serben aus Kroatien, welche Männer zu Tübingen und Urach vierzehn Jahre lang, vom J. 1550 bis 1564, windische und kroatische (eigentlich serbische) Religionsbücher mit lateinischer, glagolitischer und cyrillischer Schrift druckten. Ausführliche Nachrichten über diese Anstalt und die hier gedruckten Bücher findet man in F. Schnurrer's slaw. Bücherdruck in Würtemberg im XVI. Jahrh., Tübingen 1799. 8°., in J. Dobrowský's Slavin, Prag 1808. 8°., und in B. Kopitar's Grammatik der slaw. Sprache, Laibach 1808. 8°. Uns genügt, hier diejenigen **Männer**, welche den Druck cyrillischer Bücher für die Serben in Kroatien, Dalmatien, Bosnien und Serbien besorgten, anzuführen und ihre Erzeugnisse aufzuzählen.

69. **Stephan Istrian**, gen. **Consul**, aus Pinguent in Histerreich (Istrien). Er war Priester und musste wegen seines Uebertrittes zur protestantischen Kirche sein Vaterland verlassen und sich in Deutschland durch Schulhalten und Predigen zu nähren suchen. Truber's Beginnen ermunterte ihn auf der gebrochenen Bahn vorwärts zu gehen und einen weitern Zweck zu erreichen. Er versuchte es, dessen krainische Uebersetzuag des Neuen Testaments in die kroatische Schrift und Sprache (d. i. serbisch-dalmatisch-bosnische Mundart mit glagolitischen Buchstaben) zu übertragen. Mit seiner Handschrift begab er sich aus eigenem Antriebe, ohne von Truber geschickt worden zu sein, im Sommer 1559 nach Mötling in der windischen Mark; er legte sie daselbst

mehreren Sachverständigen vor, welche denn der Meinung waren, dass eine solche Uebersetzung göttlichen Worts durch ganz Dalmatien nach dem Adriatischen Meere hin, desgleichen auch den Kroaten, Bosniern, Serben, bis gegen Konstantinopel hin, verständlich und nützlich sein, dass sie auch leicht in die Kyrillica zu bringen sein würde, und heilsame Religionskenntnisse sehr weit umher verbreiten könnte. Der Entwurf gedieh nach und nach zur Ausführung, vornehmlich durch die kräftige Mitwirkung des Baron Ungnad. Dieser schickte den Consul, der Gattin und Kinder und Hauswesen in Regensburg hatte, im April 1560 nach Nürnberg, um nach seiner Anweisung eine glagolitische Druckschrift verfertigen zu lassen. Ein Jahr später, nach Anton Dalmata's Ankunft, ward auch die cyrillische Drukkerei eingerichtet. Consul erhielt als jährliche Besoldung 170 fl. nebst freier Wohnung. Nach des Barons Ungnad Tode, der im J. 1564 erfolgte, hielt Stephan Consul zugleich mit Anton Dalmata am 2. März 1566 beim Herzog Christoph von Würtemberg um Entlassung an. Mit einem Zeugnisse vom Herzoge versehen zogen nun beide gegen Regensburg ab. Von da an fehlen uns alle Nachrichten über Stephan's Lebensumstände.

70. **Anton Dalmata**, oder, wie er sich einmal unterzeichnete, „Antonius ab Alexandro Dalmata“, war seinem Stande nach ein Priester, uud wurde als kroatischer (eigentlich serbischer) Dolmetsch an die slawische Anstalt nach Tübingen berufen. Er verliess den 3. Febr. 1561 Laibach in Begleitung eines dortigen Bürgers und kam über Kempten, wo er mehrere Tage bei Truber verweilte, zu Urach beim Baron Ungnad an. Sein Aufenthalt wurde ihm in Tübingen angewiesen, wo Stephan Consul bereits die glagolitische Druckerei einzurichten anfing. Er erhielt, als ein einzelner Mann, die freie Kost in dem herzoglichen Stipendium. Dabei war sein jährlicher Gehalt 30 fl. Er wird als ein stiller, ruhiger, verträglicher Mann geschildert. Nach seiner Ankunft bei der Anstalt wurde auch zu der Einrichtung einer cyrillischen Druckerei geschritten. Dieselben Meister, die zu Nürnberg die glagolitische Schrift verfertigt hatten, wurden mit

ihrem Werkzeug nach Urach (nahe bei Tübingen) berufen; hier wurde im Sommer des Jahres 1561 die cyrillische Schrift, nach der Anweisung des Anton Dalmata und Stephan Consul, in der Zeit von drei Monaten zu Stande gebracht. Anton war einer der thätigsten Uebersetzer im kroatisch-serbischen Fache. Erst im zweiten Jahre nach Baron Ungnad's Tode, der im J. 1564 verstarb, verliess Anton in Gesellschaft des Stephan Consul die Anstalt. Seine ferneren Schicksale sind unbekannt.

Ausser diesen zwei Männern arbeiteten mehrere andere in Gemeinschaft mit ihnen an dem Uebersetzen und Drucken der glagolitischen und cyrillischen Religionsbücher. Als im J. 1561 Truber aus Krain nach Urach zurückkehrte, brachte er auch zwei griechische Priester, **Mathias Popović** und **Johann Maleševac**, beide Uskoken, mit, die zur Uebersetzung des N. Testaments mit cyrillischer Schrift gebraucht werden sollten. Der eine von diesen griechischen Priestern war ein tüchtiger Trinker. Es heisst in der Reiserechnung: „am 16. September zu Kempten 2 Tag und 2 Nacht gelegen, allda hat der lange uskokische Priester (Mathias Popović) zwanzig Maass Wein ausgesoffen.“ Und wieder: „Zu Memmingen hat der lange uskokische Priester zum Schlaftrunk 11 Maass Bier ausgetrunken.“ Popović war in Serbien, Maleševac bei Bosna geboren und aufgewachsen. Zu Urach wurden sie von Baron Ungnad unterhalten; sie mussten nach eigener Weise behandelt werden, sie speiseten nicht Fleisch, nur Fische. Nach einem Aufenthalt von zwanzig Wochen wurden sie wieder nach Krain geliefert; man war mit ihren Uebersetzungstalenten sehr unzufrieden. **Georg Cvetić** („Zvetzitsch“) begleitete sie dahin. Dieser hatte die Episteln Pauli kroatisch (d. i. serbisch) übersetzt; er nahm seine Arbeit in der Handschrift mit sich, um sie in seinem Vaterlande prüfen zu lassen. Den 1. September 1562 kam er nach Urach zurück.

Die Sprache dieser cyrillischen Bücher heisst zwar in den Büchern selbst immer die k r o a t i s c h e; allein es ist unter dieser Benennung nicht das heutige Kroatische im Provincialkroatien, sondern vielmehr diejenige Sprache, welche von den

Bewohnern des Militärkroatien, des Küstenlandes (Litorale) und des nördlichen Dalmatien gesprochen wird, zu verstehen. Dass diese in diesen Bezirken gesprochene Sprache lediglich eine Spielart (Varietät) der serbischen Mundart ist, darüber sind fast alle Kenner einig. Sie heisst daher mit Recht in der deutschen Titulatur in eben diesen Büchern die serbische Sprache („die syruische Sprach").

Verzeichniss altserbischer Wörter, Handschriften und sonstiger Sprachdenkmäler.

Der Zeitraum, dessen schriftliche Sprachdenkmäler hier dargestellt werden sollen, umfasst die Reihe von acht vollen Jahrhunderten. Dessen ungeachtet ist die Zahl der anzuführenden literarischen Erzeugnisse aus leicht begreiflichen Ursachen eben nicht sehr gross. Die Serben haben weder so alte, noch so zahlreiche Kleinodien ihrer Sprache und Literatur aufzuweisen, als z. B. die Russen oder Čechen, kein Ostromirisches Evangelium, keine Königinhofer Handschrift u. s. w. Was sich aus den ältesten Zeiten erhalten hat, sind zum Theil nur Trümmer, zum Theil jüngere Abchriften oder Ueberarbeitungen grösserer und älterer Werke. Aber auch diese Sprachdenkmäler, so dürftig sie sind, haben nicht nur für den Serben, als die einzigen Ueberbleibsel des geistigen Lebens seiner Ahnen, sondern auch für jeden slawischen Philologen überhaupt, als brauchbare Materialien zur kritischen Geschichte des slawischen und serbischen Dialekts, einen hohen, bleibenden Werth. Es soll hier demnach eine vollständige Aufzählung aller bis jetzt bekannt gewordenen schriftlichen Sprachdenkmäler der Serben älterer Zeiten versucht werden, jedoch mit der Einschränkung, dass nur die Denkmäler von den ältesten Zeiten an bis zum Ende des XV. Jahrh. vollständig und ohne Ausnahme, die späteren hingegen nur in strenger Auswahl mit Hinsicht auf ihre Wichtigkeit an diesem Orte aufgezählt und charakterisirt werden sollen. Die von Serben herrührenden Abschriften kirchlicher Bücher aus dem XVI.—XVIII. Jahrh., so zahlreich sie sind, eignen sich nicht für unsere gegenwärtige Darstellung. Es ist überflüssig zu bemerken, dass die hier aufgezählten Sprachdenkmäler, die dem Dialekte nach eigentlich zur Literatur der altslawischen Kirchenmundart gehören würden, hier nur deshalb als serbisch aufgeführt werden, weil sie auf serbischem Boden entstanden, d. h. von Serben entweder abgefasst oder wenigstens abgeschrieben worden sind, und wegen der Vermischung der altslawischen Schriftsprache mit der gemeinen Volksmundart zur sogenannten serbischen Recension des Kirchenslawischen gehören. Ich erlaube mir in dieses Verzeichniss auch einige, zum Theil von mir entdeckte Sprachdenkmäler, die eigentlich zur bulgarischen und ruthenischen Recension gehören, einstweilen mitaufzunehmen, denen ich später einen andern, schicklichen Ort anweisen werde. Dieselben sollen durch ein besonderes Zeichen unterschieden werden.

I. Sammlung alter serbischer Wörter.

Die serbischen Sprach- und Schriftdenkmäler, deren Originalien oder Kopien bis jetzt bekannt geworden sind, gehen, wie aus dem nachfolgenden Verzeichnisse zu ersehen ist, nicht über das zwölfte Jahrh. zurück. Aus dem IX.—XI. Jahrh. haben sich keine andern Sprachüberreste, als einige wenige Wörter, meist Eigennamen, bei den lateinischen und griechischen Chronisten, ferner in den Diplomen serbisch-kroatischer Fürsten und Könige von Dalmatien u. s. w. erhalten. Es ist für den Sprach- und Geschichtsforscher von vielfachem Nutzen, ein kritisch-genaues, aus den Quellen geschöpftes Verzeichniss solcher Wörter vor sich zu haben. Ich habe deshalb aus solchen lateinischen Diplomen bei Lucius und Farlati, deren Abfassung vor das J. 1100 fällt, ferner aus denen byzantinischen und abendländischen Chronisten, die vor dem angegebenen Jahre lebten, alle auf die serbische Mundart bezüglichen Wörter ausgezogen, alphabetisch zusammengestellt und, wo es möglich war oder nöthig schien, kurz erläutert. Da jedoch die genannten Quellen aus dem IX.—XI. Jahrh. Eigennamen in weit grösserer Zahl als Appellativa liefern, so nahm ich bei den letzten das J. 1100 als Gränze an (die Diplome und Chronisten aus den folgenden Jahrh. enthalten eine zu grosse Menge von Eigennamen, als dass ich dieselben hier hätte aufzählen können), bei den Appellativis hingegen ging ich über diesen Gränzpunkt weiter hinaus, und nahm einiges aus späteren cyrillischen Quellen mit auf, was mir entweder seinem Ursprunge nach einer weit höheren Zeit anzugehören, oder sonst in irgend einer Hinsicht der Aufmerksamkeit werth schien. Die lateinischen Diplome kroatischer Fürsten und Könige, welche bei Lucius und Farlati abgedruckt sind, führen manchmal bei diesem und jenem verschiedene Jahrszahlen, weil beide Forscher in der Deutung der chronologischen Daten oft nicht übereinstimmen. Da ich nun beider Werke zu verschiedener Zeit excerpirt, und die Excerpte erst viel später verschmolzen habe, so haben sich bei einigen aus demselben Diplome gezogenen Wörtern abweichende Jahrszahlen eingeschlichen, welche Diskordanz ich nun nicht heben konnte, die übrigens auch von keiner Erheblichkeit ist, da sie höchstens den Unterschied von einigen Jahren betrifft. In den meisten abweichenden Fällen gab ich den Farlatischen den Vorzug.

A) Sammlung altserbischer Eigennamen aus dem IX.—XI. Jahrhundert.

1) Flüsse:

βόνα, Konst. Porph. 949, j. Buna, von bun Kalk; irrig ist Konst. Deutung: *ὁ ἑρμηνεύεται καλόν*, er dachte gewiss an das lateinische „bona“.

coprive (fluvius), d. 1071.

διτζίκη, Konst. P. 949, slw. und. srb. тычича; vgl. *διτζίνα*, slw. тыча in Bulg., дичипа od. richtiger тичица in Serb., *τίτζα* Teiss bei Konst. u. m. a.; vom Stamme токъ Rennen, Fluss.

gelpa, annal. 892, altsrb. клъпа, j. Kulpa, Kupa; vgl. Kolpa, Kolpinka Fl. in Russland.

τζέντινα u. **ζέντινα**, Konst. P. 949, altsrb. чентина, j. Cetinja цетинна; von чаща Dickicht, slowak. četa (abies, silva abietina), ц vertritt das ч, wie in црънъ, оцѣстити u. a.; vgl. die Flussnamen von lipa, buk, klen, brest, breza, dub u. dgl.

βίσλα, Konst. P. 494; vom Stamme vis, is = ιεз (Wasser).

ζαχλούμα, Konst. Porph. 949.

2) Berge:

χλοῦμος, Konst. P. 949, altsrb. хлъм', j. hum.

dubrave, d. 1078; l. доубрава.

masaro (locus et mons), d. 837, **massari**, d. 1078; vgl. Mazàrna Berge und Ortsch. in Ungarn; Mažjări heisst ein Berg in meinem Geburtsorte Kobeljarovo.

tisi, d. 1069, j. Knin; vgl. unten.

3) Städte und Länder:

ἄρβη (insula), Konst. P. 949, srb. Rab.

ἀρεντάνοι (populus), Konst. P. 949, srb. Neretčani, Neretjani, vom Fl. **ἀρέντα**, altsrb. wahrsch. нарента, j. neretva.

babina palla (locus), d. 1040, 1044, d. i. Babinopolje.

baleal (locus), d. 1074; vgl. Balinci, Balenović, Balaenac, Balanovci u. s. w. Drf. in Serbien.

barcanus (villa), d. 1059.

barda (locus), d. 1000, **berda**, d. 1052, d. i. бръда (montes).

βελέγραδα u. **βελόγραδον** (urbs serb.), Konst. Porph. 949, **belegradum** ep. Joa. VIII. 878; **βελόγραδον** (urbs croat.) Konst. Porph., **belgradum**, d. 1059, 1069, 1071.

βελτίζειν (urbs), Konst. Porph. 949, srb. бѣлинцинь od. бѣльцинь.

βελοχρωβάτοι (populus), Konst. P. 949; er erklärt es durch ἄσπροι, aber die Wurzeln бєлъ weiss und вєлъ gross, welche mir versetzt scheinen, werden im Slawischen abwechselnd gebraucht, wie auch die Begriffe weiss und gross.

billa (locus), d. 1000; lies bila statt bjela, wornach schon um 1000 ein i statt ѣ vorkäme?

blatta (villa, regio), d. 1059; lies блато.

βόνα (urbs), Konst. Porph. 949; vgl. oben.

βόσωνα (regio), Konst. P. 949; viel. verschrieben st. **βόσθνα**, wie bei Cinnamus.

bezzachi (župa), d. 1071; wahrsch. verschrieben und eins mit bucani unten.

βράτζης, **βράτζω** (insula), Konst. P. 949; srb. Brač.

bravizo (locus), d. 1072.

βρεβέρα (župa), Konst. P. 949, **berberistici**, d. 1069, **breberstiti** (župa), d. 1078, d. i. Breber, Breberštica, Fluss und ehemalige Grafschaft von Бребсрь (castor).

bucani (od. **buccani** bei Schwandt.) (župa), d. 1071 (wohl eins mit **bozzachi** oben), l. Bučani.

butinaviso (villa), d. 1018; l. Butina v's.

βούτορα (urbs), Konst. Porph. 949; l. Budva.

byaci (oppidum), d. 837, **biaci**, d. 892; l. Bihač.

cernecha (villa), d. 986, l. црьнча, wie noch mehrere Drf. in Serbien heissen.

chamennani (terra), script. sec. XI.

chesica (locus), d. 1000.

chulmi, „chulmorum dux" Epist. Joa. X. 914—929; *χλούμ* (urbs), Konst. Porph. 949.

χλεβένα (urbs), *χλεβίανα* (župa), Konst. Porph. 949; **cleonica**, d. 892; j. ливно. altsrb. хлѣвно, vgl. хлѣвина (tugurium).

χόαρα (insula), Konst. P. 949, *φάρος*, *φάρα* eb.; j. Хварь.

χρωβάτοι (populus), Konst. P. 949, **croatae**, d. 837, 892, **croatia** ibid., **chrobatae**, d. 1059, **chroatae**, decr. conc. 925, d. 1076, 1078.

clobuuz (villa), d. 1078; l. Klobuk.

clusaa (villa), d. 837, **clisa** (locus, župa), d. 892, **clysium**, d. 994; j. Klis, d. i. Klause, Engpass.

conustina (terra), d. 1088; l. Konjuština.

corbaustuci (župa), d. 1078; l. Krbavština.

corize (villa), d. 1078; l. Gorica.

cremene (villa), d. 1078; l. Kremen od. Kremna, u. vgl. Kremna, Kremići Drf. in Serbien.

cugme (villa), d. 1078; l. kukme, pl. von Kukma (crista, frustulum).

δαλέν (župa), Konst. Porph. 949; altsrb. дльмьнъ, j. Dumno und Duvno.

debriz (villa), d. 1078; von дьбрь (vallis), vgl. Dabr'c an der Save.

δεκάτερα (urbs), Konst. Porph. 949; j. Kotor, vom Stamme kotar, chatar (territorium).

δεσνήκ (urbs), Konst. Porph. 949; l. Desnik, und vgl. Desnik Berg, Desnica Flüsschen in Macedonien, Desina Dorf in Serbien etc.

δεστινίκον und *δεστινίκα* (urbs), Konst. Porph. 949; d. i. Desinić, vgl. Desinić Pfarrort im zagorier Archidiakonat, agram. Bisthum.

διόκληα und *δόκλα* (urbs), Konst. Porph. 949; j. Duklja Ruinen, vgl. Duklja in Galicien.

dlanoze (villa), d. 1078; vgl. Dlječa, Dlin Drf. in Serb.

δοβρισκίκ (urbs), Konst. Porph. 949; altsrb. добрьскъ, j. Dobar.

dolani (villa), d. 1059; l. Doljani.

δρεσνεήκ (urbs), Konst. Porph. 949; altsrb. дрьсникъ od. дрежникъ, denn beides kommt vor; село дрьсникъ dipl. 1348, Drežnik Drf. in Serbien.

elzani (villa), d. 1059; l. ıелчани, vgl. Jeleč St. im alten Serbien, Jelčanica alte Župa, in der Inschrift zu Žiča.

γαλουμαήνικ (urbs), Konst. Porph. 949; l. глоумникъ und vgl. Valastelin statt Vlastelin unten, und Glumnina Dorf in Bosnien.

gese (villa), d. 1103.

gothe (villa), d. 1078, richtiger Goche; l. гоче, und vgl. Goč in Serb., Gočov slowak. u. s. w.

γράδεται (urbs), Konst. P. 949; lies градит statt градищь.

gaduscani bei Eginhard u. a. sind nicht in Chorwatien zu suchen, sondern im ehemal. Bulgarien, jetzt Serbien: коучани, am Gebirge коучь, vom Stamme кыкь cac-umen (summitas).

γουτζηκᾶ (župa), Konst. P. 949; l. gacka, und vgl. Gacka Fl. in Chorv. und Gacko Gegend in Bosnien.

hesiza (villa), d. 1103.

ἴης (insula), Konst. P. 949; srb. vis, vom Stamme vis (auqua), vgl. oben βίσλα.

ἤμοτα (župa), Konst. P. 949; j. Imoski Feste, entstanden aus Imotski grad.

ἰοσλή (urbs), Konst. P. 949; j. Oslje, vgl. Oslje und Ošlje in Bosnien etc., Ozalj in Kroat.; oslje könnte man auf den Stamm osla (cos) zurückführen.

καναλή (regio), Konst. P. 949, im päpstl. Breve 1303 Canavla, srb. Konavlje; irrig ist die Erklärung Konstantins: ἑρμηνεύεται τῇ τῶν Σκλάβων διαλέκτῳ ἁμαξιά (via plaustri), denn der Fahrweg heisst serbisch kolnik; vgl. unten; die Gegend hiess so von Kanälen, vgl. Stritter II. 408.

κάτερα (urbs), Konst. P. 949; Kotor, htz. Kotorsko.

κλαβώκα (urbs), Konst. P. 949; j. Glamoč.

κόρι (urbs), Konst. P. 949; j. Karin.

κρίβασα (župa), Konst. P. 949; wird von allen für Krbava, Korbava, Kârbava gehalten, was der Lage nach sehr gut passt.

κούρκρα, κίκερ, κούρκουρα (insula), Konst. P. 949; srb. hzt. Korčula.

λαβίνετζα (urbs), Konst. P. 949; srb. Labin'c, in einem Diplome vom Jahre 1103 bei Lucius kommt Labena villa vor; zum Worte stimmt Labinec Brg. in Böhmen; vom Stamme lab zahlreiche Namen in allen slaw. Ländern, vgl. Abk. d. Slaw. S. 167—168.

lasani (locus), d. 837, lascanii, d. 1078, lazani, d. 1083; vgl. Lazi, Laznica u. a. Dorfnamen in Serbien.

λάστοβον (insula), Konst. Porph. 949; j. Lastovo.

λεσνήκ (urbs), Konst. P. 949; j. Lješnica.

lichina (locus), d. 1000; j. Ličina.

λίτζα (župa), Konst. P. 949, licha, d. 1071 (bei Schwandt. liccha); j. Lika, Gränzregim.

λόντο (urbs), Konst. P.; j. auf Charten Lunca, Linda.

lubicata (castrum), Script. 1093; viell. Ljubičac.

luca (župa), d. 1059; l. Luka.

λουκάβετε (urbs), Konst. P. 949; j. Luka, buchstäblich nach dem Griech. müsste es лоукавить od. лоукавица heissen, welche Form auch jetzt noch äusserst häufig ist.

meates, „quam possessionem Sclavi meates domos vocant", d. c. 1100; höchst wahrsch. мипатинь домь, vgl. Mijatovac, Mijatovce, gangbare Ortsnamen in Bosnien und Serbien.

μεγυρέτους (urbs), Konst. P. 949; j. Medjureč, vgl. Medjureče in Gränzslawon., Meziříč in Böhmen, Polen etc. Międzyrzecz in Wolynien etc.

mogorovizi (terra), d. 1069; l. Mogorovica, viell. vom Stamme magur (arduus).

μοκρισκίκ (urbs), Konst. P. 949; der Form nach мокрьскь.

μόκρον (urbs et župa), Konst. P. 949; srb. Mokro, j. gewöhnlich Makarska genannt.

murazulum (villa), d. 1069; ob Muroselo? Mur, Mura, Muratovac kommen auch in Chorwatien vor.

muruolani, muroulani bei Schwandt. (villa), d. 1071; lies Murolani, oder stammt es etwa vom dalm. murula Felswand?

nabrete (villa), d. 1059; l. Nabrdje od. Nabrežje.

νίνα (župa), Konst. P. 949; unbestimmt.

νόνα (urbs et župa), Konst. P. 949; srb. Nin.

nouasella (villa), d. 1018; l. Novoselo.

νουγράδε, lies nougrade (urbs), Konst. P. 949; srb. новьградъ.

ὁρμός (urbs), Konst. P. 949; **urmo** bei dalmatischen Chronisten.

osic (villa), d. 1078; l. Osik und vgl. Osik in Slawonien, statt Осѣкъ, also schon 1078 i statt ѣ?

ὄστρωκ (urbs), Konst. P. 949; ehem. Ostrog, j. Zaostrog; **ostrogh**, d. 1078, **ostrog**, d. 1103; vgl. Ostrog in Wolynien, vom Stamme стрѣгоу.

παγανοί (populus), Konst. P. 949; richtig „τῇ τῶν Σκλάβων διαλέκτῳ ἀβάπτιστοι ἑρμηνεύονται"; altslaw. паганъ, j. поганъ.

πεσέντα (župa), Konst. P. 949; wahrsch. Vezenta.

pezzani (villa), d. 1071.

phrodrupglane (locus), d. 1000; lies Produpljani, von доупла (cava arbor); höchst wahrsch. ist mit diesem Stammworte das altslawische доуплια (torris, titio) identisch, weil man das trockne Holz alter hohler Bäume vorzugsweise zum Brennen verwendete; Abbé Dobrowský dachte zwar bei доуплятица des Izbornik vom J. 1073 („издалеча бо акы доуплятица или акы оуглъ искрами мьчьште" Inst. l. slav. p. 674) an Diamant; allein der klare Zusammenhang der Worte und das noch gangbare chorwatische duplјer (fax ardens) lassen wohl keinen Zweifel übrig, dass hier dupljatica Feuerbrand (torris) ist; zum Ortsnamen vgl. Dupnica Stadt in Bulg., Dupljaj und Dupljani Drf. in Serbien.

πλέβα (župa), Konst. P. 949; j. Pleva und Pliva Fl. und Ort in Bosnien, vgl. Abk. d. Slaw. S. 172.

predenecenti des Eginhardt u. a. suchen einige vergeblich in Chorwat., es sind Braničeva im alten Bulg. oder jetz. Serbien.

priac (villa), d. 1078; lies Prijak.

πρισδίανα (urbs), Skylitza 1057; St. Priština, damals noch griechisch, früher bulgarisch.

pustiza (locus), d. c. 1083.

putalio (locus), d. 837, **petalio**, d. 892.

radosich (villa), d. 1078; l. Radošić und vgl. Radešić, Radoševac u. a. in Serbien.

raduna (terra), d. 1083.

ῥάσα (urbs), Konst. P. 949; altsrb. Раса, j. Novipazar, vgl. Abk. d. Slaw. S. 160.

rasochatiza (locus), d. 1069.

ῥαστώτζα (župa), Konst. P. 949; htz. See Raztok.

rauuna (regio), d. 1071.

repusina (locus), d. 1000; l. Repušina, von repuh (tussilago petasites).

ῥίσενα (urbs), Konst. P. 949; j. Risno.

ῥάσσα (urbs), Konst. P. 949; j. Rosa zw. Badva und Kotor.
regovo (locus), d. 1059.
σαληνές (urbs), Konst. P. 949; srb. Solina, j. Tuzla in Serbien, vom türk. tuz Salz.
sansicovo (monasterium), d. 1071; vgl. zum Namen: Sanković, Sančica u. a. Drf. in Serbien.
schulcha (locus), d. 1000; wohl das fremde Wort sculca: „custodia, quam sculcam patrio sermone nominant." Theophylactus ad a. 592.
sechirani (locus), d. 1070.
seovani (locus), d. c. 1100.
sephova (villa), d. 1059; hier vertritt ph das χ, wie in φαλιμέρης. was aus сехобни потокъ im Dipl. 1381, und Zionica Drf. in Bosnien erhellt; in seovani ist das х = h ausgelassen; die Bedeutung der alten Wurzel сѣх (sex, sux), von der viele Eigennamen der Personen, Flüsse und Städte (vgl. сѣхна Fl. und St. in Macedonien) stammen, ist mir dunkel.
σερβλία nom. pl. (urbs. Macedon.), Konst. P. 949; j. Srbica.
σέρβλοι, σερβλία, Konst. P. 949; also schon damals срьбль, срьбли?
serennina (villa), d. 1078, **syrenine**, d. 1106.
serviza (villa), d. 1059; l. Srbica.
sibenico (castrum), d. c. 1089; l. Šibenik.
σίδραγα (župa), Konst. P. 949; **sydraga** (villa), d. 1059, (terra), d. 1069, **sidraga** (župa), d. 1072.
σκόρδονα (urbs), Konst. P. 949; vgl. σκέρδα (insula) u. a.; hzt. Skradin, vgl. die Ortsnamen Skrad in Dalm., Chorw. etc.
slane (locus), d. 1006.
slovigna (locus), d. 1071; l. Slovinja und vgl. словинꙗ Drf. in Serb. im Diplom. 1348, auch Slovac Berg in Serb. etc.
smine (villa), d. 1078, **smina** (locus), d. 1086; zum Namen vgl. Smisovo Dorf bei Sinj.
smurdelani (locus), d. 1069; l. Smrduljani und vgl. Smrdulja Felsinsel bei Brač, Smrdjani Drf. in Dalm.
σταγνόν (urbs), Konst. P. 949; j. Ston.
stiniza (locus), d. 1000, „stenice sclavonice, latine murula", d. 1071; also von стѣна, auch hier schon 1000 i statt e.
stoloc (villa), d. 1078: l. Stolak od. lieber Stolac, als Name von Bergen und Orten in Bosnien, Serb. und. Maced. häufig.
στόλκον (civitas), Konst. P. 949; bei Ptolem.
στλοῦποι stlupi (civit.), bei Plin. **stulpini** populus.
sudusohize (villa), d. 1078.
tarnova (urbs. Bulg.), d. 994; l. Trnova.
τενήν (urbs), **τνήνα** (župa), Konst. P. 949, **tenenum** (oppidum), d. 1078; j. Knin; merkwürdig ist die Uebereinstimmung der Griechen und Lateiner in t statt k, vgl. oben.
τερβουνία (urbs et župa), **τερβουνιάται** (populus), Konst. P. 949; j. Trebinj und Tribinj, von трѣба Opfer, Opferstätte; grundfalsch ist des Konst. Porph. Ableitung „τῇ τῶν Σκλάβων διαλέκτῳ ἑρμηνεύεσαι ἰσχυρὸς τόπος (locus munitus)", wobei er an тврьдь Festung dachte (unweit Trebinj

stehen noch Ruinen des alten Klosters Tvrdoš); vom Stamme треба leben zahlreiche Ortsnamen in allen slaw. Ländern.

techeala (terra), d. 1072, **techiala**, d. 1078.

tribis (vallis), d. 1000; l. Tribiš st. Trjebiš, so dass schon 1000 ein **i** statt **je** stünde.

tugarani (locus), d. c. fin. XI. sec., **tugari** (villa), d. 1103.

turgari (locus), d. 887; l. Trgari.

τζέντινα, *τζέντζηνα* (župa, regio), Konst. P. 949; **cetina**, d. 1066, 1078, **cetinensis** comes, d. 1076.

τζερναβουσκή (urbs), Konst. P. 949; vgl. oben.

vallari (villa), d. 1078; l. Volari.

βερούλλια (urbs), Konst. P. 949; j. Vrulja, vgl. вроулıа (fons) im Dipl. 1347.

vlassici (villa), d. 1071; l. Vlašići.

yculi und **hyculas**, „locus yculi", und weiter unten: „territorium illud in loco, quod dicitur yculas (hyculas bei Farlati) a quercu, quae stat supra vallem", d. 1067; das Wort ist mir unbekannt.

zadarensis civitas Ep. Joa. VIII. 879; röm. Jadera, altsrb. задьрь, schon 879 als Zadar ausgesprochen?

ζαχλοῦμοι (populus), Konst. P. 949; *ζαχλούβοι* Cedren. 10., (*β* statt *μ*); j. Zahumje.

ζετλήβη (urbs), Konst. P. 949; **zenta** bei Diokl. u. a., j. Zeta, und bei einigen (Kačić etc.) auch Zenta.

4) Personen:

aprise sacalaristich, d. c. fin. XI. sec.

bardinus (testis), d. 1071; l. Brdin.

βέλα (županus), Konst. Porph. 949; бела ist ein urslaw. Eigenname, der Grosse, Weisse, Schöne, eben so ist бела оурошь, der Stammvater der Nemanjiden in den serb. Chroniken rein- und echtslawisch, und man braucht sich damit gar nicht bis zum ungarischen u r (Herr), viel weniger bis zum Uriel zu versteigen; denn nichts ist bei Slawen, und insbesondere bei Serben gewöhnlicher, als von Vögeln hergenommene Personennamen; ich setze aus alten serbischen Pomeniken nur einige her: Čava, Čavka f., Golub m. („Golub Kapetan"), Grlica f., Kraguj m., Kukola f. (vgl. Kukuljača bei Stulli), Kumrija f. (turtur, ein türkisches Wort), Paun m., Pava, Pavica, Pavina f., Pestola m. et f. (cenchris, nisus), Pureš, Puro, Purko m., Pura f. (gallina indica), Raca f. (anas), Slavuj m., Utva f., u. m. dgl.; bei andern Slawen kommen noch viele andere vor.

bellata (prior, i. e. consul civicus apud Dalmatas), d. 1018; l. Belata, das verlängerte Bela, in serb. Pomeniken kommt auch Beladin vor.

benada od. **benach** (colonus), d. 1052; Benada, böhm. Benata und Beneda.

bericino (vir), d. 1000; l. Beričina.

βοδῖνος (princeps), Skylitzes 1057; **bodinus** (rex), d. 1100; srb. Budin, nie fand ich in srb. Hss. Bodin.

bogeboyse (civis), d. 1064.

βοΐσθλαβος (princeps), Cedrenus 1057; l. Bojislav.
boledrago (županus), d. 892; l. Boljedrag.
bolenega (femina), d. 1067, 1072; l. Boljenjega.
boles (testis), d. 1108; l. Boleš.
boleslaus (županus) und **bolleslaus** (testis), d. 1059, 1066, 1067, **bolislaus** (comes), d. 1069.
bolitze (testis), d. 1072; l. Bolica.
βόρενα acc. (princeps), Konst. Porph. 949; vgl. Borna bei Eginhard, arb. Borin od. Boren.
bozethare (banus), d. c. 1050, **bozshare**, d. 1066; viell. aus Božidar entstellt?
braneice (testis), d. 1059; l. Branjko.
branimir (dux), Ep. Joa. VIII. 879, **barnimer**, Ep. ej. c. 880.
branislavus (regis fil.), d. 1074.
βράνος (princeps), Konst. P. 849; l. Bran.
brate (testis), d. 1091; l. Brata (Pomenik).
bribina (servus), d. c. 911; entstellt st. Pribina.
budec (magnas), d. 1067, budic, d. 1066; l. Budek, Budik.
budilo (capellanus), d. 1072; l. Budilo.
budimiro (županus), d. 892.
budizo (testis), d. 1059.
βοῦγα (ducissa), Konst. P. 949; l. Buga, der Name steht vereinzelt da, und mir ist kein anderer von dieser Wurzel bekannt; ich halte das Wort für das Femin. von Bog; die Aussprache des o schwankte viell. schon damals bei den Belochorwaten, wie jetzt bei den Russinen, Slowaken, Čechen, Polen etc.; doch könnte man auch an das kroat. Puga (iris, Regenbogen) denken; Vitezović las Vuga = вльга, aber die Form Vuga statt вльга ist doch offenbar jünger als das Zeitalter Konstantins.
butirani (servus), d. c. 911; vom Stamme buta, daher auch Butanjeg in der Inschrift zu Žiča.
buzaichus (vir), d. 1000; vgl. Bucko, Busko (arb. Pomen).
carento (servus), d. 837; derselbe Name, der sonst als Karat und Chorut vorkommt, urspr. корятъ.
cerneca (testis), d. 1067, 1072; l. Crnča, — ača od. Crnica.
cestizo (servus), d. 837; l. чьстица.
chatena (abbatissa), d. 1069; lies Katena (Katharina?).
chirini (vir), d. 1000; Črni?
χρώβατος (princeps), Konst. Porph. 949.
chrechenna (županus), d. 1059.
cicha, cieca, ciga (abbatissa), d. 1066, 1072, 1091 u. a.; buchstäblich чига od. чиха, was nicht vorkommt; sollte indess c aus Verwechslung statt t stehen (wie man nach Muncimir und umgekehrt gothe, subith vermuthen dürfte), so wäre es eher тиха od. тѣха, was ein gebräuchlicher Name ist.
cinicus (testis), „cinico tabiscavico teste“, d. 1000; lies Čenjko Dabislavić.
civicitus (vir), d. 1000.
colane (vir), d. 1069; lies Kulin.
comicini (županus), d. 837.

cragus (testis), d. 1069; viell. Kraguj, doch vgl. auch das slowak. Krage.
cralmir (procurator), d. 1044.
crenla (županus), d. 1078.
cresamustlo (županus camerarius), d. 892; l. Kresamysl.
creslmyr (rex), d. 1059, **creslmir**, 1066, **cresimer**, d. 1067 et sigill. 1071, **chresimir** und **chressimirus** 1059, **chresimer** 1069, **crascimirus**, d. 1071.
croatinus (dynasta), „ego Croatinus et frater meus Luca Strach", d. 1070.
cuchach, „cuchachorum genus", d. 1102.
culiamir (testis), d. 1071; l. Kulimir.
dabrana (prior), d. 1064, (magnas) d. 1072. **dabreina** 1059 verschrieben.
dabrius (abbas), d. c. 1076.
dabro nom. (civis), d. 1018, (episcopus) d. 1066, (tribunus) d. 1066, (testis) d. 1070.
dabruco (vir), d. 1000.
dabrus (diaconus), d. 1000, (abbas) d. 1083; alle diese Namen haben jetzt in der Stammwurzel o, Dobr u. s. w., ob auch schon um das J. 1000 ist eine andere Frage; denn in den Eigennamen erhalten sich manchmal alte Formen länger unversehrt, z. B. Sinanjeg, Butanjeg noch in der Inschrift zu Žiča statt Sinonjeg, Butonjeg etc.
damaciai (servus), d. 837; l. Damača, j. Domača, wenn es nicht ein entstelltes Domogoj ist.
damay (testis), d. 837; l. Damaj, j. Domaj.
dazina (vir), d. 1000; viell. Djesina.
desa (clericus), d. 1072; l. Djesa, bei Cinnamus Δέσε.
desana (testis), script. 1091, **deseiai** (vir), d. 1072; l. Djesan od. Djesina.
desimir (vir), d. 1069, 1089 etc., **descimirus** (županus), d. 1078, **descimiro** (testis), d. 1072.
desina (županus testis), d. 1052, 1072, **desiana** (capellanus testis), d. 1078, 1078.
dirciziavus (rex), script. fund. orig. 994, **dirzislavus**, d. 1067, **drizislavus** (banus), d. 1066; l. Držislav.
dobriza (abbatissa), d. 1069; l. Dobrica.
dobrodrug (testis), 1072.
dobrogost (testis), d. 1071.
doda (testis), d. 1072 zweimal; l. Doda, in srb. Pomeniken äusserst häufig, vgl. Karadžić s. h. v. und das folgende.
dodavid (testis), d. 1066; видь ist von вить verschieden; beides kommt vor; vgl. Vidak, Vidoje, Vidin etc., und Vitoš, Vitko, Vitomir etc.
domogoi (dux), c. 878 bei Farlati, **domogoy** bei Dandulus; l. Domogoj.
dragona, **draganaa** (magnas), d. 1052, 1065, 1072; l. Dragan.
dragavitus (vir), d. 1069; l. Dragavit.
dragazai (vir), d. 892; l. Dragača.
drago (prior), d. 1059, **drago** und **dragus**, „ego drago" und „ego dragus" (episcopus), d. 1062, 1066; l. Drag.
dragogna (magnas), d. 1066; l. Dragochna, wie Bratochna in der Žičainschrift; im Altböhm. sind die Namen auf — ochna sehr gewöhnlich.
drogolub (capellanus), d. 1083; l. Dragoljub.
dragomir (županus), d. 1066, 1069.

dragoslav (prior), d. 1059. **drageslavus** (vir), d. c. 1089.

dragus (vir, prior), d. 1069, script. 1091; l. Drag, doch ist auch Draguš gebräuchlich.

drase (vir), d. 1059, **drasen** (županus), eb.; l. Draža.

draganna (scutarius), d. 1072; scheint eins mit Draganna zu sein.

druse (testis), d. 1059; scheint eins mit drase zu sein o. Druža.

drazinie (testis), d. 1072.

eleniza (matrona), d. 1092; Helena.

φαλιμέρης (princeps), Konst. Porph. 949; lies хвалимиръ. höchst merkwürdig wegen φ statt x, das bei Diocleas u. a. vorkommende Paulimir ist ein Unding.

fredruchla (presbyter), d. 1073.

gancella (testis), d. 1067.

gatta und **gattina** (viri), d. 1000; l. Gača und Gačina, auch das Compos. Gačpan kommt in serb. Pomen. vor.

gauzulus (testis), d. 1091.

glubaz (vir), d. 1000.

godemirus (banus), d. 1029, **godemir**, d. 1067.

γοΐνικος (princeps), Konst. P. 949; l. Gojnik, vgl. Gojko, Goitko, Gojislav u. a. in serb. Pomeniken.

gostimer (testis), d. 1071; l. Gostimir.

goyslavus (banus), d. 1067; l. Gojslav.

grabogna (decanus), d. 1067; l. Grabochna.

granchi (dynastes), d. c. 1050—1100; vgl. damit „quidam Sclavus nomine gruonkin“ dipl. Ludov. a. 905.

gromila (vir), d. 1072; l. Gromilo.

grubica (vir), d. 1091.

gumal (vir), d. 1080; wahrsch. fremd., das goth. guma, althchd. koma, lat. homo; vgl. komadčo, komahilt, komatrud usw.

guelzo und **goyzo** (banus), d. 1059; lies Geyza.

gurbina (testis), d. 1078; l. Grbina.

gurra (vir), d. 1102; l. Gura.

gusich „gusichorum genus“, d. 1102, **gussichius**, d. c. fin. XI. sec.

hugrinus (vir), 1102; l. Ugrin, vgl. Ugrin, Ugrija, Ugra, Ugrša, Ugrinja u. a. in den srb. Pomeniken.

iuneta (vir), d. 1103.

iuraina und **iurainna** (županus), d. 1059.

iusenus (legatus), d. 1069 b. Lucius, ist viell. Visenus zu lesen, vgl. unten.

κλονίμηρος (princeps), Konst. P. 949; l. Klonimir.

κλουκάς (dux), Konst. P. 949; höchst wahrsch. kluk, ein bei den Slowaken in Zipsen und Gömör vorkommender Name.

κοσέντζης (dux), Konst. P. 949; l. косьньць oder къзньць, jenes von коса, wie Kosa, Kosan, Kosama, Kosana, Kosoje, Kosara etc., dieses von къзнь (insidiae, technae), cf. *κασιντζος* bei den Byzant., u. a. m.

κραΐνα (princeps), Konst. P. 949; l. Krajina, vgl. Kraja, Krajata, Krajiša u. a. in serb. Pomen.

κρασημέρη (princeps), Konst. P. 949; l. Krasimir, wie in der Inschrift zu Žiča, verschieden von Kresimir.

ladasclavus (dux), Eginhard, **ladasclaus**, Theganus; l. Ladislav von ладо (venus), od. Vladislav; dann hätten die Chorwaten das в vor л im Anfange dieses Wortes schon um 821 nicht mehr ausgesprochen?

lasnicitorum genus, d. 1102; l. Vlasničić.

lastarus (vir), d. 1000; lies Vlastar, vgl. Matthäus Vlastares aus Thessalonichi, der um 1334 florirte.

latovistus (dynasta), d. c. 1040; nach Farlati Ljutovich, viell. eher латовист.

leledrago (županus), d. 892; wohl Schreib- oder Lesefehler st. celedrago; doch kommt **lelleville** (testis) in e. d. 1174 vor, vgl. auch den poln. litt. Namen Lelewel.

lepa (regina), d. 1083.

libicano (servus), d. 911.

lissizai (testis), d. c. fin. XI. sec.; l. Lisica.

liudemuslus, liudemushslus (princeps 823) Eginhard u. a.; l. Ljudimysl.

liudevitus, liudevvitus, liugevitus (dux 818), Eginhard, Theganus; l. Ljudivit.

liutamiro (servus), d. 837; l. Ljutamir.

λόβελος (dux), Konst. Porph. 949; dunkler Bedeutung und Form, vgl. Loban, Lobko u. m. a., in serb. Pomen. Lupul, insgemein Lup noch im Gebrauche.

lodovico (županus), d. 837.

lubimir (comes), d. 1076; **lubimiro** (banus), d. c. fin. XI. sec.

lutecizai (servus), d. 837; d. i. Ljutica.

marcula (femina), d. 1069.

marmogna (nobilis), d. 1102; l. Mrnochna.

marusso (servus), d. 911.

mazulo (vir croata), d. 911.

mezichirna (vir), d. 1091; dunkel, etwa мажи — мьчи — oder мечкирьн', das böhm. mezi müsste im Altserb. medju lauten.

michaelo (capellanus), d. 1052; l. Michač, serb. Pomen.

milia servus), d. 911; l. Mil, acc. Milja.

milegaij (presbyter), d. 1044; l. Milogoj.

miletech (presbyter), d. 1078; l. Milotjech.

mirice (civis), d. 1064; l. Mirče.

mirogus (nobilis), d. 1102; viell. Mirko od. Miroje, Mirog ist ungebräuchlich.

μιροσθλάβος und μυροσθλάβος (princeps), Konst. Porph. 949, **miroslavus** (judex), d. 1044.

mislavo (dux), d. 837, **muysclavus** bei Dandulus; l. Mislav, höchst wahrsch. zusammengesez. aus Moislav, welches мои zu dem altdeutschen magan, megin, später mein in den Eigennamen magangoz, maganlôh, maganpërn, maganrât, megindag, meginfrit, meginpald, meinhart usw. zu stimmen scheint; eben so wie die zweite Hälfte der mit манъ und миръ componirten: Vlkman, Vukoman (Djerman), Radman etc., Vladimir, Krasimir, Gorimir, Klonimir etc. mit den deutschen Eigennamen auf man und mâri od. mêris zusammenfällt, ob auch der altnord.

Name mimir, geir-mimir mit dem slaw. момміръ, srb. мομиръ noch hzt. im Gebrauche, zusammenhänge, weiss ich nicht.

morimir (vir), d. c. fin. XI. sec.

μουχλό (dux), Konst. P. 949; vgl. mazulo, muzlo, und machula slowak. Eigenname etc.

muncimir und **muncimiro** (dux), d. 892 orig., **montemerus**, Ep. Joa. VIII. 874, *μουντιμῆρος*, Konst. P. 949, **mucimir** (rex), d. 1076 (in allen diesen Diplomen ist das c statt t auffallend, ob Lesefehler?); hzt. Mutimir, vgl. Mutibar.

marca (femina), d. 994 et 1000.

mazlo (civis), d. 1018; vgl. mazulo und muchlo.

nassezai (servus), d. 837.

nedamaslo (servus), d. 837; l. Nedamysl, später Nedomysl.

negusius (testis), d. 1000; l. Njeguš.

negutia (camerarius), d. 837.

nepottoi (testis), d. 1078; l. Nepotaj, und vgl. Neupros unten, ferner die slaw. Namen: Neustup, Netol, Netul, Netvor, Nestraš etc.

νέστογγος (princeps), Cedrenus 1057.

neupras (testis), d. 1072; l. Neupros.

norata (femina), d. 1000.

obradus (nobilis), d. 1102; l. obrad.

osrina (vir), d. 1089; l. Ozrina, vgl. зрьна m. et f., зрьнка, зрьнко in serb. Pomen., ferner зрьнь, зринь und зрѣнь Ortsnamen sowohl einfach als zusammengesetzt (Ozren in Bosnien, Prizrjen in Serb.); die Bedeutung der Wurzel зрьн ist unbekannt.

ozasulo (testis), d. 837.

pacialle limeresia (testis), d. 892.

pazina (vir), d. 1000.

peciazitus (vir), d. 1000.

periug (testis), d. 1071; l. Prjelug.

plesus (dynasta); d. 1000.

pelichorum genus, d. 1102.

πόργα (princeps), Konst. P. 949; ganz dunkel.

πορίνος (princeps), Konst. P. 949; ebenfalls dunkel.

posil (dynasta), d. c. 1100; vgl. Posilović, Bischof und Schriftsteller.

postellio (servus), d. 837; l. Postola (cenchris, nisus), in serb. Pomen. einigemal vorkommend.

potecano (testis), d. 837; wahrsch. Potješen, vgl. Utješen in serb. Pomen.

prasca (banus), d. 1066; l. Prašta.

pretilla (županus), d. 837; l. Prjetilo, vgl. Pretić, Nestor ad a. 968.

πριβέσθλαβος (princeps), Konst. Porph. 949; **pribislavus** (nobilis), d. 1102; l. Pribislav.

pribidrago od. **pribidrugo** (magnas), d. 1072; l. Pribidrag.

pribina (banus), d. 1067, **pribinna** (županus), 1078 u. a.; **pribino** (comes), 1076. *πριβουνία* (banus), Konst. P. 949; in slaw. Quellen fand ich nur die Form Pribina.

prisinaco (vir), d. c. 911 a. Luc., **pricinaco** ap. Farlat.

privanego (županus), d. 10 9; l. Pribanjeg.
prodano, prodanus (vir, županus), d. 1000, 1052, 1078; l. Prodan, in serb. Pomen. äusserst häufig.
πρoσηγόης (princeps), Konst. P. 949; l. Prosigoj.
pruadra (županus), d. 892.
prubitecho (župani fil.), d. 892; l. Pribitjech.
prusna (magnas), d. 892, **pruona** (testis), d. 1091, wahrsch. verschrieben st. prusna; l. Prusna.
radomir (vir), d. 1078.
radovan und **redovan** (regis fil.), zwei Diplome v. J. 1083.
rasinaco (serva), d. c. 911.
ratimirus (banus), d. 1044.
ῥοδόσϑλαβος (princeps), Konst. Porph. 949; radoslavus (rex), d. 1074; **radoslav** (testis), d. c. f. XI. sec.; die serb. Quellen haben nur Radoslav.
sacalaristich — **aprizo**, d. c. f. XI. sec.
salvislavus (judex Nonensis), d. 1066, 1069; l. Slavislav.
saracenus (županus), d. 1103; vgl. срацинъ in der Inschrift zu Žiča.
sarubba (županus), d. c. f. XI. sec.; vgl. Zaruba böhm. und Zagręba poln. Namen.
sedesclavus (dux), Ep. Joan. VIII. 879, Ann. Dandul. u. a.; l. сѣдеславъ.
sega, gen. **sege** (judex), d. 1072, 1110; dem Buchstaben nach Sega, doch ist mir der Name nicht vorgekommen, könnte fremd sein.
semicarinus (vir), d. 892; l. Semikarin.
semivitus (vir), script. c. 1069; l. Semivit, vgl. poln. Ziemowit.
seniscima (servus), d. 911 b. Luc., **simissima** b. Farlati; in allen diesen und ähnlichen Namen wird der erste Theil der Komposition gewöhnlich für zjemlja, böhm. země, genommen — so erklärte Dobrowský den Namen Semisisn im Briefe Johannis VIII. vom J. 880 durch Zemižisn — ich gestehe indess, dass ich dieser Erklärungsart nicht beipflichten kann, weil die slaw. Quellen und die fortlebenden Namen im Munde des Volkes (Semijan etc.) überall ein reines semi (Semković) haben; auch widerstrebt das altchorwatische semicarinus schon der Form nach einer Komposition mit земля.
sepalato (civis), d. 1064.
σέρμων (princeps), Cedr. 1057; siehe Zirmus unten.
sicirano (servus), d. 911.
sidica „homo slavonico nomine Sidica", d. 1000.
sirvus (vir), d. 1000; l. Srb, oder gehört es zu Zirmus unten?
slaviz, slavizo und **slavix** (rex), d. 1072 u. a.; l. Slaviša.
staligato (civis), d. 1064.
stana (monialis), d. 1069; l. Stana.
stanimir (testis), d. 1071.
stesegne (županus), d. 1078, scheint entstellt zu sein.
stelan (testis), d. 1071.
strah (vir), d. 1070; l. Strach.
stralymir (vir), d. 1044; verschrieben statt Stratimir.
strehemilo (servus), d. 837; l. Stresimil, böhm. Stremil.

stresi genit. (vir), d. c. f. XI. s.; l. Strez, vgl. Strez blg. Bojar bei Dometijan.
strezigna (vir), d. 1069, c. 1089; l. Strežichna.
stricterio (vir), d. c. 911.
strioza (vir), d. 1000.
στροήμερος (princeps), Konst. P. 949; l. Stroimir.
suacittorum genus, d. 1102.
subdimir (testis), d. 1071; ungewiss ob Subimir od. Sudimir.
subithorum genus, d. 1102; l. Šubić.
suddomir (nobilis), d. 1102; l. Sudomir.
suidoz (pincerna), d. 1069; l. Svidoš statt Svjedoš, i statt ѣ.
suinimir, zuinimir und **zuonimir** (rex, banus), d. 1067, 1070, 1073, 1075, 1076, 1078, 1087; l. Zvenimir, Zvonimir.
svetoslavus (banus), d. 1067; l. Svetoslav.
tamislaus (rex), Ep. Joa. X. 920, decr. Conc. 925; l. Tomislav.
techamida (vir), d. c. 911; l. Tjechovid od. Tjechomil.
tepa (testis), d. 1066; l. Tepa (vagator).
tepizo (vir), d. 1059; l. Tepica, od. Tepača Dipl. 1395.
tesina (servus), d. 837; l. Tješina.
teuzone (vir), d. 1059.
tirpimiro und **tirpimirus** (dux), d. 837, 892, **tirpimir** 1076, *τερπημέρη* (princeps), Konst. P. 949; l. Trpimir.
tolimir (vir), d. 1103; l. Tolimir.
toliso (testis), d. 1103; viell. Toliša.
tolmizo (testis), d. 1103.
tomidrag-somigrad? — (vir), d. 1072.
trapicus (vir), d. 1000.
tribisetus (vir), d. 1000.
tridullo (civis), d. 1064.
trimonius (vir), d. 1000.
trubasa (servus), d. 837; l. Trubiša od. Trubača.
trunzano (vir), d. 1091.
τοῦγα (ducissa), Konst. P. 949; l. Tuga (desiderium, Sehnsucht), Vitezović las Tuja = Тоуждь, die Fremde.
tugina (županus), d. 892; l. Tuginja
tugumir (vir), d. 1102; l. Tugomir.
τζεέσθλαβος, *τζεεσθλάβος* (princeps), Konst. P. 949; l. Česlav, altslaw. чаславъ.
τζουτζημέρης (princeps), Konst. P. 949; ungewiss, ob Cucimir od. Čučimir, denn beide Formen sind regelrecht; zur ersteren stimmt der gangbare serb. Name Cucić, der Ort Cuce in Crnagora etc., zur zweiten der Name Čuč in der Inschrift zu Žiča, und Čučković im gemeinen Leben, so wie Čučuge Dorf etc., viell. verhält. sich hier ц zu ч wie in црьн', чрьн?
ubomir (testis), d. 1069, c. f. XI. s.; l. Ubomir und vgl. Ubava, Ubavka f. in serb. Pomen., Ub Fl. in Serb., Ubavac Quelle in der Fruschka;

blg. ubav (bellus, bonus), vgl. Karadžić s. h. v.; vgl. auch böhm. Vbicest, Vbizlau, Vbinega.

unusdavs od. **unusdavus** (dux), b. Dandulus, fehlt in den einheimischen Quellen, l. Unėslav.

vachemir (vir), d. 1072; l. altslaw. **вящемиръ**, altserb. **векıемиръ**, j. **вѣтьемиръ**.

valiza und **valizza** (prior), d. 1069, 1080.

varda (banus), 1067; l. Varda.

veka (mulier), d. 1091; zusammengezogen aus Vekenega.

vekenega (matrona c. 1000, item abbatissa mort. 1111), d. 1066, 1073; inscript. sepulchr. a. 1111 „Laude nitens multa jacet hic Vekenega sepulta" etc.; l. **векıенѣга**, und vgl. oben vachemir.

vekenego (testis), d. 1052; **vekledrago** (vir), d. 1190; lies Većenėg, Većedrag.

velcano (magnas), d. c. f. XI. s.; gr. *βολκάνος*, lies Vlkan.

vellacus (vir), d. 1072; l. Veljak od. Veljko.

vera (monialis), d. 1069.

vialcizo und **viachizo** (županus), d. 1067, 1069; l. Vlčica.

vilcodrug (nauclerus), d. 1103; l. Vlkodrug.

vinota (testis), d. 1066.

visca (magnas), d. 1083, **vissa** al. ej. a.; dem Buchstaben nach Viša, in serb. Quellen fand ich indess nur Vesa und Veša.

visenus (testis), d. 1069, c. 1089 (vgl. oben iusenus); l. Višen?

vitazza, **vitaza**, **vitace** (prior, županus), d. 1064, 1091,* c. 1100; l. Vitača, russ. Vitiča.

vitus dragus (vir), script. c. 1069.

βλαδίμηρος (princeps), Cedr. 1057; l. Vladimir.

βλαστημέρος (princeps), Konst. P. 949; l. Vlastimir.

βοισέσθλαβος (princeps), Konst P. 949; l. Vyšeslav.

βουσεβούτζη (princeps), Konst. P. 949; l. Vyševič.

volcana (pastor), d. 1029, l. Vlkan.

volcinna (vir), d. 1103; l. Vlčichna.

voleta (testis), d. 1066, **volessa** verschrieben ebend., l. Vuleta.

vracina (vir), d. 1069, c. 1089; l. Vračen.

vuclo (Croata), d. 911; l. Vukelj, au. Vukelja od. Vukalj, au. Vukalja; beide Formen kommen in serb. Pomen. häufig vor.

vuezdinus (rebellis), litt. Gregorii VII. 1079; l. Vesdin.

ylena (servus), d. 837.

zaemilo (servus), d. 911; l. Zanemil, vgl. poln. Zaniemysl u. a. m. od. Sjemil.

zanizo (vir), d. 1091.

zarsata (županus), d. 837.

zatimustlo (testis), d. 837; l. **сатимысль**, j. **сотимысль**, von **сотити** (movere, trudere), dasselbe gilt von allen Compositis mit s a t i = in alten Urkunden, als Satimir, Satislav u. a.; vgl. auch Sot, Sotin etc. Drf. in Slawonien.

zella (testis), d. 1072, 1091; l. Cjela.

zellidedo (županus), d. 892; l. Cjelidjed.

zellidrago (županus), d. 892; l. Cjelidrag.

zellisbo (županus), d. 892; entstellt, wahrsch. Cjelislav.

zellvero (županus), d. 892; ungewiss, ob Cjelimir, die Endung — веръ kenne ich nicht.
zenici (vir), d. 1000.
zerni gen. „zerni filius“, d. 1080; l. зрьна m. et f., häufig in serb. Pomen.
zirmus (prior Spalatens.), d. c. 1076; vgl, σίρμων u. d. slow. F. — Namen Sirma.
zitalle (praepos. monast.), d. 892.
zolimiro nom. (testis), d. 1073; l. Sulimir, altböhm. Sulislav.
zoviana (testis), d. 1052, **zovine** d. 1072.
zremilo (vir), d. c. 911; Farl. st. Zaemilo.
zubinico (vir), d. 1000.
zulicus (testis), d. 1000; l. Sulik.
zuoiz (magnas), d. 1066; l. Zvoš, vgl. das altböhm. Zuos in Dobrowský's Gesch. d. böhm. Lit. S. 97.

B) Appellativa.

1) Aus lateinischen und griechischen Quellen bis 1200.

βοάνος Konst. Porph. de Adm. Imp. c. 30, *βοεάνος* c. 31, *μπανάνος* Cinnam., **banus** d. 1069 u. s. w.; vom avarischen Bajan, *βαϊανός*, im Persischen ebenfalls bajan Herzog, slawisirt baan, bán; noch zu Konstantins Zeit, um 949, wohnten Ueberreste der Avaren in Dalmatien („suntque etiamnum in Chrobatis Abarum reliquiae et Abares esse cognoscuntur,“ A. J. c. 30), und viele Forscher haben in der Physiognomie, Tracht und Bräuchen der Morlaken mit Befremden etwas Skythisches, d. i. Kalmukisches und Tatarisches, entdeckt: der slaw. Name Bojan ist von dem Worte ban durchaus verschieden.
βοϊλάδες, *βολιάδες* Theophan., **bohilades** Anastas., *βολιάδαι* Konst. P. u. a., болıаре MS. serb., болѣри Jo. Ex. Het. 1268; ebenfalls ein fremdes Wort, nicht von bolje, melius; vgl. Bulias Tarkanos, Boilas Tzigaten unter den Bulgaren u. s. w.
brus i. e. petra, d. 1145.
colnich i. e. via carri, d. 1194; lies kolnik.
dad (senator) d. 892, 1066, 1072; **ded**, d. 1072.
duornich (curialis), dipl. b. Luc.; l. dvornik.
iedro „in velis modum“, d. 1145; l. jedro (Segel).
maceccharius und **mavecharius** (dignitas), d. 892.
podochia (tributum), Stat. Ragus.; l. podača, kroat. daća.
podcupica scheint ein appelativum zu sein in „Joanne podcupica teste“, „Negusius podcupica“, d. 1000.
postelnic (camerarius, cubilis praefectus), d. 1066, 1072, 1083.
schytonossa („scutobajulus“, d. 1066), d. 1059, **scitonossa** d. 1072, **scitanasse** d. 1065 u. a. m.; l. ščitonoša.

setnico, in „Zovina setnico", d. 1052, c. f. XI. s., u. a., vgl. Luc. L. VI. c. 1.; vgl. auch Dometijan: „вьсе власти ...десетьникы и петидесетьникы и сьтьникы и тисоущьчикы" d. d. die Stände und Machthaber, die Nemanja versammelte.

stersiane bribirstiei im D. 1078 ist wohl starješina.

tarstenich calametum, d. 1145; d. i. trstenik.

τζέρβουλα, τζερβουλιανοί (in den Ausgg. steht irrig *σέρβουλα*) „vulgo servorum calceamenta appellantur et Tzervulianos illos vocamus, qui ita viliter ac pauperum in modum sunt calceati", Konst. P.; lies чревлıа, pl. чревлıе (ocreae), slow. črjeve u. s. w.

τζετάριοι (praedones) Joannes Anagnosta 959; von чета (turma); l. četar.

ubrusar, ubrassarus (mensae praefectus), zwei Dipl. 1083; l. ubrusar.

valastelin, „ego duinus valastelin dono et volo", d. 1071; vgl. wegen der Analogie valadizlaus in den Annal. boh. s. XII.—XIII.; l. vlastelin.

βοέβοδος und *βοέβοδα*, Konst. P. 949, eigentlich in Bezug auf die Türken, d. i. Magyaren; воıевода Feldherr Leg. ms. 1390.

volar (boum praefectus), d. 1066.

vrasda (Blutgeld), Stat. Ragus., Lucius aus alten Diplm.; j. globa, altruss. vira; l. vražda.

vrattar, vrattaro (janitor), d. 1059 etc.; l. vratar.

vreteno („modus agri certa mensura definiti"), d. 1000; l. vrjeteno.

ζάκανον, τὰ ζάκανα pl., Konst. P. eigentlich in Bezug auf die Pečenegen und Magyaren; l. zakon.

zauod i. e. circuitus, d. 1194; l. zavod.

zirum, d. 1069; serb. жиръ.

ζουπάνος Konst. P., **zuppano**, d. 837, **jupano**, d. 892, **jupanus**, d. 1059, 1072 etc., *ζουπανία*, Konst. P., **jupa** d. 1071; vgl. *ζωαπαν* Inschrift auf alten Gefässen in Wien, sopan diploma Thassilonis 777 u. m. a. (goth. sipôncis discipulus, Grimm's Vorr. z. serb. Gramm.); l. župan.

2) Aus späteren cyrillischen und griechischen Quellen, XII.—XV. Jahrh.

арбанасинъ (Albanus), Leg. ms. 1390.

βάβα (avia), Hieron. Germ.

βάντα (terminus), Man. Malaxus; srb. апта, vgl. Karadžić s. h. v.

βαρείον, βάριον (aries), Hesych.; rss. und slowak. baran, boh. beran.

бачва (dolium), EB. Daniel nach der Abschrift 1763; der Abschreiber 1780 interpolirte es durch дєлва.

баштина (fundus hereditarius), Leg. ms. 1390; vgl. Stulli u. Karadžić s. h. v.; croat. baćina, btg. башта (pater), altböhm. batja, slow. báča (patruus), rss. батя, батка, батюшка.

бигла (compositum?) d. 1347: „на великоу биглоу... и оттль и бигломь... бигломь на соркинарїю", vgl. *βίγλα* (crux, ensis) b. Dufresne.

бирь (tributum), Žičaer Inschrift, d. 1381, Leg. ms. 1390.

близнекь m., — **ка** f. (cognatus), Syntagma Vlastaris 1390.

бочити се (obniti), EB. Sava's Typikon.

боуница пећ (fornax calcaria), d. 1881; von **боунь** (calx), vgl. **варинча.**
бѣсь (deaster); Dometijan.
варница (fornax calcaria) d. 1347.
велмоужь, pl. **велмоужице** (magnas), Geo. Hamartoli Chron. 1389; richtiger **валможа** bei Dometijan.
владика (matrona), Leg. ms. 1390; vgl. **владичица** und Stulli s. h. v.
власи, acc. **власе** (pastores), EB. Sava's Typikon, d. 1348, Leg. ms. 1390 u. a.; vgl. das slovak. valach opilio, ferner die Stelle bei Anna Comnena zum J. 1081: „Bulgari et pastoritiae durati vitae laboribus agrestes juvenes in certis sedibus vagi, quos communis dialectus Vlachos vocare consuevit", im Griech. sind durch das *ὁπόσοι*... und *καὶ ὁπόσοι* die Vlachen von den Bulgaren besser unterschieden.
βλαστάριον (pampinus), Arctor Etymol., serb. **ластарь.**
властелинь. pl. **властелие**, dimin. **властеличикь** st. **властеличишть** (dynasta, nobilis), Dometijan, Leg. ms. 1390 u. a.; vgl. valastelin oben.
вмѣсь (inzwischen), Dometijan; krain. umjes.
βοϊνοῦχοι (rustici in Bosna), Leund. Onomast.; **воиноухь**, j. serb. **војно** (vir), vgl. Stulli und Karadžić s. h. v.
волıа — волıа (sive — sive), EB. Sava's Typikon, **волıа перперь динарми** Leg. ms. 1700; vgl. slovak. voljagdo od. — chto, volja-gde, volja-čo, volja-kedy, magy. valaki, valami, valahol, valamint u. s. w.
вроула (fons), d. 1347.
врькь adj. (?), **кони врькомь гласомь рьжоуще** EB. Daniel; der Interpolator 1780 setzte dafür **великымь**. (Ist **гласомь** nicht Einschiebsel neben **врькь**, um es zu erklären?).
врьста (aetas, maturitas), „**аще боудеть чловѣкь врьстомь кб лѣть**" Leg. ms. 1390; vgl. croat. vérszteu (adultus).
βουλκόλακα (spectrum), griech. Nomoc.; serb. **вукодлакъ.**
галица (avis species) Nomoc. in Euchologio 1531, „**врапоу и галицоу, коукавицоу, кратоуıа.**" (Dohle.)
година (hora), EB. Sava's Typikon.
γορανντίνα, γορατζίνα (corvus), altsrb. **грачь.**
γοῦνα, γοῦννα (vestis pellicea), Lex ms., Eudem., Barth. Edess.; **гоуна** d. 1348.
гоурсарь und **гоусарь** (pirata, praedo) Dometijan, **хоусарь** d. 1302, **хоурсарь** EB. Daniel, **хоусарь** Leg. ms. 1390, **хоусь** (praeda), **хоусити** (praedari), eb., vom latein. cursor, altital. cursaro, j. corsaro, daher magyar. huszár (miles), nicht von húsz-ár (viginti-pretium).
γουστερίτζα, βοστερίτζα (lacerta), von Dufresne irrig durch talpa erklärt, srb. **гуштеръ.**
гоуты (podagra) Ms. 1390, vgl. Stulli s. h. v., im Slowak. und Kroat. ist guta der Schlagfluss (apoplexia).
динаре (denarius, pecunia), Leg. ms. 1390, „**а динаре моу силомь наврьзі**, d. i. Geld; das Wort **новаць**, von numus *νόμισμα*, las ich in ältern Schriften nicht.

длъгъ (res, negotium) Leg. ms. 1390, „деуховвномоу длъгоу косиници да несоудеть“ und so in a. Stellen; vgl. croat. dugovanje (res), magy. dolog (res), hingegen gothisch dulg (debitum).

дна (podagra), MS. 1390.

доушници (judices) Leg. ms. 1390, Die Abschrift 1700 hat доушници und доушевници, letzteres wohl unrichtig, ich weiss nicht, ob доушници und поротци dasselbe ist, vgl. altböhm. dussnic d. 1057 (animator, Seelknecht), welches Wort auch in Dipl. ung. Könige vorkommt (vgl. Fejér's Diplom.), so dushenici im Dipl. des Kgs. Andreas vom J. 1234.

ζάμπα (bufo) gr. ap. Dufresne; srb. жаба.

забѣль (silva septa) d. 1348, забѣль законить Leg. ms. 1390; böhm. und slow. háj, Gehäge.

заманицомь (gratis) Leg. ms. 1390; vgl. Stulli s. v. man, zaman und zahman, croat. hman, demnach hätte sich das х schon vor 1390 aus dem Worte verflüchtigt.

засельњь, заселиіе, pl. заселци (villa), Žičaer Inschrift, d. 1348 u. a.

збахъ (omnino) Dometijan; vgl. Stulli s. v. bah und ubah und Karadžić s. v. уба; der Interpolator des Dometijan setzte statt dessen überall доконца; ob das serb. башь (sane, recte) nicht damit zusammenhängt?

зи und и, zwei Lieblingsendungen alter serbischer Wörter: сиљази села, тази, ономоуи, дѣвѣи etc., viell. gehört auch онсіи, онсица hieher?

ига (quum) EB. Sava's Typikon; eb. съга statt съги, nach bulg. Weise ohne д.

Iединокь (monachus), EB. Sava's Typikon, gen. pl. Iединокыхь.

κάραβος (navicula), Method. Patr., Etymol. u. a.; slaw. корабль.

карба (jurgium?), EB. Savas Typikon.

катрьга (navis), Dometijan; katarka (malus) bei Stulli ist wohl dasselbe Wort, wiewohl es bei Karadžić als türkisch bezeichnet ist.

κατζαρός (crispus) und κατζαρό (caesaries) bei Dufresne, slaw. коуцера, коуцеравь; die Wurzel кькь (coma) vgl. mit cacumen, Cauc-asus, коучай Gebirg, slow. et croat. kečka (coma), кыка (capilli) etc.

катоунь (Sennhütte, Schäferei, oviaria), Leg. ms. 1390 f. 88 v., 93, 97; nach Milutinović in der Crnagora hzt. Schäferhürde, daher Katunska nahija; nach Gagić in Ragusa Katun und Kantun = kut, ugol, kraj, von Canton, daher Krajnja nahija; nach Vuk heissen um Jagodina die Cigani gurbeti = Katunari, „katun dakle“, sagt er, „gde ljudi sede za vreme, kao n. pr. na stanu, na trlu, na salašu itd.“; vgl. chata poln., kat turc., katrč, chatrný, šátor etc. cot, cottage engl.

клашніе (panni genus, caligae), d. 1348, s. Stulli und Karadžić s. h. v., vgl. slowak. chološnje (caligae rusticae).

кнезь, in der Žičaer Inschrift кьнезь.

книга (epistola) „сь книгомь соудїиномь да позивают' се“ Leg. ms. 1390; vgl. serb. Volkslieder etc.

κολύβον, κόλυβα (triticum coctum), in Gloss. und bei Suidas; srb. кольиво.

конь adv. (juxta) конь поута d. 1347; vgl. Stulli ad v. kon et nakon; daher коньць (finis) — конь малога иръста MS. 1390, конь сего Psalter 1495 ѯд 5 v.

краище, краищникъ (confinium, confinii praefectus) Leg. ms. 1390, sonst in den Dialekten краина (Mark).

κράλης, κράλαινα, κραλίτζα serb. Könige bei den Byzantinern, von краль, d. i. Karl, wie ban von Bajan, царь, цѣсарь von caesar, u. a., der Name des Königs Karl wird in einer alten Legende краль geschrieben.

кроучиньць — гадъ бритка и кроучиина EB. Daniel; vgl. Lex russ.

коула (turris), „где се градь соборить или коула" Leg. ms. 1390; das einzige Wort in diesem Ms., welches türkisch zu sein scheint. Allein 1) in der altslaw. Kirchensprache kommt schon коулъ m. für turris vor. 2) Die Manns- und Ortsnamen Kulin, Kuliamir, Kulica, Kulina, Kulić, Kuličevo u. a. m., die schon im XI—XII. Jahrh. in Serbien vorkommen, sprechen ebenfalls für ein höheres Alter des Wortes коула, welches im Grunde mit dem altböhm. kula, slowak. gula, deut. Kugel, Kegel, lat. colus usw. eins zu sein scheint. 3) Die Slawen scheinen, da вѣжа zweideutig ist, kein allgemeines Wort für Thurm gehabt und deshalb um so leichter fremde Wörter wie turen im Slowak. und Kroat., пиргъ (πυργος), башина od. вашта usw. aufgenommen zu haben. 4) Es ist demnach möglich, dass schon zur Zeit der Abfassung des serbischen Gesetzbuches oder im J. 1349, also vor der festen Ansiedlung der Türken in Europa, durch Mittelglieder das türkische Wort коула zu den Serben gelangte und als eigentlicher Name cylindrisch-konischer Thürme, wie die türkischen sind, in Gebrauch kam. Dass dieses Wort der Abschreiber 1390 ins Gesetzbuch eingeschoben habe (statt пиргъ, welches aber in der serbischen Volkssprache, in welcher diese Gesetze verfasst sind, nicht nachgewiesen werden kann), ist mir nicht wahrscheinlich; indem sonst die ganze Hs. bei den heterogensten Materien (besonders im Arzneibuche) von Turcismen ganz frei ist. Der Abschreiber vom J. 1700, ein unwissender Mönch, ging freilich weiter und setzte sogar für жоупа das türkische вилаеть!

коупеница (rubetum), d. 1348.

ласкрьдство (mollities, libidinatio), Geo. Hamart. Chron. 1389, ob nicht entstellt aus ласкосрьдство?

ливада (pratum, septum), u. 1347, Leg. ms. 1390; gr. λιβάδιον, λιβάδι.

лильнь (avis magica, falco laniarius?), ms. 1390.

лицѣ (res ablata, inprimis equi) аще кто познаеть лицѣ подь чловѣкомь Leg. ms. 1390; vgl. лице in der Pravda ruska und Rakowiecki's Anmerk. Bd. II. S. 136, Ewers übersetzte es durch Wesenheit. 2) лице-нивоу непонорить, нь посѣеть на лице eb.

лѣдина (solum incultum), Ms. 1390; s. Stulli und Karadžić s. h. v.

лѣла (matertera), сестра матере моіеее іесть ми велика лѣла-а братоучеда матере моіеіе или отца моіего іесть ми мала лѣла Nomoc. in Euchol. 1531; vgl. Stulli s. v. ljeljka.

мазноіе иго (mole, lene), EB. Daniels Chronik 1763, лагкоіе Abschrift 1780.

малмѣ (lente), EB. Savas Typikon.

мезиньць (postremogenitus) MS. 1390.

мертикъ (portio), Dometijan; aus dem Griech. *μερτικόν* (statt *μέρος*) pars.

метохиıа (praedium monasticum), Domet.. d. 1348 etc., Leg. ms. 1390; von *μετόχιον*, vgl. Dufresne s. h. v.

мехоскоубина, das den Richtern zufallende Strafgeld für Bartausraufen (zwischen Bauern), Leg. ms. 1390; vgl. **мѣхъ** in der Pravda ruska und Rakowiecki I. 221.

μοδοβίνα (mulsum), Roman. Niceph.; vgl. **медъ** und medovina in allen slaw. Dialekten und Priscus de Legat. ad Attilam a. 448: „congerebantur ex vicis commeatus pro frumento milium, pro vino medus, sic enim locorum incolae vocant (*ὁ μέδος ἐπιχωρίως καλούμενος*); servi quoque, qui nos comitabantur, milium secum portabant, portionem ex hordeo praebentes, quam camum barbari appellant (*κάμον οἱ βάρβαροι καλοῦσιν αὐτό*)". Ed. Niebuhr. Bonnae 1829. 8^0^. p. 183. Also damals, als Priscus die Reise zu Attila machte, nannte das Landvolk an der Theiss das bei ihnen übliche Getränke **медъ**, die hunnischen Begleiter hingegen das ihrige Kamus. Ersteres Wort ist slawisch, letzteres hunnisch, eins mit dem kalmukischen Kumiss, und ein neuer Beweis für die Verwandtschaft der Hunnen und Kalmuken. Das Wort med, bei allen slawischen Stämmen in der Bedeutung von Honig und Meth einheimisch (auch die Serben kannten es, „vino, medone et animalibus" beschenkte Nemanja den Ks. Friedrich I. auf der Kreuzfahrt 1189) ist durch zahlreiche Ableger und Composita durch die ganze Sprache verzweigt; das deutsche Meth, ags. mëdo, ahd. mëtu, steht ganz isolirt da und verräth schon dadurch, eben so wie das griech. *μέθυ*, seinen fremden Ursprung. Also Hunnen und Slawen 448 beisammen an der Theiss, das Landvolk trinkt Meth nach Priscus, das Leichenmal zu Ehren Attila's heisst strava nach Jornandes; „Slavi mores Hunnicos servant", sagt Prokop, die Slawen 592 singen avarische Lieder nach Theophylakt u. a., und doch will die Skepsis die Existenz um 400 an der Theiss und pannonischer Donau nicht zulassen.

монисто (monile), Tropar. s. Cyrilli ed. 1495; vgl. Mähne (so wie **грива** ganz skandinavisch ist).

мыто m. (pecunia), по **мытоу** ums Geld, Leg. ms. 1390.

неродство (incuria), **родити** (curare), **неродити** EB. Sava's Typikon, **нерадство** EB. Daniels Chronik; altböhm. neroditi (nolle, non curare) etc.

неропхъ (rusticus, subditus), in Stephan Dušan's Gesetzen nach der Hs. 1390, **неропшина** (ager rusticus) eb.; nach der Hs. 1700 hingegen **меропхъ**, **меропшина**; zusammengesetzt aus dem altslaw. **ноурь** (terra, vgl. WB. der russ. Akad.), altnord. niórunn, und **пахати** (arare), also ursprünglich etwa **ноуропахъ** (agricola), verkürzt **неропхъ**; sollte die Form **меропхъ** älter sein, so könnte man es für ein fremdes, mittelst des **хъ** nach der Analogie von **отцiахъ**, **конюхъ**, **воинюхъ**, **женихъ**, Čech, Lech, Piech, Rech etc. slawisirtes Wort halten und etwa aus dem celtischen und altdeutsch. maerhop, meierhof ableiten; doch ziehe ich die erste Erklärungsart vor, indem die Analogie für die Verwandlung des **н** in **м**

spricht, отъ жителства поселати въ жителство, рекше въ меропшину Vlast. Opov. a. 1495; vgl. ницина (tuber) ms. 1390, hzt. мицина, gewiss von nicati (progemino), мезиньць hzt. мезимаць, нества hzt. места, почимати, начимь u. m. a.; ob der Gränzdistrikt μερόπη zw. Maced. und Thracien bei Cantacuzen zum J. 1344 hieher gehöre und Bauernland bedeute, will ich nicht entscheiden; hzt. ist das Wort meropch in Serb., Bosn. und Montenegro unbekannt. (Vgl. jedoch auch das albanes. neri vir).

ноуриia, ноурiа (parochia), Leg. ms. 1390, енорiia Domet., gr. ἐνορία (dioecesis); es ist die Frage, ob nicht beide Wörter aus ноурь (terra) entstanden sind?

παβέτζων (scutum), Jo. Cananus, lat. gloss. pavissarii, franz. pavois, böhm. pavéza; ob wohl slav. Ursprungs?

πάρτζα (appendix domus), Assissae ms. R. Hierosol.; sl. прьть (in напрьть posticum).

пашеногъ (privignus), ms. 1390; rs. пасынокъ.

педепсати (castigare), Leg. ms. 1390; vgl. Stulli s. h. v., vom griech, παίδεψις (punitio).

повелia (chrysobulla; germ. Befehl.), EB. Sava's Typikon; bei den Ragusan. noch im Gebrauch.

подьпѣга statt поуштеница Matth. 5, 32, иже аще подьпѣгоу поиметь Cod. Evang. Šišatovacensis; vgl. pjega dalm. (macula), pěhy slowak. (vitiligo), pigučav kroat. (maculosus), пѣгый russ. (scheckig) etc.; also maculata = vitiata?

полоувѣрьць (haereticus), Leg. ms. (1390?), nicht Hebraeus, wie bei Engel; vgl. Matijević Ispovedaonik Romae 1630.

порота (judicii genus), Leg. ms. 1390.

потка (venatio vetita?), Leg. ms. 1390; jetzt потьера, хайка.

приiaеть. Psalm. 39, 18 in ed. serb. 1495, 1519 etc.: господь прiiает' ми dominus sollicitus est mei, nach Dobr. zusammengesetzt aus при und хаiaти (eben so ist нехати in den Dialekten aus нехаiaти zusammengezogen) und im Psalter 1495 wegen der Verwandlung des x in i merkwürdig; serb. jetzt hajati (curare). (Vgl. auch. прииаю faveo?)

πρίκα (cura, dolor), Hist. Apoll. Tyr. брига.

прикиia, пракиia (dos), Nomokanon ms., Leg. ms. 1390; von πρίκα, προῖκα statt προίξ.

приселица (hospitium gratuitum), d. 1348, Leg. ms. 1390; die serbischen Könige und Bojaren wurden auf ihren Reisen im Lande überall kostenfrei bewirthet; dieselbe Sitte war schon im höchsten Alterthum bei den Persern, im Mittelalter in Deutschland, England, Skandinavien und auch anderswo, so lange die Fürsten und Bojaren in Landesangelegenheiten umherzogen. Der König und die Bojaren wurden deshalb in den Gegenden, wohin sie kamen, als eine wahre Landplage betrachtet. Dušan befreite 1349 die Städte von der Priselica; die Klöster waren längst frei davon. Später wurde jede Art Priselica aufgehoben. Jetzt ist das Wort unbekannt.

приставъ (advocatus), Leg. ms. 1390, d. 1395; es gab mehrere Klassen von Sachwaltern, die Pristav hiessen, als Pristav dvorskyj, sudijnyj u. s. w.; in ungarischen Gesetzen pristaldus und praestaldus (S. Ladislai, Colomanni et Andreae II. decreta); „arbitrum fuisse", sagt Bel, „inter litigantes, et quum regis tum judicum dynastarumque ministrum e legibus patet". Appar. ad hist. Hung. Poson. 1735. Fol. 191.

притраныи, EB. Daniels Chronik 1763, wofür der Abschreiber 1780 überall трепетныи und грозныи setzt; srb. j. приетрачъ, russ. приторный.

прониа, пронiарска землиа (praedium servum), пронiарь (dominus fundi), Leg. ms. 1390; пронiаревикъ Leg. srb. nach der Abschrift 1700; wohl in der Wurzel eins mit dem ahd. frô (dominus), altnord. freyr, goth. frao und franjana, denn dem ahdeut. f entspricht im Slav. in der Regel п: Freya (dea), прия bei Wacerad, hoffen оупъвати, Fasten постъ, Filz плъстъ, Faust пястъ etc.; das hzt. noch gangbare прьнiавор (pagus monasterii), nämlich das Dorf auf dem klösterlichen Allodialgrund, ist gewiss kein anderes als пронiавари, Grundherrn, Grundwohner (vari althochd. in Bajuvari, Angrivari, burcvari etc., im Slaw. Gostivar, Vlkovar, Antivar, Tomisvar in Bulg. etc.). прѣвори кънежю дворoу Het. 1263 p. 68. прькиia d. St. Ar. 1458, eben so прькиia, трьпеза, cf. et напрьть cum прикрата f. 52.

прѣием Nomokan. ms. 1390, Leg. ms. 1390, прѣоузимь eb. in der Abschrift 1700; in dem alten Gesetzbuche in der Reihe der grössten Verbrechen, neben разбой, Todtschlag, вражда, Blutschlag, татба, Diebstahl und хоуса Raub; bedeutet jetzt in Montenegro: плиен', кои се узме, отме или украде за плiенъ, кои ми е други тко учинио (Milutinović), also Raub um Raub, Vergeltungsraub; in dem Nomok. scheint es „eigenmächtige Wegnahme des Gestohlenen oder Geraubten" zu sein.

псостъ, опсовати „Leg. ms. 1390; jetzt псовка (comicium), aber kroat. noch psost.

ῥαγάζων, Scholiast. Eurip. ap. Dufresne; srb. роговъ (typha latifolia) und рогозина (teges).

разбалити или разтоварити, Leg. ms. 1390; ersteres von бала, kroat. bala, das deutsche Ballen (fascis, sarcina), letzteres scheint mir nicht deutschen (die Waare), sondern vielmehr scythischen Ursprungs zu sein, vgl. das magy. tár (thesaurus), társ (= tovaryš, socius), Tuven-tar, Alogobo-tar, Tar-kan, bulg. Bojaren, tavernicus im ungar. Curialstyl, Schatzhüter etc., so dass tovar das emplasmirte tár sein könnte.

развѣ in den Dušanischen Gesetzen und andern Sprachdenkmälern desselben Zeitalters bedeutet, „sondern, sed".

разпне und расне in den Dušanischen Gesetzen als Strafe für Dörfer: „село да се разпне", was Engel einigemal irrig durch „aufhängen" übersetzt, wird im Nomokanon 1390 also erklärt: почтень оубивыи расипоуieть се, сирѣчь сьврьшенно подiемлieть разграблieнie имѣнiа; es ist demnach die Strafe der Konfiskation.

рьть, церовы рьть, d. 1381; рьтань heisst ein grosser kesselförmiger Berg in der Crnarjeka in Serbien; vgl. рьтеница (spina dorsi, Rückgrat) bei

Karadžić; der Stamm хрьть könnte also mit grat, gräte identisch sein und хрьть (vertagus) davon den Namen haben.

рѣснота, въ рѣснотоу adv. statt понстинѣ (certe, merito), Georg. Hamart. Chron. 1389; vgl. krain. res (verus), lat. res (von ῥέω reor, wie das poln. rzecz von рѣю, рѣхь loquor etc.) u. s. w., das dalmat. resiti (ornare) ist vom Stamme pѫca, serb. peca (iulus, fimbria).

сандаль (navicula). Dušan schenkte 1348 dem Hospital zu Chilandar „сандаль, коннке работати и ловити"; gr. σάνδαλος und σάνδαλις (scapha majori navigio adjuncta), vgl. Dufresne s. h. v.

саита (vestis), Leg. ms. 1390.

сводь Leg. ms. 1390, die Umfrage, kommt auch in der Pravda ruska vor, Vgl. Rakowiecki Anm. Bd. II.

своита (cognatio), d. 1395; vgl. Stulli s. h. v.

сєбръ (rusticus, subditus), Syntagma Matth. Vlastaris Cod. XIV. sec., Epitome Matth. Vlastaris a. 1390, Leg. ms. serb., hzt. себаръ, цебаръ und цупоръ, vgl. Dellabella, Stulli und Karadžić a. h. v., kroat. seber, ein altes Wort, dunkeln Ursprungs; — ich halte es für das, nach der Unterjochung der Sabiren durch die Awaren und Bulgaren von diesen zu den Slawen übergangene Wort Sabir, Sabire. *) Appellativa werden, wie bekannt, zu Eigennamen; aber auch umgekehrt Eigennamen zu Appellativen. Von letzterem Falle hier nur einige Beispiele. Der Name der Deutschen (von tuitha gens, goth. thiuda, ahd. diot, lett. tauta) lebt im Slav. als тоудь bei den Serben, чоуждь bei den Altbulgaren, Russen etc., cjuzí bei den Böhmen, und bedeutet bald den Fremden, bald den Riesen. Der Name der Slawen wurde durch Halbeuropa als Sklav (mancipium) verunstaltet. Die scheusslichen und grausamen Awaren gaben den Gothen ihr âbrs (gigas, validus), den Slawen ihr obr, obrin, olbrzym (gigas). Der sieghafte Stamm der nordischen Withinge lebt noch im slaw. витязь fort (der gothischen Endung — iggs, ahd. — inc entspricht im Slawischen überall — язь, poln. ięz, z. B. ausahriggs = оусєрязь, kuniggs = князь, pfenninc = пенязь, messinc = slowak. mosäz u. s. w.). Die Wälschen, Wlachen sind den Slawen zu влаcи, валаси (pastores) geworden. Aus Spalei ist сполинь (so die ältesten Hss.) und исполинь (gigas), aus Scamares скомрахь (morio) u. s. w. entstanden. Ein grosser Theil der Slowaken und Kroaten kennt das Wort lháti (mentiri) und lhár (mendax) nicht mehr, sondern sagt dafür ciganiti und cigan. Gereg heisst bei den Slowaken der Kaufmann aus Südungarn, er mag nun Grieche od. Serbe od. was immer sein; und den Serben ist die Phrase: кодъ насъ чифутинъ грькь (bei uns ist der Ortakaufmann ein Jude) zum Sprichwort geworden. Ob und wie der Name der ägyptischen Sembriten bei Strabo und Plinius mit dem der Sabrien und Sebren zusammenhängt, weiss ich nicht; wohl aber halte ich dafür,

*) Sabae nach Eustathius auch in Thrakien (sonst in Sabien). Sabaeae nach Periplus nördlich vom Schwarzen Meere. Sabracae Volk in Indien. Sabarae Volk in Indien. Sabarus Nebenfluss des Ganges. Sabara Stadt am Sinus Sabaricus. Alle drei sonst Sarabae? Sabiri ein Volk in Sarmatia asiatica, in der Nähe der Hunnen. Sabaria in Ungarn.

dass der Landstrich Semberija in Bosnien von den Sebern den Namen habe. Das böhm. und poln. žebrak (mendicus) ist ebenfalls aus sebr entstanden, und verhält sich zu diesem wie das serb. журити zum slowak. súriti (urgere, properare), das slow. žomp zu Sumpf, žoldnér zu Söldner etc. Doch kommt in den ältesten böhm. Nekrologien auch der Eigenname Seber vor.

σερβλίας (judicis pedanei genus), Theod. Hermapolita u. a. bei Dufresne.

σίτα (cribrum), Agap. in Geopon.; serb. сито.

скрьлать (pannus coccineus), Leg. serb. 1390; kroat. skèrlat.

слить: вѣрою зборьнь, любовию слить EB. Daniels Chronik; mit зборьнь vgl. das kroat. zborni člověk u. a., слить ist mir unbekannt.

смокь Nomokanon in Euchol. 1581, коунь, вѣвѣрицоу, смока, жльвоу etc. wahrsch. der Drache, Wasserdrache; jetzt ist смокъ bei den Serben die Zukost (opsonium), s. Stulli und Karadžić.

соке pl., d. 1348 оть сель црьковнихъ сокіе (tributum); vgl. damit das walach. sokot (census, Schätzung, Abschätzung etc.); cfr. d. 1381 „сокь, що е на црьковныхь людехь."

спанъ (imberbis, spado) Schreiber Theodor in der Schlussrede zum Hexameron 1263; serb. Nomokanon: „инокь аще лобжеть отроче спано", vom griech. σπανός. Κύριλλος ὁ Τορνόβον ὁ ἐπικλῆν Σπανός, cognomento Spanus, c. 1640. Le Quien I. 1236. Valachice: спъи, spênu, impubes, imberbis.

стай, EB. Sava's Typikon: да да имь стай в̂ работника; dunkel, slowak. staj, stajmo = statim, gleich.

стань (Reisegepäck?) und станианинь (deversitor, Gastwirth), Leg. ms. 1390: да прѣдаа комь и стань вьсь станианиноу; vgl. stanovati bei Stulli, kroat. stan (hospitium), stanujem (hospitor) etc.

стапь (baculus), Leg. ms. 1390: да се биеть стапы; j. штапъ; stap hingegen ist bei Stulli vas butyro conficiendo.

стачюнь (officina, taberna), Epit. Vlast. 1390: строителиа домоу или стачюноу прѣд стоіеща; vgl. Stulli a. v. stačun, kroat. štacun, slowak. stačiti, nastačiti etc.

стѣгоноша (vexillifer), Leg. ms. 1390: von стѣгь und несоу, vgl. Stulli ad h. v.

сьгы und сьга (nunc), EB. Dometijans und EB. Daniels Chronik; s. oben ига; hzt. bulgar. сьгы.

та (et), Leg. ms. 1390 durchgängig für und gebraucht; im Hexameron 1263.

ти, jetzt serb. те, seltener та, vgl. das griech. τε.

тегарливь Arzneibuch 1390; in der Phrase: чисть, оутварьнь. тегарливь, роумень лицемь, nämlich чловѣкь; laboriosus, von тегъ labor; тегомь поспешна ib.

тежарь (operarius, agricola), EB. Daniels Chronik; vgl. Karadžić a. h. v., kroat. težak.

тоговь, чеговь, іеговь u. s. w., als adj. poss. bei EB. Sava, Dometijan, im Gesetzbuche 1390.

тоуцакь Leg. ms. serb. 1700, in der Handschrift 1390 steht dafür соужьнь (captivus); bei Karadžić ist туцакъ Bettler, Herumstreicher.

оуданиие: von dunkler Bedeutung; jetzt in Serbien unbekannt, in dem lakonischen Gesetz: оуданиа да нѣсть никомоу ни въ чесомь. кто ли се пооуздаа за що, да платить само седмо MS. 1390.

оуроки (incantamenta), Arzneibuch 1390; s. Stulli s. v. uroci.

харь (gratia), das griech. χαρις, EB. Sava's Typikon „bez chari“ ohne Gnade, Leg. ms. 1390 Prognost.: и неимать моу харь, инебоудень емоу вь харь etc., s. Stulli s. v. har.

хатарь (limes) d. 1381, in frühern Diplomen мегиа und синорь; vgl. kotar (territorium) und kotari (limites) bei Stulli, chotár słowak., határ ungr., u. s. w.

хипъ (minutum), Psalter 1495.

хлъмка (tumulus, Gränzhügel), d. 1381 u. a.; jetzt serb. humka, umka, bei Stulli verschrieben humba.

хридь (rupes), d. 1347.

цѣлывь (osculum), EB. Sava's Typikon, цѣловь Inschrift zu Žiča, kroat. celov.

честить (fortunatus, gloriosus, wie bei Stulli richtig steht, nicht honoratus, wofür es jetzt einige Serben gebrauchen), Prognost. 1390: вь црьнѣ скотѣ, вь коупли честить. вь всакомь скотѣ честить, вь житѣ честить и вь коупли, вь велицѣ скотѣ честит u. s. w., vgl. auch

Nu s' vjetricim blažim milim
Ti sad čestit brodiš more,
A ja tužna svàk čas gore
Bez ufanja ovdi cvilim.

Gundulić.

Demnach von часть, съчастие, serb. част (participatio, fortuna), nicht von чьсть (honor), denn dann müsste es in alten Handschriften чьстить, und im Munde des Volkes частить heissen.

обрьхь, обрьшие, обрьшина (collis), Inschrift zu Žiča, d. 1381.

осезати (tangere), Domet. f. 42. v.

ослоуха (mulcta), Inschrift zu Žiča.

осоіе, осоина (saltus opacus), d. 1381; s. Stulli et Vuk ad h. v.

охоупати (contrectare), EB. Daniels Chronik; vgl. böhm. chopiti (capere) etc.

II. Inschriften.

Indem ich das Wort Inschrift, Aufschrift, inscriptio, ἐπιγραφή, im weitesten Sinne nehme, stelle ich in diese Klasse alle schriftlichen Denkmäler, die nicht gerade Aufsätze auf Pergament oder Papier enthalten. Namentlich zähle ich hieher alle eingegrabenen, geschriebenen, gemalten oder gestickten Inscriptionen auf Gebäuden, Steinen, Münzen, Kronen, Fahnen, Kelchen, Schalen, Glocken, Sigillen, Löffeln, Tüchern und sonstigen Geräthschaften, dieselben mögen nun die Bestimmung dieser Sachen oder auch etwas anderes andeuten. Der slawische Paläograph darf hoffen, künftig noch weit mehr Denkmäler dieser Art bei den serbischen Klöstern sowohl in mehreren Provinzen Oesterreichs, als auch in der Türkei anzutreffen. Mir sind bis jetzt folgende bekannt geworden:

1. Inschriften auf serbischen Münzen, angeblich seit Muntimir (880—900), und mit Gewissheit seit Kg. Vladislav (1230) bis gegen 1450.

Eine Abbildung mehrerer altserbischen Münzen mit slawischen Aufschriften findet man in D. Davidović's Zabavnik, Wien 1821. 12°. (vier Münzen auf einer Tafel), und in dem Ljetopis srbski Jahrg. 1826, Heft 1—4 (zwölf Münzen auf vier Tafeln). Doch kommen zwei schon von Davidović gelieferte Münzen auch in dem Ljetopis vor, und einige Münzen haben lateinische Aufschriften. In dem kais. Antikenkabinet in Wien soll sich unter den 33 dort aufbewahrten serbischen Münzen auch eine von Muntimir (880—900) befinden, was indess sehr zu bezweifeln ist. Von den in dem Ljetopis abgebildeten ist die älteste lesbare von Vladislav (1230—1237); die von Stephan mit lateinischer Inschrift sind noch nicht bestimmt, scheinen indess Stephan I. (1195—1224) anzugehören. In der Bibliothek der griech n. un. serbischen Gemeinde zu Semlin befinden sich unter mehreren dort aufbewahrten alten griechischen und römischen Münzen auch fünf silberne serbische. Davon wurde eine für die des Kgs. Radoslav (1224—1230) gehalten und ausgegeben, die indess von Kg. Stephan ist und eine lateinische Inschrift hat (Srbski Ljetopis 1830 Hft. IV. S. 55—61). Eben so irrig ist die Angabe bei Engel (III. 378), dass der Despot Georg Branković auf die Erbauung der Festung Smederevo 1432 eine Denkmünze habe prägen lassen; denn was man als eine Denkmünze ansah, ist eine gewöhnliche Münze mit dem Prägort Smederevo. In dem sehr reichhaltigen Privatmuseum des Herrn von Janković in Pest werden mehrere serbische, zum Theil unlesbare, zum Theil noch unbestimmte Münzen aufbewahrt. Auch was Pejačević in s. Histor. Serv. p. 191 ff. über serbische Münzen sagt, verdient verglichen zu werden. Zanetti de numis regum Mysiae ap. Argelati de mon. Italiae app. p. 17 kenne ich nicht. Unter dem Nachlasse M. P. Katančić's befindet sich ein Aufsatz: Denarius banalis Cyrilli charactere insignis, 10 paragraphis illustratus, im Besitze der kön. Universitäts-Buchdruckerei zu Ofen. In Russland kennt man bis jetzt Münzen mit slawischer Inschrift von Vladimir (980—1015), und andere mit den Buchstaben ...ледир, die man für bulgarische oder serbische hält. P. Köppen üb. Alterth. und Kunst in Russl. 1822. 8°. S. 14. Eb. Spisok ruskim pamjatnikam, 1822. 8°.

2. Inschrift auf dem gestickten Beutel, angeblich St. Stephans, Kg. von Ungarn (997—1038), in der geistlichen Schatzkammer der wiener Hofkirche.

Dass dieser mit Gold und Perlen gestickte, unter und zwischen den Bildnissen des Erlösers, einiger Erzengel, Engel, Propheten und Heiligen die abgekürzten Namen derselben und zwei kurze Verse aus der h. Schrift enthaltende Beutel jemals dem St. Stephan gehörte, ist nur eine Tradition. Abgebildet und beschrieben ist derselbe bei J. Kaprossy's ungarischer Predigt auf St. Stephan: Szent István erszényének formája, Wien 1815. 4°. 32 S., von G. K. Rumy in der Zeitschrift Iris, Pest 1826 Nr. 2; auch in derselben Zeitung von Davidović 1815 N. 214 befindet sich eine gute Beschreibung dieses Beutels.

3. Inschrift auf der Wand der Mariahimmelfahrts-Kirche im Kl. Studenica in Serbien, unter dem Grossžupan Nemanja eingegraben, zw. den J. 1160—1195.

Der hl. Sava erwähnt in seiner, um 1210 verfassten Biographie des h. Symeon (Nr. 108) dieser Inschrift, die jetzt wohl nicht mehr vorhanden sein mag.

4. Inschrift auf der inneren Wand des Kirchenthurmes im Kl. Žiča in Serbien, zw. 1222—1236.

Diese überaus merkwürdige Inschrift ist mit grosser cyrillischer Quadratschrift in Marmor am Eingange in die Kirche eingegraben. So wenigstens versicherte mich ein Mönch im Kl. Vrdnik, der diese Inschrift oft gesehen haben will. Hr. Vuk Stefanović Karadžić hingegen, der auch selbst in Žiča war, behauptet, dass die Inschrift bloss auf die Wand geschrieben und wahrscheinlich schon mehrmal renovirt sei. Hr. Davidović besuchte im J. 1822 das nun verfallene Metropolitankloster (nun uneigentlich Patriaršija genannt, weil schon der erste serbische Patriarch Žiča verliess und seinen beständigen Sitz in Ipek nahm), beschrieb es und kopirte die Inschrift auf das genaueste. Er hatte, sagt Pirch, die gute Vorsorge gehabt, einen eben anwesenden Maler mitzunehmen, dieser ergänzte nach den Spuren in der Mauer die fehlenden Theile der Inschriften, und es gelang Hrn. Davidović dieselben vollständig zu entziffern (Pirch's Reisen II. 20). Gleichwohl erwähnt Hr. Davidović nirgends auch nur mit einer Sylbe, ob die Inschrift in Stein gehauen oder bloss auf die Wand geschrieben sei. Der verstorbene Prof. G. Magaraševič liess die Davidović'sche Beschreibung und Kopie der Inscription sammt der Abbildung der Kirche in dem Ljetopis, Ofen 1828, Heft 2, S. 9—22 abdrucken, wobei sich aber zahlreiche sehr arge Lese- und Druckfehler eingeschlichen haben. Auch J. Vuić lieferte in s. Putešestvije po Serbii, Ofen 1828, 8°. S. 147—154, eine sehr unkorrekte, durch willkürliche Aenderung der alten Orthographie vollends unbrauchbare Abschrift derselben. Die Inschrift enthält die Stiftungsurkunde des Kl. Žiča vom Kg. Stephan I. und einen etwas späteren Schenkungsbrief desselben Königs, ist aber leider nicht mehr ganz zu lesen, indem der untere Theil verwischt ist. Ich setze ihre Eingrabung in die Jahre 1222—1236, weil 1) die Schriftzüge und die Orthographie ganz dieser Periode angehören (noch überall ein rundes ч, м u. s. w.; 2) weil es alte serbische Sitte war, die Stiftungsurkunden der Klöster in marmorne Tafel einzugraben, wie dies der hl. Sava vom Kl. Studenica ausdrücklich berichtet, und es demnach sehr wahrscheinlich ist, dass der h. Sava selbst durch Eingrabung dieser Diplome die Stiftung seiner geliebten Hauptlandeskirche verewigen und ihren Flor sichern wollte; 3) weil seit 1339, als die Patriarchen ihren Sitz nach Ipek verlegten, das Kloster bereits zu verfallen begann, welches nun seit einigen Jahrhunderten in Ruinen liegt, so dass an ein späteres Eingraben nicht zu denken ist; 4) weil die jüngern Inscriptionen bei den Malereien im Innern der Kirche, z. B. König Radoslav und Stephan Uroš der Grosse, nicht dagegen sind, indem nach Daniels Chronik die Kirche von mehreren nachfolgenden Erzbischöfen und unter diesen auch von Daniel selbst mit Malereien verziert wurde; 5) weil auch gemeine Serbismen, wie sie darin vorkommen, kein Beweis eines jüngeren Alters sein können, indem das Serbische bei den aus Dioklea stammenden Nemanjiden im XII. bis XIII. Jahrh. durch das Kirchenslawische noch weit weniger verdrängt war, als später herab; 6) weil der Ausdruck „h. Sava" nicht den serbischen Erzbischof, sondern den hierosolymitanischen Abt bezeichnet, indem die Gebrüder Kg. Stephan und EB. Sava absichtlich zwei mit ihnen gleichnamige Heilige anführen (übrigens hiess der h. Sava schon bei Lebzeiten „Svetyj ot'c Sava"; der h. Stephan kommt aber, als Landespatron, auf den ältesten serbischen Münzen vor) u. s. w. Ausser dieser Inschrift, von der ich ein Facsimile en miniature besitze, sollten vor allem die Bildnisse der Könige und Bojaren des altserbischen Kostümes wegen aufs sorgfältigste kopirt werden. Aber bis dafür serbische Mäcene geboren werden, wird die zerfallene Kirche bis auf die Grundsteine wohl längst verschwunden sein! Uebrigens ist die Schrift so künstlich durch Ineinander-, Uebereinander- und Untereinanderschreiben der Buchstaben zusammengezogen, dass oft eine einzige Figur ein ganzes Wort ausmacht. Hr. Kalajdović führt in s. Joann Exarch zwei Muster einer ähnlichen verschlungenen Schrift an, deren eins aus dem Anfange des XII. Jahrh. ist. Taf. VI. N. 12, 13.

5. Inschrift in der vom Kg. Stephan Uroš Milutin erbauten Kirche zum hl. Joachim und Anna im Kl. Studenica, vom J. 6822 (1314).

Hr. Vuk Stefanović Karadžić, welcher das Kl. Studenica im J. 1830 besuchte, theilte mir eine Abschrift dieser Inscription mit. Er fand das öfters ausgeplünderte Kloster nun fast ganz verödet und von allen Antiquitäten entblösst. Die übriggebliebenen pergamentenen Handschriften wurden in den Unruhen unter Crni Djordje aus Furcht vor den Türken in die nahegelegene Einsiedelei des h. Sava geschleppt und von dem dortigen Mönche unbegreiflicherweise verbrannt.

6. Inschriften auf Sigillen serbischer Župane, Könige und Fürsten seit der Mitte des XII. bis Ende des XV. Jahrhunderts.

Schon vor Nemanja's Zeiten waren die in Serbien bestehenden Hauptkirchen und Klöster mit Stift- und Schenkungsbriefen versehen, die von den goldenen hängenden Siegeln den Namen Chrysobullen, serbisch „zlatopečnatyje poveli“ führten. Auch Nemanja verlieh den von ihm gestifteten Klöstern 1160—1195 solche Chrysobullen, wie ihm dies der h. Sava nachrühmt. Wahrscheinlich hatte die Sigille dieser Urkunden auch Inschriften, allein alle diese alten Originalien liegen entweder noch im Verborgenen, oder sind bereits längst zu Grunde gegangen. Von dem Grossžupan Stephan I. (1192—1221) ist ein Siegel mit griechischer Inschrift bekannt. Jo. Lucius de Regn. Dalmat. etc. Vindob. 1758. Fol. p. 247. Engel Gesch. v. Serbien. S. 212. Die ältesten mir bekanntesten Sigillen mit slawischer Umschrift sind bei folgenden Urkunden: 1) Carj Stephan Dušan 1348 (N. 37); 2) Fürst Vuk Branković 1371 (N. 38); 3) Fürst Lazar 1381 (N. 41); von demselben ist auch ein Siegelstempel mit der Jahrzahl 1374 bekannt; 4) Fürst Georg Branković 1449, bei einem in dem kais. Staatsarchive in Wien aufbewahrten, ohne Zweifel lateinischen Diplome, abgebildet im M. Schimek's Gesch. v. Bosnien, Wien 1787. 8°. S. 123 und Taf. II.; 5) Fürst Johann 1496 (N. 54).

7. Das silberne, drei Partikeln des heil. Kreuzes enthaltende Kreuz, auf Geheiss des Kgs. Stephan Uroš Milutin (1275—1321) durch den Bischof Gregor von Rasa für die Kirche der heil. Apostel Petri und Pauli (zu Rasa, j. Novipazar) verfertigt, und jetzt (1800 ff.) bei den Dominikanern zu Ragusa aufbewahrt.

Das Kreuz soll ursprünglich von Gravosa aus an die Dominikaner in Ragusa geschenkt worden sein. Nach einer später angebrachten Nebeninschrift hätten es die Brüder schon 1548 besessen und reparirt; in der Kirche ist es vor 1618 aufgestellt worden. Die Beschreibung desselben, so wie die Inscription ins Lateinische übersetzt findet man in Farlati's Illyricum sacrum Vol. VI. Ecclesia Ragusina, ed. Coleti, Venet. 1800.

Fol. p. 31, col. 1 et 2. — Ebendaselbst ist in dem Nachtrage pag. 520, col. 2 fin. die Nachricht von dem wiener Kreuze der Kgn. Helena, woraus die Verschiedenheit beider klar hervorgeht. Eine genaue Abschrift dieser Kreuzesinschrift verdanke ich der Güte des Hrn. k. r. Vicekonsuls v. Gagič. (Haec fusius in schediasmate Hist. Pejačević inposito.)

8. Das seidene, mit Gold gestickte Leichentuch, womit die Königin Milica den Körper des h. Lazar bedeckte, vom Jahre 1392—1406, im Kl. Vrdnik in Sirmien.

Der seidene, dunkelrothe Stoff des gegen 1¼ Elle langen und etwas über ¾ Ellen breiten, mit einem andern, ebenfalls rothen seidenen Zeuge gefütterten Leichentuchs ist, die mit goldgestickten Blumen verzierten Ränder ausgenommen, im innern Raume durchgängig mit künstlich zusammengezogener Schrift bedekt. Die Stickerei ist nach Art und Weise der auf Kartenblatt: drei parallele Goldfäden sind hinüber- und herübergelegt und mit einem seidenen Faden auf die Oberfläche des Stoffes angenäht. Die Kgn. Milica, bekanntlich gegen das Ende ihres Lebens Nonne (1392; st. 1406), nach einigen unter dem Namen Eugenia, hier aber sich selbst Euphemia nennend, empfiehlt sich und ihre zwei Söhne, die Knezen Stephan und Vlk, der himmlischen Fürbitte ihres Gemahls, des h. Lazar, und fleht um göttlichen Beistand wider die innern und äussern Drangsale, wider Türken und Empörer. Die Schlussworte: „Efimia usrьdno prinesit sija tebje, svetyj" stehen zwar im Widerspruch mit den traditionellen Namen Milica und Eugenia; allein man muss bedenken: 1) dass landesfürstliche Personen in Serbien von altersher aus verkehrter Mode zwei Namen zu führen pflegten, einen serbischen Hausnamen und einen griechischen Putznamen, und 2) dass Milica's Nonnenname Eugenia nichts weniger als erwiesen ist. Gegen die Echtheit des im Ganzen noch ziemlich gut erhaltenen Leichentuches darf nicht der mindeste Zweifel obwalten.

9. Inschrift auf einem Denkstein in der Ebene Kosovo, vom Ende des XIV. Jahrhunderts.

Eine Abschrift dieser Inscription fand ich in einem Codex

aus dem XV. Jahrh. Dieselbe soll auf einer marmornen Säule in der Ebene Kosovo „na stl'pu mramorjenu na Kosovu“ zum Andenken des daselbst am 15. Juni 1389 gefallenen Fürsten Lazar eingegraben worden sein. Ob der Denkstein noch vorhanden, darüber fehlen mir alle Nachrichten.

10. Der Leichenstein des serbischen Fürsten Stephan Lazarević (st. den 19. Juli 1427), bei dem Dorfe Dr'venglave in Serbien.

Hr. Vuk Stefanović Karaždić beschrieb diesen Leichenstein und liess die Inschrift ziemlich genau abdrucken in s. Danica, Wien 1826. 12°. S. 37—40. Ich habe von diesem Epitaphium ein von Hrn. Gasparović verfertigtes Facsimile en miniature vor mir und vermisse darnach bei dem Abdrucke einige schwer zu lesende Zeilen mit den Namen Georg Zagurovikj und Pop Vl'kša (so glaube ich lesen zu müssen), welche den Leichenstein setzen liessen. Er gehört in die erste Hälfte des XV. Jahrh. Fürst Stephan wird in den serbischen Annalen als ein grosser Bücherfreund, der sich viel mit Schreiben und Uebersetzen aus dem Griechischen beschäftigte, gelobt.

11. Der Leichenstein der Kgn. Katharina von Bosnien (st. den 25. Oktb. 1478), Gemahlin des Kgs. Stephan Thomas, „in aede Mariana Arae coeli“ in Rom.

Die Inschrift dieses, auf Befehl des Papstes Sixtus IV. der Königin gesetzten Leichensteins ist seit dem Krainer Bohorič und dem Ragusaner Mavro Orbini bis auf den Slawonier Čevapović herab von vielen besprochen worden. Sie ist lateinisch und cyrillisch, nicht, wie Engel irrig angibt, glagolitisch. Pejačević p. 418 führt den, auch in Bombardi Topogr. Regni Hung. Viennae 1718. 4°. p. 262—263, und in Lambecius Bibl. Vind. L. I. c. 92 abgedruckten slawischen Text nach Mavro Orbini an; viel richtiger ist derselbe in M. P. Katančić Specimen Philologiae et Geographiae Pannoniorum, Zagrabiae 1795. 4°. p. 61—81, ferner in eb. Comm. de Istro, Budae 1798. 4°, p. 279 abgedruckt und erklärt. Vgl. auch Engel Gesch. v. Serb. S. 421—422.

12. Das mit Perlen und Edelsteinen verzierte Messgewand, welches die Fürstin Angelina für den Körper des h. Johannes Eleemosynarius verfertigte, zw. 1461—1490, in der Kollegiatkirche zu St. Martin in Presburg.

Einen Abdruck der Inscription dieses Leichengewands findet man in M. P. Katančić Commentatio de Istro p. 280 mit folgender Berufung auf die Quelle: „Adducam epigraphen, cujus Draskovich Georgius, Quinqueecclesiarum episcopus, de translatione corporis s. Joannis Eleemosynarii agens, hac oratione meminit (ap. auct. Vit. SS. Hung. ex Bolland. ad XXIII. Jan. pag. 68): in veste sacra, quam planetam vulgo vocant, scapulari praeterea, lingua illyrica et characteribus cyrillicis, minutissimarum gemmarum contextu efformatis, haec verba leguntur etc.“ Das hier citirte Buch ist: Acta Sanctorum Ungariae ex Jo. Bollandi ejusque continuatorum operibus excerpta et prolegomenis ac notis illustrata, Tyrnaviae 1743—1744. 8°. (?) 2 voll. Der Name der h. Angelina, Tochter des Georg Aranita Komnenus, Dynasten in Albanien, und Gemahlin des Fürsten Stephan Djurdjević, verdient auch von dem slawischen Literaturfreund mit Achtung genannt zu werden: die meisten, schönsten und ältesten Handschriften im Kl. Krušedol u. s. w. rühren aus ihrer Sammlung her und sind mit eigenhändigen Notaten von ihr versehen. Indem sie den Titel einer „Despina“ (δέσποινα, das fem. von δεσπότης), wie sie sich in der Inschrift nennt, nur seit dem J. 1461 führen konnte, der Körper des Heiligen aber von einem türkischen Sultan (Mohamed II. oder Bajezid II. ?) dem 1490 verstorbenen König Mathias Corvinus zum Geschenke zugeschickt worden, so lässt sich darnach ungefähr die Zeitperiode bestimmen, in welche diese Inschrift fällt. Vgl. auch Davidović's Zabavnik 1821. S. 117, 123. Nach einem handschriftlichen Prolog soll die h. Angelina ihre beiden Söhne überlebt haben, und kurz nach dem Tode Maxims (1516) gestorben sein.

13. Inschrift auf einem Leichenstein vom J. 7000 (1492). Eine Abschrift dieser kurzen Inschrift verdanke ich der Güte Sr. Excellenz des Herrn karlovicer Erzbischofs und Me-

tropoliten, Stephan Stratimirović von Kulpin, ohne über den Fundort des Leichensteins bestimmte Auskunft geben zu können.

14. Panagiar mit Inschriften (aus Holz geschnittene, in silbernen Kapseln aufbewahrte Heiligenbilder, über welchen in den Klöstern nach dem Mittagsmale gebetet wird), von dem Exarchen Sylvester dem Kl. Morača geschenkt, aus dem XV. Jahrh., im Kl. Krušedol in Sirmien. (Die Inschrift abgedruckt in den Serb. Lesekörnern p. 132.)

15. Zwei reich verzierte und mit Inschriften aus Perlenreihen bedekte Mitren (Bischofsmützen), angeblich der serbischen Fürsten Maxim und Johann, im Kl. Krušedol.

Die stark beschädigten und sehr verzogenen Inschriften dieser zwei Mitren habe ich bei meinem letzten Besuche des Kl. Krušedol wegen der Kürze der Zeit nicht bequem durchlesen können, weshalb ich über das Alter derselben nichts Bestimmtes sagen kann.

16. Die Inschrift auf den vom massiven Silber gearbeiteten, vergoldeten und mit Heiligenbildern bedeckten Tafeln, mit welchen die Deckel des Prachtevangeliums des Erzbischofs Maxim vom J. 1514 (Nr. 79) belegt sind, im Kl. Krušedol. (Abgedruckt in den Serb. Lesekörnern. p. 132.)

Dieses schöne Kunstwerk verfertigte der Goldarbeiter (zlatar) Peter Smederević in Gross-Becskerek, unter dem krušedoler Hegumen Sylvester. Das Silber wiegt 1450 Drachmen oder 11 Pfund 10$^1/_2$ Loth.

17. Phelon (Messrock) mit Perleninschrift, von der Frau Despina, Gemahlin des Vojevoden Njegoje, im J. 7027 (1519), im Kl. Krušedol.

Despina ist hier der in Serbien ehedem und jetzt gebräuchliche Name der Vojevodin.

18. Inschrift auf der silbernen, vergoldeten Trinkschale des Hegumen Dionysius für das Kl. Ravanica in Serbien, vom J. 7031 (1523), im Kl. Krušedol.

Diese massive, in Smederevo gearbeitete, mit verschiedenen Figuren, als Elephanten, Löwen, Affen, Hündchen, Vögeln u. s. w., bedeckte Schale hat die sonderbare Gestalt eines

Kahnes und ist an beiden Endspitzen mit kleinen Handhaben versehen. — Einen viel älteren, ohne zweifel vom Fürsten Lazar herrührenden, silbernen, stark vergoldeten Trinkbecher, mit der später eingegrabenen arabischen Jahrzahl 1389, sah ich im Kl. Vrdnik. Eben daselbst ist auch ein schönes silbernes Modell des Kl. Ravanica und ein Kelch, zwar mit Inschriften, doch aus späterer Zeit (1705 und 1692).

19. Inschrift auf einer grossen silbernen, vergoldeten Schale vom J. 7067 (1559), im Kl. Kuveždin in Sirmien.

20. Nabedrnik (ὑπογονάτιον, ein viereckiges Stück Zeug mit Heiligenbildern, welches die Oberpriester während der Messe an der Seite tragen), mit goldgestickter Inschrift, vom lipover Metropoliten Daniel, im J. 7071 (1563), im Kl. Krušedol.

21. Inschrift der Kirche Petkovica (Filialkirche des Kl. Šišatovac), vom J. 1589.

22. Inschrift auf der, mit dreizehn silbernen, vergoldeten Reifen, Perlen und Steinen reich verzierten Mitra (Bischofsmütze) des belgrader und sirmier Bischofs Joachim, vom J. 7115 (1607), im Kl. Krušedol.

23. Panagiar mit Inschrift, vom Bischof Euthymius, ohne Jahr, im Kl. Krušedol.

24. Inschrift auf einem grossen silbernen, ganz vergoldeten und reich verzierten Kreuze des belgrader Metropoliten Hadži Hilarion, vom J. 7158 (1650), im Kl. Krušedol.

Die Jahrzahl ist dreimal ausgedrückt: ҂зрнн. ҂ахн. 165. (sic, ohne Null).

25. Panagiar mit Inschrift, von dem eben genannten Metropoliten Hadži Hilarion, vom J. 1652, im Kl. Krušedol.

26. Inschrift auf einem silbernen Weihrauchgefäss (роучка), vom J. 1654, im Kl. Kuveždin.

27. Inschrift auf der silbernen, vergoldeten, mit Edelsteinen verzierten und mit Heiligenbildern bedeckten Ripida (Scheibe, von den Ministranten während der Liturgie an einer Stange getragen), von dem eben genannten Metropoliten Hadži Hilarion, vom J. 1664, im Kl. Krušedol.

III. Urkunden.

Bulgarien, Serbien und Bosnien waren einst reich an Urkunden aller Art, vorzüglich an Stiftungs- und Schenkungsbriefen für Klöster und Kirchen. Viele derselben mögen bis ins IX. und X. Jahrh. zurückgereicht haben, die nun wohl in den vielen Kriegen und Drangsalen aller Art, welche diese Provinzen heimgesucht haben, sämmtlich zu Grunde gegangen sind. Reichlicher dürfte die Ausbeute an Diplomen aus dem XIII—XV. Jahrh. sein, die sich ein künftiger slawischer Philolog oder Historiker aus diesen Ländern versprechen mag. Nur weniges davon wurde nach Oesterreich und andern Staaten herübergerettet; das meiste, was noch vorhanden ist, modert in den Klöstern des Ril, Šar und anderer Gebirge. Das uralte bulgarische Kloster Zograf auf dem Athos, ein Chilandar der Bulgaren, der h. Johann Rilski auf dem Orbelus, u. s. w., sind, nach der Aussage sachkundiger Eingebornen, reichhaltige Archive der Chrysobullen bulgarischer Könige. Beachtenswerth sind in dieser Hinsicht auch die Worte des Patriarchen von Bulgarien Euthymius im Leben des h. Petka: „Joann Asjen (1210—1241), syn starago carja Asjena, postavi mitropolity i episkopy svjetlje i blagočestivje, jakože svjetli jego chrysovuli v slavnjej Lavrje svetyje gory i Protatje othr'venom svjedjetelstvujut liecm." Dalmatien und Kroatien, dessen slawische Einwohner schon unter Heraklius (610—641) durch lateinische, aus Rom berufene Priester bekehrt wurden (Const. Porph. de Admin. Imp. c. 31), haben einige lateinische Diplome aus dem IX. Jahrh. mit zahlreichen slawischen Eigennamen aufzuweisen. Aber schon in den Jahren 867—870 fand die durch Cyrills und Methods Bemühungen eingerichtete, und in Bulgarien und Pannonien eingeführte slawische Liturgie auch unter den Serben und Chorwaten Eingang, und Ks. Basilius der Macedonier, selbst ein geborner Slawe (vgl. Kopitar's Beweis in den Jahrbb. der Literat. 46. Bd. S. 83), schickte slawische Priester aus Konstantinopel nach Illyrikum (Const. Porph. de Admin. Imp. c. 29, Vita Basil. n. 54). Von der Zeit an wurde auch in Serbien und Bosnien der Gebrauch der slawischen Sprache in schriftlichen Urkunden und Verhandlungen überwiegend. Serbien hatte schon vor den Nemanjiden Bischöfe, Klöster, Kirchen u. s. w., deren Namen zum Theil von gleichzeitigen Schriftstellern genannt werden; sollten wohl nirgends mehr schriftliche Denkmäler aus dieser Zeit vorhanden sein? Die Zahl der unter den Nemanjiden gestifteten und mit Chrysobullen versehenen Klöster ist bedeutend gross. Viele von diesen Stift- und Schenkurkunden wurden in den Klöstern und Kirchen auf marmorne Tafeln eingegraben. Die Inschrift zu Žiča ist ein sprechendes Beispiel solcher eingegrabenen Chrysobullen von Stephan I.; und in dem krušedoler Matthäus Vlastares v. J. 1453 (N. 151) fand ich dürftige Excerpte mehrerer Urkunden des h. Sava, Kgs. Stephan I. und Kgs. Milutin. Von den Donationsurkunden alter serbischer Familien und von den Freibriefen der Städte, von denen in Stephan Dušan's Gesetzbuche so oft Meldung geschieht, und die noch zahlreicher als jene obigen gewesen sein müssen, will ich hier gar nicht reden. Wohl liegen die meisten Klöster aus dieser Periode bereits in Trümmern; einige schriftliche Denkmäler sind auch in den vielen türkischen Unruhen aus dem Lande geführt worden; dennoch zweifle ich nicht, dass Chilandar, Dečani, Piva u. s. w. noch so manches schätzbare Diplom aus dieser Zeit bergen. Der Despot Georg Branković 1428—1457 schleppte ein ganzes serbisches Archiv mit sich herum, welches ihm in Ragusa abgenommen wurde und nun verschollen ist. (Engel's Gesch. v. Serbien S. 385). Gegenwärtig sollen sich in Ragusa im dortigen geheimen Archive noch gegen 12 alte serbische Diplome aus dem XIII.—XV. Jahrh. befinden; aber ein Verzeichniss dieser Diplome konnte ich nicht erhalten, da man sie dort mit Misstrauen bewacht. Auch Andr. Kačić Miošić beruft sich in seinem sehr interessanten Buche Razgovor ugodni naroda slovinskoga etc., besonders im 2. Theile desselben, wo er historisch-genealogische Notizen über sehr viele alte serbische Familien zum Theil aus Archiven mittheilt, äusserst häufig auf Diplome serbischer und bosnischer Könige. Man kann mit gutem Grunde annehmen, dass sehr viele dieser alten Diplome in slawischer Sprache ausgestellt seien; aber specielle Angaben über dieselben theilt Kačić nicht mit.

28. Des Bans von Bosnien Kulin Freundschaftsvertrag mit dem Comes von Ragusa Gervasius (крьвашь) dd. 29. Aug. 1189.

29. Des Grossžupans Nemanja Stiftungsbrief für das Kl. Studenica in Serbien, zw. 1160—1195.

Der h. Sava erwähnt in der von ihm um 1210 verfassten Biographie seines Vaters Symeon (N. 108) dieser Urkunde. Von derselben ist nun keine Spur in Studenica mehr vorhanden.

30. Kgs. Stephan I. Schenkungsbrief für das Kl. Studenica über mehrere demselben verliehene Besitzungen und Einkünfte, zw. 1195—1221.

Eine in Studenica sehr nachlässig verfertigte Abschrift dieser Urkunde fand ich in einen Kodex v. J. 1619.

31. Privilegien der Stadt Cattaro in Dalmatien, 1240—1314.

„Kyr Helenae (Gemahlin Uroš des Grossen) memoriam conservat et urbs Catarus in suis privelegiis“, sagt Pejačević in s. Hist. Serv. p. 214.

32. Königs Stephan Uroš Milutin Schenkungsbrief für das Kloster Chilandar über mehrere Dörfer, vom J. 1291—1308, im Kl. Chilandar.

J. Raić in s. Istorija Bolg., Chorv. i Serbov, Wien 1794. 8°. Bd. 2. S. 490—491 führt einige Stellen aus diesem Schenkungsbriefe an, von dem er sich 1758 in Chilandar eine Abschrift verschafft haben mag, wiewohl ihm der freie Zutritt zu den dortigen Literaturschätzen durchaus nicht gestattet wurde. Da Eustachij 1291—1308 Erzbischof war, so fällt das Datum der Urkunde innerhalb dieser Jahre.

33. Königs Stephan Uroš Milutin Schenkungsbrief für das Kl. Chilandar über eine von ihm auf dem Athos erbaute Kirche („pir'g i na njem chram Spasov“) sammt Zubehör, im J. 6810 (1302), in Kopie aus dem XVI. Jahrh. in dem Metropolitanarchiv zu Karlovic.

Dies ist die älteste der in Karlovic vorhandenen serbischen Urkunden, und leider auch nur eine, wie es scheint, eben nicht sehr genaue Kopie. Das Original ist ohne Zweifel in Chilandar noch vorhanden.

34. Königs Stephan Dečanski Stiftungsbrief für das Kloster Dečani, vom J. 13.

Der Erzbischof Daniel erwähnt in s. Chronik dieses Stiftbriefes.

35. Des Carj Stephan Dušan Urkunde vom J. 1346, datirt von Ragusa.

Ob in serb. Sprache und wo die Urkunde jetzt befindlich sei, weiss ich nicht. Es erwähnen derselben Card. du Fresne D. Ducange (eigentlich Jo. Tomka Szászky) Illyricum vetus et novum, sive Historia regn. Dalm., Croat., Slav., Bosn., Serv. atque Bulg. Poson. 1746. Fol. pag. 92, ferner Engel III. 279.

36. Des Carj Stephan Dušan Schenkungsbrief für das Kl. Chilandar über einige von ihm auf dem Athos erkauften Grundstücke sammt einer Kirche, vom 12. Dec. 6856 (1347).— Abschrift aus dem XVI. Jahrh. in dem Metropolitanarchiv zu Karlovic.

Diese Urkunde hat wegen der bei Beschreibung der Gränzen vorkommenden Ausdrücke einen hohen sprachlichen Werth. Schade, dass die unverbürgte Richtigkeit der Kopie die Erklärung mancher Wörter derselben sehr erschwert.

37. Des Carj Stephan Dušan Bestätigungs- und Schenkungsurkunde über die dem Kl. Chilandar von seinen Vorfahren und von ihm selbst verliehenen Dörfer, Besitzungen und Einkünfte in seinem ganzen Reiche, vom J. 6856 (1348), das Original auf Pergament mit hängendem, silbernem und vergoldetem Siegel im Metropolitan-Archiv zu Karlovic.

Dies ist die älteste serbische Urkunde, deren Original von mir eingesehen worden ist. Ihre Wichtigkeit für Geschichte und slawische Sprachkunde leuchtet von selbst ein. Carj Dušan ertheilte auf Bitten der Mönche diese Urkunde dem Kl. Chilandar während seines Besuches des h. Berges, und bestätigte dann alle von seinen Vorfahren demselben verliehenen Besitzungen in seinem ausgedehnten Reiche, fügte auch selbst einige neue Schenkungen hinzu. Bloss an Dörfern werden mehrere Hunderte in allen Provinzen seines Reiches genannt. Die Bedeutung vieler serbischer Wörter ist kaum zu errathen. Aus allen drei Diplomen (Nr. 35—37) sieht man, dass der damalige serbische Kurialstyl von griechischen technischen Wörtern nicht frei war.

P. Solarić, der Herausgeber eines Diploms von Dabiša, schrieb den 19. Aug. 1814 von Venedig aus an seinen Freund Gabriel Bajčević in Neusatz: знамъ еще (ausser dem Diplome Dabiša's vom J. 1395) за дѣѣ (дипломе) двухъ Императоровъ нашихъ, равноже здѣ има около 20 пѣнязей сербскихъ". S. Ljetopis Srbski 1826. III. 202. Wenn demnach das Wort Imperator hier im eigenen Sinne zu nehmen ist, so müssten die zwei Diplome von Dušan und Uroš sein.

38. Des Fürsten Vlk Branković Schenkungsbrief für das Kl. Chilandar über zwei innerhalb seiner Besitzungen gelegene Dörfer (vom 15. Aug. 1371), das Original auf Pergament mit hängendem, silbernem und vergoldetem Siegel in dem Metropolitan-Archiv zu Karlovic.

Sowohl die Urkunde selbst, als auch das Insiegel, ermangeln des Datums; dieses ist aber ganz unten am Rande von neuerer Hand in deutscher Sprache und Schrift vorgemerkt. So sehr ich mich auch bemüht habe, Aufklärungen über dieses Datum zu erhalten, so wusste mir doch Niemand den Ursprung desselben anzugeben, welches übrigens sowohl zu dem Inhalte der Urkunde, als auch zu andern Umständen, sehr gut passt.

39. Des Fürsten Lazar Schenkungsbrief für das Kl. Ždrelo in Serbien über mehrere Dörfer, vom 1. Aug. 1380, das Original (angeblich) auf Pergament im Kl. Ždrelo, jetzt Gornjak genannt, in Serbien.

J. Vuić machte in s. Putešestvije po Serbii, S. 71—72, eine von ihm besorgte Abschrift dieses Diploms bekannt. Hr. Vuk Stefanović Karadžić hatte die Güte, es für mich auf das genaueste zu kopiren und zu beschreiben. Sowohl aus der Beschreibung, als auch aus der Kopie ersehe ich, dass das Diplom unecht und ein Produkt neuerer Zeiten ist, womit auch Hr. Karadžić einverstanden ist.

40. Des Fürsten von Serbien, Lazar, Schenkungsbrief für das

Kl. Chilandar über einige Dörfer, im J. 6888 (1380), im Kl. Chilandar.

J. Raić in s. Istor. Serb. Bd. 3, S. 24 führt einige Stellen aus diesem Diplome an, kraft dessen Lazar dem chilandarischen, von Stephan Dušan errichteten und dotirten Hospital mehrerer Dörfer schenkte.

41. Des Fürsten Lazar Stiftbrief für das Kl. Ravanica in Serbien, vom J. 6889 (1381), das Original auf Pergament mit hängendem goldenem Siegel im Kl. Vrdnik, jetzt auch Ravanica, in Sirmien.

Das Original der Stifturkunde für das berühmte, von den Türken schon oft verheerte, und von den Serben eben so oft aus den Ruinen wieder hergestellte Kl. Ravanica in Serbien wurde, sammt anderen Originalbriefen, Handschriften und Kirchenkostbarkeiten, bei Gelegenheit der grossen Auswanderung unter dem Patriarchen Černović durch Mönche zuerst nach Ofen, hierauf nach Vrdnik in der Fruškagora gebracht, woselbst nun auch der Körper des h. Lazar ruht. Seit der Zeit wird Vrdnik auch Ravanica genannt. Im J. 1828 geschah es, dass die grosse, mit Eisen stark beschlagene Kiste mit Silbergefässen, Urkunden (ausser dem Diplome Lazars befinden sich auch mehrere jüngere von walachischen Fürsten und russischen Carjen darin) und andern Kostbarkeiten gestohlen und in Wald geschleppt, aber wieder uneröffnet gefunden ward. In Serbien befindet sich gegenwärtig nur eine Abschrift der Originalurkunde zu Kragujevac. Man erstaunt über die fürstliche, wahrhaft kaiserliche Ausstattung (Lazar war gekrönter Carj, führte aber aus Bescheidenheit nur den Titel Knez) dieses Klosters, in welchem Lazar ein zweites Chilandar für sein Land errichten wollte. Mehr als 150 demselben geschenkte Dörfer werden namhaft gemacht und nach ihren Gränzen beschrieben, anderer Besitzungen und Einkünfte nicht zu gedenken. Auch in sprachlicher Hinsicht ist die Urkunde wichtig. Das Siegel bei derselben hat zwar eine Inschrift, aber keine Jahrzahl; demnach ist die Jahrzahl 6882 (1374) eines im 4. Bande des Ungar. Magazins S. 10 und bei Raić Bd. 3, S. 1 abgebildeten Lazarischen Siegelstempels nicht auf die Schrifturkunde von Ravanica zu beziehen, wie es Engel III. 336 irrig gethan hat.

42. Des Kgs. Stephan Tvàrdko I. von Bosnien (1374; st. 1391) Schenkungsbrief für den Grafen Johann von Nelipče über die Landschaft Tenen, datirt aus Ostrovica im J. 1390, das Original im Archive der gräfl. Familie Orsić.

Eine lateinische Uebersetzung des Diploms lieferte Jos. Mikótzi in s. Otiorum Croatiae Liber Unus, Budae 1806. 8°. pag. 433—434, ohne zu erwähnen, ob das serb. Original mit cyrillischer oder lateinischer Schrift aufgesetzt sei.

43. Des Kgs. Dabiša von Bosnien Schenkungsbrief über das Gebiet Vojnica und Godalje für die Familie Marnavić, datirt von Sutjeska den 2. April 1394.

Die lateinische Uebersetzung dieser ursprünglich in serbischer Sprache ausgestellten Urkunde ist in Jo. Tomci Marnavitii Judicia vetust. famil. Marnavitiae, Romae 1632. 4°. abgedruckt, und durch Zeugnisse konstatirt, dass dieselbe gefertigt sei „ex membrana pergamena antiquissima charactere cyrilliano ac antiqua lingua illirica scripta, de verbo ad verbum, nil addendo vel minuendo, sed prout jacet in litteris originalibus etc.“

44. Des Kgs. Stephan Dabiša Schenkungsbrief über ein Dorf für seine Tochter Stana, datirt von Sutjeska den 26. April 1395, das Original auf Pergament im kais. geh. Haus-, Hof- und Staatsarchiv zu Wien. Hr. Davidović machte eine Abschrift dieser Urkunde in der wiener serb. Zeitung 1815, 3. Sept. N. 195, durch den Druck bekannt. Hr. Kopitar hatte die Güte, das Original für mich aufs neue zu conferiren. Das beigedruckte Insiegel hat eine lateinische Aufschrift.

45. Königs Stephan Dabiša Schenkungsbrief für den Župan Vl'kmir, vom 17. Mai 1395, das Original auf Pergament ehedem (1815) im Besitze des Schiffkapitäns Nikolaus Vučetić zu Triest.

P. Solarić liess dieses Diplom in Kupfer stechen und gab es mit einer leider sehr schwerfälligen, über unwesentliche Sachen unendlich breiten, aber das Wesentliche unerklärt lassenden Erklärung heraus: Objasnenije ko snimku diploma Stefana Dabiše, Vened. 1815. 8°. Beide diese letztere Diplome Dabiša's sind von der Hand des Logotheten Thomas, und doch sollen die Schriftzüge sehr von einander abweichen! Allein auf die Treue des Kupferstichs bei Solarić ist nicht zu bauen, und Thomas konnte ja Schreiber haben, die seine Koncepte ins Reine schrieben, und darin auch die Formel: „rukoju logotheta Tomaša“ (d. i. manu logothetae Thomae). Auch bei diesem Diplom hat das beigedruckte Siegel eine lateinische Inschrift.

Von Diplomen des Königs Dabiša spricht beiläufig auch der ungenannte Verfasser der „Topografia Veneta“, Venezia 1787. 8°. Bd. I. S. 215, ohne die Sprache, in welcher sie abgefasst sind, oder den jetzigen Aufbewahrungsort genauer anzugeben.

46. Des Kgs. von Bosnien Ostoja (1396; st. 1435) Originaldiplom mit hängendem goldenem Siegel, in Pest.

Die Nachricht von diesem Diplom erhielt ich durch den Med. Georg Pantelin, der Eigenthümer will seinen Namen und sein vermeintliches (etwa geraubtes) Kleinod geheim halten.

47. Der Gebrüder Grgur Vlković, Djuradj und Lazar, Söhne des Fürsten Vlk Branković (st. 1398), und ihrer Mutter der verwitweten Fürstin Mara Schenkungsbrief für das Kl. Chilandar über das Dorf Orahovac in Serbien, das Original (um 1400) im Kl. Chilandar.

J. Raić erwähnt in s. Istorija Bolgar, Chorvatov i Serbov Bd. III. S. 79 dieses Diploms, und führt einige Stellen, so wie die Unterschrift aus demselben an, ohne jedoch die Jahrzahl anzugeben.

48. Des Kgs. Tvàrdko II. von Bosnien Schenkungsbrief für Johann Marnavić über Ländereien in der Gegend von Vojnica und Duvno, datirt zu Sutjeska den 7. Oktb. 1426.

Die lateinische Uebersetzung dieser in serb. Sprache ausgestellten Urkunde ist in J. T. Marnavić's oben erwähntem Buche: Indic. vetust. famil. Marnavitiae, abgedruckt, woraus dieselbe der Abt B. A. Kèrčelić in s. Notit. praelim. de regno Dalm. Croat. etc. Zagrab. 1771. Fol. p. 257 aufgenommen hat Vgl. Pejačević Hist. Serv. Colocae Fol. p. 399—402. Engel Gesch. v. Serb. S. 374. Gebhardi Gesch. v. Serb. (Pest) S. 433.

49. Des Königs von Bosnien und Serbien Stephan Thomas

Schenkungsbrief für den Logotheten Ratković, vom 14. Oktb. 1458, bei Herrn Janković in Pest, in Kopie aus dem XVI. Jahrh.

Die Kopie, die sich gegenwärtig in dem reichhaltigen Privatmuseum des Hrn. Janković befindet, stammt aus der Bücher- und Handschriftensammlung des ehemaligen Erzbischofs und Primas Verantius.

50. Der Ex-Sultanin Mara, Tochter des Despoten Georg Branković, Urkunde für das Kl. Chilandar über die nach alten Verträgen von den Ragusanern früher nach Jerusalem, nun an die Klöster Chilandar und St. Paul jährlich zu zahlenden 1000 ragusan. Perpern, vom 13. April 6987 (1479), im Kl. Chilandar.

Eine Erwähnung dieses Diploms findet man in J. Raić's Istor. Serb. Bd. III. S. 322—323.

51. Des Herzogs vom Lande des h. Sava und Peć, Vladislav, Schuldbrief an die Ragusaner über 600 ihm geliehene Perpern, datirt aus Ragusa den 11. März 1480. Das Original in Privathänden.

52. Des Vojevoden von der Cèrnagora, Johann Cèrnojević, Schenkungsbrief für das Kl. Cetinj, vom J. 1485, das Original in dem Metropolitenkloster zu Cetinj in der Cèrnagora.

Hr. A. Kucharski, der im J. 1829 auf seiner Reise durch mehrere slawische Länder auch nach der Cèrnagora einen Ausflug machte, führt dieses Diplom in dem Verzeichnisse der von ihm daselbst gesehenen, alten schriftlichen Denkmäler auf. S. Časopis wlast. Museum w Čechách, Prag 1829 Heft 4. S. 122—130.

53. Des Despoten Johann Schenkungsbrief für das Kl. St. Paul auf dem Berge Athos, vom 3. Novb. des J. 7004 (1495), das Original mit hängendem goldenem Siegel in dem genannten Kloster.

Abgedruckt im P. Julinac: Vureden v istor. slav. serb. naroda, S. 120—124. Julinac sah das Diplom 1764 bei dem Prohegumen des Kl. St. Paul. Auch Raić versichert, das Original selbst gesehen zu haben und liefert von dessen hängendem Siegel (von ihm Moneta aurea genannt) eine treue Abbildung. Istor. Serb. III. 316.

54. Des Despoten von Serbien Johann Schenkungsbrief für das Kl. Krušedol über mehrere Dörfer, datirt im Schlosse Bèrkasovo

vom 4. Mai 7004 (1496), das Original auf Pergament mit hängendem Siegel im Kl. Krušedol.

Diese Urkunde hat durch Nässe und Verwahrlosung so sehr gelitten, und ist durch willkürliche, in Sprache und Orthographie von dem Original ganz abweichende Auffrischung verbliebener Wörter und Zeilen so verunstaltet, dass der Text mit Genauigkeit nicht mehr zu entziffern ist. Höchst auffallend ist es, dass dieses Diplom mit bulgarischer Orthographie ausgestellt wurde.

55. Des Vojevoden von Walachien Matia Bassaraba Schenkungsbrief an das Kl. Papratije, vom J. 7153 den 20. Novb., das Original auf Pergament mit hängendem Siegel im Kl. Šišatovac.

Die Orthographie ist zwar bulgarisch, doch sehr unstet, die Sprache schlecht.

IV. Handschriften.

A. Bibel.

So zahlreich auch Handschriften einzelner biblischer Bücher, besonders des Psalters, der Evangelien und der kanonischen Briefe der Apostel (Evangelije, Apostol) in den serbischen Klöstern Slawoniens und Ungarns anzutreffen sind: so ist doch eine ganze slawische Bibel in der Handschrift bis jetzt in dieser Gegend nirgends entdeckt worden. Dies darf uns nicht befremden, da man selbst in Russland nur vier Codices der ganzen Bibel kennt, deren ältester vom J. 1499 ist. Zwar erwähnt P. Solarić in s. Pominak knižeskij, Venedig 1810. 8°. S. 33—34 einer slawischen, im Kl. Njem'c in der Moldau geschriebenen, ehemals bei Pericinotti in Venedig befindlichen, nun nach England ausgeführten Bibel vom J. 1429; allein Dobrovský war geneigt, den scheinbar sehr bestimmten Ausdruck „ljepu rukopisnu bibliju našu“ nur von einem Theile des Neuen Testaments (Evangelium oder Apostol) zu verstehen. Dem sei indess wie es wolle, so möchte ich für meinen Theil aus dem gegenwärtigen Mangel an Handschriften des Alten Testaments und der ganzen Bibel nicht folgern, dass überhaupt vor dem XV. Jahrh. eine Uebersetzung der ganzen Bibel im Slawischen nicht vorhanden war. Denn alle Bücher des Alten und Neuen Testaments in einen Kodex zu drängen, war bei der Beschaffenheit der cyrillischen Schrift, besonders in alten Zeiten, sowohl für den Schreiber als den Leser sehr unbequem, wo nicht unmöglich, und schrieb man die Theile des bequemern Gebrauchs wegen einzeln ab, so ist es natürlich, dass man diejenigen am meisten vervielfältigte, deren man zum täglichen Gottesdienste unumgänglich nothwendig bedürfte. Ich kann mich hier auf die Aufzählung und Beschreibung der zahlreichen Handschriften biblischer Bücher aus den späteren Jahrhunderten gar nicht einlassen, und begnüge mich einiges Denkwürdigere besonders aus der älteren Zeit auszuheben.

56. Die fünf Bücher Mosis, das Buch Josua, das Buch der Richter und die vier Bücher der Könige (nach dem Ausdrucke der Griechen) aus dem XV. Jahrh., 358 Bl. auf Papier in Folio, im Kl. Krušedol.

Ehemals bestand die Handschrift, wie man aus der Signatur vermuthen kann, wenigstens aus 384 Bl., jetzt fehlen im Anfange 26 Blätter. Das Ende ist ohne Datum. Sonst ist die Handschrift, von den besagten Lücken abgesehen, noch ziemlich gut erhalten. Der Text weicht von jenem der Ostroger Ausgabe und von andern bedeutend ab. Das Ende ist mit bulgarischer Orthographie geschrieben (wahrscheinlich unter Maxim).

57. Ein Pergamentblatt aus einem Psalterium in 4°., wahrscheinlich aus dem XII. Jahrh., in meinem Besitze.

Es enthält dieses Blatt, welches ich an der innern Seite des Deckels eines handschriftlichen Euchologion befestigt fand, den Psalm CXVIII., 21—43. Die Orthographie, die zwischen der bulgarischen und russischen gewissermassen die Mitte hält, bietet manches Eigenthümliche dar. Sie stimmt mit der des bald zu charakterisirenden Evangelienfragments (N. 68) in der Hauptsache überein. Ich nenne diese Familie der Handschriften, wegen der Verwechslung des u und v, z. B. včenik, navči, prauda, u slovesjech u. s. w., und wegen anderer Spracheigenheiten, die ruthenische oder russinische, deren Gebiet Ostungarn und Ostgalizien ist, und rechne zu derselben auch das berühmte, aus Krylos bei Galič stammende Evangelium in Moskau vom J. 1144, ferner den Hanke'schen Kodex aus dem XIII. Jahrh. in Wien.

58. Psalter, mit der akathistischen Hymne, auf Pergament in 16°., in der Vaticana zu Rom.

Dobrovský beschreibt den Kodex, nach dem Canonicus Bobrowski, folgendermassen: „Cod. serb. membran. in 16°., in Bibl. Vatic., aetatis posterioris, nitide exaratus, sed charactere mirum in modum reformato ex Cyrilliano, ita ut scriptor artem tachygraphicam fingere videatur". Instit. l. slav. p. XIII—XIV.

59. Psalter, aus dem XV. Jahrh., auf Papier in 4°., in der kais. Hofbibliothek zu Wien.

Dobrovský Instit. l. slav. p. XXVII.

60. Psalter, auf Papier in Fol., aus dem XV. Jahr., im Kl. Vrdnik.

Das Ende fehlt, sonst noch ziemlich gut erhalten.

61. Psalter, Apostol (d. i. Apostelgeschichte und Lectionen aus den kanonischen Briefen) und die Synaxarien sammt dem Horologium, aus der 2. Hälfte des XV. Jahrh., 252 Bl. auf Papier in Fol., im Kl. Krušedol.

Diese Handschrift befand sich ehedem in der Sammlung des Erzbischofs Maxim, wie am Ende derselben bemerkt wird. Sie ist, besonders im Anfange, sehr beschädigt. Der Schriftzug ist charakteristisch: eine Kurrentschrift, derjenigen, mit welcher die letzten Blätter des krušedoler Pravilnik vom Jahre 1453 (Nr. 151) geschrieben sind, sehr ähnlich.

62. Psalter mit dem Posledovanije, d. i. mit den Synaxarien, dem Horologium u. s. w., aus dem Ende des XV. oder dem Anfange des XVI. Jahrh., auf Papier in 4°., 412 Bl. Ehedem in der gräfl. Tolstoj'schen, nun in der kais. Bibliothek in St. Petersburg.

Im J. 1618 befand sich die Handschrift in der Einsiedelei bei Studenica, im J. 1638 wurde sie von Athos nach Russland gebracht. Vgl. Kalajdovič und Strojev Opis. slav.-ross. rkp. itd. 1825. 8°. S. 359.

63. Psalter, mit dem Menologium oder Synaxarium, dem Kultus für die grosse Faste, dem Horologium und mehreren Kanonen für Heilige, geschrieben von dem Hieromonach Gavrilo Trojičanin im Kl. Trojica in Serbien, im J. 7156 (1646), 464 Bl. auf Papier in 4°., in meinem Besitze.

Nicht das Alter, sondern andere Eigenthümlichkeiten dieser Handschrift sind die Ursache, dass ich sie hier näher beschreibe. Auf die Psalmen folgt nämlich der Mesjacoslov, d. i. das Synaxarium od. Menologium, nicht wie sonst bloss die Namen der Heiligen und die Troparien und Kondakien, sondern auch kurze, aber schätzbare chronologische und biographische Notizen, als Beigabe des Schreibers, enthaltend. Es wäre sehr zu wünschen, dass künftig die Forscher auf Handschriften dieser Art ihr Augenmerk mit besonderer Wachsamkeit richten, um zu erfahren, ob es nicht ältere Handschriften mit solchen oder noch reichhaltigeren Beilagen gebe. Die Chronologie, die in diesem Menologium befolgt wird, verdient vollends unsere Beachtung und muss hier näher auseinander gesetzt werden. Bekanntlich herrschten unter mehreren Jahrrechnungen der morgenländischen Christen besonders zwei vor 1) die historische oder alexandrinische von Julius Africanus, welche (nach Gatterer) von der Schöpfung bis zur Geburt Christi 5501 Jahr zählt, und 2) die bürgerliche oder konstantinopolitanische, welche 5509 rechnet, und das Jahr mit dem 1. Septb. anfängt, so dass 5509 dieser Aera = 1 nach Christi Geburt ist. Sowohl diese, als auch jene Jahrrechnung kommt in serbischen Handschriften vor, und zwar beide oft in einem und demselben Kodex. Die Ursache dieses sowohl für die ältere serb. Geschichte, als auch für die Handschriftenkunde äusserst wichtigen, bis jetzt, so viel mir bekannt, von Niemanden beachteten, Doppelgebrauchs will ich hier nicht näher untersuchen. Hier nun einige Beispiele aus dem genannten Menologium. Man vgl. z. B. beim 25. März: Blagovještenije... ježe byst... v ljeto ҂еуче. = 5499, beim 5. Decb.: Rožd'stvo Christovo... ot bytija miru v ljeto ҂еф. = 5500, beim 6. Jän.: Bogojavljenije... kr'sti se Isus Christos v lj. ҂ефл. = 5530, beim 1. April: Isus Christos raspet byst i v'skr'se... v lj. ҂ефле. = 5535 (wobei also angenommen wird, dass der Erlöser an 35 Jahre auf Erden gelebt habe); dahingegen beim 15. Mai: Sv. Lazar... ubijen byst na Kosovu... ot s'tvorenija svjeta v lj. ҂Sѡчѳ. = 6897 (1389) usw. Bei jedem in diesem Menologium namhaft gemachten Heiligen sind chronologische Angaben über seine Lebenszeit beigefügt. Mehr oder minder ausführlich und interessant sind die Nachrichten bei den hh. Kyrill, Johann Rilski, Symeon, Sava, Arsenij, Stephan Dečanski, Lazar, der h. Petka usw. Der Vf. führt oft verschiedene Angaben an, mit der Bemerkung, er habe es in dem einen Ljetopis so, in dem andern anders gelesen. Für den Gebrauch der alexandrinischen Aera führe ich nur noch einige andere Daten als Zeugen an. In einem handschriftlichen Ot'čnik auf Papier in Fol. im Kl. Krušedol liest man am Ende: s'vr'ši' se meseca maja .ѕ. d'n v lj. ҂змa. (7041) a ot rožd'stva Christova ҂aфм. (1540). Der Schluss der gedruckten venediger Liturgien 1527 lautet: s'vr'ši se ot bytija v l. ҂зкз. (7027), a ot rožd'stva Christova ҂aфкз. (1527), und des Euchologion von Goraždje 1531: s'vr'ši se ot bytija v l. ҂злв. (7032) a ot rožd'stva Christova ҂aфлa. (1531), meseca Ochtomvrija .кa. d'n. In einem von Dragosavljević erwähnten Molitvoslov, viell. Vinc. Vuković's Ven. 1560. 8°., in der chronolog. Tafel liest man: „Ot Adama do Roždenija Christova 5500. Od Adama do spasenija strasti Iisusa Christa 5533." Bekanntlich müssen bei der konstantinopolitanischer Jahrrechnung statt 5508 allemal 5509 abgezogen werden, sobald das Datum in die Monate Sept. bis Dezb. fällt, und dies findet man in Handschriften, wo beide Jahrzahlen nach der Welterschaffung und nach Christi Geburt neben einander gesetzt werden, meist sehr genau beobachtet: bei der alexandrinischen Aera kommt hingegen, wie man schon aus den angeführten Beispielen sieht, der missliche Umstand vor, dass die Mönche bald volle 5501, bald nur 5500 Jahre bis Christi Geburt zählen und den Anfang des Jahres bald auf den September setzen, bald auch nicht. — Welche unangenehme Verwirrung chronologischer Daten in die ältere serbische Geschichte diejenigen serbischen Schriftsteller, die den wichtigen Unterschied und Gebrauch dieser beiden Aeren nicht kannten, gebracht haben mögen, wird man nach dem Gesagten von selbst entnehmen können.

64. Neues Testament sammt Psalter, alte serb. Handschrift, ehemals in der Privatbibliothek des Papstes Benedikt XIV.

Dobrovský sagt von dieser Handschrift: „Cod. serb. antiquus, olim in peculiari bibliotheca Benedicti PP. XIV., a Caramano et Math. Sović inspectus.“ Inst. l. slav. p. XIII.

65. Neues Testament, enthält nach dem Evangelium Johannis auch die Apokalypse sammt vier andern kurzen Aufsätzen, auf Pergament in 8°., in der St. Marcus-Bibliothek zu Venedig.

Die vier Aufsätze sind: a) de decem verbis scriptis in tabulis lapideis, b) Dorothei episcopi Tyri de 68 discipulis Domini, c) Epiphanii de apostolis, d) de Pauli ortu et martyrio. Dobrovský Instit. l. slav. p. XIV—XV. Id. ap. Griesbach N. 11.

66. Lectionen aus den Evangelien für das ganze Jahr, auf Pergament, angeblich aus dem XI. Jahrh., in der Vaticana zu Rom.

Assemani schätzte sein Alter so hoch; Dobrovský nennt ihn „codex serbicus“. Inst. l. slav. p. XII.

67. Die vier Evangelien, auf Pergament, angeblich (nach dem Katalog) aus dem XI. Jahrh., ehemals in der Coislinian'schen, jetzt in der k. Bibliothek zu Paris.

Dobrovský Instit. l. slav. p. 689, 693, 705—706.

68. Zwei Pergamentblätter eines Lectionarium der Evangelien in 4°., wahrscheinlich aus dem XI. Jahrh., in meinem Besitze.

Ich fand diese zwei Pergamentblätter an der innern Seite des Deckels eines handschriftlichen Liturgiarions aus dem XV. Jahrh. befestigt. Die Fragmente bieten in dem Gebrauche der Vocale viel Eigenthümliches dar, und in dieser Hinsicht stehen sie in der Mitte zwischen der bulgarischen und russischen Handschriftenfamilie und gehören zu der ruthenischen Recension. Sie enthalten das Ende des neunten Auferstehungsevangelium Joh. XX., 19—31, ferner das zehnte Auferstehungsevangelium Joh. XXI., 1—14, dann das Ende einer Homilie, und endlich das Evangelium Matth. XIV, 22—34. Die Schrift hat zum Theil schon sehr gelitten und ist nicht mehr ganz zu lesen.

69. Das ehemalige berühmte Evangelienbuch zu Rheims, cyrillisch und glagolitisch auf zwei Kolumnen geschrieben, wahrscheinlich aus dem XIII. Jahrh., in der französischen Revolution zu Grunde gegangen.

„Evangelia", sagt Dobrovský, „slavonica lingua exarata, religiosē Rhemis servata, quae reges Galliae coronandi praestando jusjurandum tangere solebant, furor tumultuantium, proh dolor igni tradidit". Instit. l. slav. p. XIV. Alter vermuthete, dass dieses Evangelium um das J. 1204, nach der Plünderung der Sophienkirche zu Konstantinopel (im J. 1204) durch die Lateiner, Dobrovský hingegen, dass es erst unter Ludwig dem Heiligen, als ein Geschenk von der serbischen Königin Helena, die eine französische Prinzessin war, etwa um das J. 1250 nach Frankreich gekommen sei. Allein Helena wird in den Chroniken nur eine fränkische Prinzessin genannt, was überhaupt nur eine Nichtgriechin und Nichtserbin bedeutet. Auf die Aussagen und Zeugnisse des Ks. Peter I. und des gelehrten Engländers Thomas Ford Hill gestützt, hielt es Dobrovský dafür, dass dieses Evangelium auf zwei Kolumnen mit cyrillischen und glagolitischen Buchstaben geschrieben war, und höchstens aus dem XIII. Jahrh. stammen mochte.

70. Die vier Evangelien, aus dem Anfange des XIV. Jahrh., 391 Bl. auf Pergament in kl. 4°., im Kl. Šišatovac in Sirmien.

Die Handschrift ist am Anfange und Ende verstümmelt, und auch sonst lückenhaft. Vorne fehlen 5 Blätter, das erste vorhandene Blatt beginnt mit dem Kapitelindex des Matthäus; nach dem ersten Blatte des Textes des Matthäus sind 5 Blätter ausgeschnitten; in dem Directorium über die Lectionen sind in der vorletzten und letzten Lage 9 Blätter herausgerissen; und am Ende scheint eine ganze Lage abzugehen, indem der Perikopen-Index mit dem 1. Februar abbricht; überdies sind die letzten 5 Bl. sehr beschädigt. Der Kodex hat von der Zeit mehr gelitten, als der Apostel vom J. 1324, besonders ist die rothe Schrift sehr verwischt. Die Schriftzüge sind gröber und weniger gleichgehalten, als in dem Apostol; die Schwärze frischer; dennoch möchte ich dieses Evangelium für etwas älter halten, als der Apostol ist. Die Orthographie ist rein serbisch.

71. Die vier Evangelien, auf Pergament in 4°., nach Assemani aus dem XIII. Jahrh., nach Dobrovský aus dem Ende des XIV. oder Anfange des XV. Jahrh. in der Vaticanbibliothek zu Rom.

Dobrovský Inst. l. slav. p. XII—XIII. 75. Id. ap. Griesbach „Vat." Alter p. 1008.

72. Die vier Evangelien, vom J. 6880 (1372), ein serbischer Kodex auf Pergament, auf der k. k. Hofbibliothek in Wien.

73. Die vier Evangelien, wahrscheinlich aus dem XIV. Jahrh., auf Pergament in 8°., im Kl. Nikolja in Serbien.

Eine Beschreibung dieser, am Anfange und Ende unvollständigen Handschrift findet man in V. St. Karadžić's Danica 1826 S. 14 ff. Bemerkenswerth ist, dass in derselben das den Serben eigenthümliche Zeichen ћ für das erweichte т und д gebraucht wird. Das älteste Originaldenkmal mit diesem Buchstaben, welches ich bis jetzt entdeckt habe, ist die Schrifturkunde für das Kl. Ravanica vom J. 1381 (N. 41). In allen ältern mir bekannten serbischen Denkmälern wird dieser serbische Laut durch к und г, bisweilen mit einem nachgesetzten + ausgedrückt. Da der Gebrauch des Pergaments bei Handschriften in Serbien im XV. Jahrh. bereits sehr selten ist, so glaube ich nicht zu irren, wenn ich das Alter der Handschrift in die Jahre zw. 1350—1400 setze.

74. Zwei pergamentene Blätter aus einem serbischen Evangelienkodex aus dem XIV. Jahrh., in meinem Besitze.

75. Die vier Evangelien, mit bulgaro-wlachischer Orthographie, aus dem XIV.—XV. Jahrh., 321 Bl. auf Pergament in Folio, in der Bibliothek des Herrn von Janković in Pest.

Anfang und Ende fehlt. In der Mitte einige Blätter auf Baumwollenpapier.

76. Die vier Evangelien, mit bulgarischer Orthographie; aus dem XV. Jahrh., 167 Bl. auf Papier in kl. Folio, in der Metropolitanbibliothek zu Karlovic.

77. Lectionen aus den Evangelien, mit beigefügten kurzen

Homilien, in ruthenischer Mundart, aus dem XV. Jahrh., 222 Bl. auf Papier in Folio, im Kl. Bodjan in Ungarn.

Die Handschrift ist sowohl im Anfange als auch am Ende defekt, bietet demnach kein Datum dar.

78. Die vier Evangelien, auf Papier in Folio, im J. 1430 durch den Hieromonachen Athanasije in der Lavra Pantokrator auf Athos gekauft und ehemals dem Patriarchen Nikon gehörig.

Dobrovský Instit. l. slav. p. XXII.

79. Die vier Evangelien auf Befehl des Despoten und Erzbischofs Maxim geschrieben durch den Hieromonachen Pankratije im J. 7022 (1514), 354 Bl. auf Papier in gr. Folio, im Kl. Krušedol. (Nr. 16.)

Ein seltenes Prachtexemplar in grösstem Folio, mit bewunderungswürdigem Fleisse und äusserst schön geschrieben. Das Belege der Deckel besteht aus massiven silbernen Tafeln mit Verzierungen und Inschriften.

80. Die vier Evangelien, im J. 1535 von dem Fürsten Peter, Sohn Stephan des ältern, Vojevoden von der Moldau, dem xeropotamer Kloster geschenkt, auf Papier in Folio, in der k. Hofbibliothek zu Wien.

Dobrovský Instit. l. slav. p. XXIII.

81. Die vier Evangelien, geschrieben durch den Hieromonachen Nikanor im Kl. Remeta im J. 7087 (1579), 309 Bl. auf Papier in gr. Folio, im Kl. Krušedol.

Dieses Evangelium wetteifert mit dem vorletzten, unter N. 79 beschriebenen, an Schönheit der Schrift und Pracht des Einbandes. In beiden ist das Papier von blendender Weisse, die Schrift gross und von Anfang bis zu Ende gleichförmig, die Anfangsbuchstaben und die Trennungspunkte zwischen den Sätzen vergoldet etc.

82. Die vier Evangelien, aus dem XVI. Jahr., 339 Bl. auf Papier in Folio, im Kl. Krušedol.

Es ist dies das dritte, kleinste handschriftliche Prachtevangelium im Kl. Krušedol, die Deckel mit Silber beschlagen, vergoldet und mit Heiligenbildern und Edelsteinen verziert.

Ausserdem sind auch die gedruckten belgrader und mrkšina-crkva'er Evangelien in gleichem Prachtbande da.

83. Die vier Evangelien, auf Papier, in der kön. öff. Bibliothek zu Prag.

Dobrovský Instit. l. slav. p. XVII.

84. Die vier Evangelien, auf Papier in Folio, bei Herrn k. k. Bibliothekskustos B. Kopitar in Wien.

Dobrovský Instit. l. slav. p. XXXI.

85. Apostol, d. i. Apostelgeschichte und die kanonischen Briefe der Apostel, geschrieben unter Kg. Stephan Uroš III. Dečanski, auf Befehl des Erzbischofs Nikodim von dem Hieromonachen Damian in der Stadt Ž(d)rjelo im Distrikte Peć, und beendet am Feste der h. Dreifaltigkeit im J. 6832 (1324), 230 Bl. auf Pergament in 4°., im Kl. Šišatovac.

Abbé Dobrovský benutzte diesen Apostol, der die Apostelgeschichte in der gewöhnlichen Ordnung, die Episteln aber nach Lectionen enthält, bei der Herausgabe seiner altslawischen Grammatik. Von seiner Hand ist die Zählung der geordneten Blätter und die Notation der Texte am Rande. Leider fehlen bei dieser schätzbaren Handschrift bereits einige Blätter, und zwar eins in der Mitte, einige aber vor dem letztem Blatte (230), auf welchem sich die zum Glück erhaltene Schlussrede befindet. Unter Žrjelo ist, meiner Meinung nach, nicht jenes am Flusse Peć, jetzt Kl. Gornjak genannt, sondern ein anderes im Gebiete der Stadt Peć, alban. Ipek, am Flusse Bistrica unweit Dečani zu verstehen. Die Lesarten dieses Apostols sind durch Dobrovský's Meisterwerk zur Genüge bekannt; für den serbischen Sprachgeschichtsforscher sind Macaronismen, wie slunce, j. sunce, živemo, tretijega u. s. w., von gewichtvoller Bedeutung. Sonst ist die Schrift sehr regelmässig, schön, die Orthographie uralt, überall оу statt des späteren ȣ, doch nirgends mehr отъ statt ѿ.

86. Apostol, die Apostelgeschichte und Lectionen aus den Episteln, aus dem XIV. Jahrh., 87 Bl. auf Pergament in 4°., im Kl. Bešenovo.

Diese Handschrift gehört der Orthographie zufolge der bulgarischen Familie an; ist aber sehr unvollständig, indem in der Mitte mehrere Quaternionen ausgerissen sind, und auch am Ende eine bedeutende Anzahl Lagen und somit auch die Schlussworte abgehen. Sie ist bei weitem weder so korrekt, noch so schön geschrieben, als der šišatovacer Apostol.

87. Apostol, geschrieben im J. 1406 und dem Fürsten Hrvoja dedicirt, auf Pergament, ehemals in der Privatbibliothek des Papstes Benedikt XIV., jetzt in der Vaticana (?) in Rom.

Dobrovský Instit. l. slav. p. XIII.

88. Apostol, aus der zweiten Hälfte des XV. Jahrh., 252 Bl. auf Papier in Folio, im Kl. Krušedol.

Die Handschrift hat leider durch die Zeit und Verwahrlosung sehr gelitten. Anfang und Ende fehlt. — Mehrere handschriftliche Evangelien und Apostol aus dem XVI.—XVII. Jahrh., die ebenfalls in Krušedol aufbewahrt werden, übergehe ich hier, weil sie sich durch nichts auszeichnen.

89. Apostol, auf Papier in 4°., in der k. Hofbibliothek in Wien.

Dobrovský Instit. l. slav. p. XXIV.

90. Apostol, aus der ersten Hälfte des XVI. Jahrh., 218 Bl. auf Papier in Folio, im Kl. Rakovac in Sirmien.

Die ersten paar Blätter fehlen; sonst fleissig geschrieben und gut erhalten.

91. Apostol, aus dem XVI. Jahrh., auf Papier in Folio, im Dorfe Ležimir in Sirmien.

Aehnliche und zum Theil auch jüngere Abschriften des Apostols befinden sich hie und da in den Kirchen alter serbischer Gemeinden in Sirmien, in der Báčka usw.

92. Apostol, aus dem XVI. Jahrh., 212 Bl., auf Papier in Folio, im Kl. Fenek im peterwardeiner Gränzregiment.

(Eine spätere Unterschrift darin ist v. J. 7044 [1536].)

93. Die Apokalypse mit dem Anfange des Evangelium Johannis, geschrieben von Radosav zw. 1443—1460, ehemals bei M. Sović.

Die Nachricht bei Dobrovský lautet: parvus codex cyrillicus Bosnensis, quem scripsit quidam Radosav christianus cuidam Goisavo christiano diebus regis Tomasch (wohl Stephan

Thomas Christić, Kg. von Bosnien 1443, ermord. 1460) et avi Ratko; olim in bibl. Matthiae Sovich archidiakoni Oserensis." Instit. l. slav. p. XIV.

B. Liturgie.

Es befinden sich, wie leicht zu vermuthen ist, vielleicht von keinem andern Fache der altslawischen kirchlichen Literatur so viele Handschriften in den serbischen Klöstern und Kirchen, als von diesem. Wenigstens fand ich bei dem Besuche mehrerer Klöster in Südungarn und Slavonien fast keines derselben, welches nicht eine Anzahl liturgischer Handschriften, namentlich Liturgien, Rituale, Horologium, Oktoich, Triod, einzelne Theile des grossen, nach Monaten in Bände abgesonderten Menäums (die zahlreichste Rubrik in allen Klöstern), Gebetbücher, Stichirar, Typikon usw. aufzuweisen hätte; einige, wie Krušedol, Remeta, Vrdnik, Opovo, Šišatovac, zeichnen sich durch eine Menge solcher Handschriften besonders aus. Da aber die meisten derselben weder durch ihr Alter (denn sie sind bis auf wenige Ausnahmen im XVI.—XVII. Jahrh. geschrieben), noch durch sonstige Vorzüge und Eigenthümlichkeiten eine besondere Auszeichnung und Beschreibung an diesem Orte verdienen, so begnüge ich mich, bloss auf einige derselben, ihres sprachlichen oder historischen Interesses wegen in aller Kürze hinzuweisen.

94. Die Liturgie des Priesters Theophan, geschrieben vom Priester Ljuboslav, eine aus zwei zusammengenähten Blättern bestehende grosse Pergamentrolle, in dem Metropolitankloster zu Cetinj.

Hr. A. Kucharski erwähnt in s. brieflichen Berichte (Časop. wlast. Mus. Prag 1829 IV. 121 ff.) dieses alten pergamentenen Volumens, ohne es näher zu charakterisiren.

95. Kanon zu Ehren des h. Nikolaus sammt Beilagen, vom Anfange des XVI. Jahrh., 201 Bl. auf Papier in 4°., in der Metropolitanbibliothek zu Karlovic.

Die Handschrift enthält: 1) des Erzbischofs von Alexandrien Christophor Nachricht und Belehrung (povjest i poučenije),

Bl. 1—12, von etwas späterer Hand; 2) das Officium des heil. Nikolaus, Bl. 13—49. Hier ist statt der Doxologie das Bild eines Fisches am Rande gesetzt, wie in dem Pentikostar von Mrkšina crkva 1566. Fol.; 3) Leben und Wunder des h. Nikolaus, Bl. 50—85; 4) Paraklis für den h. Nikolaus, Bl. 85—93; 5) abermal ein Wunder desselben Heiligen, Bl. 94—97; 6) Nachricht „aus alten Büchern" vom jüdischen König Assa, Bl. 98—118; 7) Nachricht aus der Chronik von Nimrod, Bl. 119—125; 8) Nikodims (apokryphisches) Buch über die Auslieferung des Heilandes, Bl. 126—165; 9) Johannes Chrysostomus Reden über Hiob, Bl. 166—181; 10) Kurze serbische Annalen, Bl. 182—193, endigen mit der ersten Reise des Bischofs Maxim nach der Walachei im J. 1503; 11) Aufschrift auf einem Denkstein in der Ebene Kosovo (N. 9), Bl. 194; 12) Sprüche griechischer Philosophen, Bl. 195—197 r.; 13) Oxijar, über Accentuation und Abbreviation slawischer Wörter, Bl. 197 v.—201. Am Deckel steht eine spätere Nachschrift vom J. 7148 (1640), unter dem Patriarchen Paisije.

96. Kanonen (pravila) zu Ehren serbischer Nationalheiligen, auf Veranstaltung des rakovacer Klostervorstehers Theophan, geschrieben durch den Hieromonachen Maxim im J. 7222 (1714), 396 Bl. auf Papier in 4°., im Kl. Rakovac.

Die den Kanonen beigesetzten Biographien, und der berühmte serbische Kalender, Wien 1771, der einen lebhaften, in mehreren polemischen Schriften geführten Streit veranlasste, und insbesondere den liberalen Jesuiten Pejačević bewog, eine Geschichte von Serbien zu schreiben, sind die Ursache, warum ich diese junge Handschrift hier anführe. Die Heiligen, deren Kanonen und Leben hier stehen, sind 1) der h. Sava, 14. Jan. ohne Prolog (kurzes biographisches Elogium), Bl. 1—24; 2) h. Symeon, 13. Febr., ohne Prolog, Bl. 25—48; 3) h. Stephan Dečanski, 11. Novb., mit Prolog, Bl. 49—65; 4)*) 5) h. Maxim, 18. Jan., mit Prolog, Bl. 88—105; 6) h. Stephan, Sohn Georgs, 9. Okt., mit Prolog, Bl. 106—123; 7) h. Johann, 10. Dec., ohne Prolog, Bl. 124—148; 8) h. Lazar, 15. Juni, ohne Prolog, Bl.

*) Durch Versehen des Autors in der Originalhandschrift ausgelassen.

149—168; 9) h. Stephan Štiljanović, 4. Oktb., sammt einem ausführlichen Leben und Elogium, Bl. 169—210; 10) h. Theodor, am Samstag der ersten Fastenwoche, Bl. 211—225 (hier wohl nur deshalb, weil sein Körper in dem sirmischen Kloster Opovo aufbewahrt wird); 11) h. Uroš, Dušans Sohn, 2. Dezb., sammt dem Prolog desselben und des diokleer Einsiedlers Joannikije (unter Djordje Branković), Bl. 226—248; 12) Leben und Elogium des Stephan Dušan und seines Sohnes Uroš, vom Erzbischof und Patriarchen Paisije, Bl. 249—271; 13) Uebertragung der Gebeine des h. Stephan des Protomartyrs nach der Stadt Konstantia, 2. Aug., Bl. 272—294 (hier wohl deshalb, weil dieser Heilige der Landespatron von Serbien war); 14) Leben und Elogium des h. Lazar, 15. Juni, Bl. 295—298; 15) h. Simon (so hiess der vor dem Tode eingemönchte Stephan I.), 24. Sept., sammt Leben und Elogium, Bl. 299—326; 16) Stephan Milutin, 30. Oktb., sammt Leben und Elogium, Bl. 327—352; 17) Leben und Elogium desselben Stephan Milutin, Bl. 354—360; 18) Leben und Elogium des Stephan Dečanski vom Hegumen von Dečani, Grigorije Camblak, Bl. 361—396. — In dem Festtagsmenäum von Božidar Vuković, Venedig 1538. Fol. stehen die Kanonen folgender serb. Heiligen: der h. Paraskeva (Petka), des h. Symeon, des h. Sabbas und des h. Stephan Dečanski. Auf Veranstaltung und Kosten des arader Bischofs Synesius Živanović erschien folgendes Buch: Pravila molebnaja svjatych serbskych posvjetitelej, Rimnik 1761. 4°. 261 Bl., seit dem einigemal in Venedig u. a. aufgelegt. Hieher gehören auch des chilandarer Mönchs Theodosije Kanonen für den h. Symeon und Sabbas. Die Vergleichung dieser Handschrift mit den gedruckten Kanonen überlasse ich gern andern. In den Prologen und Biographien ist für die serbische Geschichte fast gar keine Ausbeute.

97. Bruchstück eines Stichirars mit Noten, aus dem XVI. Jahrh., auf Pergament in 4°., ehedem in der Bibliothek des Protopresbyter Sava Kosić zu Kisfalud, gegenwärtig bei mir.

Hr. A. Dragosavljević fand dieses in fünf Stücke zerschnittene und zu einem Beutel (der ehemals zur Aufbewahrung von kleinen Partikeln von Reliquien in irgend einem Kloster oder bei einer Kirche gedient haben mag), zusammengenähte Blatt, und liess den Text nebst Erläuterung in dem serbischen Ljetopis 1827, Hft. III., S. 48—54 abdrucken, wobei sich jedoch auf der gestochenen Tabelle, nach meiner genauen Vergleichung, abgesehen von der Untreue des Schriftzugs, im Texte einige Unrichtigkeiten eingeschlichen haben. Die zwei Stichiren sind, was den Herausgebern unbekannt blieb, aus dem Triodion quadragesimale, und zwar aus der Vigilie des Fastnachtssonntags entnommen. Man braucht nur einen Blick auf das Fragment zu werfen, um sich von dessen hohen Alter zu überzeugen. Die über die Sylben gesetzten Gesangnoten stimmen mit denen des Tolstoj'schen Stichirars aus dem XVI. Jahrh. aufs vollkommenste überein, so dass sich beide Handschriften, wenn die unsrige ganz wäre, sehr schön gegenseitig konstatiren würden. Vgl. Kalajdovič und Strojev Opis rukop. Moskau. 1826. 8°. S. 211 und das beigelegte Facsimile. Ob der Stichirar vom J. 1157 in der Synodalbibliothek zu Moskau (Dobrovský Slawin S. 281) ebenfalls mit Noten versehen sei, weiss ich nicht. Auch dieses Fragment halte ich für ein Ueberbleibsel der vielen, einst im ungarischen und galizischen Russinenlande geschriebenen, nun leider fast sämmtlich untergegangenen Codices, auf deren Spur man künftig mehr Acht haben sollte.

98. Bruchstücke eines alten Oktoichs, in einem Palimpsest, 165 Bl. auf Pergament in 4°., in der Barberinischen Bibliothek in Rom.

Hr. Canonicus Bobrowski aus Wilno entdeckte auf seiner Reise diesen Palimpsest (um 1822). Der jetzige Kodex, aus dem XIII. Jahrh., enthält den Ecclesiastes und die zunächst folgenden Bücher des Alten Testaments nach der alexandrinischen Version. Die rescribirten Blätter sind aus zwei Codicibus entnommen: 1) aus einem alten griechischen, in dem einige biblische Bücher geschrieben waren; 2) aus einem alten slawischen, der eine Sammlung kirchlicher Hymnen oder Oden umfasste, und dessen Schriftzug dem der griechischen Handschriften aus dem IX. Jahrh. ähnelt. Slawische ausgelöschte Züge bemerkte

Hr. Bobrowski auf den Bl. 57, 58, 69, 76, 77, 84, 92 bis 165. Nach den von Bobrowski mitgetheilten Proben, die eine Verwechslung der Buchstaben ж und ѧ, ferner die Veränderung des ѧ in e, darbieten, schliesst Hr. Vostokov, dass der slawische Kodex höchstens aus dem XII.—XIII. Jahrh. sein könne. Ich bin darüber einer andern Meinung. Die organische cyrillische Orthographie, eigentlich für bulgarische Slowenen eingerichtet, und dann zu den Slowenen nach Pannonien übertragen, ward ohne Zweifel schon im X. Jahrh. in verschiedenen slawischen Ländern verschiedentlich modificirt und zum Theil verunstaltet, anders in Serbien, und wieder anders im Lande der Russinen u. s. w. Die Serben mögen anfangs die bulgarischen Buchstaben ж und ѧ, wiewohl ihnen die denselben entsprechenden Laute selbst fremd waren, mitgeschrieben und dabei häufig gefehlt haben. Später ersetzten sie dieselben bekanntlich regelmässig durch oy und e. Von dem Bl. 96 aber, auf welchem das serbische e statt ѧ regelmässig gebraucht wird, sagt Hr. Bobrowski ausdrücklich, dass es mit kleinerer Schrift geschrieben sei, als die andern: es kann demnach dieses Blatt auch aus einem andern serbischen Kodex sein. S. Köppen's Bibliograf. Listy N. 14 S. 189, 199, N. 17 S. 229—232.

99. Die Kirchenhymnen des Oktoich sammt andern Beilagen, aus dem XIV. Jahrh., auf Pergament in 4°., in der k. Hofbibliothek in Wien.

Dobrovský berichtet über diese Handschrift: „Odae, quae in Octoecho leguntur, paulo aliter dispositae; adhaerent canones poenitentiales minori charactere (foll. 35) ex alio codice, nec non tria folia rudiori charactere, in quibus evangelium de Lazaro etc." Instit. l. slav. p. XXVII.

100. Oktoich, geschrieben durch den Presbyter Nikola, im J. 7000 (1492), auf Papier in Folio, im Kl. Grabovac in Ungarn.

101. Festtagsmenäum, bei den Russen Trefoloj genannt, ehemals (um 1510) zu Wilno.

Dieses „Трефолой паргаменовый, книгы на паргамени сербского языка" besass nach einem Verzeichnisse in der Kronmatrikel der polnische König Sigmund in seiner Bibliothek zu

Wilno im J. 1510. Vgl. J. Lelewel Księgi bibliograf. Warsz. 1823. 8°. II. 97.

102. Časoslov oder Horologium, sammt astrologischen Beilagen, geschrieben um 1700, 177 Bl. auf Papier in 8°., in meinem Besitze.

Bloss wegen der sonderbaren, höchst selten vorkommenden astrologischen Beilagen führe ich diese junge Handschrift hier an. Sie enthält: 1) Horologium, Bl. 1—126. 2) Astrologische Prognostik („gromovnik"), Bl. 127—177. Letztere stimmt zwar in einigen Stücken mit der Handschrift vom J. 1390—1408 überein, weicht aber wiederum in andern bedeutend davon ab.

103. „Tabulae Capponianae seu pictum ecclesiae graecae menologium", Heiligenbilder mit slawischen Nameninschriften auf fünf hölzernen Tafeln, die sechste fehlt, nach Tagen und Monaten gereiht, um 1250—1300 wahrscheinlich in Chilandar gefertigt (der jüngste darin vorkommende Heilige ist der Erzbischof Sava, st. 1237), von Peter dem Grossen dem Priester Gerasim Phókas geschenkt, und dem Bruder des letztern, Marinus, dem Markgrafen Capponi verkauft; jetzt in der Vaticana zu Rom.

Ausführlich sind diese Tafeln erläutert in Assemani Calendaria eccles. univ. T. I. p. 1—179. Vgl. auch Dobrovský Instit. l. slav. p. XIII.

104. Das Bruchstück eines Menologiums aus dem XIII. Jahrh., zwei Pergamentenblätter in 4°., in meinem Besitze.

Dieses Bruchstück einer mit bulgarischer Orthographie sehr schön geschriebenen Handschrift enthält den Anfang der Monate März und Mai. Ich fand es bei einem Hieromonachen in Sirmien, der sich früher 16 Jahre lang zu Pleven in Bulgarien aufgehalten hatte, und vor seiner Abreise einen neuen russischen Kirchendruck in dieses Doppelblatt einwickelte, um des Einbandes zu schonen.

105. Synaxagarium oder Menologium, sammt einer Prognostik, kurzen serbischen Annalen und Leben verschiedener Heiligen, geschrieben um das J. 1501, kl. 8°., 194 Bl. auf Papier, in meinem Besitze.

Es enthält 1) Synaxarium sammt verschiedenen Troparien und Hymnen, Bl. 1—95. 2) Paschalie vom J. 7009 bis 7040 berechnet, Bl. 96—100. 3) Astrologische Prognostik, Bl. 101—106. 4) Kurze serbische Annalen, Bl. 107—117 (das Ende fehlt, indem mehrere Blätter ausgerissen sind). 5) Fragen und Antworten aus der biblischen Geschichte, Bl. 118—123. 6) Verschiedene Bruchstücke aus der bibl. und röm. Geschichte, Bl. 124—137. 7) Leben des h. Alexius, Bl. 138—144. 8) Leben des h. Georgius, Bl. 145—161. 9) Leben des frommen und gerechten Hiob, Bl. 162—181. 10) Leben des h. Cyrikus, Bl. 182—194. Anfang und Ende, so wie auch vieles in der Mitte, fehlt. Vorn sind mehrere Blätter rescribirt.

106. Molitvenik, Euchologion, insgemein Trebnik genannt, vom Ende des XIV. oder Anfange des XV. Jahrh., auf baumwollenem Papier in Folio, in der Synodalbibliothek zu Moskau.

S. Kalajdovič Johann. Exarch S. 62. 116. Die Handschrift befand sich 1624 noch in Chilandar, und wurde 1654 durch den Hieromonachen Arsenij Suchanov von da nach Russland ausgeführt.

107. Typikon, für die chilandarische Einsiedelei (sichastarija, d. i. *ἡσυχαστήριον*) in der Kareja, von der Hand des h. Sava im J. 6707 (1199) geschrieben, eine etwas über zwei Spannen breite und gegen drei Ellen lange Pergamentrolle (volumen, srb. svitak), in der Sichastarija des h. Sabbas von Jerusalem zu Kareja auf dem h. Berge.

Hr. Hieromonach Gerasim Michajlović aus Novipazar, jetzt Vicarius im Kl. Vrdnik in der Fruškagora, früher Mönch in Chilandar und einige Zeit Bewohner der Sichastarija, beschrieb mir vor einigen Jahren diese, von den Bewohnern Chilandars als eine ihrer vorzüglichsten Kleinodien angesehene Handschrift aufs genaueste. Ich fand später seine Aussage mit der bei Dometijan im Leben des h. Sava vom J. 1264 über die Erbauung der Einsiedelei (Sichastarija, jetzt von den Mönchen gemeiniglich Postnica und Typikarnica genannt) vollkommen übereinstimmend. Dometijan fügt hinzu, dass auch er, nach dem Beispiele Sava's, damals (1264) in der Sichastarija lebte und daselbst die Lebensgeschichte des h. Sava abfasste. Gerade in demselben Jahre kopirte bei ihm der verfolgte Grammatiker Theodor das Hexaemeron des Exarchen von Bulgarien Joann. Kalajdovič S. 164. Die Erbauung der Einsiedelei folgte gleich auf die Gründung Chilandars 1197. Sie wurde früher von einem Einsiedler zeitlebens bewohnt; jetzt werden zwei Brüder von Chilandar regelmässig abgesendet, um den Dienst zu versehen. — Erst unlängst gelang es mir, eine Abschrift dieses kurzen Typikons in der Metropolitanbibliothek zu Karlovic zu entdecken, welche freilich den Wunsch nach der Einsicht und Benutzung des Autographon nur noch mehr rege macht.

108. Typikon des h. Sava, Erzbischofs von Serbien, für das Kl. Studenica in Serbien, verfasst zw. 1210—1215, sammt dem Leben des h. Symeon von eben demselben und andern Beilagen, abgeschrieben in der Einsiedelei bei Studenica im J. 7127 (1619), 187 Bl. auf Papier in 8°.

Durch diesen, mir durch meinen patriotischen Freund S. M. in G—var zum Gebrauche verschafften, äusserst interessanten Kodex, so wie durch die so eben unter Nr. 107 beschriebene karlovicer Abschrift, sind wir nun wenigstens mit einem Theile der Werke des h. Sava näher bekannt worden. Die Handschrift enthält: 1) zum Theil weisse Blätter, zum Theil verschiedene unerhebliche, von den Besitzern des Buches später eingetragene Aufsätze, Bl. 1—16. 2) Des h. Sava *) Typikon „Obraznik“ für das Kl. Studenica, dem er 1210—1215 als Hegumen vorstand, aus dem Autographon abgeschrieben in der Einsiedelei bei Studenica, „v peštere: sv. Save postnica“ (eine Stunde westlich von Studenica im Gebirg unter Felsen, am Zusammenflusse der Bäche Savina und Savaonica, jetzt Haus mit Kapelle, Pećina izpostnica genannt), im J. 7127 (1619), Bl. 17—87 r. 3) Eine Wundergeschichte im Kl. Velika Zastupnica, Bl. 87 v.—89. 4) Beweis, dass man den Freitag nicht feiern soll, Bl. 90 r. 5) Königs Stephan I. Schenkungsbrief für das Kl. Studenica zw. 1195—1224 (denn die letzten Zeilen fehlen), von der Hand eines spätern Schreibers

*) Er nennt den damaligen Regenten краль; aber auch den Symeon so. Damals war noch kein Erzbischof von Serbien, nur Bischof von Rasa, also vor 1221.

auf die weissen Zwischenblätter eingetragen, Bl. 90 v.—94. 6) Leben des h. Symeon, beschrieben von seinem Sohne Sava um das J. 1208, eine schätzbare, durch Inhalt und Darstellung gleich ausgezeichnete Pièce, von der Hand des ersten Schreibers (J. 1619), Bl. 95—133 (Blatt 134 ist weiss). 7) Geschichte der Erbauung Konstantinopels durch Konstantin den Grossen und der Einnahme durch Mohamed 1453, Bl. 135—187, wahrscheinlich gleichzeitig geschrieben mit 2 und 6, jedoch unter neuer Signatur, und in Papier, Tinte und Schriftzug davon etwas verschieden. — Dass des h. Sava Werke für die Geschichte der slawischen und insbesondere serbischen Sprache wichtige Data enthalten müssen, leuchtet dem Sachkundigen wohl von selbst ein. Aber zu diesem Behufe müssten vor allem die Originalien eingesehen werden. Aus ihnen könnten unsere Lexica mit interessanten Beispielen von alten seltenen Wörtern, Wortformen und Phrasen bereichert werden. — Nach dem Zeugnisse des Hieromonachen Dometijan verfasste der h. Sava auf Verlangen und Befehl der Synode des h. Berges, auch das Officium zu Ehren seines Vaters Symeon. Aber dasjenige, welches in den Festtagsmenäen, Venedig 1538. Fol. und Száz-Sebes 1580. Fol., beim 13. Febr. abgedruckt ist, kann unmöglich Sava's Werk sein. Die Biographie des h. Symeon war den alten serbischen Annalisten nicht unbekannt.

109. Typikon, geschrieben in Serbien in der ersten Hälfte des XIV. Jahrh., auf Pergament in 4°., in der kais. öff. Bibliothek zu St. Petersburg.

Die Handschrift, aus Paris nach St. Petersburg gebracht (bekanntlich befinden sich mehrere altslawische Handschriften in den Bibliotheken Frankreichs, meist aus der Biblioth. Coisliniana herrührend, die sie hinwieder von Konstantinopel, Berg Athos u. s. w. her hatte), wurde anfangs ganz ernstlich für einen Molitvenik Anny Jaroslavovny, der Gemahlin Heinrichs I., gehalten, wornach dieselbe schon im XI. Jahrh. existirt haben müsste; bis es Hrn. Vostokov gelang, auf der Rückseite des 129. Blattes die ausradirten Worte „v 12 d'n prjestavi se Stefan Kral, Theokrist monach“ wieder aufzufrischen. Kg. Stephan Dragutin, der kurz vor seinem Tode in den Mönchsstand trat und den Namen Theokrist annahm, starb im J. 1317.

110. Typikon, älter als das Jahr 1378, auf Pergament in 4°., in dem Metropolitankloster zu Cetinj.

Hr. Kucharski erwähnt dieses Typikons in der böhm. Zeitschrift a. a. O.

111. Typikon, aus dem XIV. Jahrh., auf Papier in 4°., im Kl. Vrdnik.

Unter allen slawischen Handschriften auf Papier, die ich bis jetzt gesehen, halte ich diese für eine der ältesten. Das Ende fehlt; auch ist die Handschrift schon beinahe ganz vermodert.

C. Theologie.

Wiewohl an Handschriften dieser Gattung, wohin ich insbesondere exegetische, dogmatische, ascetische und homiletische Werke rechne, in den serbischen Klöstern kein Mangel ist, so sind doch sehr wenige unter denselben durch ihren Gehalt und ihr Alter geeignet, hier näher charakterisirt zu werden. Es sei genug, einige derselben zur Probe anzuführen.

112. Hexaemeron oder Šestodnije, verfasst nach dem h. Basilius, Johannes Chrysostomus, Severian Bischof von Gabala (Gevalskij) und Aristoteles dem Philosophen, von Presbyter Johann, Exarchen von Bulgarien, und abgeschrieben auf Veranstalten des chilandarischen Beichtvaters Hieromon. Dometijan durch den Grammatiker (d. i. Schriftgelehrten, Schreiber) Theodor in der Einsiedelei des h. Sava bei Chilandar, im J. 6771 (1263), auf Pergament in Folio, 268 Bl. in 2 Kolumnen, in der Synodalbibliothek zu Moskau.

Die Entdeckung und Bekanntmachung dieser schätzbaren Handschrift verdanken wir dem rastlosen Forscher auf dem Felde des slawischen Alterthums, Herrn Kalajdovič, der dieselbe in s. lehrreichen Werke: Joann Exarch Bolgarskij, Moskau 1824. Fol. S. 60 ff. ausführlich beschrieben und auch einige Bruchstücke daraus mitgetheilt hat. Presbyter Johann Exarch von Bulgarien (wahrscheinlich ein mit der Befugniss der Kirchenvisitation bekleideter Patriarchal-Legat oder Mandatar; später hiessen auch die geistlichen Sachwalter und Geschäftsträger der Metropoliten „Exarchen"), ein in der altslawischen Literatur sehr ehrwürdiger Name, Nachfolger Cyrills und Methods, blühte unter dem bulgarischen Fürsten Symeon (892—927), und verfertigte eine Reihe von Uebersetzungen und Originalwerken, von denen sich namentlich die Uebersetzung von Johannes Damascenus Theologie, Philosophie und Grammatik, eine Rede auf die Himmelfahrt Christi und die Abhandlung über die Tage der Schöpfung erhalten haben. Der kritische, aber mitunter, besonders in den letztern Lebensjahren übertrieben misstrauische Dobrovský suchte vergeblich gegen das Alter Johann Exarch's und die Echtheit dieser Werke Zweifel zu erregen in den Wien. Jahrb. d. Liter. 1825 Bd. 32. Der Grammatiker Theodor, ohne Zweifel von Geburt ein Serbe, schrieb im Auftrage des Hieromonachen Dometijan, der ihn als einen durch die Kirchendisciplin vom h. Berge ausgeschlossenen Eunuchen (спанъ) gegen die Verfolgungen des Proten schützte, das bulgarische Original dergestalt um, dass er sich in Hinsicht der Vocale mehr der serbischen Aussprache näherte, also оу statt ж, е statt ѧ u.s.w. setzte. Im übrigen scheint dieser Theodor weder ein sehr geübter Schreiber, noch viel weniger ein gründlicher Kenner der slawischen Sprache gewesen zu sein. Sein Beschützer und Wohlthäter, der Hieromonach Dometijan, ist uns durch seine im J. 1264 verfasste Biographie des h. Symeon und Sava als ein sehr gebildeter und religiöser Mann näher bekannt; die Nachricht, die Theodor von ihm in der sehr interessanten doppelten Schlussrede ertheilt, lehrt uns ihn überdies als einen sehr aufgeklärten, edlen und freidenkenden Menschen kennen. Die schätzbaren Auszüge und Bruchstücke, die Hr. Kalajdovič aus dieser Handschrift, welche ehedem in Chilandar aufbewahrt wurde, und erst im XVII. Jahrh. nach Russland gekommen zu sein scheint, in s. Werke S. 143—166 mittheilt, lassen den Wunsch nach dem Abdrucke des Ganzen rege werden. Nur wäre zu wünschen, dass man die Orthographie des Originals genauer befolgen möge, als es Hr. Kalajdovič gethan hat, der im Auffassen der Eigenthümlichkeiten serbischer Handschriften nicht sehr glücklich oder doch nicht sehr genau war, und eine Menge Russismen in die abgedruckten Proben einschwärzte; als человѣче statt чловѣче, золь st. зъль, камичець st. камичьць, лъгокъ st. лъгъкъ, тънокъ st. тънькъ, сльнечныи st. слъньчнии usw.

113. Auslegung des Psalters, aus der ersten Hälfte des XVI. Jahrh., 385 Bl. auf Papier in Folio, im Kl. Krušedol.

Das Ende fehlt; sonst ist die Handschrift gut erhalten.

114. Auslegung der Evangelien, aus dem XV. Jahrh., 449 Bl. auf Papier in Folio, im Kl. Krušedol.

Die Handschrift gehörte ehemals, nach einer Anmerkung am Ende, die jedoch von späterer Hand ist, dem Erzbischof Maxim zu.

115. Auslegung der Evangelien, aus dem XV. Jahrh., 421 Bl. auf Papier in Folio, im Kl. Krušedol.

Anfang und Ende gehen ab; die Handschrift hat bereits sehr gelitten.

116. Auslegung des Apostols nach Johannes Chrysostomus u. a. Kirchenvätern, aus dem XV. Jahrh., 242 Bl. auf Papier in Folio, im Kl. Krušedol.

Die Fürstin Angelina schrieb, nach ihrer Gewohnheit, ihren Namen am Ende des Buches eigenhändig ein. Die zwei ersten Blätter ausgenommen, die beinahe ganz zerrissen sind, ist die Handschrift noch ziemlich gut konservirt.

117. Auslegung des Briefes Pauli an die Hebräer sammt Beilagen, vom Ende des XIV. oder Anfange des XV. Jahrh., 329 Bl. auf Papier in 4°., in der Metropolitanbibliothek zu Karlovic.

Diese der Sprache und Orthographie nach zur bulgarischen Familie oder Recension gehörende, im Anfange und am Ende lückenhafte Handschrift, enthält: 1) Auslegung der Epistel an die Hebräer nach verschiedenen Kirchenvätern, Bl. 1—156. 2) Des Antiochus Seth oder, wie andere meinen, des Johannes Damascenus (Worte der Handschrift) Fabeln und Parabeln, Bl. 157—196. 3) Des Antiochus Buch Pandektes, Bl. 197—276. 4) Vermischte Aufsätze über Mönchsleben, Homilien, Auszüge aus Kirchenvätern, Bl. 277—329.

118. Des h. Johannes Damascenus Theologie, oder über den wahren Glauben 4 BB., aus dem XIV. Jahrh., in 2 Kolumnen 155 Bl. auf Papier in Folio, im Kl. Krušedol.

Es ist dies eine der ältesten Handschriften auf Papier, die ich kenne, und wahrscheinlich eine Kopie der uralten Uebersetzung des Exarchen von Bulgarien, Johann, wiewohl seiner nirgends Erwähnung geschieht. Das letzte Blatt, bloss einige Zeilen enthaltend, ist nach dem Verluste des alten aus einer andern Handschrift renovirt, weshalb auch das Datum fehlt. Der Schriftzug ist äusserst schön; vom Alter etwas verblichen, die Handschrift noch ziemlich gut erhalten.

119. Des h. Johannes Damascenus Theologie, einige Reden und andere Bruchstücke aus seinen Werken, vom J. 7098 (1590), auf Papier in 4°., im Kl. Vrdnik.

Die Jahrzahl 7098 befindet sich zwar nur in der über den Verkauf des Buches berichtenden Nachschrift; allein sie scheint mir von der Hand des Schreibers selbst zu sein, und auf jeden Fall gehört die Handschrift nicht höher hinauf, als in die zweite Hälfte des XVI. Jahrh.

120. Des h. Johannes Damascenus Theologie, auf Papier in Folio, im Kl. Grabovac.

121. Des Hieromon. Euthymius Zigabenus: Vseoruž'stvo bogoslovija *(δογματικὴ πανοπλία)*, auf Befehl des Patriarchen von Ipek und Kosten des Bischofs Dionysije im J. 7076 (1568) geschrieben, auf Papier in Folio, in dem Metropolitankloster zu Cetinj.

Vgl. A. Kucharski's Reisebericht a. a. O.

122. Königs Stephan I. Sendschreiben und des Demetrius Chomatenus Antworten über die Liturgie. Hs.

Diese Sendschreiben sind jetzt nur in griechischer Sprache bekannt; es ist jedoch wahrscheinlich, dass sie auch in der slawischen irgendwo vorhanden sind. Fabricius berichtet von denselben: „Stephani Ducae (sic) regis Serbiorum questiones et Demetrii Chomatini archiepiscopi Bulgariae responsiones liturgicae numero XIII nondum editae, Monachii in Cod. Bavar. LXII.“ Fabricii Bibl. Graeca ed. Harles T. XI. p. 605—606. Da Demetrius Chomatenus um 1203 florirte, so kann der serbische König Stephan kein anderer als Stephan I. Prvovjenčani sein, der aber 1195—1222 nur noch den Titel eines Velikyj Župan führte.

123. Des Johannes Klimakos allegorisch-mystischer Leiter zum Paradiese, Ljestvica genannt, auf Befehl des Fürsten Georg Branković aus alten Handschriften zusammengetragen durch mehrere Mönche aus Chilandar unter dem Vorsitze des branićever Metropoliten Sabbatius, geschrieben von dem Hieromonachen David, im J. 6942 (1434), 340 Bl. auf Papier in Folio, im Kl. Krušedol.

Schade, dass so viel Fürsorge, Aufwand und Mühe nicht einem gehaltvolleren Stoffe, z. B. einer vollständigen Landeschronik, zu Theil wurde! Fürst Branković liess, nach der Schlussschrift, hundertjährige Greise aus Chilandar, so wie uralte griechische Codices aus Konstantinopel und slawische aus Chilandar nach Smederevo kommen, um endlich einmal eine ordentliche Ljestvica zu Stande zu bringen, wie sie sein Herz wünschte. Wir geben sie gern hin um eins von den alten chilandarischen Exemplaren, etwa wie es die Ljestvica aus dem XII. Jahrh. in Russland ist! — Vorausgeschickt ist die Lebensgeschichte des Johannes Klimakos, so wie einige Sendschreiben von ihm und an ihn; angehängt sind Reden und Erläuterungen einiger allegorisch-mystischen Ausdrücke.

124. Des Johannes Klimakos Ljestvica, wahrscheinlich aus der ersten Hälfte des XV. Jahrh., 385 Bl. auf Papier in 4°., in der Metropolitanbibliothek zu Karlovic.

Sorgfältig geschrieben, doch ohne Datum. Voraus gehen, wie gewöhnlich, einige Sendschreiben des Johannes Raithos und des Johannes Scholastikos.

125. Des Johannes Klimakos Ljestvica, aus dem XV. Jahrh., 415 Bl. auf Papier in 4°., im Kl. Krušedol.

Die Handschrift ist im Anfang defekt. Wiewohl die Orthographie im Ganzen serbisch ist, so kommt doch auch ѧ regelmässig vor.

126. Philipps des Einsiedlers, auch der Philosoph genannt,

moral-theologisches Werk Dioptra, aus dem XV. Jahrh. 295 Bl. auf Pergament und Papier in 4°., im Kl. Šišatovac.

Bekanntlich ist der Vf. dieses Werkes Philipp der Einsiedler, Solitarius, slaw. Otš'lnik, Pustynnik, auch Philipp der Philosoph genannt, der in Macedonien an der Gränze von Thracien in der Smolenischen Gegend am Flusse M'sta (Mestus bei Plinius, sonst gräcisirt Nestus) lebte, und das Buch im J. 1105 verfasste. Hr. Kalajdovič deutete den in den russischen Handschriften vorkommenden Ausdruck „v Smolenskich predjelach" auf das russische Smolensk und folgerte daraus, dass der Grieche Philipp in Russland gelebt und geschrieben habe. Joann Exarch S. 11, 95. Opis. rukop. S. 3. Hr. Metropolit Evgenij schrieb dieses in s. Lexikon russ. Schriftsteller, 2. Ausg. 1827 Bd. II. S. 62—63 ohne Berichtigung nach. Allein Smolen ist Stadt und Gegend *(τὸ θέμα τῶν Σμολένων)* am Flusse M'sta, auf der Gränze zwischen Macedonien und Thracien, wie man sich unter andern aus Nicetas Choniates bei Stritter II. 702, 705 usw. überzeugen kann; und dass Philipp seine Dioptra für den Kallinikus in Smolen hier, nicht in Russland, geschrieben, war dem Fabricius u. a. längst bekannt. Uebrigens ist das Original in Versen, die Uebersetzung aber nur in Prosa. Voraus geht eine Abhandlung über die Dioptra von Michael Psellus: „Michaila Pseloša o knigje glagoljemjej dioptra, našimže jezykom naricajet se zr'calo". Die Lagen sind aus Pergament und Papier dergestalt zusammengesetzt, dass das unterste und oberste Doppelblatt Pergament, die innern zwei Doppelblätter aber Papier sind. Am Ende fehlt eine ganze Lage. Die Orthographie ist serbisch, die Abschrift selbst aber Kopie eines russischen Exemplars.

127. Des Andreas Demens, slaw. Jurodivyj, Werk: O mytarstvje, d. i. von den Versuchungen der Seelen der Verstorbenen zur Sünde durch die Luftdämonen vor den Pforten des Himmels, in einer Handschrift ohne Datum (aus dem XV. Jahrh.), auf Papier in 4°., im Kl. Vrdnik.

128. Des Gregorius Magnus Dialogen vom Leben der h. Väter und der Ewigkeit der Seelen in 4 Büchern sammt Beilagen,

wahrscheinlich vom Ende des XV. oder Anfange des XVI. Jahrh., 273 Bl. auf Papier in 4°., in der Metropolitanbibl. zu Karlovic.

Anfang und Ende fehlen; die Orthographie ist bulgarisch. Die Handschrift enthält: 1) Gregor's Dialogen (besjedovanija), Bl. 1—137. 2) Des Erzbischofs von Alexandrien Athanasius (unterschobenes) Werk: Belehrung an den Fürsten Antiochus, Bl. 138—163. 3) Vermischte Aufsätze aus den Kirchenvätern, Bl. 163—273.

129. Nikon's Taktikon, eine serbische, vom h. Berge (Chilandar) stammende, und durch den Hegumen Hilarion (im XIV. Jahrh.) nach Russland gebrachte Handschrift.

Dieser Handschrift wird nur in der Schlussrede einer nach derselben besorgten, und jetzt in der Tolstoj'schen Bibliothek in Moskau aufbewahrten Kopie vom J. 1397 erwähnt. S. Kalajdovič und Strojev Opis rukop. S. 701. N. 312.

130. Sammlung vermischter Aufsätze aus den Kirchenvätern und Nikons Taktikon, geschrieben durch Andrej Semkovič, Mönch in Turov (in Russland) im J. 1607, ehedem 577, jetzt 563 Bl. auf Papier in 2 Kolumnen in 4°., in der Metropolitanbibl. zu Karlovic.

Vom Anfange fehlen 14 Blätter. Im J. 1671 kaufte die Handschrift der serbische Patriarch Maxim von „Daskal Zacharije" auf Athos „cjenoju srjebra dvadeseti žltica"; im J. 1696 besass sie der Patriarch Arsenij Černović. Sie enthält 1) Auserwählte Reden, Homilien, Sendschreiben, Aufsätze verschiedener Kirchenväter, Bl. 15—448. 2) Lobrede auf Trajan, Bl. 449—452. 3) Nikons Taktikon, Bl. 453—577.

131. Des Agapius Cretensis Werk über die Wunder der h. Jungfrau, ins Slawische (na slovenskyj jezyk) übersetzt von dem Hieromonachen Samuel Bakačić in der Einsiedelei auf dem Berge Athos, am 20. Juli 1688, auf Papier in 4°., im Kl. Vrdnik.

Nur als ein Beispiel, dass die chilandarische Uebersetzungsfabrik nicht aufgehört hat bis auf die neueste Zeit, wenn gleich in sehr untergeordnetem Masse, thätig zu sein, führe ich dieses sonst eben nicht wichtige Produkt eines spätern Verfassers

(Agapius, Mönch auf Athos, florirte 1641) und eines noch spätern Uebersetzers an.

132. Des Agapius Cretensis Werk: ἁμαρτωλῶν σωτηρία (grješnych spasenije) und Wunder der h. Jungfrau, geschrieben im J. 7201 (1693), 456 Bl. auf Papier in Folio, in der Metropolitanbibliothek zu Karlovic.

Das Hauptwerk reicht nur Bl. 1—334, und von da an bis Ende folgt eine Darstellung der Wunderwerke der h. Jungfrau Maria. Vgl. die vorhergehende Nummer. Der erste Theil ist auch in einer andern Abschrift aus dem XVII. Jahrh. in Fol. da.

133. Bruchstück einer serbischen Homilie, ein Pergamentblatt aus einer Handschrift aus dem XIV. Jahrh. in Folio, bei mir.

Ich fand dieses Blatt an der innern Seite des Deckels einer andern Handschrift angeklebt. Sprache und Orthographie bieten nichts besonderes dar.

134. Des h. Johannes Chrysostomus Reden über die Genesis (Joanna Zlatoustago besjedy na bytija), aus dem Griechischen ins Serbische übersetzt (отъ грьчьскаго іезыка на срьбскыи) vom Priester Benedikt auf dem Berge Athos, im J. 6934 (1426), auf Papier in Folio, 2 Bde, in der Synodalbibliothek in Moskau.

S. Kalajdovič Joann Exarch S. 62, 116.

135. Des h. Johannes Chrysostomus Fastenreden, geschrieben auf dem Berge Athos für den serbischen Patriarchen Nikodim, im J. 6959 (1451), 392 Bl. auf Papier in Folio, in der Metropolitanbibliothek zu Karlovic.

Es ist nach den Schlussworten dieses sehr sorgfältig und schön geschriebenen Kodex Bl. 375: „prjepisa se v svetjej gorje Athona ot jezyka elladskago na jezyk naš slovenskyj“ zweifelhaft, ob das Buch damals neu übersetzt oder nur aus einer andern Handschrift abgeschrieben wurde. Von Bl. 375 bis Ende folgen Bruchstücke aus andern Werken des h. Chrysostomus. Die Fürstin und Nonne Angelina schrieb eigenhändig ihren Namen auf dem letzten Blatte der Handschrift ein, den man auch in mehreren andern karlovicer und krušedoler Handschriften findet.

136. Des h. Johannes Chrysostomus Fastenreden, aus der 2. Hälfte des XV. Jahrh., 339 Bl. auf Papier in Folio, im Kl. Krušedol.

Anfang und Ende fehlen; auch sonst schlecht erhalten.

137. Des h. Johannes Chrysostomus Homilien, geschrieben für den Fürsten Lazar Branković (st. 1457), 424 Bl. auf Papier in Folio, im Kl. Krušedol.

Nach dem Fürsten Lazar besass die Handschrift der Erzbischof Maxim, von welchem sie dem Kloster verblieben ist.

138. Des h. Johannes Chrysostomus Homilien, aus der 1. Hälfte des XV. Jahrh., 469 Bl. auf Papier in Folio, im Kl. Krušedol.

Diese Handschrift gehörte ursprünglich dem Fürsten Stephan Branković an (st. um 1481?), dessen Name am Ende stand, aber ausgelöscht ward; hierauf seiner Gemahlin, der Fürstin Angelina, wie ihre eigenhändige, später von jemanden (im Kl. Argiš?) ausgestrichene Unterschrift lehrt; nach ihr dem Erzbischof Maxim, ihrem Sohne, dessen Name aber auch verwischt ist; endlich im J. 7027 (1519) dem Kl. Argiš in der Walachei, von wo sie später wieder nach Krušedol zurückkehrte.

139. Des h. Johannes Chrysostomus und anderer Kirchenväter auserwählte Homilien, in einer bulgarischen Handschrift, wie es scheint vom Ende des XV. Jahrh., auf Papier in Folio, im Kl. Šišatovac.

Zwar noch ganz, aber in schlechtem Zustande.

140. Des h. Johannes Chrysostomus Homilien, 88 an der Zahl, vom Ende des XVI. Jahrh., 233 Bl. auf Papier in Folio, im Kl. Bodjan.

Der verstorbene Prof. G. Magaraševič beschrieb diese Handschrift in dem serbischen Jahrbuch 1827, Heft 4, S. 8, schien aber ihr Alter viel höher anzuschlagen, als gestattet werden kann. Ungeachtet hie und da noch ein altes ж vorkommt, so bin ich dennoch überzeugt, dass diese Handschrift in Russland durch einen russischen Mönch geschrieben und von da nach Süden gebracht wurde. Die Schrift ist übrigens sehr fein und nett; die Handschrift sehr gut erhalten.

141. Tolkovanije slov Grigorija Bogoslova, d. i. Erklärung der Reden des Gregorius Theologus (wahrscheinlich des Gregorius Nazianzenus Homilien mit den Einleitungen und Erklärungen von Nikita Mitropolit Isaklijskij vom Ende des XI. Jahrh., vgl. Köppen Bibl. Listy N. 7. S. 86), serb. Handschrift aus der Mitte des XIV. Jahrh., geschrieben zu Chilandar auf baumwollenem Papier in Folio, in Privathänden in Russland.

S. Kalajdovič Joann Exarch S. 88.

142. Des h. Gregor von Nazianz geistliche Reden, aus dem XV. Jahrh., 326 Bl. auf Papier in Folio, im Kl. Remeta in Sirmien.

Stellenweise defekt und sehr schlecht erhalten.

143. Des h. Gregor von Nazianz geistliche Reden, aus dem XV. Jahrh., 415 Bl. auf Papier in Folio, im Kl. Krušedol.

Gehörte ehemals dem Erzbischof Maxim zu.

144. Des h. Gregor von Nazianz Homilien (slova), serbische Uebersetzung, in zwei Handschriften aus dem XV. Jahrh., wahrscheinlich in St. Petersburg.

Hr. Vostokov erwähnt dieser zwei Handschriften bei der Beschreibung einer slawischen Handschrift aus dem XI. Jahrh. in der k. Bibliothek in St. Petersburg, welche die Homilien Gregors des Theologen od. Nazianzenus nach der bulgarischen Uebersetzung enthält. Köppen Bibl. Listy N. 7 S. 86.

145. Sammlung verschiedener theologischer Abhandlungen und Auszüge aus den Kirchenvätern, aus dem XV. Jahrh., auf Papier in Folio, im Kl. Krušedol.

Das Ende fehlt; die ganze Handschrift sehr schlecht conditionirt. Voraus gehen des Ks. Basilius Macedo Belehrungen über die Regierungskraft an seinen Sohn Leo in 66 Abschnitten.

146. Sammlung verschiedener auserlesener Aufsätze aus den Kirchenvätern sammt einem Nomokanon, aus dem XV. Jahrh., 263 Bl. auf Papier in Folio, im Kl. Krušedol.

Ausnehmend schön und genau geschrieben und im Ganzen gut erhalten.

147. Sammlung verschiedener auserlesener Aufsätze und

Abhandlungen aus der 2. Hälfte des XV. Jahrh., 328 Bl. auf Papier in Folio, im Kl. Krušedol.

Diese Handschrift, in der leider das beste, nämlich das Ende, fehlt, enthält gar mancherlei: 1) Nachrichten über die h. Jungfrau, den Erlöser und die Apostel. 2) Testament der 12 Patriarchen. 3) Erklärungen der Psalmen. 4) Biblische Geschichte. 5) Geschichte der römischen und griechischen Kaiser, von Pompejus bis auf Konstantin VIII. (st. 1028). 6) Konstantins des Grossen kais. Befehl, gegeben der christlichen Kirche (confessio et edictum Constantini Magni). 7) Des Mönchs Alexander Rede auf die Entdeckung des h. Kreuzes. 8) Vermischte Aufsätze aus Johannes Chrysostomus, Johannes Damascenus u. a. 9) Auserwählte Reden des h. Johannes Chrysostomus. 10) Kurze serbische Annalen, unter dem Titel: „Rodoslovije svetych ktitr i gospod sr'bskych", mit dem letzten vorhandenen Blatte beginnend, und defekt, indem die folgenden Quaternionen ausgeschnitten sind. Die Handschrift scheint von mehreren Schreibern herzurühren, indem einige Stücke mit bulgarodacischer Orthographie eingetragen sind, was durch den abwechselnden Aufenthalt (in der Walachei und in Sirmien) des ehemaligen Besitzers und wahrscheinlichen Urhebers dieser Handschrift, des Erzbischofs Maxim, erklärbar ist.

148. Auszüge aus verschiedenen Kirchenvätern, hierauf eine ausführliche Lebensgeschichte des h. Gregorius, Bischofs von Homeritien (Omirit), aus der 1. Hälfte des XVI. Jahrh., auf Papier in Folio, im Kl. Remeta.

Anfang und Ende fehlen.

D) Rechtskunde.

Die hieher gehörigen Handschriften zerfallen in zwei Klassen: 1) in die des kanonischen oder kirchlichen, und 2) in die des bürgerlichen Rechts. Wenn die Vermuthung, dass die Handschriften der zweiten Klasse in den serbischen Klöstern eben nicht sehr zahlreich sein dürften, jedermann, der mit der serbischen Geschichte vertraut ist, ganz nahe liegt: so muss es um so mehr befremden, dass auch Codices des kanonischen Rechts, des Matthäus Vlastares hartverdauliches Syntagma (Cotelerius nannte es stabulum Augiae) ausgenommen, fasst eben so selten sind, und dass Handschriften des Nomokanon des Johannes Scholastikus, so wie des Photius, welche beide die Grundbestandtheile der gedruckten russischen Kormčaja bilden, in den hiesigen Gegenden gar nicht vorkommen, während Russlands Bibliotheken, wie man aus des Barons Rosenkampf neuesten Werke: Obozrjenije kormčej knigi, Moskau 1829. 8°., sieht, einen Ueberfluss an denselben haben. In Bezug auf dieses lehrreiche Werk bemerke ich hier gelegentlich, dass die älteste mir bekannte Erwähnung eines slawischen Nomokanons in Serbien in dem Typikon des h. Sava für das Kl. Studenica zw. 1210—1215 steht, wo man nach dem Ausdrucke: „prjedany vam Nomokan'n“ schliessen muss, dass denselben der Heilige selbst von Athos den studenicer Mönchen gebracht habe.

1) Kirchenrecht.

149. Kormčaja, das kanonische Recht der griechischen Kirche, serbische, vom h. Berge (Chilandar) stammende, durch Sava, Mönch im Sava'schen Kloster zu Tver, nach Russland gebrachte Handschrift, ehemals im Besitze des Erzbischofs von Rostov Vassian.

Dieser Handschrift wird nur beiläufig in einer andern, jetzt in der Tolstoj'schen Bibliothek aufbewahrten Abschrift vom J. 1517 erwähnt. S. Kalajdovič und Strojev Opis. rukopisej S. 92. Abth. I. N. 169.

150. Des Matthäus Vlastares (Blastares) aus Thessalonika Syntagma, slaw. Pravilnik, aus dem XIV. Jahrh., 329 Bl. auf Baumwollenpapier in Folio, in der Metropolitanbibl. zu Karlovic.

Dieser mit serbischer Orthographie geschriebene Kodex befand sich noch 1725 im pšinskischen Kloster (am Flusse Pšina, der im macedonisch-serbischen Gränzgebirge entspringt, und mit der Bregalnica vereinigt dem Vardar zulauft; Pšinskyj Prochov heisst das Kloster in einer andern Handschrift), wie man aus den Unterschriften des Patriarchen von Ipek, des Metropoliten von Skopje und Vrana und des Bischofs von Samokov ersieht, welche denselben auf ihren Wallfahrten zum h. Johann Rilski gesehen und darin geblättert haben. Der Pravilnik läuft von Bl. 1 bis 289, und ist vollständig, doch hat der neuere Buchbinder nicht nur mehrere Blätter, sondern ganze Lagen verschoben und durch einander gemengt; von Bl. 289 bis Ende folgen mehrere Beilagen, nämlich 1) des Erzbischofs Dominikus von Venedig Sendschreiben an den Patriarchen Petrus von Antiochien. 2) Antwort auf dieses Sendschreiben. 3) Des Michael Syncellus von Jerusalem Abhandlung über den wahren Glauben wider die Lateiner, so wie über den Abfall derselben und Absetzung vom Primate, und über die Diptychen der Patriarchen. 4) Sendschreiben des konstantinopolitaner Patriarchen Michael an den antiochener Patriarchen Peter. 5) Des Papstes Gregor IX. Glaubensbekenntniss der Lateiner an den Patriarchen von Konstantinopel. 6) Des konstantinopolitaner Patriarchen Germanus Antwort auf dieses Sendschreiben. In beiden diesen Piècen heissen die Fratres minores „Frememurii“ (nach dem venet. Frà menore). 7) Der Patriarchen Anastasius von Antiochien und Cyrillus von Alexandrien Auslegung des christlichen Glaubens in Fragen und Antworten. 8) Des Michael Syncellus von Jerusalem Erläuterung des Symbolum fidei. 9) Erklärung einiger Kirchenhymnen. 10) Erklärung des Symbolum fidei. 11) Auslegung des Vaterunser nach Johannes Chrysostomus. 12) Aus dem Patriarchal-Rituale über die Aufnahme der Häretiker in die christliche Kirche. 13) Des Erzbischofs Cyrillus von Alexandrien Gespräch mit dem Häretiker Nestorius. Das Ende der Handschrift fehlt. So schätzbar diese Handschrift ihres Alters und anderer Eigenthümlichkeiten wegen ist, so ist doch der in der Uebersetzung des Vlastarischen Syntagma herrschende Styl so knechtisch ängstlich nach dem Original geformt, dass man bei dem besten Willen nicht ohne Missbehagen darin lesen kann. Sowohl nach dieser Handschrift, als auch nach der folgenden, verfasste Matthäus sein Syntagma im J. 1335.

151. Des Matthäus Vlastares Pravilnik, geschrieben auf

Befehl des Erzbischofs von der Zeta, Joseph, durch den Diakon Damian zu Koporinja, und beendet den 17. Mai 6961 (1453), 341 Bl. auf Papier in Folio, im Kl. Krušedol.

Bei dieser Handschrift sind besonders die mit dem Bl. 337 beginnenden Beilagen, enthaltend 1) einen kurzen Abriss der serbischen Geschichte; 2) eine Namhaftmachung der Chrysobullen des Kgs. Stephan, des h. Sava und des Kgs. Milutin, und der von ihnen gestifteten Bisthümer und Hegumenien, interessant. Im übrigen stimmt der Text des Pravilnik mit dem karlovicer Exemplar überein. Wiewohl das Datum schon auf Blatt 337 f. v. oben steht, und die Beilagen in etwas feinerer Schrift erst darauf folgen, so sind sie doch von einer Hand und gleichzeitig.

152. Des Matthäus Vlastares Pravilnik, geschrieben vor dem J. 1478, auf Papier in Folio, in dem Metropolitankloster zu Cetinj.

Hr. A. Kucharski erwähnt dieser Handschrift in der böhm. Zeitschrift a. a. O.

153. Des Matthäus Vlastares Pravilnik, geschrieben auf Befehl des Vojevoden Johann Stephan durch den Schreiber (grammatik) Damian im Namen des h. Nikolaus von Jassy (v ime sv. Nikoli iže u Jassech"), im J. 7003 (1495), ursprünglich 280 Bl. auf Papier in Folio, im Kl. Opovo in Sirmien.

Die Schlussschrift ist leider nicht von der Hand des moldauischen Schreibers selbst, sondern später von einem Serben auf einem Extrablatt am Ende beigefügt, der die Schriftzüge der Handschrift geschickt und für den Unerfahrenen täuschend nachzuahmen wusste, während er sich in plumper Unwissenheit durch die abweichende serbische Orthographie nur um so mehr verräth. Es ist mir jedoch wahrscheinlich, dass der Epilogschreiber die ursprüngliche Schlussschrift vor sich hatte und dieselbe, um das etwa schon zerfetzte Endblatt zu restauriren, bis auf die Orthographie genau nachschrieb. An dem durch die Schlussworte vorgegebenen Alter der Handschrift zweifle ich gar nicht. Die Orthographie ist die der bulgarodacischen Handschriften, der Schriftzug vorzüglich schön; aber die Handschrift hat bereits sehr gelitten, mehrere Blätter im Anfange, zu Ende und in der Mitte gehen ab, andere sind zerrissen und durch einander geworfen.

154. Des Matthäus Vlastares Pravilnik, geschrieben auf Kosten des Metropoliten von Szegedin und Bač (der Name fehlt) für das Kloster der h. Petka im Gebirge Cer (hat. Peskovica in Serbien) im J. 7087 (1579), auf Papier in Fol., in der Metropolitanbibliothek zu Karlovic.

155. Des Matthäus Vlastares Pravilnik sammt andern kanonischen Gesetzen, geschrieben im Kl. „Bješenova“ unter dem Hegumen Sylvester im J. 7089 (1571), auf Papier in Fol., im Kl. Bešenova.

Auf einen Auszug aus dem Pravilnik des Matthäus folgen mehrere Gesetze Justinians, dann die Gesetze der h. Apostel und Kirchenväter (pravila sv. apostol i sv. ot'c), wie sie in den Manualen des Nomokanons Nr. 159, 160 vorkommen, in 284 kurzen Paragraphen.

156. Des Matthäus Vlastares Pravilnik, aus dem XVI. Jahrh., 316 Bl. auf Papier in Folio, im Kl. Beočin in Sirmien.

Ist zwar vollständig da, doch ohne Datum.

157. Des Matthäus Vlastares Pravilnik, aus dem XVI. Jahrh., 159 Bl. auf Papier in Fol., in der Metropolitanbibl. zu Karlovic.

Das Ende fehlt. — Es ist auch noch eine andere Abschrift aus dem XVII. Jahrh. in Fol. da.

158. Das kanonische Recht der griechischen Kirche, serbische Handschrift vom Ende des XVI. Jahrh., auf Papier in Folio, bei Hrn. Vlahović, Pfarrer in Beče.

Nach der mir zugekommenen Nachricht, denn die Handschrift selbst konnte ich zur Einsicht nicht erhalten, weicht dieser Kodex von der gedruckten Kormčaja gänzlich ab, woraus ich den Schluss ziehe, dass es ein Vlastares sei.

159. Nomokanon, enthaltend Auszüge aus den kanonischen Gesetzen der h. Väter oder der Koncilien, zum Handgebrauche für Beichtväter und Priester, aus der 1. Hälfte des XVII. Jahrh., 193 Bl. auf Papier in 8°., im Kl. Opovo.

Da dieses Manuale der Kirchengesetze in den serbischen

Klöstern sehr häufig vorkommt (darunter wahrscheinlich auch viele ältere Exx. als die hier beschriebenen) und dasselbe sowohl für den Kirchenrechtsforscher, als auch für den slaw. Philologen immer einiges Interesse hat, so will ich das eine und andere Ex. hier näher charakterisiren. Bl. 1—10 geht eine Art Kalender mit Horoskope voran. Bl. 11—15 Rituale für Beichte. Bl. 16—30 Vorschriften für die Busse nach den Kanonen der Kirchenväter und nach Vlastares. Bl. 31—148 unter der Ueberschrift: Nomokanon sirječ zakonnik, vinjeje pravila po s'krašteniju sv. apostol i sv. Vasilija velikago i sv. s'bor, ein Epitome der Kirchengesetze in 281 Paragraphen. Bl. 149—193 verschiedene kirchliche Disciplinargesetze, ähnlich denen, die in den Trebniken von Goraždje 1531. 4°. und Mileševa 1546. 4°. am Ende unter der Ueberschrift pravilo sv. apostol i sv. i prjepodobnych i bogonosnych ot'c našich sedmago s'bora, vorkommen. — Dieses Manuale des Nomokanons Bl. 31—148 (worüber Rosenkampf B. I. 15, 79. II. 69 nachzulesen) stimmt zwar mit den russischen Ausgaben, Kyjev 1620, 1624, 1629, Moskau 1639 und Lemberg 1646 (ich habe zur Vergleichung die 2. russische Ausgabe gebraucht) in der Hauptsache überein, weicht aber in einzelnen Paragraphen, so wie in Ausdrücken und Worten, bedeutend davon ab. Wenn der slaw. Philolog mit Herodot den natürlichen Horror vor ägyptischen τέρασι — denn von diesen strotzen die Nomokanonen — niederkämpft, um dieses schlammige Nilreich ruhig durchzuwaten, so wird er immer aus diesem langen Sündenregister einige kurze Wörter für sein Lexikon excerpiren können.

160. Nomokanon, aus der 1. Hälfte des XVII. Jahrh., 130 Bl. auf Papier in 8°., im Kl. Beočin.

Bl. 1—11 Beicht- und Bussordnung. Bl. 12—101 Epitome der Kirchengesetze, wie oben Nr. 155, doch mit dem Unterschiede, dass er nur 227 Paragraphe enthält und dass sehr viele erläuternde Stellen aus den Kirchenvätern, ferner aus Zonaras, Balsamon, Harmenopulus u. a. eingeschoben sind. Bl. 102—104 über Priesterweihe und Beichte. Bl. 105—126 des „Zacharije Maraphara Abhandlung über die Verwandtschaftsgrade". Bl. 127—130 einige Fragmente aus kirchlichen Disciplinargesetzen.

161. Zakonnik, enthaltend einen Auszug aus des Matthäus Vlastares Pravilnik, sammt Beilagen, aus der 1. Hälfte des XVI. Jahrh., 157 Bl. auf Papier in 4°., in der Metropolitanbibl. zu Karlovic.

Der Inhalt dieser gut erhaltenen Handschrift ohne Datum ist folgender: 1) Auszug aus des Matthäus Vlastares Syntagma, Bl. 1—84. 2) Auszug aus den Regeln des Johannes Jejunator, Bl. 85—87. 3) Belehrung über Beichte und Absolution, Bl. 88—95. 4) Regeln der h. Apostel, der Koncilien, des h. Basilius u. a., Bl. 96—115. 5) Sammlung verschiedener Regeln, Bl. 116—122. 6) Verschiedene Kapitel, ausgezogen aus einem andern Nomokanon, Bl. 123—150. 7) Ueber die Trennung der Lateiner von uns und ihre Absetzung vom Primate, Bl. 150—157.

2) Kirchen- und Civilrecht.

162. Zakonnik, enthaltend einen Auszug aus des Matthäus Vlastares Pravilnik und des Ks. Justinian Codex rep. prael., ferner Stephan Dušan's serbisches Rechtsgesetzbuch, sammt verschiedenen theologischen, astrologischen und medicinischen Beilagen, geschrieben um das J. 6898 (1390), wahrscheinlich in der Hercegovina, 188 Bl. auf Papier in 4°.

Diese Handschrift, deren Ausfindigmachung und Mittheilung zum Gebrauche ich dem Eifer meines Freundes S. M. verdanke, verdient in mehr als einer Hinsicht eine umständlichere Anzeige. Sie enthält: 1) Kapitelindex des Zakonnik, Bl. 1—3 r. 2) Zakonnik oder Nomokanon, ausgezogen aus dem grossen Zakonnik des Hierom. Matthej Solunskyj, d. i. Matthäus Vlastares, Bl. 3 r.—81 r. 3) Regeln des Johannes Jejunator, Bl. 81 v.—83 r. 4) Bruchstück aus des Ks. Justinian Rechtsgesetzbuche, Bl. 83 r. bis 86 r. 5) Des Carj Stephan Dušan serbische Rechtsgesetze, Bl. 86 v.—98 r. Der Text der Dušan'schen Gesetze ist hier natürlich viel echter als in den folgenden, sehr jungen Abschriften. Die Reihenfolge der Gesetzesparagraphe ist anfangs dieselbe wie im neusatzer Kodex, dann abweichend und mehr zu den andern Kodd. stimmend, und die Sammlung bricht hier bedeutend früher ab. Durch diese Handschrift wurden meine über den neusatzer Kodex früher gemachten Bemerkungen auf das überraschendste bestätigt, nämlich: 1) dass der neusatzer Kodex die wahren alten Dušanischen Gesetze enthält, und dass die türkischen Wörter in demselben Interpolationen jüngerer Abschreiber sind; 2) dass die Ueberschriften der Paragraphe in der neusatzer Handschrift nur eine Zuthat eben dieser Abschreiber sind; 3) dass der Abschreiber des neusatzer Exemplars einen alten Kodex vor sich gehabt, in welchem die Blätter zerrissen und versetzt waren, und er — mit offenen Augen nicht sehend — bloss mechanisch abgeschrieben habe, ohne die Blätter zu ordnen, weshalb einige Paragraphen in der Mitte des Satzes abgebrochen und erst nach mehreren Zwischenparagraphen fortgesetzt werden; endlich 4) dass in dem neusatzer Kodex, ausser den Dušan'schen Gesetzen, am Ende auch eine Sammlung späterer fürstlicher Verordnungen enthalten ist. In dem Gesetzbuche beruft sich Dušan an zwei Stellen auf die Gesetze seines „Grossvaters, des h. Königs", nämlich Milutin (1275—1321). Es ist klar, dass Dušan's Gesetzbuch nur eine Rekapitulation älterer Verordnungen und Gebräuche ist, mit Hinzufügung einiger neuen Artikel. Ueber den Geist dieser von Engel u. a. sehr überschätzten Gesetze etwas zu sagen, ist hier der Ort nicht. 6) Kirchensatzungen der 7 Concilien, Regeln des Johannes Jejunator und anderer in Kürze, Bl. 98 r.—104 r. 7) Historische Nachrichten über die sieben allgemeinen Kirchenversammlungen, Bl. 104 r.—105 v. 8) Auslegung des Verses: Gospodi Isuse Christe etc., Bl. 105 v.—109 r. 9) Das Officium der h. Kommunion (gleichlautend mit jenem in den Beilagen zum Cetinj'schen Psalter 1494. 4°.), Bl. 110 r.—130 r. 10) „Tľkovanije Azbukvy" auf jeden Buchstaben ein Spruch, woraus das Chrismon, zwei verschiedene Aufsätze, Bl. 130 r. und v. (Bl. 131 fehlt). 11) Gesangstrophen, aus Sprüchen der Heiligen zusammengesetzt, Bl. 132 r.—133 v. 12) Horoskop der Geburten, nach einzelnen Monaten, für Knaben und Mädchen, Bl. 134 r.—144 v. 13) Ueber

Temperamente, Zeugung, Geburt, Nativitätsstellung nach den Tagen des Monats, Bl. 145 r.—150 v. 14) Hausreceptbuch mit therapeutischen, sympathetischen, thaumaturgischen u. a. Kurangaben, Bl. 151 r.—163 v. Ich konnte weder den obigen Horoskop, noch diesen serbischen Lječebnik mit einem russischen vergleichen, und weiss daher über ihr gegenseitiges Verhältniss nichts zu sagen. In dem Katalog der Tolstoj'schen Bibliothek sind drei Lječebniken aus dem XVII. Jahrh. verzeichnet, und die Handschrift II. 215 scheint mehrere mit der hier beschriebenen gleichartige Stücke: kako raždajut sja mladenci, planidnik ili kalendar mesjačny etc., zu enthalten. Allen diesen Horoskopen und Lječebniken scheinen, nach der Sprache zu urtheilen, griechische Originalien zu Grunde zu liegen. 15) Ein Gemisch von Gebeten, Kirchengesängen, Aussprüchen verschiedener Kirchenväter, Bl. 164 r.—172 v. 16) Leo der Weise über zukünftige Dinge, ein sinniger Unsinn, wie alle Orakelsprüche, Bl. 172 v. bis 174 r. Ich habe diese apokryphischen Weissagungen mit Leo's 17 Orakeln in G. Codini Excerpta de antiquit. Constantinop. Vened. 1729. Fol. p. 155—188, verglichen und dieselben von den letztern ganz verschieden befunden. 17) Wahrsagereien aus dem Zucken der Glieder, Bl. 174 r.—175 v. 18) Parallelismus der Zeichen des Thierkreises und der Glieder des Leibes, Bl. 176 r. 19) Wahrsagereien aus dem Donner nach den Tagen und Zeichen des Thierkreises, so wie nach den Monaten fürs ganze Jahr, Bl. 176 r.—180 r. 20) Wahrsagereien aus dem Tage der Geburt Christi fürs ganze Jahr, Bl. 180 r. und v. (Bl. 181 fehlt). 21) Der neunzehnjährige Mondcyklus vom J. 6898 (1390) bis zum J. 6916 (1408), Bl. 182 r.—187 v. Es ist bekannt, dass die goldene Zahl des Mondcyklus der Orientalen von der der Occidentalen allemal um 3 differirt, d. i, weniger zählt. 22) Gebete beim Schlafengehen, Bl. 187 v. Das Ende der Handschrift fehlt. Denn leider ist diese Handschrift sehr lückenhaft und verstümmelt; es fehlen in derselben 12 ganze Blätter, 12 sind mehr oder weniger verstümmelt und zum Theil unlesbar, 1 rescribirt und mehr als die Hälfte der Blätter beschädigt. Da das Ende abgeht, so bestimmte ich das Alter der Handschrift hauptsächlich nach der Jahrangabe beim Mondcyklus, der vom J. 6898—6916 berechnet ist. Nach dem Schriftzuge zu urtheilen, hätte ich die Handschrift auf den Blick in die Mitte des XV. Jahrh. gesetzt; sie ist mit einer Kurrentschrift geschrieben, die jener, mit welcher der Schluss des krušedoler Vlastares 1453 geschrieben ist, auffallend ähnelt. Allein die serbischen Schreiber bedienten sich bereits in der 2. Hälfte des XIV. Jahrh. (ob auch früher, weiss ich nicht) eben dieser Kurrentschrift (skoropis), besonders in Handschriften für den Privatgebrauch, während sie Codices für Kirchen und Klöster und im Auftrage der Fürsten und Oberpriester noch immer mit antiker Bukvica (ustav) abzuschreiben pflegten. Der Buchbinder, der diese Handschrift das jüngstemal überband, liess, besonders im 2. Theile derselben, kein einziges Blatt auf dem andern, d. i. an seiner rechten Stelle, und es kostete nicht wenig Mühe, beim Abgange so vieler Blätter und zum Theil auch der Signaturen, Ordnung in dieses Chaos zu bringen.

163. Zakonnik oder Gesetzsammlung, enthaltend einen Auszug aus des Matthäus Vlastares Pravilnik, die Rechtsgesetze des Carj Stephan Dušan und einige Beilagen, geschrieben von dem Hieromon. Pachomije, angeblich im Kl. Rakovac (denn der Name ist an der Stelle eines ausradirten hineingeschrieben), im J. 7029 (1700), 78 Bl. auf Papier in Folio, in der Gymnasialbibliothek zu Neusatz.

Im J. 1779 besass die Handschrift der Hieromonach Isaias Parivodić, Vikarius im Kl. Rakovac; um das J. 1820 schenkte sie ein Privatmann dem neusatzer Gymnasium. Auf dem 53. Blatte steht die Schlussschrift des Kopisten; doch ist in dem Ortsnamen Rakovac bloss der erste Buchstabe von der Hand des Abschreibers, die übrigen sind an die Stelle der ausradirten von der Hand des Hieromonachen Parivodić hineingeschrieben, so dass man nur so viel mit Gewissheit sagen kann, dass die Kopie in einem sirmischen, mit R anlautenden Kloster (Rakovac, Remeta und Remetica) gefertigt wurde. Die Handschrift enthält: 1) Inhaltsanzeige, Bl. 1—4. 2) Auszug aus des Matthäus Vlastares Pravilnik, verschieden von dem Auszuge der zwei obigen Handschriften, Nr. 161, 162, Bl. 6—53. 3) Bruchstücke aus dem Justinianischen Gesetzkodex, Bl. 55—57. 4) Stephan Dušan's und seiner Nachfolger serbisches Rechtsgesetzbuch, Bl. 58—74. 5) Einige unerhebliche Beilagen, darunter eine reuige Stimme des Stephan Dušan aus dem Reiche der Todten, Bl. 75—78. Das Dušan'sche Gesetzbuch ist in dem serbischen Ljetopis 1828, Heft III. S. 44—62, IV. 31—55 abgedruckt; doch sind dabei leider sehr zahlreiche wesentliche Fehler und Auslassungen mit unterlaufen, so dass der Abdruck für den Forscher ganz unbrauchbar ist.

164. Zakonnik, enthaltend Bruchstücke aus des Ks. Justinians Codex rep. prael., Stephan Dušan's serbisches Rechtsgesetzbuch, und einige Beilagen, aus der 2. Hälfte des XVII. Jahrh., 75 Bl. auf Papier in 8⁰., bei mir.

Diese, von mir im M. Mai 1831 aquirirte Handschrift enthält: 1) einzelne Parzellen aus dem Justinianischen Gesetzbuche, Bl. 1—22. 2) Stephan Dušan's serbisches Rechtsgesetzbuch, Bl. 23—48. 3) Miscellen kirchenrechtlichen und liturgischen Inhalts, von späteren Besitzern des Buches eingetragen, Bl. 49—75. Die Bl. 17 und 24 sind ausgerissen. Im J. 7195 (1687) besass das Büchlein, hier Sud pravilnyj Stephana Carja Srbskago genannt, der Hieromonach Dimitrije, Hegumen von Ravanica in Serbien. — Die serbischen Rechtsgesetze sind hier nicht mehr in ihrer ursprünglichen Gestalt, sondern in einer Paraphrase, von welcher ich glaube, dass sie der folgenden Handschrift zur Basis diente.

165. Sammlung verschiedener kanonischer und bürgerlicher Gesetze, in der Bibliothek des Hrn. kön. Raths und Ritters Sabbas von Tököly zu Arad.

Nach der etwas verworrenen und unbefriedigenden Beschreibung dieser Handschrift von dem H. Besitzer in s. Erweis, dass die Walachen nicht römischer Abkunft sind, Halle 1823. 8⁰. S. 14—16 (welche Stelle man nachlesen möge), enthält die Handschrift: 1) Konstantins und Justinians Gesetze über Reichsverwaltung. 2) Stephan Dušan's serbisches Rechtsgesetzbuch, vom J. 6757 (sic, statt 6857). Da nun Raić, der diese serbischen

Gesetze im Anhange zu seiner serbischen Geschichte, Bd. IV., abdrucken liess, ausdrücklich versichert, dass er dieselben „in aller ihrer Einfalt von Wort zu Wort" habe abdrucken lassen; da ferner der Hr. kön. Rath. und Ritter von Tököly auf die schriftliche Bitte meines sel. Kollegen, des Prof. G. Magarašević, uns die Handschrift zur Vergleichung mitzutheilen, die Antwort gab, dass der Raić'sche Abdruck mit seiner Handschrift aufs genaueste übereinstimme, so gab ich mir weiter auch keine Mühe, die Handschrift selbst einzusehen. Denn ich bin überzeugt, 1) dass der Raić'sche Abdruck wortgetreu ist (wirklich ergab sich aus einer spätern, durch Hrn. Kopitar unternommenen Vergleichung, dass der Abdruck vom Original nur hie und da in einzelnen Wörtern, Lesearten und Sylben abweiche, namentlich in der Orthographie); 2) dass diese arader Gesetze ein neues, kaum 150—200 Jahre altes, und nun nach Auffindung der wahren alten Gesetze Dušan's völlig nutzloses Machwerk irgend eines müssigen Mönches sind, der die echten alten Gesetze paraphrasirte, und ihnen an vielen Stellen willkührlich eine seinen Ansichten und Wünschen entsprechende Gestalt gab. Wäre hier der Ort, so würde ich durch einleuchtende Belege beweisen, dass der Paraphrastes an mehr als hundert Stellen sein Original entweder nicht verstanden oder absichtlich verdreht hat (so machte er aus dem alten meropch Bauer — mjera Maass; aus priselica Einquartirung — prišlec Ankömmling u. dgl.), und dass nicht eine einzige Stelle der alten wahren Gesetze aus dieser Paraphrase Licht erhält, während letztere erst durch Vergleichung mit deren Original gesunden logischen Sinn bekommt. Alles Originelle, Alte, Dunkle ist in der Umschreibung, als unverständlich dem Paraphrastes, gänzlich vertilgt; Wörter wie lice, meropch, sebr, pronjar, tucak, priselica, uzdanije etc. waren ihm Hieroglyphen. An Raić's Ausdrucke: „v starodrevnem rukopisje" wird nur der hängen bleiben, der es nicht weiss, dass der gute Mann über das Alter der Handschriften durchaus nicht urtheilfähig war. Der Historiker Engel, dessen guten Willen ich übrigens sehr ehre, und nur bedaure, dass ihm das Schicksal nicht eine bessere Kopie erleben liess, gab sich die sisyphische

Mühe, diese paraphrasirten Gesetze ins Deutsche zu übersetzen (Gesch. v. Serb. S. 293 ff.), wobei es natürlich an Missgriffen aller Art nicht fehlen konnte, als z. B., dass aus der vormittägigen Vorladung vors Gericht eine Einladung zum Mittagmale gemacht und dem Nichterscheinenden eine Strafe angedroht wird!

E) Geschichte.

Der leichtern Uebersicht wegen theile ich die hieher gehörigen Handschriften in zwei Klassen: 1) in Handschriften zur Geschichte der christlichen Kirche, fast nur Lebensbeschreibungen von Heiligen enthaltend, und 2) in Handschriften zur bürgerlichen oder Weltgeschichte, und schicke überall das Allgemeine dem Besondern oder dem Nationalen, Serbischen, voraus.

1) Kirchliche Geschichte.

166. Nachricht von der Uebertragung der Reliquien des h. Evangelisten Lukas nach Smederevo unter dem Fürsten Georg Branković, aus der Mitte des XV. Jahrh., auf Papier in 4°., im Kl. Vrdnik.

Der Anfang fehlt; die Handschrift hat von Feuchte sehr gelitten. Eine spätere Unterschrift ist vom Hieromonachen Michael 7020 (1512).

167. Leben des h. Johannes Chrysostomus, von Georg Erzbischof von Alexandrien, geschrieben im Kl. Kuveždin im J. 7101 (1593), 165 Bl. auf Papier in Folio, im Kl. Krušedol.

168. Leben des h. Basilius des Grossen, von seinem Schüler Mönch Gregor, sammt Beilagen, vom Ende des XVI. Jahrh., 287 Bl. auf Papier in 8°., in der Metropolitanbibl. zu Karlovic.

Auf das Leben des Basilius folgen vermischte Excerpte aus den Kirchenvätern, Bl. 1—154, hierauf des Zacharias Maraphara Abhandlung über die Verwandtschaftsgrade, Bl. 155—185, endlich ein Nomokanon, Bl. 186—287.

169. Otečnik, d. i. Vitae patrum, gr. *Πατερικόν*, Leben auser-

wählter Heiligen, aus dem XVI. Jahrh., 242 Bl. auf Papier in Folio, im Kl. Remeta.

Ist ganz da, doch ohne Datum.

170. Otečnik, Leben auserwählter Heiligen, vom Ende des XIV. oder dem Anfange des XV. Jahrh., auf Papier in Folio, im Kl. Vrdnik.

Am Ende defekt; sonst wegen der vielfachen Spuren eines hohen Alters in Sprache, Orthographie und Schrift beachtenswerth.

171. Otečnik, Leben auserwählter Heiligen, vom Hieromonach Maxim angefangen zu Karlovic den 6. Decb. und beendigt in Krušedol den 2. Mai im J. d. W. 7041 und n. Chr. G. 1540, 397 Blatt auf Papier in Folio, im Kl. Krušedol.

Wegen der anscheinenden Diskordanz der Jahre nach der Welterschaffung und nach Christi Geburt verweise ich auf das hierüber unter Nr. 63 Gesagte.

172. Otečnik, Leben auserwählter Heiligen, aus dem XVI. Jahrh., auf Papier in 4°., im Kl. Vrdnik.

173. Panagirik oder Leben und Elogien auserwählter Heiligen, geschrieben im Kl. Ozrjen (unweit Gračanica in Bosnien-jetzt in Ruinen), im J. 1509, auf Papier in Folio, im Kl. Opovo.

174. Panagirik oder Leben und Elogien auserwählter Heiligen, aus dem XV. Jahrh., 446 Bl. auf Papier in Folio, im Kl. Krušedol.

Anfang und Ende gehen ab.

175. Panagirik oder Leben und Elogien auserwählter Heiligen, aus dem Anfange des XV. Jahrh., 393 Bl. auf Papier in Folio, im Kl. Krušedol.

Am Ende der Handschrift befand sich, nach dem vorgesetzten Index, das Leben des h. Symeon und Sava, ist aber ausgerissen, und das letzte Blatt umgeschrieben.

176. Panagirik oder Leben und Elogien auserwählter Heiligen, aus dem XVI. Jahrh., 178 Bl. auf Papier in Folio, im Kl. Gergeteg in Sirmien.

177. Leben auserwählter Heiligen, bulgarische Handschrift aus dem XV. Jahrh., auf Papier in Folio, im Kl. Krušedol.

178. Leben auserwählter Heiligen, aus dem XVI. Jahrh., 307 Bl. auf Papier in Folio, im Kl. Remeta.

In allen diesen, bis jetzt aufgezählten Lebensbeschreibungen der Heiligen kommen keine Biographien slawischer oder serbischer Heiligen vor.

179. Prolog oder Leben der Heiligen im Auszuge, nach Monaten (mit Ausnahme des Septembers, der ausgerissen ist), und hie und da mit Troparien, serb. Handschrift aus dem XIII. Jahrh. auf Pergament in Folio, in allem noch 171 Bl., in der gräfl. Rumjancov'schen Bibl. zu St. Petersburg.

S. Kalajdovič Johann Exarch S. 62, 90—91. Köppen Bibl. Listy S. 109, 539. Sowohl Dobrovský als auch Kopitar wollten diesen Prolog lieber einen bulgarischen als einen serbischen nennen; allein, wiewohl das von Kalajdovič mitgetheilte Bruchstück aus demselben, die Legende von Cyrill und Method, eben nicht diplomatisch genau und treu abgedruckt zu sein scheint, so lassen uns doch die Wörter паметь, противущихъ се приєть, мѣсеца, обрете се etc. etc., gar nicht zweifeln, dass die Handschrift von einem Serben herrühre. Einzelne Spuren von ѫ entscheiden nichts. Das verwickelte Datum in dieser Legende ist wohl auf foldende Art auflösbar. Es lautet dort: вь Ѕ сотное т҃оу и третіе лѣто. Der verdienstvolle Herausgeber erklärt durch das beigesetzte Fragzeichen dieses Datum für fehlerhaft oder doch unerklärbar, und Abbé Dobrovský hat es (Legende von Cyrill und Method, Prag 1826. 8°. S. 64) durch die Annahme, dass das Wort сотное und der folgende für тисоущь stehende Buchstabe т versetzt seien, und dass mithin zu lesen sei .Ѕуг. (6403), mehr verwirrt als erklärt. Es scheint fast, als wenn das Datum entweder von dem Prologschreiber selbst, oder dem russischen Kopisten diktando geschrieben wäre: das Wort sotnoje bezieht sich auf das folgende т, und das o ist nur der letzte Buchstabe des ausgesprochenen Wortes Tverdo (als Name des Buchstabens), y aber ist das falsch aufgefasste Zahlzeichen ч (go) serbischer Handschriften. Wir haben somit: Ѕ, сьтное т-о, ч и третіе лѣто = 6393 (885), was zu der dort angesetzten dritten Indiction, so wie zu der Regierungszeit Svatopluks 869—894, Basilius des Macedoniers 867—886, Boris Michael 843—889 und Karls III. des Dicken, Kg. von Deutschland, 882—888 (краль ist nämlich Karl, und es ist hier der Name nicht ausgefallen, wie Dobrovský annehmen wollte) aufs vollkommenste passt, denn nur 882—886 regierten alle diese vier Fürsten gleichzeitig.

180. Leben auserwählter Heiligen, aus dem XV. Jahrh., 116 Bl. auf Papier in 8°., im Kl. Kovilj in Ungarn.

Enthält die Lebensbeschreibungen des h. Gregorius, Demetrius, Nikolaus, Alexius, Basilius des Grossen, Ephrem Syrus und der h. Petka, so wie einige vermischte Excerpte aus den Kirchenvätern.

181. Leben des h. Symeon und Sava, verfasst von dem Hieromonachen Dometijan in der chilandarischen Einsiedelei in der Kareja auf Athos, im J. 6772 (1264), 434 Bl. auf Papier in 4°.

Der Hieromonach Dometijan ist den Kennern des slawoserbischen Alterthums bereits aus der in Kalajdovič's Joann Exarch S. 164—166 abgedruckten Schlussrede des chilandarischen Hexaemeron vom J. 1263 als ein enthusiastischer Freund der slawischen Literatur bekannt. Vorliegendes Werk ist ein rühmliches Denkmal seines erleuchteten Geistes, so wie seiner ausgebreiteten Gelehrsamkeit, und als ein serbisches, durch Gehalt und Darstellung gleich ausgezeichnetes Originalprodukt eine der Hauptzierden der gesammten ältern slawischen Literatur. Das Aufschiessen einer so anmuthigen Pflanze, voll unverwelklicher Blüthen, in der finstern Zelle eines slawischen Einsiedlers um die Mitte des XIII. Jahrh., ist nur dadurch erklärbar, dass der Geist des klassischen Altherthums, gehüllt in die Formen christlicher Ideale, von den Griechen und den mit ihnen geistig verschmolzenen Slawen in Thracien und Macedonien seit Cyrillus und Methodius bis auf Dometijan noch nicht ganz gewichen war. In der That bekunden die südslawischen Schrifterzeugnisse im Grossen und Kleinen, in Materie und Form, je höher hinauf, desto mehr Originalität, Natur und Geschmack; je weiter herab, desto mehr Verfall des Wortes und des Gedankens. Man vergleiche nur Sava vom J. 1199—1215 und Dometijan vom J. 1264 mit

Daniel vom J. 1338 und mit seinen Fortsetzern bis 1375 oder mit Gregor Camblak um 1400! Dometijans Werk, von ihm in Original nach Serbien gesendet, seit dem Metropoliten von Kyjev und ganz Russland Kyprian (1376—1406), einem gebornen Serben, auch in Russland bekannt, namentlich in der gräfl. Tolstoj'schen Bibliothek in drei Abschriften Abth. II. N. 197, 233 (diese nach einem Original von Athos 1517) und 362 vorhanden, und mir in einem leider sehr defekten Kodex aus der 2. Hälfte des XIV. Jahrh. von meinem Freunde S. M. mitgetheilt, umfasst das Leben und die Thaten der zwei unsterblichen Restauratoren des serbischen Staates, des Vaters, der dessen politische, und des Sohnes, der dessen kirchliche und geistige Existenz neu begründete, mit einer Ausführlichkeit, religiösem kräftig-warmen Vollgefühl und Sprachanmuth, die es eben so interessant für den serbischen Historiker, als wichtig für den slawischen Philologen machen. Leider fehlen in der von mir benutzten Abschrift an verschiedenen Stellen 43 Bl., die aus den in Karlovic und in den sirmischen Klöstern vorhandenen Exemplaren nicht ergänzt werden können, weil diese eine ganz andere, jüngere Redaktion des Werkes enthalten. Dometijan war ein Schüler des h. Sava und berichtet vieles als Augenzeuge, bei andern Thatsachen beruft er sich auf Quellen, insbesondere auf das Zeugniss mehr als hundertjähriger Greise, die er verhört habe. Auch die Biographie des h. Symeon von seinem Sohne Sava scheint ihm, nach einigen Stellen zu urtheilen, bekannt gewesen zu sein, wiewohl er derselben ausdrücklich nicht erwähnt. Aber Dometijan's Werk ermangelt leider aller chronologischen Angaben! — Das Werk der Gründung eines serbischen, politisch und geistig selbstständigen Nationalreichs, welches die Heiligen mit wundersamer Kraft erstrebt und vollendet hatten, schien für die Ewigkeit bestimmt; aber die Vorsehung hatte es anders beschlossen. — Dometijan schickte, wie aus der Schlussschrift hervorgeht und bereits bemerkt wurde, sein Buch nach Serbien: na blagoslovenije sv. Symeonu. Sollte wohl nicht mehr das Original selbst oder wenigstens eine gleichzeitige Abschrift irgendwo in Chilandar oder in Dečani etc. existiren? Man findet nirgends eine Spur, dass Raić die echte Biographie des h. Symeon und Sava gekannt habe. Die Art, wie er seine Leser auf die Quellen seiner dürftigen Nachrichten vom h. Sava verweist, ist gar zu sonderbar und zeigt von der Leichtfertigkeit des fleissigen, aber unkritischen Mannes. (Man vgl. Istor. Serb. Bd. II. S. 339—340.)

182. Leben des h. Sava, verfasst von dem chilandarischen Hieromonachen Theodosije, nebst dem aus Dometijan ausgezogenen Leben des h. Symeon, geschrieben im Kl. Chilandar im J. 7288 und nach Chr. G. 1780, 174 Bl. auf Papier in Folio, in der Metropolitanbibl. zu Karlovic.

Voraus geht das Leben des h. Sava von dem chilandarischen Hieromonachen Theodosije, Bl. 1—102; hierauf folgt eine Lobrede auf den h. Sava von ebendemselben, Bl. 103—117; zuletzt das Leben des h. Symeon, zwar aus dem Werke des Dometijan ausgezogen, aber sehr abgekürzt, und in Sprache und Orthographie ganz russisirt, Bl. 117—174. Theodosius versichert zwar, nur den Dometijan aus- oder umgeschrieben zu haben (skazano prepodobnym Dometijanom, spisanože Theodosijem mnichom), allein derselbe hat das Werk Dometijans, gewiss nicht ohne religiös-kirchliche Nebenabsichten, ganz überarbeitet, so zwar, dass nicht ein Stein auf dem andern von dem alten Gebäude geblieben ist. Alles Reinhistorische ist weggelassen; die von Dometijan mit biblischer Unbefangenheit und Kürze erzählten Wunder werden hier zu widerlichen Zerrbildern, mit denen ganze Bogen angefüllt sind. Bei der zweiten Abtheilung, dem Leben des h. Symeon, machte er sich die Arbeit leichter, er liess bloss aus, was ihm nicht gefiel. Aus einem solchen Kodex scheint die elende Compilation geflossen zu sein, welche der pakracer Bischof Cyrill Živković unter dem Titel: Žitije sv. serbskych prosvjetitelej Symeona i Savy spisanoje Dometijanom hieromon. chilandarskym, sokraščenože i očiščeno (ja wohl!) Kyrillom Živkovićem etc., Wien bei Novaković 1794. 4°., 76 Seiten, drucken liess. Von demselben Theodosije sind die achtstimmigen Kanonen zu Ehren des h. Symeon und Sava, welche auf Veranstaltung des chilandarer Prohegumen Timotej in Druck erschienen sind: Kanony na osm glasov sv. Symeonu i svjatytelju Savy, Ven. 1776. 4°., 112 Seiten. Er nennt sich daselbst: vsjech posljednyj Theodosij grješnyj nedostojnyj Jeromonach Chilandarac. Gebürtig aus Slawonien unweit Lepavina soll er fast sein ganzes Leben in Chilandar mit Bücherschreiben zugebracht haben. Hätte er doch wenigstens den Dometijan nicht travestirt! Wir hätten dann weniger Grund, den Untergang des Originals zu befürchten.

183. Leben des h. Sava vom Hieromonachen Theodosije, geschrieben auf Befehl des Erzbischofs und Metropol. Paul Nenadović in Karlovic im J. 1757, 181 Bl. auf Papier in 4°., in der Metropolitanbibl. zu Karlovic.

Diese Abschrift stimmt mit der obigen N. 181 von Wort zu Wort überein; die Biographie des h. Symeon ist hier nicht beigefügt. — Aehnliche Biographien des h. Sava kommen auch in mehreren andern sirmischen Klöstern vor.

184. Pomenik, d. i. Namenverzeichniss der Wohlthäter des Klosters zur Erinnerung im Gebet, vom J. 7124 (1616) ff., 218 Bl. auf Papier in Folio, im Kl. Beočin.

Dieser, ursprünglich aus dem Kl. Rača in Serbien stammende, von Hrn. Vuk Steph. Karadžić in s. serbischen Wörterbuche, Vorr. S. XIX. kurz charakterisirte, denkwürdige Pomenik (so heissen Handschriften dieser Art in der ältern serbischen Sprache) enthält Tausende und Tausende von serbischen Eigennamen. Es war Sitte, jährlich einige Mönche im Lande herumreisen zu lassen, um milde Gaben einzusammeln (parusiju pisati), nach deren Rückkunft die Namen der Wohlthäter in das grosse Gedächtnissbuch eingetragen wurden. Fremde, die das Kloster besuchten, schrieben selbst oder liessen ihren Namen einschreiben. Vorliegende Handschrift ist ihrem ersten Theile nach aus einem andern, wenigstens um 200 Jahre älteren Pomenik abgeschrieben. Bl. 88 bemerkte der Schreiber unten am Rande: sije pisach v ljeto 7124 mjeseca gjenvara 26 d'n; von da an wurde die Namensliste jährlich bis gegen Ende des siebzehnten Jahrh. von verschiedenen Schreibern fortgesetzt. Es kommen zwar in den Fortsetzungen zwei Namen mit der beigesetzten Jahrzahl 7046 (1538) und 7109 (1601) vor; allein diese

Zahlen sind offenbar unrichtig geschrieben, und können für ein höheres Alter der Handschrift, als 1616, kein Zeugniss abgeben. Der erste Theil der Handschrift ist der brauchbarste, indem darin die männlichen und weiblichen Namen abgesondert sind, je weiter herab, um so grösser ist die Verwirrung. Ich habe die serbischen Namen sowohl aus dieser, als auch aus andern Handschriften zum Behufe eines slawischen Onomasticon excerpirt und alphabetisch zusammengestellt.

185. Pomenik oder Namensliste der Wohlthäter des Klosters, vom J. 7163 (1655) und ff., 140 Bl. auf Papier in 4°., im Kl. Krušedol.

Weder so reichhaltig, noch so fleissig geschrieben, als der beočiner Kodex. — Es kommen auch in andern Klöstern ähnliche Namensbücher vor. Ein uralter, früher im Kl. Kovilj aufbewahrter Pomenik, von dem ich in einer Handschrift Erwähnung fand, ist leider nicht mehr vorhanden.

186. Des Andreas Zmajević, Erzbischofs von Antivari und Dioklea, Primas von Serbien, „Annales ecclesiastici", vom Anfange der Welt bis auf seine Zeiten, sowohl in lateinischer Sprache, als auch in vulgar-dalmatisch-serbischer Mundart mit cyrillischer Schrift, in der Bibliothek der Propaganda in Rom.

Engel Bd. III. S. 467.

2) Weltliche Geschichte.

187. Des Gregorius Monachus Hamartolus Chronik, aus dem Ende des XVI. oder Anfange des XVII. Jahrh., 433 Bl. auf Papier in Fol., im Kl. Krušedol.

Am Ende gehen zwei bis drei Blätter ab. Dass der Abschreiber ein geborner Russe war, beweisen einzelne Formen, šč st. št u. s. w. zur Genüge. Aber die Abschrift wurde aus einem guten bulgarischen Kodex genommen, in welchem unstreitig eine uralte Uebersetzung des Werkes enthalten war. So viel mir bekannt, ist des Hamartolus Chronik bis jetzt weder in Original, noch in einer Version gedruckt worden. Nach dem Vorworte des Vfs. sollte seine Geschichte von der Welterschaffung nur bis zum Ks. Michael III. (842—867) reichen; allein sowohl die meisten griechischen, als auch die mir bekannten slawischen Handschriften endigen mit Romanus I. Lecapenus und seinen drei Söhnen (945). Setzte Hamartolus selbst sein Werk weiter fort, als er anfangs den Plan hatte, oder sind es Zugaben späterer Verfasser? Bl. 1—19 steht die Inhaltsanzeige und das Vorwort des Vfs.

188. Des Georgius Monachus Hamartolus Chronik („Ljetovnik Georgia Inoka"), serb. Uebersetzung, geschrieben zu Chilandar im J. 1386, auf baumwollenem Papier in Folio, in der Synodalbibliothek zu Moskau.

S. Kalajdović Joaan Exarch S. 88.

189. Des Georgius Monachus Hamartolus Chronik in serbischer Uebersetzung, geschrieben im J. 6897 (1389), ehemals 386, jetzt 378 Bl. in zwei Kolumnen auf Pergament in Folio.

Dieser Ljetovnik, wie die Handschrift in der bis auf den Namen und Jahrzahl nun gänzlich erloschenen Schlussrede genannt wird, enthält eine ganz andere Version, als der oben beschriebene, die, wie ich glaube, in Chilandar sehr nachlässig verfertigt wurde. Die Inhaltsanzeige und das Vorwort des Verfassers fehlen bei dieser serbischen (es heisst darin z. B. капитоль римскы іеже іесть грьчьскы кефали тись полеось, срьбскиже глава градоу) Version, von deren sprachlichem Gehalt übrigens dasselbe gilt, was oben bei Matthäus Vlastares bemerkt wurde. Das Exemplar wurde mir von meinem Freunde S. M. zur Einsicht eingesendet.

190. Des Johannes Zonaras Annalen, aus dem XV. Jahrh., 414 Bl. auf Papier in Folio, in der Metropolitanbibl. zu Karlovic.

Wiewohl die Handschrift ganz ist, so enthält sie doch kein Datum; eine spätere Nachschrift am Deckel vom J. 7075 (1567) berichtet bloss den Tod des sonst unbekannten Knez Dmitr. In der Regierungsgeschichte Trajans werden auch Kriege desselben mit den Serben beschrieben, woraus wenigstens folgt, dass die Tradition von den Ursitzen der Slawen an der illyrischen Donau fast von allen alten Chronisten der Slawen (Nestor, Kadlubek etc.) geglaubt wurde. Das karlovicer Exemplar ist ohne Zweifel Abschrift eines viel älteren Originalkodex.

Hieher gehört auch die schon oben erwähnte Geschichte der römischen und griechischen Kaiser in der krušedoler Handschrift N. 147.

1. Geschichte Alexanders des Grossen, Königs von Macedonien, geschrieben im J. 1719, 135 Bl. auf Papier in 4°., im Kl. Remeta.

Eine andere schönere Abschrift dieser slawischen Alexandreis befindet sich in der Metropolitanbibl. zu Karlovic.

Alexander. Handsch. a. d. XV.—XVI. Jahrh. In Raudnic.-Abschrift im prager Museum.

192. Chronograph, enthaltend Bruchstücke aus der Geschichte der Hebräer, Assyrier, Macedonier, Römer, Griechen, Bulgaren, Serben und Russen, bis zur Eroberung Konstantinopels im J. 1453, aus dem XVI. Jahrh., 161 Bl. auf Papier in 4°.

Aus dieser, aus dem Nachlasse des Prof. Magaraševič stammenden und gegenwärtig bei mir befindlichen Handschrift gehen in den 3 ersten Lagen 11 Bl. ab. Beigefügt sind: 1) des Johannes Damascenus Sendschreiben an den h. Kosmas, und 2) Erklärung einer Evangelienlection. Bekanntlich befinden sich in den Bibliotheken Russlands ähnliche Chronographen in Menge. Ob ihr Ursprung in Bulgarien oder in Russland zu suchen sei, weiss ich nicht; doch mag zwischen den russischen und den süddonauischen ein erheblicher Unterschied stattfinden. Der künftige serbische Historiograph sollte auf diese Chronographen sein Augenmerk richten und die denselben einverleibten Erzählungen serbischer Begebenheiten sorgfältig excerpiren.

193. Chronograph, geschrieben im J. 7176 (1668), 160 Bl. auf Papier in 4°., im Kl. Remeta.

Diese Abschrift floss unstreitig aus einem russischen Original, indem darin Russland stets naša zemlja genannt wird. Der Chronograph geht nur bis Bl. 118. Nach dem Index stand das Datum 7176, welches aber jemand ausradirt hat. Bl. 119 bis Ende folgen Excerpte aus dem Leben der Heiligen usw.

194. Chronograph mit verschiedenen Beilagen, geschrieben zu Vrchobreznica bei Plevlje in der Hèrcegovina im J. 7158 (1650), 327 Bl. auf Papier in 4°.

Der Abschreiber und zum Theil Verfasser dieser Handschrift, welche sich aus dem Nachlasse des Prof. Magaraševič gegenwärtig bei mir befindet, verhüllte seinen Namen in eine Tarabara, d. i. einen sinnigen Unsinn, eine Geheimschrift, zu der uns noch der Schlüssel fehlt. Eine solche serbische Tarabara fand ich ausserdem nur noch in einem Typikon, geschrieben im Kl. Pribinaglava, im J. 7115 (1607) in Folio, im Kl. Kovilj, und in einem Oktoich, geschrieben im Kl. Oreškovica in Braničevo im J. 7121 (1613) in Folio, im Kl. Vrdnik, ferner in dem gedruckten Oktoich Božidar's 1537. Fol. (N. 222) Sign. K. Bl. 3 v. Bekanntlich ist der Schlüssel zu der Tarabara russischer Schreiber längst gefunden. Die Handschrift enthält 1) einen Chronograph, mit Fortsetzungen aus verschiedenen neuern Annalisten bis zum J. 1650, Bl. 1—319; 2) kurze serbische Annalen, Bl. 320—327.

Die Geschichtsbücher, welche Raić, als von ihm benutzt, unter den Titeln Carostavnik und Troadnik anführt, sind dem Inhalte nach identisch mit den hier beschriebenen Chronographen.

195. Des Erzbischofs Daniel und seiner Fortsetzer Rodoslov oder Lebensbeschreibungen serbischer Könige und Erzbischöfe vom J. 1224 bis 1375, geschrieben im Kl. Chilandar im J. d. W. 7271 und nach Chr. Geb. 1763, 173 Bl. auf Papier in Folio, in der Metropolitanbibliothek zu Karlovic.

Der Archimandrit Raić besuchte im J. 1758 auf seiner Rückreise aus Russland das Kl. Chilandar und excerpirte hier zum Behufe seiner schon damals beabsichtigten serbischen Geschichte das Werk des Erzbischofs Daniel, ohne auch nur das mindeste über die Beschaffenheit der chilandarischen Handschrift in seinem Collectaneenbuche vorzumerken. Vorliegende, den 4. Jan. 1763 beendigte Abschrift, scheint, nach der Aehnlichkeit des Schriftzuges mit einigen Pièces in Raić's Collectaneenbuche zu urtheilen, Raić's in Chilandar zurückgebliebener russischer Reisegefährte, Hierodiakon Damaskin Nikolič, für denselben besorgt und ihm nachgesendet zu haben. Der Abschreiber befolgte zwar durchgehends die neuere russische Rechtschreibung — er schreibt sogar korolj statt kralj — aber durch die Formel am Rande „v podlinnom napisano sice“, worauf dann das Wort nochmals am Rande genau abgeschrieben wird, die er allemal anwendet, wenn er sich beim Lesen der Originalhandschrift nicht zu helfen wusste, hat er uns wenigstens zum Theil die Treue seiner Kopie verbürgt, was dieser Handschrift vor der folgenden einen Vorzug gibt. — Abgesehen von den oben angeführten biographischen Werken des h. Sava und des Hieromonachen Dometijan, welche sehr schätzbare historische Nachrichten über Serbien enthalten, ist dieser Daniel'sche Rodoslov, das älteste, wiewohl nur uneigentlich sogenannte Geschichtswerk der Serben. So wie wir ihn dermalen in den zwei karlovicer, aus Chilandar gebrachten Abschriften vor uns haben, sind in demselben eigentlich die Werke mehrerer Schriftsteller an einander gefügt: 1) des Erzbischofs Daniel, der 1325 — 19. Decb. 1338 der serbischen Hierarchie vorstand, und 2) eines, oder wie mir wahrscheinlich ist, zweier ungenannten Fortsetzer, von denen der erste ein Schüler Daniels war. Den Antheil, den drei verschiedene Verfasser an der Gestaltung des gegenwärtigen Rodoslov gehabt haben, zu bestimmen, und insbesondere die stark interpolirten Biographien von Erzbischof Daniel rein auszuscheiden, dürfte ohne Einsicht der chilandarischen Codices kaum möglich sein. Es ist wahrscheinlich eben so sehr Raić's eigenem Mangel philologischen Sinnes, als dem Misstrauen, mit welchem er in Chilandar aufgenommen ward, zuzuschreiben, dass er uns in seinem Geschichtswerke bloss folgende lakonische Notiz von Daniels Rodoslov hinterliess: „Kniga jego naricajet sja Rodoslov, i obrjetajet sja v monastyrje Chilendarje (richtiger Chilandarje, wie der Name in allen serbischen Handschriften ohne Ausnahme geschrieben wird) v dest.“ Raić beklagte sich noch in spätern Jahren, dass ihm in Chilandar die vielen Kästen mit slawischen Antiquitäten nicht geöffnet wurden. Dieses, Ordensbrüdern ohnehin gleichsam organisch inwohnende, und hier durch Verhältnisse des Lebens dreifach gesteigerte Misstrauen wird man wo nicht verzeihlich, doch wenigstens begreiflich finden, wenn man sich erinnert, wie oft und arg die armen Leute durch ihre Brüder von nah und fern um Hab und Gut geprellt und geschunden worden sind. Der russische Mönch Arsenij Suchanov reiste zu wiederholtenmalen nach Chilandar, und entführte von da ganze Ladungen Handschriften nach Moskau. Und die frommen Chilandarer? Sie flehten bei dem mächtigen Carj bittschriftlich um die Gnade an, er möchte ihnen doch um der geraubten schönen Codices willen wenigstens ein Almosen spenden! Noch sind es kaum drei Jahre, dass hier in Neusatz eine alte serbische, aus Chilandar durch einen Bruder gebrachte Krone eingeschmolzen wurde. — Der amalgamirte Rodoslov, wie wir ihn kennen, enthält die Biographien folgender Fürsten und Erzbischöfe: A. Könige: 1) Kg. Radoslav 1224—1230. 2) Vladislav 1230—1237. 3) Stephan Uroš der Grosse 1238—1272. 4) Stephan Dragutin 1272—1275, st. 1317. 5) Königin Helena 1241—1306 (st. eigentlich um 1314). 6) Stephan Uroš Milutin 1275—1321. 7) Stephan Uroš Dečanski 1321—1336. 8) Carj Stephan Dušan 1336—1356. Das Leben der zwei ersten ist mit einigen Zeilen abgethan, und bei dem letzten sind nur die ersten Regierungsjahre berührt. B. Erzbischöfe und Patriarchen: 1) Sava I. Erzbischof 1221, resign. 1234, st. 14. Jän. 1237. 2) Arsenij I. 1234, resign. 1263, st. 28. Oktb. 1266. 3) Sava II. 1264 — 8. Febr. 1271. 4) Daniel I. 1271 — abgesetzt 1273. 5) Joannikij I. 1274 — 28. Mai 1278. 6) Eustachij I. 1278 — 4. Jän. 1285. 7) Jakov 1285—1290. 8) Eustachij II. 1291—1308. 9) Sava III. 1309—1316. 10) Nikodim 1317—1325. 11) Daniel II. der Historiker 1325—19. Decb. 1338. 12) Joannikij II. 1339—3. Sept. 1355. 13) Sava IV. 1355—29. Apr. 1375. 14) Ephrem, erwählt den 3. Oktb. 1375. Da in dem ganzen weitschichtigen Rodoslov, das Datum der Synode zu Ipek 3. Oktb. 1375 abgerechnet, keine einzige chronologische Angabe vorkommt, so sind die Regierungsjahre der Fürsten aus Engel entlehnt, ohne dieselben neuer Prüfung zu unterwerfen (der sie übrigens sehr bedürften; so sind z. B. die Regierungsjahre Radoslavs und Vladislavs gewiss unrichtig u. s. w.); die chronologische Reihenfolge der Erzbischöfe hingegen habe ich selbst, mit Zuziehung aller bekannten Quellen und nach sorgfältiger und mühsamer Prüfung aller Daten, genau festgesetzt. Es ist übrigens klar, dass die Biographien der Erzbischöfe von dem 11. bis zum 14. das Werk des Continuators oder richtiger der Continuatoren sind, denn die zwei letztern scheinen mir nicht von der Hand des Schülers Daniels zu sein, da derselbe gewiss nicht so keck über Dušan geurtheilt haben würde. Dem Rodoslov, als Geschichtswerk betrachtet, kann nur ein sehr untergeordneter Werth zugestanden werden. Das, was man in Europa Geschichte im wahren Sinne des Wortes nennt, würde man darin vergeblich suchen. Es sind eigentlich theologisirende, von allem Reize sowohl des Stoffes als der Einkleidung entblösste, durch müssigbreiten Wortschwall ermüdende Lobreden (slovo pochvalno) auf Fürsten und Erzbischöfe. Das Reinhistorische, nämlich die einfache Erzählung von Thatsachen, mit den eigenen Worten der Verfasser ausgezogen, würde kaum einige Bogen ausmachen. Daniel kannte Sava's und Dometijan's Werke, aber sein beschränkter Geist vermochte sich nicht auf der von ihnen vorgezeichneten Bahn zu halten, und sein Beispiel wirkte auf alle seine Nachfolger verderblich. Männer, die sich nicht entblödeten, Stephan Uroš's Entthronung durch seinen Sohn Dragutin, Stephan Dečanski's Blendung durch seinen Vater Milutin und Erwürgung durch seinen Sohn Dušan u. s. w. als rechtmässig und löblich darzustellen, konnten wohl willige Werkzeuge der Macht und wortreiche Lobredner ihrer Schandthaten, aber nicht Priester der Klio, nicht Herolde der Wahrheit sein. Selbst das Interesse der Sprache, welches diese Elogien gewähren, ist in Vergleich mit Sava's und Dometijan's Werken unbedeutend. Dennoch ist der Druck derselben sehr wünschenswerth, noch mehr aber die Auffindung des Autographon von Daniel, falls dasselbe noch existirt, oder wenigstens die unmittelbare Benützung des chilandarischen Aggregatkodex.

196. Des Erzbischofs Daniel und seiner Fortsetzer Rodoslov, geschrieben im Kl. Chilandar im J. 7288 (1780), 538 auf einer Seite beschriebene Blätter auf Papier in Folio, in der Metropolitanbibliothek zu Karlovic.

Diese Abschrift des Rodoslov wurde ohne Zweifel auf Betrieb des damaligen karlovicer Erzbischofs, Vinzenz Joannović

Vidak, in Chilandar angeblich aus dem Original („s podlinnago“, aber was ist das für ein Original?) um grosses Geld besorgt. Sie enthält zuvörderst alles das, was die so eben beschriebene Handschrift vom J. 1763, ferner als Zugaben Bl. 487—538: 1) Lobrede auf den h. Knez Lazar, von Epaktik Anton Rafail im J. 6928 (1426) unter dem „Patriarchen von Dalmatien“ Nikon verfasst, ein Cento wohlklingender Phrasen, Muster erkünstelter Unnatur und Monstrosität in Gedanken und Styl; 2) eine andere kurze Lobrede auf denselben von einem andern Vf.; 3) eine dritte etwas längere Lobrede auf denselben von einem dritten Vf. Die Orthographie dieser Handschrift ist ganz die russische. An zwei Stellen sind ganze Seiten von der vorangehenden Handschrift ausgelassen.

197. Des Erzbischofs Daniel und seiner Fortsetzer Rodoslov, aus dem XVIII. Jahrh. (?), auf Papier in 8°, in der Universitätsbibliothek in Lemberg.

Nach der mir von Kopitar mitgetheilten, ursprünglich von zwei lemberger Basiliten, M** und H**, herrührenden Notiz enthält diese Handschrift den Rodoslov Daniels und seiner Fortsetzer, d. i. Leben und Elogien sowohl der serbischen Könige als auch der Erzbischöfe, ungewiss ob ganz oder nur epitomirt. Aber diese Handschrift hat vor den zwei obigen den Vorzug, dass in derselben, wie unbezweifelt auch im Original, die Orthographie serbisch ist, nicht russisch wie in den zwei karlovicer Abschriften und in der von Peninskij in s. slawischen Chrestomathie St. Ptbg. 1830 mitgetheilten kurzen Probe.

Auch der gelehrte Jesuit Fr. X. Baron Pejačević gebrauchte bei der Abfassung seiner gehaltreichen, aber wegen des Standpunktes, von welchem aus er alle Ereignisse betrachtet wissen will, etwas einseitigen Geschichte: Histor. Serv. Colocsae 1799. Fol., verschiedene handschriftliche serbische Chroniken. Namentlich scheint er vor sich gehabt zu haben 1) die Biographie des h. Symeon von Sava; 2) die Biographien des h. Symeon und Sava von Domentijan; 3) Daniels Rodoslov; 4) kurze serbische Annalen (N. 202); 5) Branković's Geschichtswerk und 6) eine unbekannte Chronik, in welcher der König von Ledjan erwähnt wird, der sonst nur noch in den serbischen Volksgesängen vorkömmt, und von ihm mit Unrecht für einen Lithauer gehalten ward. Wohin Pejačević's Handschriften gekommen sind, ist mir nicht bekannt.

198. Leben des Stephan Dušan, von dem Fortsetzer des Daniel'schen Rodoslov, zw. 1356—1375, ehemals im Kl. Studenica in Serbien.

Am Schlusse der kurzen Biographie Stephan Dušan's im Daniel'schen Rodoslov N. 195 stehen folgende Worte: sego blagočestivago i prjevysokago kralja Stefana obrjetajet sja žitije prostrannjejše vo obiteli Studeničkoj, a zdje točiju se napisano. Ich halte aus mehreren Gründen den Fortsetzer des Daniel'schen Rodoslov für den Verfasser dieser Biographie und unterscheide ihn von dem dečaner Hegumen Gregor, nämlich Gregor Camblak, wie unten gezeigt wird. Der Continuator war ein Schüler des Bischofs Daniel (vor 1317), und dieser verübte Wunderkuren an ihm; der im J. 1419 verstorbene Gregor Camblak konnte wohl nicht Daniels Diakon und Schüler sein.

199. Stephan Rubčić's serbisches Wappenbuch, fingirt wahrscheinlich von Paul Vitezović, genannt Ritter, auf der k. Hofbibliothek in Wien.

In der k. Hofbibliothek in Wien befindet sich N. 521 Cod. hist. prof. „Copia antiquissimi libri et charactere illyrico scripti, reperti in bibliotheca monasterii de Monte Sancto ordinis s. Basilii, facta a Marco Skorojević Bosnensi ex originali Stephani Rubchich, regis insigniorum domini imperatoris Stephani Nemagnich". Zuerst imago s. Hieronymi, Basilii, regis Stephani, Henrici, filii Stephani regis, sodann insignia Macedoniae, totius Illirici, Bosniae, Dalmatiae, Croatiae, Slavoniae, Bulgariae, Serviae, Rasciae, Pomeraniae et Cumaniae (so wie sie bei Du Cange ed. Szászki und bei Ritter in der Stemmathographia stehen), dann einzelner Edelleute, z. B. der Familien Kovačić, Bačić, Novaković, Draškovic; alles dedicirt dem in der Kindheit gekrönten Ferdinand IV, Engel I. 292. Engel bezweifelt mit Recht, dass es je ein Original hievon gegeben, welches Rubčić als Herold des Nemanjiden Stephan gemalt hätte. Mir selbst ist wahrscheinlich, dass dieses Buch P. Ritter fabricirt habe.

200. Des Hegumen von Dečani Gregor, nämlich Gregor Camblak, Geschichtswerk, namentlich Leben des h. Stephan Dečanski, vom Ende des XIV. Jahrh., im Kl. Dečani in Serbien.

Der früheren Schriftsteller Nachrichten über diesen Gregor und seine Chronik sind sehr unbestimmt. Engel sagt in s. Geschichte von Serbien S. 270: „Gregor Hegumen von Dečani (Th. I. S. 285 steht irrig Studenica) ist jetzt, nach 1340, der einheimische Geschichtsschreiber, den Branković benutzt hat.“ Allein diese Worte sind aus Raić I. Vorr. entlehnt, wo es heisst: „Istoričeskija zapisi obretajut sja v Chilendarje (Daniila Rodoslov), v serbskoj lavrje Studenicje. O takovom auktorje upominajet njegdje Branković, čto on igumen byl, tojaže lavry zovom Grigorij (soll wohl heissen Hegumen von Dečani) v Dečjanach, v serbskoj patriaršii Pekskoj.“ In Branković fand ich das Citat nicht. Ich vermuthe nun, dieser Hegumen Gregor sei kein anderer, als der nachmalige Metropolit von Kyjev, Gregor Camblak, 1414—1419. Hier meine Gründe: 1) Gregor Camblak, ein geborner Bulgare, war gegen Ende des XIV. Jahrh., vor seiner Ankunft in Russland, Hegumen zuerst im Kl. Pandokrator in der Moldau, hierauf im Kl. Dečani in Serbien. S. Evgenij slovar ross. pisatel. 2. A. Bd. I. S. 97 ff. 2) Derselbe verfasste das Officium zu Ehren des h. Stephan Dečanski sammt dessen Leben nach dem Zeugnisse des Annalisten in der Handschrift (N. 202, 5) aus dem Anfange des XVI. Jahrh., „s'pisaže službu jego (nämlich des Stephan Dečanski) i žitije Grigorije Camblak“. 3) In der Bibl. des volokolanskischen Josephi-Klosters in Russland fand der Metropolit Evgenij ausser andern Werken des Camblak auch das Leben des h. Stephan Dečanski (S. Slovar I. 103), und in der oben N. 96 charakterisirten serbischen Handschrift, Kanonen serbischer Heiligen, befindet sich (18) auch das Leben und Elogium des h. Stephan Dečanski vom Hegumen in Dečani Grigorije, welche beide Aufsätze doch wohl identisch sind. Da nun Gregor Camblak am Ausgange des XIV. Jahrh. Hegumen von Dečani war, da derselbe das Leben des h. Stephan Dečanski schrieb, so ist er mit dem Branković'schen Hegumen Gregor eine und dieselbe Person und Vf. der von letzterem gebrauchten serbischen Chronik. Ob aber diese Chronik ein von der erwähnten Biographie wirklich verschiedenes Werk sei, kann erst durch künftige Untersuchungen entschieden werden. Die Biographie ist nur ein gewöhnliches seichtes Elogium ohne alle historische Daten. Wahrscheinlich ist das Officium zu Ehren des Stephan Dečanski beim 11. Novb. in dem serbischen Festtagsmenäum Vened. 1538. Fol., und Szász-Sebes 1580. Fol. von unserm Gregor.

201. Konstantins, mit dem Beinamen Philosoph, Lebensbeschreibung des Fürsten Stephan Lazarević, um die Mitte des XV. Jahrhunderts.

Die mit dem J. 1503 endigenden serbischen Annalen in der Handschrift N. 95 erwähnen dieser Biographie mit vielem Lobe. Konstantin soll dieselbe im Auftrage der Kirchensynode verfasst haben. Raić kannte und benutzte sie; führt sie aber bald als istorija naša v starych bjekych rukopisach neizvjestnago auktora, bald unter dem zweideutigen Namen Carostavnik an, Bd. III. S. 105. Mir gelang es nicht, irgend eine Abschrift davon aufzufinden, selbst unter den von Raić nachgelassenen Büchern nicht. Wohl aber fand ich im Kl. Vrdnik eine Handschrift vermischten Inhalts, worin sich ein angeblich aus Konstantin's Werke ausgezogener Aufsatz über die slawische Rechtsschreibung befindet. Die Hs. enthält 1) сіа словѣса в' кратцѥ избран'іа отъ к'ниги Костантина философа костен'скаго бившаго оучитела срьбскаго въ дьни благочьстиваго Стефана деспота госродина срьблемь, имать сицево къ писателіемь. 16 Bl. Bemerkungen über den Gebrauch der Buchstaben und Accente, sehr seicht und unkritisch, durchaus nichts neues enthaltend. 2) Kurze serbische Annalen bis 1444, aus älteren compilirt und wahrscheinlich von Georg Branković selbst interpolirt — denn es wird darin unter andern auch Mauro Urbin als Quelle und Gewährsmann genannt. 3) Excerpte theologischen Inhalts. 4) Eine Art serbischer Secretär, ohne Zweifel zum Behufe des Pseudodespoten Georg Branković zusammengestoppelt. 5) Summarien der Evangelienlectionen. 6) Disputation über den christlichen und hebräischen Glauben unter dem EB. Sophronius in Jerusalem. Zusammen

160 Bl. auf Papier in 4°. Die Handschrift ist aus Georg Branković's Zeit.

202. Kurze serbische Annalen, von den ältesten Zeiten bis ins XVII. Jahrh., theils als Beilagen in verschiedenen Handschriften, theils einzeln.

Diese kurzen chronologischen Verzeichnisse der vorzüglichsten vaterländischen Begebenheiten sind leider bis jetzt von den serbischen Geschichtsschreibern so gut als gar nicht benützt worden. Sie verdienen vollständig gesammelt, verglichen, gesichtet und zusammengestellt zu werden, eben so, wie es Hr. Fr. Palacký in dem Scriptorum rerum bohemicarum tomus III. Prag 1829. 8°. mit den böhmischen gethan hat. Die meisten derselben fangen mit der Einführung der slawischen Liturgie durch Cyrill und Method an; einige gehen bis zur Gründung des serbischen Reichs durch Bela Uroš oder gar bis zur Welterschaffung zurück, und werden je weiter herab, um so reichhaltiger und interessanter. Keine einzige Abschrift dieser Annalen stimmt mit den andern dem Inhalte nach ganz überein; jede hat etwas besonderes. An Reichhaltigkeit stehen sie jedoch den böhmischen sehr weit nach. Beispielweise führe ich an:

1) Annalen in dem krušedoler Vlastares vom J. 1453, N. 151.

2) Annalen in dem Menologium vom J. 1501 bei mir, N. 105.

3) Annalen in der karlovicer Handschrift, wahrscheinlich vom h. Maxim, N. 95.

4) Annalen in dem krušedoler Panagirik, N. 175, leider ausgerissen.

5) Annalen aus einer Handschrift aus dem XVI. Jahrh., abgedruckt in dem Ljetopis srbski, Jahrg. 1828 Heft I. S. 43 ff.; leider ungenau, mit Auslassungen.

6) Annalen von dem Ende des XVII. Jahrh., abgedruckt, aber ebenfalls ungenau, in dem Ljetopis srbski 1829, I. 35 ff.

7) Annalen als Anhang zum Chronographen vom J. 1650, N. 194.

8) Annalen bis zum J. 1672, als Beilage einer gleichzeitigen Handschrift ascetischen Inhalts in 12°.; bei mir.

9) Annalen, stark interpolirt, in einer Abschrift vom Jahre 1762 in 8°., bei mir.

Aehnliche Annalen sind es, welche Raić unter dem sonderbaren Titel: Ljetopis chilendárskaja, in der Einleitung zum 1. Bande seiner Gesch. anführt. Eine Abschrift davon sah ich in seinem historischen Cóllectaneenbuche in Karlovic. Auch Pejačević kannte sie. Dessen ungeachtet sind sie bei weitem noch nicht gehörig benutzt worden. Endlich gehört in diese Klasse auch die in der Hrn. Prof. Kucharski von dem cèrnogorer Metropoliten geschenkten Miscellaneen-Handschrift befindliche kurze Chronik. Vgl. Časopis vlast. Mus. a. a. O.

203. Des serbischen Patriarchen Paisije Leben und Elogium des Stephan Dušan und seines Sohnes Uroš, in einer Handschrift liturgischen Inhalts vom J. 1642, auf Papier in 4°. im Kl. Remeta.

Es ist dies dieselbe Handschrift, welche sich ehemals in Jazak befand. Dobrovský Instit. lg. slav. p. XIX. Die Biographie füllt die letzten 32 Bl. aus. Paisije holt weit aus und ist durchaus unkritisch. Aus folgender Stelle: „Svety Sava postavljajet se archiepiskopom v Konstantínu gradu rukoju patriarcha Manuila carstvujuštu togda blagoč'stivomu caru Androniku Komnenu", sieht der Kundige ein, dass derselbe die einheimischen Quellen der alten serbischen Geschichte entweder gar nicht gekannt oder nicht benutzt habe.

204. Des Despoten Georg Branković Geschichte der Serben, Autographon, geschrieben zw. 1689—1711, 1750 Bl. auf Papier in 4°., in der Metropolitanbibliothek zu Karlovic.

Vom Anfange dieses unförmlichen Volumens fehlt nur das erste Blatt, gegen Ende scheinen mehrere Blätter abzugehen. Ein grosser Theil der Handschrift, lateinische und andere Aktenstücke enthaltend, ist von fremder Hand.

205. Georg Branković's Geschichte der Serben vom zweiten Buche an und ohne Aktenstücke, 476 Bl. auf Papier in 4°., in der Metropolitanbibliothek in Karlovic.

Diese mit der obigen wahrscheinlich gleichzeitige Abschrift enthält nur einen Theil des Branković'schen Werkes.

206. Georg Branković's Geschichte der Serben, auf Befehl des Patriarchen Arsenij IV. und der Bischöfe Paul Nenadović von Karlstadt und Georgiević von Werschetz geschrieben von Konstantin, früher Pfarrverweser in Pest, hierauf Hegumen in Studenica, angefangen im J. 1742 in Pest und beendigt 1748 in Studenica, I. Band 341 S. in Folio, II. Bd. 598 S. in Fol., in der Metropolitanbibliothek zu Karlovic.

F) Sprachkunde.

207. Konstantin des Philosophen Abhandlung über den Gebrauch der Buchstaben und Accente, verfasst um die Mitte des XV. Jahrh. — Vgl. oben N. 201.

208. Des Priesters Georg Križanić kritische serbische Grammatik, mit Vergleichung des Russischen, Polnischen, Kroatischen und Weissrussischen, in serbischer Sprache, Originalhandschrift des Verfassers vom J. 7174 (1665), 218 Bl. auf Papier in Folio, in der Bibliothek der geistlichen Typographie in Moskau.

Eine ausführliche Nachricht über diese serbische Grammatik und ihren Verfasser verdanken wir Herrn Kalajdovič. S. dessen Joann Exarch S. 120—123. Die abenteuerlichen Schicksale dieses römisch-katholischen Priesters, so weit sie bekannt sind, haben wir schon oben berührt. In Sibirien, wohin er verbannt wurde, endigte er seine Grammatik im J. 1665; unter der Vorrede befindet sich das Datum: писано в Сибири лита .҂ЗРОД. октобра в .з. ден. Die Grammatik enthält bei manchem Einseitigen und Excentrischen, was dem Entbehren besserer Quellen und Hilfsmittel in Sibirien zuzuschreiben ist, viele helle Blicke, gesunde Urtheile und originelle Ansichten. Der Vf. eifert für die illyrische (serbisch-bosnisch-kroatische) Mundart. Seine Orthographie ist gewissermassen das Vorbild der des H. Vuk Stephanović Karadžić: er wirft das ъ und ь am Ende der Wörter ganz weg, und bedient sich des letztern zur Mollirung der Konsonanten, das j hat er ebenfalls u. s. w. Nach dem Urtheile des H. Kalajdovič, dem gewiss jedermann gern beipflichten wird, verdient diese Grammatik noch immer den Druck. — Ausser der Grammatik hat man noch einen polemischen Aufsatz von diesem Priester, betitelt: Соловечска челобитна од суеверству и од раздору, с објасненьем попа Іурка Криданица презваньемъ Сербльанина, eigenhändige Handschrift des Vfs. vom J. 1675, 231 Bl. auf Papier in 4°., in der Synodalbibliothek in Moskau. Dieser im J. 1675 in Tobolsk verfasste Aufsatz enthält eine Widerlegung der Solevecischen Bittschrift, und ist an den Metropoliten von Tobolsk Kornilij gerichtet. Der Direktor der christlichen Typographie zu Moskau, Polikarpov, übersetzte dieselbe ins Russische im J. 1704. Die Čelobitnaja der soloveeer Mönche erschien im Drucke zu Suprasl 1788. 8°. und öfters. S. Kalajdovič Joann Exarch S. 122—123. (Illir. Lit. S. 163.)

Hierauf beschränkt sich alles, was uns bis jetzt an handschriftlichen Denkmälern der serbischen Literatur aus der älteren Periode bekannt geworden. Die wenigen und dürftigen Ueberreste aus dem Fache der Medicin und Astrologie, die hier noch insbesondere angeführt werden sollten, sind bereits oben beschrieben worden.

Verzeichniss altserbischer Drucke.

Die typographischen Denkmäler, deren genaue Beschreibung hier geliefert wird, verdienen in mehr als einer Hinsicht die volle Aufmerksamkeit des slawischen Literaturfreundes. Ihr Alter, ihre verhältnissmässige sehr grosse Seltenheit, die äussere treffliche Ausstattung ihrer Typen und Formen, so wie die Wichtigkeit ihres Textes für die Geschichte der älteren slawischen Kirchensprache sichern ihnen einen bleibenden Werth im Gebiete der slawischen Literatur zu. Beinahe ein volles Menschenalter war vergangen, bevor die Erfindung der Buchdruckerkunst bei den Slawen griechischen Ritus Eingang fand, und hier waren es zuerst die südlichen Stämme, die von ihr den ausgedehntesten und schönsten Gebrauch machten. Denn wenn gleich die krakauer cyrillischen Drucke den venedigern, so weit unsere jetzige Kunde reicht, um zwei Jahre vorausgehen, so können sie doch mit diesen weder an Zahl, noch an innerem oder äusserem Gehalt auch nur entferntermassen verglichen werden. Die glagolitischen Drucke von Rom und Venedig sind zwar zahlreicher als die krakauer cyrillischen, aber nur einer derselben, das berühmte Missale vom J. 1483. Fol., übersteigt das Alter unserer cyrillischen Drucke um zehn Jahre. Während in Russland mit dem Erscheinen des Apostols, Moskau 1564. Fol., und des Psalters 1577. 4°., erst die Morgenröthe der nordslawischen Buchdruckerkunst aufging, neigte sich der schöne Tag der südslawischen bereits dem Abende zu, um bald darauf ganz und auf lange in jener unterzugehen. Die seit der Europäisirung Russlands von den Russen haufenweise den grechisch-gläubigen Serben zugeführten Kirchenbücher wurden von diesen mit beiden Händen aufgenommen, so wenig sonst der darin herrschende stark russische Dialekt dem gesunden Sinne dieser Südslowenen zusagen mochte. Seit achtzig und mehr Jahren sind nun die einheimischen Serbuljen durch ihre nördlichen Schwestern aus Kirchen und Klöstern gänzlich verdrängt und der Vernichtung preisgegeben. Was dem Vandalismus der Türken, der Indolenz der Rechtgläubigen und dem Zahne der Zeit entronnen ist, sind sehr traurige Ueberbleibsel, bei den Serben und Walachen in Oesterreich beinahe noch häufiger als im eigenen Vaterlande. Und doch verdienen diese Druckerzeugnisse schon der Gefälligkeit ihrer Typen und der äusseren Ausstattung wegen sorgfältigere Aufbewahrung. Die höchste Aufgabe der cyrillischen Buchdruckerkunst besteht in der Verschmelzung des durch die alten Handschriften gegebenen Schriftzuges mit der durch den Geschmack gebotenen Schönheit der Formen, der historischen Treue mit der typographischen Eleganz, und noch hat, so viel ich weiss, dieses Problem niemand glücklicher gelöst, als der Meister, der die Stempel zu den cèrnogorischen Typen 1494 bis 1495 schnitt. Aber auch die schlechtesten südslowenischen Drucke sind beinahe noch schöner als die russischen, auf deren hässlichen, formlosen Typen das Auge nicht ohne Widerwillen verweilen kann. Der Werth dieser serbischen und bulgaro-wlachischen Ausgaben für Geschichte und Kritik der slawischen Kirchensprache leuchtet dem Sachkundigen von selbst ein. Die bulgaro-wlachischen stimmen mit sehr geringen Modifikationen in der Orthographie mit den ältesten slawischen Handschriften überein; die serbischen gehen zwar in Hinsicht der Vokale zum Theil ihren eigenen, durch die Beschaffenheit der Landesmundart gebotenen Weg, doch mit einer Konsequenz, die in der Regel für Orthographie und Grammatik verständig aufgefasst, sehr lehrreich ist. — Wiewohl ich glaube, dass die Uebersicht noch lange nicht alle der innerhalb der J. 1493—1650 in den südslawischen Ländern gedruckten Kirchenbüchern enthalten mag, und dass ein sorgfältiges Durchsuchen der Kirchen und Klöster im Süden der österreichischen Monarchie, so wie in Bosnien, Serbien, Bulgarien und Walachien weit vollständigere Resultate liefern würde, so hoffe ich dennoch, dass auch diese Darstellung des bereits Gewonnenen von Nutzen sein wird, besonders, da ein baldiger Untergang der meisten hier beschriebenen Exemplare unvermeidlich ist, und die Erweiterung der Kunde ausser dem Umkreis unserer Voraussicht und Hoffnung liegt. — Es sind in diese Darstellung auch die bulgaro-wlachischen Ausgaben mit aufgenommen worden, die zu seiner Zeit ihren geeigneten Platz anderswo finden sollen. Auf die Druckerzeugnisse griechisch-gläubiger Serben folgt eine Uebersicht derjenigen cyrillischen Drucke, die von römisch-katholischen Serben oder von Protestanten herrühren.

Uebersicht nach der Zeitfolge.

209. Časoslovec, das Horologium, bei den Lateinern die Officia oder das Breviar, enthaltend den Gottesdienst der Stunden nach dem Kanon des h. Sabbas v. Jerusalem, durch Mag. Andreas de Thoresanis de Asula, o. O. (Venedig), beendet den 13. März 1493. 8°.

Das einzige, bis jetzt bekannte Exemplar befand sich auf der Rathsbibliothek zu Nürnberg. Unter der Benennung Breviarium slavicum führt es Chr. Th. de Murr in Memorab. Bibl. Norimb. P. I., p. 222, und aus ihm Dobrovský Inst. l. slav. p. XXXVIII. und P. Köppen Bibl. Listy Nr. I, 19 an. Nach eigens hierüber von Kopitar eingezogenen Nachrichten hat dieses Brevlarium slavicum irgend ein Betrüger aus der Bibliothek weggefischt und einen armenischen Psalter untergeschoben! Kopitar hielt es für ein glagolitisches Brevier, dergleichen Torresano auch später druckte.

210. Oktoich, das achtstimmige Kirchenhymnenbuch des Joh. Damascenus, die erste Hälfte, enthaltend die Stimmen а—д, auf Befehl des Vojevoden von der Zeta, Georg Crnojević, unter dem Metropoliten von der Zeta, Babylas, durch den Hie-

romonachen Makarije, o. O. (Cetinje in der Cèrnagora), J. d. W. 7001—7002 oder vom Anfange des Jahrs 1493 bis 4. Jän. 1494. kl. Fol., 270 Bl. in Quaternionen, das letzte weiss, 30 Zeilen auf der Seite, ohne Custos (nämlich Zeilencustos) und Seitenzahl, mit cyrillischer Signatur.

Signirt werden bloss Bl. 1 f. r. und Bl. 8 f. v.; bei der zweiten Lage fehlt zwar die Signatur, es folgt aber г҃; eben so ist die neunte Lage ohne Signatur, und auf der darauf folgenden steht unrichtig є҃ und і҃, die zwölfte Lage ermangelt gleichfalls der Signatur, aber die nächstfolgende zählt schon richtig, mit Einschluss der zwei versäumten, гі; auf die Signatur лг҃, die letzte im Buche, folgt ein unsignirter Ternion, dessen letztes Blatt weiss ist. Sign. а҃ Bl. 1 f. r. fängt der Text mit der kleinen Sonnabend-Vesper an; erst Bl. 2 f. v. steht vor der grossen Vesper die kurze Vorrede der Herausgeber, und auf dem drittletzten Blatte des Buches f. r. beginnt die interessante, in abwechselnden rothen und schwarzen Zeilen gedruckte, mit dem vorletzten Bl. f. r. endigende Schlussschrift, in welcher unter anderem berichtet wird, dass dieses Buch „im Laufe eines Jahres von acht Menschen zu Stande gebracht worden sei". Da auf dem Psalter der Druckort Cetinje ausdrücklich genannt wird, so kann man fast mit Gewissheit annehmen, dass auch der Oktoich hier gedruckt wurde. Der cèrnogorische Oktoich und Psalter sind unstreitig die schönsten slowenischen Bücher mit cyrillischem Kirchentypus; und der Psalter scheint durch seine verzierten Anfangsbuchstaben u. s. w. dem Oktoich sogar den Vorzug streitig zu machen; doch steht er ihm an Korrektheit des Druckes etwas nach, obschon beide Bücher in dieser Hinsicht alle nachfolgenden weit übertreffen. Kopitar vermuthet, dass diese Typen von eben demselben Meister herrühren, welcher die Stempel zu dem glagolitischen Missale 1483 geschnitten hat. Gemeine Serbismen, wie ваноутрь Sign. г҃ Bl. 2 f. r. sind im Oktoich überaus selten. Sign. лв҃ Bl. 5 f. r. blieb unbedruckt, ohne dass im Texte eine Lücke wäre. Von diesem Buche sind im Kl. Krušedol 2 Exx., wovon dem einen das Schlussblatt, dem andern die ersten Bl. und 4 Bl. am Ende abgehen, im Kl.

Rakovac ein sehr unvollständiges Ex., und ein noch unvollständigeres im Kl. Kovilj. Ein ganzes Ex. sah Karaman (vor 1753) im Miranje bei Zara, Rybay in Ofen, der Hieromon. P. Athanačković bei der Ciprovacer Kirche in St. Andreä (jetzt verschwunden!) und der pakracer Bischof G. Chranislav im Kl. Pribinaglava.

In der Bibliographie des Bischof Lukian Mušicki las ich einst auch die zweite Hälfte des cèrnogorischen Oktoichs also verzeichnet: Oktoich, zweite Hälfte, enthaltend die Stimmen e—и, auf Befehl des Vojevoden Georg Crnojević, unter dem Metropoliten Babylas, durch den Hieromonachen Makarije, o. O. 1494. Fol. 34 Bog." Allein diese Angabe beruht auf einem Irrthum: es existirt keine solche zweite Hälfte des cèrnogorischen Oktoich. Erst Božidar Vuković liess die Stimmen e—и zu Venedig 1537. Fol., wahrscheinlich absichtlich zur Kompletirung des cèrnogorischen Oktoich, auf seine Kosten auflegen.

211. Psaltir s posljedovanjem oder Polustav, der Psalter mit den Kanonen der h. Jungfrau, des Herrn Jesus und der auserwählten Heiligen und mit dem Gottesdienst für die Mette, die Stunden und die Vesper, auf Befehl des Vojevoden Georg Crnojević unter dem Metropoliten Babylas durch den Hieromonachen Makarije, Cetinje (in der Cèrnagora) 1495. 4°, 348 Bl. in Quaternionen, 27 Zeilen auf der Seite, ohne Custos und Seitenzahl, mit cyrillischer Signatur.

Bei jeder Lage werden signirt Bl. 1 f. r. und Bl. 8 f. v. Die Sign. в ist zweimal da, und die erste enthält einen Quinion oder 10 Bl., die achte und neunte Lage ist ohne alle Signatur, aber die zehnte wird schon mit ї signirt und hiemit die Zählung ausgeglichen; die 43. Lage besteht aus 10 Bl. und ist demnach ein Quinion. Die Sign. а und в Nr. 1 sind schwarz, в Nr. 2 bis Ѕ roth, ї—мг wiederum schwarz. Ich habe mich durch sorgfältige Prüfung dieses Psalters überzeugt, dass die Lagen 3—9 früher als der Oktoich, also noch im J. 1492 gedruckt wurden. Man hatte eigentlich schon 8 Lagen gedruckt, als man sich entschloss, Druck und Schrift ein wenig zu ändern. Die Kolumnen schienen zu breit, die Schrift zu gedrängt, auch missfiel die Form vom latinisirenden p; man unterbrach nun den Druck, goss zwei neue Buchstaben, das p, rund und orthodox, und das e etwas breiter, verfertigte auch mehrere Initialbuchstaben von verschiedener Grösse und druckte nun zuerst den Okteich, und hierauf kehrte man zum Psalter zurück. Die Kolumnen wurden etwas schmäler gemacht und die Schrift viel schütterer gesetzt, auch mit vielen Initialen mittlerer Grösse mitten im Texte versehen, die anfangs ganz fehlten. Der erste Bogen des Psalters wurde weggeworfen und statt dessen, mit Ausnahme von verschiedenen Vorstücken, als Einleitungen und Gebeten, zwei gedruckt; daher die zweimalige Signatur mit ã. Von der 10. Lage gehören die zwei inneren Doppelblätter noch zu der alten, die zwei äussern aber zu der neuen Druckökonomie. — Die Psalmen beginnen mit Sign. ã Bl. 8 (die ersten 7 Bl. enthalten Vorstücke) und endigen Sign. н̃і Bl. 2 f. r. Sign. к̃г̃ Bl. 6 f. v. bis к̃д̃ Bl. 6 f. v. steht die „Paschalia s lunovnikom“ u. s. w., zusammengesetzt von Georg Crnojević. Sign. ã Bl. 1 f. r. und Sign. к̃д̃ Bl. 7 f. r. liest man um den Doppeladler auf der eingedruckten Figur die Buchstaben: в. гн. гю. цр., d. i. Blagovjernyj Gospodin Gjurgje Crnojevikj. Gemeine Serbismen und Druckfehler, wie црiiамть Sign. г̃ Bl. 7 f. r., васа Sign. є̃ Bl. 4 f. v., само Sign. ѕ̃ Bl. 2 f. r., вьсакiека Ps. 90, 13 (achte unsign. Lage Bl. 7 f. v.) u. m. a. kommen zwar nicht häufig, aber doch vor. Uebrigens enthält dieser Psalter in den Beilagen, ausser den gewöhnlichen Synaxarien und dem Horologium auch die Akathisten oder den feierlichen Gottesdienst zu Ehren der h. Jungfrau, des Herrn Jesus und mehrerer Heiligen (Sign. д̃і Bl. 8—к̃г̃ Bl. 5) und am Ende (м̃а Bl. 3 ff.) den Šestodnev oder die Charwoche und Ostern sammt den Evangelien und Episteln, was alles in den spätern Ausgaben 1520—1638 weggeblieben ist. Ein unvollständiges Ex. dieses höchst seltenen Buches sah ich im Kl. Kuveždin; ein ganzes Ex. besitzt die gräfl. Tolstoj'sche Bibliothek.

212. Molitvenik oder Euchologion, eigentlich Chirotonia archierejska (bei den Serben) oder Činovnik archierejski (bei den Russen), die Kirchenagende oder das Rituale für hohen Prie-

ster (Erzbischöfe und Bischöfe), enthaltend ausser den gewöhnlichen Funktionen auch die der Priester-, Mönchs-, Altar- und Kirchenweihe, der Despoten- und Caesaren-Einsetzung, der Krönung u. s. w., mit den cèrnogoren Typen, muthmasslich zu Cetinje gedruckt 1493—1495, bestand wahrscheinlich aus 256 Bl., folglich in Quaternionen aus 32 (лв) Lagen in kl. 4°., und enthielt 23 Zeilen auf der Kolumne.

Bei der angenommenen Blattzahl wurde vorausgesetzt, dass die Chirotonien von 1539—1540 N. 226 und 1570 N. 246 bloss wörtliche Nachdrücke dieser cèrnogorischen editio princeps sind. Die Seiten der Chirotonia 1529—40 verglichen mit den Seiten des von mir gefundenen Fragments, geben nach der Reduktion 256 Bl. Das Fragment enthält den Akt der Despoten- und Caesarenweihe. Die Typen sind ganz die cèrnogorischen, mit verzierten Initialen und dem runden р und с.

213. Četvoroblagovjestije, die vier h. Evangelien, durch den Župan Hans Biegner von Kronstadt (ханьшь бѣгнерь оть брашевѣ), o. O. und J., in Fol.

Eine kurze Beschreibung dieses überaus seltenen Buches, wovon ein Ex. in der bischöfl. Bibliothek ehemals zu Munkács, jetzt in Ungvár aufbewahrt wird, findet man in F. Durich's Biblioth. slav. p. 124—125. (Es ist zu vermuthen, dass auch in Russland Exx. vorhanden sind.) Ob Durich's Behauptung: „ad incunabula typographiae accedit monimentumque praestans est antiquitatis", buchstäblich richtig ist, muss erst eine künftige Prüfung der Exx. erweisen. Vorläufig wäre das Zeitalter des Župans Biegner aus der siebenbürgischen Specialgeschichte zu ermitteln. Wegen der Form єа statt єє u. s. w. gehört der Druck zur bulgaro-wlachischen Familie. — Das Bausische, jetzt Golicynsche Evangelium mit bulgarischer Orthographie, von Sopikov für den ältesten slawischen Druck gehalten, besteht, das letzte fehlende Blatt abgerechnet, nur aus 159 Bl. Diesem nach kann es weder das hier unter Nr. 248 verzeichnete vom J. 1579, noch das belgrader oder mrkšinaer, wohl aber dieses Biegner'sche sein, falls es nicht ein sonst noch unbekannter Druck ist.

214. Četvoroblagovjestije, die vier h. Evangelien, auf Be-

fehl des grossen Vojevoden von Ugrowlachien und Podunavien Johannes Bassaraba, durch den Hieromonachen Makarije, o. O. (in der Walachei), den 25. Juni 1512 kl. Fol., 288 Bl. in Quaternionen, 20 Zeilen auf der Seite, ohne Custos und Seitenzahl, mit cyrillischer Signatur.

Von diesem Buche sah ich ein vollständiges Ex. im Kl. Opovo. Der Sign. в҃ gehen 5 unsignirte Blätter voraus, enthaltend die gewöhnliche Einleitung und die Indices zum Matthäus; die letzte Sign. лз҃ zählt nur 3 Bl. Mit der Sign. в҃ Bl. 1 f. r. beginnt das Evangelium Matthäi, mit аі҃ Bl. 3 f. v. die Einleitung zum Markus, зі҃ Bl. 6 f. r. zum Lukas, und кв҃ Bl. 7 f. r. zum Johannes, dessen Evangelium mit ле҃ Bl. 2 f. v. endigt, worauf dann bis лз҃ Bl. 2 f. v. das Directorium über die Lectionen aus den Evangelien über das ganze Jahr folgt. Sign. лз҃ Bl. 3 steht auf beiden Seiten die Schlussschrift, welche Hr. Kalajdovič in s. Joann Exarch, Mosk. 1824. Fol. S. 112—113, aber zum Theil mit veränderter Orthographie, abdrucken liess. Der grosse scharfe Druck dieses Evangeliums auf gelblich weissem reinen Papier steht zwar an Schönheit unter dem des černogorischen Oktoich und Psalter, ist aber dennoch weit gefälliger, als alle folgenden walachischen Drucke. Die Typen ähneln denen des belgrader Evangeliums 1552, ohne dieselben zu sein; die Kolumne des ersten ist jedoch etwas kleiner. Wohl aber ist die belgrader Ausgabe bloss ein serbisirter Nachdruck dieser ugrowlachischen, mit Weglassung des ѧ, ѫ und ъ, dergestalt, dass selbst Druckfehler und die Schlussrede, bloss mit Umänderung der Namen und der Jahrzahl, beibehalten wurden. In folgerichtiger Durchführung der bulgarischen, von den walachischen und moldauischen Handschriften befolgten Orthographie scheint Macarius weniger musterhafte Genauigkeit bewiesen zu haben, als in der serbischen. Ausser dem Kl. Opovo befindet sich in der Synodalbibliothek in Moskau ebenfalls ein vollständiges Ex. dieses Buches.

215. Služebnik, die Liturgien oder das Messbuch des heil. Basilius des Grossen und des h. Johannes Chrysostomus, mit den Evangelien für die Passionszeit und die Ostern, so wie mit

den Lectionen aus den Evangelien und Episteln für die Feiertage des Herrn Jesus und der auserwählten Heiligen durch das ganze Jahr, auf Befehl des Vojevoden Božidar Vuković von Gjurić, durch den Hieromonachen Pachomije aus Rjeka in der Cèrnagora, Venedig den 7. Juli 1519. 4°. 240 Bl. in Quaternionen, 19 Zeilen auf der Seite, ohne Custos und Seitenzahl, mit cyrillischer Signatur.

Mit diesem Liturgiarion eröffnete Božidar Vuković die Reihe seiner Drucke. Signirt werden bloss Bl. 1 f. r. und Bl. 8 f. v. Es beginnt mit Sign. ã und endigt mit ĩ Bl. 8. Sign. ã steht des h. Basilius Belehrung an die Priester. Eben daselbst Bl. 3 liest man in der vorgesetzten Figur die Sylbe бож. d. i. Božidar. Das eigentliche Liturgiarion endigt schon mit der Sign. вї Bl. 2 f. r., worauf dann die Evangelien für die Passions- und Osterzeit und die Lectionen aus den Evangelien und Episteln für die Hauptfeiertage des ganzen Jahres folgen. Sign. ĩ Bl. 6 f. v. bis Bl. 8 f. v. steht die Schlussrede. Die Typen dieser Liturgien, mit denen später viel gedruckt wurde, sind zwar nicht so harmonisch, wie die cèrnogorischen, adjustirt, aber doch auch von einem guten Meister und im Ganzen recht schön. Der Druck ist korrekt und von gemeinen Serbismen, wie a statt ь und umgekehrt, fast ganz frei. Von diesem Buche befinden sich mehrere Exx. in den sirmischen Klöstern.

216. Psaltir, der Psalter, enthaltend ausser den Psalmen auch Tropare oder Hymnen und Gebete, das Menologium oder Synaxarium, den Kultus der grossen Fasten, ferner das Horologium nach dem Ritus des h. Sabbas von Jerusalem, auf Befehl des Božidar Vuković durch den Hieromonachen Pachomije, Venedig, der Psalter beendet den 7. April 1519, die beigelegten Synaxarien etc. vom 26. Jän. bis 12. Oktb. 1520. 4°. 352 Bl. in Quaternionen, 19 Zeilen auf der Seite, ohne Custos und Seitenzahl, mit cyrillischer Signatur.

Dürfte man annehmen, dass der am 7. April beendete Psalter auch ohne die Synaxarien ausgegeben wurde, so wäre dies wohl das erste auf Befehl und Kosten des Božidar Vuković durch den Hieromonachen Pachomius herausgegebene Buch. Die

Typen sind dieselben, mit welchen die obigen Liturgien gedruckt worden sind. Signirt werden Bl. 1 f. r. und Bl. 8 f. v. Sign. ͞а Bl. 1—2 enthalten Vorstücke; mit dem Bl. 3 beginnen die Psalmen, die mit einigen Beilagen bis ͞ѕ Bl. 6 f. v. fortlaufen; Sign. ͞ѕ Bl. 7—8 steht die Schlussrede zu den Psalmen. Von ͞ѕ͞а bis ͞м͞д Bl. 6 erstrecken sich die Synaxarien und das Horologium; die 2 letzten Blätter füllt die Schlussrede aus, die zum Theil mit kleinern Typen als der vorgehende Text gedruckt ist. Der Druck selbst ist korrekt, rein und schön. Von diesem Psalter sah ich ebenfalls mehrere Exx. in den sirmischen Klöstern.

217. Služebnik, die Liturgien oder das Messbuch des h. Basilius des Grossen und des h. Johannes Chrysostomus, auf Befehl des Božidar Vuković durch die Gebrüder Georg Ljubavić und Hierom. Theodor, Venedig, J. d. W. 7027, nach Chr. G. den 1. Juli 1527. 4°. 104 Bl. in Quaternionen, worunter das erste und die zwei letzten Bl. weiss sind, 19 Zeilen auf der Seite, ohne Custos und Seitenzahl, mit cyrillischer Signatur.

Der Text des Liturgiarions 1519 wurde wiederholt; die Evangelien und Episteln blieben weg. Signirt werden bloss Bl. 1 f. r. und Bl. 8 f. v. Der Sign. ͞а gehen 4 unsign. Bl. voraus, von denen das erste weiss ist, die 3 andern aber die Belehrung des h. Basilius an die Priester und die Inhaltsanzeige enthalten. Sign. ͞д Bl. 4 f. v. liest man unter der Kolumne folgende Zeile: помени господи раба своего божидара, und Bl. 5 f. r. помени etc. гоура. Die letzte Sign. ͞г͞і enthält nur 4 Bl., von denen überdies die zwei letzten weiss sind. Sign. ͞в͞і Bl. 5 f. r. beginnen die sehr interessanten, von gemeinen Serbismen überfliessenden Schlussreden der zwei Brüder. Aus der letzten derselselben ersieht man, dass Georg am 2. März 1527 während des Druckes plötzlich starb und auf dem Sterbebette seinem Bruder Theodor die Vollendung des Buches empfahl, was dieser auch mit harter Mühe erfüllte. Auffallend ist es, dass hier Božidar schon Greis und Goraždje seine Vaterstadt genannt wird. Wegen der Jahre 7027 = 1527 ist schon oben das Nöthige bemerkt worden. Uebrigens sind die nicht ungefälligen Typen von denen der Liturgien 1519 und des Psalters 1519—1520 durchaus verschieden. Sie wurden später nach Goraždje gebracht. Das Ex., welches ich untersuchte, befindet sich im Kl. Remeta; ein anderes sah ich in Privathänden.

218. Molitvoslov, Gebetbuch, enthaltend auch Kirchengesänge, Psalmen, vermischte Aufsätze zur häuslichen Erbauung u. s. w., auf Kosten des Božidar Vuković, Venedig 1527. 8°. in Quaternionen, 22 Zeilen auf der Seite, ohne Custos und Seitenzahl, mit cyrillischer Signatur.

Ich habe von diesem Buche kein vollständiges Ex. gesehen und muthmasse daher nur, dass das von mir untersuchte unvollständige, welches dieser Beschreibung zu Grunde liegt, eins sei mit den Preces lingua Serviana, Venet. 1527. 8°., welche Dobrovský Instit. l. slav. p. XVI aus dem im J. 1674 gedruckten Katalog der Bodleyischen, nun der Universität zu Oxford einverbleibten Bibliothek anführt, ferner mit dem Katechismus, Vened. 1527. 8°. bei Sopikov in s. russ. Bibliogr. Bd. I. S. LI, XXCII und N. 551. — Der Typus gleicht jenem der Schlussrede im Psalter 1520. Die Gebetbücher vom J. 1547 und 1560 sind bloss neue Abdrücke dieser Božidar'schen Ausgabe: doch ist in dieser die Kolumne bei gleicher Zeilenzahl um 3 Linien kürzer als in denen vom J. 1547, 1560 und 1566. Signirt werden Bl. 1 f. r. und Bl. 8 f. v., und zwar а̃ bis г̃і mit der Texttype des Psalters 1520, є̃і und ff. (denn г̃і fehlt in dem Ex.) aber mit der kleinern Schlusstype, womit dieses Büchlein gedruckt ist. Ein unvollständiges Ex. befindet sich im Kl. Kuveždin.

219. Psaltir, der Psalter, enthaltend ausser den Psalmen auch Tropare oder Hymnen und Gebete, das Horologium, das Menologium oder Synaxarium, den Kultus für die grossen Fasten, ferner einige Officien, wahrscheinlich zu Venedig oder Goraždje zw. 1527—1531. 4°. 352 (?) Bl. in Quaternionen, 19 bis 23 Zeilen auf der Seite, ohne Custos und Seitenzahl, mit cyrillischer Signatur.

Die Güte des Papiers und die Schärfe der Typen lässt mich vermuthen, dass das Buch zu Venedig um 1528—1530 gedruckt sei. Signatur cyrillisch Bl. 1 f. r. und 8 f. v. Die Vorstücke enthalten 21 Zeilen auf der Kolumne, die Psalmen wegen der Inhaltszeile am untern Rande nur 20 und bisweilen auch nur 19, die Beilagen in der Regel 22, doch mitunter auch 23.— Das Horologium ist dem Synaxarium vorgesetzt und geht ѳ̃ ї̃ 6 bis к̃д 5. Auf den Kultus für die Quadragesima folgen Lage л̃н einige Beigaben, die in allen andern Ausgaben fehlen. Auffallend ist das Anathem wider die Häretiker, namentlich Armenier und Franken. Von л̃ ѳ̃ an folgen auserwählte Kanonen. Das Ende fehlt in dem von mir in Sirmien gesehenen Ex.

220. Molitvenik oder Euchologion, jetzt Trebnik genannt, die Kirchenagende oder das Rituale, wornach die Funktionen der Taufe, Firmung, Beichte, Sepultur, Wasserweihe u. s. w. verrichtet werden, nebst Formularen und Gebeten für verschiedene andere Fälle, durch den Hieromonachen Theodor und den Diakon Radoje, gedruckt bei der Kirche des Grossmartyrers Georg zu Goraždje an der Drina, im J. d. W. 7032 und nach Chr. G. den 21. Oktb. 1531. 4°. 296 (?) Bl. in Quaternionen, 22 Zeilen auf der Seite, ohne Custos und Seitenzahl, mit cyrillischer Signatur.

Von diesem äusserst seltenen Buche habe ich bloss ein unvollständiges Exemplar in Privathänden gesehen; desshalb ist hier die Zahl der Blätter bloss vermuthungsweise und unter der Voraussetzung angesetzt, dass der Sign. а̃ nichts vorausgeht. Signirt werden Bl. 1 f. r. und Bl. 8 f. v. Dieses Rituale weicht sowohl in Hinsicht des Inhalts, als der Reihenfolge der in demselben enthaltenen Stücke gar sehr von den oben beschriebenen ab. Sign. а̃ г̃ bis л̃ з̃ enthält die kirchlichen Disciplinargesetze des siebenten Konciliums. Sign. л̃ з̃ Bl. 6—7 befindet sich eine Inhaltsanzeige. Ebendaselbst Bl. 8 ganz am Ende stehen die kurzen Schlussworte der Herausgeber. Die Typen sind dieselben, mit welchen der Hieromonach Theodor den Služebnik Nr. 217 zu Venedig druckte, woraus folgt, dass er diese Typen nach der Stadt Goraždje in Bosnien, dem Vaterlande Božidars, mit sich nahm, und mit denselben hier, wie man aus der Stumpfheit der abgenützten Lettern mit Wahrscheinlichkeit schliessen darf, in der Folge mehrere Bücher herausgab. Wegen der Diskordanz der Jahrzahl verweise ich auf N. 63.

221. Molitvenik oder Euchologion, jetzt Trebnik genannt, wahrscheinlich zu Goraždje nach 1531, 4°. 296 (?) Bl. in Quaternionen, 22 Zeilen auf der Seite, ohne Custos und Seitenzahl, mit cyrillischer Signatur.

Wort für Wort und Zeile für Zeile Nachdruck der ersten goraždjer Ausgabe vom J. 1531, mit derselben Type mit Ausnahme des д; Signatur wie oben. Die Abweichungen bestehen in den Initialen, in der Orthographie einzelner Wörter und dem Unterschiede des д. Die Initialen sind in der obigen Ausgabe einfach, glatt, hier mehr verziert und geschnörkelt. Die Orthographie ist dort älter, hier jünger: z. B. dort iемь, iесьмь, iего, приемлеть, hier емь, есьмь, его, приемлеть; einmal las ich ıa statt ѣ und oft нение statt нiение. Es könnte am Ende ein koresischer Druck von 1570—1580 sein? Das Ex., in Sirmien, ist defekt.

222. Oktoich, das achtstimmige Kirchenhymnenbuch, zweite Hälfte, enthaltend die Stimmen є҃—и҃, auf Befehl des Božidar Vuković durch den Priester Theodosije und den milešever Parekklesiarchen Gennadije aus Prijepolje, Venedig, vom J. 1536 bis den 27. Juli 1537. Fol. 162 Bl. in Quaternionen, der Text in zwei Kolumnen, mit 38 Zeilen auf der Kolumne, ohne Custos und Seitenzahl, mit cyrillischer und gothischer Signatur.

Die Herausgeber nennen das Buch ѡхтоихъ петогласнiкъ, weil es mit der fünften Stimme anhebt. Die Signatur ist doppelt, cyrillisch und gotisch-lateinisch. Signirt werden Blatt 1, 2, 3, 4, die drei letzten mit II, III, IIII neben den gothischen Zahlbuchstaben, ferner Bl. 8 f. v., aber dieses bloss mit cyrillischer Type. Sign. а҃а Bl. 1 steht das Vorwort, dem Božidars von Ks. Karl V. erhaltenes Wappen mit der Inschrift: гнь. бож. воевода vorgesetzt ist. Man erfährt hier, Božidar habe sich aus Furcht vor den Türken unter Sorgen und Kummer in Venedig aufgehalten. Bl. 2 enthält oben die Abbildungen des h. Kosmas, Joh. Damascenus und Joh. Studites, unten den Anfang des Oktoich. Die letzte Sign. ist к҃и in 8 Bl., woselbst Bl. 8 f. v. auch die Schlussrede steht. In derselben wird nicht, wie gewöhnlich (z. B. in dem Služebnik 1519, im Psalter 1519—1520 u. s. w.) Podgorica, sondern Dioklea als das Vaterland Božidars genannt, ohne Zweifel nur wegen der Nähe und ehemaligen Berühmtheit der letzteren Stadt, deren Ruinen (Dukla) noch heutzutage unweit Podgorica am Einflusse der Zeta in die Morača zu sehen sind. Ganz am Ende sind noch zwei unsignirte Blätter beigegeben, auf der ersten Seite die Abbildungen der h. Jungfrau, des Erzengels Michael, des h. Nikolaus und des h. Demetrius, auf den übrigen aber die von dem Hierodiakon Moyses im J. 1535 redigirte Paschalie enthaltend. Uebrigens folgen im Buche selbst auf die vier Stimmen noch verschiedene Stichery aus den übrigen Tönen, so wie Gebete, Lectionen aus den Evangelien und Episteln u. s. w. Die Typen sind neu, von den bisherigen verschieden; der Druck ziemlich korrekt, aber von gemeinen Serbismen und Schreibfehlern, wie жизань st. жизьнь, іесамь st. іесьмь, und umgekehrt вьсь (vos) st. вась etc., nicht frei. Von diesem Buche existiren zahlreiche Exx. in den Klöstern Sirmiens.

223. Oktoich, das achtstimmige Kirchenhymnenbuch, zweite Hälfte, enthaltend die Stimmen ѕ̃—и̃, Venedig 1536—1537 (eigentlich zw. 1537—1570), Fol., 162 Bl. in Quaternionen, der Text in zwei Kolumnen, mit 38 Zeilen auf der Kolumne, ohne Custos und Seitenzahl, mit lateinischer Signatur.

Ein Nachdruck der Ausgabe vom J. 1537, unbekannt von wem veranstaltet. Die Type ist der Božidar'schen nachgemacht; doch ist die Kolumne, ungeachtet Zeile für Zeile nachgedruckt wurde, um ¼ Zoll kürzer und fast um 2 Linien schmäler als in der ersten Ausgabe. Die Sign. ist bloss lateinisch, nur bei der 1. und 12. Lage wurde ein cyrillisches а̃, ї̃ statt a, k verwendet, und nur bei der zweiten die römischen Zahlen II, III, IIII punktirt. Ueberall werden nur die ersten 4 Bl. signirt. In den Verzierungen und Interpunktionen ist ein merklicher Unterschied. Charakteristisch ist, dass statt des punktirten i ein viel grösseres i aus einem andern Alphabete gebraucht wird; wahrscheinlich wurde dieser Buchstabe beim Stempelschneiden vergessen. Auch kommen Druckfehler weit häufiger vor als in der Ausg. 1537. — Der Nachdruck könnte aus der Zagurović'schen Periode 1569—1670 sein. Ein Ex. in Gospodinci.

224. Oktoich oder das achtstimmige Kirchenhymnenbuch im Auszuge, wahrscheinlich in der Walachei oder in Siebenbürgen zw. 1540—1580, Folio, über 192 Bl. in Quaternionen, 26 Zeilen auf der Seite, ohne Custos und Seitenzahl, mit cyrillischer Signatur.

Das Ex. dieses Oktoich mit bulgarischer Rechtschreibung (ѧ, ѫ, ъ), welches ich bei einer Dorfkirche im báčer Komitat fand, war defekt. Signirt werden Bl. 1 f. r. und Bl. 8 f. v. Der Inhalt ist folgender: Bl. а̃ bis в̃8 Sams- und Sonntagshymnen für die 1. Stimme. Bl. г̃1 bis д̃1 Sonntagsvesperhymnen für die 2. Stimme. Bl. д̃1 bis е̃2 Montagshymnen für die 3. Stimme. Bl. е̃3 bis ѕ̃3 Dienstagshymnen für die 4. Stimme. Bl. ѕ̃4 bis з̃4 Mittwochshymnen für die 5. Stimme. Bl. з̃5 bis и̃6 Donnerstagshymnen für die 6. Stimme. Bl. и̃7 bis і̃2 Freitagshymnen für die 8. Stimme (die siebente ist demnach übergangen). Von і̃3 an bis к̃в4 folgen die Sams- und Sonntagshymnen für die übrigen Stimmen von 2 bis 8; die Hymnen für die übrigen Wochentage sind ausgelassen. Bl. к̃в5 bis к̃г5 stehen die Svjetilnen und andere Troparien. Mit к̃г6 f. v. beginnen die Lectionen aus dem Apostol und den Evangelien für die 7 Tage der Woche, und mit к̃д5 die Auferstehungsevangelien; das Uebrige fehlt. Lettern und Druck sind unförmlich, roh.

225. Minej prasdničnyj, hier Sbornik genannt, das Festtagsmenäum, enthaltend den Gottesdienst der unbeweglichen Feste des Herrn Jesus, der h. Jungfrau und der auserwählten Heiligen, auf Befehl des Božidar Vuković durch den Hierodiakon Moyses aus dem Kl. Dečani, gebürtig aus Budiml unweit des Kl. Šudikova, Venedig, vom 11. Juni 1536—19. Jän. 1538. Fol., 432 Bl. in Quaternionen, der Text in 2 Kolumnen, mit 32 Zeilen grösserer und 38 Zeilen kleinerer Schrift auf der Kolumne, ohne Custos und Seitenzahl, mit cyrillischer und gothischer Signatur.

Dieses Menäum wird von einigen auch Minej obštij, Obštak genannt, mit welchem Namen eigentlich ein Auszug aus dem grossen, nach den 12 Monaten eingerichteten Menäum zum täglichen Gebrauch für arme Kirchen belegt wird, weshalb ich mich hier lieber der Benennung Minej prazdničnyj bediene. Es ist das grösste und nach der gewöhnlichen Meinung auch das letzte der von Božidar herausgegebenen Kirchenbücher, der im Anfange des Jahres 1540, wo nicht schon im J. 1539, gestorben ist. Die Einrichtung der Signatur ist wie bei Oktoich 1537, mit Ausnahme der ersten Lage, wo Bl. 2, 3, 4 mit в̃, г̃, д̃ signirt werden; aber von der zweiten Lage an laufen die Signaturen в̃ b regelmässig fort. Sign. а̃ a Bl. 1 enthält die Vorrede, nach welcher der Greis Božidar diese Typen für seine Vaterstadt zum Drucke slawischer Bücher bestimmt hatte. Dem Werke selbst sind viele Holzschnitte, Abbildungen der Heiligen darstellend, eingedruckt. Auf die gothische Sign. ʒ folgen 𝔷, 2, 𝔅, hierauf 𝔄—𝔍, endlich aa bis ee Sign. нд̃ее, die letzte im Buche, volle 8 Bl. umfassend, enthält Bl. 5—6 f. r. die Paschalie, von welcher auch Extraabdrucke gemacht worden zu sein scheinen, die man häufig andern Büchern, z. B. den Evangelien von Mardarije, beigelegt findet; f. v. und Bl. 7 f. r. das Register über die im Buche vorkommenden Kanonen und Officien, und f. v. bis Ende die Schlussrede. Hier wird das Buch, welches in der Vorrede минеи heisst, съборникъ genannt. Unter den Kanonen sind folgende slawoserbischer Heiligen: der h. Petka, des h. Symeon, des h. Sava und des h. Stephan Dečanski. Bemerkenswerth ist auch, dass in diesem Buche hie und da, wiewohl selten, die bulgarischen Figuren ѧ und ѫ vorkommen, was mir ein Beweis ist, das die venetianer Officinen zu dieser Zeit schon (und gewiss auch früher) slowenische Lettern nach Walachien und Siebenbürgen lieferten. Denn für dieses Buch oder sonst für Serben sind diese Typen gewiss nicht geschnitten worden; sie haben sich in den Satzkasten nur verirrt. Die kleinen Lettern sind die des Oktoich 1537, die grösseren hingegen sind neu. Von diesem Buche sah ich im Kl. Krušedol u. a. vollständige Exemplare. Prof. G. Magarašević sah im Kl. Petkovica in Serbien ein Ex. auf Pergament (die Jahrzahl 1536 ist aus dem Vorworte). Ljet. 1829. I. 124.

226. Molitvenik oder Euchologion, eigentlich Chirotonia archierejska (bei den Serben) oder Činovnik archierejski (bei

den Russen), die Kirchenagende oder das Rituale für Hohepriester, o. O. und J. (Venedig, um 1539—1540?) 4°. 280 Bl. in Quaternionen, 21 Zeilen auf der Seite, ohne Custos und Seitenzahl, mit cyrillischer und gothischer Signatur.

Die Exx. bieten keine Jahrzahl dar; das Božidar'sche Zeitalter geht aus der Uebereinstimmung der Typen mit den grössern des Minej 1538 und der Signatur mit der des Oktoich 1537 und des genannten Minej, so wie endlich aus dem in den Verzierungen häufig angebrachten Namen бож. hervor. Signirt werden Bl. 1, 2, 3, 4, die drei letztern mit II, III, IIII neben dem gothischen Zahlbuchstaben, doch wird auch der cyrillische Buchstabe wiederhohlt. Das Ex. hebt mit aa an, wo unter einer Verzierung der Titel des Buches молитьвникъ zu lesen ist, die Buchstaben ζ, 2 und ꝶ zählen mit, wie im Minej 1538 an die sich die Sign. aa, bb u. s. w. reiht; die letzte vollständige Sign. ist ꙁ̃ѐꙇꙇ, wie es scheint, das Ende des Textes enthaltend. Doch ist dabei keine Schlussrede, während die Ausgabe 1570 schon auf dem letzten Blatte dieser Sign. die Jahrzahl, und dann auf einem Extrablatt die Schlussrede mit Wiederholung der Jahrzahl hat. In diesem Ritual sind zwar einige der im Trebnik 1531 enthaltenen Stücke, wiewohl in anderer Ordnung, mit aufgenommen worden; sonst ist aber seine Einrichtung und Bestimmung verschieden. Es scheint, dass Božidar über dem Drucke dieser Chirotonia starb. Uebrigens kommt in den als Zierath gebrauchten Figuren die Sylbe бож. viermal und eben so oft die Sylbe бо. vor. Mehrere Exx. werden in den sirmischen Klöstern aufbewahrt.

227. Psaltir, die Psalmen sammt den Synaxarien und dem Horologium, auf Befehl des Hieromonachen Daniel, Hegumen des Kl. Mileševa, durch die Hieromonachen Mardarije und Theodor, Mileševa vom 1. Jän. bis 30. Okt. 1544. 4°. 350 Bl. in Quaternionen, 19 Zeilen auf der Seite, ohne Custos und Seitenzahl, mit cyrillischer Signatur.

Dieser Ausgabe liegt die Božidar'sche vom J. 1519—1520 Seite für Seite zum Grunde; nur statt der Schlussrede nach den Psalmen, vor dem Menologium, stehen hier Gebete. Die

Typen, welche entweder selbst oder die Materialien dazu, nach der etwas verworrenen Schlussrede durch den Hegumen Mardarije von Bánska und die Hieromonachen Nikanor und Sava aus Venedig geholt wurden, sind neu, fleischig, aber minder gefällig als die Božidar'schen. Den Psalmen gehen 2 Bl. Vorstücke voraus, das erste mit а̃ signirt, das zweite ohne Sign., so wie die folgenden bis Bl. 8 f. v. Von в̃ an werden regelmässig die Bl. 1, 2, 3, 4 mit в̃, в̃ II, в̃ III, в̃ IIII u. s. w., ferner Bl. 8 f. v. mit в̃ u. s. w. signirt. Die letzte Lage м̃д ist nur ein Ternion mit der Schlussrede Bl. 5—6. Exemplare befinden sich in den Kl. Kovilj und Remeta, ferner in der Metropolitanbibl. in Karlovic. Der Psalter bei Sopikov Bd. I. S. XCIII. und 190 N. 1019 scheint dieser milešever zu sein.

228. Molitvenik oder Euchologion, jetzt Trebnik genannt, die Agende oder das Rituale, auf Befehl des Hegumen von Mileševa Daniel, durch die Diakonen Damian und Milan aus Obna in Cèrno-Zagorien, an der Save, Mileševa 1545. 4°. 360 (?) Bl. in Quaternionen, 19 Zeilen auf der Seite, ohne Custos und Seitenzahl, mit cyrillischer Signatur.

Dieser Trebnik ist ein Nachdruck des Theodorischen vom J. 1531 mit einigen Beilagen. Da ich davon kein vollständiges Ex. zu sehen bekam, so ist die Zahl der Blätter nur dann richtig, wenn der Sign. а̃ nichts vorausgeht, und auf м̃е nichts weiter folgt. Signirt werden anfangs Bl. 1, 2, 3, 4 f. r. а̃, а̃ II, а̃ III, а̃ IIII u. s. w., und Bl. 8 f. v., wiewohl mit einzelnen Abweichungen; von der Lage ѳ̃ an wird nur Bl. 1 und Bl. 3 f. r. (ѳ̃ I und so überall), ferner Bl. 8 f. v. bezeichnet. Sign. і̃ѳ Bl. 3 f. v. beginnen die kirchlichen Disciplinarvorschriften der 7. Kirchenversammlung und laufen bis м̃г Bl. 4 f. v. fort. Hierauf folgen die Kirchenhymnen für den Charsamstag auf 16 Bl. Sign. м̃г 6 bis м̃е 5, die in der Ausgabe 1531 fehlen. Sign. м̃е Bl. 6—8 enthält das Register und die Schlussrede, in welcher aber keine Jahrzahl vorkommt, so dass ich das Datum nach A. Dragosavljević's Angabe (Ljetop. srb. 1827 III. 56) ansetzen musste, und deshalb seine Richtigkeit nicht verbürgen kann. Es scheint in den von mir gesehenen Exx. ein Blatt mit der Jahrzahl zu fehlen, und das wahre Datum könnte, wie oben, 1544 sein. Gemeine Serbismen und Druckfehler kommen in diesem Trebnik gar oft vor. Exx. im Kl. Šišatovac.

229. Psaltir, die Psalmen sammt den Synaxarien und dem Horologium, auf Kosten des Vincenz Vuković, Venedig 1546. 4°. 305 (?) Bl. in Quaternionen, 20 Zeilen auf der Seite, ohne Custos und Seitenzahl, mit cyrillischer und lateinischer Signatur.

Es unterscheidet sich dieser Psalter von allen andern dadurch, dass die Kolumnen mit einer schönen Randverzierung eingefasst sind, die unten etwas breiter ist und allerlei Figuren von Heiligen etc. enthält. Signirt werden die Bl. 1, 2, 3, 4 cyrillisch und lateinisch (letztere drei ãaII, ãaIII, ãaIIII usw.), und Bl. 8 f. v. bloss cyrillisch. Der Sign. ãa gehen 3 Bl. voraus, enthaltend auf 2 Bl. Gebete mit der Textschrift, dann auf einem Bl. die Epistel des Herausgebers an die Leser mit kleinerer Schrift. Sign. ãa liest man unter einer Abbildung der vier Evangelisten und über dem ersten Psalm: виценцо воуковикь. Sign. ãĩr Bl. 7 f. v. beginnt die Schlussschrift zu den Psalmen und endigt Bl. 8 f. r., dessen Rückseite weiss ist. Sign. ĩĩs steht oben unter einer Verzierung: гнь. виценцо снь. воеводѣ Божидара, worauf das gewöhnliche Posljedovanije anfängt. Auf die Sign. ĩг̃z folgt ĩд̃A u. s. w. Die letzte Signatur ist лĩP. In der vorgesetzten, in dalmatischer Landesmundart abgefassten Epistel spricht Vincenz von dem Tode seines Vaters Božidar, dessen Leichnam 1540 aus Venedig nach der Heimat abgeführt und in der Kirche Gorica am Skodrer See begraben wurde. Es kann kaum gezweifelt werden, dass unter den alten Büchern: старе книге пісане отъ срьбске землѣ, die er zum Drucke verlangt, nicht Landeschroniken, sondern Kirchenbücher gemeint sind. Auf dem letzten Bl. befindet sich unten die Zeile: оу бнецiехь вь лѣто .҂АФМS., welche den ganzen Schluss ausmacht. Exx. davon kommen in den sirmischen Klöstern vor.

230. Apostol, die Apostelgeschichte sammt den kanonischen Briefen (ohne die Offenbarung Johannis), in Ugrowlachien oder Siebenbürgen, unter dem Vojevoden Joann Mirče zw. 1546—1554. 4°. 268 Bl. in Quaternionen, 22 und mitunter 23

Zeilen auf der Seite, ohne Custos und Seitenzahl, mit cyrillischer Signatur.

Das von mir eingesehene, im Kl. Opovo befindliche, defekte Ex. beginnt mit der Sign. г̃; folglich ist die oben angegebene Blattzahl nur dann richtig, wenn der Sign. а̃ nichts vorausgeht. Die letzte vollständige Lage ist л̃г̃, worauf ein Duernion mit dem Worte пол', d. i. halb oder Hälfte, als Sign. Bl. 1. und Bl. 4 f. v. folgt, d. i. dass nichts abzugehen scheint, wiewohl keine Schlussrede da ist. Der eigentliche Apostol endet л̃а̃ f. v., woran sich die gewöhnlichen Indices über die Lectionen, dann einige Hymnen u. s. w. reihen. Die Orthographie ist zwar bulgarisch, doch liest man an gar vielen Stellen се statt са u. s. w., so dass man vermuthen könnte, dass dem Abdrucke ein serbisches Ex. zum Grunde gelegen habe. Bemerkenswerth ist, dass die Sign. von г̃ oder wahrscheinlich von а̃ bis ѳ̃ı̃ in der gewöhnlichen Textschrift, von к̃ bis Ende aber in auffallend grosser und grober Type ausgedrückt ist. Ein Ex. dieses Buches befindet sich in der Tolstoj'schen Bibliothek in Russland und ist beschrieben in Strojev's Opis. slav. knig. 1829. 8°.

231. Molitvoslov, hier свети писание genannt, Gebetbuch, enthaltend auch Kirchengesänge, Psalmen, vermischte Aufsätze zur häuslichen Erbauung u. s. w., auf Kosten des Vincenz Vuković. Venedig den 1. Juni 1547. 8°. 304 (?) Bl. in Quaternionen, 22 Zeilen auf der Seite, ohne Custos und Seitenzahl, mit cyrillischer und lateinischer Signatur.

Das von mir eingesehene Ex., nach welchem ich das Buch hier charakterisire, war ohne Anfang und Ende, und auch sonst sehr unvollständig; desshalb ist das Datum aus Dobrovský's Instit. l. slav. p. XLI entlehnt. Bei der Blattzahl liegt die Annahme zum Grunde, dass das Buch vollständige л̃и̃ PP oder 38 Lagen enthält. Signirt werden bloss Bl. 1, 2, 3, 4 mit а̃A, а̃AII, а̃AIII, а̃AIIII u. s. w., auf Z folgt AA. Ausser den schönen Randverzierungen („pulcherrima parerga" Dobrovský a. a. O.) befinden sich im Buche mehrere Holzschnitte, Abbildungen von Heiligen und dgl. darstellend. Der Inhalt ist höchst mannigfaltig; die Typen klein. Auch in Russland befinden sich Exx. davon.

232. Četvoroblagovjestije, die vier h. Evangelien, auf Kosten des Knezen Radiša Dmitrović und nach seinem Tode des Trojan Gundulić aus Ragusa, durch den Hieromonachen Mardarije aus dem Kl. Mrkšina-crkva unweit der Cèrnagora, Belgrad, den 4. Aug. 1552. Fol. 212 Bl. in Quaternionen, 24 Zeilen auf der Seite, ohne Custos und Seitenzahl, mit cyrillischer Signatur.

Alle Exx., die ich gesehen habe, beginnen mit ãII, dem Kapitelindex des Matthäus, worauf ãIIII die Vorrede des Theophilactus folgt, so dass ein erstes weisses Blatt zu fehlen scheint. Sign. ã war nur Ternion. Signirt werden die Bl. 1, 2, 3, 4, letztere mit ãII, ãIII, ãIIII u. s. w., und Bl. 8 f. v. Sign. ĩ Bl. 8 endigt Matthäus. г̃ĩ Bl. 5 Marcus, к̃ Bl. 7 Lukas, und к̃є Bl. 8 Johannes. Das Uebrige füllen die gewöhnlichen Register über die Perikopen aus. Die letzte Lage к̃з ist nur ein Ternion, woselbst Bl. 5 f. v. und Bl. 6 f. r. die Schlussrede steht, aus welcher zu ersehen ist, das Knez Radiša Dmitrović die Typen zu diesem Evangelium verfertigen und den Druck anfangen, nach seinem Tode aber Trojan Gundulić aus Ragusa den Druckapparat in sein Haus (zu Belgrad?) bringen, und das Druckgeschäft durch Mardarius vollenden liess. Ob unter Belgrad die serbische oder die dalmatische Stadt dieses Namens (hzt. Zara vecchia) zu verstehen sei, ist noch immer nicht ausgemacht. Diese liegt zwar der Heimat der Herausgeber und der Werkstätte fast aller serbischen Kirchentypen (Venedig) näher; aber auch in jener blühten im XVI. Jahrh. ragusanische Faktoreien. Ich habe bereits oben bemerkt, dass der Text dieses Evangeliums aus dem Ugrowlachischen, bloss mit Aenderung der Orthographie, abgedruckt sei. Wenn gleich über die folgerichtige Rechtschreibung und Korrektur kein Makarius oder Pachomius mehr wachte, und gemeine Serbismen, wie васъ sowohl statt вьсь vicus, als auch statt вьсь omnis, петаль st. петьль, лакать st. лакьть, близнаць st. близньць, петакь st. петькь, вьшадь st. вьшьдь, іесемь st. іесьмь, конець st. коньць etc.; oder Schreibefehler, wie вьрити st. варити, сьмого st. самого, вьськь st. вьсакь, чьсо st. чесо, ноу st. нь (gewiss nach dem bulgarischen нѫ) u. s. w., ausser andern, freilich nie ganz vermeidbaren Druckfehlern, nicht selten vorkommen; so ist dennoch diese Ausgabe sowohl der Schönheit der Typen, als auch ihrer Seltenheit wegen sehr schätzbar. Die Typen sind neu, gross, scharf, wie es scheint den Ugrowlachischen 1512 nachgebildet, nur zum Theil etwas unproportionirt, z. B. das p. Mehrere Exx. werden in den sirmischen Klöstern aufbewahrt.

233. Služebnik, die Liturgien oder das Messbuch, mit Lectionen aus den Evangelien und Episteln (auf Kosten des Vincenz Vuković), Venedig 1554. 4°. 240 Bl. in Quaternionen, 19 Zeilen auf der Seite, ohne Custos und Seitenzahl, mit cyrillischer Signatur.

Neuer Abdruck der Božidar'schen Ausgabe vom J. 1519. Da sich aber dieser Abdruck von mehreren andern mit derselben Jahrzahl nicht nur in der Signatur, sondern auch in andern Punkten wesentlich unterscheidet, so bin ich genöthigt, diese verschiedenen Abdrücke nach der Signatur und sonstigen Varietäten abzusondern, und alle einzeln zu charakterisiren. Die Sign. dieses Abdruckes ist cyrillisch, bloss auf Bl. 1 f. r. und Bl. 8 f. v.; die Typen stimmen mit denen vom J. 1519 vollkommen überein, indem die runden breiten p und c, welche die unten folgenden Abdrücke auszeichnen, hier noch nicht vorkommen; Sign. ке̃ Bl. 5 f. v. wird der Druckfehler der Ausgabe 1519 papaзaн st. paзapaн wiederholt; in der Schlussrede blieben die Namen Božidar und Pachomius stehen, und nur die vier letzten Zeilen mit dem Datum sind so abgekürzt: сіе съвръши се въ лѣто отъ рождьства Христова .҂АФНД. оу бнецıехъ. Exx. in den Kl. Opovo und Beočin.

234. Služebnik, die Liturgien sammt den Lectionen aus den Evangelien und Episteln, auf Kosten des Vincenz Vuković, Venedig 1554. 4°. 240 Bl. in Quaternionen, 19 Zeilen auf der Seite, ohne Custos und Seitenzahl, mit lateinischer und cyrillischer Signatur.

Dieser Abdruck unterscheidet sich von dem oben beschriebenen zuvörderst in der Signatur, welche hier lateinisch und cyrillisch ist. Signirt werden bloss Bl. 1 und 3 mit aа̃, aа̃III u. s. w., auf z folgt A u. s. w. Die lateinischen Buchstaben der

Signatur sind fleischig, aber römisch, nicht gothisch. Die breiten runden p und c kommen nicht vor. In beiden diesen Ausgaben ist die Kolumne um etwa eine Linie kürzer, als in der vom J. 1519. Ausser dem ist der Druck von dem des J. 1519 und 1554 N. 233 auch in den Majuskeln und Interpunktionszeichen verschieden. Mehrere Exx. in den sirmischen Klöstern.

Die zwei andern Ausgaben des Služebnik mit der Jahrzahl 1554 s. unter N. 245, 246.

235. Psaltir, die Psalmen sammt den Synaxarien und dem Horologium, so wie einigen Kanonen, auf Befehl des milešever Hegumen Daniel, Mileševa den 4. Nov. 1557. 4°. 290 Bl. in Quaternionen, 25 Zeilen auf der Seite, ohne Custos und Seitenzahl, mit cyrillischer Signatur.

Dieser Ausgabe liegt nicht die erste milešever 1554, sondern die cèrnogorische 1495 mit einigen Modifikationen zum Grunde. Signirt werden Bl. 1, 2, 3, 4 f. r. und Bl. 8 f. v. mit ã, ãII, ãIII u. s. w. Das von mir eingesehene Ex. fing mit ѕ̃ III an. Von der Sign. лз̃ waren zwei Bl. da, mit der Schlussschrift und dem Datum; doch scheint noch eine Paschalie auf einigen Blättern angehängt gewesen zu sein. Die Lettern sind den cèrnogorischen nachgemacht und im Ganzen nicht übel. Das Aengstliche der Nachahmung fällt nur bei den verzierten Initialen ins Lächerliche. Im cèrnogorischen Psalter richtet sich nämlich die Grösse der Initialen nach dem Raume, auf welchen der Anfang eines Psalmes fällt, so dass die Verzierung der Initialbuchstaben wegen Mangels an Raum unterbleibt, wenn der Psalm mit der letzten Zeile der Seite anhebt. Der milešever Meister hingegen ahmt Figur und Grösse der Initialen eines jeden Psalmes ohne Rücksicht auf den Ort, den sie auf der Seite einnehmen, getreu nach. Sign. лг̃ ff. stehen einige, wiewohl nicht alle Zugaben des Psalters 1495, namentlich der Kultus für die Charwoche und Ostern sammt den Evangelien und Episteln, ferner die Kanonen der h. Jungfrau und einiger Heiligen, was in andern Ausgaben fehlt.

236. Molitvoslov, hier свети писание genannt, Gebetbuch, auf Kosten des Vincenz Vuković, Venedig 1560. 8°. in Quater-

nionen, 22 Zeilen auf der Seite, ohne Custos und Seitenzahl, mit cyrillischer und lateinischer Signatur.

Bei dieser neuen Auflage des oben N. 231 beschriebenen Gebetbuches wurde bloss hie und da, besonders im Anfange, einiges geändert, und die Randeinfassung weggelassen. Signirt werden Bl. 1, 2, 3, 4 folgendermassen: ãA, ãAII, ãAIII, ãAIIII u. s. w.; auf Z folgt AA u. s. w. Von diesem Buche sah ich bloss einige sehr defekte Exx. in Sirmien.

237. Triod postnyj, das Fasten-Triodion (Triodion quadragesimale), enthaltend den Gottesdienst für die grossen Fasten, auf Kosten des Vincenz Vuković durch Stephan von Skodra. Venedig 1560 bis 6. Jän. 1561. Fol. 250 Bl. in Ternionen, der Text in 2 Kolumnen, 30 Zeilen auf der Kolumne, ohne Custos und Seitenzahl, mit lateinischer Signatur.

Die erste Lage ist ein Duernion, dessen 1. und 3. Blatt unbezeichnet, das zweite aber irrig mit AIIII signirt ist. Signirt werden Bl. 1, 2, 3, die zwei letzten mit II und III neben dem Zahlbuchstaben. Die zweite Lage wird ã, ãII, AIII, die dritte B, BII, BIII signirt, und von da an laufen die Sign. regelmässig fort; auf Z folgt AA u. s. w. Auf dem ersten Blatt liest man oben die Jahrzahl .҂ЧФЧ.=1590, allein hier ist ч ein Druckfehler statt ѯ. Der Herausgeber oder Drucker, Stephan von Skodra, versprach bald auch den zweiten Theil, nämlich das Pentikostarion, herauszugeben, der dann auch 1563 zu Skodra erschienen ist, wiewohl er umgekehrt hier wiederum den andern Theil bald herauszugeben verspricht. Einige Exx. befinden sich in den sirmischen Klöstern.

238. Psaltir, die Psalmen sammt den Synaxarien und dem Horologium, auf Kosten des Vincenz Vuković, Venedig 1561. 4°. 282 Bl. in Quaternionen, 22 Zeilen auf der Seite, ohne Custos und Seitenzahl, mit lateinischer Signatur.

Dieser Ausgabe liegt die frühere, oben N. 229 beschriebene, vom J. 1546 zum Grunde, nur die zierliche Randeinfassung ist weggeblieben. Sie enthält zuerst 4 Bl. Vorstücke. Mit A beginnen die Psalmen. Die letzte Lage MM enthält nur 6 Bl., auf deren letzterem f. v. die Schlusszeile ѹ бнецiехь вь лѣто .҂АФѯА.

Die Vorrede steht auf Bl. 4. Signirt werden Bl. 1, 2, 3, 4 folgendermassen: A, AII, AIII, AIIII u. s. w.; auf Z folgt AA u. s. w. Dem ersten Psalm sind die Abbildungen der vier Evangelisten vorgedruckt. Sign. QIII f. v. beginnt die Schlussrede zu den Psalmen; eben daselbst Bl. 5 liest man oben vor den Synaxarien unter einer Verzierung: господинь виценцо снь воеводѣ божидара. Mehrere Exx. dieses Psalters findet man in den Klöstern Sirmiens.

239. Četvoroblagovjestije, die vier h. Evangelien, durch den Hieromonachen Mardarije aus dem Drina-Gebiete, im Himmelfahrtskloster Mèrkšina-cèrkva (am Abhange von Cèrnagora), den 24. Juni 1562. Fol. 211 (?) oder mit der Paschalie 214 (?) Bl. in Quaternionen, 24 Zeilen auf der Seite, ohne Custos und Seitenzahl, mit cyrillischer Signatur.

Diese Ausgabe ist Blatt für Blatt und Zeile für Zeile ein blosser Nachdruck der belgrader vom J. 1552. Die Sign. ã enthält mit Einschluss eines ersten weissen Blattes nur 6 Bl. Signirt werden Bl. 1, 2, 3, 4 mit ã, ãII, ãIII, ãIIII u. s. w., und Bl. 8 f. v. Die letzte Sign. к̃з̃ besteht aus 5 Bl., auf deren letzterem f. v. die Schlussrede steht, wornach ein weisses Bl. zu fehlen und die wahre Blattzahl 212 zu sein scheint. Der Text entspricht dem belgrader von Wort zu Wort. In der Schlussrede berichtet der Herausgeber Mardarije, mit welcher Mühe und Anstrengung er die Typen zu dieser Ausgabe eigenhändig aus Eisen, Kupfer und andern Materialien verfertigt habe. Die Typen sind augenscheinlich den belgradern nachgebildet, nur sind sie etwas gröber und fleischiger. In dem karlovicer Exemplare folgen auf den Schluss noch 3 Bl. mit der Paschalie des Philosophen Cyrill, derselben, die auch im Minej 1538 vorkömmt. Von diesem Buche befinden sich mehrere Exx. in den sirmischen Klöstern.

240. Triod cvjetnyj oder Pentikostar, das Oster-Triodion, durch Stephan von Skodra und den Drucker Camillo Zanetti, Skodra den 24. Dezb. 1563. Fol. 224 Bl. in Quaternionen, der Text in 2 Kolumnen, mit 34 Zeilen auf der Kolumne, ohne Custos und Seitenzahl, mit lateinischer Signatur.

Es ist dies die schon am Schlusse des ebenfalls von Stephan besorgten venediger Fastentriodion 1561 versprochene zweite Hälfte des ganzen Triodion. Bei jeder Lage werden signirt mit latein. Majuskeln die Bl. 1, 2, 3 und 4, A, AII, AIII, AIIII u. s. f., auf Z folgt Aa bis Ee. Die letzte Lage Ee besteht aus 8 Bl., wovon das letzte weiss ist. Sign. Ee Bl. 6—7 steht die Schlussrede, in welcher am Ende wiederum die andere Hälfte des Buches versprochen wird. Diese Stelle mag aber nur aus dem venediger Fastentriod hier wörtlich stehen geblieben sein, und dürfte darum nicht auf eine schon damals beabsichtigte neue Herausgabe des Fastentriod bezogen werden. Die letzten vier Zeilen mit dem Datum des Druckes sind auffallend sprachunkorrekt. Einige Exx. dieses Buches kommen in den sirmischen Klöstern vor.

241. Časoslovec, das Horologium, durch Jakob aus Kamenareka am Abhange des Gebirges Osogovca unweit Kolašin, Venedig 1566. 8°. 260 Bl. in Quaternionen, 22 Zeilen auf der Seite, ohne Custos und Seitenzahl, mit lateinischer Signatur.

Der Herausgeber sagt in der Schlussschrift: „Er sei aus Macedonien, seinem Vaterlande, des Bücherdrucks wegen bis nahe gegen Alt-Rom hin gereiset, nach der Stadt Venedig, wo er die Božidar'schen Matritzen (kalapi), nach dessen Sohn Vincenzo lange ungebraucht, aufgefunden und damit dieses Horologium gedruckt habe. Er denke aber auch neue Typen (novi kypari) zu verfertigen. Er sei von altem Priestergeschlechte, am Fusse des grossen Gebirges Osogovca, nahe der Stadt Kolašin (Kolasiskago grada), im Orte Kamena-reka geboren.“ Die Signaturen laufen von A bis KKII. Signirt werden Bl. 1, 2, 3, 4, wie z. B. C, CII, CIII, CIIII. Die zwei ersten Lagen haben cyrillische Sign. ã und ṽ, von da an aber lateinische. Ein Ex. in Wien auf der k. Hofbibliothek.

242. Triod cvjetnyj oder Pentikostar, das Ostertriodion, auf Veranstaltung des Hieromonachen Mardarije durch den Priester Živko und den Diakon Radul, Mèrkšina-cèrkva J. d. W. 7074, n. Chr. Geb. den 1. Sept. 1566. Folio, 218 Bl. in Quaternionen,

26 Zeilen auf der Seite, ohne Custos und Seitenzahl, mit cyrillischer Signatur.

Bei jeder Lage werden signirt Bl. 1, 2, 3, 4 mit а̃, а̃ II, а̃ III, а̃ IIII u. s. w. und Bl. 8 f. v. Auf die letzte Lage к̃з̃ folgen noch 2 unsignirte Bl. mit der Schlussrede. Aus derselben erfährt man, dass der Hieromonach Mardarije dieses Buch, hier (in neugriechischer Aussprache) пендикостарь genannt, unter dem ipeker Erzbischof Makarije, dem smederever Metropoliten Zacharije und dem mèrkšinaer Hegumen Sava durch den Priester Živko und Diakon Radul habe drucken lassen. Da der Druck den 1. Sept. beendet wurde, so stimmen die Jahre nicht überein, indem mit diesem Tage schon das 7075. Weltjahr begann. Der Text mag aus dem skodrer Pentikostar abgedruckt sein; die Typen sind neu. Was aber diese Ausgabe ganz insbesondere auszeichnet, ist der Umstand, dass in derselben die bei den Hymnen oft vorkommende, und sonst gewöhnlich nur mit dem Anfangsworte слава angezeigte Doxologie meist ausgelassen, und statt derselben am Rande das Bild eines Fisches abgedruckt ist. Da nämlich im Serbischen das Wort слава nicht nur einen solemnen Kirchengottesdienst, sondern auch das bei solchen Solemnitäten gebräuchliche reichliche Festmal bedeutet, die griechischen und serbischen Mönche aber, die vor Zeiten in der Regel weder Fleisch noch Fische assen, solche Festmale ausnahmsweise mit Fischen feiern durften, so war bei ihnen der Fisch das Symbol des Festmals oder der слава, und wurde hier sinnbildlich durch ein kühne Metonymie von den Herausgebern für die слава der Doxologie gesetzt. Uebrigens sind die Fische von mehrfacher Gestalt, roth und schwarz, und wie es scheint, ohne Consequenz gebraucht. Ausserdem befinden sich im Buche in Folioholzschnitten die Abbildungen der Auferstehung Christi а̃ III f. v., der Himmelfahrt к̃а̃ Bl. 7 und der Ausgiessung des h. Geistes к̃д̃ III. Von diesem Pentikostar liegen einige Exemplare in den sirmischen Klöstern.

243. Psaltir, die Psalmen mit Synaxarien und dem Horologium, auf Kosten des Hieronymus Zagurović aus Cattaro, durch Jakob Krajkov aus Sophia, Venedig, J. d. W. 7078, nach Chr.

Geb. 1569 (also Sept.—Dezb.) 4°. 274 Bl. in Quaternionen 22 Zeilen auf der Seite, ohne Custos und Seitenzahl, mit lateinischer und cyrillischer Signatur.

Dieses Psalterium ist, so viel mir bekannt, das älteste von Zagurović in Venedig herausgegebene Kirchenbuch. Voraus gehen 2 Bl. Vorstücke, deren erstes mit ɪII signirt, oben in der Figur die Buchstaben ia, d. i. іаковъ, enthält, die man auch Sign. Q. Bl. 5 findet. Mit A beginnen die Psalmen, denen Davids Bild mit der Harfe vorgesetzt ist. Signirt werden die Bl. 1, 2, 3, 4 f. r. mit A, AII, AIII, AIIII u. s. w., ausserdem anfangs Bl. 2 und 4 f. v., dann Bl. 3 und 6 f. v. mit cyrillischen, fortlaufenden, mithin das doppelte der lateinischen zählenden Buchstaben. Sign. OIII liest man unter dem letzten Psalm die Zeile: въ лѣто .҂ЗОИ. Іаковъ. Sign. QIII—IIII steht vor den Synaxarien des Herausgebers Zagurović Schlussrede. Auf Z folgt AA bis LL in 8 Bl. Sign. LL Bl. 7 f. v. steht das Portrait des Herausgebers mit einem kurzen Schlussworte; das achte Blatt fehlte in allen von mir gesehenen Exx. Auf diesem 8. Blatte stehen wahrscheinlich die von A. Dragosavljević u. a. angeführten Schlussworte des Druckers Jakob Krajkov mit der Jahrzahl 1569. Einige Exx. finden sich in den sirmischen Klöstern.

244. Molitvenik oder Euchologion, eigentlich Chirotonia archierejska (bei den Serben) oder Činovnik archierejskij (bei den Russen), die Kirchenagende oder das Rituale für Oberhirten (Erzbischöfe und Bischöfe), auf Kosten des Hieronymus Zagurović, durch Jakob Krajkov, Venedig 1570. 4°. 282 Bl. in Quaternionen', worunter das letzte weiss, 21 Zeilen auf der Seite, ohne Custos und Seitenzahl, mit lateinischer und cyrillischer Signatur.

Dieser Molitvenik ist nur ein neuer, unkorrekter Abdruck der unter N. 226 beschriebenen Ausgabe. Die lateinische Signatur läuft Bl. 1, 2, 3, 4, nämlich A, AII, AIII, AIIII fort, die cyrillische steht Bl. 8 f. v.; doch finden dabei einige Unregelmässigkeiten statt. Auf Z folgt Aa u. s. w. bis Mm oder ле in 8 Bl., auf deren letzterem man unten die Zeile liest: Іаковъ списа сїе въ лѣто .҂ЗОИ. In der auf einem Extrablatte angehängten Schlussrede (das zweite Blatt ist weiss) berichtet der Herausgeber, dass er nach dem Beispiele seiner Voraltern, des Vojevoden Cèrnojević und des Herrn Božidar, die Kirche mit Büchern versehen und deshalb mit den nach Cèrnojević in Venedig vorgefundenen Typen reichlich drucken wolle. Die Typen dieses Molitvenik sind jedoch mit jenen des Psalters 1569 identisch,. und weichen von den cèrnogorischen gar sehr ab. Der cyrillische Bücherdruck ist nämlich in den Händen des Zagurović eine merkantilische Spekulation geworden! Auf der Rückseite des Schlussblattes steht, wie bei N. 243 das Porträt des Zagurović. Von diesem Buche existiren mehrere Exx. in den sirmischen Klöstern.

245. Služebnik, die Liturgien sammt den Lectionen aus den Evangelien und Episteln (auf Kosten des Hier. Zagurović), Venedig 1554 (eigentlich um 1570) 4°. 240 Bl. in Quaternionen, 19 Zeilen auf der Seite, ohne Custos und Seitenzahl, mit lateinischer Signatur.

Diese Ausgabe stimmt, was Inhalt und Text anbelangt, mit den beiden N. 215, 223 und 234 beschriebenen Blatt für Blatt und Zeile für Zeile überein. Der Unterschied besteht zuvörderst in der Signatur, die hier lateinisch, dann in der Type, die von der N. 215, 233 und 234 gänzlich verschieden ist, endlich in der Kolumnenlänge und in den Verzierungen. Signirt werden Bl. 1, 2, 3, 4 mit a, (a2 fehlt), a3, a4 u. s. w., auf Z folgt Aa bis Gg. Doch ist zu merken, dass einige Lagen neben der lateinischen auch die cyrillische Signatur haben, namentlich p є̃ı̃, q ѕ̃ı̃, t ѳ̃ı̃ und u к̃. Sign. a Bl. 3 steht dieselbe Figur, welche in der Ausgabe 1519 gebraucht wurde, mit der Inschrift бож. Sign. m Bl. 6 f. v. liest man unter der Kolumne die Zeile: сеже и моученикомь ѡбще etc. mit rother Schrift wie in der Ausgabe 1519. Ferner sind die Typen dieses Služebnik dieselben, mit denen Zagurović den Psalter 1569 und Molitvenik 1570 gedruckt hat. Desshalb ist in dieser und in der folgenden Ausgabe die Kolumne um ganze $^3/_4$ Zoll kürzer als in denen von 1519, 1554 Nr. 215, 233 und 234. In diesem Abdruck kommen die breiten runden р und с schon vor. Das Datum ist mit Nr. 233 und 234 gleichlautend. Allem diesem zufolge zweifle ich nicht, dass dieser Druck der Zagurović'schen Periode angehört; nur hat der Herausgeber nach dem Beispiele Vincenzo's in der Schlussrede die Namen Božidar und Pachomius und überdies auch die Jahrzahl des beim Nachdrucke zum Grunde gelegten Exemplars, nämlich 1554, belassen. Exx. hievon kommen in einigen Klöstern Sirmiens vor. — Ein unvollständiges Ex., welches mir, während ich dies schrieb, vorlag, stimmt mit den so eben beschriebenen ganz überein bis auf den Umstand, dass die 15., 16., 19. und 20. Lage bloss die lateinische Sign. p, q, t und u haben. Sign. Bb Bl. 5 f. v. liest es recht: разарaи.

246. Služebnik, die Liturgie sammt den Lectionen aus den Evangelien und Episteln (auf Kosten des Hierom. Zagurović). Venedig 1554 (eigentlich um 1570), 4°. 240 Bl. in Quaternionen, 19 Zeilen auf der Seite, ohne Custos und Seitenzahl, mit lateinischer Signatur.

Dieser Abdruck stimmt zwar mit dem oben beschriebenen nicht nur in Hinsicht des Textes und der Typen, sondern sogar in Hinsicht der Sign. vollkommen überein; doch weicht er wiederum anderseits in einigen wesentlichen Punkten davon ab. Sign. a3 steht nicht, wie bei der obigen Ausgabe, die Božidar'sche Figur vom J. 1519, sondern die Abbilduug eines am Tische schreibenden Heiligen mit dem gegenüberstehenden Engel. Sign. m Bl. 6 f. v. ist die oben angeführte, sonst rothe Zeile unter der Kolumne hier in schwarzer Schrift und durch den Druckfehler ѡвще statt ѡбще ausgezeichnet. Auch ist hier die Sign. M ВІ lateinisch und cyrillisch zugleich, in dem obigen Abdrucke aber bloss lateinisch. Die lateinischen Typen der Sign. dieser beiden Ausgg. weichen von denen in N. 234 gänzlich ab. Von diesem Abdrucke sah ich ein vollständiges Ex. im Kl. Vrdnik.

Diesem zufolge muss man wenigstens vier, wo nicht mehrere Abdrücke des Služebnik mit der Jahrzahl 1554 unterscheiden. Da dieselben nicht nur in der Signatur, sondern auch in vielen andern Stücken wesentlich von einander abweichen, so muss man die nahe liegende Vermuthung, dass sie mit stehenden Typen gedruckt worden wären, abweißen, und verschiedene neue Auflagen desselben Werkes annehmen. Nr. 233 und 234 gehören unzweifelhaft der Vincenz Vuković'schen (1554—1562), Nr. 245 und 246 der Hieronym Zagurović'schen Periode (1569 ff.) an.

247. Psaltir, die Psalmen sammt den Synaxarien und dem Horologium, auf Befehl des Vojevoden Johann Alexander und seines Sohnes, des Vojevoden Johann Michnje, durch den Diakon Koresi Imanuilu (oder die Diakonen Koresi und Manojlo?), o. O. (in der Walachei) 1577. Fol. 172 Bl. in Quaternionen, 26 Zeilen grösserer und 31 Zeilen kleinerer Schrift auf der Seite, ohne Custos und Seitenzahl, mit cyrillischer Signatur.

Das einzige mir bekannte Exemplar dieses Buches befindet sich im Kl. Krušedol. Bei jeder Lage wird nur Bl. 1 signirt. Sign. а̃ beginnen die mit grösseren Typen als die Synaxarien und das Horologium gedruckten Psalmen, und endigen Sign. в̃і Bl. 3 f. r., worauf f. v. weiss ist. Von der folgenden, wie gewöhnlich, biblische Hymnen und andere Troparien enthaltenden Lage гі̃ fehlen in diesem Exemplar die zwei ersten Blätter. Die letzte Lage к̃в ist nur ein Duernion, auf dessen vierten Bl. f. r. sich die kurze Schlussrede mit der Jahrzahl 1577 und mit dem Namen des Herausgebers Кореси, ohne Angabe des Druckorts befindet. Uebrigens herrscht im Buche die bulgarowlachische Orthographie mit ѧ, ж, ъ etc. Doch lag der Ausgabe wohl ein serbischer Druck zum Grunde, wie dies einige Spuren in der Orthographie, z. B. ь nach г, к, х u. s. w., zu verrathen scheinen.

248. Četvoroblagovjestije, die vier h. Evangelien, durch den Diakon Koresi Imanuilu (oder die Diakonen Koresi und Manojlo), o. O. (in der Walachei) 1579. Fol. 208 Bl. in Quaternionen, 24 Zeilen auf der Seite, ohne Custos und Seitenzahl, mit cyrillischer Signatur.

Von diesem Buche sah ich ein Ex. im Kl. Remeta. Die Sign. befindet sich auf Bl. 1 und 8 f. v. In dem Ex. gehen hie und da einzelne Blätter ab. Die erste Lage scheint ein Duernion zu sein, wovon hier das erste Bl. mit а̃, die zwei andern mit nichts signirt sind; das vierte fehlt. Die letzte Lage, die 27 der Reihe nach, die wahrscheinlich auch mit к҃з signirt war, deren Rand aber ganz weggerissen und verklebt ist, besteht nur aus 4 Bl., wovon das vierte weiss ist, das 3. f. v. aber den kurzen Schluss des Herausgebers mit der Jahrzahl 7087, ohne Angabe des Druckorts, enthält. Der Herausgeber nennt sich hier кореси и мьнжилж, wornach es zwei Personen sein könnten. Es scheint, dass auch dieser Abdruck nach irgend einer serbischen Ausgabe veranstaltet sei, wodurch die stark serbisirende Orthographie erklärbar wird.

249. Triod postnyj, das Fastentriodion (wahrscheinlich durch den Diakon Koresi um 1577—1579 in der Walachei gedruckt), Fol. über 288 Bl. in Quaternionen, 28 Zeilen auf der Seite, ohne Custos und Seitenzahl, mit cyrillischer Signatur.

Das einzige, noch dazu unvollständige Ex. dieses Buches fand ich im Kl. Remeta. Der Sign. в҃ scheinen 10 Bl. vorauszugehen, gerade wie in dem venediger Fastentriodion 1561. Bei jeder Lage wird nur Bl. 1 und Bl. 8 f. v. signirt. Die Sign. г҃ ist unterblieben, aber darauf wird richtig mit д҃ fortgezählt. Das Ex. endet mit л҃ѕ in 8 Bl., das Uebrige fehlt. Die Typen stimmen mit den grössern des Psalters 1577 überein; die Orthographie ist besonders im Anfange halbserbisch, е stat ѧ, петокъ, паметь etc., dann aber bulgarowlachisch. Wahrscheinlich besorgte diese Ausgabe ebenfalls der Diakon Koresi nach der venediger 1561. — P. v. Köppen sah in St. Petersburg ein Fastentriodion mit bulgarowlachischer Orthographie ohne Schlussblatt. Bibliogr. Listy S. 227.

250. Minej prazdničnyj, das Festtags-Menäum, enthaltend den Gottesdienst der unbeweglichen Feste, auf Veranstaltung des siebenbürgischen Metropoliten Gennadius, durch den Diakon Koresi, zu Szász-Sebes in Siebenbürgen im J. d. W. 7088, nach Chr. Geb. 1580, Fol. 448 Bl. in Quaternionen, 31 Zeilen auf der Seite, ohne Custos und Seitenzahl, mit cyrillischer Signatur.

Die Nachrede des siebenbürgischen Metropoliten Gennadius auf den zwei letzten Blättern nennt ausdrücklich Božidar's Minej vom J. 1538 als das bei dieser Ausgabe zum Grunde gelegte Original. — Hie und da wurden sogar Druckfehler treu wiederhohlt. — Die Sign. hat etwas Eigenes. Die Sign. ã hat nur ein Blatt. Die zweite Lage ist folgendermassen signirt: в̃, г̃II, г̃III, г̃IIII und Bl. 8 f. v. в̃, die dritte: г, д̃II, д̃III, д̃ IIII und Bl. 8 f. v. г̃ u. s. w. Diese Anomalie dauert bis ĩ: von ãĩ an folgt die gewöhnliche Methode, nur wird von г̃ĩ an auch auf das erste Bl. die römische Zahl gesetzt. — Auf der letzten Seite sind die Namen der damaligen vier Patriarchen genannt. Der damalige Fürst von Siebenbürgen, Christoph Bathory, heisst hier: Батър Крищобь. Die Orthographie ist, was auffallend ist, serbisch, dergestalt, dass selbst die wenigen in der Ausgabe 1538 vorkommenden ѧ und ѫ hier in е, ıе, оу verwandelt wurden; nur ъ kommt häufig, besonders in den Präpositionen съ, къ vor. Einige Exx. dieses Menäums sah ich in Sirmien.

251. Psalter, serbische Ausgabe, vom J. 1621. Fol.

Sopikov russ. Bibliogr. Bd. I. S. XCVII und 190. Ich kenne dieses Buch nicht.

252. Molitvenik oder Euchologion, jetzt Trebnik genannt (die Kirchenagende oder das Rituale), auf Befehl des Vojevoden Johann Matthäus Bassaraba, durch Timotej Alexandrović, Dl'gopolje in der fürstlichen Druckerei (Kimpolung in Walachien), den 30. Juli 1635. 4°. 226 Bl. in Duernionen, mit der Titelzeile 22, ohne dieselbe 21 Zeilen auf der Seite, die Blattzahl in cyrillischer Schrift, mit cyrillischer Signatur.

Mit diesem Euchologion, wovon sich ein Ex. im Kl. Beočin und ein anderes im Kl. Bodjan befindet, beginnen die russischen Drucke in der Walachei. Der Typus aller bisherigen walachischen Ausgaben war, so viel mir bekannt, serbisch, dessen Vaterland Venedig ist; die Orthographie entweder bulgarisch oder serbisch; hier ist nun beides anders, nämlich russisch. Einige suchten ohne allen Grund Dl'gopolje in Serbien, ja sogar in Macedonien.

253. Psaltir, die Psalmen sammt den Synaxarien und dem Horologium, durch Bartholomäus Ginammi, Venedig 1638. 4°. 276 Bl. in Quaternionen, 22 Zeilen auf der Seite, ohne Custos,

aber mit Blattzahl in arabischen Ziffern, und sowohl lateinischer als cyrillischer Signatur.

Eine neue Auflage des Psalteriums von Zagurović 1569, mit derselben Type. Signirt werden die Bl. 1, 2, 3 und 4 mit lateinischen (A, A2, A3, A4 u. s. w.), Bl. 2 und 6 f. v. aber mit cyrillischen Buchstaben, gerade wie im Psalter 1569, wobei ebenfalls einige Unrichtigkeiten vorkommen. Auf Z folgt Aa u. s. w. Das erste nicht numerirte Blatt enthält bloss den Titel, das zweite die Vorrede, die folgenden aber Gebete; mit dem fünften beginnen die Psalmen, die mit der Sign. Oa endigen, von wo an bis Ll Bl. 8 die Beilagen gehen. Das letzte Blatt des Buches enthält eine cyrillische ABC-Tafel. Exx. in den sirmischen Klöstern. — Ginammi nennt sich auch „Barto Markov syn“ von Venedig.

254. Oktoich, neue Ausgabe, Venedig 1644. Fol.

Sopikov Russ. Bibliogr. Bd. I. S. CI und 165. Die Ausgabe wird daselbst „sehr selten“ genannt. Mir ist das Buch gänzlich unbekannt.

255. Triod cvjetnyj oder Pentikostar, das Ostertriodion, auf Befehl der Vojevodin Helena, Gemahlin des Johann Matthäus Bassaraba, durch den Hieromonachen Johann den Athoniten (Svetogorac) aus dem Kl. Gomionioca unweit Kamengrad in Bosnien, Tergovišt in der fürstlichen Druckerei, bei dem Drucker Prokop, vom 27. März 1648 bis 7. Juni 1649. Fol. 409 Bl. in Duernionen, mit Custos und Blattzahl in cyrillischer Schrift und mit cyrillischer Signatur.

Sonderbar, dass in diesem mit russischen, den Sljuzkischen in Lemberg ähnelnden Typen gedruckten Ostertriodion die Buchstaben ѧ und ѫ, die Vor- und Schlussrede ausgenommen, gänzlich fehlen, ъ aber vorkommt. Vielleicht darum, weil der Herausgeber ein Serbe war? — Exx. in Sirmien.

256. Psalter mit Beilagen, Venedig 1658. 4°.

Sopikov Russ. Bibliogr. Bd. I. S. CV. und 280. Es könnte ein Druckfehler statt 1638 sein.

257. Th. Kempis „o podražanii Jisusu Christu“, im Deljskyschen Kl. in Ugrowlachien 1647. 8°.

Sopikov Russ. Bibliogr. Bd. I. S. CII und 168. Auch dieses Buch heisst dort „sehr selten". Ich habe davon kein Ex. gesehen.

258. Des Bartholomäus Georgiević Türkenbüchlein, vor 1548.

Von diesem Werke sind mir, dem Titel nach, folgende Uebersetzungen und Ausgaben bekannt: 1) Polnisch: Rozmowa z Turczynem o wierze krześciańskiey etc. przez Bart. Georgewicza, w Krakowie 1548. 8°. S. Bandtkie Hist. druk. polsk. I. 247. 2) Lateinisch: De Turcarum Ritu et Ceremoniis, Parisiis 1545. 16°. Vormatiae 1545. 8°. — De orig. imp. Turcor. brevia capita, adjectus est libellus de Turcor. moribus etc. Lugduni Batav. 1553. 12°. Viteb. 1560. 8°. 1562. 8°. Lugd. Batav. 1578. 12°. Pro fide christ. cum Turca disputatio (Varadini habita) s. l. et a. 8°. Anderes siehe bei Horanyi II. 25—27. 3) Deutsch: Barth. Georgiewicz Türkenbüchlein, ganz wahrhaftige und aber erbärmliche Beschreibung von der Pein, Marter, Schmerzen und Tyranney, so die Türken den gefangenen Christen etc. authun, auch von ihren Ceremonien, Policien, Kriegen, Feldbau, Gebräuchen, und ein Disputaz eines Christen und Türken (zu Grosswardein) vom Glauben, mit angehängten Dialogis türkisch und slavonisch etc., übersetzt (aus dem Lateinischen?) von Johann Zschorn, Strassburg 1558. 8°. 70 Bl. (Catal. Szécsény T. I. P. I. p. 410.) 4) Böhmisch: O začátku Tureckého Císařství, k tomu o obyčejích Tureckých etc., w Praze 1567. 4°. — Ob das Original cyrillisch-slawonisch oder lateinisch-slawonisch verfasst war, weiss ich nicht.

Uebersicht nach dem Inhalt.

I. Psalter und Beilagen.

Von Vojev. Cèrnojević und Hieronym Makarije, Cetinj 1495. 4°.

Von Vojev. Božidar Vuković und Hierom. Pachomije, Venedig 1520. 4°.

Von einem Unbekannten, Venedig oder Goraždje zw. 1527 bis 1531. 4°.

Von Hegum. Daniel und Hierom. Mardarije und Theodor, Mileševa 1544. 4°.

Von Vincenz Vuković, Venedig 1546. 4°.

Von Hegum. Daniel, Mileševa 1557. 4°.

Von Vincenz Vuković, Venedig 1561. 4°.

Von Hieronym Zagurović und Jakob Krajkov, Venedig 1569. 4°.

Von Diakon Koresi, Walachien 1577. Fol.

Psalter, Venedig 1621. Fol. (Sopikov).

Von Bartholomäus Ginammi, Venedig 1638. 4°.

Psalter, Venedig 1658. 4°. (Sopikov, zweifelhaft).

II. Evangelium.

Von Johann Biegner, o. O. und J. (Siebenbürgen um 1500?) Fol.

Von Vojev. Bassaraba und Hierom. Makarije, Ugrowlachien 1512. Fol.

Von Trojan Gundulić und Hierom. Mardarije, Belgrad 1552. Fol.

Von Hieromon. Mardarije, Mèrkšina-cèrkva 1562. Fol.

Von Diakon Koresi und Manuilu, Walachien 1579. Fol.

III. Apostol.

Von einem Unbekannten, unter dem Vojev. Joh. Mirče, in Walachien zw. 1546—1554. 4°.

IV. Služebnik oder Liturgiarion.

1. Mit Lectionen.

Von Vojev. Božidar Vuković und Hierom. Pachomije, Venedig 1519. 4°.

Von Vincenz Vuković, Venedig 1554. 4°.

Von eben demselben, Venedig 1554 (eigentlich später), 4°.

Von Hieronym Zagurović (?), Venedig 1554 (eigentlich um 1570), 4°.

Von eben demselben (?), Venedig 1554 (eigentlich nach 1570), 4°.

2. Ohne Lectionen.

Von Vojev. Božidar Vuković, G. Ljubavić und Hierom. Theodor, Venedig 1527. 4°.

V. Molitvenik oder das Rituale (Trebnik).

1. Erste Art.

Von Hieromon. Theodor und Diakon Radoje, Goraždje 1531. 4°.

Von einem Unbekannten, neue Auflage des vorigen, zw. 1531—1580. 4°.

Von Hegum. Daniel und Diakon Damian und Milan, Mileševa 1545. 4°.

Von Timotej Alexandrović, Dl'gopolje 1635. 4°.

2. Zweite Art.

Von Makarius in Cetinj (?), um 1495. 4°.

Von Vojev. Božidar Vuković (?), Venedig um 1539—1540 4°.

Von Hieronym Zagurović und Jakob Krajkov, Venedig 1570. 4°.

VI. Oktoich.

Von Vojev. Cèrnojević und Hierom. Makarije, Cetinj 1494. Folio.

Von Vojev. Božidar Vuković, Priester Theodosije und Parecclesiarch Gennadije, Venedig 1537. Fol.

Von einem Unbekannten, neuer Abdruck des vorigen, Venedig 1537 (eigentlich um 1570), Fol.

Oktoich im Auszuge, Walachien z. 1540—1580. Fol.

Oktoich, Venedig 1644. Fol. (Sopikov).

VII. Triod.

1. Triod postnyj oder Fastentriodion.

Von Vincenz Vuković und Stephan aus Skodra, Venedig 1561. Fol.

Von einem Unbekannten, in Walachien um 1577 ff. Fol.

2. Triod cvjetnyj oder Ostertriodion.

Von Stephan aus Skodra und Camillo Zanetti, Skodra 1563. Folio.

Von Hieromon. Mardarije, Priester Živko und Diakon Radul, Mèrkšina-cèrkva 1566. Fol.

Von Hieromon. Johann, Tergovišt 1649. Fol.

VIII. Minej prazdničnyj oder Festtagsmenäum.

Von Vojev. Božidar Vuković und Diakon Mojses, Venedig 1538. Fol.

Von Diakon Korcsi, Szász-Sebes 1590. Fol.

IX. Časoslovec oder Horologium.

Von Mr. Andreas de Thoresanis de Asula, Venedig 1493. 8°.

Von Jakob aus Kamena-reka, Venedig 1566. 8°.

X. Molitvoslov oder Gebetbuch.

Von Vojev. Božidar Vuković, Venedig 1527. 8°.

Von Vincenz Vuković, Venedig 1547. 8°.

Von eben demselben, Venedig 1560. 8°.

XI. Moral.

Thom. v. Kempen von der Nachfolge Christi, Kl. Delj 1647. 8°.

XII. Polemik, Geschichte.

Barthol. Georgiević Türkenbüchlein, 1548 ff.

Druckwerke katholischer Serben mit cyrillischer Schrift.

1) Römische Drucke.

259. Азбѹкивидніак словинскіи, иже опщеним начином псалтериц називает се, писмом б. Иеролима Стридонскаго, пренаправлен О. Ф. Рафаилом Леваковичем Хервачанином, чина манших брат обслѹжевающих державе босне-херватске, ѹ Римѹ ва витискалници свете скѹпщини от размноженія вери, лета 1629. Kl. 8°. 16 Blatt (A—B4).

Neben dem glagolitischen Alphabet ist auch das cyrillische aufgeführt, und als Lesestück ist abgedruckt: Bogorodice djevo raduj se (Ave Maria) mit glagolitischen, cyrillischen und lateinischen Lettern. (Köppen Bibliogr. Listy Nr. 26 S. 376). Einen neuen glagolitisch-cyrillischen Bukvar verfasste der Erzbischof von Zara Karaman: Bukvar slavenskij, Rom 1753. 4°. 78 S.

260. Исповіедаоник сабранъ из православніех наѹчителіа по п. ѳ. мещрѹ Иеронимѹ Панормитанѹ реда приповіедалаца с. Доминика, принесен ѹ іезик босански трѹдом п. ѳ. ф. Стіепана Матиіевиħа солиніанина реда с. Франческа мале братіе обслѹжѹѣħіех државе босне арħентине приповіедаоца. In Roma nella stampa della S. Congr. de propag. fide. 1630. 8°. 102 S.

Der Uebersetzer, der nach der Vorrede über 18 Jahre lang in Bosnien in dem Weingarten des Herrn arbeitete, und darunter 6 Jahre lang als Kapellan in Sarajevo, übersetzte am letzten Orte dieses Büchlein, und reichte es später, auf Betrieb des Raphael Levaković, zum Drucke ein. Die Schrift dieses Ispovjedaonik (und, wie ich vermuthe, auch des obigen Azbukividnjak) ist die gewöhnliche cyrillische und nicht, wie dies bei den venedigern der Fall ist, die bosnische Bukvica. Bemerkenswerth ist der Gebrauch des ѣ statt i in der Mitte zwischen Vokalen, des ѳ und ѳд neben- und durcheinander, des ъ willkürlich nach harten Konsonanten u. s. w. Die Paginirung ist cyrillisch, die Signatur aber lateinisch. Des Dialektes wegen ist dieses Büchlein einer besondern Beachtung werth.

261. Professio orthodoxae fidei ab Orientalibus facienda, jussu Urbani PP. VIII. edita, Romae, typis sacrae congr. de propag. fide, 1648. 4°. 21 S. Auf der Rückseite der serbische Titel: Исповеданіе православное веры, отъ восточныхъ творимое (sic Strojev).

Lateinisch und slawisch. — Vgl. Strojev Opisanije knig grafa Th. A. Tolstova, Mosk. 1829. 8°. S. 240 Nr. 108. Sopikov Opyt ross. Bibliogr. Bd. I. S. LXXVII.

262. Букварь славенскій писмены преподобнаго Кирілла Славяномъ епископа напечатанъ. Въ Римѣ тип. св. соб. ѡ размн. вѣры. В Л. ҂АФНГ. (1753). 8°. 78 S. Glagolitisch und cyrillisch. Von Karaman.

2) Venediger Drucke.

263. Libellus Kalendarium, officia B. V. Mariae, s. Crucis, s. Spiritus, mortuorum, septem psalmos poenitentiales, litanias omnium Sanctorum et alias preces continens, Venetiis a. 1571. 12°.

Dieses überaus seltene Büchlein, von welchem ein Ex. auf der k. Hofbibliothek in Wien aufbewahrt wird, ist mit derjenigen bosnischen Abart des cyrillischen Alphabets gedruckt, welche nach dem Zeugnisse des Dalmatiners Galzinich, in dem Reiseberichte des Prof. A. Kucharski, eigentlich Bukvica heisst, und von welcher, so viel man weiss, zuerst W. Postellus in s. Linguarum XII characteribus differentium alphabetum, 1538, der gelehrten Welt eine Probe im Drucke geliefert hat. (Dobrovský Instit. l. slav. p. 4 Tab. II.) Auf den gewöhnlichen, die Namen der in der katholischen Kirche verehrten Heiligen enthaltenden Kalender folgt zuerst auf einem Blatte das Alphabet, dann das Ave Maria (здрава Марија милости пѵна) und das Vaterunser: оче нашь, кои іеси на небесиех — и ѵклони нась ѡдь зла. Амень. Drei Blatt weiter steht eine andere Formel des Vaterunser, welche des Ausdruckes лѵкаваго (πονήρου) wegen die griechischslawische heissen kann, und in welcher insbesondere die Wörter насити нась statt насъщным auffallen. Der unwissende Herausgeber verwechselte nämlich die Sylbe ны mit dem Pronomen нась, und насъщ mit насити. Am Ende des Buches werden Drucker, Druckort und Jahrzahl also angegeben: щампано ꙋ бьнециехь. накобь. дие бароммь. и аброжо корсо. кьмьпано. аласена. диела. скала. ꙋ ч. ѣ. о а. Mit dem Bilde der Leiter (insigni scalae) ist auch das Titelblatt geziert, auf welchem man unten liest: MDLXXI. Vgl. Dobrovský Instit. l. slav. p. XLIV bis XLV.

264. Сумма, то iесть скупленые или сабраные наука христiанскога, сложено по п. о. П. Канисiу. У Риму при Д. Бази 1583. 4°. 264 str. (Summa doctrinae christianae Petri Canisii traducta ex latina lingua in slavonicam 1583. Engel III. 458 aus Karaman.)

Sopikov Opyt ross. Bibliogr. Bd. I. Nr. 696. Köppen Bibliogr. Listy Nr. 263. Das Ex. in der Bibliothek der kais. Akademie der Wiss. in St. Petersburg ist defekt. Von diesem Katechismus beschloss die Provincialsynode von Aquileja 1596: „quem cupimus a clero illyrico frequenter tractari et legi, ut sit haec materna lingua sacerdotibus Illyriae in promtu ad populos docendos." Engel a. a. O.

265. Buch theologischen, moralischen und historischen Inhalts, von фра Матие Дивковиħ из Иелашак, реда светога Фрачнешка из провинцие Босне Арђентине, Venedig 1611. 8°., über 336 Bl.

Nach einem im Anfange und am Ende sehr defekten Ex. dieses Buches bei mir führe ich folgendes zur Charakteristik an. Bl. 42 auf der Rückseite liest man unter einem Bilde, welches Christum die Apostel lehrend darstellt: на axia. Weiter Bl. 186 auf der Rückseite: на лиадꙋ (sic) и шесат и енонаест ꙋ миеџие. Die Numerirung der Blätter ist arabisch und cyrillisch, die Signatur der Lagen hingegen lateinisch und cyrillisch. Das 19. Blatt handelt von der Nachahmung Christi bis Bl. 41. Von Bl. 42 Rückseite bis Bl. 299 steht наꙋкь карстиански von Matije Divković, damals Kapellan in Sarajevo, aus dem Lateinischen übersetzt im J. 1609. Auf die Sign. Pp3 (Пшг) folgt in dem Ex. eine Lücke bis Ss (Шш), welches Blatt schon mit 9 paginirt ist, wiewohl die Signatur fortläuft. Von Bl. 9 bis 37 werden die Wunderwerke der h. Jungfrau Maria erzählt. Alles weitere fehlt.

266. Бесиеде (Матиа) Дивковиħа свархѕ еванђелиа недилњниех etc. ѕ Мнетциех по П. М. Бергаиѕ 1616. 8°.

Diese erste Ausgabe habe ich nicht gesehen, wohl aber die folgende: Бесиде Дивковиħа свархѕ еванђелиа недилњниех прико свега годища, кое бесиде из разликиех диачкиех кньига приведе, и списа и сложи богольѕбни богословац фра Матие Дивковиħ из Иеланка (sic), реда светога Францешка из провинцие применком Босне Арђентине, ѕ коих се бесидах здарже многе ствари велевридне и корисне колико за редовнике, толико за свитовне льѕде, како се очито види чатеħлием ове кньиге. Дом Иван Филиповиħ или Гарчиħ, мисник и кавалир светога Марка изпод Сиħна ѕ Цетини арцибискѕпие сплицке чини поновити щампѕ, бѕдѕħи поманькала и малю ие се наодеħи кньиге именоване свархѕ еванђелиа фра Матиа Дивковиħа, ѕ кoi неманька ниша, веħе све онако, како ие и парвлье щанпано пощованим редовником и девотим карщђаном с моим трѕдом и с великом помньом и меħем зламение крих светога Марка. Прищанпа ѕ Млеци по роħеииѕ Иеѕсовѕ на ·ꙗ·АѾД. 1704. по Николи Пеццанѕ кньигарѕ ѕ Марцарии з допѕщħением стариħи с. оф. 8°. 10 nichtpaginirte Bl. Einleitung und 1010 S., der Text in gespaltenen Kolumnen.

Blatt 1008 auf der Rückseite liest man: поче се писати на хилиадѕ и шесат и дрѕгонаест, стѕденога на .кн., ѕ сѕботѕ ѕ крешевѕ, и сварши се на хилиадѕ и шесат и четарнаест ѕ олѕвѕ, сарпна на .кн. а щампа се на АХIS. и опет се ристампа и понови АѾД. Auf das Haupttitelblatt folgen 9 nicht paginirte Blätter, wovon die ersten 7 ein summarisches Inhaltsverzeichniss über die vorzüglichsten in den Predigten abgehandelten Gegenstände, das 8. die Approbation der kirchlichen Censur vom J. 1615, das 9. endlich die Dedikation enthält: присвитломѕ и припочтованомѕ госп. госп. фра Бартолѕ Кадиħѕ достоиномъ бисѣдъ макарскомъ. Hierauf folgen die Reden selbst mit einem Specialtitelblatt und der Jahrzahl: АѾГ. 1703. In Allem enthält das Buch 66 geistliche Reden oder Predigten (бесиде). Die Paginirung ist arabisch und cyrillisch, die Signatur lateinisch und cyrillisch.

267. Наук карстиански с мнозими ствари духовниеми и веле богольубниеми, кои наук ѿ Ледесмова и Беларминова наука у иедно стисну и сложи богольубни богословац фра Матие Дивковић из иелашак реда светога Францешка. У Мнецие на АХЦИ. (sic, d. i. 1698), по Николи Пеццану кньгару у марцарии под иншеньом лилиана. 16°. 12 Bl. Kalender und 384 S. Text.

Das Büchlein ist ohne Zweifel Nachdruck einer frühern, mir unbekannten Ausgabe. Die Signatur ist bloss lateinisch, die Paginirung aber in arabischen Ziffern und cyrillischen Zahlbuchstaben zugleich. S. 1—179 verschiedene religiöse Gesänge und Gebete in gereimten Versen. S. 180—295 Gebete in Prosa. S. 296—377 kurzer Katechismus in Fragen und Antworten nach Ledesmi und Bellarminus. S. 378—384 Litanei an die h. Jungfrau sammt Gebet.

268. Наук карстиански etc., ohne Titelblatt (wahrscheinlich zu Venedig um 1700) 16°. 96 S.

Ein abgesonderter Theil des obigen Werkes (?). Signatur lateinisch A—C, Seitenzahl cyrillisch und arabisch. Bl. 2 enthält unter der Ueberschrift: буквица мала за диецу, das Alphabet und einige Buchstabenverbindungen. Die Namen der Buchstaben lauten folgendermassen: аз, бук, виеде, глаголье, добро, иест, живиете, ꙅиело, землье, иже, ии, како, льуди, мислите, наш, он, покои, харци, слово, тардо (sic), хук, варт, хиер, от, фи, ци, чарв, шав, щав, иор, иат. Der Katechismus ist der gewöhnliche (von Canisius). Am Ende Gebete und Litaneien.

269. Огледало духовно ѿ почетка и свархе живота човичанскога раздильено и разрећено у петнаиест разговора а у сто и педесет дубиа алити сумльи поглавитих, учињени

мећу мештром и ньеговим ученикoм, истомачено из иезика италианскога у словински. У Мнетцних на .АХКИ. (1628) по Марку ђинаму либрару у марцари близу светога Марка ѡ инсенье шперанце. 16°. 16 Bl. Vorstücke, 456 S. Text und 12 Bl. Inhaltsanzeige.

Mavro Orbini, der bekannte Geschichtsschreiber, oder Мавро Дубровчанин, wie er in der dem Buche vorgesetzten Dedikation des Druckers an den scardona'er Bischof Thoma Ivkovin heisst, übersetzte dieses Büchlein aus dem Italienischen. In der Approbation der Censur, auf dem 16. Blatt, ist als Revisor des Buches unterschrieben der Jesuit Bartholomäus Cassius am 9. Nov. 1613, ferner Joh. Ludovicus Seech Commiss. Inquisit. Venet. 1621, woraus zu schliessen ist, dass das Buch schon um diese Zeit zum erstenmal aufgelegt worden ist. Das Ganze ist in 15 Dialoge eingetheilt. Auf dem letzten Blatte liest man: продане се ово либарце и остали ѡ овога иезика у Мнеци при Марку ђинами либрару у марцари, и у Сараиву при господину Ивану Падилью у латиенек (sic). Die Paginirung ist arabisch und cyrillisch, die Signatur lateinisch und cyrillisch.

270. Цвиет ѡ крипости духовни, приведен у ѣезик илирички алити словински etc., auctore Paulo Posilovich, Venetiis typis Nicolai Pezzani 1647. 16°.

Dieses aus dem Lateinischen übersetzte Werk kenne ich bloss aus Durich's Bibliotheca slav. pag. 19 und aus Stulli. Durich nennt den Vf. „Paulus Posilović de Bosna Argentina, episcopus Scardonensis". Dedicirt ist das Buch Ferdinand IV., König von Ungarn und Böhmen.

271. Наслађенние духовно, кои жели добро живити, потом тога добро умрити. Овди учи се начин помоћи болеснике умрити, такођер утишити и понуковати осуђене на смарт ѡ правде, иедан карстианин како има се исповидити, и своѣу душу по разлогу искушати и приступити к исповиднику, иоще многе молитве и салме и остале ствари веома потрибните иедному правому карстианину говорити и знати, саставльене и истомачене по фра Павлу Посиловићу из Гламоча

(orig. пламоча male) реда светога Франциешка из провинцие босанске. ȣ Мнецие на АХПВ (1682), по Николи Пеццанȣ књигарȣ ȣ Марцарии под иншењом лилиана. 8°. 25 Bl. Vorstücke und 205 Bl. Text.

Die Vorstücke enthalten: auf der Rückseite des Titels: брои словински и диачки, d. i. Parallelismus der cyrillischen Zahlbuchstaben und der arabischen Ziffern; Kalender und Paschalie; dritthalb Blatt (!) Druckfehleranzeige; Inhaltsverzeichniss über die im Buche vorkommenden Gegenstände; Dedikation des Verfassers „много поштованомȣ оцȣ и добротом сваке крипости ȣрешеномȣ фра Михи Богетићȣ из Харвата", endlich die Vorrede des Verfassers. Am Ende des Buches befindet sich ein Aufsatz in gereimten Versen über die Eitelkeit und Vergänglichkeit aller Dinge dieser Welt. Die Paginirung ist arabisch und cyrillisch, die Signatur lateinisch. Merkwürdig sind in diesem Buche die slawischen Benennungen der Monate, deren einige von den sonst üblichen Namen sehr abweichen.

272. Изповиед карстианска и наȣк знати се право изповидити, ȣрешена с многим стварима дȣховним и приликам. Извађено из разлики књига латински веома корисно, сложено ȣ иезик босански алити илирички по богољȣбномȣ богословцȣ фра Стипанȣ Ианчанинȣ ѡ Марковац алити Маргитић реда светога Франциешка провинцие Босне Арђентине. ȣ Млецие на АѰЗ (1707) по Николи Пеццанȣ књижарȣ ȣ Марцарии под билигом лилиана. 16°. 16 Bl. Vorstücke und 285 S. Text.

Vorausgeht eine Vorrede des Verfassers, der gewöhnliche Kalender sammt Paschalie und die Approbation der Censur, welche letztere aber in meinem Ex. ausgerissen ist. Hierauf S. 1—50 Belehrung über die Beichte. S. 51—76 Gebete bei der Beichte. S. 77—121 Wunder, welche an denen geschahen, die nicht recht (pravo) gebeichtet haben. S. 122—267 gereimte Verse von den Werken und Thaten des Heilandes und mehrerer Heiligen. S. 268—285 Litaneien und Gebete. Die Paginirung ist cyrillisch, die Signatur lateinisch. Ein Theil der Vorrede enthält des Vfs. Ansichten über die slawische Sprache.

273. Фала ѻ свети аллити говореньа ѻ светковина забилижени прико годища. Такођер говореньа сварх‌ѹ еванђелиа ѹ све недилье прико годища, исгомачено из разлики кньига латински и сложено ѹ иезик иллирички по богольѹбномѹ богословцѹ ѻ. п. фра Стипанѹ Маичанинѹ Марковцѹ алити Маргитиhѹ из краљества босанскога. Ѹ Мнеци АѾИ (1708) по Николи Пецани под билигом ѻ лилиана. 4°. 4 Bl. Vorstücke, 296 S. Text.

Das zweite Blatt enthält auf der Vorderseite die Dedikation an Fra Marko Bulaić Bogoslovac und Minister Bosanski („ministru Bosanskomu"), auf der Rückseite die Vorrede des Vfs. Auf dem 3. Bl. steht das Inhaltsverzeichniss: es sind in Allem 109 Predigten. Das 4. Blatt die Approbation der Censur vom 3. April 1708. — Die Pagiuirung ist arabisch und cyrillisch, die Signatur lateinisch.

274. Зарцало истине мед царкве источне и западнье, од дом Карстѹ Пеикиhа од Чипровац, каноника печѹшкога. Ѹ Мнецие на АѾІГ (1716), по Николи Пеццанѹ кньигарѹ ѹ марцарии под иншеньом лилиана. 12°. 5 nichtpaginirte Blätter, 106 Seiten und 2 Bl. Index.

Die Paginirung ist arabisch, die Signatur lateinisch. Auf die Approbation der Censur vom 14. Nov. 1715 folgt eine lateinische Dedikation: Eminentissimis ac Reverendissimis Principibus DD. Sacrae Congregationis de propaganda fide Cardinalibus, mit der Unterschrift Christophorus Pejchich (sic), Bulgarus alumnus et missionarius, hierauf die Vorrede an den Leser. Das Buch selbst ist historisch-polemischen Inhalts. Später übersetzte es der Vf. selbst ins Lateinische: Speculum veritatis, Venetiis 1725. 8°. Von ihm sagt Solarić: „Чудно, да што е Іисусъ чрезъ апостоле человѣколюбно сашіо, овыхъ велемудріи преемници нису нигда престали своеобичливо керпежити и дерати, народе, единородну братію развратьати и рарбратьати". Aber Iliacos intra muros peccatur et extra.

3) Tyrnauer Drucke.

275. Кратка азвȣквица и кратак керстіански католичански наȣк п. ѡ. Петра Каницна дрȣштва имена исȣсова. сложен ȣ славински иезик. Притискан по милости припощованога и привисокога гн҃а кардинала Колоника острогонскога арцибискȣпа. Ȣ Тернави тип. академ. лито госп. АХѲЄ (sic 1695). 8°. min. 2 Bl. und 42 Seiten.

Signatur lateinisch, A—B vollständig, C sieben Blatt. Seitenzahl cyrillisch oberhalb der Kolumne in der Mitte, а҃—мв҃, die zwei ersten Blätter ohne Seitenzahl. Auf der vollständigen Kolumne 24 Zeilen. — Auf dem 2. Bl. steht das cyrillische Alphabet und einige Buchstabenverbindungen (Sylbentafel). Darin kommen die kombinirten Figuren Љ = lj, Њ = nj, ferner ћ = tj vor, ь und ъ fehlen. Statt і wird im Context überall и gebraucht. Auch andere Buchstaben weichen von der Form der Cyrillica ab. Die Ueberschrift des Alphabets lautet: бȣквица мала за дитцȣ. Nach H. Kucharski Erkundigungen heisst diese bosnisch-cyrillische Abart, nicht aber die glagolitische Schrift, in Dalmatien und in den Nachbarländern Bukvica. Dazu stimmt auch, dass Obradović in Dalmatien 1770 seinen cyrillischen Erstling, Weisheitslehren in alphabetischer Folge, Bukvica nannte. — Ausser dem Katechismus kommen darin am Ende auch kurze Gebete und Gesänge in gereimten Versen (попивке дȣховне) vor. Die Typen sind neu, nicht ungefällig; doch scheint der Druck misslungen zu sein, indem bei den 3 Bogg. nicht weniger als 8 Blatt umgedruckt und als Cartons eingeklebt wurden. — Hr. Kopitar schrieb mir, dass er einige solche tyrnauer Drucke bei dem sel. Prof. Zlobický gesehen habe, die hierauf Eigenthum des Abbé Dobrovský geworden zu sein scheinen. Dass die Jesuiten in Tyrnau, denen der damalige Neustädter Bischof und nachmalige Primas von Ungarn, Leopold Kolonić, cyrillische Typen schenkte, um 1680—1695 mehrere ähnliche Bücher für katholische, oder lieber unirte und zu unirende Serben, ferner für die Ruthenen gedruckt haben, ist ausser Zweifel. In der Dedikation des Buches von Georg Kaldi: Istennek szent akarattya, 1681. Fol. sagen die Administratoren der Typographie unter andern von dem genannten Bischofe: „Prospectum insuper voluit Illustrissima Dominatio Vestra desertissimis Ruthenorum ac Rascianorum animabus, quas ruditate obscurissimas illustrare satagit, procuratis in Ruthenicum typum*) magna liberalitate calculis, nunquam hic antea visis. Hos vero in Illustrissima Dominatione Vestra absque dubio a linguarum donatore Spiritu sancto proficisci conatus, en manifestum iudicium: nam non Latinos tantum, sed et Germanicos et Ruthenicos, jamque etiam Ungaricos pro Dei gloria resonare per orbem characteres jussit Illustrissima Dominatio Vestra etc.“ Vgl. Jo. Németh Memoria typographiarum regni Hungariae, Pestini 1818. 8°. p. 156. — Ein Ex. dieses Büchleins sah ich bei Hrn. Ad. Dragosavljević; ein anderes befindet sich in der Bibliothek des Hr. von Janković in Pest.

276. Бꙋквар изика славенска, в Тирнавѣ тип. акад. 1699. 8°. 40 S. (Bei Prof. Supan.)

Dies mag von Büchern, welche von katholischen Serben mit cyrillischer Schrift herausgegeben wurden, hinreichen. Ihre Zahl ist wohl viel grösser; aber ihre vollständige Aufzählung und Beschreibung gehört eigentlich in die Geschichte der Literatur der katholischen Serben. Uns genügt, einige als Proben angeführt zu haben.

*) Hr. Prof. Supan in Laibach besass auch eine glagolitische Azbukvica von Tyrnau.

Cyrillische Druckwerke von Protestanten.

277. Probezettel von cyrillischer Schrift, gedruckt zu Urach 1561.

Dobrovský Slavin S. 129. Kopitar Gramm. S. 453.

278. Abecedarium und der ganze Katechismus ohne Auslegung in der serbischen Sprache („in der syruischen Sprach“), Urach 1561. 8°. 11 Bl.

Dobrovský Slavin S. 129. Kopitar Gramm. S. 453.

279. Катехисмъсь, една малахна книга, ъ кои іесъ велепотрибни и користни наъци и артикъли праве карстианске вере, сь краткимь истъмаченьемь за младе и припросте люди, и та права вера одь божиега стана или битіа ъ светой троици, одь светога Атанажіа сложена, тере іедна липа предика одь крипости и плода праве карстианске вере, крозь Антона Далматина и Стипана Истриана садь наипрво изь мнозихь іезикь Харватски истъмацена (sic) — Katechismus mit Auslegung in der syruischen Sprach — штампано ъ Тъбинги годиште по Исъкрстовомь ронствъ 1561. 8°. 7 Bogg. und 3 Bl.

Die deutsche Zuschrift, an den Kg. Maximilian gerichtet, ist datirt zu Tübingen den 25. Oktober. Uebrigens ist dieser Katechismus von dem in eben demselben Jahre, aber früher, zu Tübingen gedruckten glagolitischen lediglich in der Schrift verschieden; die Sprache ist in beiden dieselbe (Dobrovský S. 129. Kopitar S. 449).

280. Едни кратки разъмни наъци наипотребнеи и прьднеи артикъли, или дели старе праве вере крстианске u. s. w. — „Die fürnämpsten Hauptartikel christlicher Lehre, aus der Lateinischen, Teutschen und Windischen Sprache“ u. s. w. Tübingen. 1562. 4°. Der Text beträgt 34 Bog. und 3 Bl. Eine lange Vorrede an Kg. Maximilian von 14 Seiten. Noch eine Vorrede

auf 3 Bl. von Anton Dalmatin und Stephan Istrianin unterschrieben. Weiter eine Einleitung auf 3 Bl. und ein Register der Kapitel auf 5 Blättern.

Das Werk selbst ist eine Uebersetzung von Melanchthons Loci communes. In demselben Jahre erschien es auch mit glagolitischen Buchstaben. (Dobrovský S. 132. Kopitar S. 453.)

281. Артикѕли или дели праве старе крстианске вере ись светога писма редомь поставлени на кратко разѕмно сложени и стѕмачени etc., сада вь новѣ ись латинскога, немшкога и краинскога ıазика ва хрвацки верно стлмачени по Антонѕ Далматинѕ и Стипанѕ Истріанѕ — „Confessio oder Bekenntniss des Glaubens etc.“ Вь Тѕбинги 1562. 4°. Vorstücke 2 Bogen, dann drei Blatt deutsche Vorrede an Philipp Landgrafen zu Hessen mit dem Datum: Urach 20. Okt. 1562.

Es ist dies eine Uebersetzung der bekannnten Augsburgischen Confession vom J. 1530. Die Sprache stimmt mit der glagolitischen Ausgabe von demselben Jahre überein. (Dobrovský S. 134. Kopitar S. 452.)

282. Постила то есть кратко истлмаченые всихь неделскихь евангеліовь и поглавитеихь праздниковь, скрози все лето, сада наипрво цирѕличкими слови штампана — „Kurze Auslegung über die Sonntags- und fürnemsten Fest-Evangelia etc.“ — Вь Тѕбинги 1563. 4°. Der Text geht vom Bl. 1 bis 259. Bl. 184 ist ein Titelblatt: Дрѕги дель — „Anderer Theil der Postille“ —. Unten 1562. Mit zahlreichen, nicht schlechten Holzschnitten. (Dobrovský S. 133. Kopitar S. 453.)

283. Први дель Новога Тестамента, ва томь сѕ вси четири евангелисти и апѕстолска діаніа ись мнозихь ıазиковь вь садашни опщени и разѕмни хрватски ıазикь по Антонѕ Далматинѕ и Стип. Истріанѕ сь помощѕ дрѕгихь братовь верно стлмачени и цирѕличскими слови наипрво сада штампани — „Der erste halb Theil... mit cyrillischen Buchstaben gedruckt“. Вь Тѕбинги 1563. 4°. 2 Alphabete, 9 Bog. Text und 18 Seiten Titel und Vorrede. Дрѕги дель Новога Тестамента, вь комь се садрже апѕстолске епистоле по ординѕ, како броіь (sic) на дрѕгои

страни ове харте каже etc. Вь Тұбинги 1563. 4°. 2 Alphabete, 5 Bog., 3 Bl. Text und 31 Seiten Titel und Vorrede.

Der Vorbericht im zweiten Theile ist nicht allein von Anton Dalmata und Stephan Istrianin, sondern auch von Georg Juričić unterschrieben. Das Neue Testament mit glagolitischer Schrift erschien zu Tübingen 1562—1563. 4°. 2 Bände. Wenn auch der glagolitische und cyrillische Text der Augsburgischen Confession etc. sich nur durch die Schrift von einander unterscheiden, so ist dies nicht so ganz der Fall mit den beiden Ausgaben des Neuen Testaments, die vielmehr oft von einander abweichen. Dobrovský sagt über diese Version des Neuen Testaments: „Hätte man zu Tübingen die altslawonische Version zum Drucke gewählt, und nicht lieber eine neue verständlichere Uebersetzung nach Luther, Erasmus, Truber windischer liefern wollen: man würde gewiss bei den Serben, Bulgaren, selbst in Polen und Russland mehr Beifall und Abnahme gefunden haben. Allein die Tendenz der ganzen, sonst löblichen Anstalt war, die Slawen in Kroatien und den türkischen Ländern recht christlich, d. i. nach der Sprache der damaligen Aufklärer, Lutherisch zu machen“. (Dobrovský S. 130—131. Kopitar S. 452.)

Reihenfolge serbischer Schriftsteller von 1730 bis 1830.

71. **Vikentij Joannović** (1733), zuerst seit 11. Sept. 1726 griechisch-orientalischer Bischof von Arad, hierauf im J. 1731 den 7. März a. St. zum Erzbischof und Metropoliten erwählt, lebte zu Belgrad, welches damals, von dem požarevacer Frieden bis zum belgrader Tractat, unter der österreichischen Regierung stand. Er starb den 6. Juni 1737 a. St. Ewig bleibt, sagt Čaplović, der Name dieses Ehrenmannes bei der serbischen Nation in dankbarem Andenken, denn er war der Stifter der karlovicer, esseker und dalyaer lateinischen Schulen. Auch bethätigte er seinen Eifer für das gemeine Wohl dadurch, dass er ein Huszarenregiment errichtete, welches unter dem Namen des illyrischen Huszarenregiments sich in Italien auszeichnete. Anfangs war er selbst Oberster und Proprietär desselben, aber im J. 1736 ward es dem Fürsten Kantakuzen verliehen. Wir führen ihn hier an der Spitze der serbischen Schriftsteller neuerer Zeit an, weil er im J. 1733, mit Benützung älterer Quellen und Observanzen und mit Rücksichtnahme auf die Localumstände, gewisse Klosterregeln verfasste und sie an alle Klöster vertheilen liess. Diese werden bis auf den heutigen Tag allgemein beobachtet, und um sie immer in frischem Andenken zu erhalten, öfters und wenigstens viermal im Jahre den Mönchen öffentlich vorgelesen, ja auch in speciellen Fällen den Fehlenden zu Gemüthe geführt. Sie sind aber bis jetzt durch den Druck nicht bekannt gemacht worden; denn die unten angeführten sind davon ganz verschie-

den. Im J. 1776 nämlich ward von der Synode ein ursprünglich von einem zur unirten Kirche übertretenen Individuum, Athanasius Szekeres, verfasster Klosterregulirungsentwurf sammt Klosterregeln mit einigen Abänderungen angenommen, bestätigt und dem neuen illyrischen Regulament vom J. 1777 der 7. Abschnitt desshalb eingeschaltet. Man liess diese Klosterregeln drucken und an die Klöster austheilen. Allein diese trugen Bedenken, die vertheilten Exemplare anzunehmen, indem sie gegen das von einem Unirten verfasste, und von den seit uralten Zeit in der morgenländischen Kirche beobachteten Observanzen gänzlich abweichende, von der Synode aber nur in Folge höherer Befehle angenommene Werk misstrauisch waren; und so ist die Vollziehung desselben unterblieben. Čaplović II. 67. 170. 178.

72. **Dionysij Novaković** (1741—1744) aus Ofen, zuletzt seit 5. Sept. 1750—1770 Bischof von Ofen und Administrator des Bisthums von Siebenbürgen, verfasste, als Hierodiakon in Neusatz und Lehrer an der dortigen, von Bischof Visarion Pavlović (erw. 1730, st. 1757) unterhaltenen philosophisch-theologischen Lehranstalt, im Auftrage des letztgenannten Bischofs, mehrere religiöse Schriften, die zum Theil nach seinem Tode gedruckt worden sind, zum Theil noch in der Handschrift liegen. In der Vorrede zu seinem handschriftlichen Katechismus Nr. 913 befinden sich interessante Notizen über die ehemalige bischöfliche Lehranstalt in Neusatz. Horanyi (III. 689) nennt den Bischof Novaković „virum omnigena eruditione clarum, qui inter theologos sui ritus insignem sibi vindicavit locum, cum magno ingenii acumine judicioque acerrimo praestaret“. Wie es kommt, dass er in dem Serb. Ljetopis 1826 Heft 4 S. XII Joannikij heisst, weiss ich nicht zu erklären.

73. **Christophor Žefarović** (1741—1745), von Profession ein Maler und Kupferstecher (иллиріко-рассіанскїи общіи зографъ nannte er sich selbst), lebte wahrscheinlich in Wien und stach dort, in Ermanglung beweglicher Typen, zwei serbische Werkchen, die ältesten serbischen Drucke in Oesterreich (die Tyr-

nauer waren für Unirte oder zu Unirende berechnet), ganz in Kupfer. S. Nr. 738 und 949. Die Stemmatographie Ritters scheint er selbst übersetzt zu haben; in Kupfer gestochen wurde sie von ihm und Thomas Messmer, denn Bl. 1 liest man: **Начерта и иссече Хрїстофоръ Жефаровичь**, und Bl. 9: **Θома Мессмеръ сечецъ**. Er dedicirte das Werk dem Erzbischof und Metropoliten Arsenij Joannović.

74. **Konstantin** (1742—1748), zuerst (1742) Pfarradministrator in Pest, hierauf (1748) Hegumen des Kl. Studenica in Serbien, ist uns bloss als ein sehr fleissiger Abschreiber des Branković'schen Geschichtswerkes bekannt.

75. **Paul von Nenadović** (1745), geboren zu Ofen, Bruder des karlovicer Erzbischofs und Metropoliten Paul von Nenadović (letzterer nahm den Namen Paul bei seinem Eintreten in den Mönchsstand an) und Nationalsekretär (er selbst unterschrieb sich **патрїаршескїи писарь**), soll, ausser der unten angeführten Privilegienübersetzung, auch seine eigene Biographie (?) geschrieben haben, über welche ich jedoch nichts Bestimmtes in Erfahrung bringen konnte.

76. **Stephan Baleović** (1752) wird auf der bei Boič und Čaplović abgedruckten, ursprünglich aus den Notaten des Lucian Mušicki herstammenden Liste als serbischer Schriftsteller angeführt; mir ist indess von ihm keine Schrift bekannt geworden.

77. **Makarij Petrović** (1753 ff.), Archimandrit des želtikover Klosters zu Tver und Rector des dortigen Seminariums, war aus Temesvár in Ungarn gebürtig, der Sohn eines dortigen Pfarrers, studierte anfangs in seinem Geburtsort, unterstützt von dem dortigen Bischofe Visarion, setzte dann seine Studien zu Kyjev in der Akademie fort und hörte vom J. 1753 an in der Akademie zu Moskau Rhetorik, Philosophie und Theologie. Im J. 1758 wurde er Mönch, hierauf Lehrer der Rhetorik, von 1759—1760 akademischer Prediger, 1761—1763 Präfekt und

Lehrer der Philosophie, 1764 aber Archimandrit des želtikover Klosters zu Tver und Rector des tver'schen Seminariums, starb aber schon den 24. Decb. 1766, erst 32 Jahre alt. Trotz dem, dass er nicht in Russland geboren war, zeichnete er sich dennoch in der russischen Beredtsamkeit sehr vortheilhaft aus, viele seiner Reden geben den besten russischen nichts nach und verdienen als wahre Muster angepriesen zu werden. Er besass eine ganz vorzügliche Rednergabe. In Moskau erschienen 1786 in 8°. seine Reden (Проповѣди) in 2 Theilen. Er schrieb aber auch ein System der Philosophie und Theologie. Das erste ist bis jetzt ungedruckt, das andere aber, das in russischer und lateinischer Sprache im Seminarium zu Tver vorgetragen wurde, erschien bloss in russischer Sprache 1783 zu St. Petersburg in 4°., ein zweitesmal in Moskau 1790, und zum drittenmale bei seinen Predigten im 3. Bande. Eine logisch-richtige Anordnung, Klarheit der Gedanken und Kraft der Beweise charakterisiren dieses Buch vor allen übrigen dieser Art. Im J. 1798 erschien auch zu Moskau in 4°. die von ihm verfasste Beschreibung des Lebens und der Leiden des h. Fürsten Michael Jaroslavič von Tver, und 1764 das Leben des h. Arsenij, Bischofs von Tver und Wunderthäters, wovon zu Moskau 1802 und 1805 jedesmal in 4°. und mit Kirchenschrift neue Auflagen herauskamen. Seine Harmonie der Evangelien ist bis jetzt ungedruckt geblieben. Evgenij Slovar pisatelej II. 23—24.

78. **Sophronij Popović** (1753) kommt bloss auf der Liste bei Boić und Čaplović als serbischer Schriftsteller vor.

79. **Raphail Railović** (1753) ist mir ebenfalls bloss dem Namen nach aus der Liste serbischer Schriftsteller bei Boić und Čaplović bekannt.

80. **Joann Raić** (1753), geboren zu Karlovic in Slavonien den 11. Novb. 1726 a. St., der Sohn armer, aber tugendhafter, ursprünglich aus Vidin stammender Eltern, studierte die Grammaticalia in Komorn bei den Jesuiten (1744—1748), hierauf die Humaniora und die Philosophie in Oedenburg auf dem dortigen

evangelischen Lyceum (1749—1752), und endlich die Theologie zu Kyjev in Russland, wohin er sich im J. 1753 zu Fuss begab. Nachdem er drei Jahre lang in Kyjev den theologischen Wissenschaften mit grossem Eifer obgelegen, begab er sich nach Moskau und verweilte hier ein volles Jahr. Als er in sein Vaterland zurückkehrte (1756), fand er sich in allen seinen Hoffnungen und Wünschen aufs grausamste getäuscht; die kalte Aufnahme, die er bei denen fand, von welchen er gerade das Gegentheil erwartet hatte, veranlasste ihn, die Heimath in Unmuth zu verlassen und abermals nach Russland zu gehen. In Kyjev, wo er sich eine Zeit lang aufhielt, fasste er den Entschluss, eine Geschichte von Serbien zu schreiben; und um sich die Quellen dazu zu eröffnen, unternahm er in Gesellschaft des Hierodiakons Damaskin Nikolić eine Reise über Konstantinopel nach Chilandar auf Athos, und von da über Macedonien nach Serbien. Er langte in Chilandar den 7. August 1758 an und verweilte daselbst bis 7. Oktb. desselben Jahres. Noch in demselben Jahre kehrte er mit einigen Flüchtlingen aus Chilandar nach Karlovic zurück. Seine sehnlichste Hoffnung, in Chilandar Schätze für seine beabsichtigte Geschichte zu erbeuten, ging nicht in Erfüllung; die misstrauischen Mönche liessen ihn die bei ihnen angehäuften serbischen Alterthümer aller Art nicht frei und in der gehörigen Weise benützen. Nach seiner Rückkunft wurde er nun in seiner Vaterstadt Lehrer 1759—1761, aber beleidigt und verfolgt von seinem Vorsteher, zog er sich freiwillig zurück. Das J. 1762 brachte er in Temesvár zu (beim Bischof Vincenz Vidák?), wie er selbst sagt, überlistet und müssig (оболщенъ и праздень). Hierauf wurde er vom Bischof Moises Putnik als Lehrer der Kleriker in Neusatz angestellt (1763), welche Stelle er indess aus Missmuth und Verdruss bald aufgab und acht Jahre lang in Neusatz im Privatstande, mit der Abfassung seiner Geschichte von Serbien beschäftigt, verlebte. Er beendigte dies Werk im J. 1768 und änderte später nie etwas daran. Im J. 1772 den 12. Mai, im 46. Jahre seines Lebens, trat er endlich im Kl. Kovilj in den Mönchsstand, stieg nun rasch bis zu der Würde eines Archimandriten empor und verlebte daselbst den

Rest seiner Tage, ganz den religiösen Uebungen, seinen Studien und der Schriftstellerei hingegeben. Fünfzehnmal soll ihm die Würde eines Bischofs angetragen worden sein, die er allemal standhaft ausschlug, mit seinem Range zufrieden und die stille Thätigkeit in seiner Zelle jedem äussern Prunke vorziehend. Er starb den 11. (23.) Decb. 1801, im 75. Jahre des Alters. Er war standhaft in der Freundschaft, in hohem Grade verschwiegen, ein treuer Rathgeber, mitleidig, gesellig und liebreich, frei von Heuchelei und Aberglauben und voll glühenden Eifers für Volk und Kirche. Doch hatten die vielen Widerwärtigkeiten, die ihn auf seinen Reisen und besonders in seinem Vaterlande und unter seinen Landsleuten trafen, in seinem von Natur lebhaften Gemüth eine überaus grosse Reizbarkeit hervorgerufen, die für ihn eine Quelle mancher Unannehmlichkeiten ward. Seine schriftstellerische Thätigkeit erregt Staunen; die Handschriften, die er zurückgelassen und die nun in Karlovic aufbewahrt werden, bilden, die Geschichte mitgerechnet, ein Dutzend mit beispielloser Genauigkeit geschriebener Folianten. Leider fiel seine schriftstellerische Thätigkeit in eine Zeit, wo es ihm, von seinem Standpunkte aus, auch bei den schönsten Fähigkeiten und dem besten Willen unmöglich war, sich über das Mittelmässige zu erheben. Um gründlicher Historiker oder Theolog zu sein, dazu fehlte es ihm zu sehr an ausgebreiteten Sprachkenntnissen und an scharfer, tiefgehender Kritik; auch waren die Quellen, aus denen er schöpfte, ziemlich beschränkt und dürftig. Was die Darstellung anbelangt, so kann sie schon der Sprache wegen, die ein sonderbares, das Gefühl kalt lassendes, ja anwiderndes Gemisch aus dem Altslawischen, Russischen und Serbischen ist, nicht musterhaft genannt werden. Auch seine poetischen Erzeugnisse, in denen er sich schon frühzeitig (Uroš, Tragödie, 1753) versuchte und zu denen er oft noch in hohem Alter mit einer gewissen Vorliebe zurückkehrte (Бой змая 1791), ermangeln aller wahren dichterischen Weihe. Dies soll jedoch seinen sonstigen hohen Verdiensten die wahre Anerkennung nicht im mindesten schmälern. Er bleibt immer, als Schriftsteller und Priester, einer der thätigsten, verdienstvollsten, ehrwürdigsten

Männer unter den Serben neuerer Zeiten. Die russische Kaiserin Katharina II., welcher die Geschichte von Raić durch den Grafen Janković überreicht worden ist, schickte dem Verfasser durch ihren Bothschafter zu Wien eine goldene Denkmünze nebst 100 Dukaten, und liess dem Verleger Stephan von Novaković ebenfalls 100 Dukaten auszahlen. Kaiser Leopold II. beschenkte ihn mit einem goldenen Kreuze an einer Doppelkette. (Boić Pamjatnik. Horanyi Memoria Hung. et Prov. III. 130 ss.)

81. **Vasilij Petrović** (1754), Metropolitan-Bischof von Cèrnagora und Verfasser einer Geschichte dieses Landes, ist uns seinen übrigen Lebensumständen nach gänzlich unbekannt.

82. **Theodosij**, Hieromonach im Kl. Chilandar auf dem h. Berge Athos, Umarbeiter der von Dometijan verfassten Biographie des h. Sava und Verfasser von Kanonen zu Ehren der hh. Symeon und Sava, war, nach einer dem karlovicer Erzbischof und Metropoliten, Stephan Stratimirović von Kulpin, durch den pivaer Archimandriten und chilandarer Prohegumen Arsenije Gagović 1803 mitgetheilten Nachricht, aus Slavonien unweit Lipavina gebürtig, und starb um 1796 in einem sehr hohen Alter in Chilandar. Er brachte sein ganzes Leben mit Bücherschreiben zu.

83. **Paul von Nenadović** (1755), seit 1742 Bischof von Karlstadt, hierauf 14. Juli 1749 zum karlovicer Erzbischof und Metropoliten erwählt, starb den 15. August 1768.

84. **Alexander Morvay** (1755), Sekretär des Bischofs von Neusatz, und — wie der Name anzuzeigen scheint, wahrscheinlich ein Protestant, verfasste eine Geschichte der Illyrier, deren jetzt verschollene Handschrift Engel sah. „Bei meiner Anwesenheit in Theresiopel“, sagt Engel, „fand ich im April 1797 bei dem dortigen orientalisch-gläubigen Pfarrer Petrović eine mit cyrillischen Buchstaben geschriebene illyrische Geschichte in 20 Kapiteln von Alexander Morvay, Sekretär des Bischofs von Neusatz, und dd. 1. Mai 1755 an den Protopresbyter Arse-

nius dedicirt. Der Verfasser hat auch des Erzbischofs Daniel Geschichte gebraucht, und sein Buch mag wohl vor Erscheinung des Werkes von Raić schätzbar gewesen sein.“ Engel II. 158. Jetzt ist wohl der Untergang der Handschrift kein Verlust für die Wissenschaft zu nennen.

85. **Zacharia Orfelin** (1757), geboren im J. 1726 zu Vukovar im sirmier Komitat, hiess ursprünglich **Stephanović**; als er aber eine Zeit lang ein Schulamt bekleidete, in welchem es ihm, wie gewöhnlich, sehr schlecht ging, so soll er den elegischen Namen Orphelin (aus Orpheus und Linus zusammengezogen) angenommen haben. (Vgl. Alter's Nachricht im Allg. Litt. Anz. Juli 1800 S. 1091.) Später ward er Kancellist bei dem karlovicer Erzbischof und Metropoliten Paul v. Nenadović. Auf einem im J. 1763 gedruckten Buche nennt er sich: „архїепископомитрополитскїй иллирическїй канцеллиста“. Hierauf begab er sich nach Venedig, wo er eine Art gelehrten Vereins für die slawoserbische Literatur stiftete. Endlich widmete er sich der Maler- und Kupferstecherkunst, und ward Mitglied der k. k. wiener Maler- und Kunstakademie, wie man aus einer von ihm 1774 zu Karlovic gestochenen Landkarte ersieht, wo er sich „обоихъ цес. кр. Вѣн. акад. худож. членъ“ nennt. Er war ein eben so kenntnissreicher, als unermüdet fleissiger Schriftsteller. Horanyi sagt von ihm: „Vir hic jure optimo *αὐτοδίδακτος* dici potest, propterea, quod, quum domi ob rem angustam collegia frequentare nequiverit, proprio tamen marte vastam quum variarum scientiarum tum linguarum sibi comparavit cognitionem“. (III. 705.) Er starb in Neusatz. Sein handschriftlicher Nachlass soll in Karlovic aufbewahrt werden; ich konnte jedoch keine genügende Auskunft darüber bekommen.

86. **Sophronij Mladenović**, Hegumen des znamenskischen (oder Wunderzeichen-) Klosters zu Moskau, war aus Serbien gebürtig, und starb im Ruhestande in Poltava ungefähr 1772. Er gab sich sehr viel Mühe um die russischen Kirchenbücher und verbesserte besonders nach dem griechischen Original die

beiden Triodion, auch übersetzte er mehrere andere Bücher. (Evgenij Slovar II. 230.)

87. **Synesij Živanović** (1761), seit 3. Aug. 1751 bis ungefähr 1770 Bischof von Arad, hatte besonders zur Zeit der von dem lateinischen grosswardeiner Bisthum aus eifrig betriebenen Union 1753—1756 viel zu schaffen. Čaplović II. 51. Ljetopis 1826. IV. S. XI.

88. **Paul Julinac** (1765), ein geborner Serbe, kais. russ. Feldofficier, stand eine lange Reihe von Jahren bei den russischen Gesandten in Wien, namentlich dem Fürsten Galicin, in Diensten, bis er um das J. 1781 zum russischen Konsul in Neapel mit Obristlieutenantsrang ernannt wurde, von wo er bald darauf eine Curierreise nach Wien machte und daselbst starb.

89. **Christian Friedrich Temler** (1766), geboren zu Zerbst im J. 1716, hielt sich lange Zeit als kön. dänischer Gesandtschaftssekretär in Konstantinopel auf, und starb am 14. Mai 1780 im 64. Jahre seines Alters zu Koppenhagen als kön. dänischer Staatsrath und Sekretär in auswärtigen Geschäften. Während seines Aufenthaltes auf seinem Posten zu Konstantinopel lernte er die illyrische Sprache und trieb das Studium derselben mit ungewöhnlichem Eifer fast bis an sein Ende. Aus dem zu Koppenhagen 1781 gedruckten Katalog seiner hinterlassenen Bibliothek ist zu ersehen, dass er ein sehr fleissiger Sammler slawischer Bücher war. Von seinem Glossarium illyricum sind zwei Originalhandschriften vorhanden. Er schrieb auch eine Abhandlung über die Harmonie zwischen der illyrischen und celtischen (skandinavischen) Sprache, ferner einen Versuch: Etyma Slavonica investiganda. (Dobrovský's Reise S. 16—19, Slovanka I. 230—231.)

90. **Vasilij Damjanović** (1767) aus Sombor, studierte in Venedig, bekleidete hierauf das Amt eines Senators und eine Zeit lang auch das eines Stadtrichters in der k. Freistadt Som-

bor; im J. 1775 war er schon Judex emeritus. Orphelin lobt ihn in seinem Magazin als einen gelehrten Mann und Kenner mehrerer Sprachen. Er verliess zuletzt seinen Glauben und trat zum katholischen über. Sein Todesjahr ist unbekannt.

91. **Isaia Parivodski** oder **Parivodić** (1768), Hieromonach und später (1779) Vicarius im Kl. Rakovac in Sirmien.

92. **Joann Georgiević** (1771), seit dem 14. Juli 1750 Bischof zu Veršec, im J. 1769 den 27. August zum karlovicer Erzbischof und Metropoliten erhoben, in welcher Würde er bis zu seinem am 23. Mai 1773 erfolgten Tode verblieb.

93. **Dosithej Obradović** (1772), in geistig-sittlicher Hinsicht einer der edelsten Männer, die je aus dem Schoosse des serbischen Volkes hervorgegangen sind, durchdrungen von inniger Achtung für die Hoheit der menschlichen Bestimmung und beseelt von heldenmüthiger Liebe der Wahrheit, der er weder durch das Erschreckende der Ergebnisse rücksichtsloser Forschung, noch durch äussere Gefahren und Lockungen entfremdet und veruntreut werden konnte, durch hohe sittlich-geistige Selbstveredelung weit seiner Nation vorangeeilt, und desshalb von unauslöschlicher Sehnsucht nach der Befreiung seines Volkes aus den Fesseln der Rohheit und Einfalt, in welche es das Unglück der Zeit und die Arglist einer ausschliesslich für ihre Gerechtsame besorgten Kaste geschlagen hatten, angetrieben, und mit unwandelbarer Beharrlichkeit, in stetem Ankampfe wider eine, die Verewigung des systematischen Irrationalismus erstrebende Partei, das einzige Ziel seines Lebens, Aufklärung seiner Landsleute, verfolgend. — Demetrius Obradović war im J. 1739 geboren. Sein Vater Georg, ein Kürschner in dem von Serben und Walachen bewohnten Städtchen Čakovo im temesvárer Banat, starb ihm sehr früh. Mit zehn Jahren verlor er auch seine Mutter Krunija und Schwester Juliana, die er nie vergessen konnte. Ein Verwandter, der keine männliche Nachkommenschaft hatte, nahm ihn zu sich in der Absicht, ihn einst,

wenn er seinen Psalter und seine Katechisis ausgelernt hatte, zum Geistlichen weihen zu lassen und auf sein Haus zu verheiraten. Aber der wissbegierige Knabe blieb, nachdem er lesen gelernt hatte, nicht bei seinem Psalter stehen, sondern stöberte die ganze kleine slawische und walachische Bibliothek der Kirche seiner Vaterstadt durch. Oft verkroch er sich während des Gottesdienstes hinter den Altar und las Leben der Heiligen. Dmitar las mit kindlichem Ernste und wollte auch ein Heiliger werden. Einst liess er sich von einem Kalugjer aus dem dečaner Kloster in der Türkei entführen, ward aber noch zu rechter Zeit eingeholt. Um ihn fremdes Brod verkosten zu lassen, schickte ihn nun sein zweiter Vater zu einem Deckenmacher nach Temesvár in die Lehre. Der Inhaber dieses Hauses bewirthete eines Tages den damaligen temesvárer Bischof Georg Popović. Um diesen frommen Mann zu sehen und seine heiligen Lehren zu hören, mengte sich Obradović unter die Bedienten. Nach verschiedenen andern Gesprächen äusserte der Bischof gegen das Ende der Malzeit seine Ansichten über Fasten, Priesterehe, Mönchsthum, Laienehe u. s. w. auf eine eben so freisinnige, als eindringliche Weise. Der junge Obradović hörte dem ganzen langen Gespräche mit Aufmerksamkeit zu, und gab es auf die ihm eigene naive und anziehende Art in seiner Selbstbiographie wieder, mit dem Zusatze, dies habe ihn veranlasst über den Kalugjerstand ernstlich nachzudenken. Ein Kamerad erzählte ihm nach der Hand vieles von den Klöstern in Sirmien. Obradović macht sich, mit seinem Vorsatze ein Heiliger zu werden, heimlich davon, und ist am dritten Tage in Opovo, einem der schönsten Klöster auf der Fruška gora in Sirmien. Dies war im Juni 1753, und Obradović 14 Jahre alt. Der Hegumen (Guardian) nahm ihn selbst zum Jungen (Djak) an, hätte ihn aber beinahe wieder fortgejagt, als er sah, dass er nicht nur den Psalter, sondern jedes slawisch geschriebene Buch fertig lesen konnte; denn, sagte er, wenn du hörst, wie ich lese, wirst du mich auslachen, und das wird denn nicht gut enden. Kaum konnte Obradović durch die aufrichtigsten Betheuerungen seiner Liebe und Ergebenheit diese nicht unpsychologische Furcht des guten Hegumen beschwichtigen. Hier las er nun wieder Leben der Heiligen, fastete oft zu drei Tagen, bis ihm die Knie zitterten, und er ohnmächtig niedersank. Vergebens machte ihm der schlichte Menschenverstand des Hegumen die väterlichsten aufrichtigsten Vorstellungen gegen diese wohlgemeinte Thorheit, bis er ihm strenge mit Fortjagen drohte: „Denn ich will nicht“, sprach er, „dass du in meiner Nähe dein Selbstmörder werdest“. Oft prophezeite ihm der brave Alte wohl auch, dass er des so jung begonnenen Fanatismus desto eher satt werden würde, und dies um so mehr, als er das Bücherlesen so liebe; denn es sei ein Sprichwort in den Klöstern: Wer viel liest, fastet wenig. Obradović war damals freilich weit entfernt, ihm das zu glauben. Das kommende Frühjahr ward ihm dann der Kopf geschoren, und der Klostername Dositheus, den er sich in der Legende ausgewählt hatte, weil der Heilige dieses Namens auch, und zwar schon als Kind von 7 Jahren, aus den Armen der Eltern zu den Kalugjern geflohen war, beigelegt. Am Charfreitage führte ihn der Hegumen nach Karlovic, wo ihn der Erzbischof Paul Nenadović zum Diakon weihte, auch mit der Bemerkung, dass dieser so wissbegierige Kalugjer nicht lange in Opovo bleiben werde. Oft äusserte der brave Hegumen, dass er, wenn er reich wäre, seinen Dositheus nach dem pečerischen Kloster bei Kyjev, wo er seinen Durst nach Wissen stillen könnte, schicken wollte. Nach drei Jahren relegirte der Metropolit den Hegumen nach Šišatovac. Nichts band nun weiter unsern Dositheus in Opovo. Mit 15 Dukaten, die ihm dieser edle, nun selbst bedrängte Wohlthäter (er hiess Theodor Milutinović), sammt dem Rath, wo möglich nach Kyjev oder Moskau sich durchzuschlagen, gegeben hatte, entfloh er mit einem Novizen aus Kroatien nach Agram; studierte hier die lateinische Grammatik; ward getäuscht in der Aussicht, mit einem (sogenannten) illyrischen Feldkaplan als Gehilfe (Diakon) nach Schlesien zu kommen (damals war der siebenjährige Krieg), ging auf eines Bischofs Anrathen nach Dalmatien (wahrscheinlich vor 1764, denn in diesem Jahre lebte er im Kl. Dragović), um sich mit Kinderunterricht erst das nöthige Reisegeld nach Kyjev zu erwerben, verlebte dort drei der angenehmsten Jahre (und ein halb Dutzend Obradović wären dort als Jugendlehrer willkommen gewesen!); hörte, dass Heyne's berühmter Schüler Eugenius auf dem Berge Athos griechischen Unterricht gebe, ging also mit 100 ersparten venetianischen Dukaten nach Cattaro, um sich dort nach dem Aegäischen Meere einzuschiffen, blieb jedoch, vom Fieber überfallen, auch hier eine Zeit lang als Kinderlehrer; liess sich zu Ostern von dem montenegriner Bischof zum Priester weihen; kehrte, um seine Gesundheit wieder herzustellen, abermals nach Dalmatien zurück, übersetzte da für eine schöne Priestertochter eine von des h. Johannes Chrysostomus Homilien über die Apostelgeschichte aus dem Kirchenslawischen ins Gemeinserbische, die nun in tausend Abschriften unter dem Namen von Dositheus' Büchlein ganz Dalmatien durchlief, und den Auctor zuerst das süsse Vergnügen, für ein dankbares Volk zu schreiben, und überhaupt an seinem Glücke zu arbeiten, empfinden lehrte, ein Vergnügen, in dem sich später alle seine Wünsche koncentrirten. Auch Beichte hörte er, nicht ohne Entzücken über die unschuldigen Sitten der Dalmatiner, deren grösste Sünden waren, dass sie am Mittwoch oder Freitag einen Krebs oder Fisolen mit Oehl gegessen, oder gar ein unfolgsames Schaf ausgeflucht hatten! Die Reise nach dem Berge Athos (Monte Santo, weil er von lauter Mönchen bewohnt wird) immer im Auge, schiffte sich Obradović nun nach Korfu ein, von dort nach Morea, welche herrliche Insel er zwei Monate zu Fuss durchwanderte. In Nauplia schiffte er sich wieder ein. Aber als er auf Athos anlangte, hatten Mönchskabalen den guten Professor Eugenius bereits vertrieben! „Wie die Mönche dort leben, weiss Jedermann," sagt Obradović, „und sollte er's nicht wissen, desto besser!" Die serbischen und die bulgarischen zankten sich immerfort um das Eigenthumsrecht auf das chilandar'sche Kloster. Hier erfuhr Obradović, dass auf der Insel Pathmos eine Schule sei, und wollte also über Smyrna dahin. Aber in Smyrna selbst fand er eine Unterrichtsanstalt von 30 Schülern unter der Leitung eines herrlichen Mannes, Hierotheos, eines Zöglings jener Schule, die zwei viel gereiste Griechen am Anfange des achtzehnten Jahrhunderts in

Pathmos errichtet hatten. Hierotheos trug ihm grossmüthig Kost und Wohnung und Unterricht in seinem Hause unentgeltlich an, und wären eurer fünfe so weit her um Unterricht gekommen, setzte er hiezu, ich liesse keinen weiter ziehen. An dieses Sokrates Seite und im Kreise griechischer Mitschüler verlebte er drei selige Jahre und hätte noch drei andere verleben mögen, hätte nicht der dazwischen gekommene russisch-türkische Krieg ihn genöthigt, auf seine Sicherheit zu denken; denn in Smyrna galten Papa Serbos und Papa Moskovitis (serbischer und moskovitischer Geistlicher) für Synonyma. So kehrte er mit einem Mitschüler, Maximus, aus Larissa in Thessalien, über Korinth und Patra nach Korfu zurück; machte einen interessanten Abstecher zu den unabhängigen Albaniern in Hormovo, die ihn sammt seinem Gefährten ein Jahr lang bei sich behielten; lernte albanisch, welche Sprache sehr einfach ist und sich vortrefflich mit dem cyrillischen Alphabete schreiben lässt; sagte den Albanesern, dass Lepa žita, der Name einer ihrer schönsten Gegenden, serbisch sei und schöne Getreidefelder bedeute, worauf sie ihm erwiederten: „Kein Wunder, lieber Kalugjer! wir waren einst mit den Serben ein Volk und ein Stamm, und wer die Serben beherrscht, soll auch unser König sein; so war es in alten Zeiten.“ — In Korfu las er lateinische und griechische Klassiker unter geschickten Meistern; ging dann über Venedig, Dalmatien (wo er im J. 1770 verweilte) und Triest nach Wien, wo er 6 Jahre die serbische und griechische Jugend unterrichtete, sich selbst aber französische, italienische und deutsche Meister hielt. Der damalige österreichisch-serbische Erzbischof Vincenz Joannović Vidák engagirte ihn darauf als Privatlehrer für zwei seiner Neffen, mit der Aussicht, ihn mit ihnen nach einigen Jahren eine Reise nach Deutschland, Frankreich und England machen zu lassen. Vidák hielt nicht Wort. Obradović ging nach Triest, um durch Schulmeisterei seinen Beutel wieder zu füllen, damit er für jene Reise nicht von fremder Willkühr abzuhängen brauchte. Die Triestiner wollten ihm nur 300 Gulden geben. Zum Glück fand sich ein russischer Archimandrit, der nach Italien reisen wollte, aber nur russisch und walachisch sprach; dieser nahm ihn sehr gern bis Livorno mit, von wo er ihn nach Konstantinopel spedirte, um dort griechische Kaufleute französisch und italienisch zu lehren. Also eine zweite Reise durch Griechenland. In Konstantinopel zeigte sich die Pest. Obradović schiffte sich daher mit einem polnischen Prälaten nach der Moldau ein, wo es ihm nicht an Schülern fehlte. Das Jahr darauf ging er in Gesellschaft moldauischer Kaufleute über Lemberg nach Leipzig, übernahm in Halle die Aufsicht über zwei moldauische Jünglinge, die dort studierten, kleidete sich deutsch, schrieb sich in den Universitätskatalog ein und hörte Eberhard über Philosophie, Aesthetik und natürliche Theologie. Thränen der Wehmuth traten unserm Anacharsis in die Augen, wenn er hier mehr als tausend Jünglinge aus einem Collegium ins andere eilen und beinahe täglich ein neues Buch erscheinen sah, und dagegen an seine von Natur so begünstigten, aber durch polilisches Unglück so verwahrloseten Serben und Albanier dachte! Wann werden diese paradiesischen Länder auch solche Unterrichtsanstalten haben, seufzte er tief erschüttert! Und er blieb nicht bei blossen piis desideriis. Breitkopf in Leipzig druckte auch russisch. Obradović liess da zuerst in gemeinserbischer Sprache mit russischen Lettern Leben und Schicksale des Demetrius Obradović, im Kloster Dositheus genannt, von ihm selbst herausgegeben 1783. 8°., 126 S., drucken, ein Buch äusserst interessant durch Inhalt und Vortrag, so wie durch die Tendenz des Verfassers, seinen Landsleuten das Unnütze der Klöster und dafür die Nothwendigkeit der Unterrichtsanstalten zu zeigen. Durch ein anderes Werk: Rath der gesunden Vernunft, 1784. 8°., 120 S., gedruckt ebenfalls in Leipzig, wollte er eine populäre Moralphilosophie geben. Nach zweijährigem Aufenthalt in Halle und Leipzig eilte er, mit 50 Dukaten in der Tasche, Frankreich und England zu sehen. Nach England kam er ohne ein Wort englisch zu kennen! Der Anblick englischer Frauen entzückte ihn. Man kann nichts Schöneres sehen, meint er, noch ersinnen; es gibt auch in andern Ländern Schönheiten, aber sie wissen, dass sie schön sind; während die Engländerinnen sich weder darum zu kümmern, noch daran zu denken, noch es zu wissen scheinen, dass sie schön sind wie Engel; sie blicken dich mit so offenen Augen und mit einer so freundlich wohlwollenden Miene an, als kenneten sie dich lange her! — Obradović dünkte sich ein römischer Diktator, als er auf dem Verdeck der Postkutsche in London einzog. Er quartirte sich bei einem Schulmeister ein, und schauderte vor den Schwierigkeiten der englischen Pronunciation. Sed jacta erat alea. Nach drei Monaten erinnerte ihn sein Beutel an die Nothwendigkeit der Rückreise; aber er war mit Mr. Livie bekannt geworden, der ihn von nun an in sein Haus aufnahm, wie seinen Sohn behandelte und ihn, abwechselnd mit seiner vortrefflichen Gattin, englisch lehrte. Letztere kannte griechisch und liess ihn Aesops Fabeln zur Uebung ins Englische übersetzen. Nun las er Addison, Swift, Pope etc. Er hätte ewig in England bleiben können, hätte nicht der Wunsch, seinen Serben wenigstens durch Schriften früher oder später noch nützlich zu werden, ihn dahin gezogen, wo es russische Lettern gab. Nach 6 Monaten Aufenthalt verliess er also England, von dem berühmten Medicus Fordyce mit einer kleinen englischen Bibliothek, und von seinen übrigen Wohlthätern mit Guineen auf die edelste Weise beschenkt. In einem Exemplar seiner eigenen Fragmenta chirurgica et medica schrieb sich Fordyce und sein Freund Livie so ein: Dositheo Obradovics Serbiano, viro linguis variis erudito, sanctissimis moribus morato, Anglis, apud quos per sex menses diversatus est, perquam dilecto, fragmenta haecce, parvum quidem, at amoris sincerissimi et amicitiae pignus libentissime merito obtulerunt Londoni VIII. Kal. Junii 1785. Gulielmus Fordyce. Joannes Livie. Obradović begab sich über Hamburg nach Leipzig, hatte Aussicht nach Russland zu reisen, musste aber vorher in Wien durch Unterrichtertheilung seinem erschöpften Beutel neue Kräfte verschaffen. 1788 liess er wieder bei Breitkopf in Leipzig etwas für seine Landsleute drucken, nämlich 160 Aesopische Fabeln aus verschiedenen Sprachen mit ausführlichen, die reinste Tugendliebe und Patriotismus athmenden Epimythien, nebst einem Anhang von Briefen, als Fortsetzung seines Lebens von seiner

Entweichung aus Hopovo bis 1788. Hier versiegt die schriftliche Quelle, aus welcher das bis jetzt Erzählte geschöpft ist, nämlich seine Selbstbiographie. Aus verlässlichen Mittheilungen weiss man, dass Obradović im J. 1788 von Wien nach Liefland zu seinem grossen Mäcen, General Zorić, reiste, aber noch in nämlichem Jahre zurückkam. Im J. 1789 liess er ein serbisches Lied auf Serbiens Befreiung bei Gelegenheit der Einnahme von Belgrad drucken. — Im J. 1793 gab er in Wien eine Sammlung moralischer Gegenstände (318 S. 8°.) heraus, darunter auch: Lausus und Lydia und die Alpenhirten aus Marmontel's Contes moraux. Nachdem aber die illyrische Druckerei nach Ofen verkauft wurde, ging er 1802 nach Venedig, wo ihm serbische Kaufleute einen Jahresgehalt von 2000 fl. aussetzten, auf dass er mit Musse für sein Volk sollte arbeiten können. Dort liess er nun 1804 durch seinen Schüler Paul Solarić ein Handbuch der Geographie nach Gaspari herausgeben. Auch soll er dort die treffliche griechische Postille und Predigtensammlung (*κυριακοδρόμιον*) des Erzbischofs Theotoki in Moskau, die die Gebrüder Zosima dort auf Schreibpapier 1796. 4°. drucken und unentgeltlich an alle griechische Kirchen vertheilen liessen, übersetzt haben. Als aber 1805 Venedig an Frankreich abgetreten wurde, ging er nach Karlovic und wanderte im September 1807 nach Belgrad aus, um, was er bisher für das Wohl seiner Serben nur gewünscht und gepredigt hatte, selbst vollziehen zu helfen. Der Serbe Obradović ist nun jener griechische Philosoph, von dem damals die deutschen politischen und literarischen Zeitungen sprachen, dass er in Belgrad Schulen errichtet habe. Unter den Illyriern oder Serben des griechischen Ritus war er der erste, der in seinen Schriften die altslawische todte Büchersprache mit dem lebenden Dialekte seiner Landsleute vertauschte. Er fand bald tüchtige Nachahmer. Endlich wurde Obradović, nach so vielen Mühen, am Vorabende seines Lebens, von der damals in Serbien bestehenden Regierung zum Senator und Oberschulenaufseher („членъ совѣта и попечитель просвѣщенія народногъ") ernannt. Das Diplom vom 18. Jänner 1811 alten Styls findet man abgedruckt in Srb. Ljetopis 1826. III. 222. Allein schon am 7. April desselben Jahres (1811) starb er in Belgrad, im 72. Jahre seines Alters. Er führte in den letzten Jahren zugleich die Oberaufsicht über die Erziehung der Kinder des damaligen Anführers der Serben, Georg Petrović, genannt Karadjordje. In der belgrader Kirche wurde ihm ein Denkmal mit einer Inschrift gesetzt, aber bei der Wiedereroberung der Stadt durch die Türken von den ruchlosen Händen irgend eines — Nichttürken entweiht. Obradović ist auf dem Gebiete der serbischen Literatur eine in ihrer Art einzige Erscheinung. Wenn ihm bisher seiner vielen Reisen wegen der Name eines serbischen Anacharsis zu Theil ward, so verdiente er seiner lautern, praktisch-fruchtbaren Lebensweisheit wegen mit noch grösserem Rechte den Ehrennamen eines serbischen Sokrates. Alle seine Schriften, die kleinsten wie die grössten, athmen die reinste Lebensphilosophie. Von der Natur hochbegabt und durch eine besondere Fügung des Schicksals auf einen ausgezeichnet hohen Standpunkt sittlichgeistiger Mündigkeit gehoben, übersah er mit klarem Blick die geistigen Bedürfnisse seines durch sittliche Entartung und intellektuelle Verfinsterung tief herab gesunkenen Volkes, und widmete nun sein ganzes Leben der hohen Aufgabe, die Sehnsucht nach Aufklärung und Bildung bei seinen Landsleuten zu wecken. Er wirkte auf dieses grosse Ziel eben so sehr durch sein eigenes Leben, sein Beispiel, seinen Umgang, als durch Wort und Schriften hin, und die Folgen seiner mühevollen Anstrengungen sind unberechenbar. Trotz des beharrlich feindseligen, hinter mancherlei Scheingestalten verborgenen und unablässig erneuerten Widerstrebens gegen seine wohlthätige Wirksamkeit, befruchtete Obradović's Geist die Herzen von Tausenden unter den Serben, weckte sie zu neuem geistigen Leben, und lebt nun fortan in ihrem und ihrer Söhne und Enkel unauslöschlichem gesegneten Andenken. Sein Name ist dem besseren Theile der Nation heilig. — Alle seine Schriften tragen das Gepräge seines Geistes: überall originell, sittlich rein, mild, voll Liebe und Wärme, klar, fasslich, auf das Praktische, die Veredelung der Menschennatur, hinarbeitend, ein erklärter Feind aller, noch so versteckter Heuchelei, Selbstsucht, Arglist, Dummheit und Rohheit — dies sind die Grundzüge seines grossartigen Charakters. Auch in seinem Style spiegelt sich seine schöne Seele klar und lebendig ab. Er schrieb, wie bereits bemerkt wurde, der erste unter den Serben neuerer Zeiten und — was mehr ist — der erste mit einem bleibenden, von den nachhaltigsten Wirkungen begleiteten Erfolg, in der gewöhnlichen reinen serbischen Volksmundart, ohne gerade gute slawische, aus der Kirchensprache in das Leben längst übergangene und von dem Volksdialekte organisch angeeignete, oder auch aus andern neuern europäischen Sprachen in die serbische eingebürgerte Wörter, Wortformen und Phrasen, wo sie sich ungesucht darboten, zu verschmähen. Umsonst bemühen sich einige neuere, kritischen Geschmack affektirende Mückenseiher seinen Styl als nicht rein genug und als formlos herabzusetzen; noch hat Niemand unter den Serben seinen Styl an Lebendigkeit, Gediegenheit, Originalität und Wärme bis jetzt erreicht, geschweige denn übertroffen. Das schönste Denkmal, welches die dankbare Nation dem unvergesslichen Lehrer setzen könnte, wäre wohl eine kritische, korrekte und vollständige Ausgabe seiner sämmtlichen zerstreuten und zum Theil sehr selten gewordenen Werke. (Zur Biographie und Charakteristik vgl. ausser seiner Selbstbiographie unter Nr. 678. Oest. Annalen der Lit. und Kunst 1810 Febr. S. 342, Nekrolog. Vaterl. Bl. 1811 Nr. 61 S. 363—368, Archiv 1811 Nr. 62, 63. Gemeinnütz. Hauskalender f. d. öster. Kais. 1820. Wien bei Strauss, 4°., und daraus Davidović serb. Zeit. 1819 Nr. 86, Boić's Pamjatnik, Čaplović's Slavonien etc.)

94. **Stephan Vujanovski** (1772), geboren im Dorfe Brdjani im 1. Banalregiment in Kroatien um das J. 1743, erlernte die Elemente der Wissenschaften, und insbesondere die lateinische Sprache, in Karlovic unter Raić, wurde hierauf eine Zeit lang Lehrer in Vukovar, verliess aber bald diese Stelle und ging, um seine wissenschaftliche Bildung zu vollenden, zuerst nach Oedenburg, wo er am evangelischen Lyceum die Philosophie, hierauf aber nach Wien, wo er an der kais. Universität die Rechte

studierte. Um diese Zeit wurde der damalige karlovicer Erzbischof und Metropolit, Vincenz Joannović Vidák, sein Mäcen. Nach vollendeten Studien unternahm Vuj. eine Reise über Deutschland und Polen nach Russland. Als er von da zurückkehrte, wurde er im J. 1777 höheren Orts zum kön. Direktor der griechisch-orientalischen Normalschulen im agramer Distrikt ernannt, welches Amt er mit grossem Eifer verwaltete. Im J. 1792 wurde er zur Belohnung seiner Verdienste in den ungarischen Adelstand erhoben, und nach und nach zum Gerichtstafelbeisitzer mehrerer Gespannschaften ernannt. Die letzten Jahre verlebte er in Ruhestand mit Pension in Neusatz, wo er am 19. (31.) Jänner 1829 starb. Er war ein kenntnissreicher, offener, für Bildung und Gemeinwohl seiner Stammgenossen bis an sein Ende enthusiastisch eingenommener Mann. (S. Лѣтописъ србскій 1829. II. 1—12.)

95. **Vasilij Prolić** (1772), Presbyter, über dessen weitere Lebensumstände ich keine Nachrichten habe.

96. **Konstantin Alexij Philippović** oder **Philippides** (1773), wird von Boić und Čaplović unter den serbischen Schriftstellern genannt, ist mir aber gänzlich unbekannt.

97. **Sava Lazarević** (1774), nannte sich selbst auf dem Titel seines Buches „Uebersetzer (преводникъ) bei der illyrischen Hofdeputation in Wien", welche Behörde bekanntlich die Angelegenheiten der griechisch-orientalischen Kirche unter der Kaiserin Maria Theresia 1752—1777 verhandelte.

98. **Athanasij Sekereš**, hiess früher **Dimitrijević** (so noch bei Horanyi), gebürtig aus Raab, Priester in dieser seiner Vaterstadt, von dem temesvárer Bischof Georgiević nach Wien als Pfarrverweser geschickt, wo er aber zur Union übertrat, und k. k. Censor serbischer Bücher ward. In einem Buche finde ich ihn unterschrieben: dd. Wien 17. Oktb. 1887 At. Sz. k. k. Büchercensor. Er wird als ein sehr gelehrter Mann gerühmt, und von Muškatirović in der Vorrede zu seinen Pričte als sein

Freund neben Dosithej Obradović genannt. Horanyi preist sein slawisches, in der Handschrift begonnenes, aber nicht zu Stande gebrachtes Lexikon,, über alle Massen. (Horanyi I. 517.) Er starb in Wien um das J. 1800.

99. **Theodor Joannović Janković von Mirijevo** (1776), wurde zu Kamenica im sirmier Komitat im J. 1741 geboren. Seine Eltern wohnten früher in Mirijevo, einem Dorfe unweit Belgrad in Serbien, und leiteten ihre Abkunft von einem alten adeligen Geschlechte her. Theodor besuchte die damalige lateinische Schule zu Karlovic und machte hier solche Fortschritte in den Wissenschaften, dass er die besondere Aufmerksamkeit des Erzbischofs und Metropoliten Vincenz Joannović Vidák erregte und sich sein Wohlwollen erwarb. Dieser schickte ihn auf eigene Kosten nach Wien, und liess ihn dort Philosophie und Rechte studieren. Nach mehrjährigem Aufenthalte in dieser Kaiserstadt kehrte Janković nach Karlovic zurück und bekleidete eine Zeit lang bei seinem Wohlthäter, dem Erzbischofe, die Stelle eines Sekretärs. Bei der Regulirung der Normalschulen in den k. k. Erblanden 1773 wurde Janković vom k. k. Hofkriegsrath zum Direktor der griechisch-orientalischen Normalschulen im banater Bezirk ernannt. Im J. 1782 wurde er durch den Erzbischof Moyses Putnik bei dem eben damals in Wien anwesenden kais. russischen Grossfürsten Paul eingeführt, der ihn unter sehr vortheilhaften Bedingungen nach Russland einlud, wo eben zu derselben Zeit die Kaiserin Katharina Normalschulen nach dem Muster der österreichischen anlegen liess. Obwohl er bald darauf zum Ober-Studiendirektor im grosswardeiner Distrikt ernannt wurde, lehnte er diesen Antrag ab und begab sich nach Russland. Hier erwarb er sich in kurzer Zeit die besondere Huld der Monarchin und stieg von Stufe zu Stufe. Er ward Mitglied der russischen Akademie und der ökonomischen Gesellschaft, und 1796 auch der Commission der Nationalschulen, und starb, als kais. russischer wirklicher Staatsrath und Ritter des St. Vladimir-Ordens 3. Klasse, in St. Petersburg den 22. Mai 1814. Die Kaiserin Maria Theresia hatte ihn in den ungarischen Adel-

stand erhoben mit dem Prädikate „von Mirijevo“; in Russland erhielt er den erblichen Reichsadel ebenfalls. Sein einziger Sohn, Joann Theodorović, bei Austerlitz verwundet, starb als kais. russischer Generalmajor im J. 1811. (S. Лѣтопись србскій 1826. Heft IV. S. 21—28.) — In Russland arbeitete Janković das vergleichende Wörterbuch von Pallas nach alphabetischer Folge um: Сравнителный Словарь, СП. 1790—1791. 4°. 4 Bde., und übersetzte das Schauspiel: Пожарь, изд. Беркенемъ, СП. 1789. 8°.

100. **Dimitrije Georgievič** (1781), im J. 1815 bereits verstorben, ist mir bloss dem Namen nach als serbischer Schriftsteller aus Boić und Čaplović bekannt.

101. **Michail Maximović** (1784), zuerst (1784) als Schreiber bei der Kontumazanstalt in Semlin, hierauf (1792) als Koncipist bei der illyrischen Hofkanzlei in Wien angestellt.

102. **Alexij Vezilić** (1785), lebte eine Zeit lang in Karlovic, und ward hierauf der griechisch-orientalischen Nationalschulen in dem grosswardeiner Distrikt kön. Proinspektor (1788).

103. **Emanuil Janković** (1786), geboren zu Neusatz um das J. 1758, studierte zuerst im Inlande, dann die Arzneikunde auf der Universität zu Halle, von wo er als Kandidat der Medicin nach Neusatz zurückkehrte, hier Buchdrucker und Buchhändler ward, aber im J. 1792 frühzeitig, erst 34 Jahre alt, starb. Er war nebst Obradović einer der ersten unter den neuern Serben, welcher sich der gemeinen Volksmundart in der Literatur bediente.

104. **Joann von Milivoin**, gebürtig aus Sombor (um 1770), ungarischer Edelmann, studierte in Pest, Advokat, städtischer Fiskal und hierauf Senator in der kön. Freistadt Neusatz, 1831 noch am Leben.

105. **Joann Muškatirović** (1786), gebürtig aus Senta, ungarischer Landesadvokat (beeidet den 10. März 1773 n. S.), Senator der kön. Freistadt Pest, starb den 18. Juli 1809 im 66. Lebensjahre.

106. **Sava Tököly** von Vizes und Kevermes (1786), geboren zu Arad, Doctor der Rechte, eine Zeit lang (1792—1798) Hofsekretär bei der ungarischen Hofkanzlei, nun als kön. Rath und Ritter des goldenen Spornes abwechselnd in Arad und Wien privatisirend. Er schrieb lateinisch: Dissertatio juridica de causa et fine civitatis, Pestini 1786. 8°.; Sermo, quem Sabbas Tököly qua deputatus ad nationalem illyricum congressum in sessione Temesvarini die 9. Sept. 1790 celebrata idiomate nationali fecit, in linguam latinam traductus, Pest. 1791. 8°. (Die ausführliche Beurtheilung siehe bei Engel II. 169); Positiones intuitu instituti pro eruditione Serbicae juventutis Aradini erigendi, Budae 1798. 8°.; ferner deutsch: Erweis, dass die Walachen nicht römischer Abkunft sind, Halle 1823. 8°., 2. verm. Ausg. deutsch und walachisch, Ofen 1827. 8°. Starb 1842, den 21. Sept. a. St.

107. **Joann Joannović** (1788), Bischof von Neusatz seit 1786, starb den 11. April 1805 a. St. zu Sombor. Er wird auf der Liste bei Boić und Čaplović als serbischer Schriftsteller angeführt, wiewohl er meines Wissens nichts geschrieben, sondern bloss ein deutsches Gebet zur Zeit des Türkenkrieges hat drucken lassen.

108. **Theodor Avraamović** (1790), Direktor der griechisch-orientalischen walachischen Nationalschulen im grosswardeiner Bezirk, starb vor 1815. Er ist der Verfasser des berüchtigten, früher irrthümlich bald dem Slawoniten Relković, bald Stephan Novaković, bald andern zugeschriebenen Wörterbuches Nr. 348.

109. **Stephan von Novaković**, geboren zu Essek, lebte viele Jahre als Hofagent bei der ungarischen Hofkanzlei in Wien und kaufte hier die ehemalige serbische Hofbuchdruckerei (1771) von Kurtzböck, an den sie übergangen war. Später (1796) verkaufte er dieselbe an die kön. ungarische Universität und kehrte nach Essek zurück, wo er, zugleich des báčer und verovíticer Komitates Gerichtstafelbeisitzer, den Rest seiner Tage in Ruhe verlebte, und nach 1815 starb. (Nach Engel vor 1804.)

Anonym schrieb er in lateinischer Sprache: Dissertatio brevis ac sincera auctoris Hungari de gente Serbica perperam Rasciana dicta, ejusque meritis ac fatis in Hungaria, cum appendice privilegiorum eidem genti elargitorum, s. l. 1790. 8°., und dasselbe deutsch: Kurzgefasste Abhandlung über die Verdienste und Schicksale der serbischen oder racischen Nation in Hungarn, mit einem Anhange der derselben verliehenen Privilegien, Neusatz und Belgrad bei Janković 1791. 8°., über welches Werk man Engels ausführliches, wiewohl eben nicht ganz unbefangenes Urtheil in dessen Geschichte II. 197 ff. lesen kann.

110. **Avraam Petrović** (1791), zubenannt Bivoldžija, Erzpriester in Neusatz.

111. **Stephan Stratimirović von Kulpin**, geboren im J. 1757 zu Kulpin im báčer Komitat, stammt aus einem alten adeligen serbischen Geschlechte in der Hèrcegovina, welches nach der Auswanderung eine Zeit lang in Littoral-Kroatien, und bald darauf in Ungarn im báčer Komitate ansässig und in den ungarischen Adelstand erhoben wurde. Nach Vollendung des philosophischen und juridischen Studienkurses widmete sich dieser hochgefeierte Prälat dem geistlichen Stande mit so auszeichnendem Eifer, dass er durch alle kanonischen Stufen schnell gehoben und in sehr jungen Jahren zum ofner Bischof befördert (1786), im J. 1790 den 9. Novb. aber auf dem Nationalcongres in Temesvár zum Erzbischof und Metropoliten aller Griechisch-orientalischen in Oesterreich gewählt und 1791 vom Kaiser und König als solcher bestätigt wurde. Im J. 1792 wurde er mit der Würde eines k. k. wirklichen geheimen Rathes bekleidet, und im J. 1809 für die thätige und glückliche Beilegung der sirmischen Bauernunruhe mit dem Grosskreuze des Leopold-Ordens geziert. Die kön. Gesellschaft der Wissenschaften zu Göttingen machte sich im J. 1817 eine Ehre daraus, diesen, auch durch gründliche vielseitige Gelehrsamkeit in hohem Grade ausgezeichneten Prälaten mittelst eines Diploms zum Beitritt als Mitglied einzuladen. Die Verdienste dieses Kirchenfürsten

um Kirche, Schulen und Nationalbildung der seiner Obhut anvertrauten Glaubensgenossen sind zu allgemein bekannt und zu allseitig anerkannt, als dass es nöthig wäre, hier durch besondere Hinweisung auf dieselben aufmerksam zu machen. Der hohe Standpunkt und die mit demselben nothwendig verknüpften vielfältigen Berufsgeschäfte erlaubten ihm nicht, die Früchte seiner gereiften Gelehrsamkeit und mehrjährigen Forschungen, besonders im Gebiete der Geschichte des kanonischen Rechtes der griechischen Kirche, durch den Druck bekannt zu machen. Mehrere anonyme Aufsätze in Zeitschriften und einige einzelne slawische Piecen mit und ohne Angabe des Vfs. sind indess durch den Druck veröffentlicht worden. Er starb am 4. Oktober 1836, Nachts zwischen 11—12 Uhr, plötzlich am Schlagflusse.

112. **Michail Vladisavljević**, geboren zu Vukovar im sirmier Komitat im J. 1759, versah die Stelle eines Normallehrers an verschiedenen Orten, namentlich zu Ireg in Sirmien, über vierzig Jahre lang, und lebte im Jahre 1831 im Pensionsstande in Semlin.

113. **Vikentij Rakić** (1792), einer der fruchtbarsten serbischen Schriftsteller im Fache der Theologie, wurde geboren zu Semlin im peterwardeiner Gränzregiment, und erhielt in der Taufe den Namen Vasilij. Welchem Lebenslauf er sich zuerst gewidmet habe, ist mir nicht bekannt; aber nach dem Tode seiner Gattin ging er 1786 in das Kloster Fenek, ward hier Mönch und erhielt am 5. Juli desselben Jahres vom Stephan Stratimirović, der eben damals in Karlovic zum Bischof geweiht worden, die Priesterweihe. Während des österreichisch-türkischen Krieges 1788—1791 verrichtete er den Dienst eines Feldkaplans und hielt sich meist zu Šabac auf. Nach seiner Rückkunft ins Kloster machte er schnell die gewöhnlichen Stufen des Mönchlebens durch: er wurde nach einander Paraekklisiarch, semliner Beichtvater, Vicar und zuletzt 1796 Hegumen. Aber schon im J. 1798 begab er sich auf besonderes Verlangen der

triester griechisch-orientalischen Gemeinde und auf Anordnung des Erzbischofs und Metropoliten nach Triest als Pfarrer, wo er sich noch im J. 1807 befand. Später wandte er sich von da nach Serbien, lebte im Privatstande und starb um das J. 1824.

114. **Avraam Mrazović** (1793), geboren in der kön. Freistadt Sombor den 12. März 1756 a. St., Sohn des dortigen Pfarrers, studierte die Philosophie an der Universität in Wien, wurde von der Kaiserin Maria Theresia zum kön. Direktor der griechisch-orientalischen Normalschulen in dem fünfkirchner Distrikt ernannt 1778 (nach dem Лѣтоп. србскій war er später Direktor im raaber Distrikt), im J. 1791 in den ungarischen Adelstand erhoben, zugleich mit dem Titel eines Gerichtstafelbeisitzers des báčer und sirmier Komitats beehrt, bekleidete zuletzt, nachdem er seines Amtes enthoben und in Pensionsstand versetzt ward, die Würde eines Senators in seiner Vaterstadt und starb daselbst den 8. Febr. 1826.

115. **Stephan Raić** wird im J. 1793 als Lehrer der esseker Jugend genannt, später wurde er in eben dieser Stadt Pfarrer und starb daselbst.

116. **Nikolaj von Stamatović**, gebürtig aus Karlovic, k. k. Officier, starb als pensionirter Oberlieutenant in Peterwardein um das J. 1810.

117. **Paul Markov Stojadinović**, der Abkunft und dem Stande nach unbekannt.

118. **Grigorij Terlaić**, geboren zu Mohol im báčer Komitat den 25. Jän. 1766, studierte die Grammatik und Rhetorik auf dem Archigymnasium in Ofen, hierauf die Philosophie und die Rechte in Wien, wo er, während er noch den Rechten oblag, zugleich die Stelle eines Haussekretärs bei dem kais. russ. Gesandten am wiener Hofe, Fürsten Dim. Mich. Galicyn, versah. Nach dem Tode des Gesandten wurde er mit den Effekten des-

selben an die Familie des Verstorbenen nach Russland abgesandt, von wo er indess bald, reichlich beschenkt, nach Wien zurückkehrte und eine Anstellung bei der serbischen Typographie des Stephan von Novaković annahm. Nach dem Verkauf dieser Buchdruckerei lebte er eine Zeit lang im Hause des Baron Balog (?), in dessen Geschäften er eine Reise nach Moskau unternahm und dort zwei Jahre lang verweilte. Als er von da zurückkehrte, soll er im Auftrage des Erzpriesters Andrej Samburskij, Hofkaplans der Erzherzogin und Grossfürstin Alexandra Pavlovna, abermals nach Russland gegangen und als Hauslehrer bei einer Gräfin in St. Petersburg eingestanden sein. Diese dreimalige Reise Terlaić's nach Russland beruht bloss auf der, wie es scheint, unverlässlichen Angabe bei Boić. Nach seinem eigenhändigen Briefe vom 9. Decb. 1800 langte er im Herbst dieses Jahres in St. Petersburg an. Diess ist gewiss, so wie das, dass er einige Jahre darauf, 1803, zum Professor der Geschichte und Statistik bei dem kais. russ. Pagencorps in St. Petersburg ernannt wurde, welche Stelle er bis zum J. 1811 bekleidete. Von unbesiegbarem Heimweh befallen und geplagt verliess er in dem eben genannten Jahre die russische Kaiserstadt, um in sein Vaterland zurückzukehren, starb aber unterwegs in Charkov den 28. Septb. 1811. In Russland gab er heraus: **Краткое руководство ко систем. познанію гражданскаго частнаго права Россіи, въ СП. 1810. 8°. 2 Bde.**; auch soll er mehreres in der Handschrift zurückgelassen haben. (L. Boić **Памятникъ** S. 67—77.) Einige Stücke aus seinem Nachlasse sind auch in dem **Лѣтоп. србскій** abgedruckt worden.

119. **Kosma Josić** (1794), geboren in der kön. Freistadt Sombor den 1. Novb. 1765 a. St., Lehrer an der serbischen Nationalschule in Pest seit 1788, lebte im J. 1830 im Pensionsstande daselbst.

120. **Vikentij Lustina**, gebürtig aus Medak im likaner Gränzregiment, war eine Zeit lang Pfarrer in Oedenburg, hierauf Archimandrit im Kl. Mesić bei Temesvár, wo er um das J. 1804 starb.

121. **Kyrill Živković**, Bischof von Pakrac, im J. 1786 erwählt, starb 1808. Er kannte, bemerkt Čaplović, ausser der serbischen Sprache nur noch die italienische, und sonst keine.

122. **Georg Petrović** (1795), gebürtig aus Nestin im sirmier Komitat, ungarischer Landesadvokat (beeidet den 29. März 1797 a. St.), hierauf kön. Statthaltereisekretär und zuletzt Censor serbischer Bücher in Ofen, woselbst er im J. 1828 starb.

123. **Dionysij Popović**, gebürtig aus Serbica in Macedonien, ward zuerst Bischof in Belgrad in Serbien, hierauf in Ofen bis zum J. 1828, in welchem Jahre er starb. Er kannte ursprünglich nur griechisch und lernte slawisch erst später. Er hinterliess mehrere slawoserbische Manuscripte, welche in der bischöflichen Bibliothek zu Ofen aufbewahrt werden.

124. **Petar Petrović** (1796), seit 1786 Bischof von Temesvár, während der Erledigung des erzbischöflichen Stuhls, vom Juni bis November 1790, Administrator desselben, starb im J. 1798.

125. **Euthymij Joannović**, gebürtig aus Neusatz, studierte in Grosswardein, ungarischer Landesadvokat (beeidet den 9. Decb. 1798 n. St.), Sekretär des neusatzer Bischofs Joannović, und nun seit 1800 Senator der kön. Freistadt Neusatz. Die Geschichte Justins übersetzte er in Grosswardein als Hörer der Philosophie an der dortigen Akademie.

126. **Lukian Mušicki** (1798), geboren (27. Jänner 1777) zu Temerin im báčer Komitat. Seit 1812 Archimandrit des Kl. Šišašatovac, seit 1828 Bischof von Karlstadt. Er erwarb sich seit 1798 durch salbungsvolle Oden und Gedichte anderer Art, sowohl im kirchenslawischen als auch im neuserbischen Styl um die serbische Dichtkunst grosse Verdienste. Zu bedauern ist, dass seine Gedichte, einzeln oder in Zeitschriften gedruckt, auch handschriftlich verbreitet, bis jetzt nicht gesammelt worden sind. Gestorben den 27. März 1837 im 61. Lebensjahre.

127. **Joann Pejaković**, hiess im Laienstande **Jakob**, aus Putnici in Sirmien gebürtig, im J. 1830 Hieromonach im Kl. Gergeteg.

128. **Petar Vitković**, geboren im J. 1754 zu Erlau, wo sein Vater Protopresbyter war, studierte die Grammatik und Humaniora am Gymnasium der Jesuiten in seiner Vaterstadt und die Philosophie in Wien, ward 1774 Pfarrer in seinem Geburtsorte und 1804 in Ofen, in welchem letztern Orte er am 24. Jänner 1808 a. St. starb. Seine Söhne Michael und Johann kommen weiter unten in der Reihe der serbischen Schriftsteller vor.

129. **Dimitrij Nikolajević Darvar** (1799), geboren in Semlin (nach andern stammte er aus Klissura), lebte in Wien und starb daselbst im J. 1825. Durch eine testamentarische Verfügung liess er seine Büchersammlung unter die Studierenden vertheilen. Er schrieb mehreres in griechischer Sprache. Kaiser Alexander I. beehrte ihn mit einem kostbaren Brillantenring.

130. **Stephan Ferenćević**, gebürtig aus Sombor, Pfarrer in dieser seiner Vaterstadt, starb daselbst im J. 1800 den 20. Jän.

131. **Nikolaj Lazarević**, Lehrer in Ofen, starb 1806 den 4. März. Er verliess vor seinem Tode den väterlichen Glauben und wurde katholisch.

132. **Maxim Rašić**, Priester, wird bloss auf der Liste bei Boić und Čaplović als serbischer Schriftsteller namhaft gemacht.

133. **Grigorij Obradović** (1800), aus Čakovo im temeser Komitat, ein naher Verwandte des Dosithej Obradović, zuerst Professor in der Militärgränze, hierauf Direktor der griechisch-orientalischen serbischen und walachischen Normalschulen im temesvárer Bezirk. Er soll Dosithej's Fabeln ins Walachische übersetzt haben.

134. **Sava Predanović**, k. k. Feldmarschall-Lieutenant, starb in Ruhestand zu Mitrovic um das J. 1826, soll kurze Biographien serbischer Generäle verfasst haben. Лѣтоп. србскiй I. 42.

135. **Josif Putnik** von Simánd, geboren zu Neusatz im J. 1777, Sohn Demeters von Putnik, mehrerer Komitate Assessors, und Bruderssohn des ehemaligen Erzbischofs und Metropoliten Moyses von Putnik. Er stammte aus einem alten serbischen, von König Ferdinand II. in den ungarischen Adelstand erhobenen Geschlechte. Nach Vollendung der Studien auf dem evangelischen Lyceum zu Käsmark und auf der kön. pester Universität widmete er sich dem geistlichen Stande, und ward zuerst Archimandrit von Gergeteg, hierauf 1805 Administrator der veršecer Diöcese, im J. 1808 Bischof von Pakrac, bald darauf zugleich Administrator des Bisthums Arad, und 1828 Bischof von Temesvár. Er starb am 4. Novb. 1830. (Ueber ihn vgl. Čaplović Slav. und Croat. II. 155.)

136. **Athanasij Stojković**, geboren zu Ruma im sirmier Komitat am 20. Sept. 1773, lernte die ersten Anfangsgründe der lateinischen Sprache in seinem Gebutsort, wo damals eine lateinische Grammatikalschule blühte, setzte darauf die Studien in Oedenburg an dem dortigen evangelischen Lyceum fort, wo er die oberste Klasse der Grammatik, ferner die Humaniora absolvirte, und hörte hierauf die Philosophie zu Szegedin. Von dem Archimandriten Raić angeeifert, begab er sich nach Deutschland und studierte Philosophie, Physik u. s. w. an der Universität zu Göttingen, wo er auch zum Doctor der Philosophie graduirt und bald auch von der mineralogischen Gesellschaft in Jena zum Mitglied aufgenommen wurde. In seinem Vaterlande fand Stojković die gehoffte und verdiente Aufnahme nicht; seine serbische Physik, die von dem russischen Kaiser Alexander I. mit Wohlgefallen aufgenommen wurde, lenkte indess die Aufmerksamkeit der russischen Regierung auf ihn, und er wurde im J. 1803 als Professor der Physik auf die Universität Charkov berufen. In Russland setzte er seine schriftstellerische Thätigkeit unermüdet rastlos und mit dem glänzendsten Erfolge fort. Er wurde nach und nach Mitglied mehrerer gelehrten Gesellschaften und Akademien des In- und Auslandes, und von der russischen Regierung von Stufe zu Stufe bis zum Staatsrathe

befördert, mit welchem Range er im J. 1830 zu St. Petersburg lebte. (Vgl. Boić's Памятникъ S. 81—96. Dobrovský's Slovanka I. 215 ff.) Von seinen vielen in Russland herausgegebenen Schriften wollen wir hier kurz verzeichnen: О воздушныхъ камняхъ, Харк. 1807. 8°., Началн. основ. Физики, Харк. 1809. 8°. 2 Thle., О предохр. себя отъ ударовъ молній, Харк. 1810. 8°., Рѣчи въ собр. Харк. Унив., Харк. 1811. 4°., Памятъ Григ. Терлаича (lat. und russ. von Lebedinskij), Харк. 1812. 4°., Система Физики, Харк. 1813. 8°., Началн. основ. физич. Астрономіи, Харк. 1813. 8°., Нач. основ. физич. Географіи, Харк. 1813. 8°., О саранчѣ, С. Петербуркъ. 1825. 8°., О отводахъ молніи и града, СП. 1826. 8°., Защищеніе градовыхъ отводовъ, СП. 1826. 8°., Изложеніе способовъ обезводненія мокрой почвы etc., СП. 1827. 8°. etc.

137. **Georgij Chranislav** (1801), wurde geboren zu Ruma im sirmier Komitat im J. 1775 und hiess im Laienstande **Gavrill**. Er war in den Jahren 1804—1811 Professor an dem karlovicer Gymnasium und trat darauf 1811 in den Mönchsorden. Vom Archimandriten des Kl. Rakovac in der Fruška-gora wurde er im J. 1828 zum Bischof von Pakrac ernannt.

138. **Mojsej Ignjatović** wurde zu Vukovar im sirmier Komitat im J. 1777 geboren, und absolvirte die Studien zu Essek und Fünfkirchen; im J. 1802 wurde er als Lehrer der obersten Normalschule in Neusatz angestellt.

139. **Anton Josifović** aus Ofen, studierte die Rechte in Pest und ward Praktikant bei der kön. Statthalterei in Ofen, woselbst er auch vor dem J. 1815 starb.

140. **Joannikij Milković**, Hegumen des Kl. Vojlovica, starb um das J. 1820.

141. **Athanasij Nešković** aus Jazak im sirmier Komitat, studierte in Pest, Raab, Pressburg und Oedenburg, lebte 1810 bis 1812 als deutscher Sprachmeister in Pest, und wurde darauf

zum Lehrer der deutschen Sprache und Literatur an dem gräflich Festetić'schen Stipendiat-Institut ernannt; gegenwärtig hält er sich als Privaterzieher und Sprachlehrer in Pest auf.

142. **Paul Hadžić** (1802), geboren zu Karlovic um das J. 1780, studierte auf der Universität in Pest, wurde Archimandrit von Gergeteg, und starb im M. Oktober 1818 zu Pančevo, begraben im Kl. Vojlovica (?).

143. **Marko Dobrić** (1803) wird in dem Verzeichnisse bei Boić und Čaplović als serbischer Schriftsteller angeführt.

144. **Joann Lazarević**, Professor der Humaniora am Gymnasium in Karlovic. Er verfasste in serbischer Sprache, so viel mir bekannt, bloss einzelne, auch schon hie und da in Sammelwerken gedruckte Gedichte und Lieder; deutsch schrieb er: Versuch über den Ursprung des Kgr. Serbien (eigentlich des serbischen Volkes), in Ludw. v. Schedius Zeitschrift von und für Ungarn, Pest 1803. 8°. Bd. 3. S. 146—165.

145. **Georgij Michaljević**, gebürtig aus Kroatien, war eine Zeit lang Setzer in der Universitäts-Buchdruckerei in Ofen (1803—1813), verliess dann die Stelle, Stadt und Frau, und begab sich nach Serbien.

146. **Georgij Zachariević** oder **Papa-Zacharia** oder **Zachariades**, früher Lehrer an der griechischen Nationalschule zu Semlin (1803 ff.), hierauf an der serbischen Schule zu Šabac in Serbien (1824 ff.).

147. **Joann Berić** (1804), schrieb sich früher **Popović**, geboren zu Brestovac im báčer Komitat im J. 1786; studierte in Maria-Theresiopel, Ofen, Pressburg und Pest, Doctor der Philosophie und im J. 1830 Aktuar bei der kön. Oberschuldirektion und Deputation für den griechisch-orientalischen Schulfond in Ofen.

148. **Gavrill Kovačević**, geboren zu Ireg im sirmier Komitat im J. 1770, von Profession ein Buchbinder, lebte im J. 1830 in Semlin, der serbischen Schriftstellerei con amore ergeben.

149. **Sava Popović** steht in dem Verzeichnisse serbischer Schriftsteller bei Boić und Čaplović. Ich weiss nicht, ob er identisch sei mit dem gleichnamigen neusatzer Pfarrer und Konsistorialassessor, der im J. 1807 im 40. Jahre seines Lebens in der letztgenannten Stadt starb. (S. Лѣтоп. србскiй III. 28.)

150. **Paul Solarić**, geboren um das J. 1781 zu Velika Pisanica in Kroatien, Schüler des Dosithej Obradović, lebte als Privatgelehrter, ganz seinen Studien und der Schriftstellerei hingegeben, in Venedig, und starb daselbst den 6. (18.) Jänner 1821, nicht volle 40 Jahre alt.

151. **Sava Georgiević** (1805), war damals, als er sein Büchlein schrieb (1805), Kleriker in Karlovic; seine spätern Schicksale sind unbekannt.

152. **Dimitrij Nalbanović**, gebürtig aus Ofen, studierte in Karlovic die Theologie, und ward Lehrer in Ofen, wo er vor dem J. 1815 starb.

153. **Milovan Vidaković**, geboren zu Nemenjikutje in Serbien im J. 1780, studierte in Neusatz, Temesvár, Szegedin und Käsmark, und verweilte nach Beendigung des juridischen Kurses als Privaterzieher an verschiedenen Orten Ungarns; im J. 1817 wurde er Professor der Grammatikalien am Gymnasium in Neusatz, welche Stelle er bis zum J. 1825 bekleidete; seitdem privatisirte er, mitunter als Hauslehrer, abwechselnd in Temesvár, Semlin, Karlovic u. s. w. Er starb 1842.

154. **Joakim Vuić**, geboren zu Baja im báčer Komitat den 9. Septb. 1772 a. St., besuchte zuerst die Schule in Kaloča, studierte hierauf die philosophischen Wissenschaften am evangelischen Lyceum in Pressburg unter den Professoren Georg Strečko, Stephan Sabel und Stephan Fabry 1792—1794; im

J. 1797 wurde er Lehrer der lateinischen Oberklasse in Futak, hierauf 1798—1801 drei Jahre lang Lehrer der lateinischen Schule in Alt-Becse; von da begab er sich nach Triest, kehrte aber 1806 nach Semlin zurück und wurde hier als Lehrer der 2. Klasse 1807 angestellt, musste jedoch nach zwei Jahren seine Stelle aufgeben, worauf er sich zuerst nach Pest als Sprachlehrer, hierauf nach Sankt-Andrä verfügte, wo er bis 1830 lebte.

155. **Stephan Philippović** (1806), aus Ruma im sirmier Komitat, geboren im J. 1787, studierte am Gymnasium zu Karlovic und die Philosophie an der Universität in Pest, wurde 1807 bis 1813 Sekretär des Senats in Serbien, und war im J. 1831 Ortsrichter und Lokaldirektor der Nationalschulen in seinem Geburtsort.

156. **Avraam Maximović**, geboren in Sombor den 9. Sept. 1772 a. St., war im J. 1830 Pfarrer in dieser seiner Vaterstadt, Katechet am dortigen pädagogischen Institut, bischöflicher Konsistorial-Assessor und Mitglied der Gartengesellschaft in Frauendorf.

157. **Nikolaj Šimić**, geboren zu Sombor den 6. Decb. 1771 a. St., ungarischer Landesadvokat (beeidet den 3. Sept. 1811 n. St.), in jüngern Jahren Officier in kais. russ. Diensten, zuletzt Senator und eine Zeit lang Stadthauptmann in seiner Vaterstadt.

158. **Gavriil Bajčević** (1807), gebürtig aus Neusatz, Direktor der griechisch-orientalischen Normalschulen im báčer Distrikt.

159. **Gerasim von Bečkereki**, früher im Laienstande **Georg**, geboren um 1775, Hieromonach im Kl. Gergeteg.

160. **Joann Athanasijev Došenović**, gebürtig aus dem Gebiete Lika, studierte die Philosophie in Padua, trat hierauf in den geistlichen Stand und ward Priester in seiner Heimath; er starb zu Ofen zwischen 1811—1814.

161. **Aaron Jelenić**, im J. 1807 Diakon zu Triest; seine spätern Schicksale sind mir unbekannt.

162. **Ephrem Lazarević**, Normallehrer zu Divoš im sirmier Komitat (1807 ff.), hierauf Lehrer zu Karlstadt (1810 ff.), starb in Divoš.

163. **Manuil Malešević**, früher (1807) Pfarrer in Raab, dann Pfarrer und Protopresbyter in Stuhlweissenburg, so wie Beisitzer des ofner bischöflichen Konsistoriums.

164. **Joann Popović**, Senator der kön. Freistadt Maria-Theresiopel.

165. **Petar Saranda**, gebürtig aus Neusatz, Adjunkt beim städtischen Kassaamt in seiner Vaterstadt.

166. **Athanasij Vlahović**, geboren zu Paraga im báčer Komitat, studierte in Pest, wo er zum Doctor der Philosophie graduirt wurde, war im J. 1830 Pfarrer in Alt-Becse, des bischöflichen ofner Konsistoriums Assessor, so wie der philosophischen Fakultät an der pester Universität Ehrenmitglied.

167. **Michail G. Bojadži** (1808), geboren zu Ofen, ursprünglich aus einem macedo-wlachischen Geschlecht, lange Zeit hindurch Lehrer der griechischen Jugend in Wien, hierauf Lehrer der altslawischen Sprache bei dem Herzog von Lucca. Er gab 1813 eine romanische oder macedo-wlachische Sprachlehre in Wien, ferner eine kurzgefasste neugriechische Sprachlehre, Wien 1823. 8°., nebst noch einigen andern Schriften heraus.

168. **Konstantin Marinković**, geboren zu Neusatz um das J. 1784, absolvirte die Humaniora am Archigymnasium zu Ofen, studierte hierauf die Philosophie am evangelischen Lyceum in Käsmark und die Theologie an der Klerikalanstalt in Karlovic; war im J. 1830 Pfarrer und bischöflicher Konsistorialassessor, so wie Gymnasialkatechet und Exhortator in Neusatz.

169. **Miloš Popović**, gab als Jurist (1808) drei Gedichte heraus, und war später Ortsnotar im sirmier Komitat.

170. **Joann Rukoslav**, gebürtig aus Pest, Handelsmann, lebte im J. 1830 in Sankt-Andrä.

171. **Joann Živković**, geboren zu Dalja den 18. Oktb. 1767 a. St., war früher Professor am Gymnasium in Karlovic, hierauf Lehrer der slawischen und deutschen Sprache und des Styles an der kön. griechisch-orientalischen Präparandenschule zu Sombor, wo er gegenwärtig noch im Amte ist.

172. **Dimitrij Stephanović**, Pfarrer in Neusatz.

173. **Evthymij Joannović** (1809), geboren zu Kuveždin im sirmier Komitat am 20. Jän. 1773 a. St., studierte die Grammatik und die Humaniora am k. Gymnasium in Neusatz, darauf die Philosophie in Szegedin und die Theologie in Karlovic; im J. 1798 wurde er Professor am karlovicer Gymnasium, und im J. 1806 Priester und Pfarrer in Karlovic, im J. 1811 Erzpriester zu Šid und sirmier Komitats-Assessor, 1812 in gleicher Eigenschaft nach Semlin versetzt und 1814 zum Beisitzer des erzbischöflichen Konsistoriums, 1817 aber zum Beisitzer des Appellatoriums ernannt.

174. **Benedikt Kraljević** (1810), gebürtig aus Serbien, Bischof von Dalmatien. Er scheint derselbe Bischof zu sein, der 1806 aus der Türkei nach Oesterreich floh, in Fenek wohnte und Priester creirte.

175. **Aleks. Maksimov** oder **Maksimović** ist mir als serbischer Schriftsteller bloss dem Namen nach aus dem Mušicki'schen Verzeichnisse (bei Boić und Čaplović kommt er nicht vor) bekannt.

176. **Sava Mèrkalj**, Lehrer in Kroatien. Einige sehr kurze Aufsätze über serbische Orthographie stehen von ihm in Davidović's serb. Zeitung 1817. N. 41.

177. **Paul Kengelac** (1811), geboren um das J. 1763, Archimandrit des St. Georger Klosters in der temesvárer Diöcese und des temeser Komitats Gerichtstafel-Assessor.

178. **Vasilij Kovačić**, geboren in Sombor den 13. Juli 1779 a. St., früher Pfarrer und Erzpriester in Szegedin, dann Pfarrer und Erzpriester in seiner Geburtsstadt.

179. **Dimitrij Davidović** (1812), geboren zu Semlin (12. Okt. 1789), studierte auf dem Gymnasium in Karlovic, hierauf die Philosophie und Medicin an der k. Universität in Pest (1808—1812). Später ging er nach Wien, wo er sich ganz dem literarischen Interesse der serbischen Nation weihte. Mehrere Jahre hindurch redigirte er und besorgte den Druck der serbischen Zeitung, und zwar 1813—1816 in Verbindung mit Demeter Frušić, dann 1817—1822 allein. Zu gleicher Zeit veranstaltete er auch die Herausgabe mehrerer anderer, sowohl eigener als fremder Werke. Um eine eigene serbische Buchdruckerei errichten zu dürfen, lernte er selbst die Buchdruckerkunst. Als seine Unternehmungen, besonders in ökonomischer Hinsicht, nicht den erwünschten Fortgang hatten, verliess er Wien 1823 und begab sich nach Serbien, wo er eine Anstellung in der Kanzlei zu Kragujevac erhielt. Seit 1826 war er erster Sekretär des Fürsten von Serbien, Miloš Obrenović, besonders für die auswärtigen Geschäfte bestimmt. In Angelegenheiten des Landes und des Fürsten machte er mehrmal Geschäftsreisen nach Konstantinopel. Er war der serbischen, russischen, deutschen, französischen und lateinischen Sprache mächtig. Die öffentliche Meinung, sagt Pirch, nannte ihn kühn im Vertreten seiner Ansicht, voll Feuer für seinen Beruf, einen schnellen und ausdauernden Arbeiter, einen guten Hausvater und einen treuen Freund. Er besass das allgemeine Vertrauen in eben dem Grade, wie das des Fürsten. Er starb am 25. März 1838 in Smederevo.

180. **Uroš Stephan von Nestorović**, geboren zu Ofen im J. 1762, studierte zu Ofen und Oedenburg, und wurde zuerst als Kancellist bei der ehemaligen illyrischen Hofkanzlei angestellt, dann ward er bei der ungarischen Hofkanzlei Agent, zuletzt wurde er den 12. Februar 1810 zum Oberdirektor der griechisch-orientalischen Nationalschulen im Kgr. Ungarn ernannt;

er starb am 8. Aug. 1825 zu Ofen als kön. Rath, Oberinspektor der griechisch-orientalischen Nationalschulen in Ungarn, Direktor der somborer und arader Präparanden-Schulanstalten und Präsidenten-Stellvertreter der die Fonds besagter Schulen verwaltenden Deputation. Selbst ein Mann — heisst es in seinem Nekrolog — von höherer, gründlicher und vielseitiger Bildung, setzte er den ganzen Zweck seines Lebens in den Eifer, dieselbe unter seinen Nationalen und Glaubensgenossen zu verbreiten; dieser edle Eifer war der Stolz aller seiner Anstrengungen, und ihr Gedeihen sichert seinem Andenken einen Ruhm zu, der von keinem ähnlichen verdunkelt werden kann. (Ofner Zeitung 1825.) Nach andern zuverlässigeren Nachrichten war er zwar ein angenehmer Unterhalter in gesellschaftlichen Kreisen, aber ohne alle wissenschaftliche Bildung, und im Fache der Pädagogik und Didaktik vollends ein Idiot. Die höheren Anstalten, denen er vorstand, oder die Präparandenschulen, hinterliess er im Zustande völliger Auflösung.

181. **Dimitrij Frušić** (1813), geboren im J. 1790 zu Divoš im sirmier Komitat, studierte die Philosophie und Medicin an der kais. Universität in Wien, wurde zum Doctor der Medicin graduirt, und war eine Reihe von Jahren bei dem städtischen Spital in Triest als Primärarzt angestellt. Während er in Wien den Studien oblag, redigirte er 1813—1816 gemeinschaftlich mit Dimitrij Davidović die serbische Zeitung. In Triest verfasste er ein philosophisch-medicinisches, noch ungedrucktes Werk „Ueber den Menschen". Er starb 1838 in Triest.

182. **Simon Petrović**, beeideter Landesadvokat (am 23. Sept. 1792 n. St.), Senator in Temesvár.

183. **Peter Runjanin**, Pfarrer zu Kuzmin im peterwardeiner Gränzregiment (1813—1828).

184. **Eustachia Arsić** (1814), Gemahlin des Senators und Stadtrichters zu Alt-Arad, Sava Arsić, die erste unter den Ser-

binnen, welche als Schriftstellerin auf dem Gebiete der Nationalliteratur auftrat.

185. **Vasalij Bulić**, geboren zu Vrbas im báčer Komitat im J. 1785, absolvirte die medicinischen Wissenschaften, und ward Professor der Arithmetik, Mathematik, Physik und politischen Geographie, so wie auch der ungarischen Sprache an der Präparanden-Anstalt zuerst in St. Andrä (1813), hierauf in Sombor (1817—1826), an welchem letztern Orte er den 6. März 1826 starb.

186. **Mathej Damjanović**, Lehrer zu Neštin im sirmier Komitat.

187. **Vasilij Damjanović**, Lehrer zu St. Andrä, starb im J. 1830.

188. **Dimitrij Isajlović**, geboren zu Dalja im veroviticer Komitat, den 26. Oktb. 1783 a. St., zuerst Professor am Gymnasium in Karlovic 1808—1814, hierauf Professor der Pädagogik und Geschichte am kön. serbischen Pädagogium in St. Andrä und Sombor, von wo aus er im J. 1830 einem Rufe nach Serbien, als Director der Nationalschulen und Erzieher der Söhne des Fürsten Miloš folgte. Im Herbst des Jahres 1831 wurde er zum Censor bei der Typographie in Belgrad ernannt.

189. **Grigorij Jakšić**, gebürtig aus Gran („studuit in toto mundo“, heisst es von ihm in den mir mitgetheilten Nachrichten), kais. russischer Officier und Ritter des Maltheser-Ordens. Ausser seinen serbischen Oden und Liedern sind mir folgende russische bekannt: Ода на случай пожалованія Его Высокопреосв. Михаила Митрополитомъ С. Петербурскимъ, СП. 1818. 4°., Слезы о кончинѣ Ея Вел. Екатерины Павловны, королевы Виртемб., СП. 1819. 4°., Слезы незабвенной тѣни Георгія Петровича Чернаго, бившаго верховнаго вожда серб. народа, СП. 1817. 4°., Изліяніе чувствов. при случай рожд. Его Высоч. В. К. Александра Николаевича, СП. 1818. 4°.

190. **Vuk Stephanović Karadžić**, geboren im Dorfe Tršić im Gebiete Jadar in Serbien den 26. Okt. 1787 a. St., Sohn eines Landmanns, genoss seine wissenschaftliche Bildung in Karlovic am dortigen Gymnasium und setzte seine Studien in Belgrad fort. Frühere Strapazen in den ersten Jahren des Aufstandskrieges hatten ihm eine Lähmung des rechten Fusses und der rechten Hand zugezogen; das Uebel wurde ärger, und er musste das Bad von Mehadia gebrauchen, wodurch er etwas genas. Späterhin ging er auch nach Peterwardein, um sich von dortigen Aerzten heilen zu lassen, wiewohl auch diese sein Uebel nicht völlig heben konnten. Man gab ihm darauf eine einträgliche Stelle im Gränzzollamte bei Vidin, die er einige Jahre lang bekleidete. Nach Serbiens Unterjochung begab er sich nach Wien, traf dort eine mit ihm verwandte junge Serbin, die eine Menge der kleinern Frauenlieder wusste, ihm mittheilte, und den früher schon gefassten Gedanken, die Volkslieder seiner Nation zu sammeln, aufs neue in ihm rege machte. Er gab nun 1814 die erste kleine Sammlung heraus, die in Wien gedruckt wurde, und benutzte seinen Aufenthalt in Wien, sich in der deutschen Sprache zu vervollkommnen. Bald darauf erschien seine serbische Grammatik, späterhin sein serbisch-lateinisch-deutsches Wörterbuch. Der Beifall, womit die Volkslieder aufgenommen wurden, feuerte ihn an, deren mehr zu sammeln, und so erschienen später in Leipzig, wohin er zu diesem Zwecke reiste, die drei Bände serbischer Volkslieder im Drucke. Inzwischen hatte er sich mit einer gebornen Wienerin verheirathet, lebte in Wien als Privatgelehrter und beschäftigte sich fortwährend mit der Literatur seines Vaterlandes. (Gerhard's Vila II. 312—313.) Im Sommer des Jahres 1819 unternahm er eine Reise nach Russland, verweilte einige Zeit in Moskau und Petersburg, und kehrte 1820 nach Wien zurück. Später hielt er sich abwechselnd in Wien und Serbien auf, im Genusse einer Pension vom russischen Kaiser Nikolaus und einer Unterstützung von Seiten des Fürsten Miloš Obrenović. Im Jahre 1830 begab er sich gänzlich nach Serbien und wurde am 1. April 1831 a. St. vom Fürsten zum Präsidenten des Gerichtes der Nahija und der

Stadt Belgrad ernannt, welche Stelle er indess im Herbste 1831 freiwillig niederlegte und vorerst nach Semlin zurückkehrte.

191. **Joann Mioković**, gebürtig aus Sirmien, war zuerst Lehrer in Semlin, hierauf Sekretär bei Ephrem Obrenović in Šabac, und starb als solcher um das J. 1825.

192. **Stephan Živković**, gebürtig aus Serbien, k. k. Officier (nach Andern ein Beamte), begab sich später nach Russland, und würde dem Vernehmen nach bei einer Lehranstalt in Odessa angestellt. Andern Nachrichten zufolge soll er um das J. 1830 zu Bukurešt gelebt haben.

193. **Petar Asimarković**, geboren zu Baja im báčer Komitat, des biharer Komitats Gerichtstafelbeisitzer, lebte 1830 zu Ofen.

194. **Platon Athanacković** (1815), vor dem Eintritt in den Mönchsstand **Paul**, geboren zu Sombor den 29. Juni 1788 a. St., von 1812 bis 1829 Professor und Katechet am kön. serbischen Pädagogium früher zu St. Andrä, später zu Sombor, wie auch Pfarrer in dieser seiner Geburtsstadt; seit 1829 aber Hieromonach im Kl. Krušedol.

195. **Lazar Boić**, gebürtig aus Dobanovci in Slawonien, studierte in Karlovic und auf der pester Universität, wurde hierauf Pfarrer in seinem Geburtsort, und später des Baron Radošević'schen Regiments Feldkaplan.

196. **Nikolaj Mesarović**, gebürtig aus Ireg im sirmier Komitat, Lehrer zu St. Andrä, starb im J. 1820. Er hinterliess in der Handschrift mehrere kleine Dramen.

197. **Georgij Popović**, gebürtig aus Pačír, Paroch zu Senta im báčer Komitat und bischöflicher Konsistorial-Assessor. Er verfasste auch ein lateinisches Gelegenheitsgedicht zu Ehren des Erzbischofs und Metropoliten Stephan Stratimirović von Kulpin.

198. **Radonić**, ein Serbe aus der Türkei.

199. **Prokop Bolić** (1816), Archimandrit des Kl. Rakovac, des temeser, krašover und sirmier Komitats Gerichtstafelbeisizzer, so wie auch des erzbischöflichen Konsistoriums Assessor, starb den 14. (26.) Oktb. 1818.

200. **Petar Stojšić**, früher Ortsnotar, dann beeideter Landesadvokat (seit ungefähr 1823), wohnhaft zu Senta im báčer Komitat.

201. **Michail Vitković**, geboren zu Erlau den 14. Aug. 1778, Sohn des oben angeführten Petar Vitković, studierte in seiner Geburtsstadt, hierauf zu Ofen und Pest, und ward nach Vollendung des juridischen Kurses Tabular-Advokat (seit Juni 1803) in Pest, woselbst er am 28. August 1829 starb. Durch seine Schriften in ungarischer Sprache, besonders durch seine Fabeln und andere kleine Gedichte, hat er sich einen ungleich grösseren Ruhm erworben, als durch seine höchst mittelmässigen schriftstellerischen Leistungen in der serbischen angebornen Mundart.

202. **Paul Berić** (1817), gebürtig aus Mohol im báčer Komitat, studierte in Ofen und Pest, ward ungarischer Landesadvokat (beeidet den 26. Juni 1821 n. St.), und im Sommer des Jahres 1830 erzbischöflicher Sekretär in Karlovic.

203. **Paul Georgiević Lazarević** (1818), Verfasser einer Rede, sonst gänzlich unbekannt.

204. **Pantelejmon Michajlović**, Lehrer zu Báta (Bátta? oder Battyán? — im Serbischen **Батаньскій**).

205. **Lazar Michalović**, im J. 1818 Jurat; den fernern Lebensumständen nach unbekannt.

206. **Joann Popović Mostarski** aus Pačír, studierte zu Maria-Theresiopel, Szegedin und Pest, beeideter Landesadvokat (am 19. Decb. 1823 n. St.), wirkte eine Zeit lang als practicirender Rechtsanwalt in Pest, ward hierauf in den Jahren 1828

bis 1830 Sekretär bei dem Bischof von Dalmatien, Hr. Rajačić in Šibenik, und lebte später im Privatstande.

207. **Dimitrij Pantelejmon Tirol**, geboren zu Čakovo im temeser Komitat, wohnte lange Zeit in Temesvár, früher als Kaufmann, darauf als Bücherschreiber von Profession; im J. 1830 begab er sich jedoch nach Serbien und wurde bei Ephrem Obrenović in Šabac als Kinder-Erzieher und Lehrer angestellt.

208. **Dimitrij Nešić** (1819), in dem genannten Jahre Jurat in Pest, dann ungarischer Landesadvokat und Hauptmanns-Auditor zu Mitrovic.

209. **Grigorij Geršić** (um 1819—1820), Direktor der serbischen Nationalschulen im sirmier Distrikt, wohnhaft in Karlovic.

210. **Peter Kuzmanović** (um 1819—1820), Pfarrer zu Vukovar. (Vgl. Ephrem Kuzmanović am Ende.)

211. **Petar Darvar** (1820), seinen Lebensumständen nach unbekannt.

212. **Miloš Lazarević**, Sohn des oben angeführten karlovicer Professors Joann Lazarević, geboren im J. 1801 in Karlovic, studierte in Karlovic, in Sáros-Patak am reformirten Kollegium und in Wien, und war seit 1828 Lehrer an der serbischen Schule in Semlin.

213. **Grigorij Lazić**, geboren im Dorfe Čerević im sirmier Komitat im J. 1796, studierte, nach zurückgelegtem Gymnasialkurse, die Theologie in Karlovic 1816—1817, und Jahr darauf die Philosophie in Erlau; im J. 1819 trat er das Amt eines Normallehrers in Karlovic an, und wurde zwei Jahre später zum Professor am dortigen Gymnasium befördert.

214. **Sevastian Ilić**, hiess im Laienstande **Samuil**, geboren zu Senta im bácser Komitat, früher Lehrer an der serbischen

Stadtschule in Karlstadt, hierauf Mönch und bischöflicher Archidiakon in Plaški, Konsistorialnotar, Professor der Theologie, Mitglied der Gartengesellschaft zu Frauendorf; seit J. 1832 Hegumen im Kl. Gomirje.

215. **Lazar Miletić**, Landesadvokat (beeidet den 18. Juni 1803 n. St.), des agramer Komitats Gerichtstafelbeisitzer, und Sekretär des ehemaligen Bischofs von Kroatien Moises Mioković.

216. **Uroš Maksimović** aus Sombor, geboren den 15. August 1802, starb als beeideter Magistrats-Kancellist in seiner Vaterstadt den 15. November 1821.

217. **Evthymij Popović** (1821), geboren im J. 1797 zu Karlovic, absolvirte die philosophischen und theologischen Studien, und bekleidete das Lehramt bei der serbischen Stadtschule in Triest; im J. 1832 verliess er seine Stelle und ging nach Montenegro.

218. **Joann Sulić**, dem Vernehmen nach Buchhalter in Wien, soll sich später nach Serbien begeben haben.

219. **Athanasij Theodorović**, geboren zu Ruma im sirmier Komitat im J. 1801, studierte die Philosophie und die Jurisprudenz an der kön. Universität in Pest, wurde Doctor der Philosophie (1823), Landesadvokat (beeidet 1829) und im J. 1824 Professor am Gymnasium in Neusatz, welche Stelle er im April 1832 verliess und sich nach Serbien begab.

220. **Petar Joannović** (1822) aus Neusatz, geboren um 1801, studierte die Philosophie auf der Universität in Pest, und die Jurisprudenz auf den Akademien in Grosswardein und Kaschau, Doctor der Philosophie und ungarischer Landesadvokat (beeidet 1830), seit 1824 Professor am Gymnasium in Neusatz.

221. **Georg Magarašević**, geboren im J. 1793 zu Adaševci im peterwardeiner Gränzregiment, wo sein Vater Pfarrer war,

studierte am Gymnasium in Karlovic und die Philosophie in Pest an der kön. Universität, hierauf besuchte er ein Jahr lang die theologische Klerikalanstalt in Karlovic, wurde inzwischen im J. 1813 zum supplirenden Gymnasialprofessor in Karlovic befördert, und hierauf im J. 1817 als ordentlicher Professor an das neuerrichtete griechisch-orientalische Gymnasium in Neusatz versetzt, wo er als Professor der 1. Humanitätsklasse den 6. (18.) Jänner 1830 starb.

222. **Ignaz Joannović** aus Mošorin im Šajkisten-Bataillon, geboren um das J. 1791, studierte am Gymnasium in Karlovic, hierauf die Philosophie in Szegedin und die Geometrie in Pest; seit 1818 Professor der Grammatik am Gymnasium in Neusatz.

223. **Georg Georgiević** aus Alt-Futak, geboren um 1790, studierte am Gymnasium in Karlovic, ward hierauf zuerst Normallehrer in Neusatz und später Professor der Grammatik am dortigen Gymnasium.

224. **Stephan Milošević**, nennt sich чиновникъ, und scheint Officier in der Gränze (Neu-Gradiska) gewesen zu sein.

225. **Joann Vitković** aus Erlau, Sohn des obengenannten Petar Vitković, geboren den 5. September 1785, studierte in seiner Geburtsstadt, und war 1830 Pfarrer in Ofen und bischöflicher Konsistorialrath.

226. **Avraam Branković** (1823), aus Franjevo (Vranjevo) im torontaler Komitat, studierte zu Karlovic, Szegedin und Käsmark, hielt sich als Jurat eine Zeit lang in Pest auf und schrieb dort mehrere seiner Werke; im J. 1830 begab er sich nach Serbien in der Hoffnung, bei der neuzuerrichtenden Buchdruckerei in Belgrad eine Anstellung zu finden. Er starb im Monate Juli 1831 als Distriktsschreiber in Brusnica in Serbien an einem Schlagfluss, den er sich durch unzeitiges Baden im kalten Wasser zugezogen haben soll.

227. **Evgenij Divković**, geboren zu Baja im báčer Komitat,

Tabular-Advokat in Pest (beeidet den 6. März 1815 n. St.) und gräflich Battyanischer und Vécsey'scher Fiskal, so wie auch kön. Fiskal bei der griechisch-orientalischen Schuldeputation.

228. **Gerasim Zelić**, geboren in Žegar, einem Dorfe in dem ehemaligen venetianischen Dalmatien, am 11. Juni 1752 a. St., Hieromonach 1778, Archimandrit von Krupa in Dalmatien und gewesener General-Vikar der griechisch-orientalischen Kirchen in Dalmatien und in der Bocca von Cattaro (1795—1811), starb in Ofen 1827. Er hat sein an Wanderungen und Schicksalen verschiedener Art überreiches Leben selbst in gemeiner serbischer Sprache ausführlich beschrieben in dem Nr. 680 verzeichneten Buche, aus welchem in den Wiener Jahrb. d. Lit. 1826 Bd. 36 S. 113—199 ein sehr lehrreicher Auszug (von B. Kopitar) steht.

229. **Theodor Athanacković** (1824), damals Kleriker und Privaterzieher.

230. **Joann Hadžić** (1825), als Schriftsteller unter dem angenommenen Namen **Miloš Svetić** bekannt, geboren am 8. Sept. 1799 a. St. in Sombor, studierte am Gymnasium in Karlovic, hierauf an den Universitäten zu Pest und Wien, Doctor der Rechte (1826), und sowohl österreichischer als auch ungarischer Landesadvokat (letzteres seit 27. Juli 1826 n. St.), im J. 1830 Konsistorialfiskal und Gymnasialdirektor in Neusatz.

231. **Vasilij Joannović** aus Semlin, geboren den 29. Decb. 1792 a. St., widmete sich, nach Beendigung der gewöhnlichen Schulstudien, eine Zeit lang dem kaufmännischen Fache, aber von Liebe zu Literatur und den Wissenschaften angetrieben, verliess er dasselbe nach einigen Jahren, besuchte die theologische Lehranstalt in Karlovic, ward Novic im Kl. Gergeteg, kehrte indess bald darauf auf Verlangen seiner Eltern nach Semlin zurück, und wurde in dieser seiner Vaterstadt Lehrer 1812.

232. **Stephan Stephanović** aus Neusatz, studierte am dortigen Gymnasium, hierauf die Philosophie und Geometrie in

Pest, und starb eines frühzeitigen Todes im J. 1826. Von ihm sind mehrere Gedichte in dem Лѣтопись сpбскiй erschienen.

233. **Pater Matić** (1826), gebürtig aus Bingula im sirmier Komitat, Sohn des dortigen Pfarrers, studierte die Rechte an der Universität in Wien und wurde später Syndicus zu Kostajnica in Gränz-Kroatien.

234. **Simeon Milutinović** ward zu Sarajevo in Bosnien den 3. Oktb. 1791 a. St. geboren. Sein Vater, Milutin, gebürtig aus dem Dorfe Rožanstvo, užicer Nahija in Serbien, wurde, nachdem beinahe die ganze Verwandtschaft an der Pest ausgestorben war, von einer Tante auferzogen und vom Grossvetter Dragutin nach Sarajevo geschickt, um dort Handwerk zu lernen, wo er aber Kaufmann ward. Hier heirathete er Angelija, eine Tochter des Jovan Srdanović Bajov aus dem Dorfe Srdević in Hèrcegovina (jedoch in Sarajevo geboren) und erzeugte mit ihr den einzigen Sohn Simeon. Im zweiten Jahre Simeons fliehen die Eltern vor der Pest nach Švrakino-Selo. Einem Mordanschlag der Türken aufs ganze Haus entgehen sie glücklich und begeben sich nach Gradačac, wo sie bei Osman-Kapetan Schutz finden, und sechs Jahre ruhig verleben. Endlich verfolgt sie die Pest auch hier, und sie entschliessen sich nach der Njemačka, d. i. nach Oestreich, über die lukáčer Schanze, 4 St. Weges von da, zu entweichen. Mit grossen Beschwerden und Gefahren setzt Milutin über die Save in einem Nachen, geht nach Brod, von da nach Semlin, und nach einiger Zeit nach Belgrad. In Belgrad ward der zehnjährige Simeon in die Schule gegeben, aber durch einen Barbarenlehrer gleich den ersten Tag wegen Nichtsthun („za bresposlicu") so tüchtig durchgeprügelt, dass er sich eher den Tod geben, als je mehr die Schule betreten wollte. Ein Verwandter des Vaters, der den Knaben den verzärtelnden Liebkosungen der Mutter entziehen wollte, führte ihn nun nach Szegedin und übergab ihn einem gewissen Damian Alargić in Lehre und Kost, der auch zwei Jahre hindurch den lebhaften jungen Bosniaken mit täglichen Prügeln so fleissig bearbeitete, dass

dieser dabei einen grossen Theil der Gesundheit zeitlebens einbüsste. *) Noch andere zwei Jahre verblieb er daselbst in der lateinischen Schule. Im J. 1805 begab er sich nach Karlovic und studierte am dortigen Gymnasium drei Jahre lang. Hier liess er sich im ersten Semester der Poesie (5. Kl.) einige Fehler jugendlicher Petulanz zu Schulden kommen, die nur einer väterlichstrengen Zurechtweisung bedurft hätten; aber die Professoren Geršić und Chranislav wussten den Erzbischof gegen den Bosniaken dergestalt aufzuhetzen, dass Sima, ungeachtet des Schutzes, den ihm der brave Direktor Volný angedeihen liess, mit mehreren andern Studenten, worunter Davidović der Zeitungsschreiber, dann Sekretär des Fürsten Miloš, ohne Zeugniss aus der Schule und Stadt verwiesen ward, und zehn Karbatschenstreiche auf den Weg bekam. Er zog sich nach Semlin zurück, lernte dort die neugriechische Sprache des Handels wegen, und fand an seinem griechischen Lehrer endlich einen Freund, Rathgeber und Leiter.

Nun fing er an die Handelskunst zu lernen. Mittlerweile ward Belgrad von den Serben genommen (1806), und Simeon, dem sein erwählter Beruf wenig zusagte, gelang es, in der Senatskanzlei als Schreiber (pisar, Schreiber oder Sekretär) angestellt zu werden. Hier blieb er bis zum Fall Serbiens 1813. Nachdem alles verloren war, floh er mit den übrigen Anführern nach Oestreich, begab sich über Pest, Wien, Triest, Dalmatien, wo er im Dorfe Strmica drei serbischen Kindern eine Zeit lang Unterricht ertheilte, nach Bosnien, und kam über Grahovo und Kupres glücklich bei seinem Taufpathen Stojan Despotović an.

*) Noch vor 50 Jahren war es, nach der Aussage glaubenswürdiger Zeugen, in den serbischen Schulen Ungarns und Slavoniens allgemein herrschende Sitte, die Schüler wegen jeder „bresposlica“ in sogenannte Phalagen, d. i. Sperrhölzer für die Füsse (Block), einzuschliessen, und den Söhnen gemeiner Leute fünfzig, denen der Honorationen aber dreissig Ruthen-, Stock- oder Peitschenhiebe auf den Hintern oder auch auf die Fusssohlen abzumessen. Bei grösseren Vergehungen wurden die Kinder bei den Füssen aufgehengt und mit Ruthen über den Bauch gestreichelt. Solche Operationen wurden täglich vorgenommen.

Bald darauf erwachte, durch der Türken Gräuelthaten angeregt, der Heldensinn der Serben unter Miloš Obrenović zu neuen Thaten, und Sima eilte, dem Drange des Herzens folgend, nach Belgrad, wo er auf Verwendung des braven Bulgaren, Priester Radovan aus Sophia, beim serbischen Vladyka (Bischof) als Schreiber angestellt ward. Sima geht in eine neue Verschwörung gegen die Türken im Herbste 1814 ein und verlässt den Vladyka, sieht sich aber bald darauf gezwungen, bei einem hergelaufenen griechischen Päderasten, Daniil Phanariot, ehemals Räuber und Pandur, nun Vladyka von Šabac oder Užice, als Schreiber Dienst zu nehmen. Das Verhältniss des Delipapas (närrischen Pfaffen — so wurde er von den Türken genannt) zu einem siebzehnjährigen griechischen mädchenschönen Jüngling, dem Opfer der viehischschändlichen Lust und bald auch der sündereuigen Rache dieses sybaritisch-kynischen Türken-Dervisches und Judas Ischariotes in einer Person, mag man bei Milutinović selbst nachlesen.*) Der Vladyka nimmt, als der Aufstand losbrach (1815), heimlich die Partei der Türken, sperrt sich mit ihnen in einer Verschanzung bei Valjevo ein, und behält den Sima, dem er schon früher unter dem Vorwande eigener Rathserhohlung das Geheimniss der Hinneigung zu den Patrioten entlockt hatte, unter wachsamen Augen bei sich, der auch keine Gelegenheit zu entweichen fand. Nachdem die Türken

*) Delipapas kam als griechischer Priester nach Türkisch-Oršava, ward hier Pandur beim Redžep, hierauf Buljubaša über die Panduren des Paša gegen die Serben und Russen. Kurz darauf drängte er sich dem belgrader Bischof auf, den er als Protosyncell ganz beherrschte und sich den Beutel füllte. Redžep nahm ihn mit sich nach Konstantinopel, und bald darauf kam er mit einem k. Ferman als Bischof von Šabac oder Užice in Serbien an. — Ueber diesen Delipapas, oder richtiger Diabolopapas, enthält V. St. Karadžić's Danica 1827 S. 115—116 die interessantesten Nachrichten, woraus wir nur noch beifügen wollen, dass er nach der Wendung der serbischen Sache zum Bessern, als Metropolit von Serbien, über Oestreich und die Walachei nach Konstantinopel entwich. — Wir möchten Sr. Herrlichkeit in ihrem neuen Aufenthaltsorte folgende Stellen aus den Byzantinern zum fleissigen Nachlesen empfehlen: Theophanes ed. Ven. 120, Cedrenus ed. Ven. 291, Joan. Malalas ed. Ven. II. 58.

die Schanze verlassen und der Bischof nach Zvornik sich begeben, verliess ihn hier Sima und floh über die Drina nach Serbien zurück, wo er in der Nähe des Klosters Radovašnica mit einer Schaar von Waldrittern verweilte, bis der Krieg geendet. Nach Bezwingung hartnäckiger Krankheiten ward er aufs neue Schreiber beim Nationalsenat in Belgrad. Von da machte er eine Reise nach Kraljevo (Krajova) in der Walachei, um seinen Vater aufzusuchen, der inzwischen auf einem andern Wege nach Belgrad zurückgekehrt und von da nach Bessarabien ausgewandert war. Missmuthig geht Sima nach Vidin, um dort dem Vater nachzuforschen oder Weiteres abzuwarten; die Noth zwingt ihn hier bei einem Türken, Aufseher des Gartens des Pazwan Oglu, Gärtnergehilfe zu werden. Zu Tausenden trug er Gurken auf den Schultern zum Markte, und ward bald darauf seines Gärtnertalents wegen zum Feld- oder Melonengarten-Aufseher (Bostandži) befördert. Im Herbst 1816 wurde er mit den Christen in Vidin näher bekannt. Sie wählten ihn zum Lehrer, gaben ihm Schule und Kinder, und damit verstrich der Winter.

Im Frühling 1817 insinuirten sich zwei Fremdlinge aus der Walachei in seine Bekanntschaft und warben ihn für eine Verschwörung, er wich aber aus, weil er sah, dass man „mit fremder Stirn die Wand durchbrechen und nicht sich, sondern den Freund dem Krokodil in den Rachen werfen wollte“,*) zeigte es durch den Senats-Sekretär Mioković dem Fürsten Miloš an, empfing seinen Dank dafür, und ward gewarnt, sich von da zu entfernen. Simeon säumte; im September desselben Jahres erschien ein Bojar des walachischen Beg unerwartet in Vidin, kerkerte den Simeon ein, und bat den Vezir, ihm denselben auf Verlangen nachzuschicken. Die zwei Werber wurden auch auf-

*) Milutinović's Luchsaugen durchblickten also den Plan, den uns Blaquier und andere Berichterstatter enthüllt haben, dass die Griechen vor dem Beginn der Revolution die Serben vorschieben und sich zur fertigen Tafel setzen wollten — indess sie ihnen 1804—1813, unter ganz andern Umständen, ruhig zugeschaut hatten. Karadjordje unterlag den Pelasgischen Künsten und fand darin sein Verderben.

gestochen und eingekerkert. Gequält vom Vezir, gesteht er ihm endlich den Vorfall mit den zwei Werbern und Miloš ein. Der Vezir war mit dem Betragen des Miloš und Sima sehr zufrieden, verlangte aber Miloš's Brief. Sima versetzte, er hätte ihn in den Abtritt geworfen. Da ergrimmte der Vezir, liess den Sima bei der Gurgel packen, in einen tiefen Keller werfen und ihm mit Martern androhen, wenn er den Brief nicht herausgäbe. Man band seinen Fuss mit Stricken an einen Balken und bedeutete ihm, er würde kopfabwärts aufgehengt, gepeitscht und mit ausgelegtem Feuer gebraten werden. So stand er auf einem Fuss 4 Stunden lang und beharrte bei seiner Aussage. Endlich liess der Vezir den Brief im Koth aufsuchen, der zusammengelegt, wie er hineingeworfen war, herausgezogen und getrocknet wurde. Nun war der Vezir besänftigt; im vollen Divan, wo der Brief vorgelesen worden, sprach der siebzigjährige Attileide mit liebreicher Gebärde zum Schulmeister: „Simo, du bist mein Musažir (Gast)! Vergiss, was du gelitten für die Wahrheit. Siehe, ich bin Vezir seit 30 Jahren, und ich habe keinen rechtschaffenern, redlichern und rechtlichern Menschen gesehen, als du bist.“ Er beschenkte ihn mit einigen Dukaten, liess ihn sorgfältig pflegen und schickte ihn bald darauf auf Verlangen des Begs nach der Walachei. Hier wurde er eine Woche lang in Eisen gehalten, dann verhört, und als unschuldig mit einem Geschenk von 15 holl. Dukaten nach Vidin zurückgeschickt. Der Verzir ermunterte ihn türkisch zu lernen, um ihn beständig an seiner Seite haben zu können. Sima willfahrte seinem Verlangen; aber bald rief den Vezir sein Stern nach Klein-Asien ab. Sima kehrt im folgenden Jahre (1818) nach Serbien zurück, wird in Belgrad bei Miloš's Bruder, Ephrem, angestellt, begibt sich nach anderthalb Jahren (1819) zu Wasser auf eigenem Kahn nach Galac und Bessarabien, und findet dort seine Eltern wieder, von denen er bereits, als todt in Vidin, beweint worden war. An der Rükkehr nach Serbien durch die walachisch-griechischen Unruhen verhindert, verweilte er hier einige Jahre im Genusse eines Gnadengehaltes des russischen Kaisers, verfasste seine Serbianka und andere Gedichte, und ging (1825) nach

Leipzig, um sie dort — aus Censur-Rücksichten — zu drucken. Seine Werke erschienen unter dem Titel: Serbianka Simeonom Milutinovićem Sarajliom sočinjena, u Lipsku u knjigopeč. Breitkopfa i Hertela 1826. 12°. 4 Bände, 150, 191, 176, 189 SS.; ferner: Nekoliko pjesnice, stare, nove, prevedene, sočinjene S. M. S., u Lipsku 1826. 12°. 96 S. Ausserdem verfasste er eine grosse Anzahl Gedichte, die ungedruckt geblieben sind. Die Serbianka ist eine Sammlung lyrisch-epischer, historischtreuer Gesänge über die letzte Kriegsepoche des serbischen Volkes unter Karadjordje und Miloš Obrenović (1804—1815); die Pjesnice enthalten lyrische Gedichte vermischten Inhalts; beide im nationalen Naturton, doch mit kühner Originalität in Sprache und Styl. Dasselbe gilt von dem später erschienenen Gedichte: Zorica, u Budimu 1827. 8°., 82 S.

In Leipzig besuchte der Dichter auch die Vorlesungen Knig's und anderer berühmten Lehrer, und half dem Legations-Rath Wilh. Gerhard bei der Bearbeitung seiner: Vila, serbische Volkslieder und Heldenmährchen, Leipzig bei Barth 1828. 8°., 2 Bde.

Im Frühling des Jahres 1827 kehrte Milutinović von Leipzig über Prag, Wien, Ofen nach Semlin zurück in der Absicht, nach Serbien zu gehen; aber hieran verhindert, begab er sich nach dem Felsen der Freiheit, Montenegro, wo er von dem Metropoliten Petrović gastfreundlich aufgenommen wurde. Die Frucht seines hiesigen Aufenthaltes ist eine neue sehr reichhaltige Sammlung serb. Volksgesänge, die er zum Drucke vorbereitet hat. Milutinović ging im Sommer 1831 nach Serbien und wurde in Belgrad Polizeikommissär.

Gegenwärtige Notiz ist, bis auf das Urtheil über die Werke des Dichters, aus der umständlichen, auf Verlangen von Freunden eigenhändig niedergeschriebenen Selbstbiographie desselben mit buchstäblicher Treue ausgezogen.

235. **Athanasij Nikolić** aus Sombor, geboren um das J. 1800, studierte an den Gymnasien in Karlovic und Neusatz, die Philosophie aber in Raab, wurde Artillerist in Wien, später Gymnasialzeichner in Neusatz, zuletzt diplomirter Feldmesser in Neusatz.

236. **Philipp Pelé**, gebürtig aus Ilok im sirmier Komitat, studierte am Gymnasium in Karlovic und hierauf auf der kön. Universität in Pest, wo er im 3. Lehrjahre der Rechte am 28. Juni 1829 starb. Mehrere Gedichte von ihm stehen in Лѣтописъ србскій 1828—1829.

237. **Konstantin Pejčić**, geboren im J. 1802 zu Borovo im veroviticer Komitat, studierte am Gymnasium zu Karlovic, hierauf in Pressburg und endlich an der kön. Universität in Pest die Medicin, woselbst er auch (1830) zum Doctor graduirt wurde, und sich hierauf als ausübender Arzt zuerst in Mitrovic, später (1831) in Sombor niederliess.

238. **Joann Stejić**, gebürtig aus Arad, studierte in seinem Geburtsort, hierauf in Szegedin und Pest, und endlich die Medicin an der kais. Universität in Wien; nach Erlangung der Doctorwürde (1829) verfügte er sich nach Šabac in Serbien als Leibarzt des Ephrem Obrenović, Bruders des Fürsten von Serbien.

239. **Sava Vuković** aus Becskerek, studierte in Karlovic, Szegedin und Pest, und wurde Geometer; er lebt gegenwärtig in Serbien.

240. **Timotej Ilić**, Pfarrer zu Szanad im torontáler Komitat, einige Zeit Administrator der Pfarre zu Sz. Miklós, dann Pfarrer zu Bocsár im torontáler Komitat.

241. **Eustatij Michajlović** aus Gross-Becskerek, studierte die Philosophie in Grosswardein und die Rechte in Sáros-Patak, ungarischer Landesadvokat (1829) und 1830 Stadtrichter in seinem Geburtsort.

242. **Joann Pačić** aus Baja (?), geboren im J. 1771, k. k. Rittmeister, seit dem letzten französischen Krieg (1815) im Pensionsstande, früher in Maria-Theresiopel und Neusatz, 1830 in Raab wohnhaft.

243. **Joann Stephan Popović** aus Vèršec, geboren im J. 1807, studierte an den Gymnasien zu Karlovic und Temesvár, hierauf am evangelischen Lyceum zu Käsmark, endlich die Philosophie an der kön. Landesuniversität in Pest.

244. **Georgij Zorić**, geboren in Arad im J. 1790, studierte zu Temesvár, Wien, in Leipzig die Philosophie, und setzte seine Studien in St. Petersburg fort. Er widmete sein Leben vorzüglich der Pädagogie, die er zu Paris lernte. Nach der Zeit wurde er als Lehrer der deutschen Sprache am Katharinischen Fräuleinstift und hierauf an der Demidov'schen Schule angestellt. Im Sommer des J. 1832 kam er mit seiner Familie nach Serbien, um die Erziehung der Söhne des Fürsten zu leiten und ihnen Unterricht zu ertheilen. Während seines Aufenthaltes in Russland gab er mehrere kleine Schriften in russischer Sprache heraus.

245. **Vladislav Čikoš** (1827) aus Sirmien, studierte die Rechte an der kön. Universität in Pest, und war 1830 Patvarist.

246. **Petar Sokolović** aus Brankovina in der valjever Nahija in Serbien; Viehhändler.

247. **Joann Jakovljević** (1828) aus Karlovic, studierte in Karlovic, Pest und Sáros-Patak, 1830 ungarischer Landes- und Gränzadvokat in Semlin. Er schrieb auch mehrere lateinische Oden.

248. **Juliana Radivojević**, geborne **Vlatović**, aus Vèršec, Gemahlin eines bürgerl. ungar. Kleidermachers in Pest. Sie wurde den 2. Jänner 1799 zu Vèršec geboren, und nach dem Tode ihrer Eltern zu Wien erzogen. Im J. 1820 kam sie nach Pest und heirathete im folgenden Jahre. Fast um die nämliche Zeit gewann sie auch die serbische Nationalliteratur lieb, übte sich durch Lektüre und trat 1829 als Schriftstellerin auf.

249. **Jakov Živanović**, geboren zu Obrež, einem Dorfe im

peterwardeiner Gränzregiment, wo sein Vater Pfarrer war, im J. 1808, studierte die Grammaticalia und Humaniora am Gymnasium in Karlovic, darauf die Philosophie an der Universität in Pest und die Theologie an der karlovicer Klerikalanstalt; im J. 1830 wurde er am karlovicer Gymnasium als Professor angestellt, und in demselben Jahre an der Universität zu Pest zum Doctor der Philosophie graduirt.

250. **Stephan Atjimović** (1829), studierte die Theologie in Karlovic, und war 1830 Normallehrer in Vinkovci.

251. **Vasilij Čèrnački** aus Turja im báčer Komitat, geboren im J. 1781, studierte in Fünfkirchen und Käsmark, bereiste in den Jahren 1802—1816 die europäische Türkei, Kleinasien, und einen Theil Russlands, und erwarb sich sowohl auf diesen Reisen, als auch vorzüglich während seines Aufenthaltes in Smyrna sehr schätzbare Sprachkenntnisse; 1830 privatisirte er in seinem Geburtsort.

252. **Joann Čokèrljan**, geboren im J. 1800 zu Gross-Becskerek, studierte nach einander zu Temesvár, Szegedin und Karlovic, war früher Lehrer in Belacerkva, 1830 Feldkaplan bei dem deutsch-banater Regiment.

253. **Adam Dragosavljević**, geboren den 18. Febr. 1800 zu Beremen im baranyer Komitat, studierte in Vinkovci, wurde Lehrer zu Siklós 1824, Mohács 1827, und 1830 zu Vukovar im sirmier Komitat.

254. **Athanasij Golć**, Pfarrer zu Waizen.

255. **Simeon Josiphović**, Pfarrer zu St. Andrä und bischöflicher Konsistorialbeisitzer.

256. **Georgij Lazarević**, gebürtig aus Ireg im sirmier Komitat, studierte zu Karlovic, Pest und die Rechte in Eperies, 1831 Patvarist in Ruma.

257. **Lazar Lazarević**, gebürtig aus Karlovic (geboren im J. 1805), Sohn des oben angeführten Professors Joann Lazarević, studierte am neusatzer Gymnasium, dann auf den Lyceen in Szegedin und Käsmark, ungarischer Landesadvokat (1830) und seit 1830 Professor der 1. Grammatikalklasse am Gymnasium in Neusatz.

258. **Josif Milovuk**, geboren zu Trpinja im sirmier Komitat im April 1787, Bürger und Handelsmann in Pest seit Juli 1823, ein betriebsamer, um die Beförderung und Emporbringung der serbischen Literatur sehr verdienter Geschäftsmann. Bei dem Zusammentreten des Vereins Matica war er anfangs ein eifriges Mitglied desselben, trat aber nach drei Monaten heraus und fing an serbische Bücher auf eigene Rechnung zu verlegen. Seit 1826 bis Anfang des Jahres 1832 gab er 21 verschiedene serbische Werke und Werkchen heraus, davon bloss zwei in Gesellschaft mit seinem Schwager Gabriel Bozitovac, ofner Bürger und Handelsmann in Pest (geb. 1797 zu Ofen), die übrigen aber allein. Einige derselben, als die Streitschriften Зачатіе Матице С., 1829. 12°. und Протак 1829. 8°., das Taschenbuch Луна 1831. 32°., Србска Азбука 1831. Fol. gab er unter eigenem Namen heraus und verfasste sie zum Theil selbst. Ausser diesen Büchern und Schriften verlegte er auch an 10 Kupferstiche, Bildnisse berühmter Serben darstellend.

259. **Theodor Pavlović**, gebürtig aus Karlovo im torontáler Komitat, studierte am Gymnasium in Karlovic, hierauf die Philosophie in Szegedin und die Rechte in Pressburg an der dortigen Akademie, ungarischer Landesadvokat, 1830 in Pest ansässig.

260. **Stephan Popović**, bloss als Verfasser einer Ode bekannt.

261. **Živan Theodorović** aus Smederevo, ebenfalls unbekannt.

262. **Dominik Pisarević** aus Neusatz, städtischer Kämmerer, starb daselbst um das J. 1827.

263. **Spyridion Alexiević** (1830), vom Stamme aus Miloradović aus der Hèrcegovina, griechisch-orientalischer Pfarrer zu Zara in Dalmatien.

264. **Vasilij Čokèrljan**, geboren 1806 zu Melenić im torontáler Komitat, studierte an den Gymnasien zu Neusatz und Temesvár, hierauf 1828—1831 die Arzneikunde an der kön. Landesuniversität in Pest, und zwar repetirte er das erste Jahr der Medicin dreimal fruchtlos, worauf er sich auf die Geometrie warf, um darin sein Glück zu versuchen.

265. **Jakov Gèrčić**, geboren zu Šid im sirmier Komitat im J. 1791, studierte in Karlovic, Szegedin und Pest, wurde 1815 als Professor am Gymnasium in Karlovic angestellt, im J. 1820 begab er sich als Erzieher des jungen Baron Stephan Duka nach St. Petersburg, wo er vier Jahre lang verweilte und nach seiner Rückkunft (1824) abermals am Gymnasium in Karlovic als Direktor und Professor der Poetik angestellt wurde.

266. **Stephan Gèršić** (1831), Sohn des obenerwähnten Nationalschulen-Direktors Gregorij Gèršić, 1831 Studierender der Medicin im 4. Jahre in Pest.

267. **Evgenij Joannović**, früher im Laienstande Euthymij, geboren zu Golubinci im peterwardeiner Gränzregiment im J. 1802, wurde im J. 1823 Schullehrer in Becskerek, resignirte auf das Lehramt und studierte hierauf die Rechte in Sáros-Patak, und trat 1829 in den Mönchsorden; 1831 war er erzbischöflicher Archidiakon, Konsistorialnotar und Professor am theologischen Institute in Karlovic; starb als Bischof von Karlstadt.

268. **Josif Joannović** aus Karlovic, geboren im J. 1801, studierte in seiner Heimat, hierauf die Philosophie in Oedenburg

und die Rechte in Pressburg; im J. 1824 wurde er als Professor am karlovicer Gymnasium angestellt.

269. **Stephan Marković**, Lehrer zu Koprivnica in Kroatien (1827—1830).

270. **Paul Roža Michajlović**, gebürtig aus Sombor, Kaufmann in Temesvár.

271. **Dimitrij Neophytović** (1831), aus Ireg im sirmier Komitat, studierte in Karlovic, Szegedin, dann Studierender der Medicin an der kön. Universität in Pest; starb im J. 1839 als Kandidat der Medicin in Pest.

272. **Paul Stamatović** aus Jakovo in Sirmien, studierte anfangs am Gymnasium in Karlovic, hierauf (1830 ff.) an der Universität in Pest; widmete sich dem geistlichen Stande und ward im December 1831 Diakon in Pest.

273. **Petar Vučerić**, geboren den 24. November 1791 zu Peroje, einer montenegrinischen Kolonie in Istrien, studierte die Theologie in Karlovic und wurde Pfarrer zu Baja im báčer Komitat.

274. **Vasilij Vasiljević** aus Semlin, geboren im J. 1792, Kaufmann in seiner Vaterstadt und einige Jahre lang Aufseher der dortigen Nationalschulen.

275. **Petar Virovac** (1831) aus Essek, geboren um 1800, studierte die Rechte in Pressburg, beeideter Landesadvokat (seit 1827) in seiner Geburtsstadt.

276. **Dimitrij Vladisavljević**, geboren 1789 zu Kuzmin im sirmier Komitat, absolvirte die Gymnasialstudien und die Theologie in Karlovic, wurde Lehrer zuerst in Fiume, dann in Triest. Von ihm sind mehrere Gedichte in den Beilagen zu Davidović's serbischer Zeitung erschienen.

277. **Marko Jelesić**, gebürtig aus Futak im báčer Komitat, war Lehrer in Gross-Becskerek. Er hinterliess mehrere Dramen in Handschrift, die 1831 bei dem temesvárer Kaufmann Arkadij Peić aufbewahrt wurden.

278. **Ephrem Kuzmanović**, gebürtig aus Kamenica, Mitglied des Nationalinstituts („membrum instituti nationalis"), schrieb: О рождествѣ Христовомъ.

279. **Jeremija Gagić**, gebürtig aus Pretoke unweit Kragujevac in Serbien, kais. russischer Kollegien-Assessor, Vice-Konsul und Ritter des St. Annen-Ordens 3. Klasse, wohnhaft in Ragusa.

280. **Antonij Arnovljev** (1832), geboren zu Szegedin den 11. Juli 1808, beeideter Landesadvokat, 1831 zu Ofen wohnhaft. Er verlegte sich mit grossem Eifer auf die dramatische Dichtkunst und hatte 1831 eine beträchtliche Anzahl, meist übersetzter Dramen, druckfertig.

281. **Georgij Pantelin** (1832), geboren zu Ledince im sirmier Komitat, den 27. Sept. 1802, studierte die Grammaticalia und Humaniora zu Neusatz am dortigen Gymnasium, hierauf die Philosophie auf dem evangelischen Lyceum in Pressburg, endlich die Medicin auf der Landesuniversität in Pest, wo er auch die Doctorswürde im Februar 1832 erlangte. Hierauf begab er sich als Leibarzt zum Fürsten von Serbien nach Kragujevac.

282. **Petar Demelić** (1832) aus Panjeva im krašover (?) Komitat, ungarischer Edelmann.

Serben, welche bloss in fremden Sprachen schrieben.

Joann Apostolović (1757) aus Ofen, soll in Göttingen, wahrscheinlicher jedoch in Halle, studiert haben, Doctor der Medicin geworden und eines frühzeitigen Todes gestorben sein. Er schrieb: Dissertatio inaug. med. philos., exhibens modum, quo affectus animi in corpus humanum agunt generatim, in alma regia Fridericiana 1757. Halae literis Curtianis 4°. p. 40.

Dimitrij Černović (1759) von Mačva, aus einem adeligen Geschlechte, Sohn eines Obristlieutenants, studierte in Pressburg 1759 und starb in demselben Jahre in sehr jungen Jahren daselbst. Er liess kurz vor seinem Tode drucken: Panegyricus illustris populi Illyriorum Slavonici etc. S. l. (1759). 4°. Folia 4.

Peter Miloradović (1765), Doctor der Medicin und Physicus zu St. Andrä, liess, während er noch in Halle Medicin studierte, ans Licht treten: Orthodoxa fidei catholicae atque apostolicae ecclesiae orientalis graecanae dogmata potiora, et ad salutem aeternam creditu pernecessaria, in usum adolescentum gymnasii Neoplantensis excerpta, Halae Salicae 1765. 8°., p. 62; ferner: De innocenti infectione venerea, Halae 1768. 4°., De surditate ex retropulsa crusta lactea orta, Halae 1769. 4°., Dissert. inaug. med. de saburia primarum viarum, Budae 1778. 8°. p. 24. (Vgl. Horanyi II. 659.) Den Katechismus übersetzte Is. Parivodski ins Serbische.

Mojses Rašković (1768), aus Mitrovic eines Hauptmanns Sohn, geboren im J. 1749, studierte in Pressburg, Leipzig und Wien, und starb eines frühen Todes im J. 1773. Von ihm erschien: Oratio, quam Musis valedicens Posoniensibus a. 1768 habuit, Viennae 4°., p. 30. (Horanyi III. 145.)

Johann Živković (1784), Doctor der Medicin und ausübender Arzt in Karlovic, liess bloss eine Inauguraldissertation drucken.

Johann von Michajlović (1805), aus Neusatz, 1831 noch am Leben daselbst, verfasste: Maria Menzikov oder das Opfer der Herrschsucht, ein Trauerspiel in 5 Akten, Pest bei Trattner 1805. 8°. 110 S. Ins Serbische übersetzt von Mojses Ignjatović.

Paul Petrović von Sokolović aus Serbien, starb am 12. Mai 1824 in Leipzig, 52 Jahre alt, Uebersetzer russischer Schriften, der sich um die leipziger Universität auch durch Stiftungen im J. 1809 verdient gemacht hat. (Beck's Repert. d. Liter. 1824 Heft 7.)

Sava von Damaskin, Grundherr im temeser Komitat, Vrf. eines Drama in deutscher Sprache: Heros, ein Trauerspiel in 5 Akten, 1819. 8°.

Aaron Georgiević aus Semlin, Mönch, zuerst Pfarrer in Raab, zuletzt Hegumen des Kl. Bodjan im báčer Komitat.

Vasilij Alexiević aus Erlau.

Nikolaj Angyalaky, Kaufmann in Székelyhid im biharer Komitat.

Stephan Miskólczy, Kaufmann in Kecskeméth.

Letztere vier schrieben einige Kleinigkeiten in ungarischer Sprache.

Mehrere Doctoren der Medicin aus der neuesten Zeit, welche bloss Inauguraldissertationen, so wie andere, welche einzelne Gedichte etc. drucken liessen, übergehen wir hier.

Reihenfolge der serbischen Werke von 1730 bis 1830.

I. Sprachkunde.

1. Allgemeine Schriften.

284. Павл. Соларича Јероглифика србска. Ркп.
Den Inhalt dieser Handschrift findet man in Лѣтописъ србскій Heft III. S. 129—130 angegeben.

2. Orthoëpie.

a) Slavische Bukvare.

285. Букварь славенскій, славенскими и глаголическими буквами. Въ Римѣ 1753. 8°. 78 стр. (Sopikov N. 184.) Dasselbe Buch ohne Ort und Jahr, cyrillisch und glagolitisch in 8°. (Eb. N. 186. Vgl. Glag. Lit. S. 164, N. 8.)

286. Букварь съ литерами греко-славенскими, въ ползу и употребленіе дѣтям (греческимъ) учащимъ ся (славенскимъ буквамъ). Въ Венецiи въ тип. Дим. Өеодосія 1770. 8°. 8 стр.

287. (Букварь надписанный) Началное ученіе человѣкомъ хотящимъ учити ся книгъ божественнаго писанія. Въ Венецiи въ тип. Дим. Өеодосія 1792. 8°. 16 стр.

288. Букварь меншій (у коему све три славенске азбуке, о родахъ именъ и о склоненіяхъ славено-россійскихъ). Въ Венеціи. 8°.

289. (Букварь съ титломъ) Первое ученіе хотящимъ учити ся книгъ писмены славенскими, називаемое букварь, съ многими полезными и потребными наставленіями, по которыми возможно въ краткомъ времени отрока нетокмо церковныя, но и гражданскія славенскаго языка писанія совершенно читати обучити, къ прямому богопознанію и богопочитанію наставити, и къ понятію разныхъ въ гражданскомъ житіи нуждныхъ вещей привести, нынѣ первѣе ради употребленія сербскаго юношества изданъ. Въ Венеціи (1776). 8°. 96 стр. Von Zach. Orfelin (Horanyi III. 706).

Ohne Zweifel derselbe grosse Bukvar vom J. 1793, dessen Dobrovský in der Slovanka I. 221 erwähnt. Solarić sagt von demselben: Дѣлце важно неманѣ наставникомъ, него начинателемъ.

290. Букварь или началное ученіе хотящимъ учити ся книгъ писмены славенскими. Въ Венеціи 1801. 8°.

291. Букварь или началное ученіе хотящимъ учити ся книгамъ писмены славенскими. Въ Млѣткахъ въ тип. Паны Ѳеодосіева 1814. 8°. 64 стр.

Mit der vorgesetzten Abbildung der heil. Dreifaltigkeit. Wahrscheinlich ein neuer Abdruck des vorigen.

292. Букварь славенскій тріазбучный или первое руководство къ познанію книгъ и писаніи во употребленіе Славено-Сербовъ, списанъ Павл. Соларичемъ Велико-Писаничаниномъ. Въ Млеткахъ писм. печатни Паны Ѳеодосіа 1812. 8°. 142 стр.

Enthält die cyrillische oder Kirchenschrift, die russische oder Civilschrift, und das hieronymische oder glagolitische Alphabet. Beigefügt sind 4 Kupfertafeln, die serbische Kurrentschrift darstellend. Angezeigt in Dobrovský's Slovanka I. 220 bis 221. (Vgl. Glag. Lit. S. 164, N. 12.)

293. (Пав. Соларича) Азбука славенска изяснена римскомъ по правописанію Далматскому, Хорватскому, Славонскому и Крайнскому, любителемъ своега езыка и писма. Въ Млѣткахъ у печ. Пане Θеодосіева 1814. 8°. 16 стр.

294. Букварь ради употребленія сербскаго юношества въ Хунгарскомъ краљевствѣ и присовокупленныхъ ему предѣлахъ. (Въ Віеннѣ) 1781. 8°. 46 стр.

295. Букварь сербскій и нѣмецкій. Въ Віеннѣ 1789. 8°. (Sopikov. N. 187.)

296. Букварь или первое ученіе хотящимъ учити ся книгъ писмены славенскими, изд. Марка Θеодоровича Булгара родомъ из Разлога. Въ Віеннѣ 1792. 8°. (Sopikov N. 192).

297. Букварь ради сербскаго юношества въ Хунгарскомъ краљевствѣ и присовокупленныхъ ему предѣлахъ. (Въ Будинѣ) 1798. 8°. 28 стр. (Sopikov N. 189 setzt irrig den Druckort Wien an).

398. Букварь во употребленіе юности славено-сербскаго народа. Въ Будинѣ писм. всеучил. унгар. 1803. 8°. (Sopikov N. 190). — Нов. изд. 1804. 8°. (Eb. N. 191).

Die erste von diesen Auflagen nennt Sopikov „Букварь сербскій“.

399. Букварь во употребленіе славено-сербскихъ народовъ. Въ Будинѣ пис. всеуч. унг. 1819. 8°. 31 стр.

300. Букварь во употребленіе юности слав.-серб. народа во унгарскомъ кралевствѣ и принадлежащихъ ему предѣлехъ находящаго ся. Въ Будинѣ градѣ 1822. 8°. 32 стр.

Dies sind einige von den zahlreichen Ausgaben dieses vielgebrauchten und häufig aufgelegten Schulbuchs.

b) Serbische Bukvare.

301. Іоа. Берича Србскій Букварь. Ркп.

Schon 1813 in der Handschrift fertig und der obersten Schulbehörde zur Censur vorgelegt.

302. В. Стеф. Караџића Прва српски буквар. У Бечу у штамп. јерменскога манаст. 1827. 8°. 17 стр.

Auch dem Taschenbuche Даница 1827 desselben Vfs. vorgesetzt.

303. Вас. Васильевича Букварь за србске школе. Ркп.

Vasiljević verfasste diese Schrift in seiner Eigenschaft als Local-Schulenaufseher zu Semlin.

c) Lateinischer Bukvar.

304. Латинскій Букварь, содержащій начало ученія и единъ краткій словникъ латинскаго языка съ преводомъ славено-сербскимъ, ради сербскихъ дѣтей и всѣхъ, которые латинскому языку учити ся желаютъ, изданъ. (Въ Венеціи въ тип. Дим. Ѳеодосія) 1766. 8°. 47 стр. Von Zach. Orfelin. (Horanyi III. 706).

Ohne Zweifel Nachdruck einer russischen Ausgabe; doch sind in dem Vocabularium neben den lateinischen Wörtern die Bedeutungen in der serbischen Volkssprache beigesetzt.

3. Orthographie.

305. Сав. Меркаила Сало дебелога ера, либо азбукопротресъ. У Будиму 1810. 8°. 18 стр.

Angezeigt in den Vaterländ. Blätt. 1811. Von eben demselben Vf. stehen einige kurze Aufsätze über serbische Orthographie in Davidović's Serb. Zeit. 1817 N. 44.

Die übrigen, theilweise hieher gehörigen Schriften siehe weiter unten.

4. Kalligraphie.

306. Зах. Орфелина Прописе србске.

307. Краснописаніе, Schönschreibung, mit einer Kupfertafel. Въ Віеннѣ въ тип. Стеф. Новаковича 1795. 8°.

308. Краснописаніе съ назначеными чертами. Въ Буд. 1798. 8°. Ofn. Catal. 1799.

309. Калиграфіа въ дестѣ съ 18 изображ. Въ Буд., Fol. Ofn. Catal. 1799.

310. Тояжде, малыя прописи, съ 15 изображ. Въ Буд. 4°. Ofn. Cat. 1799.

311. Прописе србске. У Будиму 1795 ff. Quer 4°. — Калиграфіа србска отъ Цесара. Въ Будимѣ при печат. кр. всеуч. Пешт. 18(26). Querfolio, 12 Bl.

312. Руководство къ славенскому краснописанію во употребленіе народныхъ слав.-серб. училищъ. Въ Будимѣ п. всеуч. унг. 1815. 8°. 16 стр.

313. Сербско краснописаніе, писао и рѣзао Л. Колманъ, изд. Константина Каулицціи, кньигопрод. у Новомъ Саду 1825. 15 Bl. in Quer 4°.

314. Србска найновія азбука, рез. Л. Колманъ у Пешти, изд. Іос. Миловука 1830. Auf einem grossen Halbbogen.

Auch in Solarić's Букварь слав. тріазбучный, въ Млетк. 1812. 8°. sind 4 kalligraphische Tafeln.

5. Sprachlehren.

a) Slavische Sprachlehren.

aa) Eigentliche grammatische Lehrbücher.

α) Im Auszuge oder einzelne Theile zum Schulgebrauche.

315. Руководство къ славенскому правочтенію и правописанію за употребленіе націоналныхъ слав.-серб. училищъ. Въ Віеннѣ при Стеф. отъ Новаковичъ 1792. 8°. 62 стр.

316. Стеф. Вуяновскаго Руководство къ правоглаголанію и правописанію. Въ Віеннѣ 1793. 8°. (Sopikov I. N. 238 führt dieses Büchlein unter dem Titel „Грамматика или руководство" an.) Ofner Kat. 1799.

317. Авр. Мразовича Руководство къ правочтенію и правописанію. Въ Будинѣ б. о. г. 8°.

318. Авр. Мразовича Руководство къ славенскому правочтенію и правописанію во употребленіе слав.-серб. училищъ. У Буд. 1797. 8°. 48 стр. Ofn. Cat. 1799.

319. Руководство къ славенскому правочтенію и правописанію во употребленіе слав.-сербск. народныхъ училищъ. Въ Будинѣ градѣ 1806. 8°. 56 стр.

Slavische Grammatik im Auszuge für Kinder, wahrscheinlich von Mrazović. S. 51—56 Verzeichniss lautverwandter Wörter verschiedener Bedeutung.

320. Лук. Мушицкаго Явное испытаніе изъ слав.-серб. грамматики, предаваныя изъ усердія ко слав.-серб. книжеству, торжествованное въ Карловачкой Гимнасіи мѣсяца Августа 1802. Въ Будимѣ градѣ 8°. 19 стр.

Gewöhnliche Theses.

321. Георг. Захаріадиса Руководство къ славенской грамматіцѣ, содержаще правоглаголаніе, гласоудареніе и правописаніе, на употребленіе часловаца и псалтираца, сочинено у Шабцу граду сербскомъ л. 1824. У Будиму 1830. 8°. 137 S. und 8 Bl. Beilagen.

Es ist dies bloss eine ziemlich seichte Rechtschreibungslehre, keine Grammatik. S. 103—112 Bruchstücke aus der Erdbeschreibung und Mythologie. S. 113—128 Verzeichniss ähnlich lautender, der Bedeutung nach zu unterscheidender slavischer Wörter. S. 128—137 Verzeichniss seltener und dunkler slavischer Wörter; letzteres gar seicht und werthlos. Am Ende folgen Inhaltsanzeige, Pränumerantenliste und zwei kurze Reden.

β) Systematische Lehrgebäude.

322. (Мелет. Смотрискаго) Славенская грамматика, настояніемъ, прилѣжаніемъ и иждивеніемъ Архіепископа Карловачкаго Павла Ненадовича, въ ползу и употребленіе отроковъ сербскихъ, желающихъ основателнаго наученія славенскаго діалекта. Напечата ся въ епископіи Рымнической лѣта 1755. 8°. 576 стр.

323. Стеф. Вуяновскаго Славенская грамматика. Ркп. л. 1779.

Die Handschrift besitzt der Bischof L. Mušicki. Vgl. J. Dobrovský Inst. ling. slav.

324. Авр. Мразовича Руководство къ славенстѣй грамматицѣ, во употребленіе слав.-серб. народныхъ училищь, иждивеніемъ общества Новосадскаго. Въ Віеннѣ при Стеф. Новаковичь 1794. 8°. 187 стр. — Втор. изд. въ Будинѣ 1800. 8°. — Трет. изд. въ Буд. пис. всеуч. Пешт. 1821. 8°. 192 стр.

Recensirt in Dobrovský's Slavin Prag 1808 S. 312—318.

325. Лук. Мушицкаго Славенская грамматика. Ркп.

326. Дим. Тирола Славенска грамматика садъ први́й

редъ на србскомъ езыку изяснена, прва свезка. У Бечу у штампаріи ерменскога манастира 1829. 8°. 54 стр.

Enthält bloss die Elementarlehre oder die Orthographie; eine werthlose Compilation aus Dobrovský Instit. ling. slav. Am Ende stehen kurze Sprachproben aus derselben Quelle. „Етимологіа и синтаксисъ къ славенской грамматики“ soll der Vf. in der Handschrift fertig haben.

327. Іоа. Живковича Славенска грамматика на сербскомъ езыку. Ркп.

328. Мил. Видаковича Славенская грамматика. Ркп. Gegen 50 Bogen stark.

329. Славенска грамматика содержаща етvмологїю и сvнтаξісъ, соч. Георг. Захарїядесомъ у Шабцу граду сербскомъ л. 1824 на употребл. вовѣренне му юности сербске. У Буд. п. кр. всеуч. Пешт. 1832. 8°. XVI, 263 стр. Eine elende Grammatik.

bb) Besondere grammatische Schriften.

330. С. С. (Стеф. Стратимировича) Опытъ произведенія именъ сихъ: Князь и Книга. Въ Будинѣ 1805. 8°. 30 стр.

Dieser Versuch ist aus einem grössern Werke, das von den slavischen Buchstaben handelt, entlehnt worden, und will den wahren Ursprung und die Ableitung der zwei Wörter князь und книга historisch-etymologisch ins Licht setzen. Eine Beurtheilung dieses Büchleins steht in Dobrovský's Slov. I. 217—220.

331. Вука Стефановића Караџића Писмо Дим. Фрушићу Мед. Докт., у Бечу 19. Нов. 1819. У Віени 1821. 8°. 16 стр. — Auch als Beilage zur serbischen Zeitung 1821 N. 68.

b) Serbische Sprachlehren.

aa) Eigentliche Lehrbücher.

332. Пав. Соларича Грамматика сербска. Ркп.

Sehr gedrängt. Die Handschrift ist im Besitze des Vereins Матица und soll nächstens zum Drucke befördert werden.

333. **Вука Стефановића (Караџића)** Писменица сербскога іезика, по говору простога народа написана. У Віенни пис. Г. Шнирера 1814. 8°. XII и 106 стр.

Eine ausführlichere, neu bearbeitete serbische Grammatik setzte der Vf. seinem Wörterbuche vor: S. XXIX—LXX. Aus derselben floss die deutsche Uebersetzung, welche, mit einer Vorrede von Jakob Grimm versehen, nebst Bemerkungen über die serbischen Heldenlieder von J. S. Vater, in Leipzig und Berlin bei G. Reimer 1824. 8°. erschienen ist.— Besprochen von Kopitar in der Wiener allg. Litteraturzeitung 1815. S. 721—731.

334. **Лук. Мушицкогъ.** Србска грамматика. Ркп.

335. **Eugen. Joannović's** Grammatik der serbischen Sprache. Hs.

Der Vf. hat in dieser Handschrift die serbische Grammatik in deutscher Sprache bearbeitet. Jetzt soll er mit einer serbischen Bearbeitung desselben Werkes beschäftigt sein.

336. **Лаз. Бонча** Србска грамматика. Ркп.

bb) Besondere grammatische Schriften.

337. **Сав. Меркаила** Езыкопротресъ. Ркп.

Dieses Werk kündigte der Vf. in seinem Азбукопротресъ an; es ist aber seitdem nicht erschienen. Vgl. Dobrovský's Slovanka I. 221.

c) Grammatiken anderer Sprachen.

aa) Griechische.

338. **Геор. Захаріевича** Еллино-греческа грамматика за славено-сербску юностъ. У Буд. 1814. 8°.

Angekündigt in Davidović's serbischer Zeitung 1814. N. 272.

bb) Lateinische.

339. **Первые начатки латинскаго языка, то есть М. Іоанна Ренія Донатъ и Христофора Целларія меньшій лексиконъ, съ Лангиевыми школными разговорами, въ ползу и употребленіе сербской юности на слав.-серб. языкъ преведены и изданы въ Млеткахъ (въ тип. Дим. Θеодосія) 1767. 8°. 448 стр.**

Recensirt in Orphelin's Magazin I. 79—80. Nachdruck einer russischen Ausgabe. In der Vorrede wird zwar gesagt, dass man hie und da einige russische Wörter und Ausdrücke mit gangbaren serbischen vertauscht habe; allein dies geschah wohl selten. Im Lexikon S. 187—331 stehen fast lauter russische Wörter neben den lateinischen. — Wahrscheinlich ist die, in Taube's Beschr. v. Slavon. II. 17 dem **Z. Orphelin** zugeschriebene „Slavon. Grammatik, Ven. 1776" mit der obigen lateinischen identisch und nur die Jahrzahl versetzt. — Auch Horanyi III. 706 schreibt es dem **Orphelin** zu, mit dem J. 1776.

cc) Deutsche.

340. Стеф. Вуяновскаго Нѣмецкая грамматика. Въ Віеннѣ при Іосифѣ отъ Курцбекъ 1772. 8°. 561 стр.

341. **Дим. Тирола Немачка граматика за употребленіе србске младежи. У Будиму пис. всеуч. Пешт. 1830. 8°. 365 стр.**

dd) Ungarische.

342. Геор. Петровича Венгерская грамматика Г. Георгія Саллера. Въ Віеннѣ тип. Стеф. Новаковича 1795. 8°. 296 стр. Im J. 1831 mit einem neuen Titel vom Buchhändler Kaulitzy aus Spekulation versehen.

ee) Französische.

343. **Іоак. Вуича Руководство къ французстѣй грамматицѣ, во употребленіе слав.-серб. юности. Въ Будимѣ градѣ пис. всеуч. Пешт. 1805. 8°. 481 стр.**

Eine Uebersetzung des bekannten Meidinger'schen Werkes.

ff) Italienische.

344. Викент. Лустины Грамматика Італіанска, ради употребленія іллирическія юности. Въ Віеннѣ при Стеф. отъ Новаковичъ 1794. 8°. 491 стр.

345. Demetr. Vladisavljević's theor.-prakt. italisch-serbische Grammatik. Hs. (Nach Milovuk: Грамматика Србска за Таліане.)

6. Wörterbücher.

a) Eigentliche Wörterbücher.

346. Chr. Fr. Temler Dictionarium slavonicum (rectius serbicum). MS. 4°. 1103 pag.

Das Autographon des Vfs. befindet sich in der kön. Bibliothek zu Koppenhagen. Das Slavische ist mit cyrillischen Lettern, wie sie in Serbien üblich sind, geschrieben; in welcher Sprache die Erklärung der Wörter abgefasst sei, ob in der lateinischen oder in der dänischen, oder in beiden, finde ich nirgends angegeben. — Eine andere frühere, vom August 1766 bis 11. Juli 1769 gefertigte Abschrift dieses Wörterbuchs mit vielen Commentis ebenfalls von des Vfs. Hand, unter dem Titel: Glossarium illyricum, 664 SS., 4°., hatte Dobrovský im J. 1792 von den Temler'schen Erben in Koppenhagen an sich gekauft. Dobrovský nennt das Werk wichtig, und fand darin Wörter, die selbst bei Stulli fehlen.

347. Атанас. Секереша другаче Димидріевича Сокровище славенскаго языка. Ркп.

Alex. Horanyi spricht davon in s. Memoria Hungarorum et Provincialium scriptis editis notorum Viennae 1775. 8°. Bd. I. S. 517 u. d. Art. Dimitriević Athan., als von einem bereits druckfertigen und bald in Quartform erscheinen sollenden Werke. Es ist aber nicht erschienen. Horanyi ergiesst sich im Lobpreisen des Vfs. und seines Werkes, welches vielleicht nur noch in der Idee existirte.

348. (Θеодора Авраамовича) Нѣмецкій и сербскій словарь на потребу сербскаго народа въ ц. крал. державахъ. Deutsch-illyrisches Wörterbuch zum Gebrauche der illyrischen Nation in den k. k. Staaten. Въ Віеннѣ изд. Іос. отъ Курцбекъ 1791. 8°. Der deutsch-illyrische Theil 719, der illyrisch-deutsche Theil 326 SS.

Recensirt von Dobrovský in Slavin S. 453—459. Im Index zum Catal. Bibl. Szécsény. T. I. P. I. p. 587 wird dieses Werk ganz irrig dem Lanosović zugeschrieben. Eine neue Ausgabe dieses sehr magern und unkritischen russo-serbischen Wörterbuchs figurirte eine Zeit lang in den ofner Universitäts-Buchdruckerei-Katalogen (1829) unter dem Titel: Словарь великій нѣм. и серб., и серб. и нѣмецкій. 8°.; soll aber nicht erschienen sein.

349. Вука Стефановиħа (Караџиħа) Српски рјечник, истолкован њемачким и латинским ријечима.

Wolf Stephansohns serbisch-deutsch-lateinisches Wörterbuch. Lupi Stephani filii Lexicon serbico-germanico-latinum. У Бечу (Wien, Viennae) gedruckt bei den P. P. Armeniern. 1818. 8°. LXXI und 927 стр. S. I—XXVIII Vorrede, XXIX—LXX Grammatik, 1—927 Lexicon.

350. Дим. Ісайловича Сербско-лат.-немецк. Словарь. Ркп. Unvollendet. S. Лѣтописъ 1828. I. 67.

351. Georg. Magaraschevics Lexicon latino-germanico-serbicum. Pars I. A—Interrex. MS. 4°.

Dieser erste Theil ist zwar vollständig ausgearbeitet; doch fehlt demselben die letzte Revision, welche der Vf. noch beabsichtigte. Während der Bearbeitung des 2. Theiles starb der Vf. Die Handschrift besitzt der Verein Матица.

352. Григ. Лазича „Србско-немачко-латинскій словарь, по Шеллеру израдьенъ.“ Ркп.

353. Евт. Поповича „Словарь и рѣчникъ съ нѣмецкогъ езыка на србскій преведенъ, кои осамъ пута выше рѣчи има, него Курцбековъ.“ Ркп. (Vgl. Лѣтописъ срб. VIII. 173.)

354. Стеф. Марковича. Нѣмачко-србскій или србскимъ у генераліи вараждинской обичнымъ діалектомъ составлѣнный рѣчникъ за употребленіе србске юности у генералату вараждинскомъ и цѣлой Хорватской съ додаткомъ нѣколико разговора. Ркп.

b) Besondere lexicographische Schriften.

355. Рѣчникъ малый (нѣмецкій и сербскій), d. i. kleines Wörterbuch, deutsch und illyrisch. Въ Віеннѣ при Стеф. отъ Новаковичь 1793. 8°. 104 стр.

356. Лексиконъ славено-сербскій и нѣмецкій, б. б. г. и м. 8°.
Sopikov führt dieses Buch an Bd. I. N. 604. Es ist wahrscheinlich ein mir unbekannter Abdruck des Vorigen.

357. Рѣчник нѣмецкій и сербскій, kleines Wörterbuch, deutsch und illyrisch. Въ Будимѣ пис. всеуч. Пешт. 1814. 8°. Neueste Ausgabe: Рѣчникъ малый, d. i. kleines Wörterbuch, въ Будинѣ градѣ etc. 1829. 8°. 104 стр.

Es gibt auch noch mehrere Auflagen von diesem häufig gebrauchten Schulbüchlein. — Die deutschen Wörter sind nach Sachen geordnet und durch slavoserbische erklärt. Von S. 73 bis 104 stehen sechzehn kurze Gespräche.

358. *Λεξικὸν ῥωμαϊκο-σλαβωνικόν, περιέχον τὰς ἀναγκαιοτέρας καὶ χρησιμωτέρας λέξεις, αἱ ὁποῖαι ἀπαντῶσι καθ' ἑκάστην ἐν ταῖς πρὸς ἀλλήλους διαλέξεσι καὶ ὁμιλίαις. Ἐρανισθὲν μὲν εἰς χρῆσιν τῶν φιλορωμαίων νέων ὑπὸ Γεωργίου Πάπα Ζαχαρίου, ἑλληνοδιδασκάλου τοῦ Ζέμονος. Ἐν Βούδᾳ* 1803. 8°. Auch mit dem serbischen Titel: Рѣчникъ греческо-славенскій, въ ползу слав.-серб. юношества Георгіемъ Папа Захаріа, греческимъ учителемъ Земунскимъ. 1803. 8°. 4 Bl. und 136 S.

Inhalt. S. 1—10 О познаніи и раздѣленіи (греческихъ) писменъ. S. 11—66 Vocabularium über die Hauptwörter, nach Materien geordnet und in 18 Kapitel eingetheilt. S. 67—115 eine Liste von Zeitwörtern, mit Paradigmen von Conjugationen.

S. 116—136 zehn Gespräche („разговоровъ десятъ"). Alles in zwei Kolumnen griechisch und slavoserbisch. Letzteres ziemlich bunt in Sprache und Orthographie; man findet serbische, türkische, kirchenslavische und russische Wörter und Formen neben und durch einander.

359. Пав. Соларича Римляни славенствовавшіи, руковетъ ради набранія подобны руковетій изъ ины езыка, а найпріе изъ греческога, вручаема снароднымъ своимъ езыкоиспытателѣмъ. У Будиму изъ печ. кр. всеуч. 1818. 8°. 58 стр.

Verzeichniss stammverwandter lateinischer und slavischer Wörter, mit vorangeschickter kurzer Abhandlung.

360. Вука Стеф. (Караџића) Додатак к Санкт-Петербурским сравнителним рјечницима свију језика и нарјечија с особитим огледима бугарског језика. У Бечу 1822. 4°. 54 стр.

Als Beilage zu Davidović's serbischer Zeitung erschienen, aber auch einzeln ausgegeben. Enthält 285 Wörter, russisch, illyrisch (d. i. dalmatisch-slawonisch, serbisch nach dem vergleichenden Wörterbuche, serbisch nach V. Steph. Karadžić) und bulgarisch; Bruchstücke aus Lukas X, 30 ff. und das Vaterunser serbisch und bulgarisch; 27 bulgarische Volkslieder und grammatische Bemerkungen über den bulgarischen Dialekt.

361. Іоа. Пачича Имесловъ или рѣчникъ личны имена разны народа славенски, умножіо, съ лат. ортографіомъ изразіо и примѣчанія додао Іоа. Колларъ, изд. Іос. Миловукъ. У Буд. 1828. 8°. 113 стр. Serbisch und böhmisch.

362. Вас. Церначкогъ Совокупленіе арабско-персійско-турскихъ рѣчей, числомъ до 1500, во очищеніе зараженнаго тѣми сербскаго языка, съ приложеніемъ обширнаго критическаго воведенія, ведущаго къ далшей чистоти того и древности европейскихъ народовъ. Ркп.

Angekündigt auf Pränumeration den 3. März 1829, aber bis 1831 nicht erschienen.

7. Hilfs- und Uebungsbücher.

a) Lesebücher, Chrestomathien.

363. Сав. Лазаревича Начало ученія, хотящимъ учити ся книгъ писмены нѣмецкими, съ малыми потребными наставленіями, ихже помощію возможно отрока въ краткомъ времени обучити нѣмецкаго языка писанія совершенно читати и нужднейшія вещи именовати, и тако ихъ къ разумѣнію малыхъ разговоровъ привести. Въ Віеннѣ при Іос. отъ Курцвекъ 1774. 4°. 185 стр.

Das Büchlein, das auf Kosten des Hofagenten bei der ungarischen Hofkanzlei, Josef Keresztury, gedruckt wurde, enthält nebst der Anweisung zum Lesen einige Stücke aus dem Katechismus, ein kleines Wörterbuch S. 77—150, und 16 Komplimente zur Uebung, deutsch und serbisch. Der Vf. scheint (sagt Dobrovský) ein russisch geschriebenes Werk nur für die Serben adaptirt zu haben. Vgl. Slovanka I. 213.

364. Іоа. Берича Штица. Ркп.
Seit 1813 in der Censur.

365. Іоа. Ам. Коменіусъ десетоезычный, на лат., франц., таліан., на оба влашка діалекта, на даковлашкомъ великомъ и макъедоновлашкомъ, грчкомъ, руссійскомъ, србскомъ, маджар. и нѣмачкомъ езыку, изд. Мих. Бояджи.

Angekündigt in Davidović's serbischer Zeitung 1829 N. 30 und 52.

b) Gespräche.

366. Пав. Марк. Стояди новича Сербскія и нѣмецкія разговори за оне, кои языкомъ симъ учити ся желаютъ, ради облегченія и удоволствія. Въ Віеннѣ при Стеѳ. отъ Новаковичъ 1793. 8°. 191 стр. Auch mit dem deutschen Titel: Illyrisch-deutsche Gespräche für diejenigen, so diese Sprache lernen wollen, zur Erleichterung und zum Vergnügen u. s. w.

367. Вик. Ракича Бесѣдовникъ іллирическо-італіанскій, съ италіанскога преведенъ, и принаравленъ къ употребленію двухъ народовъ посредствомъ предварителнога руководства Г. Павла Соларича къ познанію італіански писмена, и къ самоукомъ чтенію італіанскога езыка Іллиромъ, како такодьеръ краткова начертанія тогоже о писменахъ славенскихъ вообще и воособъ о иллирическихъ на истый конецъ Італіаномъ. Въ Млеткахъ въ печ. Пане Өеодосія 1810. 8°. 336 стр.

368. Conversations-Taschenbuch oder Anleitung sich mit den nöthigsten Ausdrücken auf Reisen und bei den mannigfaltigen Vorfällen des menschlichen Lebens bekannt zu machen, nach Frau von Genlis bearbeitet von **Josef Milovuk** in 6 Sprachen, nämlich serbisch, ungarisch, russisch, deutsch, französisch und neugriechisch. Hs.

Eine gedruckte Probe dieses Conversations-Taschenbuches lag mir zur Einsicht vor.

c) Sprichwörter.

369. Іоа. Мушкатировича Причте илити по простому пословице, тѣмже сентенціе илити рѣченія. Въ Віеннѣ при Іос. отъ Курцбекъ 1787. 8°. 116 стр. — 2. изд. у Будиму пис. кр. всеуч. 1807. 8°. 168 стр.

Diese serbischen Sprichwörter hat J. Dobrovský in s. Slovanka (Prag 1815. 8°.) Bd. II. S. 67—94 zugleich mit einer deutschen Uebersetzung und mit philologischen Anmerkungen wiederabdrucken lassen. Einige kleine, aus Eile oder Unachtsamkeit entstandene Uebersetzungsfehler (wie z. B. жеженъ кашу лади der Durst kühlt den Brei, statt: derjenige, der sich mit Brei den Mund verbrannte, kühlt ein anderesmal) wird der aufmerksame Leser leicht berichtigen. Vgl. auch Slovanka I. 214.

370. Стеф. Ференчевича Пословице и загонетке. Ркп.

Aus dem handschriftlichen Nachlasse von Volksliedern, Sprichwörtern und Räthseln dieses Vfs. liess Athanacković einige Proben in Davidović's serbischer Zeitung 1818 N. 83 abdrucken.

371. Сам. (Сев.) Илича Пословице. У Бечу 1820. 8°. 27 стр. Als Beilage zu Davidović's serbischer Zeitung 1820 N. 63—66.

II. Redekünste: Poesie und Prosa.

A. Theorie des Styls.

372. Алекс. Везилича Краткое сочиненіе о приватныхъ и публичныхъ дѣлахъ. Въ Віеннѣ 1785. 8°. — 2. изд. въ Віеннѣ при Іос. Курцвекъ 1792. 8°. 351 стр. Auch mit dem deutschen Titel: Kurze Aufsätze von Privat- und öffentlichen Geschäften, zum Gebrauche der illyrischen Jugend, illyrisch und deutsch u. s. w.

Ist eigentlich ein Briefsteller, serbisch und deutsch. Am Ende stehen drei Oden: zwei Originale, eine aus Horaz übersetzt.

373. Аѳан. Стойковича Сербскій секретаръ или руководство, како сочинявати различнѣйша писма, квите, облигаціе, контракте, тестаменте, реверсе, конте и пр. У Будиму пис. кр. всеуч. 1802. 8°. 535 стр. (al. 528).

374. Авр. Мразовича Руководство къ славенскому краснорѣчію во употребленіе любителей славенскаго языка. Въ Будинѣ градѣ пис. кр. унив. 1821. 8°. 246 стр.

S. 191—246 stehen einige Beispiele von Oden und Reden, die eben nicht musterhaft sind.

375. Дим. Тирола Србска Титулатура. Ркп.

B. Dichtkunst.

1. Sammlungen verschiedener Gedichte.

a) Volkslieder.

376. Вука Стефановића Мала простонародна славеносербска пѣснарица. У Віени у печ. Г. Іоанна Шнирера 1814.

8°. 120 стр. — 2. частъ 1815. 8°. 262 стр. (Unter dem Titel: Народна сербска пѣснарица.) Recensirt in Davidović's serb. Zeit. 1816. N. 58—61.

377. Вука Стеф. Караџића Народне српске пјесме. Књига прва, у којој су различне женске пјесме. У Липисци, у штампарији Брејткопфа и Ертла 1824. 8°. LXII и 361 стр.— Књига друга, у којој су пјесме јуначке најстарије. 1823. 8°. 305 стр.— Књига трећа, у којој су пјесме јуначке позније. 1823. 8°. 399 стр. — Књига четврта, у којој су различне јуначке пјесме 1833. 8°. (Der Druck fing mit dem 3. Bande an.)

378. Лијек јарости Турске. Цетиње, печатано у штампарији Црногорској 1834. 8°. 23 стр.

Drei Volkslieder nebst einem kleinen Loblied auf Crnagora. Merkwürdig als der erste Druck der neuen Typographie.

379. Сим. Милутиновича Народне србске пѣсме. Ркп.

b) Erzeugnisse einzelner genannter Dichter.

380. Іоа. Аѳанас. Дошеновича Лирическа пѣнія и еще друга за увеселеніе садъ првій редъ спѣвана. Въ Будинѣ пис. кр. унив. 1809. 8°. 112 стр.

Angezeigt in den Vaterländ. Blätt. 1811.

381. Сим. Милутиновича нѣколике пѣснице, старе, нове, преведене и сочинене. У Лайпцигу въ тип. Брайткопфа и Хертела 1826. 16°. 92 стр.

382. Сим. Милутиновича Зорица, изд. Іос. Миловукомъ. У Буд. п. кр. унив. 1827. 8°. 81 стр.

383. Іоа. Пачича Сочиненія пѣснословска, садержающа 1) Любици или како покой ме бѣжи, 2) Цѣсни любовне, 3) Смѣшце. У Будину пис. кр. унив. 1827. 8°. 380 стр.

384. Аѳан. Николича Сербскій Славуй, изд. Констан-

тина Каулиціи. У Будиму пис. кр. всеуч. 1827. 16°. 72 стр.— 2. частица у Буд. 1828. 16°. 86 стр.

385. Данiила Младеновића Шумица, насађена и одраньена. У Буд. п. кр. всеуч. 1832. 12. 144 стр.
Kleine Gedichte vermischten Inhalts.

386. Петра Петровића Пустиньакъ цетински. Цетинје, печ. у штамп. Црног. 1834. 8°. 43 S. Meist lyrische Gedichte. — Primitiae typogr.

2. Einzelne Dichtungsarten.

a) Lyrische Gedichte.

aa) Threnodien, Hymnen.

387. Тренодія въ міръ человѣка вшедшаго а отъ всѣхъ и свойственныхъ презрѣннаго. Въ Венеціи въ тип. Дим. Өеодосія 1762. 16°.

388. Ода на воспоминаніе втораго Христова пришествія, по образу пѣсни Лва Премудраго на слав. Г. Парөеніемъ Еп. преведенная, стихами же Захар. Орфелиномъ устроенная, благословеніем же АЕ. и М. Пав. Ненадовича первѣе напечатана, а нынѣ второе въ новой типографіи грекоправославной (въ Венеціи при Дим. Өеодосіи) 1763. 8°.
Diesem zufolge wäre das Büchlein schon früher unter Paul Nenadović (EB. 1749—1768) einmal aufgelegt worden. Ob zu Rimnik?

389. Стихословія христолюбивыхъ душъ прежелателнаго къ Богу бесѣдованія, ради правовѣрныхъ христіанъ изданая. Въ Венеціи въ тип. Дим. Өеодосія 1764. 12°.

390. Мих. Владисавльевича Стихи о недѣли честь суботы пріемшей. У Бечу при Јос. отъ Курцбекъ 1792. 8°. 12 стр. — Побѣдоносный тріумфъ или торжество о пресвѣтломъ

воскресенiи Христовомъ, богохристолюбцемъ въ душевную радость и утѣху въ стихы сложено. Въ Будинѣ 1801. 4°. 27 стр. Mit 2 Kupf. die Stadt Jerusalem und die Auferstehung Christi darstellend. Angezeigt in Schedius Zeitschr. v. u. f. Ung. III. Bd. 1. Heft S. 62 ff. (Sopikov I. N. 1562.) — Возвышенiе ума къ небесамъ. У Буд. 1818. 8°.

391. Вик. Ракича Пѣснь св. мученици Варвари. Въ Будимѣ пис. кр. унив. 1798. 8°. 11 стр.

392. Ник. Шимича У Турецкой Сербiяномъ утѣшенiе, по XXVI. псалму преложенное. Въ Будимѣ градѣ пис. кр. всеуч. 1806. 8°. 7 стр.

393. Ефрема Лазаровича Гласъ Порфироносца по псалму XIV. со стихами любезнѣйшимъ Сербiаномъ. Въ Венецiи 1810. 8°.

bb) Lieder, Oden, Elegien.

394. Плачь Сербiи, еяже сыни въ различныя государства разсѣяли ся, обявленный отъ С. С. С. Б. о. м. и г. (въ Венецiи въ тип. Дим. Өеодосiя 1761). 8°. 7 стр. In 26 Strophen.

Der erste in Venedig aus der Officin des Demetrius Theodosije erschienene serbische Druck. Der Vf. des Gedichtes war ein aus der Türkei herübergelaufener Geistlicher, der sich um das J. 1759 in Wien mit Abfassen von Schmähschrifsen auf den serbischen Metropoliten und andern unlautern Umtrieben abgab. Der des Serbischen unkundige Buchdrucker, den serbische, aus der Tükei stammende Kaufleute getäuscht hatten, soll später, als er den Inhalt des Büchleins erfuhr, die Exx. unterdrückt haben. Vgl. P. Julinac istor. slav.-serb. nar. S. 157 ff.

395. Сѣтованiе наученаго младаго человѣка, изъ рускогъ на сербскiй языкъ преведенно отъ З. О. (Захар. Орфелина) въ Новомсадѣ. Въ Венецiи въ тип. Дим. Өеодосiя 1764. 16°.

396. Мелодiя къ пролетью, кою за 1765 лѣто сочинивши

при желаню многолѣтства всѣмъ представляетъ З. О. (Захар. Орфелинъ) въ Новомсадѣ. (Въ Венеціи при Дим. Өеодосіи) 12°.

397. Іосифъ Вторый, Императоръ Римскій. Въ Віеннѣ п. Іос. Курцбека 1773. 4°. (Von Sopikov Bd. I. S. CXLVII irrig als Biographie angeführt).

398. Досит. Обрадовича Пѣсна на взатіе Бѣлграда. У Лайпцигу 1789. (Čaplovič.) — Пѣсна на инсуррекцію Сербіановъ, Сербіи и храбрымъ ея витезовомъ и чадомъ и богопомагаемому ихъ воеводи Г. Георгію Петровичу посветѣна. У Венеціи 1804. 8°. — (1807?).

399. Мих. Владисавлѣвича Стихи сочинени на похвалу Его Вел. Госуд. Леополда II. имп. Римск. и кр. Унгар. Въ Віеннѣ 1791. 8°. 21 стр. — Мелодіа или созерцаніе рая, въ стихи списано. У Будиму 1818. 8°. — Мелодіа о златовеселомъ пролетъу. У Будиму 1818. 8°.

400. (Ник. Стаматовича) Пѣсиь похвалная благород. Г. Дим. отъ Атанасіевичь и прочимъ жителѣмъ Карловачкимъ, сложена отъ народолюбца. Въ Віеннѣ 1793. 8°. 11 стр.

Unter der Dedikation an D. v. Atanasiević ist „N. v. Stamatović“ unterschrieben.

401. Славено-сербскоме роду и обществу одъ народолюбца со усердіемъ посвящено (т. е. пѣсни нѣкія Н. Стаматовичемъ сочиненыя и отношеніе къ дѣломъ србскимъ имущія). У Будиму 1806. 8°. 24 стр.

402. Григ. Терлаича Славопѣніе въ жертву общаго благодаренія Преч. Г. Архім. Раичу при случаи трудовъ его въ дѣіописаніи славенскихъ народовъ на свѣтъ изшедшихъ. Въ Віеннѣ 1794. 8°. 6 стр. — Славопѣніе Ея Имп. Высоч. Государинѣ Александрѣ Павловнѣ, вел. кн. всеросс., венгер. краль. палатинѣ и пр. Въ Будимѣ 1810. 4°. 19 стр. — Славеносербскихъ питомцевъ ученія, находящихъ ся при крал. всеучилищи Пешт. Въ Будимѣ 1809. 4°. 16 стр. — Елегіе, у Срб. Лѣтоп. II. 70. III. 81.

403. Лук. Мушицкогъ Ода Г. Стеф. отъ Авакумовичь въ достоинство Епископства ступившему. У Буд. 1798. — Ода блаженой тѣни Іоа. Раича Архім. Мон. Ковилья великагоже списатель сербскаго. У Буд. 1802. 4°. — Еклога на смертъ Васил. Петровича преставлшаго ся април. 17. (29.) дне 1802 года. Въ Будинѣ градѣ 1802. 4°. 7 стр. In Form eines Dialogs zwischen Meliboeus, Daphnis und Menalcas. — Еклога на преждевременную смертъ Петра Мушкатировича, иждивеніемъ другов его. Въ Будинѣ градѣ 1803. 8°. 4 Bl. Ohne Namen des Vfs.— Сербская Муза на тезоименитый данъ Ерцхерцога Іосифа. У Будиму 1808. — Сербская Муза къ Ерцхерцогу Лудвику при возвращеніи изъ Срема. У Будиму 1808. Serbisch und Deutsch. — Ода на смертъ Іерея Витковича Пароха Будимскогъ. У Будиму 1808. — Ода на смертъ Г. Савы Вуковича и пр. Въ Будиму 1810. 4°. 4 Bl. — Сѣни Доситеа Обрадовича. У Буд. 1811. 8°. 8 стр. — Ода Мих. Витковичу честн. Конс. Будим. фишкалу. У Буд. 1811. 8°. 16 стр. — Ода Алекс. Милуновичу. У Бечу 1818. Als Beilage zur serbischen Zeitung 1818 N. 100.— Ода на смертъ Алекс. Милуновичу, ebend. 101. — Ода Мих. Витковичу, in d. serb. Zeitung 1818 N. 100. — Гласъ народолюбца, пѣсна лирическо-дидактическа, посветѣна сербскоме роду л. 1819. У Бечу 1819 (?). 8°. 15 стр. Als Beilage zur serb. Zeitung 1819 (?) N. 44. — Ода Стеф. Живковичу, издателю благодѣтелне Музе, in d. serb. Zeitg. 1819 N. 45. — Ода на Видовъ данъ 15. Іуніа 1389, л. 1817, in d. serb. Zeitg. 1819 N. 46.— Ода о чести народной Сербовъ и пр., л. 1817. У Бечу (1819). 4°. 2 Bl. Als Beilage zur serb. Zeitung 1819 N. 71. — Ода на воздвиженіе Гимназіума Новосадскаго и пр. У Бечу (1819?). 8°. 8 стр. Als Beilage zur serb. Zeitung 1819 (?) N. 72. Eine andere ebend. N. 77. — Апологіа сербскогъ сердца. У Бечу 1819. 8°. 8 стр. Als Beilage zur serb. Zeitung 1819 N. 73. — Ода сѣни Прок. Болича бывш. Архім. Раков. л. 1818. У Бечу 1819. 8°. 8 стр. Als Beilage zur serb. Zeitung N. 74. — Ода Г. Савѣ Продановичу отъ Ужачкія Каменици ц. кр. Генералу Фелдмаршаллайтнанту, in der serb. Zeitung 1819 N. 47. — Чувствованія на денъ тезоименитый Г. Стеф. Стратимировича

Г. Кулпинскаго АЕ. и М. У Бечу 1820. 4°. 2 Bl. Als Beilage zur serb. Zeitung 1820. N. 102. — Ода на памятъ благор. Г. Марка Сервійскаго Земледержца Каныжскаго, л. 1821, 4°. 2 Bl. Als Beilage zur serb. Zeitung 1821 N. 1. — Ода Петру Петровичу Митропол. Черногорскому. У Бечу 1821. 4°. Als Beilage zur serb. Zeitung 1821 N. 6. — Ода на смертъ благор. Г. Анны Паликучевны отъ Фурлукъ и Дешестве, рождены Путникъ, л. 1821. У Бечу 1821. 8°. 7 стр. Als Beilage zur serb. Zeitung 1821. N. 35. — In der Zeitschrift Лѣтописъ србскій stehen folgende Oden: Везиличь Heft I. S. 122. — На воздвиженіе Гимназ. Новосадскаго XI. 80. — О заведеніи печатни въ Новомсадѣ XI. 86. — Павлу Беричу и Ісидору Николичу XIV. 38. — Чувствованія пѣвца на год. 1828. XIV. 28. — In der Handschrift sind mir bekannt: Ода на сочиненія Державина. — Къ выспреннему благодѣю, л. 1821. 29. Maia. — Основателемъ славенскія купно и сербскія катедры въ гимназіи Новосадстѣй. — О соединеніи катедры славенскаго языка съ тоюжде языка греческаго въ гимн. Новосадстѣй. — *Προτρεπτικόν* о еже возбудити младыхъ Сербовъ, да приуготовлятъ ся къ завести ся имущей катедрѣ слав. и греч. языковъ въ гимн. Новосадстѣй. (Pia desideria! Die slavische Katheder kam nie zu Stande. Der Vortrag des Griechischen ward untersagt!) — Сербльинъ Сербльину. У Карловцу 1832. 8°. 1 Bl. — На денъ рожденія Имп. Франца I., 1831, С. Лѣт. XXX. 36 ff. — Оправданіе кн. Лазара. Eb. — Сербскомъ имену, на денъ св. Саве. Eb.

404. Лук. Мушицкогъ Анакреонтове оде, у Лѣтоп. срб. I. 126. — Хораціеве Оде, у Лѣтоп. срб. I. 122. XI. 115.

405. Gott erhalte den Kaiser! Vaterländisches Volkslied. Да Богъ живитъ Цара! Отечественно-народная пѣснь. Metrisch übersetzt in die slovenische und serbische Sprache von L. M. (Lucian Mušicki). Karlstadt bei Joh. Nep. Prettner 1830. 4°. 6 Bl. — 2. Ausg. 1831. 8°. 4 Bl.

Die doppelte Uebersetzung ist sowohl mit cyrillischer, als auch mit lateinischer Schrift abgedruckt. In typographischer Hinsicht ist dieses Büchlein als erstes Produkt der cyrillischen

Presse in Karlstadt merkwürdig. — Bei der 2. Ausg. blieben die lateinischen Lettern weg.

406. Ода къ Его крал. Высочеству Инфанту Каролу Алойзію Ерцогу Лучкому и пр. поднесенная Лук. Мушицкимъ. Въ Карловцѣ въ тип. Претнера 1831. 4°. 4 Bl. — Ода на высокоторжественный день рожденія Его имп. кр. Величества Франца I., 1831, 12. Феур. подн. Л. Мушицкимъ. Въ Віеннѣ 1831. 4 Bl. bloss slavisch; въ Карловцѣ 1831. 4°. 8 Bl. mit deutscher Uebersetzung. — Чувствованія Хорватскихъ Сербовъ на высокотор. день рожд. Е. И. Вел. Франца I., 1832, 12. Феур. Въ Карловцѣ 1832. 4°. 6 Bl. mit deutscher Uebersetzung.

407. Іоа. Раича Стихи о воспоминаніи смерти соч. 1766, издао Стеф. Гавриловичь. Въ Буд. 1814. 4°. 4 стр. — Пѣсни. (Anonym.)

408. А(ѳан.) С(тойковича) Ода о будущемъ заведеніи наукъ философическихъ въ Карловцѣ Сремстѣмъ, и о слѣдствіяхъ сего заведенія. Въ Будинѣ градѣ 1800. 8°. 12 стр. — На смерть безсмертнаго Іоа. Раича Архім. Мон. Ковиља, преставлшаго ся Дек. 11го 1801, совершивъ 75 лѣтъ и мѣсяцъ временныя жизни. У Будиму 1802. 4°. 8 стр. (In Hexametern.)

409. Авр. Мразовича Слезы блаженой сѣни Александры Павловны, посвящены л. 1801. Въ Будинѣ градѣ 1801. — Поздравленіе Г. Іоанновичу Еписк. Бачкому. Въ Будинѣ 1805. — Ода Его Прев. Г. Стеф. Стратимировичу АЕ. и М. Въ Будинѣ 1810. 4°. 8 стр.

410. (Авр. Мразовича) Овидія Насона печалныхъ книги IV. и V., преведены Авр. Мразовичем. Въ Будинѣ пис. кр. всеуч. 1818. 8°. 530 стр. Lateinisch und slavoserbisch.

411. Ант. Іосифовича Стихи на смертъ Александре Павловне. У Будиму 1801.

412. Гаврр. Хранислава Цвѣтъ на гробъ Іоа. Раича Ковильскаго Архім., дне 11. Дек. 1801 усопшаго. Въ Будинѣ градѣ б. о. г. (1802). 4°. 4 стр. In gereimten Hexametern und Pentametern. Fünf Verse bilden eine Strophe. Der erste Hexameter steht ausserhalb des Reimverbandes. Der 2. und 5. Vers sind Pentameter und reimen zusammen. Die accentuirte Sylbe ist lang, die Position wird nicht beachtet, z. B. ти́хо прешéдъ, почивáй, слáдцѣ оужѐ почивáй. Unterschrieben: Во Віеннѣ, Храниславлевичь. — На смертъ высокоблагор. Госпожи Іосифы Стратимировичь отъ Кулпинъ, рожденыя Текели. Въ Будимѣ 1815. 4°. 9 стр. In gereimten kurzen Strophen. — Преосв. Г. Стеф. отъ Аввакумовичь Еп. Карлшт. Въ Будимѣ. 8°. 7 стр.

413. Іоа. Поповича (Берича) Ода на денъ тезоименитства Г. П. отъ Ассимарковичь. У Будиму 1804. — Ода на смертъ Іоа. Іоанновича Еписк. Бачкаго. У Будиму 1805. 8°. 4 Bl. — Ода тезоименитству Г. Васил. Ковачича Пар. Сомбор. У Будиму 1806. — Елегіа на смертъ Анны, ктьери Конст. Іанковича град. Сомборскогъ. У Будиму 1806. — Сербска Муза Г. Урошу Несторовичу краль. Сов. и пр. У Будиму 1813. 8°. 4 стр.

414. Дим. Налбановича Ода Г. Еписк. Іосифу Путнику и пр. У Буд. 1805. Ausserdem gab er Oden an Mušicki u. a. heraus.

415. Аарона Еленича Пѣсни о щастномъ и радостномъ избавленіи Сербіи, храбрымъ ея витезовомъ. У Венеціи 1807. 8°.

416. Іоа. Аѳанас. Дошеновича Участіе радостей изъ должныя любви Г. Моиссею Міоковичу Еписк. Карлштад., отъ страни клира Личкаго. У Венеціи 1807. 8°.

417. Гавр. Байчевича Тетралогъ или бесѣда помежду четыреми, на овѣчненіе безсмертныя памяти Г. Ѳеодора Филипповича правъ доктора. У Будиму 1807. 4°. 15 стр.

418. Георг. Михалѣвича Щастливіи гласи щастливому бракосочетанію Г. Іоа. Кузмановича и пр. Въ Будимѣ 1807. 4°. 4 стр.

419. Конст. Маринковича Плачь Рахильи или избіеніе младенцевъ на повелѣніе Ірода царя юдейскаго въ Витлеемѣ сбывшее ся. У Будиму пис. кр. всеуч. 1808. 8°. 104 стр.

420. Мил. Поповича Три пѣсни. У Будиму 1808. 8°. 8 стр. Ganz unbedeutend. Auf dem Titel steht: Поповичь 3го л. п. с.

421. Стихи на новый годь 1808, сочинени въ Белградѣ отъ Сербовъ Великому Госуд. Царю и Самодержцу Всеросс. Александру I. — Иніи стихи Високопрев. Г. Генер. Родофинику. Въ Венеціи 1808. 8°.

422. Похвалные стихи на смертъ Капитанъ-Командора и Кавалера Ивана Осиповича Салтанова (преставлшаго ся въ Тріестѣ). Въ Венеціи 1809. 4°.

423. Ода Г. Авр. Мразовичу отъ его пытомцевъ. У Будиму. 1810.

424. Павла Соларича Пѣсне, у Лѣтоп. срб. I.—XIII.

425. Григ. Іакшича Сердечный восторгъ на денъ празднованія народныхъ слав.-серб. педаг. училищь. Въ Буд. 1813. 4°. 16 стр. — Ода на данъ улазка Его Велич. Импер. Франца I. у Парнзъ. In Davidović's serb. Zeitung 1814 N. 126.— Пѣснь ц. кр. славено-сербскому фрайкору подъ предводителствомъ Его Високор. Г. Обрстера Мих. Михаилѣвича. In Davidović's serb. Zeitung 1814 N. 86. — Ода на торжественное въ школскихъ зданіяхъ воздвиженіе образа Его Велич. Имп. Франца I., яко отца отечества и высочайшаго основателья новозаведенныхъ предуготовническихъ училищь. У Будиму 1815. 8°. 4 стр. — Пѣснь Ихъ Благор. Г. Сави Арсичу и Его супруги Г. Евстахіи, яко до нынѣ первой списателници сербской. Въ Будимѣ 1815. 4°. 4 Bl.

426. **Вас. Дамяновича** Ода Его Велич. Императору Александру I. 1814.

427. **Павл. Верича** Хораціеве оде, у Срб. Новин. 1817 и 1818. — Споменъ преч. Г. Прокоп. Боличу Архім. Раков. Als Beilage zur serb. Zeitung 1819. N. 60.

Sämmtliche Oden Horaz's übersetzte der Vf. längst; will sie aber jetzt nach Grundsätzen der lateinisch-quantitirenden Prosodie neu umarbeiten.

428. **Мих. Витковича** на смертъ Іоа. Белановича, Сентъ-Андрейск. Сенатора. Als Beilage zur Davidović's serb. Zeitung 1819 N. 48. — Dasselbe neuaufgelegt: въ Будимѣ градѣ 1819. 8°. 2 Bl. — Пѣсне, у Лѣтоп. срб. V. 77. VI. 94.

429. **Аѳанас. Влаховича** Надгробная честемъ Г. Алекс. Милутиновича фил. и мед. докт. Въ Віеннѣ 1819. 4°. 4 Bl. Auch als Beilage zur serb. Zeitung 1819 N. 65, 66. — Честемъ Г. Іакова отъ Чокичь. У Бечу 1820. 8°. 8 стр. Auch als Beilage zur serb. Zeitung 1820 N. 93.

430. **Д(им.) І(сайловича)** Благор. Г. Сави Добричу на 10. Май 1821. У Віеннѣ 1821. 8°. 7 стр.

431. **Петра Іоанновича** Зависти, клевете и вражде пріятельемъ. У Будиму 1822. 8°. 6 стр. — Плачь на смертъ Г. Екатерине, Арсенія Ѳеодоровича супруге. У Будиму пис. кр. унив. 1823. 4°. 6 стр.

432. **Мил. Светића (Іоа. Хаџића)** Оде, у Срб. Лѣтопису: Стыдъ I. 120. — Богу III. 72. — Срб. поети III. 77. — Carpe diem IV. 63. — Моме роду XIII. 23. — На слогу XIII. 24. — Пѣвцу арфе Шишатовачке XIV. 36. — Палинодіа дебелогъ Іера III. 84 и пр. — Хораціеве Оде, у Срб. Лѣтоп. III.—XIII.

Mehrere Oden in andern Schriften, als V. St. Karadžić's Danica u. s. w.

433. Авр. Бранковича Вечный споменъ Филипу Главашу, умршемъ 2. (14.) Ферв. 1823. У Вечу у печ. ерменской 1823. 8°. 4 Bl. — Отечествена песма: Богъ да живи Цара Франца, узъ клавиръ, изд. Іос. Миловукъ. У Буд. 1829. 8°. 12 стр. Deutsch und serbisch, letzteres sowohl mit cyrillischer, als mit lateinischer Schrift.

434. Іоа. С. Поповича Слезы, имиже Болгаріа нещастіе лѣта 1374 сбывшее ся оплакываетъ. Въ Буд. 1825. 8°. 8 стр. — Мил. Цветича (Іоа. Поповича) Ода Гдр. Іосифу Миловуку за знакъ истиногъ почитанія спевана. У Будиму 1828. 8°. 6 стр. — Ода преосв. Г. Максиму Мануиловичу Еписк. Вршачкомъ посветьена. У Будиму 1829. 4°. 4 стр.

435. Сев. Илича Генетліаконъ Г. Міоковичу Еписк. Карлшт. У Будиму 1825.

436. Сузе Радмилове, спѣвано по Влаху Минчетичу Дубровчанину Евтиміемъ Поповичемъ. У Будиму 1826. 12°. 36 стр.

437. Фил. Пенча Енкоміастиконъ преч. Г. Герасиму Зеличу Архім. и пр. У Будиму 1826. 8°. 8 стр. — Славнопѣніе въ честъ ГГ. Стеѳ. Станковичу, Макс. Мануиловичу, Г. Храниславу и Н. Іоанновичу, Епископомъ и пр. У Будиму 1829. 4°. 7 стр. — Ода Г. Стеѳ. Станковичу Еписк. Буд. У Будиму 1829. 4°. 4 стр.

438. Стеѳ. Стефановича Оде, у Срб. Лѣтопису IV—VII.

439. На смертъ благ. Г. Маріи Іоанновичевы вдовы капитаници. Въ Будимѣ 1827. 4°. 3 Bl.

440. Аѳанас. Боича Ода Г. Стеѳ. Станковичу Архім. Мон. Ораховице. У Будиму 1828. — Ода Г. Симеону Іосифовичу, Пар. Сентъ-Андр. У Будиму 1828. — Ода Г. Стеѳ. Станковичу Еписк. Будимск. Въ Будимѣ 1829. 4°. 7 стр.

441. Іоа. Іаковлевича Еклога Г. Стеф. Станковичу Еписк. Будимск. У Будиму 1828.

442. Іак. Живковича Стихи Лук. Мушицкомъ Еписк. Карлшт. У Будиму 1828. 4°. — Епіѳаламіонъ Г. Іоанну отъ Рогуличь. У Будиму 1828. 4°.

443. Тимоѳ. Ілічa Надгробная пѣснь Іоа. Вуковичу. Въ Будимѣ пис. кр. унив. 1828. 8°. 8 стр.

444. Влад. Чикоша Ода преосв. Г. Лук. Мушицкомъ Еписк. Карлшт., ижд. Іос. Миловука. У Будиму 1828. 4°. 7 стр. — Ода Г. Герасиму Зеличу. У Буд. 1828.

445. Стеф. Атьимовича Ода Г. Іос. Раячичу Еписк. Далматинскому. У Будиму 1829. 8°. 13 стр.

446. Стеф. Поповича Ода Г. Іос. Раячичу Еп. Далм. У Буд. 1829.

447. Адама Драгосавлѣвича Ода Г. Стеф. Станковичу Еп. Будимск. У Будиму 1829. 8°.

448. Милоша Николича Брачное пѣніе Міх. Бозда и Анастасіи Лука. У Буд. 1832. 8°. 2 Bl.

b) Beschreibende Gedichte.

449. Григ. Обрадовича Свойственное изложеніе Баната Темишварскаго, у стихове сложено. Въ Будимѣ пис. кр. унив. 1802. 8°. 20 стр.

450. І. С. (Іоанна Сулича?) Описаніе Румскогъ Кудоша, заграде берка, Ракинебаре, пастира и бельарица увеселеніе, одзивъ Г. А. Ѳеодоровичу. У Віени 1821. 8°. 8 стр. Auch als Beilage zur serb. Zeitung 1821 N. 77.

451. Евт. Поповича Музіада, описаніе земалья Сербіе и Босне. Ркп.

Das Gedicht enthält über 3000 Reime in XVIII Gesänge.

c) Didaktische Gedichte.

aa) Eigentliches Lehrgedicht.

α) Mit Rücksicht auf religiöse Erbauung.

452. **Вик. Ракича Жертва Авраамова и собесѣдованія грѣшника съ богоматерію, преведено съ греческаго на сербскій языкъ, 2. изд. У Будиму пис. кр. всеуч. 1799. 8°. 64 стр. 3. изд. иждь. Дам. Каулицій книгопрод. Новосад. У Буд. 1811. 8°. 64 стр.**

Die erste Ausgabe dieses Buches ist mir unbekannt. Im J. 1809 soll zu Ofen eine Ausgabe mit lateinischen Lettern erschienen sein. Angezeigt in den Vaterl. Blätt. 1811.

453. **(Вита Дошена) Аждая седмоглава, сирѣчь описаніе седми грѣховъ смертныхъ, стихотворнымъ художествомъ устроенное, и съ далматинскаго языка на слав.-сербскій пречищенно тщаніемъ Георг. Михалѣвича. Въ Будимѣ градѣ 1803. 4°. 267 стр.**

Auch als Beilage zu **Наставленіе о должностяхъ 1806. 4°.** ausgegeben. Der Uebersetzer nennt den Vf. nicht. Das Original ist: Vita Doshena Pleb. Dubich. Axgaja szedmoglava 1768.

β) Moralphilosophisches Lehrgedicht.

454. **Алекс. Везилича Краткое написаніе о спокойной жизни. Въ Віеннѣ при Іос. отъ Курцбекъ 1788. 8°. 142 и 56 стр. 2. изд. Въ Будинѣ 1814. 8°.**

In der ersten, besonders paginirten Abtheilung (1—142) sind 22 gereimte kurze Gedichte mit Anmerkungen in Prosa. Ohne poetischen Geist, in gemischter slavoserbischer Sprache. Die Verskunst ist ganz verwahrlost. Angehängt sind: **Прибавленіе, содержитъ въ себѣ описаніе ревностныхъ и знатныхъ мужей отъ рода сербскаго.** S. 1—56. 7 Gedichte: 1) auf Serben, 2) Chorwaten, 3) russische Serben; hiernächst Bischöfe, aber ohne Ueberschrift, 4) Archimandriten, 5) Protopresbyter, 6) Politiker und Schriftsteller, 7) Klöster. Alles ziemlich geistlos, abgeschmackt.

455. (Стефана Стратимировича) Любосава и Радованъ или пѣсни нравоучителныя по начину простонародныхъ сербскыхъ пѣсней (издао Іос. Путникъ). У Будиму пис. кр. всеуч. 1800. 8°. 20 стр.

Dies Lied moralischen Inhalts in zehnsylbigen reimlosen Versen, worin eine Mutter ihrer Tochter, und der alte Božidar seinem Sohne Radovan Rath ertheilt, ging nur in Abschrift herum, bis es der verst. J. v. Putnik, der sich unter der Vorr. unterzeichnet, zum Besten seiner Nation drucken liess. „Содержитъ начала, по нимъже полъ женскій имѣлъбы обучаемъ быти“.

456. Аѳан. Стойковича Стихи, каковымъ образомъ любовъ у браку сохранити можно. Въ Будимѣ 1800. 4°. 20 стр.

457. Чистое огледалце, которое майкамъ, тъеркамъ, стринамъ, тетамъ, кумамъ, пріятелицамъ, снашамъ, сестрамъ, нетъакиньамъ и милостницамъ, дабы една на другу попреко негледала, посвящено. Ижд. Дам. Каулизіи у Буд. 1803. 8°. 16 стр. — 2. изд. ижд. тог. у Будиму пис. кр. всеуч. 1808. 8°. 12 стр.

Den ersten, zweifelhaften Abdruck habe ich nicht gesehen.

458. Гавр. Ковачевича Пролѣтіе или лѣторасль человѣческаго вѣка. Наравоучителный наставникъ, частъ I. Въ Будимѣ градѣ 1809. 8°. 106 стр.

γ) Didaktisch-satyrische Epistel.

459. К. Хорація Флакка О стихотворству кньига, кою е двояко на србскій езыкъ превео Милошь Светиħь (Іоаннъ Хаџиħь). У Віенни печатано кодъ Г. Март. Христіана Адолфа 1827. 8°. 104 стр.

Das Serbische in doppelter Uebersetzung, in Hexametern und fünffüssigen Nationalliederversen. Der lateinische Text ist mitabgedruckt. In Pirch's Reise nach Serbien 1829 wird im 2. Bde Gašparović irrig als Uebersetzer und Herausgeber dieses Buches genannt.

bb) Satyren.

460. Антон. Релковича Сатиръ, т. е. укорителъ злыхъ нравовъ, у первой части пѣва на стиховы Славонцемъ, а у другой Славонацъ отпѣва у стиховы Сатиру. Преведено на простый сербскій езыкъ С. Ранчемъ, 1. изд. во Віеннѣ при Стеф. Новаковичь 1793. 8°. 156 стр. 2. изд. у Будиму пис. кр. всеуч. 1807. 8°. 156 стр.

cc) Fabeln.

461. Дим. Дос. Обрадовича Езопове и прочихъ разныхъ баснотворцевъ басне, съ различны езыка на слав.-сербскій преведене, и садъ первый редъ съ нравоучителными полезными наставленіями издате и сербской юности посветьене. У Лайпцигу у тип. Г. Јоа. Готлиба Еммануила Брайткопфа 1788. 8°. 451 стр.

462. Избранне басне, съ различны езыка на сербскій езыкъ преведене и съ наравоучителными изложеніями и наставленіями обогатьене. Въ Будимѣ пис. кр. всеуч. 1800. 8°. 95 стр.

Diese Auswahl aus Dosithej Obradović obigem Buche veranstaltete, dem allgemeinen Glauben nach, L. Mušicki.

463. Мих. Витковича Басне, у Лѣтопису срб. VI. 97.

dd) Epigramme.

464. Лаз. Милобратича (т. е. Лук. Мушицкогъ) Надписи на сербско книжество, л. 1820. У Віенни. 4°. 12 стр. Auch als Beilage zur serb. Zeitung 1820 N. 75—77. — Надписи, у Лѣтопису срб. I. 127. XII. 78.

465. Мих. Витковича Надписи, у Лѣтоп. срб. V. 76. VI. 96.

d) Erzählende Gedichte.

aa) Poetische Erzählung.

α) Behandlung heil. Gegenstände mit erbaulichen Zwecken.

466. **Вик. Ракича** Пѣснь историческа о жизни св. и праведнаго Алексіа человѣка божія. Въ Буд. пис. всеуч. 1798. 8°. 22 стр. — 2. изд. иждив. Конст. Каулиціи у Буд. 1828. 8°. 39 стр.

467. **Вик. Ракича** Исторіа о Сосаннѣ, изъ св. пророка Даніила гл. XIII., соч. стихами. (Въ Будимѣ?) 1803. 8°. 8 стр.

468. **Вик. Ракича** Житіе св. великом. Евстаѳіа, Плакиди и св. Спиридона чудотворца, соч. на стихи. Ижд. Дам. Каулиціи, въ Буд. 1803. 8°. 39 стр.

469. **Вик. Ракича** Исторія о разореніи последнѣмъ съ града Іерусалима, и о взятіи Константинополя, соч. (съ прозе русске) стихами, съ изображеніями. У Венеціи 1804. 8°.

470. **Вик. Ракича** Житіе св. и праведнаго Іосифа прекраснаго, сочиненое стихами. У Венеціи 1804. 8°.

471. **Милов. Видаковича** Исторія о прекрасномъ Іосифѣ. Въ Будимѣ пис. кр. всеуч. 1805. 8°. — 2. изд. въ Буд. 1810. 8°. 87 стр.

Angezeigt in den Vaterl. Blätt. 1811.

472. **Милов. Видаковича** Младый Товіа, повѣстъ една древна и пр., изъ библіе списана и на просте стихове сложена. Ижд. Павла Іанковича, въ Будимѣ 1725. 8°. 115 стр.

473. **Милов. Видаковича** Путешествіе у Іерусалимъ на великій праздникъ. Ркп. 4°. 76 Bl.

474. **Милов. Видаковича** Пѣснь о св. Георгію. Ркп. 4°. 56 Bl.

Alle vier Stücke in gereimten Versen.

475. Гавр. Ковачевича Іудитъ, мечемъ Олоферну главу усѣкнувши, тѣмъ Іудеу освободивши, въ кратцѣ стиховно списана. Въ Будимѣ пис. кр. всеуч. 1808. 8°. 53 стр.

476. Гавр. Ковачевича Вѣнецъ безсмертне славе сербскимъ просвѣтителемъ отъ св. Іеронима (sic), Кирилла и Методія до Данiила (sic) и св. Саве Архіеп. сербскихъ и пр. и пр.
Angekündigt in Davidović's serb. Zeitung 1818. N. 4.

477. Евт. Поповича Іевтай, описаніе живота Іевтая, судіе Ізраелскога рода. Ркр.
In IV Gesängen über 1000 Reime.

β) Behandlung vermischter Stoffe.

478. Пѣснь историческая, како су Сербли съ Турци на Косовомъ полю побили се, на коемъ полю сербска майка княза Лазара съ многима сынми сербскими изгибивши, и державе сербске конечно лишивши се, горке сузе пролива. В. о. м. и г. (Въ Венеціи въ тип. Дим. Θеодосія 1761—1762). 16°.
Enthält 53 Strophen. Dobrovský's Slovanka I. 217.

479. Вик. Ракича Пѣснь черногорска о побѣди над скадарскимъ Пашомъ Махмутомъ Бушатліомъ, Іул. 11. л. 1796 и 22. Септ. 1796. Въ Будимѣ пис. всеуч. 1803. 8°. 16 стр.
In epischem Mass, gereimt.

480. Гавр. Ковачевича Пѣснь о случайномъ возмущеніи въ Сербіи, приключившемъ ся при концѣ 1803 года, исторически проведена и у стихове сложена. У Будиму пис. всеуч. 1804. 8°. 56 стр. — (**Гавр. Ковачевича**) Пѣснь о возмущеніи въ Сербіи приключившемъ ся и о изображеніи дѣлъ Сербіановъ въ дѣйствіи произведеныхъ, исторически проведена и у стихове сложена. У Будиму пис. всеуч. 1806. 8°. 60 стр.
Nur ersteren Druck habe ich gesehen und weiss daher nicht, ob die Notiz von letzterem auf einem Irrthume beruht, oder ob derselbe eine neue Auflage ist.

481. Србска стіхотворенія, сочинѣна одъ Ковачевића и Стаматовића. У Београду кодъ Глигорія Возаровића 1832. 8°. — Innerer Titel: Песма о случайной буни Срба противъ даія и о срећномъ изображеню ньины народны дѣла, саставлѣна Гавріиломъ Ковачевићемъ, садъ другій путъ издана трошкомъ Григорія Возаровића кньиговезца и кньигопродавца. У Београду у княжеско-србской печатньи, 1832. 8°. IV. 58 стр. — Србскомъ роду списано и посвећено одъ Н. Стаматовића. VI, 59—76 стр.

Dies ist der erste, von der fürstlichen Buchdruckerei in Belgrad gelieferte Druck. Bis dahin sind nur Protokolle, Pässe, Wechselbriefe, eine kurze Unterweisung über die Cholera 1831, ein Probebogen der serb. Zeitung u. a. derlei Kleinigkeiten gedruckt worden. Gleichzeitig wurde an Steić's Забаве und Tirol's Geographie gedruckt, jedoch wurden letztere später vollendet, und Steić's Buch musste umgedruckt werden.

482. Пѣснь храбрымъ Сербіаномъ, посвящена Г. Арсенію благ. отъ Радичь гражд. и купцу Будимскому. Въ Будимѣ пис. кр. всеуч. 1805. 8°. 8 стр. Unter der kurzen Vorrede gezeichnet **В. П. М. Г.**

483. Различите пѣсме ради забавленія и утѣшенія съ Славонскаго на Сербскій преписане. У Будиму пис. кр. всеуч. 1807. 8°. 31 стр.

Gesänge historischen Inhalts über Nemanja und spätere serbische Helden, in Reimen. Der Vf. ahmte auf eine ungeschickte Weise den Ton den Nationalgesänge nach.

484. Гавр. Ковачевича Стихи о поведеніи и намѣреніи сербскаго великаго княза Лазара противъ турскаго ополченія, съ разнымъ его велможей разговоры, и о изображеніи страшнаго и грозного онаго между Сербами и Турками на полю Косову сраженія, случившаго ся во 1389 лѣтѣ, Іунія 15. дне. Иждив. Дам. Каулицци въ Будимѣ градѣ пис. кр. всеуч. 1810. 8°. 112 стр.

485. Гавр. Ковачевича Пѣснословка илити повѣстъ о народу славенскомъ, изъ книге Андріе Качича изведена, по образу, вкусу и глаголу сербскому устроена. У Будиму пис. кр. всеуч. 1818. 8°. 152 стр.

486. Гавр. Ковачевича Вѣнацъ цѣломудрія и споменъ чувствителне и чрезвичайне любови Аделайде Алпійске пастирке. У Бидиму пис. кр. всеуч. 1828. 12°.

487. Петр. Соколовича Нѣколико стихова о возбужденію сербскогъ витеза Милоша Обреновича противъ Скопльакъ Сулеймана Паше године 1816, издао Іос. Миловукъ. У Будиму пис. кр. всеич. 1827. 8°. 23 стр.

488. Стеф. Атьимовича Витежество сербско или описаніе древни сербски юнака, као малый умнаго пола даракъ. У Будиму пис. кр. всеуч. 1829. 8°. 62 стр.

489. Споменъ на потопъ, кои е између 28. Фебруара и 12. Марта 1830 многа предградія Бечка потопію, изданъ на помоћь они, кои су овомъ немиломъ приликомъ страдали. У Бечу кодъ ОО. Мехитариста (1830). 8°. 8 стр.

490. Мил. Светића (Іоанна Хаџића) Миланъ и Милица, баллада. У Срб. Лѣтоп. II. 56.

bb) Idyllen.

491. Григ. Терлаича Забавленіе единаго лѣтнаго утра, или удивленіе естественнымъ красотамъ. Въ Віеннѣ 1793. 8°. 91 стр.

Aus dem Deutschen des Nicolai übersetzt.

492. Мих. Болџи Неколике Ідилле Геснерове. У Нов. срб. 1817.

493. Мих. Витковича Желаніе. Ідилла Геснерова. In Davidović's serbischer Zeitung 1818 N. 48. Diese Idylle über-

setzte Vitković um die Wette mit Davidović, dessen Uebersetzung 1817 N. 89—90 steht.

494. Пав. Берича Неколике еклоге Виргиліеве. У Нов. срб. 1818.

495. П(етр.) М(атича) Соломона Геснера Ідилле. У Бечу у печ. ОО. Ермена 1827. 8°. XVI и 126 стр.

Wurde aber erst im J. 1831 ausgegeben.

496. Мил. Светића (т. е. Іоанна Хаџића) Преводы изъ Геснера. У Лѣтоп. срб. III—VIII. — Обрадъ, еклога. У Лѣт. срб. II. 74.

cc) Heldengedichte.

497. Іоа. Рanча Бой змая съ орловы. (Въ Будимѣ градѣ пис. кр. унив. 1791). Въ Віеннѣ 1791. 8°. 122 стр.

Unter Змай verstand der Vf. die Türken. Das Gedicht wurde während des österreichisch-türkischen Krieges gefertigt.

498. Сим. Милутиновича Сербіанка. У Липисци у книгопеч. Брайткопфа и Хертела 1826. 16°. 1. частъ 150 стр., 2. частъ 191 стр., 3. частъ 176 стр., 4. частъ 189 стр.

„Enthält in einzelnen Heldengedichten die merkwürdigsten Ereignisse in Serbien unter Karadjordje und Miloš. Dieses Werk ist nicht allein seines poetischen Gehaltes, sondern auch der Unpartheilichkeit wegen, womit der Vf. die neuere Geschichte seines Vaterlandes behandelte, merkwürdig". Gerhard's Vila II. 283.

499. Евте Поповича Разна дѣла, свезка прва и друга: Османида Ивана Гундулича Дубровчанина спѣвана 1621 лѣта. У Будиму 1827. 12°. I. Bd. 1—10. Ges. 200 S., II. Bd. 11—22 Ges. 214 S. — Свезка третьа: Милошіада, издана Іосифъ Миловукомъ. У Будиму пис. кр. всеуч. 1829. 12°. 300 S.

Demnach ist bloss das den 3. Band füllende und die Thaten des Miloš Obilić in 8 Gesängen und in gereimten achtzeiligen

Stanzen besingende Heldengedicht ein Geistesprodukt des Popović. — Die mit cyrillischen Lettern abgedruckte Osmanide des Gundulić ist voll Fehler und Unrichtigkeiten.

500. Мил. Светића (т. е. Іоа. Хаџића) Преводы изъ Виргиліеве Енеиде. У Лѣтоп. срб. III. 100. IV. 63.

501. Омирова Улисіада, спевана Тимотеемъ Илићемъ Пар. Бочарскимъ, 1. св. 1829. 4°. 54 стр. Ркп. Bei Jos. Milovuk in Pest.

502. Ѻмирова Иліада съ Еллинскогъ преведена Петромъ Демеличемъ Панѣвскимъ, I—III песма. У Будиму 1832. 8°. 69 стр.

e) Dramatische Poesie.

aa) Trauerspiele.

503. Іоа. Раича Трагедія, сирѣчь печалная повѣстъ о смерти последнаго Царя сербскаго Уроша Пятаго, и о паденіи сербскаго царства, сочинена и произведена г. 1753 въ Карловцѣ сремстѣмъ, а нынѣ пречищена и исправлѣна и пр. Въ Будимѣ пис. кр. всеуч. 1798. 4°. 72 стр.

504. Сенека. Трагедіа. Ижд. Петръ Саранда. У Будиму пис. кр. всеуч. 1807. 8°.

Aus dem Deutschen Kleist's angeblich von M. Ignjatović übersetzt, und von P. Saranda bloss zum Drucke befördert.

505. Іоа. Михаиловича Маріа Менцикова (soll heissen Менщикова), жалостно позориште у 5 дѣйств., прев. съ нѣм. Мойсей Іѓньатовичь. У Будиму пис. кр. всеуч. 1809. 8°.

Das Original ist: Joh. v. Michajlović Marie Menzikov oder das Opfer der Herrschsucht, ein Trauerspiel in 5 Akten. Pest bei M. Trattner 1805. 8°. 110 S.

506. Іоа. С. Поповича Невинность или Светиславъ и Милева, жалостно позориште у 5 дѣйств., трошкомъ Матице србске. У Будиму пис. кр. всеуч. 1827. 8°. 107 стр.

507. Іоа. С. Поповича Наодъ Симеонъ или несретно супружество, у 5 дѣйств. по народной песми. У Будиму 1830. 8°. 122 стр.

Auf Kosten des temesvárer liter. Vereins herausgegeben.

508. Вас. Іоанновича Ромео и Іуліа, прев. съ Нѣмецк. Г. Вайса. У Будиму 1829. 8°.

509. Марк. Іелечича Александеръ и Наталіа или Петаръ Вел. Царь Рус., жал. позориште у 5 дѣйств. Ркп.

510. Сим. Милутиновича Обиличь, трагедіа. Ркп.

Die Handschrift befindet sich bei dem Vereine Матица.

511. Сим. Милутиновича Дика црногорска, трагедіа. Ркп.

Ausser diesen Trauerspielen hat Milutinović auch verschiedene andere Dramen verfasst.

512. Стеф. Стефановича Царь Урошъ, трагедіа. Ркп.

513. Несретньо племе, илити шта неможе охолостъ и своелюбіе учинити? жалостно позорище у 3 дѣйств. сочиніо (по ориг. немецкомъ отъ Сегединскогъ негда Сен. Г. Аркадіе отъ Беланъ сочинѣномъ у ркп.) Антон. Арновлѣвъ. Ркр. 9 таб.

514. Виргиніа или крвава жертва освобожденія, жал. позор. у 4 дѣйств. (по ркп. мадьарскомъ) отъ Антон. Арновлѣва. У Буд. 1832. 8°. XIII и 92 стр.

bb) Lustspiele.

515. Еман. Іанковича Терговци, комедіа у три акта, преведена съ италіанскогъ изъ Карла Голдони. У Лайпцигу кодъ Г. Тайбела 1787. 8°. 112 стр.

Die Dedication an Ks. Joseph II. ist deutsch geschrieben, datirt zu Neusatz den 30. August 1787.

516. Еман. Іанковича Благодарный сынъ, сеоска весела игра у единомъ дѣйствію, ставлена на сербски. У Лайпцигу кодъ Г. Тайбела 1789. 8°. 72 стр.

517. Оскорбленый младоженихъ, една шальива и увеселителна комедіа у 2 явленія, съ нѣм. языка на слав.-серб. преведена и на стихове сложена. Въ Буд. градѣ пис. кр. унив. 1803. 8°. 16 стр.

518. Іоак. Вуича Любовная завистъ чрезъ едне ципеле, весела игра у 1 дѣйств. Въ Будимѣ пис. кр. унив. 1805. 8°. 55 стр.

519. Іоак. Вуича Слепый мышь, една (sic) весела игра у 1 дѣйствію, изд. Дам. Каулицій. Въ Буд. градѣ пис. всеуч. венгер. 1809. 8°. 75 стр.
Angezeigt in den Vaterl. Blätt. 1811.

520. Никол. Месаровича Комедіе. Ркп.

521. Мойс. Ігньатовича Артело придворный шальивчина, позорищна игра у 3 дѣйств., преведена (съ нѣмец.?), изд. Конст. Каулиціи. Въ Будимѣ пис. кр. всеуч. 1813. 8°. 91 стр.

522. Мих. Витковича Одѣло изъ Тріеста, весела игра у 4 дѣйств. отъ І. Ф. Іингера, съ нѣмец. на серб. езыкъ преведена. У Будиму 1830. 8°. 107 стр.

523. Вас. Іоанновича Сигфридъ и Геновева, жал. позорище, соч. по нѣмецкой исторіи, у 5 дѣйств. У Будиму пис. унив. 1830. 8°. 83 стр.

524. Іоа. С. Поповича Лажа и Паралажа, весело позориште. У Будиму пис. кр. всеуч. 1813. 8°. 63 стр.

525. Петр. Вучерича Адвокатъ венеціанскій, комедіа у 3 дѣйств. отъ Карела Голдони, са италиан. преведена. Ркп. 1830.

526. Мил. Видаковича Благородный отрокъ, весела игра, съ нѣм. езыка на сербскій преведена. Ркп.

527. „Ча (statt чича) Гавра“ или како паоръ адвоката лагати учи, сеоска игра у 1 акту, соч. Антон. Арновлѣвъ. Ркп. 5 таб.

528. „Колчакъ“ или нетьу свакомъ да се допаднемъ али право да кажемъ, соч. Антон. Арновлѣвъ. Ркп.

cc) Schauspiele.

529. Трагедокомедія содержащая въ себѣ тринадесятъ дѣйствій. Ркп. 4°. 62 стр.

In der Bibliothek des Hrn. v. Janković in Pest. Die Handschrift wurde unter dem Erzb. Joannović (welchem?) geschrieben. Im Prolog sagt der Vf., er wolle berichten, welche Könige in Serbien geherrscht und wie sie geendet haben, wie Serbien von den Türken unterjocht worden sei und sich endlich unter den kais. Schutz begeben habe. Ein eigentliches Drama ist es also nicht. Unter den Beilagen dieser Handschrift kommen eines Freiwilligen, Arsenij Popović, Gratulationsreden an den Erzbischof Paul Nenadović zw. 1794—1754, ferner kurze Nachrichten über das Kriegsheer in Böhmen und Mähren 1751 etc. vor.

530. Еман. Іанковича Зао отацъ-невальао сынъ.

531. Мойс. Ігньатовича Агаръ у пустини, драма съ россійскогъ преведено. У Будиму 1801.

532. Ант. Іосифовича Стрѣлци, хероическое позорище у 4 дѣйств.; истинное приключеніе въ Россіи во время Петра Вел., соч. І. М. Бабо, съ нѣмецкаго языка преведено на слав.-серб. Въ Буд. пис. кр. всеуч. 1804. 8°. 90 стр.

533. Іоак. Вунича Фернандо и Іарика, една явная игра у 3 дѣйств., преведена съ оригиналнаго англицкаго языка на слав.-сербскій. У Будиму пис. кр. унив. 1805. 8°. 88 стр.

534. Іоак. Вунича Награжденіе и наказаніе, една сеоска игра. Въ Будимѣ 1807. 8°. 79 стр.

535. Іоак. Вунча Крешталица, едно явно позорище у 3 дѣйств., преведено съ россійскаго и италіанскаго езыка. Въ Будимѣ пис. кр. всеуч. 1814. 8°. 115 стр.

536. Авр. Мразовича Человѣкомерзостъ и расканіе, позорищна игра. Въ Будимѣ 1808.

537. Іоа. С. Поповича Милошъ Обиличь, юначко позорище у 5 дѣйств. изд. Іос. Миловукомъ. У Будиму пис. кр. унив. 1828. 8°. 116 стр.

538. Константина Пейчича Младенъ и Добролюбъ, примѣри пріятелства. У Будиму писм. кр. всеуч. 1829. 8°. 196 стр.

Es wurde davon eine Auflage von 1000 Exx. veranstaltet, aber diese reichten, nach dem Vorworte des Vfs., nicht hin, die herbeiströmenden Pränumeranten zu befriedigen.

539. (Лаз. Лазаревича) Владиміръ и Косара, драма у три акта, издао Іос. Миловукъ. У Будиму пис. кр. всеуч. 1829. 12°. 135 стр.

540. Мих. Витковича Жертва на смертъ, позорищна игра у 5 дѣйств., отъ Августа Коцебуа, съ нѣмецк. на сербскій єзыкъ преведена, трошкомъ Матице србске. У Будиму 1830. 8°. 80 стр.

541. Павла Роже Михайловича Крстоносца или путешествіе у Палестину, позорищна игра у 5 дѣйств., по нѣмецкомъ. У Будиму пис. кр. унив. 1830. 8°. 128 стр.

Dieses Buch ist eines der merkwürdigsten in dem gesammten serbischen Bücherwesen. In dem Pränumeranten-Verzeichnisse stehen nicht weniger als 1600 Abnehmer verzeichnet, und doch sollen während und nach Beendigung des Druckes noch 200 andere hinzugekommen sein!

542. Стеф. Марковича Добросердечный сынъ, у 1 дѣйств. съ нѣм. прев. Ркп. 8 таб.

543. Марк. Іелечича Дѣвица изъ Маріенбурга или вождское фамиліи описаніе, у 5 дѣйств. Ркп.

544. Марк. Іелечича Окаянный или новоизбранный краль, у 1 дѣйств. Ркп.

545. Марк. Іелечича Добродѣтелному токмо добродѣтель мазда есть, всядническое позорище, у 3 дѣйств. Ркп.

546. Петр. Вучерича Два добра пріятелья или трговацъ Ліонскій, драма Г. Бомарше, превед. са Италіанскогъ. Ркп. 1830.

547. Веранъ другъ у Ѳлимпиской игри, позорищна игра у 3 акта изъ Метасшасія, превео съ Таліанскогъ Антон. Арновлѣвъ. Ркп. 6 таб.

548. Атиліусь Регулусь, позор. игра у 3 акта изъ Метастасія, прев. съ Таліанскогъ Антон. Арновлѣвъ. Ркп. 6 таб.

549. Сципіо Африканъ после битке при Канне, позор. игра у 1 актъ, съ немецкогъ прев. Антон. Арновлѣвъ. Ркп. 4 таб.

550. Побѣда Клеліе, позор. игра у 3 акта изъ Метастасія, прев. съ Таліанскогъ Антон. Арновлѣвъ. Ркп. 4 таб.

dd) Melodramen.

551. Авр. Мразовича Пастирска игра со стихами, у едномъ дѣйств., отъ Х. Ф. Геллерта, на сербскій языкъ тѣмже образомъ преведена. У Будиму пис. кр. всеуч. 1803. 8°. 48 стр.

552. Аѳан. Николича Аделайда алпійска пастирка, позорищна игра у 3 дѣйств., представлена трипутъ у Новосадскомъ театру. Ркп.

C. Prosa.

1. Dichterische Prosa.

a) Romane, Erzählungen, Mährchen.

553. Велизарій Господина Мармонтела, академіи француского езыка члена, изъ француского на славенскій языкъ преведенъ (Павломъ Іулинцемъ). Въ Віеннѣ при Іос. отъ Курцвекъ 1777. 8°. 216 стр. Съ фигурами. — 2. тисненіе въ Будимѣ пис. кр. унив. 1812. 8°. Съ иконами.

554. Григ. Терлауча Идеа или мужеска и женска добродѣтель, повѣстная новенскость, преведена съ нѣмецкаго. Въ Віеннѣ при Стеф. отъ Новаковичь 1793. 8°. 67 стр.

555. Григ. Терланча Нума Помпиліусъ. Въ Будимѣ пис. кр. унив. 1801. 8°. 249 стр.

Die grössere Hälfte dieses Werkes wurde schon 1795 in Wien gedruckt, die Vollendung aber durch den Verkauf der Typographie unterbrochen.

556. Никол. Лазаревича Животъ и чрезвычайна приключенія славнаго Англеза Робинсона Круссе отъ Іорка, собственномъ рукомъ нѣговомъ списана, изъ нѣмец. преведена, Ч. 1. Въ Будимѣ пис. кр. всеуч. 1799. 8°. 638 стр.

557. Ник. Лазаревича Повѣстъ древныхъ Абдеритовъ Г. Виландомъ сочиненая, ч. 1., коя 1., 2. и 3. книгу у себи содержаетъ, съ нѣмец. преведена. Въ Будимѣ градѣ пис. кр. унив. 1803. 8°. 352 стр.

558. Аѳан. Стойковича Кандоръ, или откровеніе египетскихъ таинъ. Въ Будимѣ пис. кр. всеуч. 1800. 8°. 87 стр.

559. Аѳан. Стойковича Аристидъ и Наталіа. Въ Будимѣ пис. кр. унив. 1801. 8°. 175 стр.

560. Никол. Шимича Аристей и Сонъ Аценира, египетская нравоучителная повѣсть, таже стихи о должности честнаго человѣка, преводъ съ французскаго на слав.-серб. языкъ произведенъ. Въ Будимѣ 1806. 8°. 45 стр.

561. Никол. Шимича Турчинъ Абдалахъ и Сербинъ Сербославъ, нравоучителная повѣсть. У Будиму 1807. 8°. 71 стр.

Es sind dieser Erzählung auch kurze gereimte Gedichte eingewebt.

562 Ник. Шимича Елисаветъ либо заточеници Сибирски. Ркп.

563. Іоа. Поповича Младшій Робинзонъ. У Будиму 1807.

564. Іоак. Вуича Вертолдинъ, преведено съ италіанскаго. Въ Будимѣ пис. всеуч. венгер. 1807. 8°. 126 стр.

565. Іоак. Вуича Младій Робинзонъ, или една нравоучителна повѣсть ко просвещенію разума и поболшанію сердца за младолѣтну юность, прев. съ нѣмецкогъ на нашъ матерный слав.-серб. езыкъ. У Будиму пис. кр. всеуч. 1810. 8°. 398 стр.

Angezeigt in den Vaterl. Blätt. 1811.

566. Іоак. Вуича Благородна и великодушна жена Лунара у Персіи, една (sic) Персійска повѣсть у разговоре списана и собесѣдованія. У Будиму пис. кр. всеуч. 1815 8°. 182 стр.

567. Іоа. Живковича Палмово листіе, восточне повѣсти съ Г. Хердера. У Будиму 1808.

Das Original ist: (A. Jac. Liebeskind's) Palmblätter, erles. morgenländ. Erzählungen für die Jugend, mit einer Vorrede von J. Gf. Herder. Jena 1786—1800. 8°. 4 Bdch.

568. Милов. Видаковича Усамлѣный юноша. Въ Будимѣ пис. кр. всеуч. 1810. 8°. 226 стр. In Versen.

Recensirt in Davidović's serb. Zeitung 1816 N. 205—207. Antwort des Vfs. N. 232—235.

569. Милов. Видаковича Благовонный кринъ цѣломудренныя любве, либо страдателная повѣсть Велимира и Восилки, на моралными поученіи сочинена. Въ Будимѣ пис. кр. всеуч. 1811. 8°. 330 стр.

570. Милов. Видаковича Любомиръ у Елисіуму, моралная повѣсть. Въ Будимѣ пис. кр. всеуч. Ч. 1. 1814. 8°. 347 стр. — Ч. 2. 1817. 8°. 308 стр. — Ч. 3. 1823. 8°. 432 стр.

Recensirt in Davidović's serb. Zeitung N. 57—68.

571. Милов. Видаковича Кассіа царица, или травезиранъ (sic) Октавіанъ, трошкомъ Матице србске. У Будиму пис. кр. всеуч. 1827. 8°. 252 стр.

572. Милов. Видаковича Силоанъ и Милена, Сербкиня у Енглезской, повѣсть морална и за благочувствителна сердца романтически изображено изъ едне самочувене приповедке. У Будиму пис. кр. всеуч. 1829. 8°. 264 стр.

573. Приключенія Телемака сына Улиссева, Фенеломомъ Архіеп. Камбрейскимъ списана, съ француского преведена Стефаномъ Живковичемъ. У Віенни у печ. Іоа. Шнирера 1814. 8°. 602 стр.

574. Мих. Витковича Споменъ Милицѣ. Въ Будимѣ пис. кр. унгар. всеуч. 1816. 8°. 93 стр.

575. Мих. Бояџи Живописацъ, сатир. приповедка, прев. съ греческогъ. In Davidović's serb. Zeitg. 1818. N. 67—68.

576. Георг. Магарашевича Смертъ Авелѣва отъ Геснера. Ркп.

577. Мил. Лазаревичь Соломона Геснера смртъ Авелова. У Бечу 1820. 8°. Als Beilage zu Davidović's serb. Zeitung.

578. **Павл. Берича** Агатонъ, Виландово дѣлце, преведено съ Нѣмачкогъ, ч. 1. У Будиму пис. кр. унив. 1820. 8°.

579. **Павл. Берича** Задигъ или опредѣленіе, источна приповетка, **Волтеровъ** романъ, по нѣмачкомъ преводу протолкованъ, трошкомъ Матице србске. У Будиму пис. кр. всеуч. 1828. 8°. 137 стр.

580. Тисутьа и еданъ данъ или приповетке Солименине, 1. свезка. У Будиму пис. кр. всеуч. 1820. 8°. 140 стр. — 2. св. 1822. 8°. — 3. св. изд. **Петаръ Ѳеодосіевичь**. У Буд. 1832. 8°. 150 стр.

Angekündigt von Joh. Athanacković, Bürger und Handelsmann in Sombor, in Davidović's serb. Zeitung 1819 und 1821. Wird für P. Athanacković's Uebersetzung gehalten; scheint es aber nicht zu sein.

581. П. М. (**Петра Матича**) Соломона Геснера Дафнисъ. У Бечу у печ. ОО. Ермена 1826. 8°. 130 стр.

582. **Тим. Илича** Ербіа принцеза африканска, трошкомъ Конст. Каулицїи. У Будиму пис. кр. унив. 1827. 8°. 158 стр.

583. **Евст. Михайловича** Цветъ невинности, или Добривой и Александра. У Будиму пис. кр. всеуч. 1827. 8°. 250 стр.

584. **Іоа. С. Поповича** Бой на Косову, или Миланъ Топлица и Зорайда, трошкомъ Матице србске. У Будиму пис. кр. всеуч. 1828. 8°. 228 стр.

585. **Жив. Ѳеодоровича** Описаніе разны живота приключенія войводе сербскогъ Стефана Іакшича, повѣстъ морално-романтическа. У Будиму пис. кр. всеуч. 1829. 12°. 142 стр.

586. **Іоа. Чокерляна** Огледало добродѣтели и вѣрности, или жалостна приключенія Драголюба и Любице. У Будиму 1829. 8°. 182 стр.

587. Іоа. Чокерляна Польіка Любичица. У Будиму 1830. 8°.

588. К. Г. Крамера Возарска дѣвица, съ нѣм. на србскій прев. Стеф. Марковичь. У Карлштадту у тип. І. Н. Претнера 1830. 8°. 182 стр.

589. Аѳан. Николича Люба Миланова, една (sic) романтическа повѣсть. У Будиму 1830. 8°. 119 стр.

590. Авр. Бранковича Сократъ и нѣгова чаша отрова. Ркп.

Angekündigt für den Monat August 1830.

591. Вас. Іоанновича Светоликъ и Лепосава, една (sic) романтическа повѣсть одъ времена Стефана Душана Силногъ, 1602, имп. србскогъ. У Будиму пис. кр. всеуч. 1831. 8°. 112 стр.

592. Доминика Писаровича Боле слепогъ животъ и приключенія, съ нѣм. прев. Ркп. (Roman.)

593. Дим. Сладисавлевича Нума Помпіліусъ, прев. съ франц. Ркп.

594. Мил. Лазаревича Племенита и силна любовъ. У Будиму 1831. 8°.

595. **Wieland's** goldener Spiegel od. d. Kge von Scheschian, übers. von **Jakob Gèršić**. Hs.

b) Volksschwänke, Witzspiele u. s. w.

596. Мих. Максимовича Малый букварь за велику децу. Въ Віеннѣ при Стеф. отъ Новаковичь 1792. 8°. 47 стр.

Alphabetisch zusammengestellte Einfälle, Maximen, Sentenzen, meist ironisch und beissend, oft treffend. Der Herausgeber soll sich haben verlauten lassen, dass der wahre Vf. dieses Büchleins Obradović sei. Relata refero.

597. **Ник. Шимича** Начинъ пристойно шалити се.

In Davidović's serb. Zeitung 1814 N. 76 als erschienen angeführt. Am Schlusse der Logik 1809 kündigte es der Vf. als „Шалитися источникъ, достопамятныхъ и остроумныхъ реченій съ сабраніемъ".

598. Іоак. Вуича Увеселителне басне Какасена сына глупогъ Бертолдина, раздѣлене на разговоре и преповѣдке, содержаще множество остроумны изреченія и прекареканія, отвѣта и хитромыслія Марколфа, преведене съ италіанскогъ езыка на нашъ слав.-серб., ижд. Дам. Каулицін. Въ Будимѣ пис. кр. всеуч. 1809. 8°. 75 стр.

Eine Art italienischen Eulenspiegels. Angezeigt in den Vaterl. Blätt. 1811.

599. Іоак. Вуичь Истино и вѣроятно средство обогатити се и свою кесу пунити. У Будиму 1829. 8°. 28 стр.

600. Никол. Месаровича Разбибрига. У Будиму 1815. 8°.

601. Петр. Ассімарковича Приповедке о циганину. У Будиму (1815?) 8°.

602. Вука Стефановића (Караџића) Народне србске приповѣдке. У Бечу 1821. 8°. 48 стр.

603. (Авр. Бранковича) Новый забавный календарь, у коемъ се свашта налази, али само онога нема, што се тражи, съ особитымъ прилѣжаніемъ по хоризонту злы жена израдіо Винко Лозить Астрологъ. У Будиму пис. кр. всеуч. 1830. 12°. 32 стр. — На лѣто 1832, І. С. П. Іованъ Стефанъ Поповичь. У Будиму 1832. 12°. 29 стр.

604. Митроф. Алкича Общенародныя загатки. Ркп. 8°. 12 Bl.

(Bei mir.)

605. Стеф. Марковича Смей и спаванье, съ нем. преведено. Ркп.

2. Eigentliche Prosa: Lehrprosa.

a) Reden.

606. Мих. Максимовича Иллирическій народъ въ памятъ Леополда II. миротворца на слав.-серб. языцѣ. Въ Віеннѣ при Стеф. отъ Новаковичь 1792. 4°. 4 Bl. Trauerrede auf Leopold's II. Tod.

607. Никол. Шимича Марка Туллія Цицерона дванадесятъ (XII) избранныхъ рѣчей, съ лат. толкованіемъ. Ркп.
Bereits im J. 1809 zum Drucke fertig. S. des Vfs. Logik am Ende.

608. Косм. Іосича Собраніе нѣколикихъ рѣчей. У Будиму 1814.

609. Ур. Несторовича Слово приликою торжествено установленыя и по смыслу благоутробныя ресолуціи царскія въ Будимѣ 26. Ноемв. 1815 заведеныя депутаціи фундусе народныхъ гр. н. зак. училищь управляющія и пр. Въ Будимѣ 1816. 4°. 7 стр. — Слово приликою воздвиженаго образа Его Велич. Имп. Франца I. у сали сессіоналной депутаціи фундусе школске гр. н. зак. правящія и пр. У Будиму 1817. 4°. 2 Bl.

610. Павла Атанацковича Слово на праздникъ инсталлаціе краль. педагог. института сербскогъ у Сомбору говорено. У Будиму 1817. 4°. 4 Bl.

611. Павл. Георгіевича Лазаревича Слово на денъ посвященія хоругви гражданскаго милитарства свобод. и краль. града Темишварскаго. У Будиму 1818 (letzte Ziffer überdruckt). 8°. 8 стр.
Serbisch und deutsch.

612. Мих. Бояџи Опоминанѣ Исократа къ Димонику, прев. съ Греческогъ. In Davidović's serb. Zeitg. 1820 N. 11—13.

613. Аѳан. Влаховича Слово предъ преподаваніемъ физики и пр. Als Beilage zu Davidović's serb. Zeit. 1820 N. 81.

614. Мой. Игньатовича Панегирикъ Его Велич. Имп. Франца I. Ркп.

Die Rede wurde bei einer Schulfeierlichkeit gehalten.

b) Briefe.

615. Милов. Видаковича Любовъ къ младой Музи сербской, съ предложеными писмами, коя е съ латинскогъ езыка за юностъ своего рода на свой превео и посвятіо Гр. Конст. Каулиціи, кои за печатаніе платити усердствова. Въ Будимѣ пис. кр. всеуч. 1813. 8°. 158 стр.

Lateinisch und serbisch.

616. Досит. Обрадовича Писма, скупіо и на свѣтъ издао Г. М. (Георг. Магарашеричъ), трошкомъ Матице сербске. У Будиму пис. кр. всеуч. 1829. 8°. 126 стр.

Mit dem vorgesetzten Facsimile von Obradović's Hand. In allem 43 meist kurze Briefe. Angehängt sind drei Lieder und fünf kurze geistliche Reden, die Obradović in Dalmatien gehalten.

c) Dialog.

617. Ѳеодор. Павловича Виландове симпатіе или разговори мудрогъ пріятелья са среднымъ душама. У Будиму 1829. 8°. 112 стр.

D. *Mengschriften in Versen und Prosa.*

a) Vermischte Schriften einzelner Verfasser.

618. Исторіа Синдипы философа, преведена съ греческаго на слав.-серб. езыкъ Въ Будимѣ 1809. 8°. 96 стр.

Abgeschmackte Anekdoten über Weiber, Gedichte etc. Die Vorrede ist unterschrieben Г. М. (Georg Mihaljević?). Unter den 6 Gedichten sind einige von M. B. (Milovan Vidaković). Auch ein entstelltes gereimtes serbisches Volkslied. — Angezeigt in den Vaterl. Blätt. 1811.

619. Стеф. Живковича Благодѣтелна Муза или чувствованія и мысли къ изображенію сердца и къ украшенію душе собране, книга 1. У Бечу пис. Іо. Шнирера. 1815. 8°. 356 стр.

620. Петр. Стойшича Еликонъ или средство украшенія душе и усовершествованія човеческогъ, по Григ. Рихтеру Горлицію, 1. частъ. У Будиму 1827. 8°. 198 стр. — 2. частъ 1829. 8°. 103 стр.

Meist kurze moralische Aufsätze; am Ende Bruchstücke aus der allgemeinen Weltgeschichte, Charakteristik der Völker und Räthsel.

621. Іоа. Стеича Забаве за разумъ и серце, 1. частъ. У Бечу у тип. конгр. Мехитариста 1828. 8°. 220 стр.— 2. частъ. У Будиму 1831. 8°. 258 стр. Der 3. Band unter dem Titel: Саборъ истине и науке. У Београду у княжеско-србской княигопечатньи 1832. 8°. 224 стр.

Vermischte Aufsätze zur Belehrung und Unterhaltung: Abhandlungen, Erzählungen, Mährchen, Fabeln, kurze Auszüge aus ausländischen Werken unter 7 Ueberschriften. Der 3. Band enthält S. 179—224 sechs epische Volkslieder. Der Druck ist sehr schön. Die erste Auflage, ohne ъ und ы, wurde wegen dieser Schreibweise confiscirt und das Werk auf Kosten des Fürsten umgedruckt.

622. Г. Л. (Георгіа Лазаревича) Цветьe, сочиненія и преводи за поученіе, увеселеніе и забаву, 1. свезка у Будиму 1829. 12°. 84 стр. — 2. св. 1829. 99 стр.

Erzählungen, Dramen, Gedichte, Räthsel, Volkslieder usw.

623. Србскій Родолюбацъ уредьень Василіемъ Чоколяномъ. Частъ 1. у Будиму слов. кр. всеуч. 1832. 8°. 160 стр.

b) Periodische Schriften.

624. (Зах. Орфелина) Славено-сербскій Магацинъ, т. е. собраніе различныхъ сочиненія и преводовъ къ ползѣ и увеселенію служащихъ, томъ 1ій ч. 1а. Въ Венеціи въ тип. Дим. Θеодосія 1768. 8°. 95 стр.

Mehr als dieses erste Heft ist nicht erschienen. — Am Ende stehen Recensionen einiger neuerschienenen serbischen Werke.

625. Месечна и тримесечна сочиненія за воздѣланіе ума и облагорожденіе сердца премиле и прелюбезне юности сербске. Въ Будимѣ 1815. 8°. Три свезке 192 стр.

Von Joh. Berić, aus Weiss's Kinderfreund übersetzt.

626. Лѣтопись србскій. У Будиму 1825—1831. 8°.

Im J. 1825 erschienen 3 Hefte; hierauf regelmässig alljährlich 4 Hefte. Begründet und angefangen von Georg Magarašević, der es bis zu seinem Tode 1830 fortführte. Hierauf übernahm die Redaktion zuerst Joann Hadžić, dann Theodor Pavlović in Pest. Der erste Jahrgang erschien in C. Kaulitzy's, die folgenden im Verlag der serb. Matica.

627. Павл. Стаматовича Сербска пчела или новый цвѣтникъ за годъ 1829 и пр., съ различнымъ драге народности, душевногъ увеселенія, забаве умне и словесности србске цвѣтьемъ засадьенъ и обдѣланъ (Павломъ Стаматовичемъ), трошкомъ Матице србске. У Будиму 1829—1830. 8°. 1 св. ... стр. — 2. св. за год. 1831. 151 стр. — 3. св. за год. 1832. 134 стр. — 4. св. за год. 1833. 175 стр.

Eine unreife Nachahmung des Лѣтописъ.

c) Taschenbücher.

628. Дим. Давидовича Забавникъ за годину 1815. У Віени пис. Іоа. Шнирера 1815. 12°. 167 стр. — 1816. 262 стр. — 1819. 239 стр. — 1820. 226 стр. — 1821. 174 стр.

Die Jahrgänge 1817, 1818 sind nicht erschienen.

629. Забавникъ за 1833 годину, сочинѣніе Димитрія Давидовића Секретара княжеского и члена ученога Краковскога друштва. У Београду у княжеско-србской печатньи трошкомъ Глигорія Возаровића. 16°. 223 S.+12 Bl. Nachstücke. Kalender, Staatsschematismus, Taschenbuch, Pränumerantenverzeichniss, Censuredikt, Bücherverzeichniss. Druck sehr schön.— Забавникъ за 1834 годину. У Крагуевцу. 16°. XXII+243 стр.

630. Вука Стефановића Караџића Даница, забавник за годину 1826. У Бечу у штамп. ерм. ман. (1825). 12°. 22 и 132 стр. — 1827. 162 стр. — 1828. 248 стр. — 1829 (у Будиму). 65 стр.

631. Дим. Тирола Банатскій алманахъ за годину 1827. У Будиму 12°. 1828. 1829.

632. (Аѳанас. Николича) Ружица за годъ 1827, трудомъ и трошкомъ Конст. Каулиціи. У Будиму 1826. 16°. 78 стр. — 1828. 78 стр. — 1829. 64 стр. — 1831 (у Бечу кодъ ОО. Мехитариста) 79 стр. Auf das Jahr 1830 ist keine Ружица erschienen. — 3. лѣто 1832 у Бечу 16°. 79 стр.

633. Талія за годину 1829 одъ Іуліане Радивоевичь рожд. Віатовичь у Пешти. Въ Будимѣ пис. кр. всеуч. (1829). 16°. 58 стр.

Kurze prosaische Aufsätze, hierauf einige Oden und Lieder.

634. (Іос. Миловука) Луна за годину 1831. У Будиму пис. кр. всеуч. 1830. 12°. 126 стр.

Mit Beiträgen von Basil. Čokèrljan, Budimirović u. a. Die Fortsetzung dieses Almanachs wurde, des Kalenders wegen, auf Betrieb der ofner Univ.-Buchdruckerei, untersagt.

635. Бѣоградска Лира. Перва година. Изд. трошкомъ Глигор. Возаровића. У Бѣогр. у кн. срб. кньиг. 1833. 16°. 10 Bl. 27 S.

Auf den ersten 10 Bl. Kalender aus dem Zabavnik. Dann 20 geistliche Lieder (пѣсне духовне).

III. Geschichte und Geographie.

A. Geschichte.

1. Hilfswissenschaften.

a) Mythologie.

636. Ефрема Лазаровича (sic) Содружство древныхъ Боговъ. Въ Венецiи писм. Паны Θеодосiя 1810. 8°. 138 стр.

Solarić bemerkt zu diesem Buche: Како е у нѣки книга богатiе заглавiе, него содержанiе, тако е у ове обратно: содержава се у ньой юще краткая исторiа о разоренiи Трои, и похвала великому греческому философу Сократу. Das Buch enthält: Vorrede über Erziehung; S. 1—44 Mythologie der Griechen- und Römer in alphabetischer Reihenfolge der Gottheiten; S. 45—80 Erzählung von der Zerstörung Troja's, und S. 81—138 Lobrede auf Sokrates.

Im J. 1828 kündigte K. Kaulitzy ein Содружество древныхъ Боговъ, angeblich als ein neues Werk an; es war aber eine blosse Buchhändlerspekulation, und es erschien nichts.

637. Васил. Дамяновича Вѣра древности, 1. частъ. У Будиму пис. кр. всеуч. 1817. 8°. 208 стр. Mit Abbildungen.

Die 2. und 3. Abtheilung sollten zusammen erscheinen.

b) Heraldik.

638. Стематографiя, iаже въ вѣчную памятъ благополучнаго потвержденiя святѣйшему и блаженѣйшему ГГ. Арсенiю IV., АЕпу всѣхъ Сербовъ, Болгаровъ, западнаго Поморiя, Далмацiи, Босны, и Ободуная и цѣлаго Iллирика Патрiарху, Гну Гну милостивѣйшему посвящена Христоф. Жефаровичемъ илли-

рическо-рассіянскимъ общіимъ зографомъ. У Віенни, Ѳома Месмеръ сечецъ *АѰМА.* (1741), окт. к҃а (21.) 4°. 42 л.

Das Ganze, Wappen und Text, ist in Kupfer gestochen. Es scheint eine Uebersetzung zu sein von: P. Ritter Stemmatographia sive armorum Illyricorum delineatio, descriptio et restitutio, cum iconibus, s. l. et a. in 4°. 81 pag., oder von: Ej. Stemmatographiae Illyricanae liber I., editio nova auctior. Zagrabiae 1702. 4°. 16 fol.

2. Eigentliche Geschichte.

a) Politische Geschichte.

aa) Allgemeine Welt- und Völkergeschichte.

639. Іоа. Маѳіе Шрека Свемирна историја, преведена І. Б. (Іоанномъ Беричемъ). У Будиму пис. кр. всеуч. 1820. 8°. 3 свезке 282 стр.

640. Павла Кенгелца Всемирнаго збытіясловія частъ 1. Въ Будимѣ градѣ пис. кр. всеуч. 1821. 8°. 329 стр.

641. Георг. Лазарев. Зорича Краткое руководство къ познанію всемірне исторіе, за славяно-сербску юностъ. С. Петерб. въ тип. имп. воспит. дома 1826. 8°. 222 стр.

642. Авр. Бранковича Прегледъ и лѣточисленно означеніе у царству исторіе свемирне одъ почетка света до данасъ. У Будиму пис. кр. всеуч. 1828. 8°.

643. Георг. Магарашевича Кратка всемирна историја, трошкомъ Матице србске. У Будиму 1831. 8°. 155 стр.

644. Павл. Атанацковича Всеобща историја по Петиску. Ркп.

645. Іак. Герчича Всемирна историја. Ркп.

bb) Besondere Geschichte.

α) Geschichte einzelner Zeiträume, Völker, Ereignisse.

αα) Slaven.

646. **Вас. Петровича** Исторія о Черной горѣ. Въ Москвѣ 1754. 8°. (Smirdin's Raspis N. 239.)

647. **Алекс. Морвайа** Преходящее извѣстіе о Иллирицѣ древнаго и среднаго времене. Ркп. л. 1755. (Engel Geschichte von Dalmatien. II. 158.)

648. **Павла Іулинца** Краткое введеніе въ історію произхожденія слав.-серб. народа, бывшихъ въ ономъ Владѣтелевъ Царевъ, Деспотовъ, или владѣтелныхъ Князевъ сербскихъ, до времене Георгія Бранковича, послѣдиягo Деспота сербскаго, сочинено и изъ разныхъ авторовъ нотами изяснено и пр. Б. о. м. (въ Венеціи въ тип. Дим. Өеодосія) 1765. 8°. 189 стр.

Die Vorrede ist datirt Wien 1765 den 3. August, und dedicirt ist das Werk an Simeon Černović von Mača, Kapitän im Ismailov'schen Leibgarde-Regiment. Die erste Reihe der serbischen Regenten ist genommen aus Dufresne, die zweite aus Diokleas, von Vševlad bis Radoslav 46 Fürsten; dann folgt S. 48 die dritte Reihe, enthaltend die Fürsten aus dem Nemanjischen Hause; S. 97 Reihe der serbischen Despoten. S. 161 Extract aus den Privilegien. Das Ganze ist ein Auszug aus Branković's handschr. Geschichte. Engel IV. 12.

Čaplović führt in seinem Buche: Slavonien und Kroatien II. 292 „Julinac Serbische Gedichte 1802. 584 S.“ an. Allein ein solches Buch kennt niemand, und höchst wahrscheinlich ist das Wort „Gedichte“ aus „Geschichte“ entstanden. Woher aber die Jahr- und Seitenzahl?

649. Краткая Сербліи, Рассіи, Босны и Рамы кралевствъ исторіа, по плану **Вилхелма Гуѳри** и **Іоанна Грау**

и по нихъ ученныхъ Англезовъ устроенная, и изъ 55. тома общественныя исторіи изятая, и съ нѣмецкаго на славенскій языкъ преведенная, и краткими примѣчаніями изясненная Іоанномъ Раичемъ Архім. Въ Віеннѣ при б. Г. Стеф. Нонаковичъ 1793. 8°. 227 стр.

650. Іоанна Раича Исторіа разныхъ славенскихъ народовъ, найпаче Болгаръ, Хорватовъ и Сербовъ, изъ тмы забвенія изятая и во свѣтъ исторически произведенная. Въ Віеннѣ при б. Г. Стефанѣ Новаковичъ, частъ 1. 1794. 8°. 496 стр. — Ч. 2. 1794. 702 стр. — Ч. 3. 1794. 363 стр. — Ч. 4. 1795. 446 стр. (ausser Index). — 2. изд. Въ Будимѣ пис. кр. всеуч. 1823. 8°. 4 ч.

Die Beilagen des 4. Bandes sind auch besonders ausgegeben worden. (Vgl. 688.) Raić endigte sein Werk im J. 1768 zu Neusatz. S. Bd. IV. S. 206. Der 1. Band wurde in St. Petersburg nachgedruckt 1795. 4°.; der Nachdruck der übrigen Bände wurde aber untersagt.

651. Іоа. Раича Собраніе изъ исторіе сербске. 12°. Ркп. Materialien und Excerpte, vor der Abfassung der serb. Geschichte gemacht. In der Metropolitanbibliothek zu Karlovic.

652. Аѳанас. Нешковича Исторіа славено-болгарскогъ народа, изъ Г. Раича историе и нѣкихъ историческихъ книгъ составлена, и простымъ языкомъ списана за синове отечества. Въ Будимѣ пис. кр. унив. 1801. 8°. 229 стр.

Eine 2. vermehrte Ausgabe desselben Buches kündigte der Vf. den 1. Aug. 1824 an; aber sie ist unterblieben, weil derselbe von anhaltender Augenkrankheit befallen wurde.

653. Сербіе плачевно паки порабощеніе лѣта 1813, защо и како, у разговору порабощене матере съ роднымъ еднымъ сыномъ своимъ, коему оставля послѣднее свое завѣщаніе. Въ Млеткахъ у Пане Ѳеодосіева 1815. 8°. 105 стр.

Für den Verf. wird P. Solarić gehalten; andern sicheren

Angaben zufolge war es ein gewisser Radonić aus Serbien, und Solarić blosser Herausgeber. Am Ende des sehr interessanten Details über die damaligen Verhältnisse des Schriftstellers steht ein Brief an Solarić, datirt aus Mitrović 17. Februar 1815, und unterzeichnet Živko Skiptrović, pseudonym. — Eine neue Bearbeitung in der Handschrift 4°. 105 S. besitzt J. Milovuk in Pest.

654. Дим. Давидовича Дѣянія къ исторіи србскога народа. У Віенн у печ. ч. о. Ермена 1821. 16°. 174 стр. Mit einer kleinen Karte.

Eigentlich der 2. Theil des Zabavnik auf das J. 1821, aber auch einzeln ausgegeben.

655. Павла Соларича Почетакъ Славенскогъ рода. Ркп. Vgl. Лѣтописъ срб. III. 129.

656. Милов. Видаковича Историіа србскога народа, частъ 1., до времене Цара Душана. Ркп. 4°. 39 Bogg.

657. Георг. Магарашевича Исторіа славенскогъ и србскогъ народа. Ркп. Unvollendet: blosse Bruchstücke.

ββ) Andere Völker.

658. Іустина повѣсти Филиппическія, славено-сербскимъ языкомъ одаренныя Евтиміемъ Іоанновичемъ СС. НН. и Любомудр. въ Велико-Варадской Наукъ Академіи бившимъ слышателѣмъ. Ркп. 8°. Ч. 1. 374 стр. — Ч. 2. 375—619 стр. Ausserdem ein reichhaltiges Namenregister.

659. Евт. Іоанновича Исторіа кралевства венгерскаго. Ркп.

Aus dem Lateinischen übersetzt.

660. Павл. Соларича Истоветностъ Скита и Сармата. Abgedruckt in Лѣтоп. срб. I. 163. II. 126.

661. Римляни у Шпаніи, по списанію Ватсона Англичанина преведено на сербскій езыкъ чрезъ Саву отъ Тюкели, съ примѣчаніями и краткимъ додаткомъ правила и упражненія военнаго, управленія сраженіяхъ и укрепленія мѣстахъ. Въ Будимѣ градѣ пис. кр. всеуч. 1805. 8°. 92 стр.

662. Конст. Маринковича Откровеніе Америке, 1. частъ, съ нѣмецкогъ преведено. Въ Будимѣ пис. кр. всеуч. 1809. 8°. 254 стр.

663. Ник. Шимича Взятіе Іерикона, преведено съ французскаго. Ркп.

664. Ник. Шимича Сѣверныхъ у Турской рати, Пасман-Оглу у Видину, и Цариградскійхъ посланиковъ пріемленія ограды. Ркп.

Am Ende der Logik des Vfs 1809 angekündigt.

665. (Димитр. Исайловича) Предложенія исторіе прагматическе краль. унгарскогъ, на коя су у краль. пред. заведенію Св.-Андрейскомъ м. Априла 1814 изъ преподаванія Дим. Ісайловича приликомъ явногъ испыта отвѣтствовали. У Будиму 1814. 8°. 16 стр.

Gewöhnliche Theses.

666. Іоак. Вуича Слава Наполеонова, како главнаго военачалника. Б. о. м. и г. (у Будиму 1814). 8°. 15 стр.

667. (Іоак. Вуича) Жалостно возвращеніе Французовъ изъ Россіе, съ немецкаго на слав.-сербскіи езыкъ издано Павломъ Милинковичъ иначе Филковичъ. У Будиму пис. кр. всеуч. 1814. 8°. 31 стр.

668. Пантел. Михаиловича Повѣстъ о конечномъ изгубленіи цѣлаго Французскаго воинства у сѣверной странѣ сбывшемъ ся лѣта 1812, изъ оригинала Г. Константина Павловича преведена. У Будиму 1818. 8°. 34 стр.

669. Георг. Магарашевича Историа найважнии политични Европейски приключенія отъ Віенскогъ мира 1809 до 1821. У Бечу у печ. содруж. Мехитар. 1823. 8°. 230 стр.

670. Авр. Бранковича Вой кодъ Наварина или разореніе турске флоте, из немачкогъ у сербскій езыкъ превед. У Будиму 1829. 8°. 38 стр.

671. Авр. Бранковича Цариградъ или исторіа рата русійскогъ са Турци. Ркп.

β) Biographien.

αα) In Sammlungen.

a) *Slaven*.

672. Сав. Продановича Біографіе славны Србалья. Ркп.

Der Feldmarschallieutenant S. Prodanović hat, nach Versicherung mehrerer glaubwürdigen Personen, diese Biographien ausgezeichneter Serben geschrieben; die Hs. soll in Karlovic vorhanden sein, ich habe sie aber nicht gesehen. Vgl. auch Лѣтописъ срб. I. 42.

673. Никол. Шимича Иконостасъ славныхъ и храбрыхъ лицъ. Въ Будимѣ градѣ пис. всеуч. венг. 1807. 8°. 138 стр.

Enthält folgende kurze Biographien: Peter der Grosse, Katharina II., Stanislaus August, Potemkin, Suworow, Kościuszko.

674. Евт. Поповича Свеславіе или пантеонъ, 1. свезка, издао Іос. Миловук. У Будиму пис. кр. всеуч. 1831. 8°. 44 стр. — 2. св. 45—100 стр. — 3. св. 3 Bogg.

Leben Dušan's und als Einleitung „Почетакъ изображенія Србалья". Im 2. Heft: Carj Lazar und Marko Kraljević. Im 3. Hefte. Miloš Obilić, Jug Bogdan und die neun Jugovićen.

b) Nichtslaven.

675. Евт. Іоанновича Новый Плутархъ, или краткое описаніе славнѣйшiи людій свію народа, отъ древнѣйши времена до данасъ по Бланшару и Шиллеру свободно преведенъ и новыми біографіами умноженъ, 1. частъ. Въ Будимѣ пис. кр. всеуч. 1809. 8°. 420 стр. Der 2. Band war 1830 zum Drucke fertig.

676. Мил. Светиħа (Іоа. Хацниħа) Преводы изъ Корнелія Непота, у Лѣтоп. србь. X—XV.

ββ) **Einzeln.**

a) Slaven.

677. Житіе и славныя дѣла Государя Импер. Петра Великаго самодержца всероссійскаго съ предположеніемъ краткой географической и политической исторіи о россійскомъ царствѣ, нынѣ первѣе на славенскомъ языкѣ списана и издана. Въ Венеціи въ тип. Димитрія Θеодосія 1772. 4°. 1. ч. 400 стр. — 2. ч. 368 стр. (Der 2. Band in dem von mir benützten Ex. war defect.)

Nach Taube's Beschreibung von Slavonien und Sirmien II. 17 und nach der Versicherung einer unterrichtet sein wollenden Person war **Zach. Orfelin** der Vf. dieses weitschichtigen Werkes, was mir jedoch sehr unwahrscheinlich ist. Doch schreibt es ihm auch Horanyi III. 707 zu. Orfelin soll daran 9 Jahre lang gearbeitet haben. — Eine zweite, vom Fürsten M. Ščerbatov und W. Trojepolskij besorgte, verbesserte Ausgabe erschien in St. Petersburg 1774. 4°. 2 Bde.

678. Дим. Досит. Обрадовича Животъ и приключенія. У Лайпцигу 1783. 8°. 126 стр.

Eine Autobiographie. Recensirt in der Allg. Lit. Ztg. 1785.

679. **Никол. Лазаревича** Повѣстъ житія славнаго россійскаго фелдмаршала Суворова Римнискогъ. У Будиму. 1799 (1804?). 8°.

680. **Герас. Зелича** Житіе, сирѣчь рожденіе, воспистаніе, странствованія и различна по свету и у отечеству приключенія и страданія. Въ Будимѣ пис. кр. всеуч. 1823. 8°. 643 стр.

Eine Autobiographie. Ausführlich rencensirt in den Wiener Jahrb. d. Lit. 1826. Bd. 26.

681. **Вука Стефановића Караџића** Живе Ђорђа Арсенијевића Емануела россијско-имп. Генераллајтнанта и пр. У Будиму пис. кр. всеуч. 1827. 8°. 110 стр.

682. **Вука Стефановића Караџића** Милош Обреновић књаз Србији, или грађа за српску историју нашега времена. У Будиму 1828. 8°. 203 стр.

Dieses Werk erschien früher in einer russischen, aus der Handschrift des H. Karadžić entnommenen Bearbeitung: Жизнь и подвиги князя Милоша Обреновича, верховнаго вождя и предводителя народа сербскаго. Въ Санктъ-Петербургѣ въ тип. Н. Греча 1825. 8°. XXII и 118 стр. Die serbische Ausgabe unterscheidet sich in mehrfacher Beziehung, besonders durch Beilagen, von der russischen.

683. **Васил. Іоанновича** Историіа Петра Великогъ, первогъ Императора и Самодержца Руссіе. У Карловцу у тип. І. Н. Претнера (1832). 8°. 270 стр.

b) Nichtslaven.

684. (**Георг. Магарашевича**) Нове историческе памятодостойности живота Наполеона Бонапарте, преведено съ немецкогъ езыка. У Будиму пис. кр. унив. 1822. 8°. 152 стр.

685. **Іоа. Ст. Поповича** Животъ и витежка военанья

славногъ кнеза Епирскога Дьурдьа Кастріота Скендербега, трошкомъ Іос. Миловука. У Будиму пис. кр. всеуч. 1828. 8°. 127 стр.

S. 75—127 stehen einige Lieder über Skenderbeg aus Kačić's Sammlung.

686. Никол. Шимича Александеръ Великій или греческіе монархіе повѣстъ, съ францускаго по Миллоту прев. Ркп.

Der Uebersetzer schenkte die Handschrift der somborer Bibliothek, und P. Athanacković kündigte in Davidović's serb. Zeitung 1818 N. 33 den Druck derselben an: bis 1831 war aber nichts erschienen.

687. Никол. Шимича Езопа жизни описаніе. Ркп.

Bereits 1809 druckfertig. S. des Vfs. Logik am Ende.

cc) Materialien zur Geschichte.

α) Akten, Diplome.

688. Іоа. Раича Прибавленіе содержащее важная писменная доказателства къ изясненію исторіи славянскихъ народовъ. Б. о. м. (въ Віеннѣ при Стеф. Новаковичь) 1795. 8°. 446 стр.

Ist eigentlich ein Anhang zum 4. Bande der Geschichte desselben Vfs. (vgl. oben N. 650), der mit demselben, aber auch besonders verkauft wird.

689. Пав. Соларича Обясненіе снимку подлиннаго диплома Стефана Дабише Кралья Сербскаго, данаго жупану Волкомиру Семковичу 1395 Маіа 17. Въ Млеткахъ 1815. 8°. 23 стр. Mit dem in Kupfer gestochenen Diplome auf einem grossen Bogen.

β) Zeitungen.

690. Стеф. Новаковича Славено-сербскія вѣдомости. Въ Віеннѣ, отъ 28 Декемврія 1792 до конца (?) 1794 лѣта 4°.

691. Дим. Давидовича и Дим. Фрушича Новине сербске изъ царствующега града Віенне отъ 1. Августа 1813 до 14. Февруаріа 1822. 4°.

Zuerst, vom 1. Aug. 1813 bis 23. Mai 1816 von Dem. Davidović und Dem. Frušić gemeinschaftlich, dann von Davidović allein redigirt.

b) Kirchengeschichte.

aa) Im Allgemeinen.

692. Стеф. Вуяновскогъ Кратка церковная исторіа съ россійскаго на слав. языкъ превед. Въ Віеннѣ при Стеф. Новаковичь 1794. 8°. (Sopikov N. 445.)

693. Павл. Кенгелца Церковная исторіа. Ркп.

bb) Einzelne Parcellen.

694. Зах. Орфелина Краткое наставленіе о синодѣ 1757.

695. Іоа. Раича Описаніе пріемленыхъ отъ восточне церкве соборовъ. Ркп.

696. Житіе св. сербскихъ просвѣтителей Симеона и Сави, списаное Дометіаномъ іеромонахомъ Хиландарскимъ, сокращеноже и очищено Кирилломъ Живковичемъ. Въ Віеннѣ пис. Стеф. Новаковича 1794. 4°. 76 стр.

697. Историческое разсмотреніе вопроса, есть ли христіанство въ Бохеміи и Моравіи чрезъ Меѳодія по ученію греческія или латинскія церкве введенно, отъ Христ. Сам. Смида Пароха въ Кенигсьхаймѣ (прев. съ нѣм. Петр. Петровичь). Въ Будимѣ пис. кр. унив. 1796. 12°. 110 стр.

698. Краткая повѣстъ о общежителномъ монастирѣ Месичѣ, сущемъ въ Банатѣ Темишварстѣмъ, о его началѣ и при-

ключеніяхъ, отъ 1225 даже до 1797 лѣта. Въ Видимѣ пис. кр. унив. 1798. 8°. 19 стр.

Der Vf. könnte der Arch. Vikentij Lustina sein. Es enthält durchaus nichts erhebliches. Dass der Anfang des Klosters bis 1225 hinauf reiche, wird nur nach Hörensagen angenommen und durch keinen geschichtlichen Beweis bekräftigt. Das Kloster besitzt keine Alterthümer.

699. Повѣстъ о монастирѣ Златицѣ. У Будиму 1798. 8°. 13 стр.

700. Викент. Ракича Исторія монастиря Фенека. Въ Будимѣ пис. кр. всеуч. 1799. 12°. 19 стр.

701. Житія св. мучениковъ новыхъ временъ, прев. съ греческ. на слав.-серб. езыкъ Вик. Ракичемъ 1799 л. Ркп. 4°. 323 стр.

Im Kloster Fenek. Autographon. Der erste: Іоаннъ Трапезунскій 1492, der letzte Георгіе 1796.

702. Іоанна Милковича Повѣстъ о монастирѣ Воиловицѣ. Въ Будимѣ 1801. 8°.

703. Истинная повѣстъ о Кириллѣ и Меѳодіи, и о изобрѣтеніи богоданныхъ кириллическихъ и славенскихъ назиъваемыхъ писменъ, составленна еллински отъ Св. Ѳеофилакта Архіепископа Волгарскаго, обрѣтаемаже есть во св. монаст. Хиландарскомъ, и во всѣхъ прочихъ св. горы монастирехъ, преведенаже нѣкоимъ родолюбцемъ (Діонис. Поповичемъ) на простый слав.-сербскій езыкъ. Въ Будимѣ градѣ 1823. 8°. 67 стр.

c) Culturgeschichte.

aa) Geschichte der Literatur.

704. Павл. Соларича Поминакъ книжескій о слав.-серб. въ Млеткахъ печатанію, великому и благословесному

слав.-серб. народу и мудрымъ его свакога званія предстателемъ и просвѣтителемъ. Въ Млеткахъ пис. Пане Өеодосія 1810. 8°. 86 стр.

705. Григ. Іакшича О заведеніи препарандски школа у С. Андріи 1812. (У Буд. 1812?)

706. Іоа. Міоковича Житіе Езопово съ придаткомъ нѣколикихъ басней изъ превода Г. Сергіа Волчкова, превед. съ россійск. на слав.-серб. езыкъ. Въ Будимѣ 1814. 8°. 126 стр.

707. Лаз. Боича Памятникъ мужемъ у слав.-сербскомъ книжеству славнымъ, въ жертву признателности и благодаренія водруженъ, 1. частъ. (Въ Віеннѣ) 1815. 8°. 113 стр.

Die Fortsetzung ist unterblieben.

708. Іос. Миловука Зачатіе и истинно основаніе Матице сербске по хронологическомъ разлогу вѣрно и некористно потомкомъ написано. У Будиму пис. кр. всеуч. 1829. 12°. 36 стр.

709. Іос. Миловука Протакъ за толкованіе и красну ону кулу у селу, кое е у Лѣтопису част. 18. напечатано. У Будиму 1830. 8°. 52 стр.

710. Лук. Мушицкогъ Библіографіа сербска. Ркп.

bb) Geschichte der Industrie.

711. Дим. Исайловича Исторіа трговине одъ почетка света до наши времена, како е по свету и у свима царствама расла и опадала, и до чега е данасъ дошла. У Будиму пис. кр. всеуч. 1816. 8°. 462 стр.

B. Geographie.

1. Erdbeschreibung.

a) Allgemeine.

α) Mathematische.

712. Васил. Булича Землеописанія всеобщегъ частъ прва: землеописаніе матиматическо, идж. Гдр. Дим. Ридьнскогъ. У Будиму пис. кр. всеуч. 1824. 8°. 224 стр. Mit 3 Kupfertafeln.

Das ganze Werk sollte aus drei Abtheilungen, nämlich der mathematischen, physischen und politischen Erdbeschreibung bestehen. Letztere wurde zuerst in Davidović's serb. Zeitung 1821 N. 16 angekündigt, darauf, nach geändertem Plane und nach Erscheinung der ersten oder mathematischen Abtheilung, aufs neue im Aug. 1824 angekündigt. Indess kam der Druck dennoch nicht zu Stande, und der Vf. starb darüber. — Die mathematische Erdbeschreibung ist aus dem Deutschen übersetzt, wiewohl dies der Vf. verschweigt.

β) Physikalische.

713. Григ. Лазича Географіа физическа по найновіимъ aукторма за Србльe саставлена. Ркп.

Angekündigt auf Pränumeration 1827, aber nicht erschienen.

γ) Mathem.-physisch-politische.

714. Іо. Раича Краткое руководство въ познаніе земноводнаго круга, ѳеоретическое и практическое, изъ латинскихъ и нѣмецкихъ aукторовъ на славенскій языкъ предложенное для обученія юношества слав.-сербскаго, л. искупленія 1762, отъ тояже гимназіи профессора І. Р. — Ркп.

In der Bibliothek des Kl. Kovilj. Ljetop. srb. 1828. III. 18.

715. Кључить у мое землеописаніе чрезъ неколика писма моему пріятелю Л. Н., Павломъ Соларичемъ. У Венеціи при Пани Өеодосіеву 1804. 8°. 74 стр. Mit 3 Kupfertafeln.

Allgemeine Vorbegriffe, besonders der mathematischen Geographie.

716. Павла Солarича Ново гражданско землеописаніе, перво на езыку србскомъ, у две части, съ землеписникомъ одъ XXXVII листова. У Венеціи у Пане Өеодосіева 1804. 8°. 1. частъ 474 стр. — 2. частъ 246 стр.

717. Пант. Михайловича Ново землеописаніе, нуждно и благопотребно за свакога гражданина. Ркп.

Angekündigt in Davidović's serb. Zeitung 1818 N. 27, aber nicht erschienen.

718. Іоак. Вуича Новѣйшее землеописаніе цѣлаго свѣта (sic), во употребленіе и ползу слав.-серб. народа, съ едномъ иллуминиратомъ цѣлаго свѣта мапомъ. У Будиму пис. кр. всеуч. 1825. 8°. 450 стр.

719. Димитрія П. Тирола Политическо земљеописаніе за употребленіе србске младежи. У Београду у княжеско-србской књигопечатньи 1832. 8°. 175 стр.

b) Besondere.

α) Einzelner Erdtheile und Länder.

720. (Іоа. Поповича Мостарскогъ) Ервопа у своме новомъ виду по заключенію Парискога мира и уговору Віенскогъ конгресса, или географическо-статистическій прегледъ свію европейски держава на двѣма таблицама. У Будиму пис. кр. всеуч. 1818.

Dedicirt dem Augustin Petrović, Archimandriten von Bezdin. Ausführlich angezeigt in Davidović's serb. Zeitung N. 71. 79—82.

721. Стеф. Милошевича Статистическое описаніе Сербіе, со землеописаніемъ ове земле, на сербскій языкъ преведено. У Будиму пис. кр. всеуч. 1822. 8°. 75 стр. Mit einer Landkarte.

Diese Beschreibung Serbiens ist aus der österreichischen militärischen Zeitschrift, Jahrgang 1821 Heft 1—6 und 8, von G. M. Baron Rothkirch, wörtlich übersetzt, welche Quelle indess der Uebersetzer verschwiegen hat.

722. Дим. Тирола Географическо-статистическо описаніе Австрійскогъ царства. Ркп.

723. Стеф. Марковича Историч., статист. и географ. описаніе генералата Вараждинскогъ съ додаткомъ моралногъ народногъ описанія. Ркп. у 28 таб.

β) Topographie.

724. Описаніе святаго божія града Іерусалима, церкве живоносчаго гроба господня, и прочихъ святыхъ мѣстъ etc. Въ Віеннѣ 1772 — Нов. изд. 1781. 4°. 53 стр.

Das ganze Buch, Text und Abbildungen, ist von Orfelin in Kupfer gestochen. Der Vf. soll Žefarović sein (?) — Am Ende des Buches ist unterschrieben Симеонъ Симоновичь, архімандритъ Іерусалимскій, auf dessen Bitte der EB. Isaia Antunović den Druck erlaubte (dd. Wien 30. Novb. 1772 in der 1. Ausg., dd. 27. Aug. 1781 in der 2. Ausg.)

2. Reisebeschreibungen.

725. Іоак. Вунча Путешествіе по Сербіи во кратцѣ собственномъ рукомъ нѣговомъ списано у Крагуевцу у Сербіи. У Будиму пис. кр. всеуч. 1828. 8°. 380 стр. Mit dem Portrait des Vfs. und vielen Abbildungen.

3. Ethnographie.

726. Авр. Бранковича Карактеристика или описаніе народа по целой земли живетьегъ, изъ вѣродостойны писанія сакупльена, а Іос. Миловукомъ и Гавр. Бозитовцемъ издана. У Будиму 1827. 8°. 181 стр.

4. Landcharten.

727. Генералная карта всероссійской имперіи и пр., рѣз. Захаріа Орфелинъ, обоихъ цес. кр. Вѣн. акад. худож. членъ. Въ Карловцѣ 1774. Fol. 2 Bl.

728. Положеніе провинцей Лифландіи, Естландіи, Финландіи, Кареліи, Ингріи, Курландіи и пр. Von eben demselben. Fol. 1 Bog.

729. Карта представляющая Малую Татарію. Von eben demselben. Fol. 1 Bog.

730. Карта географ. представляющая Германію, Голландію, Данію, Польщу и пр. Von eben demselben. Fol. 1 Bog.

731. Пав. Соларича Пѣшій землеписникъ, при Іоанну Антоніу Зуліани мѣдорезцу. У Венеціи 1804. Quer 4°. XXXVII Bl.

Atlas, zur Geographie desselben Vfs. gehörig. Statt der Ortsnamen stehen bloss Zahlen auf den Charten, die sich auf den Text beziehen.

IV. Philosophie.

1. Logik.

732. Никол. Шимича Логика сербскаго языка на глаголанію у две части произведена. Въ Будимѣ пис. кр. всеуч. 1808. 8°. 120 стр. — 2. ч. 1809. 102 стр.

Sehr seicht, in barbarisch-slavischem Styl.

2. Metaphysik.

733. Авр. Мразовича Метафизика, на славянскомъ языцѣ. Ркп.

3. Naturrecht.

734. Васил. Ковачича Право естества, прев. съ латинскаго. Ркп.

4. Ethik.

a) Systeme, Lehrbücher, allgemeine Schriften.

735. Етика или философіа нравоучителна, по систему Г. проф. Соави, Досит. Обрадовичемъ издата. Въ Венеціи у Пани Өеодосіева 1803. 8°. 160 стр.

736. Петр. Стойшича Должности человѣка. У Будиму 1816.

737. Спир. Алексіевича Руководство человѣческогъ живота славногъ автора лордъ Кестерфіелдъ, преведено съ Италіанскогъ на сербскій езыкъ и пр. У Будиму пис. кр. всеуч. 1830. 8°. 216 стр.

Angehängt sind einige Dialoge, zwei geistliche Reden und eine chronologische Uebersicht der vorzüglichsten Begebenheiten, in welcher Luther und Calvin Häretiker, letzterer sogar началникъ ересіе, ересіарха, genannt werden. Auffallend in Ungarn, wo dies ein Landesgesetz verbietet: aber ein Beweis, wie oft dieselbe Censur hier ultrastreng, dort ultraliberal ist. — Armer Chesterfield!

738. **Christ. Fürchteg. Gellert's** Moralische Vorlesungen, aus dem Deutschen übersetzt von **Mos. Ignjatović** Hs.

739. Три кньиге Цицеронове о човеческимъ дужностима, прев. на сербскій езыкъ Григ. Лазичь. Ркп.

740. Дим. Тирола Обща основоположенія и морална поученія къ мудрости живленія. Ркп.

b) Besondere Schriften über populäre Moral.

741. Апофтегмата, т. е. краткихъ витіеватыхъ и нравоучителныхъ рѣчей книги три, и проч., преведены съ польскаго на славенскій езыкъ. Въ Санктъ-Петербургѣ (въ Венеціи въ тип. Дим. Өеодосіа) 1765. 8°. 139 стр.

Das Büchlein ist in Venedig gedruckt, wie man aus der Type sieht. Es enthält Sprüche griechischer und römischer Weltweisen. Vielleicht nach: **Bieniasza Budnego** Krótkich a węzlowatych powieści, które po grecku zową apophthegmata, ks. IV, w Lubeczu 1614. 4°. Vgl. Bandkie hist. druk. polsk. I. 344.

742. Дим. Досит. Обрадовича Совѣти здраваго разума. У Лайпцигу 1784. 8°. 120 стр. — 2. тисн. иждь. Дам. Каулиціи, ч. 1. Въ Будимѣ пис. кр. всеуч. 1806. 8°. 155 стр.

743. Дим. Досит. Обрадовича Собраніе разныхъ нравоучителныхъ вещей въ ползу и увеселеніе. Въ Віеннѣ пис. Стеф. отъ Новаковичь 1793. 8°. 316 стр. — 2. тисн. въ Будимѣ пис. кр. всеуч. 1808. 8°. 405 стр. — 3. тисн. въ Будимѣ 1825. 8°. (Letzteres ist bloss eine neue Titelauflage: kaufmännische Spekulation des Buchhändlers K. Kaulitzy.)

744. Досит. Обрадовича Мезимацъ, частъ втора собранія нравоучителныхъ вещей въ ползу и увеселеніе, по подлинному рукопису Павломъ Соларичемъ изданъ. Въ Будимѣ пис. кр. всеуч. 1818. 8°. 230 стр.

Angezeigt in Davidović's serb. Zeitung 1818 N. 95—96.

745. Дим. Досит. Обрадовича Первенацъ, ижица или Досіөеева буквица, прибавіо и на свѣтъ по подлинномъ

ркп. издао Севаст. Илiичь. У Карлштадту у тип. I. Н. Претнера 1830. 8°. XVIII и 168 стр.

Moralisch-philosophischen Inhalts, nach griechischen Mustern verfasst in Plavno 1770.

746. Духъ списанiя Доситеевы, отъ Г. М. (т. е. Георгiя Магарашевича), трошкомъ Матице србске. У Будиму пис. кр. всеуч. 1830. 8°. 126 стр.

Ausgezogene Kraftstellen aus Obradović's vorzüglichern Schriften.

747. Дим. Николаевича Дарвара Кевита Тивеискаго икона, или изображенiе человѣческаго житiя, и Епиктита стоическаго ручница или нравоучителна книжица, прев. съ греческаго на слав.-сербскiй языкъ. Въ Будимѣ пис. кр. всеуч. 1799. 8°. 128 стр.

748. Ефр. Лазаровича Моралная философiа, еже естъ нравоучителное любомудрiе, изъ разныхъ списателей собранне, въ немже находятъ ся различни древнихъ философовъ разговори съ приданными нравоученiями, юности сербской посвящено. Въ Будимѣ пис. кр. всеуч. 1807. 8°. 204 стр.

Am Ende des Buches befindet sich: Садъ многоцвѣтный или различни разговори латинскiи, нѣмецкiи, мадьарскiи и сербскiи, во употребленiе слав.-серб. юности.

749. Ефр. Лазаровича Собранiе моралныхъ вещей, содержащее древнихъ философовъ и славныхъ мужей различныя разговоры и полезная нравоученiя, слав.-серб. юности посвящено. Въ Будимѣ пис. кр. всеуч. 1809. 8°. 156 стр.

750. Зерцало супружества, т. е. Плутарха Херонеа слово о должности супружества, съ еллинскаго на простый греческiй дiалектъ пренешено, на слав.-сербскиже преведено Георг. Захарiевичемъ. Въ Будимѣ пис. кр. всеуч. 1808. 8°. 101 стр.

Griechisch und slavoserbisch.

751. **Мудролюбацъ Индійскій**, либо искуство щастливо живити у дружству, содержащее се у маленомъ числу чистѣйшіи поученія наравословія, содѣвенни еднымъ древнымъ Браминомъ, съ французскога преведено Павл. Соларичемъ. У Венеціи въ тип. Паны Өеодосіа 1809. 8°.

Französisch und serbisch.

752. **Философическа наука**, преведена съ нѣмецкогъ езыка Георг. отъ Бечкерекій, ижд. Даміана Каулиціи. Въ Будимѣ пис. кр. всеуч. 1809. 8°. 199 стр.

753. М. Т. Цицерона О старости и о дружелюбію, прев. Моис. Игнятовичъ. Ркп.

754. М. Т. Цицерона Кньига Леліусъ, о пріятелству, прев. Никол. Шимичемъ. Ркп. 4°. In der Metropolitanbibliothek zu Karlovic.

755. **Добрый супружества совѣтникъ**, за даръ невѣстницима, кои у супружеству истинито благополучно живити желе, съ нѣмецкаго на простый сербскій езыкъ преведенъ и любителми рода изданъ. Б. о. м. (у Віенни?) 1813. 8°. 71 стр.

756. Стеф. Живковича Благодѣтелна Муза или чувствованія и мысли къ образованію сердца и къ украшенію душе, книга 1. У Бечу пис. Шнирера 1815. 8°. 356 стр.

757. Павл. Атанацковича Огледало човечности, 1. свезка. У Бечу пис. чч. ОО. Ермена 1823. 8°. 249 стр.

758. Іоак. Вуича Новоизобрѣтенное и благоустроенное училище добродѣтели, содержащее пятнадесятъ пріятныхъ повѣстей съ наравоучителными ихъ поученіями и примѣчаніями и пр. У Будиму пис. кр. всеуч. 1823. 8°. 429 стр.

759. Іоак. Вуича Новоизобрѣтенное и благоустроенное прибавленіе ко училищу добродѣтели, содержащее десятъ

пріятныхъ повѣстей съ наравоучителными ихъ поученіями и примѣчаніями и пр. У Будиму пис. кр. всеуч. 1830. 8°. 202 стр.

760. Краткая наука о украшенію душе и сердца, по нѣмачкомъ оригиналу сербски израдіо І. С. (Іоаннъ Стеичь?) Ркп. Bei dem Verein Матица in Pest.

761. Стеф. Марковича Морална поученія за свакогъ состоянія люде, особито юность обоега пола, изъ различніи знаменитіи списатель сложено. Ркп. 20 таб.

762. Дим. Тирола Благовонный садъ, собраніе наравоучителны вещи. Ркп.

5. Vermischte Schriften.

763. Павла Соларича Улогъ ума человѣческогъ у малену, либо кратко представленіе онога, што умъ свима людма повелѣва, на просвѣщеніе о ньиовой жизни и на наставленіе, како имъ щастіе свое собрещи надлежи, съ нѣмецкогъ преведенъ. У Венеціи 1808. 8°. 176 стр.

Am Ende S. 164—176 Erklärung alter und neuer Wörter, darunter: улогъ, т. е. уложеніе, книга законовъ, кодексъ.

764. Іоа. Георг. Циммерманна О самости, съ нѣмецкога преведено Павломъ Соларичемъ. У Венеціи 1809. 8°. Съ заглавіемъ у мѣди рѣзаннымъ, гдѣ образъ Питагоре, и на прямой страны пещерожилецъ.

765. Павла Соларича Расужденіе о разныхъ предметѣхъ. Ркп.

Die Ueberschriften der 6 Abhandlungen findet man im Лѣтоп. срб. III. 131.

766. Равла Соларича Опытъ о человѣку. Ркп.

In drei Sendschreiben, vollständig.

767. **М. Т. Цицерона** изъ VI. книге о свободно-народнымъ правленіи Сципіона сонъ, съ латинскогъ превео **Ник. Шимич.** 1811.

768. **Іоа. Міоковича** О суевѣрію.
Angekündigt in Davidović's serb. Zeitung 1815 N. 82.

769. **Евст. Арсичь** Полезная размышленія о четырехъ годишныхъ временехъ, съ особеннымъ прибавленіемъ о трудолюбіи человѣка и оттуду произходящей всеобщей пользѣ. Въ Будимѣ пис. кр. всеуч. 1816. 8°. 159 стр.
Darunter einige Pièccn in Versen.

770. **Петр. Дарвара** Сентенціе различне, прев. съ греческаго.
In Davidović's serb. Zeitung 1820 N. 87.

771. **Ур. Максимовича** Осмотреніе естества или познаніе и любовъ творца изъ осмотренія созданныхъ тварей, съ нѣмецкогъ преведено л. 1821. Ркп.

772. Апологіа или защитителное разсужденіе о родѣ человѣческомъ изъ сочиненіи Г. **Шевалье дъ Аркъ**, франц. аутора, съ россійскаго преведено на сербскій езыкъ **Іерем. М. Гагичемъ.** Ркп. 12°. 76 стр.
In der semliner Gemeindebibliothek. — Die russische Uebersetzung von N. N. M. erschien zu Moskau 1782. 8°.

773. **Павл. Атанацковича** Благоговѣйно разсматриваніе естества. Ркп.

774. **Дим. Тирола** Правый смысао системе природе по Х. Х. Елвеціусу, дѣло философическо. Ркп.

775. О обхожденію съ людма одъ Барона **Адолфа Книгге**, превео **Теодоръ Павловичь**, заклети адвокатъ. Частъ 1. У Будиму 1831. 8°. XVI+132 стр.

V. Pädagogik.

1. Schriften für Erzieher, Lehrer und die Jugend.

776. Дим. Давидовича Списанія училищна, учителемъ и юности посвящена Г. Ігнатіемъ Іактомъ, съ нѣмецкаго преведена. Въ Будимѣ пис. кр. всеуч. 1812. 8°. 94 стр.

777. Дим. Давидовича Собраніе наука свакому човеку нуждны.
Angekündigt in Davidović's serb. Zeitung 1814 N. 37 und wahrscheinlich erschienen.

778. Пантел. Михаиловича Енкиклопедіа или краткое описаніе свію наука, на просто преведена и посвящена дражайшему роду и отечеству. У Будиму пис. кр. всеуч. 1818. 8°. 36 стр.

2. Schriften für Eltern, Erzieher und Lehrer.

779. Путь къ постояной слави и истиномъ величеству, т. е. частъ нѣкая изъ книгъ Паризскія Академіи бывшаго ректора Роллена, о еже како предати и учити ся добрымъ наукамъ, изъ французскаго на слав.-серб. языкъ прев. Въ Віеннѣ въ печ. Іос. отъ Курцбекъ 1775. 8°. 149 стр.

780. Теод. Іоанновича Іанковича Ручная книга потребная магистромъ малыхъ школъ, съ нѣмецкимъ преводомъ. Въ Віеннѣ въ печ. Іос. Курцбека 1776. 8°. (Sopikov N. 583.)

781. Инструкціа либо наставленіе учителемъ, катехетомъ и мѣстнымъ директоромъ. Въ Бѣдимѣ пис. кр. всеуч. 8°. Ofner Cat. 1829.

782. Стеф. Раича Расужденіе о недостатцѣ воспытанія на искуству основано. У Бечу 1794.

783. С. Т. (т. е. Сава Тюкели) Еднога гражданина начертаніе основанія за обученіе дѣце у Араду урѣдити се имѣюща, Арадскомъ обществу поднешенно. У Будиму пис. кр. всеуч. 1798. 8°. 84 стр.

Dasselbe auch lateinisch: Sabbae Tököly Positiones intuitu instituti pro eruditione Serbica juventutis Aradini erigendi, communitati Aradinensi dedicatae. Budae typ. reg. univ. 1798. 8°. 84 pag.

784. Георг. Захаріевича Два совѣтителна слова Плутарха Херонеа о воспитанію дѣтей, и Исократа ретора о благонравію юности, преведено съ греческогъ на слав.-серб. езыкъ въ ползу слав.-серб. юности. У Будиму пис. кр. всеуч. 1807. 8°. 110 стр.

785. Плутарха Хиронейскаго Дѣлце о воспитаніи дѣтей, на древный сербскій языкъ преложилъ Іоаннъ Рукославъ. Въ Будимѣ градѣ пис. кр. всеуч. 1808. 8°. 84 стр.

786. Сверхъ воспитанія къ человѣколюбію, отвѣтно сочиненіе, удостоившее се награжденіа у Падуи, съ нѣмецкога преводникомъ Улога ума (т. е. Павл. Соларичемъ). У Венеціи 1809. 8°.

787. Педагогіа и меѳодика за учителѣ граждански и селски школа отъ Виллома, преведена Іоанномъ Беричемъ. Въ Будимѣ градѣ пис. кр. всеуч. 1816. 8°. 206 стр.

788. Мойсеа Игнятовича Педагогїя. Ркп.

789. Димитріа Владисавлевића Отацъ или мисли чедолюбивогъ отца, преводъ изъ Италіанскогъ езика по 5томъ изданію. У Карлштадту 1832. 12°. 95 стр.

3. Schriften für die Jugend.

790. Госпожи Маріи ле Пренсъ де Бомонтъ Поучителный магазинъ за дѣцу, къ просвѣщенію разума и испра-

вленію сердца на ползу слав.-серб. юности устроенъ Авраамомъ Мразовичемъ, 1. изд., 1. и 2. частъ. Въ Віеннѣ въ тип. Стеф. Новаковича 1793—1794. 8°. — 3. и 4. частъ въ Будимѣ пис. кр. всеуч. 1800. 8°. — 2. изд. 1. и 2. частъ въ Будимѣ 1806. 8°. 263 и 256 стр. — 3. и 4. частъ у Будиму 1817. 8°. 231 и 231 стр. — 3. изд. у Будиму 1821. 8°.

Recensirt in Dobrovský's Slavin S. 312—318.

791. Кос. Іосича Правила честногъ обхожденія ради свои учениковъ. Въ Віеннѣ 1794. 8°. 22 стр.

Angezeigt in Schedius Zeitschrift v. u. f. Ungarn. Bd. III. Heft 1. S. 63—64. Nach dieser Anzeige schrieb derselbe Vf. auch: Gespräche mit seinen Schülern, vom J. 1794 und 1796, ferner: Ankündigungen oder Einladungen zu s. Prüfungen, zweimal des Jahrs seit 1792—1802, 20 Stück zu 1 Bogen.

792. Кос. Іосича Правила училищная въ употребленіе слав.-серб. народныхъ училищь. Въ Будимѣ. 1805. — 2. изд. въ Буд. 1815. 8°. 30 стр. — 3. изд. Правила училищная въ ново исправленая ради прелюбезныхъ учениковъ во употребленіе и пр. Въ Будимѣ пис. кр. всеуч. 1820. 8°. 30 стр.

Regeln des Wohlverhaltens für die Schuljugend in und ausserhalb der Schule, nebst einigen kurzen Gebeten.

793. Школская правила. Въ Будимѣ.

794. Руководство къ честности и правости, то естъ въ малыхъ училищахъ учащей ся слав.-серб. юности на чтеніе опредѣленая книга. Въ Будимѣ пис. кр. всеуч. 1798. 8°. Auch mit dem deutschen Titel: Anleitung zur Rechtschaffenheit oder das für die in den Trivialschulen lernende slavoserbische Jugend bestimmte Lesebuch. — Нов. изд. въ Будимѣ 1809. 8°. 261 стр. — Нов. изд. въ Будимѣ 1820. 8°. 261 стр.

Als Lesebuch in den Schulen eingeführt. Der Text slavoserbisch und deutsch. Sehr oft aufgelegt. (Von **Theod. Joann. Janković** übersetzt 1776?)

795. Іоа. Пейковича Разглаголствіе измежду учениками. У Будиму. 1798.

796. Стеф. Филипповича Совѣтъ отца изъ отчизны усопшихъ къ сыну своему опаснымъ мира сего путемъ ходящу, прев. съ нѣмецкаго. Въ Будимѣ градѣ 1806. 8°. 15 стр.

797. Мих. Бояџи Умная наставленія или нравоучителная правила въ ползу слав.-сербске дѣчице съ греческаго на простый слав.-сербскій езыкъ преведена. Въ Будимѣ пис. кр. всеуч. 1808. 8°. 63 стр.

798. Мой. Ігнятовича Первое наставленіе къ благонравію, у шестъ разговоровъ измежду матеромъ и ктьерію, съ нѣмецкаго на сербски преведено, и благочестивымъ дражайшаго сербскаго рода родителѣмъ и родителницамъ на ползу возлюбленыхъ ихъ дѣтей посвящено, изд. Конст. Каулиціи. Въ Будимѣ пис. кр. всеуч. 1813. 8°. 48 стр.

799. Θеофронъ или искусный совѣтникъ за юностъ безискусну, съ нѣмецкаго на простосербскій языкъ преведено П. Р. П. К. (т. е. Петр. Руньаниномъ парохомъ Кузминскимъ). У Будиму пис. кр. всеуч. 1813. 8°. 506 стр.

800. І. Х. Кампе Θеофронъ, прев. Григ. Гершичемъ. Ркп.

801. Евст. Арсичь Совѣтъ матерный предрагой обоего пола юности сербской и валахиской, аки исчадіе нѣжнаго чувствованія, имже благо и щастіе отрасли рода своего обимаетъ сочинителница. Въ Будимѣ пис. кр. всеуч. 1814. 8°. 30 стр.

Dabei sind einige gereimte Lieder.

802. Дим. Тирола Привѣтствователна книжица за премилу и прелюбезну сербску юностъ. У Будиму пис. кр. всеуч. 1818. 8°. 160 стр.

803. Павл. Атанацковича Гумалъ и Лина. Ркп.

Uebersetzt aus: K. F. Lossius Gumal und Lina, eine Geschichte für Kinder, besonders um ihnen die ersten Religionsbegriffe beizubringen. Gotha (1795—1800). 1802. 8°.

804. **Вас. Іоанновича** Совѣтъ родителскій за младежъ обоегъ пола. Ркп.

805. **Іуліане Радивоевичъ** Цвета или добаръ совѣтъ сербскимъ кћерма. Ркп.

806. **Моисея Игнятовича** Новый садъ добродѣтели и порока и пр. Ркп.

VI. Mathematik.

A. Reine.

1. Arithmetik.

807. **Вас. Дамяновича** Новая сербская аритметика или простое наставленіе къ хесапу, изъ разныхъ книгъ собрано, новыми примѣры кратчайшимъ образомъ изяснено, и къ употребленію учащія ся сербскія юности издано. Въ Венеціи въ тип. Дим. Өеодосія 1767. 8°.

Recensirt in Orfelin's Magazin I. 78, und sehr gelobt.

808. (**Стеф. Вуяновскаго**) Руководствіе ко аритметики за употребленіе иллирическія неунитскія въ малыхъ училищахъ учащія ся юности. Въ Віеннѣ пис. Іос. Курцбека 1777. 12°. 155 стр.

Slavoserbisch und deutsch; wahrscheinlich öfter aufgelegt.

809. (**Авр. Мразовича**) Руководство къ наущѣ числителной во употребленіе слав.-серб. народныхъ училищь. Въ Будимѣ градѣ 1798. 8°. — Нов. изд. въ Будимѣ 1818. 8°. 95 стр.

Als Schulbuch sehr oft aufgelegt.

810. Іоа. Дошеновича Численица или наука рачуна, изясненіями, правилами и наставленіями по новѣйшимъ образу одъ иностранныхъ языковъ на сербскій сабрата, частъ 1. У Будиму пис. кр. всеуч. 1809. 8°. 320 стр.

Meist nach Gunz. Angezeigt in den Vaterl. Blätt. 1811.

811. Васил. Булича Предложенія численице и землеописанія и алгебре, на коя су у кр. предуготовническомъ народа славено-сербскаго заведенію Св.-Андрейскомъ мѣсяца Априла 1814 приликомъ явногъ испыта отвѣтствовали. Въ Будимѣ 1814. 8°. 16 стр.

812. Іоа. Берича Аритметика. Ркп.

2. Algebra.

813. (С. Вуковича?) Матиматике чисте частъ 1. или основоположенія алгебре. Ркп.

Angekündigt 1826, aber nicht herausgegeben.

3. Geometrie.

814. Инструкція Іосифа II. Императора Римскогъ. Fol. Josephinische Ausmessungsinstruction.

815. Дим. Тирола Руководство къ землемѣрію. Ркп.

B. Angewandte.

1. Kalender.

a) Jährige.

aa) Venediger Ausgaben.

816. Славено-сербскій восточныя церкве календаръ на лѣто отъ рождества Христова 1767. Въ Венеціи пис. Дим. Ѳеодосія. 8°.

817. Мѣсяцословъ или святци, на подобіе во градѣ Москвѣ печатаннаго. Въ Венеціи 1799. 12°. (Sopikov N. 691 irrig „Молитвословъ".)

818. Мѣсяцословъ на лѣто отъ Христа 1809, отъ Адама 7317. Въ Венеціи. 8°.

819. Мѣсяцословъ, соч. Пав. Соларичь. Въ Венеціи 1813. 8°.

bb) Wiener Ausgaben.

820. Мѣсяцословъ восточнаго православнаго греческаго исповѣданія, въ державахъ цес. крал. апост. Величества обрѣтающаго ся славено-сербскаго и валахійскаго народа неунитовъ, напечата ся въ царствующемъ градѣ Вѣннѣ въ цес. крал. придворной іллир. и восточной типографіи Куръ Іосифа Лоренца Курцвека, въ лѣто отъ рождества Христова 1771, мѣсяца іулія 7. дня. 8°. 28 стр.

Dieser Kalender erlangte zufällig eine grosse Berühmtheit, indem sich wegen der darin aufgenommenen serbischen Heiligen eine historisch-theologische Fehde erhob, die zuletzt den Jesuiten Baron Pejačević veranlasste, seine Historia Serbiae zu schreiben. Vgl. Pejačević Hist. Serb. Präfat. und Engel Gesch. v. Serb. III. 129—130.

821. Мѣсяцословъ, изд. Карловачкимъ синодомъ. Въ Віеннѣ 1776.

822. (Атан. Николича) Домовный и общеполезный календаръ на лѣто отъ рождества Христова 1831, ижд. Конст. Каулиціи. У Бечу печ. кодъ ОО. Мехитариста. 4°. 34 стр.

Der Druck ist sehr gefällig.

cc) Ofner Ausgaben.

823. Мѣсяцословъ льета отъ рожд. Христ. 1798, сочиненый во употребленіе славено-сербскаго и валахійскаго народа. Въ Будимѣ. 4°.

824. **Мѣсяцословъ общій сербскій. Въ Будимѣ 1829. 8°.**

825. Мѣсяцословъ общій сербскій. Въ Будимѣ 1831. 8°.

826. Георг. Михалѣвича Календаръ малый за годъ 1813. У Будиму. 12°.

b) Hundertjährige.

827. Зах. Орфелина Вѣчный, т. е. отъ начала до конца мира трающій календаръ, содержащій въ себѣ святцесловъ и краткая по востыныя церкве изчисленію о кругахъ годовыхъ и прочихъ принадлежащихъ вещей изясненія, къ тому физическая о тѣлахъ мира и о водныхъ и воздушныхъ приключеніяхъ разсужденія, съ прибавленіемъ священыя и светскія хронологіи, нынѣ первѣе на славенскомъ языцѣ въ ползу слав.-сербскихъ народовъ написанъ, съ фигур. Въ Віеннѣ пис. Іос. Лор. Курцбека 1783. 8°. 336 стр. — 2. изд. 1789. — 3. изд. въ Будимѣ пис. кр. всеуч. 1817. 8°.

Dobrovský erwähnt der (mir unbekannten) Ausg. 1789, und auch Sopikov hat N. 512: Календаръ вѣчный для бѣдныхъ. Въ Віеннѣ 1784. 8°. Ist es ein Auszug aus dem grossem? Vgl. d. folg.

828. Мѣсяцословъ малый вѣчный съ табел. пасхал. Въ Віеннѣ пис. Стеф. Новаковича 1793. 8°. — 2. изд. въ Будимѣ пис. кр. всеуч. 1814. 8°.

c) Paschalien.

829. Пасхаліа. Въ Віеннѣ пис. Іос. Курцбека 1772. 4°.

2. Astrologie und Prognostik.

830. Рожданикъ или чудновитый витао сретье, чрезъ кои се по астрономическому начину на различне вопросе и пр. оттоворъ натьи може и пр., изд. Павла Іанковича. Въ Будимѣ 1824. 8°. 44 стр.

(Vf. G. Bečkereki?)

831. Календаръ или прогностиконъ въ еллинскомъ языку на типъ издатый въ Саксоніи у Лайпцигу, на сербскиже 1776. года преведеный, и ижд. Дам. Каулиціи въ годѣ 1801 на типъ изданъ. Въ Будимѣ градѣ 1830. 8°. 32 стр.

Die früheren Ausgaben sind mir unbekannt.

832. Новѣйша исправна и умножена египетска книга отъ 1231 године, коя содержава у себи различне сне съ изясненіемъ и приложеныма нумерама, свою срећу и у лоттеріи пробати. У Бидиму пис. кр. всеуч. 1829. 8°. 32 стр. Nebst 6 Bl. Figuren.

VII. Natur- und Gewerbkunde.

A. Naturkunde.

1. Naturgeschichte.

833. Естествословіе, въ ползу найпаче юности списано на немачкій езыкъ Георг. Христ. Раффомъ, а съ того на нашъ матерный езыкъ славено-сербскій преведено Іоак. Вуичемъ. Въ Будимѣ пис. кр. всеуч. 1809. 8°. 856 стр.

Angezeigt in den Vaterl. Blätt. 1811.

834. Пав. Кенгелца Естествословіе. Въ Будимѣ градѣ пис. кр. всеуч. 1811. 8°. 295 стр.

Bloss der allgemeine Theil der Naturgeschichte; die drei besondern: О царствіи животныхъ, о царствіи былія или растѣнія und о царствіи каменей, sind zwar versprochen, aber leider nicht herausgegeben worden.

835. Милоша Лазаревича Ботаника. Ркп.

2. Physik.

836. Еман. Іанковича Физическое сочиненіе о изсушенію и раздѣленію воде у воздухъ, и изясненіе разливанія воде изъ воздуха на землю. У Лайпцигу кодъ Г. Тайбела 1787. 8°. 32 стр.

837. Аѳан. Стойковича Фүсіка простымъ языкомъ за родъ славено-сербскій списана. Въ Будимѣ пис. кр. всеуч. Частъ 1. 1801. 8°. 320 стр. — Ч. 2. 1802. 8°. 330 стр. — Ч. 3. 1803. 8°. 284 стр.

Angezeigt in Schedius Zeitschr. v. u. f. Ungarn Bd. III. S. 180—182.

838. Григор. Лазича Кратко руководство къ физики. Въ Будимѣ пис. кр. всеуч. 1822. 8°. 122 стр.

839. Іоа. Рукослава Физика за женскій полъ. Ркп.

B. Gewerbkunde.

1. Allgemeine Schriften über Haus- und Feldwirthschaft.

840. Стеф. Новаковича Руководство къ домостроителству за мужескій и женскій полъ, съ нѣмецкаго на слав.-сербскій языкъ преведено. Въ Будимѣ пис. кр. всеуч. 1809. 8°. 203 стр.

841. Мат. Дамяновича Домоводство или наставленіе о земледѣліи изъ разныхъ списателей, нарочито изъ Г. Миттерпахера собрано, и на славено-сербскій языкъ ставлено. Частъ 1. Въ Будимѣ пис. кр. всеуч. 1814. 8°. 240 стр.

842. Авр. Мразовича Руководство къ доматьему и полскому строенію, или пропис, что селянинъ свакогъ месеца при нивахъ, ливадахъ, скотоводству, виноградѣхъ, башчахъ и домоводству радити има, за селянску младежъ издано. Въ Будимѣ пис. кр. унив. 1822. 8°. 163 стр.

2. Besondere Schriften.

a) Weinbau.

843. Захар. Орфелина Искусный подрумаръ или наука, како вино правити валя и пр., съ коекаквымъ кутьнимъ потребностма. Въ Віеннѣ пис. Іос. Кирцвека 1783. 8°. — 2. изд. въ Будимѣ пис. кр. унив. 1808. 8°.

844. Прок. Болича Совершенъ винодѣлацъ или наставленіе о винодѣлію, правленію вина и оцта и пециву ракіе, изъ разногъ вещества, кое по собственомъ искуству, кое пакъ по правилама найискусніи у овой земледѣлія струки списатеља и винословаца, а особито по Шаптилу. У Будиму пис. кр. всеуч. 1816. 8°. 1. частъ 328 стр. — 2. ч. 455 стр.

845. Краткое наставленіе о воздѣланію виноградовъ, о художествѣ готовити вино, палену петьи и оцетъ правити. Въ Будимѣ пис. кр. всеуч. 1818. 8°.
Aus dem Deutschen des Ludw. Mitterpacher übersetzt.

b) Tabak.

846. Наставленіе для сѣятелей дохана. Въ Будимѣ пис. кр. всеуч. 1822. 8°.

c) Hanf.

847. Наставленіе о воздѣланію конопли. Въ Будимѣ пис. кр. всеуч. 1828. 8°.

d) Seidenzucht.

848. Наставленіе о воздѣланію дудова и подраньиванію свилны буба (прев. П. Атанацковичь). У Будиму пис. кр. всеуч. 1823. 8°.

Aus L. Mitterpacher's deutschem Werke: Unterricht über die Maulbeerbäume und Seidenraupenzucht, zum Gebrauche der Landschulen, Ofen 1805. 8°., übersetzt.

e) Bienenzucht.

849. Авр. Максимовича Пчеларъ или наставленіе о пчеловодству, изъ разныхъ списателей собрано, и на слав.-серб. езыкъ во общую ползу и увеселеніе издано. У Будиму пис. кр. всеуч. 1810. 8°. 198 стр.

Eine Uebersetzung des Apiarius von Chebiczowski.

f) Viehzucht.

850. Наставленіе о предохраненіи и лѣченіи кужныхъ болештиня говеда, коня, оваца и свиня. Въ Будиму пис. кр. всеуч. 1816. 8°.

g) Zuckererzeugung.

851. О произведеніи шетьера отъ сока яворовыхъ древесъ. Въ Будимѣ 1812. 8°.

852. Начинъ, како се отъ сладкаго сока кукурузовыхъ стеблъ сирупъ и шетьеръ производитъ. Въ Будимѣ пис. кр. всеуч. 1813. 8°.

853. Разглаголствіе Г. Іоанна Биргера о шекеру, кои изъ кукурузовыхъ стеблъ и яворова сока производитъ се. Въ Будимѣ пис. кр. всеуч. 1813. 8°.

Aus dem Deutschen des Joh. Bürger übersetzt.

h) Kochkunst.

854. Поварная книга, по нѣмецкому кохбухъ, первымъ опытомъ Гавріила Хранислава съ нѣмецкаго на славено-сербскій во Віеннѣ преведена, ижд. Даміана Каулиціи. Въ Будимѣ пис. кр. всеуч. 1804 (1805?). 8°. 136 стр.

VIII. Medicin.

1. Diätetik.

855. Берх. Христоф. Фауста Катихисисъ здравія, на потребу школску и домашнее наставленіе, съ нѣмецкаго на славено-сербскій языкъ преведенъ Павломъ Хаџичемъ, съ 3 изображеніями. Въ Будимѣ градѣ 1802. 8°. 160 стр.

856. Викент. Ракича Краткая бесѣда о злоупотребленіи дувана. Въ Венеціи 1810. 8°.

857. Конст. Пейчича Руководитель къ свеобщемъ здравлю, 1. частъ. У Будиму пис. кр. всеуч. 1830. 8°. 85 стр.
Handelt bloss von der Schwangerschaft und Geburt.

858. Вас. Чокерляна Художество отвратити болести изъ искуства и выше славны списателя дѣла скуплено и на сербски преведено. У Будиму пис. кр. всеуч. 1830. 8°. 166 стр.

859. Восточноиндиска холера, опис. Дим. Неофитовичь и Стеф. Гершичь. У Будиму 1831. 8°.

2. Makrobiotik.

860. Художество къ продолженію живота человѣческаго отъ Х. В. Хуфеланда, съ нѣмецкаго на слав.-серб. діалектъ сокращено и просто преведено чрезъ Г. отъ Б. (Георг. Бечкереки) 1804. лѣта. Въ Будимѣ пис. кр. всеуч. 1807. 8°. 38 стр.

861. Х. В. Хуфеланда Макробіотика или наука о продуженію живота човеческога, преведена и додатцима умножена (?) отъ Іоа. Стеича. У Бечу 1826. 8°. 1. частъ 268 стр.— 2. ч. 382 стр.

3. Oeffentliche Gesundheitspflege.

862. Іоа. Миливоина Изложеніе средствахъ за умалити нездравія оныхъ бывалищахъ, коя потопу подложна есу, съ нѣмецкогъ на слав.-сербскій прев. Въ Віеннѣ пис. Іос. Курцвека 1786. 8°. 46 стр.

Das Original französisch von M. Cadet de Vaux. Deutsch von Dr. Ferro. Böhmisch von J. W. z Monse, Olm. 1785. 8°.

863. У погибелномъ случаю напрасне смерти помагателна таблица, сочинѣна на мадьарскомъ езыку Г. Михаиломъ Ковачь лѣкаромъ. Б. о. м. и г. (у Будиму 1820). Ein Folioblatt.

864. Краткое наставленіе, како се сваки отъ восточне холере сачувати, и шта при первомъ почетку ове болести предье пришествія докторова радити има. У Н. Саду кодъ П. Іанковича (1831). Fol. 5 стр.

Aus dem deutschen des M. Lenhossék vom Senator Euth. Joannović übersetzt. Das erste cyrillische Produkt der neusatzer Buchdruckerei. Dieselbe Pièce, in einer andern Uebersetzung, wurde auch in Ofen zu gleicher Zeit gedruckt.

4. Schutzpocken.

865. Наставленіе о кравіихъ оспахъ ради употребленія природныхъ оспицъ и пр. (прев. Іос. Путникъ). Въ Будимѣ пис. кр. всеуч. 1804. 8°. 15 стр.

Auf Veranstaltung des Erzbischofs und Metropoliten Steph. Stratimirović von Kulpin, von J. Putnik, damals Professor am theologischen Seminarium, verfasst und auch in das Walachische übersetzt.

866. (Пав. Герича) Кратко поученіе о хранителнымъ богиняма, докт. Бене дѣлце преведено. У Будиму пис. кр. всеуч. 1817. 8°.

Das Original ungarisch: Bene Ferencz Rövid oktatás a' mentö himlönek eredetéröl, természetéröl és beoktatásáról. Pesten Trattner Mátyás betüivel 1802. 8°. 55 S.; auch ins Deutsche übersetzt.

867. Краткое покушеніе о каламленію кравльи богиня, докт. Сатмари. Въ Будимѣ 1818. 8°.

868. Georgii Pantelin Dissert. inaug. med. de variola vaccina. — О хранителной богиньи. — Budae typ. reg. univ. 1832. 8°. 27+25 стр.

Lateinisch und serbisch.

IX. Jurisprudenz und Politik

1. Civil- und Criminalrecht.

869. Привилегіи чрезъ Имп. Леополда, Іосифа и Карола Шестаго, такожде нынѣ царств. Величество Марію Терезію славному народу иллирико-рассіанскому дарованія и пр., отъ латинскаго діалекта на матерный славено-сербскій языкъ прев. Павелъ Ненадовичь. Въ Віеннѣ 1745. Fol. 17 Bl.

Das Ganze ist von Christoph Žefarović in Kupfer gestochen, der sich dabei „Хр. Жефаровичь иллир.-расс. общ. зограф“ nennt.

870. Regulamentum seu Constitutiones Mariae Theresiae pro Illyrica natione eman. Viennae d. 20. Julii 1771. Lat. et illyr. s. l. et a. in Fol. philyrae 10½ et tab. 2. — Ejusdem alia editio s. l. et a. in Fol. phil. 13½ et tab. 2. (Catal. Bibl. Szécsény.)

871. Общій законъ (Іосифа II.) на преступленія и ньиова наказанія. Въ Віеннѣ пис. Іос. Курцвека 1788. 8°. 128 стр.

Uebersetzung des Josephinischen Strafgesetzbuches vom J. 1787.

872. Артикули цеховни за компаніе и цехе краљевства унгарскаго. Въ Будимѣ 1813. Fol.

873. Лаз. Михаловича Право наслѣдія по мађарскимъ законима списано.

Angekündigt in Davidović's serb. Zeitung 1818 N. 77.

874. Евг. Дьурковича Право наслѣдія за общу славено-сербскаго у Мадьарской народа ползу сочинено и издано. Въ Будимѣ пис. кр. всеуч. 1823. 8°. 221 стр.

875. Петра Вировца Нерви основи главокривногъ Мадьарскогъ права (elementa juris criminalis Hungarici). У Будиму пис. кр. всеуч. 1831. 8°. 110 стр.

2. Kirchenrecht.

876. Кормчая книга по азбучному порядку, соч. Евт. Іоанновичь. Ркп.

877. Peter Kuzmanović Das kanonische Recht der griechischen Kirche. (Slav.) Hs.

878. Правила монашеская, повелѣніемъ Викентія Іоанновича архіепископа и митрополита Карловачкаго и пр. Б. о. м. и г. (въ Віеннѣ пис. Іос. Курцбека 1777?). Fol. 113 стр.

Der Text lateinisch und slavisch in 2 Kolumnen. Der Vf. dieser Mönchsregeln ist Athanasius Sekereš. (Nach Čaplović Slav. und Kroat. II. 179 wäre Vincenz Joannović 1733 der Vf.)

3. Polizei.

879. Полицай по изложенію Г. Сонненфелса, сербскимъ езыкомъ дарованый (отъ Симеона Петровича). Въ Будимѣ пис. кр. унив. 1813. 8°. 86 стр.

X. Theologie.

1. Bibel.

a) Einzelne Theile.

aa) In slavischer Sprache.

880. Псалтиръ, первѣе напечатаный въ Москвѣ 1761. Въ Венеціи (пис. Дим. Ѳеодосія 1763—1765?) 8°.

881. Псалтиръ, по новоисправленой Библіи, на подобіе въ Москвѣ печатанаго 1770. Въ Венеціи 1790. 8°.

882. Еvаггелїа чтомая во святый и великїй четвертокъ на литургіи, на умовенїи и по умовенїи ногъ, и во св. великїй пятокъ на утрени въ память святыхъ страстей Господа Бога и спаса нашего Іисуса Христа, и на вечерни въ тьйже св. великїй пятокъ, изд. Дам. Каулиціи. Въ Віеннѣ пис. бл. отъ Курцбекъ 1791. 8°. 47 Bl.

883. Еvангелія страстная. (Въ Венеціи) vor 1809. Solarić.

884. Псалтиръ, въ немже содержатъ ся каѳісмы обычныя, пѣсни и псалмы избраныя въ купѣ со уставомъ ихъ и пр. Въ Будимѣ пис. кр. всеуч. 1798. 8°. — Нов. изд. 1829. 8°. 352 стр.

Es gibt ausser den zwei hier genannten noch mehrere ofner Auflagen dieses normalen Schulbuchs serbischer Nationalschulen.

885. Апостолъ. (Въ Віеннѣ пис. Стеф. Новаковича?) 1795. Fol. Sopikov.

bb) In serbischer Sprache.

886. Огледи светога писма на српском језику. Versionis N. Testamenti Serbicae specimina auctore **Vuk Stephanide Ka-**

radschitsch, Ph. Doct. Praefatus est Joh. Sev. Vater, Th. Doct. et Prof. Halensis. Vindobonae prostat apud Anton. Strauss. 8°. IV+24 стр.

887. Новый завѣтъ Господа нашего Іисуса Христа. Напечатанъ на сербскомъ языку, иждивеніемъ Россійскаго Библейскаго общества. По преводу Аѳанасія Стойковича. Санктпетербургъ въ типографіи Россійскаго Библейскаго общества 1824. 8°. 630 стр.

Stojković soll, sicherm Vernehmen nach, Karadžić's Uebersetzung benutzt haben. Letzterer hatte nämlich seine Uebersetzung des N. Test. der Bibelgesellschaft übergeben: sie wurde aber zuerst von Stojković durch und durch russoslavenisirt (die Hs. befindet sich in der wiener k. Hofbibliothek), dann auf sein Gutachten, als zu gemein, verworfen, worauf Stojković seine Uebersetzung der Bibelgesellschaft aufschwatzte. Für ein Plagiat soll unter andern auch das serbische Wort бодило st. κέντρον sprechen. Uebrigens wimmelt die Stojković'sche Uebersetzung von unserbischen Formen, wie: человѣкъ, крещеніе, когда, прейти, братія, святый, языкъ, живу, седмъ, сыновъ, пятдесятъ тысащъ драхмъ, кто, между, рожденіе, востокъ, зачто, древо, огнь, солнце, долгъ u. s. w. statt: човек, крштенье od. кршћенье, кад, прећи, браћа, свети, језик, живе, седам синова, ко (тко), међу, рођенье, исток, зашто, дрво, огань, сунце, дуг и т. д.

b) Ganze Bibel.

888. Библіа сирѣчь книги священнаго писанія ветхаго и новаго завѣта. Б. о. м. и г. (въ Будимѣ пис. кр. унив. 1804). 8°. 5 ч.

Bd. I. Die fünf Bücher Mosis und die folgenden bis Ruth. 381 Bl. — Bd. II. Die vier Bücher der Könige (nach der Nomenclatur der Griechen) bis Tobias. 350 Bl. — Bd. III. Das Buch Judith bis Jesus Sirach. 307 Bl. — Bd. IV. Die Propheten bis zum 3. Buch Esdra. 469 Bl. — Bd. V. Neues Testament.

392 Bl. Hierauf folgen noch 30 unpaginirte Blätter mit dem Kalender (соборникъ 12 мѣсяцей) und dem Directorium über die Evangelien und Episteln. Dieser, nicht ungefälligen, aber eben nicht sehr korrekten Ausgabe liegt die kyjever vom J. 1788 zum Grunde.

2. Liturgische Bücher.

a) Liturgien, Rituale, Gesangbücher.

889. Служебникъ. Въ Будимѣ пис. кр. всеуч. 1799. Fol.

890. Служебникъ. Въ Будимѣ пис. кр. всеуч. 1826. 4°.

891. Благопотребныя ектеніи, т. е. собраніе благопотребныхъ прошеніи ко времени и нуждамъ различнымъ употребляемыхъ, на проскомидіяхъ, на ектеніяхъ въ началѣ божественныя литургіи и по евангеліи, такожде указаніе прокимновъ, апостоловъ, евангелій и причастновъ, по приличеству изображенныхъ прошеній. Въ Венеціи пис. Дим. Ѳеодосія 1764. 8°. 66 стр.

892. Требникъ (на подобіе въ Москвѣ печатанаго 1761). Въ Венеціи пис. Дим. Ѳеодосія Іоаннинскаго б. о. г. (1764—1765). 4°. 478 стр.

893. Требникъ. (Въ Віеннѣ пис. Стеф. Новаковича?) 1795. 4°. (Sopikov N. 1502.)

894. Требникъ. Въ Будимѣ пис. кр. всеуч. 1821. 8°.

895. Молитвословъ или полуставъ великій. Въ Венеціи. Vor 1810. Solarić Pominak knižeskij.

896. Молитвословъ. Въ Будимѣ пис. кр. всеуч. 1822. 8°. (Geistliches Brevier. Ofn. Cat. 1830.)

897. Часословъ (на подобіе въ Москвѣ печатанаго 1766). Въ Венеціи б. о. г. (1766—1770). 8°.

898. Часословъ. Въ Будимѣ пис. кр. всеуч. 1798. 8°. (Sopikov N. 1621). — Нов. изд. Часословъ, книга, въ нейже содержитъ ся чинъ, како подобаетъ пѣти часи уставныя, съ тропарми и обычными отпустителными ихъ и пр. Въ Будимѣ пис. кр. всеуч. 1827. 8°. 314 стр.

Gewöhnliches Lesebuch der serbischen Normalschulen und desshalb sehr oft neu aufgelegt.

899. Осмогласникъ (на подобіе въ градѣ Москви печатанаго 1764.) Въ Венеціи пис. Дим. Θеодосія (1764—1765). 4°.

900. Ирмологій. Во Віеннѣ при Іос. Лавр. отъ Курцбекъ 1780. 4°. — Нов. изд. въ Віеннѣ 1790. 4°.

901. Пѣсни на господскія праздники, ижд. Дам. Каулиціи. Въ Будимѣ пис. кр. всеуч. 1804. 8°.

902. Катавасіа или собраніе разныхъ церковныхъ пѣсней, тропарей, кондаковъ, ирмосовъ и стихиръ, въ духовное утѣшеніе православныхъ и благочестивыхъ служащее, ижд. П. Іанковича. Въ Будимѣ пис. кр. всеуч. 1824. 8° 82 стр.

b) Kanonen oder Officien.

903. Правила молебная святыхъ сербскыхъ просвѣтителей, повел. и ижд. Синес. Живановича. Въ епископіи Римнической въ лѣто 1761. 4°. 261 Bl.

904. Правила молебная святыхъ сербскихъ просвѣтителей. Въ Москвѣ (въ Венеціи пис. Дим. Θеодосія) 1765. Fol. 194 Bl.

Mit einer Abbildung aller serbischen Heiligen auf einem grossen Folioblatt. Dieses Blatt hat die Unterschrift: Настоятель Христофоръ Жефаровичъ. Θома Мессмеръ сечецъ. Schon hieraus, wie aus der Type kann man entnehmen, dass dieses Buch nicht, wie der Titel besagt, in Moskau gedruckt wurde. Solarić irrt daher, wenn er, durch den Titel getäuscht, in s. Номинакъ книжескій S. 80 schreibt: напечатана первѣе въ Москвѣ.

905. Послѣдованіе молебно за болящаго (напечата ся первѣе въ Москвѣ 1763). Въ Венеціи пис. Дим. Θеодосія (1765—1770). 4°. 24 стр.

906. (Монаха Θеодосія) Канони общіи на осмъ гласовъ преподобнымъ и богоноснымъ отцемъ Симеону новому мνроточцу и святителю Савѣ чудотворцу, учителемъ сербскимъ и пр., ижд. Тимотеа Іоанновича проигумена Хиландарскаго. Въ Венеціи пис. Дим. Θеодосія 1776. 4°. 112 стр.

907. Акатистъ пречистому и животворящему гробу Господню и воскресенію Христа Бога нашего, ижд. Пав. Стояновича. Въ Будимѣ пис. кр. всеуч. 1798. 8°. 43 стр.

908. Правило молебное ко пресвятѣй Богородици и преподобнѣй Параскеви сербской, спис. Викент. Ракичемъ. Въ Будимѣ пис. кр. всеуч. 1798. 8°. 31 стр.

909. Послѣдованіе святаго великомученика, чудотворца и мνроточца Іоанна Владимира, Царя Сербскаго, преведено съ греческаго на славенскій настояніемъ Луки и Партенія іеромонаховъ и проигуменовъ Хиландарскихъ, и отъ погрѣшностей исправлено (В. Ракичемъ?) у св. Спиридона въ Тріестѣ. Въ Венеціи пис. Паны Θеодосіева 1802. 4°. 32 стр.

910. Правило иже во святыхъ отца нашего Спиридона архіепископа Тримитунтскаго чудотворца, собранное изъ минеа и изъ иныхъ греческихъ преводовъ Вик. Ракичемъ. Въ Венеціи 1802. 4°.

911. Молебенъ ко пресвятѣй Богородици и святителю Спиридону чудотворцу, написанъ Вик. Ракичемъ. Въ Венеціи пис. Паны Θеодосіева 1804 8°.

912. Канонъ покаянный ко Господу Іисусу Христу, таже стихословіе къ Богу собесѣдованія съ ключемъ границъ по ключевымъ словамъ. Въ Будимѣ пис. кр. всеуч. 1807. 12°.

Busspsalmen und geistliche Gesänge sammt der Paschalie.

3. Dogmatik und Polemik.

913. Діонис. Новаковича Катихисисъ или наука христіанска. Ркп.

Die Handschrift befindet sich im Kl. Rakovac. Der Vf. verfasste diese Schrift als Hierodiakon zu Neusatz im J. 1744. Aus der interessanten Vorrede sieht man, dass damals in Neusatz auf Veranstaltung des Diöcesanbischofs eine Art höherer philosophischen und theologischen Schulen bestanden habe.

914. Діон. Новаковича Сочиненіе о происхожденіи св. Духа.

Ich kenne diese Schrift nicht.

915. Краткое да простое о седмихъ таинствахъ учителское наставленіе, ради всѣхъ обоего полу и возраста православныхъ христіанъ, найпачеже для пресвѵтеровъ, діаконовъ и къ священству готовящихъ ся лицъ, и въ школахъ учащихъ ся дѣтей по вопросамъ и отвѣтамъ устроенное, первѣе на типъ подалъ Захаріа Орфелинъ, а нынѣ напечата ся въ новой типографіи грекоправославной л. 1763 въ Венеціи (пис. Дим. Ѳеодосія) 8°. 24 стр.

916. Православное исповѣданіе вѣры соборныя и апостолскія церкви восточныя, благословеніемъ святѣйшаго правителствующаго синода напечата ся въ Москвѣ 1763, придаласта ся же къ сей книгѣ два слова о чествованіи св. иконъ св. Отца Іоанина Дамаскина. Въ Венеціи пис. Ѳеодосія Іоаннинскаго б. о. г. (1764?). 4°. 304 стр.

Solarić führt dieses Buch auch unter dem Titel „Катихисмъ великій“ an. — Der Vfs. desselben ist P. Mogila, Metropolit von Kyjev. Vgl. Sopikov I. 883—895.

917. (Петра Милорадовича) Православнія вѣры каѳоліческія и апостолскія церкве восточнія греческія догмата

болшая и вѣчному спасенїю нуждиѣйшая съ латїнск. дїалекта на слав.-сербскій преведено Исаїемъ Париводскимъ їеромонахомъ Раковачкимъ 1768. 8°. 35 Bl. Handschrift.

Bei Mois. Pet. Lukić, Kaufmann in Neusatz. — Nach der Vorrede eine Uebersetzung aus dem lateinisch gedruckten Büchlein des Dr. P. Miloradović 1765, bestimmt für das vom Erzb. und Metrop. Paul Nenadović unterhaltene Gymnasium in Karlovic. Der Name Parivodski ist sowohl am Titelblatt, als auch unter der Vorrede radirt. — Das Ganze unbedeutend, in Fragen und Antworten.

918. *Ὀρθόδοξος ὁμολογία*, сирѣчь православное исповѣданіе каѳолическія и апостолскія церкви восточныя, три богословныя добродѣтели вѣра, надежда, любовъ, къ памятному изученію священикомъ, діакономъ, іеромонахомъ, монахомъ и всему причту церковному, и при сихъ учащей ся юности и всѣмъ христіаномъ, чрезъ православнаго архіепископа Карловачкаго Г. Павла Ненадовича устрои ся. Въ Венеціи пис. Дим. Ѳеодосія 8°.

Nach Horanyi III. 707 wollte Zach. Orfelin um das J. 1777 ein solches Werk ediren. Wahrscheinlich ist also diese Ausg. von ihm.

919. Краткая сказанія первое о Бозѣ, второе о божіемъ промыслѣ, третіе о законѣ божіи, предлагаемая на ползу не токмо младымъ отрокомъ, но и возмужавшимъ обоего полу особамъ тѣмъ, которымъ неудобно во пространныхъ богословскихъ ученіяхъ наряждати ся (отъ Ѳеофана Прокоповича). Б. о. м. и г. (въ Венеціи пис. Дим. Ѳеодосія 1765—1770). 8°. 120 стр.

Th. Prokopović ist nur unter der Vorrede genannt. Vgl. Sopikov I. 597.

920. Наставленіе малое христіанскимъ отрокомъ, т. е. каковымъ образомъ надобно христіанскихъ отроковъ наставити о христіанскомъ законѣ, преписа ся Григ. Тvроничъ,

бывателемъ кр. вароши Острогонъ, 1769 Марта 1. во Острогонѣ. Ркп. 4°. 74 стр.

In 127 Fragen und Antworten. In der Bibl. des H. v. Janković in Pest.

921. Краткій катихисисъ, соч. іеромъ. Платономъ. Въ Віеннѣ 1776. 8°. (Sopikov N. 566.)

922. Православное ученіе или сокращенная христіанская богословія іер. Платономъ сочиненая. Въ Віеннѣ у Іос. Курцбекъ 1784. 8°. 235 стр.

923. Катихисисъ малый или сокращенное православное исповѣданіе во употребленіе слав.-серб. юности сочиненно, отъ неунитскаго же епископскаго въ Карловцѣ 1774 лѣта держаннаго сунода потверждено, а нынѣ паки съ соизволеніемъ Г. АЕ. и М. Карловачкаго Стеѳ. отъ Стратимировичъ напечатанно. Въ Будимѣ пис. кр. унив. 1797 8°. 64 стр. — Въ Будимѣ 1828. 8°. 64 стр.

In Fragen und Antworten; als Schulbuch oft aufgelegt. Vf. soll J. Raić sein.

924. Діалогисмъ или бесѣда о догматѣхъ православнія церкви. Въ Віеннѣ пис. Іос. Курцбека 1785. 8°. 94 стр.

Das russische Original erschien in Sankt-Petersburg 1766. 8°. Sopikov N. 257.

925. Каменъ соблазна или изясненіе о началѣ и извѣстныхъ причинахъ раздора и несогласія обоихъ церквей восточныя и западныя, изложенное Еписк. Иліею Минятіемъ, нынѣже преписа съ греч. езыка на слав. Вик. Ракичъ л. 1797. Ркп. 4°. 125 стр. In der semliner Gemeindebibliothek.

926. Іоанна Раича Тѣло теологическо. Ркп. Fol. 5 Bde. In der karlovicer Metropolitanbibliothek.

927. Діонис. Поповича Ученіе христіанское. Въ Будимѣ пис. кр. всеуч. 1823. 8°. 35 стр.

928. Преподобнаго Отца нашего Іоанна Дамаскина дѣла фiлософiческа, источникъ знанія и изложеніе православныя вѣры обстоятелное или богословія, преведе ся изъ греческаго и латинскаго языка на сербскій языкъ (Діонис. Поповичемъ Еп. Буд.) Въ Будимѣ градѣ 1827. 4°. XVI+116+292 стр.

4. Exegese.

929. О законѣ божiи иже въ десятословіи, толкованіе о молитви господньой Отче нашь, симболъ вѣры и пр. Ркп. 4°.

In der Bibl. des Hr. v. Janković in Pest. — Angehängt ist ein kurzes walachisch-serbisch-lateinisches und walachisch-serbisches Vocabularium.

930. Краткое толкованіе законнаго десятословія, молитвы господни, символа вѣры и девяти блаженствъ, напечата ся для употребленія Е. Вис. Царевичу Павлу Петровичу въ Москвѣ 1759. Б. о. м. и г. (въ Венеціи въ тип. Дим. Θеодосія 1764—1770). 8°. 127 стр.

In Fragen und Antworten.

931. Досит. Обрадовича *Κυριακοδρόμιον* или толкованіе воскресныхъ евангелій. Въ Венеціи 1796. 4°. (?).

Das Original ist griechisch (Moskau 1796. 4°. 2 Bd.?) Obradović soll es, nach Čaplović Slavon. und Croat. II. 286, zu Venedig ins Serbische übersetzt haben. Eine russische Uebersetzung erschien zu Moskau 1805.

932. Изясненія воскресныхъ и праздничныхъ евангелій ради употребленія во училищахъ, изданная благословеніемъ правосл. АЕ. Карловачкаго и Митр. Г. Стефана. Въ Будимѣ пис. унив. 1823. 8°. 244 стр.

933. Благовѣстникъ Θеофилакта Болгарскаго, прев. съ греч. Діон. Поповичь. Ркп.

934. Дим. Нешича Словопроизводный рѣчникъ именъ собственныхъ священаго писанія вообще.

Angekündigt in Davidović's serb. Zeitung 1819 N. 5.

5. Sittenlehre.

935. Обученіе и пр. Kurze Belehrungen moral-theologischen Inhalts, unter 171 Ueberschriften, slavoserbisch und walachisch. Hs. 4°. 94 S.

In der Bibl. des H. von Janković in Pest.

936. Итика, іерополитика или философія нравоучителна. Въ Віеннѣ пис. Іос. Курцбека 1774. 8°. 309 стр. Mit 67 Kupfern.

Das russische, von den Kyjevopečer'schen Mönchen verfasste Original erschien zuerst in Kyjev 1712. 8°. — Die serbische Ausgabe soll P. Julinac besorgt haben.

937. Благонравіе или книжица ко украшенію нравовъ юношескихъ зѣло полезная, съ еллинскаго на славенскій діалектъ въ ползу и употребленіе слав.-сербскихъ отроковъ преведена Дим. Николаевичемъ Дарваръ. Въ Віеннѣ пис. Іос. Курцбека 1786. 8°. 96 стр.

938. Хайнр. Кампе Наравоучителна книжица за дечицу, съ нем. на простый языкъ преведена Стеф. Раичемъ. Въ Будимѣ пис. кр. всеуч. 1805. 8°. 191 стр.

939. Наставленіе о должностяхъ собственныхъ всякаго христіянина, ижд. Дам. Каулиціи. Въ Будимѣ пис. кр. всеуч. 1806. 4°. 254 стр.

Einigen Exx. ist G. Michaljević's Аждая, doch ohne Titelblatt, mit der Ueberschrift: Труба на мейданъ позивающа, beigebunden.

940. Г. Айзенманна Наставленіе къ благонравію, за дѣцу опредѣлено, съ нѣм. прев. Дим. Давидовичь. Въ Будимѣ пис. кр. всеуч. 1812. 8°. 96 стр.

941. Златная книжица, содержащая должности человѣка гражданска и христіанска, и правила учтивости, во употребленіе слав.-серб. народа наставникомъ и родителемъ при

обученiи малолѣтныхъ дѣтей, по составу Г. учителя Ф. Соавы, Павломъ. Соларичемъ издана. Въ Млѣткахъ пис. печ. Паны Θеодосiева 1813. 12°. 74 стр.

942. Досит. Обрадовича Христоитiя сирѣчь благый обычай и вѣнацъ отъ алфавита, изд. Iос. Миловука и Гавр. Возитовца. Въ Будимѣ 1826. 12°. 119 стр.

Die XXII SS. starke Vorrede ist von Konst. Pejčić. — Es ist eigentlich eine Anstandslehre für die Jugend. Obradović übersetzte dieselbe aus dem Griechischen als Schullehrer zu Plavno und dann zu Skradin in Dalmatien im J. 1770. — S. 92 bis 119 steht: Вѣнацъ отъ Алфавита (а—к), moralische Betrachtungen.

943. Досит. Обрадовича Буквице, на сохраненiю бывше до данасъ кодъ Г. Георг. Кирiаковича купца Новосад., издана пакъ на типъ трошкомъ К. Каулицiи. У Бечу у печ. ОО. Мехитариста 1830. 8°. 79 стр.

Kurze, alphabetisch gestellte, moralische Aufsätze, Bruchstücke.

944. Книга о должностехъ подданиковъ къ монарху ихъ. Въ Будимѣ пис. кр. унив. 1829. 8°. 52 стр.

In Fragen und Antworten. Wahrscheinlich auch schon früher gedruckt.

945. Г. Кардинала Бонна Философiя илити руководство къ небесемъ, прев. Спирид. Алексiевичъ. Ркп.

Das Original des Kardinals Giovani Bona (geb. 1609, st. 1674) ist: Manuductio ad coelum. Par. 1664. 12°.

946. Iо. Берича Притче либо сравнителне беседе и нравствена поученiя за младе и старе, книга 1. У Будиму пис. кр. всеуч. 1831. 8°. 140 стр.

Aus dem Deutschen übersetzt.

6. Pastoral, Liturgik, Katechetik.

947. Епитомъ сказаніе священнаго храма, ризъ его, и въ немъ совершаемыя божественныя литургіи со окрестностми ея, чрезъ краткія вопросы и отвѣты, сочинѣнъ во употребленіе священоправителей православ. каѳол. восточныя церкве. Ркп. 4°. 70 стр.

In der Bibl. des H. von Janković in Pest. In derselben Handschrift befindet sich, unter andern unbedeutenden Beilagen, auch ein kurzes lateinisch-walachisch-serbisches Vocabularium.

948. Христофора Жефаровича Поученіе святителское къ новопоставленому іерею. Въ Вѣнѣ 1742. 12°. 24 стр.

Ganz in Kupfer gestochen.

949. Епитомъ или краткая сказанія священнаго храма, ризъ его и въ немъ совершаемыя божественныя литургіи, со окрестностми ея, чрезъ краткія вопросы и отвѣты, во употребленіе священнослужителей православныя церкве восточныя каѳолическія, благословеніемъ преосвященнаго Г. Висаріона Павловича Еписк. Бачкаго и пр. соч. (Діон. Новаковичемъ) л. 1741. Б. о. м. и г. (въ Венеціи пис. Дим. Ѳеодосія 1768). 100 стр.

Vgl. Orfelin's Magazin I. 87. — Die Vorrede ist mit den Namensziffern des Vfs. Д. Н., gezeichnet. Solarić führt die Worte сочинен Д. Н. лѣта 1741 als auf dem Titel stehend an: allein die Namensbuchstaben stehen dort nicht.

950. Наставленіе о храмѣ господнемъ, священныхъ сосудахъ и одеждахъ его. Ркп. 4°. 123 стр.

In der Bibl. des H. von Janković in Pest. — Walachisch und slavoserbisch. In derselben Handschrift befindet sich: Привѣтствованія различныя въ дни рождества Христова. 96 стр.

951. (Никол. Булгара) Сокровище христіанское, т. е. толкованіе святыхъ таинъ, святаго храма, сосудовъ церков-

нихъ, и божественные и священне литургіе (прев. съ греч. Діонис. Поповичь). Въ Будимѣ пис. кр. всеуч. 1824. 8°. 372 стр.

952. Краткая наука протопресвитеромъ о ихъ должностехъ. Въ Віеннѣ пис. Іос. Курцбека б. о. г. 4°. 14 стр.

953. Краткое наставленіе духовнымъ отцемъ, Въ Віеннѣ пис. Іос. Курцбека б. о. г. 4°. 14 стр.

954. О должностехъ презвитеровъ приходскихъ. Въ Будимѣ пис. кр. унив. 1798. 4°. 223 стр. Die erste Ausgabe in Oesterreich, nach der Petersburger vom J. 1776. — 2. тисн. въ Будимѣ пис. кр. всеуч. 1810. 8°.

955. Венед. Кралѣвича Увѣщаніе къ священству и народу православнаго восточнаго неунитскаго исповѣданія славено-сербскому у Далмаціи и Боке Котарской сущему, на сербскомъ, греческомъ и италіанскомъ языцѣ. Въ Венеціи 1810. Fol. 1 Bog.

956. Павл. Атанацковича Сербскій катихета, не као што есть, него као што бы быти морао. Ркп.

Der Vf., damals Katechet an dem serbischen pädagogischen Institut in St. Andrä, kündigte 1815 die Herausgabe dieses Buches in Davidović's serb. Zeitung N. 53 an; der Druck unterblieb indess unüberstelglicher Hindernisse wegen. Siehe die Prorogation in Davidović's serb. Zeitung 1817 N. 26.

7. Predigten.

a) In Sammlungen.

957. Поученіе евангелское съ Московскогъ на Сербскій преведено, отъ лѣта 1745.

Zu St. Andrä in der Himmelfahrtskirche. Nähere Angaben fehlen.

958. Іоа. Раича Собраніе разныхъ недѣлныхъ и праздничныхъ нароводчителныхъ поученій въ трехъ частехъ пособъ состоящее и пр. Въ Віеннѣ пис. Стеф. Новаковича 1793. Fol. 1. Theil 90 Bl. — 2. Th. 86 Bl. — 3. Th. 74 Bl. Zusammen 250 Bl.

959. Лѣствица имущая пятнадесятъ степеней, сіестъ пятнадесятъ словъ о молитви, посту и милостини, списаная (изъ италіанскаго превед.) Вик. Ракичемъ. Въ Венеціи пис. Паны Θеодосіева 1805. 8°. 90 стр.

960. Проповѣди по вся недѣли и нѣкія праздники господскія, взятыя отъ искусныхъ списателей, основаныя на священномъ писаніи и святыхъ богоносныхъ отецъ правоученіи, списаныя (изъ италіанскаго превед.) Вик. Ракичемъ. Въ Венеціи пис. Пане Θеодосіева 1809. 4°.

961. Гавр. Хранислава Рѣчи надгробныя. Въ Будимѣ пис. кр. всеуч. 1808.

962. Георг. Поповича Рѣчи во время одержанныя надъ Французами побѣди и пр. Въ Будимѣ 1815. 4°. 8 стр.

Die eine dieser Kanzelreden ist slavoserbisch, die andere lateinisch.

963. Георг. Поповича Священныя бесѣди о таинствахъ страждущаго Господа.

Angekündigt in Davidović's serb. Zeitung 1816 N. 74.

964. Теод. Атанацковича Два надгробна слова во ублаженіе памяти двѣма дѣвама, Неранжи и Іуліанѣ, обѣма Атанацковичкама. У Будиму пис. кр. унив. 1824. 8°.

Dabei sind auch Verse.

965. Атанас. Влаховича Проповѣди. Ркп.

966. Гедеонови Проповѣди отъ Закхеевѣ недѣле до вознесенія господня, прев. (?) Спир. Алексіевичъ. Ркп.

In „Руководство человеческогъ живота" als zum Drucke fertig angekündigt.

b) Einzeln.

967. Слово о грѣшномъ человѣку, придворнымъ всеросс. Имп. Вел. проповѣдникомъ Гедеономъ сказанное, а ради православныхъ сербскаго народа христіанъ изъ Московскаго на слав.-серб. языкъ превед. отъ I. P. (Іоанна Раича) въ Карловцѣ Сирмійскомъ. Въ Венеціи пис. Дим. Өеодосія 1764. 4°. 20 стр.

968. Проповѣдъ или слово о осужденіи, придворнымъ всеросс. Имп. Вел. проповѣдникомъ Гедеономъ сказанное, а ради правосл. сербскаго народа христіанъ изъ росс. на слав.-серб. языкъ превед. въ Новомъ Садѣ. Въ Венеціи пис. Дим. Өеодосіа 1764. 4°. 16 стр.

969. Проповѣдъ, d. i. Predigt, illyrisch und kroatisch, von der Einigkeit des Christenthums. Wien bei Kurtzböck 1772. 4°.

Dobrovský aus dem Ofn. Cat. 1796.

970. Путъ къ постоянной славѣ — Der Weg zu einem standhaften Ruhme. — Wien bei Kurtzböck 1775. 8°. Predigt? Ofn. Cat. 1799.

971. Слово поучително Господина Георгіа Іоакима Цоликофера при Реформатовъ обществу немецкога предикатора, съ немецкогъ езика преведено Досіѳеемъ Обрадовичемъ. У Лайпцику у типографіи Г. Брайткопфа 1784. 8°. Ueber 30 S. (Def. Ex.)

Dedicirt an Leon Tijaka, Bischof von Roman in Moldavien. Die Dedication ist in walachischer Sprache. Thema: Ко у речи несогрешава, тай е савршенъ човекъ.

972. Авраама Петровича Слово въ предизбраніе Архіепископа и Митрополита, подъ 29. Окт. 1790 въ Темисварѣ сочинѣнно. Въ Віеннѣ 1791. 4°. 8 стр. Deutsch ebenfalls 8 S.

973. Слово на торжественный празднивъ народне Осечке школе. Въ Віеннѣ 1792. 4°.

974. Петр. Витковича Слово надгробное Архіеп. и Митр. М. Путнику л. 1790. Въ Будимѣ пис. кр. всеуч. 1798. 4°. 16 стр. — Слово надгробное Стефанидѣ Зоричь. Въ Будимѣ пис. кр. всеуч. 1807.

Mehrere Predigten hinterliess er handschriftlich, die aber theils verbrannten, theils verschleppt wurden.

975. Авр. Максимовича Слово надгробное на смертъ Анне кtьери Конст. Іанковича сенатора Сомбор. 1806.

976. Вик. Ракича Слово о почитаніи церкве, говоренное въ Тріестѣ, съ приложеніемъ молитвы исповѣданія къ Богу, твореніе святителя Димитрія Ростовскаго. Въ Венеціи пис. Паны Θеодосіева 1807. 4°. 34 стр.

S. 3—4 steht eine kurze Selbstbiographie des Vfs. S. 21 Tropar dem h. Sava, Erzbischof von Serbien, mit Anspielung auf Georg Petrović's Siege über die Türken.

977. Вик. Ракича Слово имущее говорено бытъ въ 1. денъ Іануарія 1809, на смертъ блаж. почившаго полковника росс. Г. Александра Осипова, но препятствовано по причинѣ Новаго года. Въ Венеціи писм. Паны Θеодосіева 1809. 4°.

978. Мак. Малешевича Слово надгробное П. Перишичу. Въ Будимѣ пис. кр. всеуч. 1807. 4°. 16 стр.

978. Атан. Влаховича Рѣчь на смертъ Георгія Іоанновичь Рудовича. Въ Будимѣ пис. кр. всеуч. 1807. 4°. 7 стр. — Рѣчь на гробу Іакова Георгіевича клирика Карлов. Въ Будимѣ пис. кр. всеуч. 1807. — Слово надгробное Алекс. Пекаровичу. Въ Будимѣ пис. кр. всеуч. 1810. 4°. 16 стр. — Поучителное слово о любви христіановъ къ ближнымъ. Въ Будимѣ пис. кр. унив. 1811.

980. Дим. Стефановича Слово о добромъ воспитаніи дѣтей. Въ Будимѣ 1809.

981. Васил. Ковачича Слово о доброхотныхъ дяяніяхъ. Въ Будимѣ пис. кр. всеуч. 1811. 4°. 13 стр.

982. Павла Атанацковича Слово на праздникъ инсталлаціе кр. педагог. института Сербскогъ у Сомбору говорено. У Будиму пис. кр. всеуч. 1817. 4°. 4 Bl. — Слово надгробно Василію Стоячко. У Будиму пис. кр. унив. 1818. 8°. 15 стр. Am Ende: Елегіа und надгробни стихови.

983. Лаз. Милетича Господа нашего спасителя слово о вѣчномъ блаженствѣ, за младое лѣто поздравъ и поклонъ пріятелѣмъ и любителѣмъ сербскогъ езыка. У Вечу 1821. 8°. 72 стр. — Отпустнаго слова архіерейскаго примѣръ, по дѣяніямъ апостолскимъ, чистымъ славенскимъ языкомъ написанъ. Въ Бечу книгопечатаніемъ мон. Армен. 1821. 8°. 46 стр.

984. Іоа. Витковича Слово надгробное Іоакиму Стефановичь купцу Будимскомъ. У Будиму пис. кр. всеуч. 1822. 4°. 7 стр.

985. (Мил. Видаковича) Слово надгробное Никол. Дукичу, говорено Григ. Іовшичь краснорѣчія слышателѣмъ. Въ Будимѣ пис. кр. всеуч. 1823. 4°. 6 стр.

986. Сим. Іосифовича Слово надгробное Г. Іоанну отъ Темешвару Іурату. У Будиму пис. кр. всеуч. 1829. 4°.

8. Erbauungsbücher.

a) Biblische Geschichte und Heiligen-Legenden.

987. Сказаніе пренесенія мощей св. Іоанна Златоустаго отъ Канаии въ Царьградъ, преписаное Вас. Протичъ. Въ Віеннѣ при Іос. Курцбекъ 1773. 8°. 15 стр.

988. Священная исторія ради малолѣтне дѣчице краткими вопросы и отвѣты сочинѣна въ Москвѣ 1782 лѣта, на славено-сербскій языкъ ради сербске дѣчице преведенна въ лѣто 1792 въ мон. Ковилѣ (Іоанн. Раичемъ). Въ Будимѣ пис. кр. унив. 1797. 8°. 38 стр. — Нов. изд. въ Будимѣ 1802. 8°. 39 стр. — Нов. изд. въ Будимѣ 1828 8°. 39 стр.

989. І. Р. (Іоанна Раича) Цвѣтникъ въ двѣстѣ и двадесятъ и четыре избранныхъ исторіяхъ насажденный, и изъ источниковъ ісраилевыхъ напоенный, въ немже крини удолніи добродѣтелей по средѣ терній пороковъ растутъ и цвѣтутъ, въ ползу и украшеніе всѣхъ любителей честности предложенъ 1793, за 67 лѣто дарованныя жизни трудъ сей благодареніе Богу принесенъ. Въ Будимѣ градѣ пис. кр. всеуч. 1802. 8°. 584 стр.

Enthält 224 aus der Aceria philologica geschöpfte Erzählungen mit biblischen Sentenzen begleitet. Recens. in Schedius Zeitschr. v. u. f. Ungarn Bd. III. S. 178—180.

990. Краткая библическая исторія. Въ Будимѣ пис. кр. всеуч. 1798. 8°.

Sopikov N. 441. Ofner Cat. 1799.

991. Библическая исторіа или повѣсти ветхаго и новаго завѣта, въ ползу славено-серб. юношества, изд. Дам. Каулиціи. Въ Будимѣ пис. кр. всеуч. 1805. 8°. 237 стр.

992. Чудеса пресвятыя Богородици, преведенныя съ греческаго Вик. Ракичемъ. Въ Венеціи нисм. Паны Ѳеодосіева 1808. 4°.

993. Вик. Ракича Житіе препод. Стефана первовѣнчаннаго краля Сербскаго, нареченнаго во иноцѣхъ Симеона (sic). Въ Будимѣ пис. кр. всеуч. 1813. 12°. 22 стр.

994. (Іоа. Верича) Житіе Інсуса Христа. У Будиму пис. кр. всеуч. 1812. 8°. 168 стр. — Нов. изд. Житіе Господа и Спаса нашего Інсуса Хріста, написано у Бечу 1811, а садъ

другій путь издано 1831, I. Беричемъ. У Будиму пис. кр. всеуч. 1831. 8°. 202 стр.

995. Лаз. Милетича Извѣстіе о изображенію образа Господа нашего Іисуса Христа. Б. о. м. и г. 4°. 2 Bl.

Erklärung des in Kupfer gestochenen Bildnisses Jesu.

996. Мих. Бояџи Писмо характеръ спасителя Іисуса Христа описующе.

In Davidović's serb. Zeitung 1819 N. 25.

997. Пав. Атанацковича Библическая повѣстъ. Ркп.

998. Іосифа Іоанновича Библическа исторіа за школе. Ркп. 1831.

b) Ascetische Schriften.

999. (Зах. Орфелина) Седмъ степеней премудрости. Ofn. Cat. 1799.

1000. Истинная о бозѣ радостъ въ воспоминаніи благодѣяній божіихъ къ роди человѣческому и особливо чрезъ сына божія учиненныхъ и непрестанно творящихъ ся вѣрнымъ. Въ Венеціи пис. Д. Өеодосія б. о. г. (1763—1770). 12°. 12 стр.

1001. Писанію святому согласающее ся наставленіе къ истинному познанію и душеспасителномъ употребленію страданія и смерти Господа и Спасителя нашего Іисуса Христа, соч. Анастасіемъ, проповѣдникомъ божія слова. Б. о. м. и г. 8°.

1002. Филактиріонъ тисъ психисъ, хранилище души, преведенное изъ греческаго на слав.-серб. языкъ Вик. Ракичемъ. Въ Венеціи писм. Паны Өеодосіева 1808. 16°. 32 стр.

In Solarić's Поминакъ ist dieses Buch mit dem Datum 1800. 8°. angeführt, wornach es eine frühere Ausgabe geben müsste, was mir unwahrscheinlich.

1003. Цвѣтъ добродѣтели, превед. съ греческаго на слав.-сербскій языкъ Викент.* Ракичемъ. Въ Будимѣ пис. кр. всеуч. 1800. 8°. 122 стр.

1004. Краткое наставленіе о исповѣди и молитвѣ, списанное Викент. Ракичемъ. Въ Венеціи пис. Пани Θеодосіева 1801, 8°.

1005. Зерцало христіанское содержащее мысли спасителныя и увѣщанія душеполезная и нужнѣйшая всякому христіанину желающему познати христіанское свое житіе и евангелскую истину, преведено съ греч. на слав. языкъ въ ползу слав.-серб. народа Дим. Н. Дарваръ, а издано братіями его Іоанн. и Марк. Ник. Дарваръ. Въ Будимѣ пис. кр. всеуч. 1801. 8°. 179 стр.

1006. Священномученика Петра нареченнаго Епископа Дамаскаго двѣ книги о человѣческомъ 1. истинномъ естественномъ разумѣ, 2. о духовномъ (душевномъ) разумѣ, сокращенно, изяснено, преписано и на печатъ дано Кирилломъ Живковичемъ. Въ Будимѣ градѣ пис. кр. унив. 1803. 8°. 147 стр.

1007. Георг. Поповича Путъ у рай или краткое ученіе, кое человѣка ко временному и вѣчному благополучію руководи, собрано изъ наставленія святы отца и древны философа. Въ Будимѣ пис. кр. всеуч. 1815. 8°. 181 стр.

1008. Ефр. Кузмановича О рождествѣ Христовомъ.

c) Gebetbücher.

1009. Іоа. Георгіевича АЕ. и М. Собраніе избранныхъ молитвъ во употребленіе престарѣлыхъ духовнаго и мирскаго чина особъ во видѣ очесъ слабѣющихъ. Въ Віеннѣ пис. Іос. Курцбека 1771. Fol. 64 Bl.

1010. Зборникъ, т. е. нѣкоторыхъ моленій на всякъ денъ потребныхъ собраніе, напечата ся первѣе во святой Кіевопечерской Лаврѣ, а нынѣ въ Венеціи въ л. 1792. 12°.

In dem Ofner Cat. 1799 kommt auch ein „Зборникъ съ 7 иконами 1792. 12°.“ vor. Vielleicht eine wiener Ausgabe.

1011. Молитвенна книга Кесаря Іосифа II., съ нѣмецкаго на простый сербскій языкъ преведенна. Въ Віеннѣ пис. Стеф. Новаковича 1794. 8°. — 2. изд. въ Будимѣ пис. кр. унив. 1799. 8°.

1012. Стеф. Раича Молитвы въ случай посѣщенія болныхъ и тяжкихъ недугомъ одержимыхъ потребныя. Въ Будимѣ пис. кр. всеуч. 1804. 8°. 48 стр.

1013. Мѣсяцословъ съ молитвами. Въ Будимѣ пис. кр. всеуч. 1807. 12°.

1014. Молитвы умилителныя на каждый седмичный денъ и прочія разныя ко Господу нашему Іисусу Христу и пресвятѣй Богородицѣ, преведенныя съ греческаго Вик. Ракичемъ. Въ Венеціи пис. Паны Θеодосіева 1808. 8°.

1015. Сборникъ съ 7 иконами. Въ Будимѣ пис. кр. всеуч. 1810. 12°.

1016. Собраніе различныхъ молитвъ во употребленіе учащаго ся юношества. Въ Будимѣ градѣ пис. кр. всеуч. 1817. 8°. — Нов. изд. 1827. 8°. 24 стр.

Ganz kurze Gebete für die Schuljugend.

1017. Молитвы во время божественныя литургіи, изд. Іос. Миловука. У Будиму 1831. 32°. 1 Bog.

9. Vermischte Schriften.

1018. Захар. Орфелина Книга противъ Папства.

Autographon des Vfs. in der Metropolitan-Bibliothek zu Karlovic. Der Anfang fehlt.

1019. Зах. Орфелина Трактатъ о единствѣ церквей. Ркп. Wahrscheinlich ungedruckt. Horanyi III 708.

1020. Краткое о богоподобающемъ тѣлу и крови Христовой поклоненіи и времени того наставленіе, въ святѣйшемъ Архіепископо-Митрополитскомъ въ Карловцѣ 1757. года торжествованомъ синодѣ соувѣщанное, и о имени Ихъ Превосходителства православнымъ Христіаномъ издано Захар. Орфелиномъ АЕ. М. Канцеллистомъ. Б. о. м. и г. 12°. 15 стр.

1021. Что естъ Папа? Съ нѣмецкаго преведено Михаиломъ Максимовичемъ. Въ Віеннѣ пис. Іос. Курцбека 1784. 8°. 45 стр.

Vfs. des deutschen Originals ist Joh. Val. Eybel. Es gibt davon auch eine russ. Uebersetzung: Что естъ Папа и что естъ епископъ, соч. Г. Еубела, Перев. съ нѣмец. Спб. 1782. 8°.

1022. Іоа. Мушкатировича Краткое размышленіе о праздници. Въ Віеннѣ пис. Іос. Курцбека 1786. 8°. 51 стр.

„Es sind Gedanken über die Feiertage. Der ganze Inhalt lässt sich aus dem Schlusse errathen: Quilibet dies viro bono festus est, Всакій е данъ човеку благоговѣйномъ праздникъ". Dobrowský Slovanka I. 214.

1023. (Іоан. Мушкатировича) Расужденіе о постахъ восточныя церкве. Въ Віеннѣ пис. Стеф. Новаковичь 1794. 8°. 66 стр.

Freisinnig, wider die Fasten.

1024. Пѣсни и слово о чести священства, соч. Вик. Ракичемъ. Ркп. 1817. 8°. 42 стр.

In der semliner Gemeindebibl.

1025. Сав. Георгіевича (alias Качула) Книжица различнаго содержанія. Въ Будимѣ пис. кр. унив. 1805. 8°. 13 стр.

Moraltheologische Betrachtungen mit Bibelstellen und einem Liede für die Jugend.

1026. Отвѣтъ православнаго нѣкоега (sic) брата къ другому православному брату, безъ имена ауктора, безъ имена преводителя, преведенъ съ греческогъ изъ књиге у Галли 1777 печатане. Ркп. 20 таб.

Uebersetzer Ant. Arnovljev Advokat 1831.

Uebersicht der Schriftsteller.

(Die mit Cursivschrift gedruckte Zahl zeigt die Seite, wo die biographische Notiz zu finden ist, die übrigen Zahlen deuten die Seiten an, wo des betreffenden Schriftstellers Werke angeführt werden.)

Verbesserungen.

Seite	236	Zeile	4	von	oben	l. = 191.
„	339	„	3	„	„	Vasalij = Vasilij.
„	345	„	1	„	unten	Divkovic = Djurković.
„	389	„	4	„	„	Бонча = Гонча.
„	397	„	4	„	„	Болци = Боцци.
„	400	„	7	„	oben	Іелечича = Іелешича.
„	409	„	13	„	unten	Сладисавлевича = Владисавлевича.
„	409	„	8	„	„	Gèršic = Gerčic.
„	411	„	7	„	„	Лазаревича = Л а з а р е в и ч а.

CPSIA information can be obtained
at www.ICGtesting.com
Printed in the USA
LVHW100423110522
718424LV00003B/69

9 783375 011314